新时代海右文学攀登计划

战火青春

杜普 著

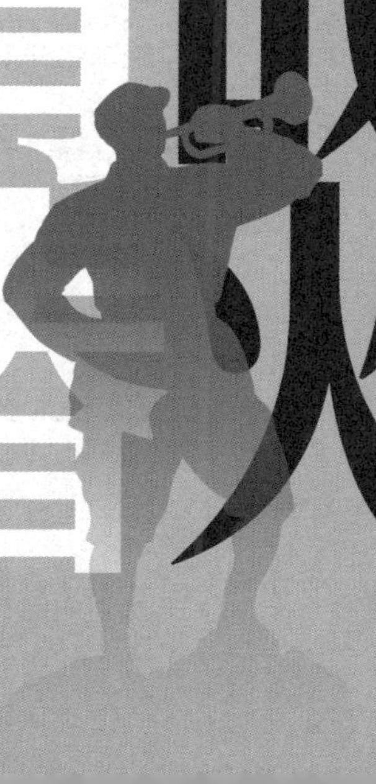

济南出版社

图书在版编目（CIP）数据

战火青春 / 杜普著 . —— 济南：济南出版社，
2024.1
ISBN 978-7-5488-5998-7

Ⅰ. ①战… Ⅱ. ①杜… Ⅲ. ①长篇小说 – 中国 – 当代
Ⅳ. ① I247.5

中国国家版本馆 CIP 数据核字（2023）第 242790 号

战火青春

ZHANHUO QINGCHUN

杜普　著

出版统筹　李建议
责任编辑　李敏　张冰心　孙梦岩
装帧设计　牛钧

出版发行　济南出版社
地　　址　山东省济南市二环南路 1 号（250002）
总 编 室　0531-86131715
印　　刷　济南新先锋彩印有限公司
版　　次　2024 年 1 月第 1 版
印　　次　2024 年 1 月第 1 次印刷
开　　本　160mm×230mm 1/16
印　　张　26.5
字　　数　351 千
书　　号　ISBN 978-7-5488-5998-7
定　　价　69.00 元

如有印装质量问题　请与出版社出版部联系调换
电话：0531-86131736

前　言

　　古老的泗河，自东向西，穿越泗水大地。

　　泗河南岸是连绵起伏的群山，在抗日战争时期，这里属于鲁南抗日根据地。南岸还有一条与泗河平行的滋（阳）临（沂）公路（滋阳即现在的兖州），曾是日军的交通运输线。

　　这样一个特殊的地理位置，决定了这里必然成为敌我频繁交战的地方。事实也的确如此。在抗日战争时期，八路军和日伪军在这一带发生过很多次战斗，留下了很多故事，这些故事在当地口口相传。

　　我的老家就在南岸的抗日根据地边缘。我的父亲参加了抗战，他曾经是村里的儿童团团长。我在少年时代就经常听父亲讲一些当地的抗战故事，这些英雄事迹深深印在我的脑海里。我一直有个愿望：把这些战斗故事以小说的形式展现出来。2014 年我退休了，我有时间把这个愿望变为现实了。我开始进一步收集资料。我去当年的抗日根据地考察了八路军驻扎过的十几个村子，还有几处战场，与当地的村民交谈，又到当地县委的党史办借阅了一些资料。回到济南后，我便开始创作。经过五个年头日日夜夜的努力，我终于完成了这部作品。

　　本书以抗日战争的战略相持阶段、战略反攻阶段为背景，围绕八路军圣山支队一大队在泗水一带的战斗故事展开，将他们从拔据点、打通交通线到攻克县城的几十次战斗串联起来，以生动形象的语言再现一个个战斗场景，绘成一幅幅气壮山河的壮美画卷。

本书的主人公——李鲁是伪满洲国奉天（今辽宁沈阳）铁道学院的一名大学生，他因参加反日游行而受到日军审讯。虎口逃生后，他回到山东泗水老家。他胸怀杀敌报国之志，毅然弃笔从戎，投奔当地的抗战队伍，成为一名八路军战士。在与敌人的战斗中他有勇有谋，外出执行任务时，恰逢日军大"扫荡"，他带领小分队成功突围，绕到敌后打游击，拔据点、烧炮楼，迫使日军兵力回撤，为根据地反"扫荡"减轻了压力。

　　那个年代，泗水土匪猖獗。日军使用"美人计"诱降了城南土匪张家兄弟及其手下。李鲁利用土匪的内部矛盾，夜袭土匪的土圩子，炸掉炮楼，消灭了匪首和女特务，收复了土匪盘踞的几个村庄，并在此建立了抗日根据地。

　　反"扫荡"取得胜利后，李鲁又参与指挥了著名的北大桥战斗、滋临公路上的两次伏击战和攻克县城的战斗。李鲁在硝烟和战火中锻炼成长为一名优秀的指挥员，被八路军鲁南军区授予"战斗英雄"称号。

　　书中还描写了三对青年男女的爱情故事，其中主人公李鲁和林英的故事贯穿始终。他们在困境中相识、相爱，又相继参加八路军。在抗日战场上，一个在前线冲锋陷阵，一个随队救死扶伤，他们志同道合、风雨相随。

　　小说是历史的补充。本书以山东泗水一带的抗战史料为依据，以真实的英雄人物为原型，在史实的基础上进行文学创作，突出中国共产党领导下的军民克服艰难困苦、团结一致抗战、不断走向胜利的主题，塑造了以李鲁为代表的爱国青年群体，他们在民族危亡之际挺身而出，不怕牺牲，抵御外侮，尽显英雄本色。

　　谨以此书纪念和缅怀在这片土地上英勇抗战的先辈们。如今，生活在和平、安定的环境中，我们仍然应该牢记：不忘历史，奋发图强！

著　者

2023 年 11 月于济南

目录

第一章　虎口逃生 ... 001

第二章　真心相爱 ... 016

第三章　奔向光明 ... 032

第四章　投笔从戎 ... 053

第五章　针锋相对 ... 074

第六章　吸取教训 ... 091

第七章　驱逐败寇 ... 104

第八章　转移受阻 ... 121

第九章　营救乡亲 ... 133

第十章　夜袭毛庄 ... 147

第十一章　成功突围 ... 164

第十二章　逼敌回撤 ... 173

第十三章　除掉祸害 ... 194

第十四章　深夜报信 ... 211

第十五章　匪巢谈判 ... 229

第十六章　斩断黑手 ... 243

第十七章　争取内应 ... 258

第十八章　攻打匪巢 ... 269

第十九章　雨夜伏击 ... 287

第二十章　巧炸仓库 ... 304

第二十一章　胜利归队 ... 320

第二十二章　"引蛇出洞" ... 334

第二十三章　血溅桥头 ... 348

第二十四章　捕捉战机 ... 368

第二十五章　活捉宫本 ... 385

第二十六章　欢庆胜利（尾声） ... 407

第一章
虎口逃生

一九四〇年十一月，奉天已是冰雪覆盖，天寒地冻。

立冬的这天早上，天刚蒙蒙亮，刮了一夜的白毛雪渐渐停了下来。从奉天向南的茫茫雪地里，一个身穿蓝色棉制服的人，身上披着一层白雪，大口哈着一团团热气，一步一晃地朝苏家屯走去。他在风雪中深一脚浅一脚地跑了一夜，想找户人家要点热饭吃。他太饿了，实在是走不动了。

他叫李鲁，是奉天铁道学院土木科的一名学生。昨天下午，日本教官吉野把他和同班的申富民、刘桂堂一起带往学院里的一个教学实验室。他们以为是要做实验准备，便没在意。吉野跟在他们身后，也不说话。快到实验室门口时，他们看到门口一边一个日本兵，手上端着带刺刀的步枪，瞪着眼睛，一动不动地站在那里。顿时，三个人感到事情不妙，不由自主地回头看了吉野一眼，问："咋回事？""进去！"吉野瞪着眼，用日语对三人吼道。还没反应过来，他们三个人就被吉野和两个日本兵推进门里。

实验室里，前边的桌子上放着一盏大号马灯，照得屋里很亮。李鲁惊恐地用眼睛在屋里扫了一圈，发现这个平时做实验的大屋子里安放着一个烧煤炭的铁炉子，炉子的烟筒已经烧得通红，炉子旁边放着一条木凳，对着凳子的是一张课桌和一把椅子。桌子两边各站着两个日本宪兵，他们手里枪上的刺刀寒光闪闪。

在桌子左侧的墙边站着七八个学生,仔细一看都是其他班级的同学,吉野把李鲁他们三人排在这几个同学后面。

屋内还有一个穿黄呢子军大衣、戴眼镜的日本军官和两个穿黑色便衣的日本人。李鲁认出其中一个穿黑衣服的人是学校的训导长竹下次郎,只见他正面对着戴眼镜的军官小声说着什么。

就在这时,门又开了,两个日本兵架着一个人进来。他满脸是血,两只胳膊被反绑在后面,身上的棉衣已经露出棉花,上面血迹斑斑。他几乎是被拖进来的,两个日本兵把他拖到凳子旁,往凳子上一放,然后一边一个,一手摁住这个人的肩膀,一手往后拽起他的头发,疼得他咬着牙"哼"了一声。

戴眼镜的日本军官走到桌子后面的椅子旁坐下,挥了一下手。竹下次郎马上转向学生,用手指着坐在凳子上的那个人说:"他是共产党,你们谁说出他的同伙,我就放谁走。"说完,他的眼睛快速地在每个学生脸上扫了一遍。当他看到学生脸上惊讶、诧异、木然的表情时,又大声吼道:"你们都是前天上街游行的,本该统统杀头,是松田大佐看你们年轻,觉得你们是人才,才决定再给你们一个机会。"说着,他的脸转向在桌子后面坐着的戴眼镜的军官。

"吆西,年轻人,说吧,说出来就放你们走。"松田大佐斜着身子对学生们说。

"小鬼子,你们就不要再欺负这些孩子了!我不认识他们,他们也不认识我!"被按在凳子上的人大声对松田说。

李鲁感到这个声音很熟悉,他仔细看了看说话人流着血的脸。是他,是前天在奉天火车站广场演讲的郑老师!他认识郑老师。今年暑假期间,他和同班好友马腾飞一起报名参加了中学堂办的业余古文班,郑老师在这个班讲诸子散文。他用通俗的语言把一些散文中的观点、言辞和表达方式阐释得生动有趣、简明易懂。也许是因家乡情怀吧,李鲁对齐国人孙武写的《孙子兵法》很感兴趣,经常在课后请郑老师解惑释疑。时间久了，人也熟了，而且马腾飞以前就是郑老师的学生，郑老师就不拿他俩当外人，经常借古喻今，给他俩讲一些忧国忧民、抗日救国的道理。这对李鲁和马腾飞的思想触动很大，"天下兴亡，匹夫有责"，我辈怎能容忍日寇铁蹄蹂躏我大好河山？这些想法深深埋藏在两个年轻人心里。

这次在火车站广场举行的反对日寇奴役青年学生的集会，就是他们参加的一次抗日救亡行动。没想到马腾飞和郑老师在疏散学生时落在后面，都让日本宪兵抓住了。李鲁还在往下想着，突然，一声吼叫把他的注意力拉了回来。

"我再说一遍，谁说出他的同伙就放谁走，不说就死了死了的！"竹下次郎又喊了一遍。学生们还是没吱声，有的还往后退了一下，后背贴到墙上，屋里的气氛更紧张了。

这时，松田一下子站起来"哼"了一声，朝那个穿便衣的日本人做了一个扇巴掌的手势。这个日本人急忙转身，从工作台上拿起一条皮鞭，跨过一步，伸手拽起前边一个学生的上衣领口。他个子高大，几乎是将学生提起来又扔下去，接着就是一阵猛抽。皮鞭落在学生的身上、头上，打得学生在地上翻滚着乱爬。不一会儿，这个学生身上的棉衣就被皮鞭抽得开了花，头上、脸上流出血来，不停地"哎哟"，身体蜷缩起来。

"说不说？！"竹下次郎恶狠狠地问。

"我不知道，我真不知道。"学生沙哑着嗓子答道。

"再打！"竹下次郎喊道。穿便衣的日本人对着这个学生又是一阵乱抽。

"住手！"坐在凳子上的人吼了一声，挣扎着昂起头。看他好像要说些什么，按住他的两个日本兵马上松开了手。他朝松田冷笑了一下，慢慢站起身来，突然，他飞起一脚踹向铁炉子。刹那间，一炉膛炭火倾倒在松田脚下，满地火光四溅。桌子倒了，马灯掉在了火红的炭渣上，淌出的煤油嘭的一声爆炸开来。屋里的人顿时乱作一团，"哎呀！哎呀！"，喊叫声一片。屋里燃起熊熊大火，本来冬季就干燥的木屋顶接着就烧起来了。火势很快冲破屋顶，屋顶上翻滚着的浓浓黑烟裹着烈火蔓延开来。屋里的人本能地往外跑，谁也顾不上谁，一起往门外涌。

李鲁本来就站在门口附近，见此情形几步就跑出实验室，他稍愣一下便急忙往厕所奔去。他知道厕所的墙角有一处小豁口，从那里很容易翻墙到学校外面。平时不少男学生回来晚了，为了躲开校门口传达的盘问，就从这里翻墙进来。他一口气跑到厕所墙角，往上一蹿就爬上墙顶，转身跳下去就是一阵疾跑。

"有二里地啦？"他边跑边问自己。离学校稍远些了，他看身后没人，便停下了脚步。这时天色已黑，他定了定神，问自己："这是在哪里？"他环顾四周，看到不远处的上空还有火光，那是学校的实验室在燃烧。"这里是北陵的西南方向。"他自言自语，松了一口气。

他有些口渴，便蹲下去用手扒了扒地上的雪，抓了一把，两口就吞了下去——好舒服啊！他感到嗓子不再冒火，接着又吞了几口雪。直到觉得有点冷了，他才意识到不能再待在这里了。去哪儿？他又问自己。回家？不行，日本人可能一会儿就去家里抓人。去爸爸上班的扳道房？也不行，很可能碰上巡逻队。在奉天找个地方躲几天？不行，一旦被日本人抓到，可能就没命了。学校不能去了，学业也就到此为止了。回山东老家？对！现在只剩下这条路可走了。

李鲁将这些选择在脑子里像看电影似的过了一遍，他有点伤感，但为了活命也只能这样了。他在原地踱步，仔细思考从奉天回山东老家走哪条路安全些。如果走山海关—天津—济南这条路，路途虽近但沿途战事频发，日本人在这条路上控制得很严，自己可能随时被抓。如果走旅顺口乘船到烟台，再到济南，这条路远还要渡海，也不知道咋上船。但是这条路从奉天到旅顺口是"满铁"，日本人占领多年，控制得会松一些，也不打仗，自己对这条路也熟悉，就走这条路吧！李鲁下了决心。

他看了看天，天上一颗星也没有，黑窟窿似的，风也越来越大，不时吹起一些小雪粒打在脸上。他知道这必将是一个风雪交加的夜晚。他看了一眼远处昏暗的电灯，估计现在已差不多晚上七点了。

他要往南走，在天明前跨过浑河，离开奉天城。主意已定，这倒是让李鲁觉得轻松了一点。他整理了一下衣服，摸一遍身上的口袋，当摸到上衣口袋时，发现里面还有上周回家时妈妈给的五元钱。他拿出来攥了一会儿，心想，有这五元钱就还能再吃几天饭。想到走之前也不能和爸妈见一面，李鲁心里不由得一阵酸楚。

李鲁的爸爸是山东人，叫李东南，十几年前闯关东来到奉天，在"满铁"奉天站当扳道工；妈妈刘氏是本地人，在家里操持家务。李东南与刘氏两人结婚后，到了三十多岁还没孩子。十一年前，夫妻二人回山东老家时，说通弟弟李东山将其三儿子李祥飞过继来当儿子。李祥飞八岁那年来到奉天，改名为李鲁，谐音是"离鲁"，也就是离开山东。

李东南每月领三十多元的薪水，三口之家刚刚能凑合着过下去。夫妻二人将李鲁视为己出，省吃俭用供李鲁上学。李鲁很懂事，也很聪明，读了国民教育小学、中学，后考入奉天铁道学院本科二部。眼看过了年到夏天就毕业了，今天却发生了这件事，真是祸从天降。书也读不成了，只好先逃命。

李鲁在田野上向浑河岸边走去，他熟悉这一带的地形。每年夏天他都会和小伙伴们一起来这儿，在河里捉鱼、摸虾、洗澡、玩耍。夏天，雨后的浑河水非常浑。浑河上游下雨后，河水冲下的泥沙使其变得浑浊，然后自东向西奔流而去。不下雨时，浑河水不算浑，也不深，他和小伙伴们在河里洗澡、打水仗，玩得很开心。

浑河上有一座日本人修的铁桥，来往的车马行人都从这儿过。到了冬天，浑河封河，人们就从冰上来往过河。李鲁来到河边，想看看河面结冰没。如果浑河结冰了，能从这旮瘩（方言，意为"地方"）过河，那可就太好了。这样不会被日本人逮住，也能少走点路。他借着雪反射的光，看到河两边是白色的，但河中间还是黑色的。他用脚在河边的冰上踩了踩，觉得冰太薄。"还没封河。"他嘟囔道。"唉，只能走铁桥了。"

说着，他转身朝铁桥走去。

半夜时分，他来到铁桥边，先蹲在地上听了听动静，他担心日本人会在桥上巡逻。他蹲在那儿等了一会儿，只听得耳边狂风呼啸，风雪沙沙地打在脸上，再没有别的什么动静。他想，也许是因为今夜风雪太大，再加上天寒地冻，才没有人来这里。他站起身来，小心翼翼地朝桥头走过去。到了桥头，李鲁顺着桥面向前看了看，确定没人，这才疾步从桥上走过。过了桥，他松了口气，重新定了一下方向，朝苏家屯奔去，随后就出现了开头的那一幕。

李鲁在屯子东北角一户人家的篱笆墙外停下，这家的烟筒冒着烟，看来是起得早的一户人家。他站在篱笆墙外，向屋里喊道："有人吗？屋里有人吗？"

吱呀一声，门开了，从屋里走出一位五十多岁的老汉，他向篱笆墙外看了看，问："谁呀？"

"是我，大爷。"李鲁摆摆手，答道。

"有事吗？"老汉边往外走边问。

"大爷，我是过路的，想讨口饭吃。"李鲁不好意思地说。老汉打量着眼前这个穿蓝色制服的细高个儿小伙，只见他白净脸、高鼻梁、大眼睛、剑眉浓黑、唇红齿白，略带稚气的脸上淌着汗水，干燥的嘴唇朝外哈着热气，正在用求助的眼神望着他。

"你是工人？"老汉问道。他看到眼前的这个小伙，不由得想起了自己在外的儿子，儿子也穿这样的衣服。

"是的，我能进来吗？"李鲁试探着问。

"进来吧！"老汉边开门边用手示意。

李鲁跟着老汉来到屋门口，用手拍了拍身上和帽子上的雪，才进到屋里。见到老汉的家人，他赶忙打招呼："大娘好！"

"哎，好、好、快坐炕上吧。"大娘在烧火做饭，她边说边往炉灶里加木柴。

李鲁觉得屋里很暖和，他摘下头上的帽子坐在炕边上。炕上还有一个小男孩正在睡着。

"小伙子，你一个人这么早出来干哈（方言，意为'干啥'）？"老汉问道。

"大爷，我从奉天来，想去鞍山，迷路了。"李鲁随便说了一个地名。

"唔，鞍山可不近啊！"老汉摇着头说道。

李鲁环视了一下屋内。这是一套有三间屋的平房，屋内墙角有一个盛苞米的小土囤，门后放着一个水缸，旁边堆着一堆劈柴，做饭的案板和碗筷都放在灶台这边。炕上有两床棉被，小男孩盖着其中一床，旁边还有一件灰色大棉袄。床头有个木柜子，其他家具就只有炕上的小炕桌了。"大爷、大娘，家里还有谁呀？"李鲁看着两位老人问道。

"还有儿子、媳妇，他们在奉天。儿子在奉天火车站扛大包，两三个月回来一趟。"老汉答道。

"饭好啦，吃吧！"大娘说着，从锅里盛了一碗苞米碴子递给李鲁。李鲁接过饭碗，闻了闻，说："啊，真香！"他用嘴吹了吹热气，就转着碗沿喝了起来。昨天中午吃了一碗苞米碴子之后，他直到现在才又吃上热饭。李鲁饿急了，边吃边说："好吃，大娘熬的饭真好吃！"

"好吃就多吃点。"大娘边说边递给他一块咸菜。看着眼前这个孩子饿成这个样子，大娘有点心疼，她又给他添了两勺，一直看着他吃完。"还吃吧？"大娘问。

"饱啦、饱啦，谢谢大娘！"李鲁摆了摆手，说道。两碗饭下肚，李鲁觉得浑身发热，也有精神头儿了，他问："大爷、大娘，我去鞍山还要走几天吧？"

大爷说："可是要走几天，你去坐火车呗！"

李鲁说："火车不能坐啦！我跟日本人打架了，我怕他们抓我。"

"噢，是这样。那你就顺着屯子南头的路往南走，碰上架子车就搭一截。"大爷说着，用手指了指朝南的方向。

李鲁看了看炕上那件灰色大棉袄，又看了看自己身上的蓝制服棉袄，对老汉说："大爷，您炕上这件大棉袄，能跟我换一下不？"

"你穿的是官服，我哪能穿！"大爷看了看李鲁身上的衣服说。

李鲁说："这不是官服，是铁路工人穿的制服。"

大爷说："我这是旧棉袄，你不划算。"

"没啥不划算的，您老愿意就成。"李鲁说着，解开棉袄的扣子。

"成，我留给儿子穿也成。那你穿我的合适不？"大爷说着，便去拿炕上的棉袄。

李鲁脱下棉袄，掏了掏兜里的东西放在炕上。他把棉袄递给大爷，顺手接过大爷手里的棉袄穿上，又把掏出来的东西装进口袋。李鲁是瘦高个儿，穿上大爷的棉袄也凑合。接着，他又跟大爷商量着把帽子也换了。

"成，像个庄稼人，不扎眼啦！"大娘站在一旁说。

李鲁很高兴，按当时粮食的行情掏出一毛钱递给大爷，说："这是饭钱，大爷收下吧。"

老汉急忙摆手，说："不能留钱，你还要赶路，留着路上花吧！"

李鲁谢过两位老人，出了屯子继续往南走。就这样，在之后的十多天里，他边走边讨饭。李鲁坐过架子车也坐过雪爬犁，住过小旅馆也住过寒冷的小柴房。脚上的棉鞋破了，他咬牙花钱换了一双。就这样，身上的五元钱花光了。李鲁从苏家屯出发，经过韩城堡、沙河、灯塔、辽阳、鞍山、大石桥、盖州、南关岭，一路上避开人多的地方，忍饥挨饿、提心吊胆地在冰天雪地里奔走。十一月下旬时，他走到了棒棰岛附近。

一路的奔波和饥寒交迫，使他年轻的身体疲劳过度，李鲁患上了胃肠病，拉肚子、发高烧。这天上午，他拄着一根木棍，咬牙硬撑着来到一个小村子的东头，看到一户人家敞着大门，就想走过去讨口热水喝。当他走到大门口伸手敲门时，突然一阵头晕，两腿一软便趴在大门口，昏过去了。

"谁呀？干哈？"听到有东西打在门上的声音，院子里正在玩雪人的小男孩扭头问道。这声音是李鲁摔倒时手里的木棍落在门板上发出的。

"顺子，你在跟谁说话？"屋里传出一个女孩子的声音。

"姐，我听到有人砸门啦！"叫顺子的小孩说。

"谁砸门？"从屋里跑出一个扎大辫子的姑娘。她朝大门口跑去，当看到自己家大门口趴着一个人时，她不由得一声惊叫："啊，吓死人啦！这是谁呀？"

"爹、娘，快过来瞅瞅啊！"她回身喊道。

"咋回事？"屋里传出一个男人的声音。

从屋里跑出来一男一女，男的看起来有四十多岁，女的是三十几岁的样子。男主人跑过来，拉起趴在地上的李鲁，把手放在他的鼻子下试了试，接着又摸了一下他的额头，说："发热啦，好烫啊！"

"醒醒，小伙子，醒醒啊！"他边喊边扶起李鲁的上半身，轻轻摇晃着。

"唉！"李鲁叹了口气，睁开了眼睛，看到身旁有几个人围着他，便想赶快站起来。

"能行？"男主人边问边扶李鲁起来。

"进屋吧！"女主人说。男主人搀扶着李鲁来到屋里，让他斜躺在炕边。姑娘急忙叠了叠被子让李鲁倚靠着，还给李鲁端了一盆热水让他洗洗脸。女主人赶忙烧开水先让李鲁喝下，接着又熬粥给他喝。经过这一阵忙活，他们看到这个小伙子缓过劲来了。

"大叔、大婶，给你们添麻烦了。"李鲁望着两人轻轻说道。

"小伙子，你病了，咋还往外走？"男主人坐在炕边跟这个年轻人聊着。

李鲁感觉到这一家人的善良和实在，心里热乎乎的，他说："大叔，我从奉天逃出来半个月了，拉肚子、发烧两天了，走不动了。"

"你要去哪儿？"站在一旁的姑娘问道。

"为啥逃出来？"男主人打断女儿的话问道。

"我和日本人打架了，日本人要弄死我，我想回山东老家。"他回答了他们父女的问话。

"噢，老家在山东哪儿？"男主人问。

李鲁答道："山东泗城。"

"噢，巧啦！我们也是山东人，烟台的。"男主人说。

"真是巧啦！老乡见老乡，两眼泪汪汪。孩子，你就先住下吧，治好病再走。"女主人连珠炮似的说。

"我去郎中那里抓点药，给这孩子熬熬喝。"男主人说着，站起来往外走。

"大哥，你先歇歇吧。一会儿我爹回来，我就给你熬药。"姑娘亲切地称呼这个年轻人。她似乎觉得眼前这个年轻人就应该是自己的哥哥。

"让他躺一会儿吧。"女主人对女儿说。李鲁感到屋里很温暖，朦朦胧胧觉得像是回到了家里，就安心地睡着了。

这是棒棰岛对面的一个小渔村，村里有几十户人家。村子中心住着赵郎中，他开了个小药铺。男主人林富贵很快来到药铺，他一进门便说："赵先生，我表侄来了，路上冻病了，又拉又发热，给我抓几服药吧！"

"发热几天啦？"赵郎中问。

"两天。"林富贵答道。

"咳嗽吗？"赵郎中又问。

"有点咳，不厉害。"林富贵稍停顿一下说。

"多大啦？"赵郎中边拿纸笔边问。

"二十岁啦！"林富贵凭印象说了这个年龄。

"噢，你稍微等会儿吧，我这就给你抓几服药。"赵郎中示意林富贵稍等。赵郎中问完，便开了药方，接着站起身来拿了几张纸铺在桌子上，又拿起秤，边从药匣子里抓药边过秤，然后倒在铺好的纸上。重复几遍，赵郎中放下秤，又包好药递给林富贵，说："回去先泡半个时辰，开锅后再熬一袋烟的工夫，喝下去盖好被捂捂，出出汗。"

"行、行，照先生说的做。"林富贵接过药说道。

"先喝三服，退热了再喝三服调调。"赵先生又嘱咐了一句。

"行，谢过先生。"林富贵付了钱，转身回家。按照郎中说的，他煎好药后让李鲁喝下再发汗，到了傍晚李鲁就开始退烧了。林富贵的妻子张氏和女儿林英赶忙擀面条让李鲁吃下，李鲁气色就好多了。晚上，一家子又伺候李鲁喝下一碗药汤，让他在大炕上睡下。

　　第二天早上，李鲁感觉好多了，他下得地来，看了看这家人屋里屋外的摆设。这是三间北屋，东间盘着一张大炕，白天活动、吃饭都在这间屋里，李鲁和林家父子晚上就一起睡在东间炕上。西间也盘着一张小坑，张氏和女儿林英睡在西间。当中一间里，支着一大一小两个灶台，一边一个，东边大灶台烧东间的大炕，西边小的烧西间的小炕，一天三顿饭也是在大灶台上做。中间的屋里还放着水缸、劈柴，在最里面正对着门的墙边摆着一张八仙桌和一个长条几，桌子两边各摆着一把椅子。这是山东人家传统的摆设。知道的人一眼就能看出这是一家山东人。这几件家具用的是水曲柳，做工仔细，雕刻有柏、柿子、如意组成的"百事如意"图案，蝙蝠、盘长、磬组成的"福寿长庆"图案，还有"二龙戏珠""牡丹戏凤""象驮宝瓶""三阳开泰"等图案。件件雕工细腻、栩栩如生，足见木匠的手艺功夫。

　　门外的院子有三分多地，东面是两间柴房，里面堆着劈柴，从敞开的屋门向里看，可以看到墙边竖着几件农具和渔具，墙上挂着木匠用的工具，下面摆着木板做的工具箱。院子里贴着西墙有一个石磨，石磨旁边栽了一颗樱桃树，还堆着一个小雪人，前面还有一棵碗口粗的杏树。院子的东南角是大门，西南角是牲口棚和茅房，棚子里拴着一头黑毛驴。时下已经是天寒地冻，院子里积雪有半尺厚。大门、柴房和牲口棚由一条扫出来的小路相连。这是一个普通的东北农家小院。

　　李鲁在这里放心地住了下来，按照主人的要求吃药休息，打算等待病好再走。在与主人的闲聊中，李鲁介绍了自己的情况，也了解了主人的身世。

　　林富贵今年四十二岁，有着高高的个头、宽实的肩膀、黝黑的皮肤和一副饱经沧桑的脸膛。他的老家在山东烟台的文登县，从小生活在海边一个渔村里。父亲林祥海是个渔民，林富贵打记事起就知道父亲常年出海，只有冬天在家。母亲在家带着姐姐、他和弟弟三个孩子，种着村西头的一亩半地，落潮时会领着他们去赶海。在他十四岁那年的冬天，父亲拎上两份礼物，每一份有一块肉、几条咸鲅鱼和母亲做的喜饼，领着他到邻村姑奶奶家，拜一个叫张景堂的表大爷为师，学习木工。

张景堂是十里八村闻名的木匠。他造船造车，修船补漏，盖屋上梁，建庙垒塔，打家具，做棺材，修造犁耙耧车、木掀叉子，无所不能，样样精通。那时张木匠四十多岁了，只有一个小女儿，带了两个徒弟，一个二十岁，一个十七岁，都是自家侄子。

张木匠前一阵儿赶集时正好碰上表弟林祥海，聊起各自的营生来，他流露出还想再收个徒弟的想法，表弟就把儿子富贵推荐给他，张木匠就让富贵先来试试。林祥海领着儿子走了八九里地，来到表哥张景堂家放下一份礼物，来不及坐一会儿，就拿着另一份礼物去看张景堂的父母，也就是林祥海的姑姑和姑父。张景堂想陪着一起去，被表弟拦住了。

"一会儿就回来。"表弟摆摆手，说道。

林祥海每年都是腊月来走一趟亲戚，今年提前了。娘家来人了，姑姑和姑父很高兴。姑奶奶拉着小富贵的手亲不够，夸奖富贵长得好看，大了会是个有出息的孩子，又问了问祥海家里的事。拉了一会儿家常，林祥海就告别了姑姑和姑父，又回到表哥张景堂家。

表哥沏了一壶茶，在东间炕上等着林祥海回来喝，表嫂已经开始烧火做饭。张景堂见富贵是个周正的，就答应收下这个徒弟。从此，林富贵跟着张景堂开始了学木匠手艺的生活，这一学就是五年，刮、拉、凿、锛、砍等木匠活，他样样都拾得起来。

富贵跟着师父张景堂还学了不少为人处世的门道，他机灵、勤快、诚实，深得师父喜爱。富贵的两个师兄也是他的表哥，大师兄张全礼在前年就出徒自立门户了，有大活时就过来帮师父一起干。二师兄张全义是个慢性子，忠厚老实，干活不急不躁，倒是慢工出细活，师父也喜欢。富贵与俩师兄不同的是，他能画图，能照图精雕细刻出巧活。往往是师父在外"应活"，他就画出图来拿给东家看，东家看图后，满意就照图施工，不满意就按东家的意思去改，再画出图来给东家看，直到东家满意为止。富贵的这个功夫帮了张景堂的大忙，一来能给东家挑选样子，"应活"更好谈了，省了张景堂很多嘴皮子，二来照图施工也减少了与东家扯皮的事。这让张景堂很高兴，他私下把自己身上的几样绝活教给富贵。富贵也是一点就透的人，他暗自记在心里，一有空就琢磨，有活时就试一试。这样日复一日、年复一年，富贵的木工手艺就在本地方圆几十里数得着了。"名师出高徒啊！"人们经常对张景堂说这些夸赞的话，张景堂听了心里美滋滋的。这年，林富贵十九岁，长成一个英俊小伙了。常年做木匠活使他膀大腰圆、身材匀称，师父一家人都喜欢他，张景堂出门也愿意带着他。

到了三月二十三，每年一次祭祀海神娘娘的大庙会在大岛村海滩上开始了，附近十里八乡的善男信女涌来赶会。人们献上各种各样的供品，妇女献上绣鞋、幔帐，男人们来到海神娘娘像前上供烧香，祈求神灵保佑免灾除难，渔行还要耍狮子唱大戏。

张景堂带着妻子、女儿还有富贵一起去赶会看热闹，不料这次赶会却改变了张景堂一家的命运。在庙会上，当地的渔霸孙四海看上了张景堂的女儿桂芝，要桂芝给他当儿媳妇。孙四海有个二十岁的傻儿子，十八岁那年娶了邻村一个姑娘，姑娘过门一年就上吊了，传说是遭孙四海欺负，羞死的。孙四海有三个女儿，都已出嫁，大女婿在烟台当兵混上了营长。孙四海仗着这个女婿，欺行霸市、横行乡里，他本来是个鱼贩子，却赶走了淮行掌柜，自己当上了大掌柜。

他差王媒婆来张家提亲只是做样子，张景堂答应他要娶，不答应他也要娶。他昨日见桂芝长得好看，便动心思先娶进门当儿媳，再作他图。

张景堂毕竟是在外闯江湖的人，知道怎样应对这件事。他以跟爹娘商量为由让王媒婆三天后来听信，王媒婆这才站起来走了。

当天晚上，张景堂把大徒弟张全礼喊来，一家三口加上富贵和全礼商议，让富贵带上桂芝逃往东北。全礼送他二人到烟台，等富贵和桂芝上船后再回来。

张景堂决定，让十九岁的富贵和十五岁的桂芝走之前拜堂成亲。好在富贵和桂芝平时亲如兄妹并不生疏，两人跪拜了天地和爹娘，就算成亲了。可怜桂芝从小受娇惯，没离开过父母，这仓促成亲又要背井离乡使她一时难以接受，抱着母亲哭个不停。张景堂只好说些宽心话，让桂芝先出去躲躲，过两年再回来。

这边打点行装，富贵带上几件小工具，全礼也回家收拾行李，跟媳妇说出去干活，然后带上木匠工具过来会合。下半夜，三人奔烟台而去。从家到烟台二百多里路，全礼带着富贵和桂芝一路向北走。天明后，三人找地方吃了点饭，全礼还雇了一辆马车，路上快了许多。第三天到了烟台，全礼买好船票，等富贵和桂芝上船起锚离岸，他才松了口气，转身往回走，向师父复命。富贵和桂芝坐船到了旅顺口，几经打听找到棒槌岛对面的这个偏僻的小渔村，他俩在这里安了家。

李鲁的到来让林富贵和张桂芝夫妻感觉同是天涯沦落人，他们对李鲁产生了怜悯之心。接下来的几天，他们细心照顾李鲁，李鲁的病情大有好转，体力恢复得很快，能在屋里屋外活动了。

林富贵见李鲁精神不错，便让家人避开，单独跟李鲁聊聊。李鲁向他讲了这次逃生的原因和想法。李鲁说，这次来到棒槌岛，是因为参加反日集会遭到审讯，得一个老师相救自己才逃出来的。他打算回山东老家，那里有自己的爹娘。林富贵问他是不是共产党，他说不是。林富贵跟他讲，他听山东老乡说，山东老家有专门打日本人的共产党。李鲁点点头说，是，他也听说过。林富贵让李鲁安心在自己家养病，等病好再说。

这次交谈后，李鲁觉得林家对他更好了。他目睹林家一家人为自己所做的一切，心里非常感激。两位长辈像对待自己的孩子一样为他治病调养，姑娘林英为他端水、端饭，细心照料。他感觉到她为自己的病而着急，也为自己病情好转而高兴。她在照顾他时常有一种掩盖不住的羞涩，他感到林英给他一种难以言表的温暖和力量。他愿意和林英多待一会儿，尽管天天都是重复那几句"洗脸吧""吃饭吧""喝水吧""好些了吗"的平常话，但李鲁心里却是那样的温暖。

弟弟小顺子一口一个"大哥哥"，每天围着李鲁转来转去，瞪着眼睛问这问那，拉着他去看自己在院子里堆起来的小雪人。李鲁觉得这一家人就像自己的亲人一样。

转眼就快到大雪节气了。这天，连续下了两天的鹅毛大雪停了，阳光早早地洒向大地，照在雪地上反射出万道金光。李鲁眯起眼睛望着窗外院子里的白雪，心中想："天晴了，该走了。"吃过早饭后，他悄悄跟林富贵说了自己的想法。

林富贵一听，不住地摇头说不行。他说："你要过渤海湾就要坐船，坐船就离不了通行证。当下实行的通行证，都要经过日本军方签发，还要相片，俺们办不了。再说，大雪时节渤海湾结冰，渡海的木船都停了，只有日本人的大铁船两三天开一趟，查得很紧，你这时候走不安全。"

"那我不能老待在这旮旯啊！"李鲁着急了。

林富贵说："你等过了年，开春再走。那时候船多，好混过去。"

"那我也不能老在你家吃闲饭啊！"李鲁很无奈地说。

"吃饭的事好说。倒是要想办法筹些盘缠，你好路上用。"林富贵说。

李鲁觉得林富贵讲得有道理。是的，不能再讨饭回老家吧？他想了想，说："林叔叔想得周到，我光想着走，把盘缠的事忘啦！那咋整？"

林富贵想了想，说："我前一阵应了几样活，东家不着急，本想着来年开春再干，那就这一阵干吧。你给我打打下手，行吗？"

李鲁一听有活干，不再吃闲饭，便愉快地答应："行啊，我也学点木匠手艺。"

"等过几天你再好些，身上有劲了再开工。"林富贵说。

第二章
真心相爱

　　定下开春后再回山东，李鲁倒是沉下心来了。他想，既然要等两三个月才走，这期间除了学着干木匠活，也要教小顺子和林英学点文化。特别是林英，她长得端庄俊秀，而且天资聪慧、心地善良，只可惜不识字。

　　李鲁感到很惋惜，心想，我先教小顺子学习，看林英的反应。她若愿意学，可见她是上进之人，我定会竭力助之；她若不愿意学，那就不是自己的同路人了。他打算好了，在吃饭时就当着大家的面说了自己的想法，一家人都赞成，唯有林英说了句："我年纪大了，能行吗？"说着，瞅了李鲁一眼，很想得到李鲁肯定的回答。李鲁很干脆地说："行！老妹聪明过人，准行！"林英这才说试试。

　　林富贵去村里铺子买了笔墨纸砚，李鲁开始每天教姐弟俩读书、写字。他从《百家姓》开始，讲中国人的姓氏、名讳，讲盘古开天、三皇五帝，讲改朝换代、历史更替，还讲如今的伪满洲国——日本人扶持的傀儡政权。他给姐弟二人讲他参加的反日集会和他上学的铁道学院，讲"南满铁路"、蒸汽机、火车头等。古今中外文明，不管是英雄豪杰、文人墨客，还是诗词歌赋、戏曲小说，李鲁都能声情并茂，娓娓道来，带领姐弟俩畅游在知识的海洋。讲的人时而眉飞色舞，时而慷慨激昂；听的人全神贯注，时而目瞪口呆，时而兴奋不已。天天如此，一个多月过去了，李鲁觉得日子过得又快又有意思。他觉得林英记性很好，也很有灵性，字不光认得多，写得也好看。李鲁心里高兴，他多么想把自己所有的知识都教给林英。从林英的那双大眼睛里，他看到了崇拜，也看到了爱慕。

这天，屋里只有林英和李鲁两人，林英对李鲁说："哥，你学了这么多文化，念了这么多年书，一定有很多同学吧？"

李鲁说："同学是不少，但是很难再见面了。"说着，李鲁不免有点伤感。

林英见状，忙说："以后总会再相见的。"李鲁叹了一口气。停了一会儿，林英又说："哥，你有女同学吗？"问完这一句，林英的脸一下就红了，她忙低下头。

李鲁听林英问女同学的事，又见她这么不自然的样子，心里一下明白了林英的意思，急忙回答："没有，没有。我是学土木科的，全是男的。"

林英听后，明显轻松了起来。李鲁看着林英的脸问："有人向你提亲吗？"

林英红着脸，低头小声说："没有。"

正在这时，院子里响起小顺子和爹娘的声音，他们去铺子里买东西回来了。林英看了李鲁一眼，急忙出屋去迎接他们。过了几天，林富贵在吃饭时说："这几天都是大晴天，我想去东家把木料运回来，咱们选个日子就开工吧！"大家都同意。林英说："我跟爹去拉木料。"李鲁说："我也去！"林富贵说："用不着去这么多人，你们在村口帮我拉个上坡就行啦！"

第二天，林富贵借了一辆架子车去邻村运木料。李鲁和林英算着时间差不多了，两人一起来到村外，向着邻村的方向去迎林富贵。

两个村子相距五里路，雪地里有一条斑驳的小路把两个村子连接起来。空旷的田野白雪皑皑，不时刮起一阵北风，吹得人脸剌拉拉地疼。两人来到坡上，已经看到林富贵的架子车向这边移动了。林英急忙向坡下走去，她要迎上去帮爹拉车。李鲁怕林英滑倒，伸手去拽林英的手，两人手拉着手走到坡下。虽然都带着棉手套，但是两个人还是激动得脸红。

林英抽回手将脸转向一边，李鲁也不知说什么好，只是心怦怦乱跳。还是林英打破僵局，先开口说："十几年前就听老家来的刘叔说，我家爷爷、奶奶和姥爷、姥娘都不在了，爹娘都不提回老家的事。你老家还有谁？"

李鲁答道："我也不知道。我八岁离开老家，一次也没回去过，也不知道爹娘咋样了。奉天这边爸妈也不知道我的事，我离家两个多月了，他们指定急坏了。"李鲁声音沙哑，泪水夺眶而出。

"别难过，过一阵让我爹找人打听打听奉天那边老人的事。如今胶东人来大连的多着呢，我爹的熟人多。"说着，林英从兜里掏出一块小手帕递给李鲁，让他擦去脸上的泪水。李鲁接过手帕，林英转身向前跑去了。

李鲁打开这块崭新的叠得方方正正的雪白手帕，看到手帕的中间绣着一对小小的鸳鸯，顿时心跳加快。他急忙收好装进上衣口袋，让它贴近自己的心口，然后迈着轻盈的步子追向林英。

林富贵从东家装了一架子车木料拉回来，虽然有小毛驴拉车，但他还是累得满头大汗。李鲁跑过来接过车把，让林富贵歇歇。林英在后面推着车子，几个人没一会儿就回到了家里。

冬日的暖阳十分珍贵。这天一早，林富贵起床看到是一个大晴天，便招呼林英和李鲁准备开工。几个人一起清除了院子里的积雪，又扎好一个木架子，摆放好木料。林富贵在木头上画好线，将木头斜着固定在架子上，又在木头下半截放了一条大木凳，他一只脚踏着木头，一只脚站在凳子上，拿起大锯，先让林英拉几锯给李鲁做示范。林英拉了几下，让李鲁试试。李鲁接过大锯的木把，按照林富贵的要求站成弓步，伸出手一来一回拉起大锯。

林富贵站在凳子上不断指导着李鲁上身的姿势，哪一只手用力，哪一只手轻使劲。李鲁听从指挥不断调整自己，一会儿就适应了。林富贵也觉得顺劲，两个人很快就锯下一片边料。

林富贵指着锯口给李鲁讲怎样用劲才能不偏锯，夸奖李鲁学得很快。

两人又锯了两块木板，林富贵就让李鲁歇着去了。李鲁以前没有干过体力活，拉锯这活也是第一次干。这一会儿干下来，他已浑身是汗、腰酸背疼，回到屋里的大炕上，一下就四脚朝天躺下了。林英赶忙拿来热手巾帮他擦脸上和脖子上的汗，一边擦一边说："累成这样，你早说，我替你就是！"

"刚干点活就说累，我不好意思，再说也不是很累。"李鲁说着，握住林英拿手巾的手，想拉到嘴边。林英本能地缩回手，两人都闹了个大红脸。林英转身就跑出去了。

吃午饭时，林英妈看到李鲁不如平时精神，便对着林富贵说："这孩子病才好，又没出过力，你别累着他！"

林英也说："拉锯的活，还是我多干点吧。"林富贵连连点头。

李鲁赶忙说："没啥，我能干。"他感觉心里热乎乎的。

在当地，给姑娘做一套嫁妆，得有炕寝柜、装衣服的箱子和炕桌，讲究点的还要有桌子和椅子。林富贵要做的这套嫁妆，就属于讲究的一套。

木匠拉锯是大活，李鲁和林英倒替着与林富贵拉大锯，两天就把所用的木料锯完了，剩下的刮面、凿榫、组装和刷油漆这些细活，李鲁只能打打下手。拉锯是个累活，也是个技术活。李鲁看到林英干活是一把好手，她会使巧劲，拉起锯来轻松自如。林英生怕累着他，两人互相关爱，林富贵和张桂芝夫妇都看在眼里。

这天晚上，张桂芝趁林英在东间屋里听李鲁讲课，跟林富贵商量林英与李鲁的事。夫妻俩都认为李鲁是个好孩子，与林英也般配。

"只是不知道他家的底细，也不知道李鲁能不能留下。"张桂芝不无惆怅地说。

林富贵则更看重人品，他认为李鲁人品好。林富贵说："他原本不想在咱家久留，也不会想到要和林英好。如今留下了，也和林英好上了，这是天意，该林家有这么个姑爷。"

至于能不能长久留下，林富贵沉默了一会儿，又说："大丈夫四海为家，李鲁是个大学生，早晚是个吃官饭的，是走是留由他来定。"两人商议好过几天把事情说开，把林英与李鲁的终身大事定下。

转眼到了腊月二十，快过小年了，林富贵给东家做的嫁妆也完工了。他又借来架子车，分两趟给东家送去这些上过红油漆的家具。东家仔细查看了家具，不住地点头，夸林木匠好手艺，然后痛快地付了工钱。林富贵拿工钱回家，全家人都很高兴，聚在一起商量着置办年货的事。

小顺子咋呼着要买鞭炮，林英说要买几张大红纸，让李鲁写对联，她还要剪窗花。

李鲁赶忙说："我来写。"

张桂芝说，要给林英买块花布做褂子，过年时套在棉袄上穿。林富贵算计着买块肉，再买点面，家里有萝卜、白菜，可以包饺子。他问李鲁要买啥，李鲁连连摆手，说啥也不要。林英说："你别客气，想要啥就说。"李鲁又摆摆手。

"要不然买块布，我给你缝件长衫穿，让人一看你就是个书生。"林英用自豪的语气说。

"是啊，闺女想到了，李鲁这件棉袄不是他的。多买点布，一块做件棉袄。"张桂芝说。

李鲁还说不要，只听林富贵说："就这样定了吧，明天就出去置办。"

张桂芝看了一眼林富贵，林富贵会意地点了一下头。张桂芝让小顺子去铺子打点酱油，晚饭给他做炖菜吃。小顺子要了钱，拿上瓶子出去了。

林富贵与张桂芝又对视了一下，然后张桂芝对李鲁说："孩子，你来了这一阵子，俺看你是个好孩子。俗话说，男大当婚，女大当嫁。你和林英一个未娶，一个未嫁，也都老大不小啦，天天在一起，虽说没啥，可还是不担事。今儿个，我问你一句话，你愿意和林英成亲吗？"

这些话让李鲁和林英顿时脸红了，林英低下头不吭声，她等着李鲁回话。

李鲁感觉事出突然，没想到林英妈今天就把话说明了。这正是自己求之不得的大好事呀，原来想找个合适的机会，自己先提出来向林英求婚。此时，两位长辈都在场，就是要为林英的终身大事做主。

他站起身来，面对林富贵和张桂芝扑通一声跪倒在地，看着林英爹娘的脸说："叔、婶，我愿意。您今天就是不问我，我也要找个机会向二老提出来。既然婶说了，我先谢过您对我的信任。请二老放心，我李鲁若能娶得林英为妻是我的福分，我今生今世只对她好，今后不管走到哪里，都会和林英在一起。"

俗话说，男儿膝下有黄金。李鲁这一跪，表示他对此事的重视，林家人心中为之一震。林英赶忙跳下炕扶起李鲁，林富贵和张桂芝也说："快起来吧！"

张桂芝又问林英意下如何，林英站在李鲁身旁小声说："爹娘给我做主吧！"

张桂芝看了一眼林富贵，点点头，说："俺看出李鲁是真心对你好，今儿个，爹娘就做主把你许配给李鲁。"她又对林富贵说："明日请几个老乡过来坐坐，当众说一下俩孩子定亲的事。"

第二天，张桂芝置办了酒菜，林富贵请附近的三位老乡和赵郎中一起来家吃饭。席间喊来林英和李鲁敬酒，当众宣布他俩定亲。大家都夸俩孩子般配，是天生的一对，说了许多祝福的话，林富贵和张桂芝乐得合不拢嘴。饭后，客人要走了，林富贵留下老乡刘兆海，递给他一张字条，上面写着奉天李鲁家的地址，托他去奉天时看望一下李鲁的父母。

林富贵小声在刘兆海耳边说了几句，刘兆海不住地点头，说："放心吧大哥，正好年前要去奉天送趟货，我顺道去看看。"说完，他转身走了。

刘兆海是做海产品生意的，经常往来于大连和奉天。他和林富贵都是文登人，论起来还沾点亲戚，人很聪明也讲义气，与林富贵交往十多年了。他闯关东来到大连，先是在渔行里干活，后来打听到林富贵后，才来到棒棰岛。林富贵在海边几个渔村混得人缘好，帮他做起了海产品生意。他来东北时带来了张家和林家的不幸消息。张家最不幸，张桂芝跟林富贵跑了的第三天，王媒婆到张家告知，孙家要来下聘礼。张景堂说，闺女不认这门亲，跑了。王媒婆急忙回去告诉孙四海。孙四海一听，恼羞成怒，带人来砸了张家，打折了张景堂的腰。从此，张景堂一直瘫痪在床，一年多以后就去世了。张桂芝的娘连吓带气又伤心郁闷，几个月后也没了。

林家也被孙四海派人砸了一次，林富贵的爹被船东家辞退，没人敢再雇佣他。失去了生活来源，林家的日子过得很苦，富贵的爹娘前几年相继病死了。林富贵和张桂芝听了后，不住地号啕大哭，半天才醒过神来。伤心过后，两人感谢刘兆海的到来。从此，林富贵拿刘兆海当亲弟弟。两人一个是手艺人，一个是生意人，都是闯江湖的，又沾亲带故，互相有个依靠。七年前，林富贵又托人给刘兆海介绍了个老乡的闺女成了家，两家的关系更近了。

林富贵交代刘兆海，到奉天去李家要小心日本人，见机行事，别惹麻烦。

腊月二十八，家家都在忙年。过了晌午，刘兆海来到林富贵家里，当着一家人的面，说去奉天见到了李鲁爸妈的事。两位老人都还好，李鲁跑走后，日本人去他家搜查，把李鲁爸爸关了十几天才放回来，李鲁妈急得病了一场。两位老人见到李鲁写的字条，高兴得不得了，听说林家收留了他，又跟林家姑娘定了亲，就更高兴了。他们对亲家千恩万谢，还托他捎回二十块钱和一个小包袱。说着，刘兆海把钱和包袱递给李鲁。李鲁听了这些话喜极而泣，又高兴又难过，林英也眼含热泪帮李鲁擦泪水。

一家人谢过刘兆海。刘兆海又拉着李鲁到外屋，对李鲁附耳说："那天就你一人跑出来了，那场大火烧死了几个日本人，也烧死了几个中国人，还有几个没烧死的中国学生，后来也都被枪毙了。"

李鲁听后，又是一阵难过，他站在那里发呆。刘兆海见李鲁受了刺激，急忙招呼林英扶李鲁回屋。林富贵又出来让刘兆海吃完饭再走，刘兆海说要赶回家忙年，然后摆摆手就走了。

林英见李鲁泪流满面，她不清楚兆海叔刚才对李鲁说了些什么使李鲁变成这个样子。她对李鲁说："你想开点啊！刚知道奉天两个老人的消息，你应该高兴才是啊！"

李鲁这才回过神来，他把刘兆海说的话简单地说了一遍。全家人都说日本人太凶残了，就因为学生上街集会就给枪毙了，真是拿杀中国人不当回事。他们庆幸李鲁逃出虎口，安慰李鲁不要难过。

李鲁默默地点头，他既为自己脱险庆幸，也为痛失同学和好友难过，还有那位共产党员郑老师，是他舍身相救，自己才得以逃生。李鲁胸中燃起对日本人的仇恨，他在心里念着几个同学的名字，默默地说："我一定要为你们和郑老师报仇！"从这一刻起，李鲁坚定了投笔从戎的决心，他要做一个铁血男儿，驰骋疆场，为国杀敌。他想尽快回到山东参加抗日队伍。

冷静了一会儿，他慢慢打开包袱，看到里面是自己的几件衣服。在一件上衣口袋里，还有一个用手帕包着的小包，翻开一看，里面是一只白玉镯，他认出这是妈妈戴的镯子。妈妈说过，这镯子是姥姥给她的，她要给以后的儿媳妇戴上，她盼着这一天早点到来。李鲁看到衣服和镯子，猜想妈妈收拾包裹时的样子，一定是又高兴又遗憾，李鲁不免又一阵心酸。沉了一会儿，他拉起林英的手，说："这是妈妈给你的，本该是她老人家亲手给你戴上的，今儿我替她老人家给你戴上吧！"

林英郑重地伸出手，往上拉了拉袖口，让李鲁给她戴上这个白玉镯。她看着李鲁说："谢谢妈妈，过去这一阵，我们一定去看两位老人。"

林家今年过年可高兴了，喜事临门：姑娘定了亲，姑爷也跟家里通上了信儿，亲家还给儿媳妇捎来玉镯，认下这门亲事。全家人高高兴兴过大年，满院子喜气洋洋。

除夕这天上午，林富贵在堂屋正中挂上家堂，摆上写着林家祖先名字的折子。然后，他用一个长方形的大木盘子端着四个木板牌位来到院子里。他把牌位放在设好的香案上，点上香插进香炉，招呼张桂芝一起面朝西南跪下，嘴里念叨几句，伏下身子磕了三个头，后站起来端上牌位转身进屋，把写着已故父母和岳父、岳母名字的四个牌位安放在条几上。按理说，过年只摆自己先人的牌位，但是，在林富贵心里，他的岳父、岳母也是恩重如山的师父、师母。张家只有桂芝一个女儿，他和桂芝为逃难离开故乡，老人活着的时候他俩没能尽孝，这是他一生的遗憾。老人走了，每年过年时请回家里一起过个年，也是一种尽孝的表现。他在条几前的桌子上摆上几盘供品，看看布置妥当了，又招呼小顺子把李鲁写的大红对联贴在屋门和大门上。大门上贴的上联是"龙腾祥云门接福"，下联是"蛇吐瑞气户迎春"。字写得工整，谁见了都说写得好。林富贵还让李鲁多写了几副对联，他拿着一一送给邻居，心里乐滋滋的。

林英用大红纸剪了各种各样的窗花贴在窗子上。今年是蛇年，蛇为小龙，蛇年因此被人们称为"小龙年"。她还剪了许多美女蛇，各种姿势的美女蛇舞动着春风，给人间送来吉祥和幸福。

院子里的杏树上贴着"满园春光"，牲口棚门口贴着"六畜兴旺"，屋里炕边的墙上贴着"大吉大利""抬头见喜"。

屋门口和大门外还各挂了俩灯笼，一边一个，灯笼里放着用胡萝卜刻出的灯碗，里面倒上豆油，再用棉花搓成灯捻，天黑时点上，照得院子里和门口一片红。

古语云："一夜连双岁，五更分二年。"除夕晚上，一家人围在一起，先祭祖先和神灵。小顺子燃放完鞭炮，全家人开始吃年饭，一起"辞旧"。

李鲁和林英一起给爹娘敬酒，祝福爹娘身体安康，日子越过越好。小顺子也学他俩的样子，祝爹娘和姐姐、姐夫越来越好。

林富贵酒量大，他让李鲁斟满酒陪他喝，边喝边聊，总结家里一年中发生的大事。他说自己虽然有手艺，但是老百姓穷，没活给他干，他的日子过得也紧巴点。林家一年中最大的一件事，是来了个好姑爷。林英的终身大事定下来了，他高兴，他觉得这是林家积德行善得到的回报。过年后，他要给林英做套嫁妆，他要把他几十年的手艺拿出来，做一套讲究的嫁妆。他憧憬着，林英和李鲁见了他做的嫁妆有多么高兴，外人有多么羡慕。

李鲁以前没喝过酒，在家里，爸妈一直拿他当孩子，从来不让他喝酒。今儿个，他第一次以姑爷的身份陪老丈人喝酒，心里很高兴。"酒逢知己千杯少"，爷俩唠得很投机。到了子时，开始"接神"，也叫"发纸"，小顺子叫上李鲁一起到院子里燃放鞭炮。零时，一家人互相祝贺添岁添福，洗手净面后开始吃新年第一顿饭，吃"更岁饺子"。林英端上煮好的素馅儿饺子，小顺子瞪着眼看谁能吃着带钱的那一个。等了一会儿，还是林富贵哎呀一声，接着用筷子夹出铜钱放在桌子上。小顺子拿起铜钱，举起来吆喝着："爹发财啦！新年发财啦！"全家人一起高兴地拍起手来。

大年初一早上，一家人起来祭祖、祭天，孩子们给爹娘磕头拜年。吃过饭，邻居互相串门拜年。稍后，林富贵和张桂芝两人一起去给村里的伪保长和几位年长者拜年。

林富贵是外乡人，每年在小年前后都会给伪保长送点礼品。今年去送礼时，他对伪保长说表侄来了，开春就走，初一拜年也就是走走形式。回来的路上，他又到赵郎中家拜年，稍坐一会儿便回了家。此时，刘兆海也领着老婆、孩子来拜年了。张桂芝忙着做饭，留他一家人吃完饭再走。

李鲁是没过门的姑爷，不方便出去拜年，林英和几个要好的姐妹见了面就回家来陪李鲁。家里来了老乡，大人们在唠嗑，小顺子陪着老乡的孩子在玩，趁这一会儿有空，两人打了一声招呼，便出门来到村外，踏着厚厚的积雪往山坡上走去。林家本来就住在村头，两人不一会儿就登上了村外的山坡。

大年初一的中午，天气晴朗，阳光普照，让人感到温暖。山上山下白雪皑皑，村子上空飘着袅袅炊烟。村头几户人家门口挂着的红灯笼，在雪地里显得那么耀眼。

向对面望去，深蓝的海面、蔚蓝的天空，一望无际，海天一色。离岸边不远的海面上凸起一个小岛，它像渔家捣衣服用的一根棒槌，人们说的棒槌岛就是它。

林英指着小岛说："听老人说，棒槌岛是人参小孩变的。人参小孩给人治病，可是有一个人要害他，他一生气把这个人拽下了海，自己变成小岛把这个人压在下面啦！"

李鲁听着，笑了笑说："真是一个动人的传说，善恶终有报。"

"你喜欢大海吗？"李鲁问林英。

林英说："我爹娘都是在海边长大的，我也在海边长大，咋能不喜欢！"

"我老家没有海，但有一条美丽的泗河，常年奔流不息，两岸绿树成行。夏天可以在河里洗澡、抓鱼，真的很好玩。"李鲁边说边比画着在河里游泳的动作。

"男孩子就是喜欢游泳、捉鱼啥的。等我去了你老家，也和你一起去捉鱼，我也会。"林英笑着说。

听到林英说要一起回老家，李鲁就把心中早就想好的事对林英说了：过了正月十五就启程回山东，两人一起走，回到泗城老家再娶林英过门。他担心林英爹娘不同意，但是，如果在林英家成婚，那就要等很长时间才能回山东了。

林英听完后，说："几时走得让爹打听好了再定，看船多不多，船多了好混上去。成亲的事也要听爹娘的话，我不过门就跟你走，爹娘不放心，路上也不方便，是不是？"她又说："二十多年前，爹娘闯关东时，也是拜堂成亲的当晚离家的。"李鲁听后不再多说，让林英过年后跟爹娘商量好再定。

刘兆海一家人来拜年自然是吃过饭再走，这是十几年来的惯例，显示了两家的亲密。林富贵和刘兆海兄弟俩不光唠家常，还要商量新一年要做的大事。今年商量的大事中，就有如何让李鲁过渤海湾回山东的事。刘兆海对林富贵说，因为胶东有抗日根据地，眼下日本人对过渤海湾的人都要查通行证。这个通行证要日本人签发，还要照片，不好办。他想让李鲁坐货船走，扮成船上伙计的样子，从烟台或是从青岛上岸。这样虽说是慢点，可是比较安全，船就由他找个可靠的。

林富贵也觉得这样妥当些，他问林英能不能一起上船。刘兆海想了想，说，只能女扮男装。他问是成亲后再走还是到山东再办，林富贵以坚定的口气说："拜堂成亲后再走。"两人又商量了大致的时间，决定二月二后择机而定，刘兆海负责找船，林富贵张罗他俩成婚之事。商量完大事，两家人喝酒吃饭，边吃边唠。一直到天黑，刘兆海一家才走。

过了年，林富贵夫妇就开始忙姑娘出嫁的事了。做嫁妆，大的家具不能带走，他打算做两个箱子陪送女儿，带不走就先放着，再做个能带走的妆奁盒。林富贵选上等的木料，精雕细刻，仔细打磨、上漆，做成精品。

张桂芝到大连选好布料，打算给姑娘和姑爷各做两身新衣服。想到开春后天气越来越暖和，又是往南走，得给每人做一身薄棉衣。她给林英专门做了一身男装，到走时穿上。

她又和林英一起做了几双新鞋，有姑娘的也有姑爷的。林富贵悄悄到大连兑换了钱，把自己筹集的钱和李鲁给他的"满洲国"纸币换成了在山东流通的法币，这一切不紧不慢地进行着。很快便到了二月中旬，但刘兆海那边还没有动静。

刘兆海也一直没闲着。他几次跑到大连码头，托朋友打听到几个船长。他试探着找船长聊聊，想以带货的名义派人跟船。船长们都说现在日本人查得紧，带点货好说，带人不敢。他好不容易打听到烟台的一位船长，听说这个人豪爽热情，还胆大心细。刘兆海感觉这个人能行，想尽快与他见面聊聊，可再一问，人家的船还没到码头，只好再等两天。

这天，终于把烟台的船长盼来了，刘兆海急忙赶到码头。两人一见面，一张口都是烟台话，几句话就认了老乡。船长姓杨，叫杨海生，四十多岁，烟台人。刘兆海与他聊得投机，两人很快便称兄道弟。杨海生说他走这条航线七八年了，这次要装一船豆饼和杂货回烟台。他一听刘兆海托他带两个老乡回烟台，就明白所带之人是没有通行证的。他问刘兆海要带的人是不是共产党。刘兆海说："你兄弟我哪有交接共产党的本事？让你带的人只不过是一对逃婚的年轻人，是老乡家的孩子，因偷着跑出来没办通行证。人家找到我，我不好推辞，帮人解难是我们生意人的为人之道，应该的。"

杨海生听后，说："只要不是日本人盯上的人就好说。"他要刘兆海把两个年轻人打扮成伙计的样子，三天后的晚上带人到码头外的一个杂货铺，他在那里等着。

刘兆海急忙来到林富贵家，告知上船的时间和地点，与林富贵商量好具体细节就要走。林富贵让他明天上午带着媳妇来，一起给林英和李鲁办婚事，刘兆海答应一声就走了。

送走刘兆海，林富贵把全家人叫到一起，交代他们明天上午给林英和李鲁办婚事，一切从简不再声张，请刘兆海夫妇证婚，中午一起吃顿饭就算喜事办了。

林家一边准备女儿的婚事，一边收拾启程的行装。张桂芝用白面加上糖和鸡蛋，烙了一筐子喜饼，这是婚礼的必备之物，也是给李鲁和林英准备的路上吃的干粮，她一直忙到半夜。

第二天一早，刘兆海夫妇来到林家，两人都穿了新衣裳，拎着礼盒，进门先给一家人道喜，接着就忙着布置婚礼的场面。刘兆海媳妇进了西间，这是平时林英和母亲睡的房间，今儿个布置成新房。她在炕上撒上枣、栗子、花生，铺好床，又帮林英梳妆打扮。然后她来到东间，又帮李鲁打扮一番。一切准备妥当，她端上饺子让一对新人吃，还要吃双数。饺子用碗盛，不用盘子，因为盘子容易见底，寓意不佳。兆海媳妇见林英咬了一口饺子，忙问："生吗？"

林英笑着说："生！"两人吃了六个，寓意顺顺利利。随后，刘兆海出屋门朝天上看了看太阳，转身回到屋里，大声说："吉时已到，婚礼开始。"

　　林富贵和张桂芝来到桌子两边，一边一个坐下。新郎和新娘分别由兆海媳妇和小顺子陪着从东、西两间屋里走出来。

　　只见林英穿一身大红棉袄、棉裤，脚穿一双红绣花鞋，头顶一块红布盖头，由刘兆海媳妇搀着胳膊站在西边；李鲁身穿一件深蓝长衫，头戴一顶青色小帽，由小顺子拉着手与林英对面站好。

　　这时，刘兆海喊道："天赐良缘，地久天长。父母来做主，才子配佳人。一对新人听好：拜天地，拜高堂，夫妻对拜，送入洞房。"

　　李鲁和林英随着刘兆海的喊声，躬身施礼，一一拜上，乐得林富贵夫妇合不上嘴。然后，刘兆海媳妇和小顺子把他俩送到西间屋里，兆海媳妇边走边念叨："抬新娘，送新娘，俯首弄眉理红装。揭开喜盒相大礼，首饰果饼一箩筐。"这是文登当地结婚时唱的民谣，今儿个唱出来，让人一听就知道这是按老家规矩办喜事，显得格外亲切。来到新房，刘兆海媳妇拿起一个秤杆递给李鲁，然后拽着小顺子退出屋去。

　　李鲁接过秤杆，走到林英面前，缓缓挑起林英头上的红盖头。只见林英慢慢地抬起头，一双水灵灵的大眼睛含情脉脉地望着李鲁。她脸上羞涩的红晕似桃花初放，高高的鼻尖上微微沁出汗粒，抹过红颜色的嘴唇慢慢张开，露出一排洁白的牙齿。她似乎是要说什么，或是在等待着什么。李鲁望着林英的脸，不由得心跳加快，热血沸腾。

　　他这几个月来也曾端详过林英，觉得林英长得好看。但这一刹那，他只觉得眼前这个年轻女子好似在梦中遇见过，她仿佛是从天上下来的，身上还飘着一股香气。他不由得伸出双手，拉起眼前这个女子的双手，慢慢地放在自己的心口，他要让她感觉自己的心脏在怦怦地跳动。

　　两人对视了一会儿，林英先微微眯起双眼，等待幸福的来临。李鲁把嘴唇轻轻贴到林英的额头上，接着慢慢吻起来，眼睛、鼻子、脸颊，速度越来越快、越来越急促，待吻到嘴唇时，已是疾风暴雨般。林英也凑上前去，展开双臂抱住李鲁。

这是两个人的初吻，那样急促，那样热烈，那样甜蜜，又是那样短暂。新娘子推开了新郎，说："这是大白天！"李鲁忙回头看了一下门口，会意地笑了。

其实，林英和李鲁的心情是复杂的。想到成亲后接着就要回山东，路途遥远、前途未卜，他们既高兴又伤感，还担心。尤其是林英，她从小没出过远门，这一走，不知何年何月才能回来。"儿行千里母担忧，爹娘想我咋办？还有弟弟小顺子，他还小，今年才十三岁，还不能帮爹娘干活。跟李鲁回老家，这一路不知是祸还是福。"这一阵子，她的心里一直翻腾着这些事。而李鲁最担心的是一路上林英的安全，还有一路上的吃苦受累。他曾想一个人先走，待明年再回来接林英，但这样他又放心不下这边，谁能料到这一年又会发生啥事？林英爹娘的态度是让林英跟着一起走，这倒是帮他下了决心。

中午，林富贵张罗了一桌酒菜，这就是婚礼的正席了。林富贵先请刘兆海夫妇就座，然后全家人一起坐下。他们先同祝一对新人百年好合、日子越过越好，接着，林家又一起谢过刘兆海夫妇，再是一对新人谢过爹娘。李鲁和林英轮流斟酒、敬酒，千言万语都以酒来表达。

林富贵是个在江湖上行走的人，男婚女嫁见得多了。在他看来，闺女出嫁就是人家的人了，远近都是嫁，关键是找个好人家。姑爷是个好青年，他对这门亲事很满意，虽然女儿远嫁明日就走，但他也没啥不高兴的。他惦记着明日上船的事，在席间与刘兆海又捋了一遍如何走的细节。

张桂芝也是个见过世面的人，她十五岁就跟林富贵闯关东，人世间的悲欢离合她都经历了。如今，女儿要远嫁千里之外，她不担心林英为人处世的能力，在她心里，林英稳重大方、聪慧善良，家里、外头的活都能拿得起，跟李鲁到老家过日子她也放心，只是想到孩子这一走还不知哪年哪月再见面，她心里老是觉得难受。

林英看出母亲的心事，拉着母亲的手不住地说着宽心话，许诺过两年一定回来看望父母。吃过饭，刘兆海夫妇就回家了，林家又帮李鲁和林英收拾路上吃的、用的。林富贵叮嘱林英带上他做的妆奁盒，这是林英出嫁唯一能带走的嫁妆。这个盒子虽然不大，但精心制作，上面雕刻了喜庆吉祥的图案，涂了枣红色的漆，盒盖上镶嵌了铜线，正面装了一把小铜锁，显得十分精致。这个妆奁盒显示了林富贵的手艺，也体现了父亲对女儿的爱。

张桂芝让林英换上一身男式的棉袄、棉裤和一顶帽子，在屋里来回走走。林富贵端详着女扮男装的女儿，不停地纠正林英走路的姿势，过了一会儿，说："有点男孩子样了。"

林英说："就是觉得有点别扭。"李鲁接着说："到了山东就可以换上你自己的衣服啦！"

全家人忙活了一个下午，把李鲁和林英该穿的、该带的都收拾妥当，又把烟、酒、点心装到一个柳条篮子里，准备见到船长时送给他。一切准备就绪，全家人一起吃过晚饭，就上炕休息了。俗话说，人生有四大喜事：久旱逢甘霖，他乡遇故知，洞房花烛夜，金榜题名时。这是千百年来人们对生活的美好向往，前两项关乎生命的企盼，后两项是讲人生境遇的。

今晚是李鲁和林英的洞房花烛之夜。这对生活在伪满洲国的青年，临行前匆忙办喜事，没有告知街坊邻居，就连林英的小姐妹也不知道。因此，本应热闹的气氛大减，没有人来闹洞房，没有人来祝福。洞房之外，寒风刺骨，黑暗中潜伏着随时可能发生的危险。但是，李鲁是个有志青年，他影响了林英，两人都不甘心当亡国奴，他们要回山东老家去，那里有他们重生的希望。

正因为怀着这样的决心，他们不在乎冷清。两人来到洞房内，自然是喜上眉梢，喜从心底来。春宵一刻值千金，两人对视一下，急切地相拥在一起。片刻后，林英转身吹灭蜡烛，李鲁随即抱起林英放到炕上。夜色朦胧中，一对新人又一次拥抱。激情除去了羞涩，他们在热烈奔放中体验了爱的升华。

第三章

奔向光明

第二天清晨，全家人都起了个大早，忙活一阵后吃了早饭。李鲁先帮林英打扮成男孩子的样子，然后把自己扮成船上伙计的模样，两人看上去像是兄弟俩。看看已经收拾利索，两人便跟娘和弟弟告别。

林英抱住娘一阵哽咽，小顺子拽住姐姐和姐夫的手不住地掉泪。林富贵套好毛驴，驮上李鲁和林英两个不大的包袱，说："时候不早了，走吧！"说完，他便牵着毛驴出了大门。

李鲁和林英跟在后面，回头对站在门口的娘和弟弟招招手，说："娘，回去吧！小顺子，扶娘进屋吧！"林英说着，已是泪流满面，不敢再回头看，急忙走了几步，拐过胡同口就出了村子。

林富贵带着他们一直走小路，下午便来到大连码头附近。他们找个小店吃完饭，就在这儿等着傍晚去小铺子接头。

二月的天短，黑得也早。不一会儿，天渐渐黑下来。林富贵让李鲁和林英在小店里等着，他先去杂货铺那边看看。到了杂货铺跟前，林富贵看到刘兆海已在门口站着，手里还提着两个礼盒，正等着他呢。林富贵问刘兆海："船长还没到吗？"

刘兆海说："还没有，应该快到了。"看到林富贵有点担心的样子，刘兆海又说："哥，放心吧，中午我和杨海生一起吃了饭，又商量了细节，不会出岔子。"两人正说着，从码头那边走过来一个人，快走到两人跟前时，这人问："是兆海兄弟吗？"

刘兆海赶忙答道："是啊，杨哥。"三人一见面，寒暄几句。杨海生说："一会儿走便门，这是工人和船员进出的门，是个中国人看大门。白天有码头警务队的人在这里转悠，这个点只有看大门的了。我跟他说了声，今儿个带了点菜和吃的，一会儿给他送上船。"他又问人在哪儿，林富贵说马上就过来。

杨海生到杂货铺里让掌柜拿出早已备好的一副挑筐，里面装着几棵大白菜，还有半袋子苞米。他付了钱，说了声，"筐子下次送回"。

这时林富贵已领着李鲁和林英过来，上前打过招呼。杨海生把两人带的小包袱分别放在前后两个筐子里，上面再盖上白菜，让李鲁挑起来担子跟他走，林英则背上苞米紧随其后。

刘兆海忙把礼盒和装着烟酒的篮子交给杨海生，又塞给他十块钱，杨海生也没拒绝，拱手告别。李鲁和林英回过头说："爹、叔，你们回去吧！"说完，两人就转身跟着杨海生走了。林富贵和刘兆海站在原地，目送李鲁和林英的黑影朝码头那边移动，一直到啥也看不见了，两人才牵着毛驴往回走。

李鲁挑着白菜、林英背着半袋子苞米跟在杨海生身后，不一会儿就来到了码头的一个便门。杨海生手提着一个礼盒走过去，喊了一声："大哥，我回来啦！"只见从门房里出来一个五十多岁的老头儿，说了声："好快啊，弄啥好吃的？"

杨海生往上一举手里的礼盒，说："拿着，朋友给的，见面分一半！"

"客气啦，客气啦！"老头儿高兴地接过礼盒，在昏暗的灯光下看了看，不住地点头，说："走好！走好！"杨海生朝李鲁摆了一下手，李鲁和林英紧走几步进了门。

杨海生朝老头儿拱手说："回头见！"说完，他就朝海边走，一会儿就来到自己的船边。他让李鲁放下挑子，喊了一位伙计下船来接过李鲁的挑子。他踏着翘板上了船后，招呼李鲁和林英上船。

这是一艘小气轮货船，船舱在下面，上面是甲板和驾驶舱。杨海生取出李鲁和林英的两个包袱，让他俩带上，随着他踩着梯子下到船舱，又让他俩在梯子旁边的空地上坐下，然后说："一会儿就开船，明天下午到烟台。你俩就在这儿休息，有事我会来喊你们。"说完，他就爬上梯子忙去了。

船舱里弥漫着豆饼的香味和蒸汽机烧煤的烟味，舱顶已经盖上，只有梯子口可以通风。舱里并不冷，李鲁和林英席地而坐。奔波了一天，也紧张了一天，这会儿两人才松了口气。李鲁把一个包袱放在自己身后靠着，又让林英靠在自己身上，说："好好歇会儿吧！"

林英"嗯"了一声。两人正想打个盹，忽听上面传来一阵嚷嚷声。接着，梯子口下来一个人，黑暗中，这个人说："兄弟，别害怕，我是船上的伙计，杨大哥让我来告诉你们，港上警务队来查船了，你们两个跟我来。"说着掏出一个手电筒，他照了照船舱里面的一个小舱门，就纵身一跃跳上了豆饼跺，转身对李鲁说："跟着我！"说完，他就向船舱里面爬去。

李鲁和林英急忙拿上包袱，也爬上豆饼跺，一前一后跟在这个人后面向前爬去。到了船舱角上，伙计让李鲁两人放下小包袱。他搬开两个麻袋，把包袱放在下面，然后用麻袋盖上。他转身拧开舱门，一步跨到后面的锅炉舱，用手指着一个四十多岁的男人说："这是庞大哥，你们待在这里，一切听他的。"说完，他就顺着锅炉舱的梯子爬上去了。

锅炉舱面积不大，里面只有一个工人在烧锅炉。李鲁看着眼前的这个庞大哥，只见他穿一身黑乎乎的工作服，敞开着上衣，正忙着烧火。他两眼紧盯着炉口，手握着一个铁钩子不停地捅着炉膛。炉口的火光映照在他的脸上，汗珠顺着腮帮子往下淌。看到这里，李鲁一下子也觉得热了，他不由自主地解开领口。趁庞大哥站起身来看锅炉上的压力表时，李鲁说："庞大哥，我俩帮你干点啥？"

庞大哥说："啥也不用干，一会儿如果有警务队的人来，你们就到后面去。"他用手指了指锅炉那边。

李鲁看了看这个锅炉舱，只见一台圆锅炉矗立在中间，上面布满粗细不一的管子。炉膛里火烧的正旺，管子里不断喷出一股一股的蒸汽，发出"嗤嗤"的声音。舱的一侧是一个盛煤炭的半敞开的铁皮箱子，箱子上面有一个铁皮筒子通向甲板，好像是用来送煤的。旁边有一个装煤渣的木头盒子，舱顶还挂了一盏小号的马灯，昏暗的灯光和燃烧的煤炭味令人喘不过气来。

庞大哥不停地忙活。突然，他扭过头来说："来人了，你俩到锅炉后面去。"说完，他打开锅炉门，向里面投了一掀煤炭，一股黑烟从锅炉口涌出，直冲梯子口。

就在这时，只见梯子口一道手电筒光照下来，一个人蹲在梯子口说："真呛得慌。下面几个人？"

"一个人，老庞在烧锅炉。"这是船长的声音。李鲁和林英站在锅炉后面，仔细听着梯子口的动静，大气也不敢喘，等到梯子口黑下来才松了一口气。只听到梯子口上面一个人在不停地咳嗽，他边咳嗽边说："老杨，你带了什么好东西？我再看看货舱。"

"王班长，就是捎带点豆饼、杂货，赚点小钱呗。"船长答道。

"没带什么人吧？我可是给你说明白，这两天港上查得紧啊！"王班长说道。

"没有，我没有那个胆，也不想惹麻烦，咱什么人也不带。王班长，正好你来了，你把我来时给你捎的两条大咸鲅鱼带回去吧！"

"好、好，我就爱吃咸鲅鱼，那我就不客气了。"王班长说着，往前面货舱去了。过了一会儿，船上没有了说话声，庞大哥说："出来吧，没事了。"

李鲁和林英这才从锅炉后面出来。两人满脸是汗，李鲁热得解开了棉袄的扣子，摘下帽子，林英用手绢擦了擦脸上的汗水。两人站在庞大哥旁边，等待他说话。

正在这时，上面一声汽笛响起，船开始晃动起来。"开船啦，开船啦！"李鲁和林英兴奋地小声喊着，尽管声音不大，两人的紧张却一扫而光。

庞大哥又是看压力表，又是往锅炉里加煤，忙得顾不上说话。忽然，货舱门开了，刚才的伙计伸出头，说："没事了，你俩到这边来吧！"

李鲁一看是刚才的伙计，忙谢过庞大哥，然后跟着伙计回到船舱。伙计帮忙取出包袱，几人又一起爬过豆饼跺，来到梯子口。伙计说："刚才把你们吓着了吧？"

李鲁问："每次开船他们都要上来检查吗？"

伙计说："也不是，一般是办完手续就可以开船了，不知今天是怎么回事。好在是王班长上来的，他跟船长熟悉，上来看看就走了。船长让我告诉你们，现在没事了，放心吧！"伙计说完，转身爬上梯子走了。

李鲁对林英说："好险啊！"

林英抓住李鲁的手，说："吓死我了，刚才我气都不敢喘。好了，吉人自有天相，老天在帮着我们呢！坐下歇歇吧。"

李鲁是第一次坐船，觉得很新鲜。他站起来抓住梯子对林英说："我想上去看看！"

林英说："上面风大，再说船还在港口里，别让人看见。"李鲁不住地应和她："嗯、嗯！"

李鲁顺着梯子爬上去，把头露出舱口向外张望，只见船头前方漆黑一片，不远处一座灯塔闪烁着灯光。他回头看了一眼码头，昏暗的灯光越来越远，海风夹杂着一股腥味呼呼地在耳边作响。早春二月的夜晚，海面上依然冷风刺骨，李鲁赶紧下到船舱。

船的速度越来越快，颠簸得也越来越厉害。林英是在海边长大的，不晕船。李鲁可就不同了，不一会儿，他就觉得天旋地转，胃里不住地翻腾，接着哇哇地呕吐起来，一直到吐干净胃里的东西，才昏昏沉沉地睡了。

林英怕李鲁受凉，把他揽在怀里，又从包袱里拿出一件长衫盖在李鲁身上，之后也迷迷糊糊地睡着了。一觉睡到第二天的上午，阳光斜照进船舱，两人才醒来。

林英急忙收拾了李鲁夜晚吐出的秽物，爬上甲板去了厕所。杨海生这时也过来让他们到驾驶舱后面吃点东西。林英说他们有带的干粮，杨海生就送过来一小桶热水。两人在船舱勉强吃了点喜饼，这是出门时娘专门做的。接近傍晚时，船驶入烟台港。天黑后，杨海生带两人出了码头，让他们找个小店住下，第二天再坐马车去蓝村。

林英说话和烟台人说话差不多，当地人听得懂。林英很快打听到了旅馆住下，又在旅馆前台与店小二聊起怎样去蓝村的事。小二告诉她，在他们店西边的十字路口，每天一早都有捎脚的马车。如果碰上码头回来的空车，有的可以一直捎脚到蓝村。

林英回到屋里给李鲁讲了店小二的话，李鲁听了很高兴，两人商量好明天一早到十字路口看看。林英取出喜饼，两人喝着热水吃了晚饭，便早早洗漱休息了。

第二天一早，两人吃了早饭，结账后出门来到十字路口，等待从码头过来的马车。不一会儿，来了一辆马车，两人上前一问，车正好是去蓝村的，两人说好车钱便上了马车。车夫告诉他俩，今晚要到栖霞住一宿，明天下午才能到蓝村。李鲁问起日本人查得紧不紧，车夫说，这一带八路军多，小鬼子多数住在县城不太出来。李鲁听了暗自高兴。

马车由三匹马拉着，一匹马驾辕，两匹马在前面拉套，马蹄有节奏地敲着地面。惊蛰时节，中午时分的太阳晒得人身上暖暖的，李鲁不住地和车夫聊着，林英在后面打起盹来。为了能在天黑前赶到栖霞，车夫隔一会儿就扬起鞭子打一声响鞭，马接着就快跑起来。傍晚时分，马车来到栖霞县城附近的一个村头马车店，车夫领着他俩进入一个大通屋。李鲁仔细察看了屋内的摆设，一进门摆了几张吃饭的桌子，靠里边是一个大火炕，能睡十几个人，炕东头是一间灶间，用来烧火做饭。李鲁与林英对视了一下，林英点点头，意思是就这样凑合一宿吧。

李鲁进了灶间，看到南面有一个门，北墙上还有一个小门。他推开北门一看，门外是一堵石头墙，墙下堆着一垛劈柴，另一边堆着烧过的木灰和菜叶子。看来这是专门用来取木柴和扔垃圾的小门。回到屋里，他向掌柜的要了三碗炖菜，与车夫一起吃了晚饭，稍过一会儿便准备上炕睡觉了。

李鲁两人选择睡在炕的最里头，这样林英可以一边靠着灶间的墙，一边靠着李鲁。两人和衣而睡，不一会儿，李鲁就发出了鼾声。

林英白天在车上睡了一会儿，现在又是和一帮男人躺在一个炕上，她觉得不踏实，再加上她躺在炕头上，不一会儿就觉得身子底下热得难受，辗转反侧睡不着，干脆坐起来打个盹。

她背靠着墙，手搭在膝盖上，想打个盹。但是，满屋的鼾声此起彼伏，令她更加心烦意乱，她只好坐在那里无奈地等困意来了再睡。

突然，她听到不远处传来"呜呜"的声音，她警觉地直起身子听着，她知道这是汽车的声音。不一会儿，"呜呜"声就到了附近。她看到窗外有一道光越来越亮，便急忙推醒李鲁。"你听，有汽车来了。"她小声说着。

李鲁忽地一下起身，向窗外看去，只见灯光已经照在了大门口。李鲁说了声："别怕，跟我来。"说着，他一手抓起小包袱一手拉起林英，摸黑进了小灶间。他推开北墙上的小门拉林英出来，又转身把门关上。

李鲁一步登上木柴垛，一手拉林英上来。他先托着林英翻过墙头，然后把包袱递给林英，自己一跃翻到墙外。两人趴在墙外屏住呼吸，仔细听前边院内的动静。只听得有几个日本人在喊叫，他们要老板马上做饭，还要检查马车上装的是什么东西，接着就是几个车夫跑到院子里接受盘查的声音。只听得一个车夫连声说："太君，太君，你高抬贵手，不能拿！这些货不是我的，是东家的，我只是给人送货的！"

日本人大声骂道："八格牙路，什么是不是的，皇军要带回去检查，滚开！"接着，一个日本人命令："把这些袋子装到汽车上。"之后就是日本人进屋的声音了。

李鲁附在林英耳朵上说："不是冲我们来的，看样子是路过这里。"

两人定了定神，张望一下周围，除了这个马车店，院子附近再没有别的房屋，往西看，朦朦胧胧像是有一条公路。李鲁说："我们到那边去，找个地方待一会儿。天一亮马车出来，我们好上车。"两人摸索着往西走了一会儿，回头看到马车店已模糊不清。李鲁拉着林英来到庄稼地的一个堰坝旁坐下，两人相互依偎，等待着天亮。

天刚蒙蒙亮，就听到马车店那边响起马蹄声，李鲁和林英急忙站起来，向公路边走去。不一会儿，他们就看到了赶车人的脸。

李鲁忙招手喊道："大哥，我们在这儿等你呢！"

车夫听到喊声，急忙"吁"了一声把车停住，让李鲁两人上车。"你俩咋在这儿呢？"车夫问道。

李鲁说了一遍夜里跑出来的事，车夫说："多亏你们跑出来了，要不就被鬼子送到矿上干苦力去了。这几个鬼子就是运苦力去金矿回来的，他们的汽车在路上坏了，修好车来到这里找饭吃。"车夫又说，鬼子来了折腾得他们也没睡觉，先是查看良民证，又咋呼着检查马车上的货，把马车上翻了一遍。见有一辆马车装的是海带和虾皮，鬼子愣是抢走了几袋。"那个车夫算是摊上了！"车夫说着，叹了口气。

李鲁和林英听后，心里暗自庆幸跑得快，两人相视一笑，不再说什么。车夫赶着马车跑了起来，他想尽快离开这个是非之地，也想让李鲁坐上晚上的火车。这一路上他快马加鞭，马车跑得很快，傍晚时分就来到蓝村火车站附近。看到火车站，李鲁从心里产生了一种亲切感，他在铁道学院学的就是铁路和站房设计。他付了车费，谢过车夫，拉着林英急忙往火车站走去。两人来到火车站候车室看了看火车时刻表，见晚上九点还有一趟青岛开往济南的过路车，就买了两张去济南的火车票。然后，他们一起出来找个小店吃了晚饭，就返回候车室等车。

林英没坐过火车，觉得很新鲜，不住地向车站内张望。通知检票的铃声一响，两人就检过票，进站来到月台上。

只见一道亮光由远而近，蒸汽机车"扑哧扑哧"地开过月台，后面一溜绿色的车厢停在两人面前。穿着蓝色制服的工作人员把门打开，从车上下来几名旅客。等旅客下完，李鲁在前面拿着包袱先上车，林英跟在后面来到车厢。车上人不多，他俩找了个长座位面对面坐下，不一会儿火车就开动了。

车厢里的电灯很亮，也很暖和。车窗外一片漆黑，透过车窗向外看，什么也看不见。林英转过脸来，望着李鲁的脸庞说："你瘦了，也黑了。"她一副很心疼的样子。

李鲁说："我没啥，倒是你没出过远门，这一趟吃不好、睡不好，吃苦受累还担惊受怕，真是难为你了。"

"没啥，我能撑得住。"林英说着，拉过李鲁的手在手里揉搓着。

李鲁说："明天到济南，我们先进城逛逛。济南就像奉天那样大。"

"也好，快到老家了，我们在济南买点东西带着，回家孝敬老人。"林英说完，脸上露出腼腆。

"还是你想得周到。"李鲁脸上也露出满意的笑容。两人正说着，车厢顶部的灯灭了，只留下车厢两头的灯还亮着。李鲁说："这是进入夜间行车了，关灯是让旅客休息。"他说着站起身来，伸手从行李架上拿下他们的两个包袱放在座位上，一人一个当枕头。林英从包袱里取出李鲁的长衫给他盖在身上。两人面对面躺下，伴随着车轮有节奏的"咣当"声慢慢睡着了。

第二天早上，火车到达济南站。李鲁想带林英去济南城里看看。他到售票口买了两张下午两点南去的车票，然后两人一起向城里走去。路过一家小饭馆门前时，李鲁朝里面看了看，说："正好，这里有甜沫，我们一起吃点。"

李鲁要了济南有名的甜沫和油条。他记得上次爸妈带他路过济南时吃过，今儿个让林英也尝尝。刚吃几口，他就问林英："好吃吗？"

林英说："好吃，就是甜沫不甜，是咸的，真是怪了。明明是咸粥，偏说是甜沫。"李鲁哈哈笑起来，说上次爸妈也这么说。

两人出了饭馆，往城里走去。李鲁想带林英去看看有"天下第一泉"之称的趵突泉，然后顺流而下再去大明湖游玩一下。林英对眼前的这座古城充满好奇，她跟在李鲁后面，边走边四下张望，两人不到半个时辰就从商埠来到了老城西门。

　　李鲁觉得奇怪，上次随爸妈来这里，有城墙和城门楼，今天来到这里，原来的城门没有了，城墙也变成了马路。他问路边摆摊的一位老大爷是怎么回事，老大爷说，几年前韩复榘主席下令把城墙扒了，为的是好看。

　　没有城门就没有日本兵站岗把守，两人就随着人群过了西门桥进入城里。他俩沿着护城河往南走不远，就到了趵突泉。两人来到立有"趵突泉"石碑的泉池边，只见三股泉水喷涌而出，涌出的水如同三个大轮子在水面上旋转。李鲁这时想起了元代文学家赵孟頫的诗："泺水发源天下无，平地涌出白玉壶。谷虚久恐元气泄，岁旱不愁东海枯。云雾润蒸华不注，波澜声震大明湖。时来泉上濯尘土，冰雪满怀清兴孤。"他不禁一番感慨，不由自主地念出声来。林英问："你念的诗里有云啊、雾啊，还有大明湖，这是说趵突泉的吗？"

　　李鲁说，在济南的东北角，有一座山叫华山，古时候称"华不注"。此山孤秀，如花树倒立于水中。趵突泉在冬季形成的雾气能笼罩华山，它喷涌的声音能震荡北边的大明湖。这句"云雾润蒸华不注，波澜声震大明湖"形容趵突泉的喷涌之势，写得太妙了。

　　李鲁接着说："林英你看，这个'趵突'既形容泉水跳跃的形状，又代表泉水喷涌时'卜嘟、卜嘟'之声。你看了这两个字，是不是有这个感觉？"

　　林英说："你这一说，我有点明白了，古人写得真准啊！"

　　李鲁领着林英来到泉边，用手捧起泉水喝了一口，说："真甜啊，不愧是'天下第一泉'！"两人之后又看了金线泉、漱玉泉、柳絮泉、杜康泉、白龙湾泉……

　　从趵突泉出来，沿护城河顺流而下，一会儿就来到大明湖。两人沿着湖边观看大明湖的景色，只见湖面碧波荡漾，岸边绿柳拂面。李鲁对林英说起清代历史学家刘凤诰《咏大明湖》的对联："当年，两个朝廷命官，也是大学问家，在湖边饮酒。他们一个是山东提督学政刘凤诰，另一个是山东巡抚、书法家铁保。刘凤诰兴致勃勃，即席说得联语'四面荷花三面柳，一城山色半城湖'。铁保觉得这副对联道出了济南的柳、荷、湖、山辉映一体的独特风貌，就马上写了下来，后来镌刻在石头上。"

李鲁用手指着石刻给林英看。林英说："说得真好！湖水清清，三面垂柳，一城山色有半城映在湖中。到了夏天应该就更好看了，那时荷花就开了。"李鲁点点头。两人站在湖北岸，望着湖心的一个小岛，李鲁说："那是历下亭，传说唐代大诗人杜甫来济南，在亭子上写了一首诗，其中有一句'海右此亭古，济南名士多'，那上边还有乾隆皇帝书写的'历下亭'匾额。我们要上去的话，需要坐船，今天来不及，就不去了。"

林英说："这景色太迷人啦，以后再来时再细细看吧！"两人兴致正浓地往前走，忽听到一阵刺耳的警笛声由远及近。只见湖对面马路上由东向西驶过两辆日本军车，车上站着满满的日本兵。这令李鲁游玩的兴致全无。

"唉，大好河山，却让日本人给糟蹋了，何时是个头啊！不看了，我们往回走吧。"李鲁说着，拉起林英往回走。两人原路返回，在商埠买了两盒点心，林英又买了几块小手帕，准备回到火车站等候上车。

两人来到火车站前的广场，想进入候车室歇一会儿。忽然，李鲁看到候车室两侧各站着一排日本兵，他们端着上了刺刀的长枪，面露凶狠。他向林英使个眼色，两人退到广场边上，盯着候车室门口看动静。

李鲁向站在旁边的人打听这是干啥，他们说："戒严啦，鬼子要抓人。"李鲁听后，急忙向林英示意快走。林英跟在他身后，两人一起来到广场西南角，回头看看济南火车站钟楼的大钟，已经快两点了。李鲁说："这趟车是坐不成了，后面也没合适的车了，看来今天是走不了了。"两人很着急。又过了一会儿，还没见日本兵撤走，此时钟楼上的表已经指向

042

两点。李鲁说："今天走不了了，咱们找个地方住一宿吧。"

林英说："刚才回来时我看到一个旅馆，咱们去那儿看看吧。"

两人返回去找到林英说的旅馆，上前一问，掌柜看了看他们的打扮，说："今儿个住旅馆要良民证，你们两位有吗？"

李鲁说："没有。我们想回泰安，票都买了，因为戒严误车了。"

掌柜又说："戒严不是一会儿的事，说不定明天还要戒严。我看趁天还早，你们俩到西边搭个马车回家吧。"两人谢过掌柜，出门商量了一下，决定还是坐马车走，这样更安全。

商埠一带在济南老城的西面，这里是胶济铁路与津浦铁路的交汇点，商埠因火车站而兴。但是，火车站往西的道路依旧坑坑洼洼的，很难走。李鲁和林英一边走一边张望有没有顺路的空车。两人正在走着，一辆马车从身后而来。李鲁忙上前招手，车夫看见有人招呼，便勒马放慢速度。李鲁说要搭车去长清，段店也行。车夫停下车，让二人上车来。

李鲁与车夫聊起来，说兄弟俩要回姚村的家，火车票都买好了，因鬼子戒严，才走这条路，也不知道咋走方便。车夫告诉他，走这条路要先到段店，再到长清，之后还要再往南到肥城，后经宁阳到姚村，至少两天才能到。

李鲁问："济南到姚村不到二百里地，咋能用两天？"车夫说这条路难走，车也少，搭顺路车很难，除非出钱雇车，那样一天就能到。李鲁听后有点后悔，说应该等一天坐火车走。车夫听后便说，这几天鬼子在车站专门抓外地人，只要是他们看上的年轻人，马上就抓起来，听说他们要把抓的人送到日本做劳工。两个年轻人去车站很危险，不如坐马车，慢点就慢点吧。听车夫这么一说，李鲁没再吭声。他在奉天时听说过，日本国内兵源不足，年轻人都被拉去当兵了，劳动力缺乏，日本人就从占领地抓人运回国内做劳工。一旦被抓到日本，必定九死一生。

马车到段店时，已是傍晚。两人找了个旅店住下，吃点东西就休息了。第二天正好是大集，两人吃过早饭便来到集上，打听捎脚的马车。转了半个时辰遇到一辆去长清的马车，两人打算坐到长清下来再说，于是谈好价钱便上车了。

马车一直向西南方向奔去。车夫告诉李鲁："前面不远就是八路军的地盘了。干我这一行的有个规矩，就是在济南这边不说去西南哪个地方。其实我今儿个是去肥城南，你俩就跟我走吧"李鲁听了很高兴。他虽然没见过八路军，但从心里感觉与八路军近乎。车夫说："我家是肥城南边仪阳的，你俩跟我到仪阳住下，明儿个再走吧。那里有八路军的人，肥城县城的日本鬼子不敢过来。"李鲁问他见没见过八路军，车夫说见过，"我的车经常进出抗日根据地，见的八路军多了，这些人对老百姓好着来"。

李鲁心想，这次要是能见到八路军就好了，一定要和他们聊聊。

李鲁的老家就在泗城西北的北河村，这里依山傍水，村北面是高耸的凤凰山，南面是奔流不息的泗河，西面十几公里就是津浦铁路，东面不远是泗城。

这天早上，李鲁的父亲李东山一早就来到河边自家的地里，他打算修补一下地头的堰坝，准备给地里的麦子浇水。他望着地里开始返青的麦苗绿油油的一片，心里乐滋滋的。这是他家仅有的二亩水浇地，是祖上传给他和哥哥两人的。哥哥二十年前闯关东，二亩地也就都归他种了。他有三个儿子，两个儿子在身边，老三随哥哥去了东北。如今他只种一亩，另一亩已经分给两个儿子，一个儿子半亩，再加村北二亩丘陵地，两个儿子一人一亩。他还有织布的手艺，能挣点工钱，也够他和老伴吃穿用了。

他把水沟里的土挖了一层，扔到堰坝上填平露出的窟窿，又修补了安放辘轳的水井。这样过几天引河水进来，摇起辘轳就可以浇地了。他干了一会儿就出汗了，便拿出烟袋坐下来，抽着烟歇一会儿。他望着眼前这宽阔的泗河，远处的一片白沙滩像月牙一样贴在河床上，近处清清的河水自东向西流淌。河道在这里拐了一个大弯，拐弯处水面窄，水流也急，水面上不时卷起一个个小旋涡，在太阳下折射出刺眼的光芒。岸上的柳树已长出绿叶，河边干枯的蒲草墩上也露出尖尖的嫩芽，几只鸭子顺水漂过，不时低下头把嘴伸向河水中觅食。

李东山不识字，但是人们口口相传的一些有关泗河的知识和故事他却记在心里。他知道，传统上认为，泗河发源于泗城东部的陪尾山下的泉林。晋代张华所著的《博物志》中的"泗出陪尾"，说的就是这个陪尾山。陪尾山并不高大险峻，却叠叠奇石陡然耸立，苍松翠柏茂密成林。更为独特的是，山下名泉荟萃，泉多如林，古人为此取名"泉林"。传说，当年孔子说"逝者如斯夫，不舍昼夜"时所看到的，就是泗水。他感慨时间就像流水一样流逝，一去不复返。

他熟悉泗河的性情，知道一年四季河水的变化。夏天，多条支流的山洪倾入泗河，河面变宽，洪流滚滚，奔腾而下。到了秋天，河面变窄，沙滩裸露，来自泉林的泉水汇流而下，水流变缓，慢慢向西流去。他感恩泗河给人们带来的许多好处，它孕育着人们在这里繁衍生息。

李东山正在沉思，忽听得背后远处有人喊："二大爷，我二大娘叫你赶快回家！"李东山听得出这是本家侄子二狗的声音，急忙站起身问道："二狗，你二大娘说有什么急事吗？"

"你家来人啦，两个！"二狗边大口喘着气边用手比画着。

李东山拿起铁锨就往回走，一进大门，就听得老伴王氏喊道："老头子，咱家小飞回来啦，还带回来个媳妇！"话音还没落，就看到一个小伙子从屋里跑出来，他一边跑一边喊："爹，我是小飞！"说着，他就接过李东山手里的铁锨，然后用一只胳膊紧紧抱住李东山。

李东山激动得说不出话来，用手一个劲地拍打着小儿子的后背。就在这时，林英也在屋里换好衣服了。王氏领着林英出来，说："这就是小儿媳妇，叫林英！"

林英红着脸喊了一声："爹！"

李东山"哎！"了一声，望着眼前的儿子和儿媳，高兴地说："怪不得大清早喜鹊就在咱树上叫，这是给咱家报喜啊！"他接着对王氏说：

"快，我帮着你做饭！"

王氏忙着和面擀面条，李东山帮着烧火做饭。回到屋里，李鲁问爹娘，两个哥哥呢？

爹说："都成家了，出去过了。"娘一边忙着下面条一边说："你俩先吃饭，一会儿喊他们来见见。"

一家人吃完饭，坐下来说说话。李鲁把在奉天上学和这次回家的事叙述了一遍，他说，自己和林英已成亲，奉天的爸妈还给了林英定亲玉镯。爹娘边听边流泪，既高兴又心疼，高兴的是儿子回来了，领回一个俊俏的儿媳妇，儿媳妇还是儿子的救命恩人；心疼的是儿子受了那么多苦，还差点丢了性命。这一路上担惊受怕、辛劳疲惫，儿子和媳妇又瘦又黑，爹娘心中不免难受。

李东山问起哥嫂的身体，李鲁说他离开奉天时两人都还好。年前刘叔去看过他们，爸因自己的事遭到日本人的关押，妈也受了惊吓。得知儿子已经脱险，并且要与林英成亲，爸妈很高兴，还捎来钱和衣服。听完这些，李东山叹了口气，说："不知什么时候能再见上一面。"

过了一会儿，李东山让二狗叫来两个儿子和儿媳妇。老大李祥龙，媳妇张自平，女儿小翠。二儿子李祥云，媳妇刘桂花。兄弟、妯娌见面，嘘寒问暖，聊个不停。两个嫂子围着林英又是夸又是问：夸三弟长得一表人才，弟媳妇也长得好看，两人真是郎才女貌；问来到老家水土服不服，今年要不要孩子，奉天大城市什么样，轮船、火车什么样，等等。说不完也问不完。林英边回答她们的问话，边拿出在济南买的手帕送给两个嫂子，又拿出点心给小翠吃，哄得小翠不住地叫婶子。

"李家三儿子从东北回来了，还带了个俊媳妇。"这消息一传十，十传百，没一会儿，大半个北河村的人都知道了。一群人来家里看这对见过世面的年轻人，瞧瞧媳妇的俊模样。

李东山在院子里摆上桌子、凳子，端出旱烟匣子，捧出一些葵花籽，沏上茶，招待乡亲们。来的人有长辈，有平辈，也有小孩子，李鲁和林英在哥哥和嫂子的带领下逐个拜见，端茶倒水，迎来送往，一波接着一波，忙了大半天。

晚上，李东山和老伴商量，儿子回来了，又在东北成了亲，真是双喜临门，喜上加喜，要备上两桌酒席，请几位长辈和亲戚来庆贺一下。王氏让李东山定个双日子，去集上买肉买菜，明天就下请帖。李鲁和林英早早上床休息了，两人实在太累了。他们从棒槌岛到老家奔波千里，几次历险，舟车劳顿，疲惫不堪，今天终于回到自己的家乡，心里踏实了。特别是李鲁，几个月来担惊受怕、提心吊胆，今天终于放下心来。

这里是自己的家，是抗日游击队经常来的地方，日本鬼子一般不敢来，可以说，这里是中国人的天下。他想起昨天路过泰西抗日根据地时，看到了那里在村头站岗的儿童团员。他们手拿红缨枪，腰上扎着皮带，特别有神气劲儿。他和林英看不够，马车走远了，他俩还不住地回头张望。这个场景他以前听同学说过，这次自己亲眼看到了，心里那个亮堂。

林英对这个家的一切都感到新鲜，公公婆婆对自己很亲切，哥哥嫂子对自己也关心，一家人都是实在人，没拿她当外人，就是睡觉的床不是火炕，觉得有点冷，她只好一直往李鲁身上靠。李鲁感觉有种冲动，伸手把林英抱得紧紧的。

第二天，李东山带着李鲁去拜见李家族长，请老人家后天中午喝喜酒，老人高兴得不得了。接着，两人又去给伪保长李金士下请帖，李鲁跟在父亲的后面，心中感觉有些勉强。他觉得是应该拜见族长，但拜见李金士他真不乐意。伪保长是给日本人干事的，他不想与这样的人打交道。父亲见他不高兴，就悄悄地对他说："咱村这个伪保长是个活泛人，他当这个伪保长也是老族长点头的。鬼子时常跟村子里要粮、要菜还有民夫，他都想办法应付了，能少给的就少给，能赖的也就赖了。他儿子和城里的李县长是一个党的，乡里也拿他没办法。不知道的人说他儿子是汉奸，其实他一边应付鬼子，一边和共产党联系。他女婿的哥哥是泗城抗日游击队的人，这个游击队在北山一带活动，他经常给游击队筹粮。"听爹这么一说，李鲁消除了不少抵触情绪，跟着父亲走进李金士的家。

李金士已经听说李家老三回来了，一看爷俩登门来拜见，还请他喝喜酒，心里很高兴。他见李鲁一表人才，又是大学生，就拉着李鲁的手说："大孙子是个人才，想干点什么？"

李鲁说："才回来，还没想好。"

李金士对李东山说："二侄子，小学堂里孩子们不少，如今只有三个先生，教不过来，要不让孩子去学堂教书吧？"

李东山看看李鲁，意思是问"行吗？"李鲁没想到李金士会突然说出这句话，他一点儿准备都没有，急忙说："不行，我怕教不好，误人子弟。"

李金士看出李鲁不乐意，对李鲁说："学生都是本村的自家人，要让他们有出息就要教他们念书。"又说，"你不用怕，如今多是新学，你见多识广会教好的。"

李鲁见不好推辞，就答应先试试。回家一说，娘和林英都很高兴。李家出先生了！一家人都认为这是族上积德得来的，娘嘱咐李鲁好好干，给李家争口气。

阳春三月，桃花盛开，田间地头花香扑鼻。这天，阳光灿烂，春风送暖，吃过早饭，李鲁带林英到村子外走走。两人先来到村北，放眼望去，层层梯田向上叠加一直到山脚下，田埂上的桃树绽放着粉红色的花朵，一片连着一片延伸到半山腰。

"这真是花的海洋，你觉得好看吗？"李鲁看着林英问。

"好看，真美！"林英说道。

"我要带你把家乡的山山水水都看看，让你爱上我的家乡。"李鲁说着，拉起林英的手往前走。

林英说："已经爱上了。在这里生活，我觉得安心。"两个人又往村东头走去。绿油油的麦田连成一片，往东延伸到邻村，往南一直到河边。春分已过，地里已经有人在忙着施肥、浇水了。见他俩走来，乡亲们有的热情招呼他们抽袋烟，有的让他们坐地头歇歇。两人一一谢过，一直朝河边走去。

他们要看看泗河，也就是李鲁经常给林英说起的家乡的母亲河。两人来到河边，只见岸上风拂杨柳、桃花盛开，河中水流湍急、浪花朵朵。河面宽阔处，几只野鸭子在觅食、戏水，时而潜入水下，时而在水面拍打翅膀。一眼望去，水波荡漾，波光粼粼。

李鲁指着河的上游说："听老一辈说，泗河发源于陪尾山下的泉林。泉林的泉水汇流而下，向西流入南四湖。沿河风景秀丽，良田沃土养育了两岸的百姓。"他接着说，"北宋理学家朱熹有一首七言绝句赞美这里：'胜日寻芳泗水滨，无边光景一时新。等闲识得东风面，万紫千红总是春。'"念完了，他问林英："写得好吗？"林英笑着答道："我听出这是夸奖这个地方的。"

"是的，他赞美这里，说明这里古时候也很美。等赶走日本鬼子，我们要把家乡建设得更美。"李鲁望着远处说道。

林英说："是啊！眼下，你还是去当老师吧，一肚子墨水总得用上。"

听了林英的话，李鲁若有所思。过了一会儿，他叹了一口气，说："林英，你是了解我的，我的同学和老师死在日本鬼子的手里，这个仇我一定要报！还有，日本鬼子想让我们亡国灭种，我们不能当亡国奴。从东北到山东，这一路上你也看到了，日本鬼子横行霸道、耀武扬威，肆意蹂躏我们的祖国和同胞，这样的日子何时才能到头？我们应该参加抗战，献出我们的力量，争取早日把日本鬼子赶出中国。现在咱俩刚回来，还来不及盘算这件事。我想过，教书也只是暂时的，我要边教书边盘算，等时机成熟了再做决定。"

"我明白你的心事，我也想和你一起参加抗战，一起赶跑日本鬼子，一起把孙四海那样的渔霸除掉，也给我爷爷奶奶、姥爷姥姥报仇！"林英显得有些激动。

李鲁看了看林英，说："是啊，国恨家仇都要报！但是，怎么报，咱们还要好好盘算。”

林英说：“我听你的，你去哪儿我就去哪儿。可在走之前，这个老师，你还是去当吧。”

“嗯，要去当，答应的事就一定要办。那天爹请客，李金士领来了学校的王先生。说他是校长，让我一星期后去上课。”李鲁说着，扳起手指头数起来。

林英见李鲁数手指头，便笑着说：“你忙得忘了日子吧？爹请客已经是四天前了。”

李鲁也笑了笑，说：“是，这几天是有点忙，我要抓紧准备一下了。”说着，两人一起往回走。

北河村小学设在村东南头的寺庙里，人们称之为南大寺学堂。南大寺分前后两个院，前院是正殿，人们来烧香拜佛的地方，后院是僧人住的地方，有北屋五间，东、西还各有三间房。前几年南大寺香火不旺，只剩下一个老和尚，村里就把学堂搬到南大寺的后院，前院也成了学生上体育课的地方。

学堂有一百多名学生，从一年级到六年级共六个班。之前，学校仅有三位老师，只能一位老师教多门课。语文和算术是主课，副课只能根据现有老师的能力来开，珠算、美术、体育这些课十天半月才上一次。李鲁来到学堂后，王校长让他教四、五、六年级共三个班的算术，另外兼教这三个班的体育课。

李鲁有文化底子，如今来教算术是可以胜任的。他虽然没当过老师，但是虚心好学、认真备课，加上上课时一口东北话，抑扬顿挫，非常吸引学生的注意力，学生都喜欢听他讲课，老师们也很快对他产生了好感。时间不长，他就得到了师生的认可。

韩愈在《师说》中说：“师者，所以传道授业解惑也。”意思是说，老师是传授道理、教授学业、解答疑难问题的人。既然为师，就应该有丰富的知识。老师与学生就好比一桶水与一杯水，桶里水多，才能装满学生这个杯。

李鲁当老师后，还是感到自己的本事小了，需要尽快充实自己。他借来许多书，一有空就看书学习，星期天都在学校度过。他经常早上从家里带上午饭去学校，晚上天黑才回家。这样既方便学习，也方便找熟人聊天，以获取信息。通过一段时间的了解，李鲁得知，北河村有两百多户人家，有两个年轻人在外闯荡谋生：一个是李金士的儿子，他是个国民党的小官，日本鬼子来了以后他跑到南方去了；另一个是张之方，他去济南读书后就再也没回来，有人说他在外做官了。

李鲁对李金士的儿子不感兴趣，但对张之方就不同了。张之方是李鲁姑奶奶的亲孙子，比李鲁大两岁，李鲁刚读私塾的时候，张之方已读第三年了，李鲁一直把他当成榜样。这次回来，他一直打听这个表哥的去向，但至今没有一个可信的消息。又是一个星期天，李鲁约了读私塾的同学张之朋来学校见面。张之朋是张之方的叔伯兄弟，为人诚实，他觉得从张之朋口中应该能获得一点有用的消息。李鲁烧了一壶开水，把从家里带来的茶叶和茶碗拿出来，准备给张之朋沏茶喝。就在这时，他听到张之朋喊他的声音："三哥，你早过来啦！"

李鲁答应一声："哎，之朋来啦！"说着，忙把张之朋让到屋里。两人说起十几年前一起读私塾的情景。在李鲁读第二年的时候，之朋才入学堂，虽说相差一年，但两人都是在一个屋里读书。先生有时候发脾气，罚同学站，一站就是一上午，连茅房都不让去。这时候李鲁就趁先生不在的时候，跟同学换了衣服，顶替同学罚站。反正站在屋外，先生发现不了，有时发现了，李鲁顶多被剋一顿。聊起往事，两人开怀大笑。两人又聊起分别后各自的情况，之朋听到李鲁有学不能上，死里逃生回到老家时，不由得鼻子发酸，眼泪汪汪，他说："不知道哥在外吃了这么多苦，还差点丢了性命。"

李鲁又把参加八路军去杀鬼子报仇的想法说了出来，之朋听完，说："三哥，和你相比，兄弟我很惭愧。你知道的，我奶奶就我和之方哥两个孙子。之方哥外出闯荡，奶奶就把我看紧了，哪里也不让我去，早早给我娶了媳妇，孩子都一岁多了。我真羡慕你和之方哥啊！"

李鲁给之朋的碗里续了点茶水，说："我姑奶奶年纪大了，你生活在眼前她才放心。我去看她时，她也一再嘱咐我，让我以后就在村子里教书，哪里也不要去。你听她的话也是孝顺啊！"之朋点了点头。

李鲁又说："我和之方哥有十一年没见面了，你知道他在哪儿吗？"

之朋听到李鲁这么问他，忽地一下从凳子上站起来，转身走到门口朝外探出头，向周围扫视了一圈，然后又回来坐下。他看着李鲁的眼睛小声说："三哥，此事非同小可，关乎我们家的安全，也关乎我的声誉。"

李鲁见之朋这么严肃，马上意识到张之朋是知道张之方下落的人。他看着张之朋的眼睛说："之朋兄弟，你我是表兄弟，情同手足，有事应该一起承担，我绝对不负你！再说，我打听之方哥的消息，也是为了看看与他是否志同道合。如果志同道合，我就去投奔他，反之，你今天说的话就烂在我肚子里。"

张之朋点了点头，说："三哥，我看你也是干大事的人，和咱之方哥志同道合，既然你想参加八路军，我当弟弟的就告诉你实情！"

张之朋接着说："之方哥临毕业那年回来一趟，他临走时把我叫到河边，说他毕业后一时回不来，让我照顾好大爷和大娘。我再三问他要去哪里，他说他是学西医的，要去鲁南抗日战场上救死扶伤。他交代我，这件事对谁也不能说，这一去不知道是死还是活，家里的事就交给我了。他还说，我长大了，又读过书，他相信我才跟我说这么多。我答应过哥哥的，所以至今对谁也没说过这件事。"

李鲁听后，沉思了一会儿，说："如果是这样，之方哥就是我要投奔的人。之朋，过几天放暑假我就去鲁南找他，你放心吧！"

第四章

投笔从戎

暑假到了。这天一早，李鲁来到学校收拾了一下自己的东西。他擦了擦办公室的桌子、椅子，接着去教室把学生们的桌子、凳子摆得整整齐齐，又把黑板擦得干干净净，然后他来到院子里，拿起扫帚把各个角落都打扫了一遍。

干完这些，他站在大门口仔细看着这里的一切，突然感到有些恋恋不舍。他来这里教学四个多月，对学校和学生、同事都熟悉了，如今自己就要离开这里，奔赴抗日战场。想到从此一别，不知何年何月才能再回来，他不由心生眷恋。他停顿了一会儿，轻轻把门关上。"别了，同学们、同事们，等我打跑日本鬼子再回来教书吧！"他在心里默默地说。

回到家吃过早饭，李鲁叫上林英一起去河边的地里摘菜。两人来到自家地里，很快摘了一篮子豆角和茄子。李鲁见林英挺着大肚子，热得满脸是汗，便关心地说："去树下凉快一会儿吧。"他拉着林英出了菜地，来到河边的大柳树下乘凉。

七月的晌午，烈日炎炎，绿柳低垂、纹丝不动。树上的知了高一声低一声地叫着，河面上激流滚滚。不远处，渡口两只摆渡的小木船，载着人们来来往往，船夫的号子声此起彼伏。李鲁指着河面说："林英你看，雨季的泗河又是另一番景象。上游下大雨了，河水湍急，水也变浑了。"

林英说："雨水多了庄稼长得才好，看来今年是个丰收年。"

"嗯,看样子是个好年景。"李鲁说着,摘下头上的草帽拿在手中当扇子,一边给林英扇风,一边将参加八路军的想法告诉了林英。看着林英瞪大的眼睛,李鲁说:"你先在家生孩子,我明年再回来接你去参军。"

　　林英沉思了一会儿,说:"我理解你,也不拦你,只是再过几个月我们的孩子就要出生了,你不在身边,我害怕。"听林英这么一说,李鲁心里倒是觉得有些对不住林英。从东北回家才几个月,林英刚熟悉这里的生活就要把她一个人留在家里,她才十八岁又怀有身孕,自己这一走还不知明年能不能再回来接她。

　　他想安慰一下林英,就拉过林英的手说道:"别怕,有娘照顾你,一切都会好的。"又说,"我倒是为我们的儿子想好了一个名字,叫'记东',意思是记住东北,记住东北的姥姥姥爷和爷爷奶奶。"

　　林英听着,扑哧一声笑了,说:"你是盼儿子吧,要是个闺女呢?"

　　"一样,一样好。要是闺女就叫'冬梅'吧,梅象征着高洁,又是冬天出生,'冬'的谐音也是'东',东北的'东'嘛!"李鲁很认真地说。

　　林英听着也高兴起来,说:"都听你的,先生起名保准好。"

　　李鲁指着东南方向说:"往东南五六十里地,就是抗日根据地,我准备去那里参加八路军。"

　　"你怎么给爹娘说呢?"林英担心爹娘不同意。

　　李鲁说:"我就说去济南考学,估计爹娘不会反对。"

　　"也好,这样老人才不会反对。"林英点了点头说道。

　　李鲁说:"林英,只是辛苦你了,等你生下我们的孩子,孩子稍大一点,我就来家接你!"

　　林英又点了点头问:"你准备几时动身?"

　　李鲁说:"等爹忙完手上的活,我再给爹娘说。"

　　"好吧,我帮你准备一下。"林英轻轻地说,她多少有些无奈。两人说着,一看快到中午时分,急忙回家。

过了两天，李鲁见爹在家收拾从东家扛回来的线棍子，准备将线棍安放在织布机上。他给爹打下手，帮忙拾掇好织布机。李东山坐到织布机上拉动梭子和机杼试了试，感觉织布机运行正常，便满意地笑了。他对李鲁说："新接的这三丈布，要趁这阵子地里没活给人家织出来。"

李鲁见爹心情不错，就在吃午饭时说去济南考学的事。爹娘听完都表示赞成，认为儿子一肚子学问，应该考出去才有大出息。爹娘准备给他凑盘缠，李鲁忙说："不用了，我手里还有一点余钱，够用的。"李鲁见爹娘这个态度，放下心来。他请爹过几天跟李金士和王校长说一声，替他辞职。当晚，林英给李鲁收拾了一个小包袱，里面有她新做的一双鞋和两件干净的衣服，她又打开自己的小妆奁盒，拿出两块银元放进包袱里。她对李鲁说："你胃口不好，出门在外吃东西要小心，一定要照顾好自己。"

李鲁一边答应，一边忙着给林英找出小学语文课本和几本新书，他让林英坚持读书、写字，等他回来要考她。

离别的心情不好受。李鲁知道，这或许是一次生死离别。他和林英互相依偎在床上，谁都不想说话，各自想着心事。时间一分一秒地过去了，过了好一会儿，李鲁起身把耳朵贴在林英的肚子上，听着胎音说："儿子在动呢！"

林英"嗯"了一声，两手托起李鲁的脸，把嘴唇贴在李鲁的耳朵上说："你一定要活着回来，我和儿子等着你。"说完，她紧紧地抱住李鲁。

第二天一早，李鲁告别了家人，踏上了去鲁南抗日根据地的路。

李鲁坐小木船过了泗河，往南走十几里地就进入了山区。往前看，莽莽重山，绵亘百里。他边走边打听，终于在第二天的傍晚打听到了八路军医院的所在地水潭庄。老乡告诉他，这里离水潭庄还有十几里路。看天色已晚，李鲁只好在老乡家借住一宿，等第二天早上再走。

水潭庄是一个小山村，位于邹县的东北角，因村东有一个深水潭而得名。水潭深不见底，鱼虾成群，旱不干涸，涝不泛滥。水潭庄因这个神秘的水潭而出名，更因八路军的战地医院设在这里而远近闻名。

李鲁小半晌就赶到了水潭庄，在庄北头被一番盘问后，跟着一个儿童团团员来到庄东头的一座寺庙，这里就是八路军的医院。儿童团团员把李鲁交给门口的八路军哨兵就走了。哨兵问李鲁找谁，李鲁说，他找张军医，他是张军医的表弟，从泗城老家来的。

哨兵往院子里喊了一声："报告，有人找张军医。"不一会儿，从院子里走出来一个身穿灰色军装，胳膊上带着红十字袖标的年轻人，他一边走一边问："是谁找我呀？"

"是我，之方哥，我是祥飞！"李鲁挥着手答道。虽然十几年没见面，但李鲁还是一眼就认出了表哥。

张之方听到对面的年轻人喊他的原名，又说自己是祥飞，马上反应过来，认出了李鲁，他紧走几步向李鲁伸出双手，说："啊，祥飞，就是十几年前去东北的祥飞吧？"

"是啊，哥，是我。"李鲁也伸出手与表哥的手紧紧地握在一起。

张之方拉着李鲁的手来到紧靠大门口的南屋里面。他仔细打量对面的李鲁，只见他上身穿一件白布褂子，下身穿一条蓝布裤子，脚穿一双黑布鞋；细高个儿，有一米八的个头，长方脸，浓眉大眼，眉宇间透出一股英气。

"真是长成大小伙子啦！"张之方感叹道。两人坐下来交谈了一番。张之方讲，他三年前毕业于济南的省立医学专科学校，在学校时加入了共产党，毕业后就来到鲁南军区医院当军医，他现在的名字叫张恒。

李鲁说自己也改了名字，是在奉天上学时改的。他把自己在奉天因参加反日集会而遭审讯，逃回老家教书的经历简述了一遍，表明这次来是为了参加八路军。

张恒说："当八路军可是要吃苦的，还要不怕死，你能行吗？"

李鲁说："我行，哥。我这次来投奔八路军，做好了吃苦和牺牲的思想准备。比起死去的同学和老师，我算是幸运的。我要亲手杀几个日本鬼子，给他们报仇！"

张恒点了点头，说："好，是个男子汉，哥支持你。你有什么特长吗？"

李鲁想了想，说："我在奉天上学十来年，是会日语的，也受过军训。"

"好、好，这些都有用。"张恒高兴地说道。他看了一下外面的太阳，又说："咱们先吃饭，一会儿我向刘院长汇报一下。"

吃过午饭，张恒向刘院长汇报了李鲁的情况。刘院长一听李鲁是个大学生，还会讲日语，觉得他是个人才。他问张恒能不能把他留在医院，张恒说，李鲁执意要去战斗部队，他已是死里逃生，誓为死去的同学和老师报仇，非要亲手杀死几个日本鬼子不可。

刘院长听罢连声说："好样的，有种。我这就给圣山支队的冯支队长写封信，把这个小伙子介绍给他。"说着，他掏出钢笔，在一张纸上写道：

吾弟：

见字如面。今有家侄前来讨生，望收留为盼。详情由侄儿面陈。

兄

七月十六

他写完叠好，交给张恒，说："找个伤愈归队的同志带着他去找冯支队长吧。"

"是，我这就去办。"张恒向刘院长敬礼后，转身去找护士长。护士长说有个姓马的战士这两天就要伤愈归队，张恒决定让他明天带李鲁一起走。

当天晚上，正好是张恒值夜班。他巡视完伤员和病号回到南屋，这里既是诊室也是值班室，还是他的宿舍。他和李鲁在门口席地而坐，聊起家常。张恒说，自古忠孝难两全，自己已经有三年没回家了，家里的情况也不知道怎样了。李鲁告诉他："我姑奶奶和大爷、大娘身体都还好，就是挂念你。"张恒说："这也是没办法，要是跟他们说了来当八路，家里更挂牵，还不如不说。我是党的人，从入党的那天起，我就把一切许给了党。现在抗战进入相持阶段，根据地外经常打仗，医院也经常接收伤员，我只能坚守岗位，没时间回家。"

张恒说这些话时语气坚定，微微带着点激动。停了一会儿，他又说："等过两年赶走日本鬼子，我再回家尽孝吧。"

张恒的这一番话，使李鲁受到震动，尤其是"从入党的那天起，我就把一切许给了党"这句话，深深地印在了李鲁的脑海里。

山区的夜晚，天上繁星闪烁，不时吹来阵阵凉风。两人感觉坐的时间长了，便一起站起来在院子里走走。张恒说："上个月，德国以闪电战的形式袭击了苏联，以德国、意大利、日本为轴心国的侵略战争在不断扩大，这引起世界正义力量的坚决反对和抵抗。中国、苏联和英国、法国等国家也联起手来抗击侵略者。就我们中国来说，全面抗战已经四年多。日军战线拉长，兵力紧张，在一些地方出现了首尾不能相顾的局面。而中国的抗战力量却在不断壮大，经验也在不断增加，尤其是我们共产党坚持敌后游击战，在打击日寇、歼灭敌人的同时，抗日根据地也在不断发展。虽然抗战还处在困难时期，但是只要中国人民坚持斗争，打败日本侵略者是必然的。"说到这里，张恒拍了一下李鲁的肩膀，说："兄弟，我们都是知识青年，看问题要多一些理性分析。你在困难时期参加八路军很有勇气，要坚定自己的信念，相信困难是暂时的，我们中国的抗战必胜。"

李鲁说："哥，放心吧，我不怕苦也不怕死，更不会动摇。"两人又聊了一会儿，张恒让李鲁去睡觉，自己前往病房巡视去了。

第二天，吃过早饭，张恒领着李鲁找到一位叫马立福的伤员，让李鲁跟着他一起去王家庄。

马立福在半个月前的一次战斗中负伤，子弹从左臂穿过，由于没伤着骨头，伤情不是很严重，今天就能伤愈归队。他三十多岁，身材魁梧，以前当过煤矿工人，会使用炸药爆破，是支队有名的爆破专家。他这次负伤就是在炸敌人的炮楼时，被炮楼里的机枪打的。

马立福带着李鲁走了一天的山路，傍晚来到一个叫王家庄的村里，这里驻扎着八路军圣山支队的一个大队，冯支队长这几天正跟随这个大队活动。马立福领着李鲁来到大队部，这里也是冯支队长的住处。门口站岗的战士认识马立福，两人互相敬礼后，马立福说要见杜大队长，哨兵说："杜大队长和冯支队长、刘教导员都在里面。"

两人来到北屋门口，马立福站住敬礼，喊了一声："报告，一大队三中队马立福伤愈归队！"

"进来。好啊，马立福，你这么快就好啦！"只听一个洪钟般的声音从屋里传出来。

"我好啦，大队长！"马立福说着跨进屋里。进门一看，大队长杜义杰旁边还坐着冯雪支队长和刘越教导员，他马上举手敬礼："首长好，我回来了。"

冯支队长问马立福的伤好利索没有，马立福回答得很干脆："好啦！"

"报告支队长，我还给你领来一个人，他叫李鲁。"说着，他朝门口指了指李鲁。杜义杰让马立福回中队报到，让李鲁进屋坐下。

李鲁把军区医院刘院长写的信递给冯支队长。冯支队长接过李鲁手里的信，打开看了看，又交给杜义杰和刘越轮流看了看。冯支队长问起李鲁自己的情况，李鲁做了简要的介绍。他详细询问了李鲁在奉天铁道学院读书期间参加反日集会的事，又问了他从大连回到泗城的经过，当听说李鲁撇下怀孕的妻子来参加八路军时，他连连点头，以赞许的语气说道："好吧，那就留在一大队这里吧！"他又对杜义杰和刘越说："给你们个大学生，要注意培养，发挥他的作用。"

"好啊，我们这里正好缺个文化人呢！"杜义杰高兴地说。

刘教导员说："那就让他去一中队吧，我领他过去。"冯支队长和杜义杰同时点头。刘教导员领着李鲁往庄北头走去。路上，刘教导员又问了李鲁家里的情况，并向他简要地介绍了一大队的情况，还说起一中队的中队长孔令生是个老八路，肯动脑子、会打仗，要李鲁多向他学习。

两人边走边聊，一会儿便来到一个院子门口。哨兵向刘教导员敬礼后，刘教导员问哨兵孔队长在不在院子里，哨兵说他在，并朝门里喊了一声："孔队长，教导员来啦！"听到喊声，孔队长答应着跑过来，敬礼后问："教导员，有什么事？"

刘教导员指了指李鲁，说："这是分到你们中队的新战士，他叫李鲁，是从东北回来的老乡，还是个大学生，会讲日语，也参加过日本人的军训。他到你的中队当战士，你要关心他，并注意发挥他的作用。"

"是，教导员，我记住了。"孔令生说着，向教导员敬了礼，接着又握住李鲁的手说："欢迎，李鲁同志，欢迎你来我们中队。"

从这一刻开始，李鲁开始了他的革命军人生涯。他穿上一身浅灰色的八路军军装，被编入一中队四班。由于枪少，李鲁暂时还没有配枪，他和班长何山共用一支"三八大盖"，班长说，等缴获敌人的枪后，再给他配上。

李鲁和战友们一起生活、学习、训练和站岗放哨。他身边的战友有煤矿工人，有贫苦农民。他们来自好几个省份，有从八路军主力部队来的，也有附近抗日武装队伍输送过来的，副大队长李民生还是一名老红军。这群人纪律严明，官兵平等，亲如兄弟。他们不光打仗，还做老百姓的工作，向老百姓宣传抗日救国的道理，进行减租、减息，帮助他们建立抗日民主政权。

李鲁来到这个集体后如鱼得水、精神振奋，对每天的学习、训练充满热情。部队的生活丰富而多彩，训练空闲，他帮助刘教导员写标语，领着中队的战士学文化，还经常跟着刘教导员去周围几个村子开宣传大会，有时刘教导员还让他在会上发言。他觉得这样既学习了不少东西，也锻炼了自己。

这天早上，班长何山带领战士们来到庄东头的打麦场，用麦秸秆扎了十个草人立在打麦场边上。他边扎草人边向李鲁传达孔队长的命令，要李鲁在今天上午训练时做拼刺刀的示范，李鲁答应一声："是。"

李鲁接受了这个任务后，仔细回忆在东北上学军训时学过的刺杀要领，捋了捋几个重点动作，并试着用通俗的语言解说动作要领。他趁大家干完活休息时，拉着班长何山去看他的动作演示。

何山很痛快地答应了，他觉得孔队长让他班里的李鲁做示范，是给他这个班长面子，帮李鲁完成任务也是他的责任。何山从肩上摘下"三八大盖"交给李鲁，站在一边观看李鲁的刺杀动作。

李鲁拿起枪走到草人前，从预备到举、拨、刺、收枪，几个动作一气呵成，干净、麻利、快，何山不由得大声喝彩："好！"班里的战士听到何山的喊声，都跑过来一起观看。李鲁又重新做了一遍，他的动作既利索又标准，战士们都鼓起掌来，要求李鲁动作慢一点教教他们。这倒让李鲁觉得不好意思了，自己才入伍几天，班里的老同志这么多，怎么也轮不到自己来教大家。李鲁嘴里不住地说："不行、不行，我才来几天，这不是'关老爷面前耍大刀'吗！"

正说着，孔队长带着一、二、三班的人来了，他喊了一声："全队集合！"全中队四十多人呼啦一下摆开。随着"稍息，立正，向右看齐，向前看，稍息"的口令声，全队齐刷刷地分两排站好。整完队，孔队长讲话："今天上午进行拼刺刀训练，先由李鲁做示范。李鲁在东北上学时跟日本人学过，大家要虚心学。"说完，他叫李鲁出列做示范动作，李鲁答应一声："是。"李鲁接过班长递来的步枪，走到草人前立正，等待命令。

"开始！"孔队长一声令下。

李鲁提枪向前一步，随着一声"杀！"，一枪刺中前面的草人。

"好！"孔队长喊了一声，接着说，"李鲁，你把动作进行分解，一步一步地做一遍。"

"是。"李鲁答应一声。接着，他边说边做动作："第一个动作是预备式，端枪下蹲；第二个动作是右脚后蹬，左脚快速向前迈进，同时两臂迅速向上方推枪；第三个动作是顺势将左臂送出，将枪刺入敌人的胸腹部，同时身体重心落在左脚，右脚为进退的依托。"

李鲁在第三个动作时喊了一声"杀！"麦草人被刺刀穿透。

"报告队长，我做完了。"李鲁立正敬礼。

"好，入列！"孔队长喊了一声。他接着说："大家看到了吗？李鲁刚才的动作是很标准的。大家记住，拼刺刀就要手脚并用，做到快、狠、准。"他用手指了一下草人，说："各班长带队轮流练习刺杀。"各班长带队依次散开，开始轮流练习。孔队长又招呼李鲁过来，交代他练习一下防刺动作，下一次还让他做示范。孔队长问李鲁有没有拼刺刀方面的书，李鲁说，在东北给他们上课的日本人多数是从前线退下来的老兵，他们有实战经验，能做动作也能讲解，从来没发过教材。听说有一本《剑术教范》，是日本军队的教科书，但是只有教官有，自己也没见过。孔队长听到这里，让李鲁尽量多回想一下，也多琢磨琢磨，尽量给大家讲明白，李鲁答应尽力做好。每天的训练紧张有序，班长和老战士都有自己的拿手绝活，李鲁学到了不少军事知识。

这天下午，一中队紧急集合，孔队长传达大队的作战命令：一中队和三中队傍晚要夜袭滋临公路边上的黄家集据点，二中队和四中队分别在泗城方向和林桥方向设伏打援。五点钟开饭，七点钟出发。

傍晚，一中队从驻地出发，到了庄外便进入青纱帐。在夜幕和青纱帐的掩护下，他们不到半个小时就到了滋临公路边上。大家蹲在高粱地里，等待进攻命令。

黄家集是滋临公路泗城至平邑间的一个村子。滋临公路从黄家集村北头穿过，公路北侧是泗河，南侧是黄家集。黄家集村东头有一条小河流入泗河。泗河在这里河床高、河面宽阔，即使夏天泗河水流大，人和牲口也能涉水过河。

泗河北面十几里就是山区，那里是鲁中抗日根据地。黄家集村南边是抗日游击区，再向南就是抗日根据地了。日军在黄家集建了一个据点，有一个中队的伪军扼守在此，这是两个抗日根据地之间的一枚钉子。今夜，一大队就要拔掉这枚钉子。同时，在这里以南十几里地的桃山口村，也就是根据地的"北大门"，支队王政委带领二大队也要拔掉那里的一个据点，那个据点也驻扎了伪军的一个中队。拔掉这两个据点后，鲁南和鲁中两个根据地之间的交通线就打通了。

天慢慢地黑下来了。一阵清风从公路那边吹过来，高粱叶子发出"刺啦刺啦"的声音。李鲁抬头，从摇曳的高粱穗空隙里看到天上的几颗星星在眨着眼睛，镰刀形的月亮在云彩后面时隐时现。

"夜色不错，便于行动。"李鲁在心里想。他伸手摸摸腰上的一颗手榴弹，感觉别得很牢靠，又举起右手里的大刀晃晃，觉得心里踏实多了。过一会儿战斗打响后，他要用这两件武器杀敌，还要缴获一支枪，这是班长何山对他说的。班长要他一直跟在自己身后不要掉队，在战斗打响后做个帮手。因为这是李鲁第一次参加战斗，班长要带着他学习打仗。过了一会儿，孔队长从公路边的地头返回，招呼何山和另外三个班长碰头。他压低声音说："侦察员过来报告，黄家集据点的敌情没什么变化，一共四十多个人，有一大半睡在炮楼下面院子的平房里。院子里有北屋四间，西屋三间，西屋中的一间是伙房，另两间和两间南屋都是他们睡觉的地方。东北角有一个二层的炮楼，里面也睡着十几个人。炮楼和院子通着，中间有一个操场，七八十米宽。"

说到这里，孔队长两手做了一个捂嘴的动作，他继续说："我们中队从西面扑上去，主要解决院子平房里的敌人；三中队从东面扑上去，主要进攻炮楼。"

孔队长接着说："各班的具体任务是，四班跟着我从院子的西北墙角翻墙进去，进去后堵住几个屋门，同时打开大门。一班配合四班解决三个屋里的敌人，二班和三班进院子后偷袭炮楼，明白吗？"

"明白。"各班长低声回答。

孔队长又说："冯支队长和杜大队长在三中队那边指挥，战斗零点开始。我们中队在战斗打响前，先偷袭据点院子里的敌人，偷袭不成就强攻。现在距战斗开始还有两个小时，从这里到炮楼大约有四百米，一小时后各班按计划进入阵地。"

各班长分头去准备。何山转过身来对战士们交代：全班十二个人分成四个战斗小组，每三人一组，三个组堵屋门，一个组打开大门，李鲁和战士张言跟着何山为一组。

一个小时后，中队开始向敌人的据点运动，战士们顺着公路下的壕沟摸索前进。在离据点一百多米的地方，孔队长摆手让大家呈战斗队形展开。李鲁不离何山的左右，他的身边是孔队长，旁边还有战士张言。他们趴在壕沟里，眼睛盯着百米开外的炮楼。只见炮楼顶上挂着一盏马灯，昏暗的灯光下，一个哨兵在来回走动。炮楼和平房里没有灯光，也没有动静，看来伪军们都已睡觉。又过了一会儿，孔队长下令匍匐前进，李鲁跟着何山很快就爬到敌人院子的西北墙根下。

何山让李鲁留下，他和张言猫着腰来到西南墙角。何山将身子贴在墙上，探过头朝墙角那边看了看，一个伪军哨兵正抱着枪背朝大门坐在石头上打盹。何山朝张言摆了一下手，两人猫着腰一前一后轻轻向哨兵靠过去，在离哨兵还有四五米的时候，两人像饿虎扑食一样扑向哨兵。

何山上去掐住哨兵的脖子，张言一手抓起哨兵的枪，一手将匕首刺入哨兵的胸膛，这个哨兵蹬了几下腿就不动了。何山一手推了推大门，门是关着的，是从里面插上的，他只好反身回到西北墙角。他猫着腰贴在墙边，听到墙里边没有声音，便回过身向孔队长做了个没事的手势。孔队长抬起手腕看了看表，低声说："上。"

全中队的人从北面、西面靠近了据点的院子，四班的人开始翻墙。何山双手一托，李鲁纵身一跃翻入墙内，随后接应孔队长从墙上下来。这时，别的小组也翻进来几个人。孔队长指挥战士们堵住三个屋门，李鲁举着手榴弹几步跨到北屋门口，几乎是同时，大门也从里面打开了。

孔队长一脚踹开北屋门，用手电筒向屋里一照，喊了一声："不许动，我们是八路军！"

李鲁跟着冲进屋里，举着手榴弹喊道："敢动就炸死你们！"

七八个伪军从梦中惊醒，吓得乱成一团，他们急忙溜下床，光着身子蹲在地上。李鲁借助手电扫了一遍屋内，见北墙根立着七八支步枪。他立即侧过身来，面朝几个伪军，一手举着手榴弹，一手顺着墙摸过去拿枪，嘴里还喊着："别动，都老实点！"

地上的伪军一个劲地说："不动，我们不动。"李鲁抓起一支"三八大盖"夹在腋下，又从墙上摘下一个手榴弹袋。这时，何山和几个战士也来到屋里，急忙收拾了伪军的枪支和弹药。突然，东边的套间里传出"扑通"的声音，接着就是一阵惊叫："八路来啦，八路来啦，快开枪！"

"啪、啪"，炮楼上有人朝院子这边打了两枪。不一会儿，"嗒嗒嗒嗒……"机枪朝这边扫射起来，喷出的火舌在夜空中格外显眼。

原来，北屋东头是一间套间，伪军的中队长孙广富就住在里边。他在睡梦中听到外屋有八路，急忙跳下床从北面的窗户爬出去，连滚带爬地进了炮楼。他进炮楼后，一面组织火力封锁从炮楼通往院子的道路，一面打电话给泗城的"治安军"大队部请求出兵增援。

二班和三班进院子后，战士们贴着东墙根向炮楼靠近，本想偷袭炮楼，没想到院子北头跑出一个人。摸在前面的战士想冲上去逮住这个人，但是由于这边离得远一些，所以没有抓住他。炮楼上的机枪打过来时，进攻的战士被压在东墙根下。

正在这时，据点东面也响起激烈的枪声。这是杜大队长指挥三中队从东面向炮楼发起的进攻。三中队的一挺轻机枪也"嗒嗒嗒"地响起来，炮楼上的火力一下子转到东面去了。

孔队长抓住这个机会，让战士们卸下两扇门板，又找来一张桌子，一起送到东墙下。战士们推着门板和桌子作为活动掩体，向炮楼发起第二次进攻。

"何山，带人上屋顶，火力掩护。"孔队长喊了一声。

何山带领十几个战士爬上西屋的屋顶，趴在屋脊后面一字摆开，一起向炮楼开火。屋脊几乎与炮楼的二楼平行，十几条步枪同时开火，一下子打得炮楼一层门口的敌人退回炮楼里面。何山命令分层射击，一组打一层，二、三、四组打二层和炮楼顶。李鲁是二组，他端起刚才缴获的步枪，拉开枪栓看了看，隐约看到弹仓里面有子弹，便推子弹上膛，瞄准炮楼二层的一个射击孔，屏住呼吸，一枪一枪地打。三枪打过，这个射击孔就停止喷火苗了。"打中了。"他嘟囔了一句。但是，不到一分钟，这个射击孔就又朝外射击了。突然，他觉得左肩膀一热，眼一黑就滚下了屋脊。

何山发现李鲁掉下屋脊，扭头朝下面喊了几声："李鲁，李鲁，能听见吗？"见下面没反应，何山感觉不妙，他对张言说："下去看看。"

"是。"张言滑到屋檐边，纵身一跳，落到地面。张言摸到李鲁时，发现李鲁胳膊流血了，他急忙喊道："班长，班长，李鲁负伤了！"

"伤到哪儿了？"何山在屋脊上问。

"伤到肩膀了。"张言边回答边给李鲁包扎。

"张言，你把他背下去！"何山喊着。

"是。"张言答应着，把李鲁的右胳膊拽起来，往自己的背上一搭，弓腰背起李鲁要走。经过这么一折腾，李鲁这时醒过来了。他见张言在身边，便问："我怎么在这里？是张言啊！"

"李鲁，你醒过来了！你挂彩了，我背你下去。"张言说着就背李鲁走。

李鲁感到左肩膀剧烈地疼，他让张言放下他，他站起来靠在墙根下，用右手摸了摸左肩膀，又活动一下左胳膊，对张言说："不要紧，没打着骨头，你再给我扎紧点。"张言又从褂子边上撕下一根布条，围着李鲁的伤口缠了两层。李鲁说："我没事了，你上去吧，我在这里等你们。"

张言看了看李鲁，说："那好，你在这里歇会儿，我上去了。"

二班和三班的人推着活动掩体，沿着东墙根一边打一边向前推进。当推进到东墙与炮楼的拐角处时，他们被炮楼上的火力挡住了，敌人还接连向他们扔了几颗手榴弹。"轰！轰！"手榴弹在门板的前后爆炸，战士推着的门板被炸翻，有两个战士中弹倒下，剩下的战士不得不退回来，第二次进攻被迫停止。此时，院子外的进攻更为激烈。杜大队长指挥三中队的两个班从北面佯攻，吸引敌人的火力。一个班掩护爆破组从东面进攻炸炮楼。三中队在北面公路的壕沟边架起一挺轻机枪，二十多条步枪摆开，一起朝炮楼开火。霎时，"嗒嗒嗒……" "啪啪啪……" 枪声大作，炮楼上火光四溅。

炮楼上的伪军见八路军从北面进攻了，急忙加强了北面的火力。东面的火力一下就弱下来了。趁这个机会，杜大队长命令爆破组上。只见爆破手夹着炸药包，猫着腰快速接近了炮楼，就在距离炮楼十几米的地方，炮楼上一阵激烈的枪响后，爆破手趴在地上不动了。

"唉，马立福，再上！" 杜大队长拍了一下地，喊道。"是。" 马立福答应一声，夹着炸药包冲出小树林。

"火力掩护！" 杜大队长挥动驳壳枪喊了一声。"啪啪啪……" "轰隆，轰隆……" 枪声和爆炸声又从东面响起。

李鲁在西墙根听到东面枪声激烈，知道东面的进攻不顺利。他用右手抓起步枪，贴着西墙转到南面大门，又越过大门转到东南墙角。他看到炮楼上的机枪吐着火舌，向东南呈扇形来回扫射，火力十分猛烈。借助微弱的月光，他观察了一下地形：他所处的东墙与炮楼的西面几乎是平行的，而东墙外是一片开阔地，炮楼的机枪正好覆盖这一片开阔地。

他在东南墙角蹲下，目测从他在的位置到炮楼有七八十米，再看看炮楼上来回扫射的机枪，有好几次打不到这边，他决定顺着东墙外爬到炮楼跟前。他摸了摸刚缴获的手榴弹袋，发现里面有两颗手榴弹，加上自己腰里的一颗，共三颗。

"够用的了。" 他对自己说。李鲁把步枪斜背在身上，趴在地上朝炮楼爬去。由于左肩膀负伤，他只能用右臂支撑爬行。他咬着牙往前爬，子弹在他身子上空飞过，有的打在院子的东墙上，火星四溅。他一口气爬出四十多米，爬到一个小土垄下，停下来歇歇。他抬头看看炮楼，敌人并没有发现他，还是集中朝东面射击。他继续匍匐前行，爬到距离炮楼二十多米的地方，他听到东面进攻的火力一下子猛烈起来，机枪、步枪一起射向炮楼。进攻的手榴弹在离炮楼十几米的地方爆炸，掀起了一股又一股的泥土和烟雾。李鲁一看，自己不能再往前爬了，再爬就进入我军手榴弹的弹着点了。

他本想爬到炮楼下，将身上带的三颗手榴弹扔进炮楼。但是，现在我军进攻的火力已经挡住他了，怎么办？他仔细看了看炮楼：这个炮楼高有七八米，加上炮楼顶部的垛口也就是十米高。自己离炮楼有二十多米，将手榴弹投到炮楼顶上还是有可能的。"对，往顶上扔。"他自言自语。

李鲁掏出三颗手榴弹，用牙一个一个咬开盖，摆在右手旁。他拿起一个，将套环挂在小拇指上，用力扔向炮楼顶。"轰隆！"手榴弹在炮楼墙根爆炸，震得炮楼里的机枪停了一下，接着，机枪就朝他这边扫射起来。李鲁赶紧趴下。"嗨，咋投得这么近？"李鲁感到很遗憾，想起平时训练时，自己投得比这次远多了。他知道，由于左肩膀负伤，趴在地上没有了支撑，所以扔不远。李鲁明白，这时候要把手榴弹投到炮楼顶，只有站起来才有可能，但是站起来目标太大，容易被敌人击中。

炮楼上的机枪又疯狂地扫射起来，"嗒嗒嗒，嗒嗒嗒……"

李鲁急得喉咙直冒火，心想不能再等下去了。他抓起一颗手榴弹，猛地一下跳起，瞄准炮楼顶扔了出去。"轰隆！"手榴弹在炮楼顶上爆炸，炸得炮楼上的敌人停止了射击，连炮楼二层的机枪也停下了。李鲁躬下身子，想拿起最后一颗手榴弹。突然，他觉得眼前一黑，一头栽倒在地上。就在炮楼上机枪停止射击的一瞬间，马立福趁机把炸药包送到炮楼下，他拉着了引信，转身翻滚着撤向小河。只听得轰隆一声巨响，炮楼的半边飞上了天。

"冲啊！"杜大队长举着驳壳枪喊了一声，带头冲向炮楼。东面、北面的战士一跃而起，高喊着"杀啊！"冲向炮楼。一中队也从院子里冲过来，"缴枪不杀！""快投降！"战士们喊声一片，从三面冲向炮楼，活捉了剩下的几个伪军。

爆炸掀起的石块和泥土落下来，盖住了李鲁的半个身子，他趴在地上不动了。李鲁醒过来时已是早上六点多了。担架队把他抬到王家庄后，医生给他清洗伤口时，剧烈的疼痛刺激他醒了过来。他咬着牙憋住气，用右手抓住担架的木框，忍住疼痛。一直坚持到清洗、包扎完，他才长长地出了口气，用微弱的声音问医生："医生，我的伤不要紧吧？"

"还好，你左肩膀上中了一枪，没伤着骨头，头上被石头蹭下一块头皮。真是万幸啊！如果再偏一点，你就没命了。你失血多，所以昏迷这么长时间。"医生说完，又去忙了。

李鲁觉得身上盖着棉被暖暖和和的，好像小时候被娘抱着坐在独轮车上，一颠一晃地往前走，他迷迷糊糊地睡着了。担架抬着李鲁出了王家庄向东南走了七八里路，来到一个叫康平的小村子，李鲁被安排在孟大爷家里养伤。

八路军连着拔了敌人的两个据点，打了一次大胜仗。这个消息在周围各村传开了，村里的人听说一个立了大功的八路军战士在孟大爷家养伤，都纷纷过来看望，有的送来几个鸡蛋，有的送来水果和青菜，还有的送来擀好的面条。孟大爷是村里的老党员，儿子孟刚是民兵队长，一家人把李鲁来家里养伤看成是天大的事。孟大爷在村里找来一只正下奶的山羊，每天三次挤奶喂李鲁，孟大娘变着样做好吃的给李鲁吃。孟刚早就认识李鲁，前一阵子刘教导员带着李鲁来村里开会，接送都是他们民兵队的任务，他当队长的自然要跑在前头。那时候他就对李鲁很敬佩，他对民兵们说："八路军里有一个说话有点侉的年轻人，教导员让他讲话，他能说出一大堆抗日的道理来，真有本事。"这些话，他对爹娘和村里的好多人都说过。没想到这个年轻人来自己家里养伤了，孟刚心想，这次可要好好照顾这个有本事的人，等他好了让他多给民兵队讲讲革命道理。

孟刚想给李鲁增加点营养，就带上土枪上山打猎了。第一次打到一只山鸡，让娘煮了给李鲁吃；第二次打到一只兔子，炖熟了让李鲁吃了两天。孟刚没过门的媳妇张桂兰也过来帮助照顾李鲁，她是村里的妇救会会长，人长得俊俏，心灵手巧。她来帮着做饭、洗衣裳，还跟着医生帮忙给李鲁换药。一家人细心照顾李鲁，李鲁的伤口愈合得很快。七八天以后，李鲁精神好多了，说话也有力气了，他自己能下地在院子里走走了。孟大爷一家看到李鲁身体好得这么快，高兴得不得了。

一天上午，何山陪同医生来看李鲁，他带来了一挎包战友们捎给李鲁的东西，有毛巾、洋胰子、几本书，还有两个铁盒罐头。何山说："罐头是杜大队长和刘教导员让我带来的，是缴获的战利品，其他的是孔队长和同志们的心意。"何山又说："大家都想来看你，大队领导就让我代表了。这次战斗你表现勇敢，中队给你记功一次。"

李鲁说："我打仗没经验，中了枪，给部队和老乡添了麻烦，这个功给别人吧！"

何山笑笑，说："这是组织上对你的表彰，你就不要推让了。再就是，在这次战斗中，三班孟班长牺牲了，组织上决定让我去三班当班长，四班长由你来担任，孔队长让我告诉你。"

李鲁听后先是一愣，随后说："我参军时间短，四班长还是让老同志当吧！"

何山笑着说："这个不能推让，要服从上级命令。你好好养伤，争取早日归队。"说着，何山招呼孔医生过来给李鲁换药。孔医生解开李鲁左肩膀上的纱布，清洗了伤口，然后换上药。他说："头上的伤口已经好了，肩膀上的伤口也渐渐愈合了。只是你身子太弱，要好好恢复。别着急，这就算好得快的了。"李鲁听了很高兴，他谢过孔医生，问什么时候能归队，孔医生说："看你恢复的情况，再过七八天吧，到那时再看看！但是左胳膊不能使劲。"孔医生接着说："我行医二十多年，看过不少外伤，给八路军伤员看还是第一次。我没有麻药，那天清洗伤口也没有止疼药，看这个同志疼得那样，我都下不了手。他咬着牙挺过来，没喊一声'疼'，真是关公在世，好样的！"

"过奖了，过奖了，多谢孔医生。"李鲁连连摆手。送走了何山和孔医生，李鲁觉得身上轻快多了。想到再过几天就可以归队了，他心里高兴起来，又想到当班长这件事，还是觉得有压力。唉，只能边干边学了。他正想着心事，听到孟刚回来了，急忙喊了一声："孟刚兄弟，回来啦？"

"回来了。我把何班长他俩送到北寨门外头，何班长非让我停下，我就回来了。"孟刚边说边走到李鲁跟前。

李鲁说："兄弟，你有空吗？能陪我走走吗？"

孟刚说："有空。哥，你太客气了，我这就陪你出去走走。"两人沿着村里的大街向北寨门走去，不一会儿就来到圩墙边。孟刚挽着李鲁沿圩墙的台阶拾级而上，来到圩墙顶上。孟刚一看，李鲁已经气喘吁吁、满头大汗。他心疼地说："哥，你累吗？趴在垛口这里歇歇吧。"

李鲁说："不要紧，我只是觉得没力气。"两人趴在圩墙的垛口上，向北眺望。遍地的庄稼已经泛出金黄色，有的地方已经开始收割。远处，一条绿色的长带由东向西蜿蜒伸展，像一道屏障把泗河走廊隔开，那是泗河两岸的柳树和沿河而建的滋临公路边的杨树。再往北，就是连绵起伏的大山。李鲁知道，山那边就是鲁中抗日根据地。

转过身来看，大青山巍然屹立。向两边看，山峦起伏，绵延数十里，一眼望不到头。山那边也是抗日根据地，而眼前这个小村子，正好处在根据地的边缘。

环视眼前的康平村，高高的石头圩墙紧紧地包裹着这个小村子。孟刚说："圩墙建了几辈子了，过去是挡土匪，现在是挡日本鬼子。不过真鬼子没来过，'二鬼子'（日伪军）倒是来了两次，都被我们打跑了。"孟刚说话的语气中带有几分自豪。

李鲁说："是啊，二鬼子不禁打，他们中很多人都怕死。再说，他们多数是为了抢东西，不是为了占领这个地方。"

孟刚说："我们就二十多条枪，其中一半还是土枪。而且只有北门这里的圩墙坚固，其他三个门的墙垛都又小又窄，真打仗时，上面站不了几个人。连接四个门的圩墙高低不齐，多是百姓自己家的院墙。"

李鲁仔细观察后，说："咱们这个寨圩子，抵御小规模、轻武器的进攻，是可以抵挡一阵子的。如果是抵御有重武器、规模稍大一点的进攻，就撑不了多长时间了。"他沉思了一会儿，说："我有两点建议：一是对薄弱的圩墙要加固，尤其是四个门，可以在里面再垒起一层垛子，射击垛口要加高；二是如有规模大一点的进攻，就要组织群众从南门撤出，转移到山里，以减少群众伤亡。"

孟刚听后，说："哥，你说的有道理，我一定向党支部汇报，秋收后就开始加固圩墙。民兵队也要有一两个打防御战的方案，你帮我出出主意。"

李鲁说："我一定尽力。"

孟刚说："哥，等你再好好，有了力气，你给咱民兵队讲一课吧，让我们也提高一下。"

"好，只要你们愿意听，我随时都可以讲。"李鲁痛快地答应道。

孟刚高兴地说："太好了，哥，先给民兵队讲。桂兰她们还要你先去妇救会讲呢，我一定要抢在她们前面，说好了啊！"

李鲁笑了笑，说："行，总要有一个先来后到，再说，桂兰这不是还没跟我说嘛！"两个人边说边走，一会儿就来到了村子东头的寺庙前。李鲁看到眼前的几棵古柏和两棵大银杏树，不禁想起自己的家乡来。他对孟刚说："我们村里也有这样一座寺庙和参天古柏，庙前面也有一个大场子，寺庙后院是学校，我在那里教了四个月的书。"

"哦，怪不得哥知道这么多，原来哥还是一位先生啊！那更要多给我们讲讲外面的世界了。"孟刚羡慕地说道。

李鲁摆了摆手，说："好，好，一定讲，放心吧。不过我是教小孩子的，跟你们民兵在一起，大家就不要这么客气了，我要向你们学习的东西多了。"他看了看寺庙，又说："我看到眼前的寺庙，就想起了教书。我盼着早日打跑日本鬼子，让孩子们能安心念书。"

　　过了四五天，李鲁谢过孟大爷一家，要回部队了。村里的乡亲们一直把他送到北寨门外，李鲁回过身来向乡亲们深深地鞠了一躬，眼含热泪，摆了摆手，转身走了。孟刚坚持要送他到部队，李鲁没再推让，两人一起朝王家庄走去。

第五章
针锋相对

八路军攻打黄家集据点的消息，吓坏了泗城的治安大队长李相贵。他在睡梦中被小队长朱文叫醒，朱文说刚才接到孟广福的求救电话，黄家集被八路军包围了。他急忙来到大队部，先打电话命令林桥据点去增援黄家集，又派人去喊参谋长白五来商量对策。刚想给黄家集的孟广福去个电话，这时李家集据点来电话，报告桃山口据点已经被八路军占领，说这是桃山口中队逃出来的弟兄给报的信儿。

李相贵放下电话，呆呆地坐在椅子上，半天才醒过神来。他知道黄家集据点保不住了，林桥去增援的弟兄也会遭到阻击。即便这时候再派兵增援，也一定会遭到八路军的阻击。但是，如果不出兵增援，宫本少佐肯定饶不了他，丢掉两个据点已经够他受的了，若再加上增援不力，那就是罪加一等。他想起和宫本的关系，心里五味杂陈，他既感谢宫本把他从警察局的一个小队长提拔成"治安军"的大队长，又恨宫本勾搭上了他的小老婆白青怡，还把白青怡的弟弟白五安插到他的身边当参谋长，弄得他敢怒不敢言，整天受窝囊气。李相贵打定主意，让白五带兵去增援黄家集，就算桃山口已经被八路军占领了，也要派他去看个究竟。这样好向宫本交代。对，就这么办！

"大哥，你找我？"白五说着进门了。

李相贵见白五来了，忙说："来、来，兄弟，八路军攻打黄家集和桃山口，两个据点都告急，你快给我出个主意。"他隐瞒了桃山口已经丢了的消息，为的是日后好在宫本那里说"我是一听到消息就派兵增援的"。白五在来的路上听勤务兵说黄家集告急，但是不知道桃山口也告急。他眨巴着那双小三角眼，又看了看墙上的钟表，小声说："大哥，八路军连打两个据点，肯定人不少。现在黑灯瞎火的，什么事也办不了，咱们等到天亮再去增援吧！"

李相贵看了看白五，心说，这个没用的东西，整天胡吹海喝，吹嘘当过正规军的排长，会打仗，现在一听打仗就害怕啦！李相贵瞪了白五一眼，说："军情紧急，怎么能等到天亮再去增援？要是让宫本少佐知道了，还不让我们吃不了兜着走？"

白五连忙说："是、是！军情紧急，我听大哥的！"

李相贵说："命令城东李家寨和龚庄两个据点各抽三十人增援黄家集，城南据点抽三十人加上城内的直属小队增援桃山口，由你统一指挥，立即行动。我在家坐镇指挥，必要时再调集兵力增援，行动吧！"

"是！我马上带着直属队出发！"说完，白五转身走了。白五一肚子不情愿地走出大队部，他在心里大骂李相贵："明明知道八路军会在路上设伏，却让我领兵去送死，真够狠的，我白五才不会上你的当呢！你说你的，我干我的。"他让直属小队长朱文去城南据点传达命令，由城南中队长娄光峰带领三十人和朱文的小队增援桃山口，他去增援黄家集。

白五心里有他的小算盘。从县城到黄家集有四十多里地，中间有龚庄、李家寨和城东三个据点，他要从东边的两个据点抽人，每一个据点他都要落落脚。这样磨蹭着走，说不定他还没到八路军的设伏地点，八路军就拿下黄家集了。再有，平时没机会和这三个中队接触，这次他亲自指挥他们，也借机拉拢一下他们。于是，白五带了两个士兵坐上马车，出了城。

白五带着增援的伪军中午才到黄家集，一路上连个八路军的人影都没看到，他心里很高兴。到了黄家集据点所在的位置一看，他顿时傻了眼，炮楼没了，院子也没了，眼前只剩下一片瓦砾。白五命令伪军原路返回。

另一边，赶到桃山口的中队长娄光峰看到据点已经被夷为平地，一刻也不想停留，急忙调头往回返。正要走出村子时，他的大姨夫侯棋盘跑过来把他拦住了。侯棋盘是桃山口的伪保长，他要娄光峰留下住几天，给他壮壮胆。娄光峰听后哭笑不得，知道姨夫是吓坏了，安慰了几句就要走，他想尽快离开这个地方。侯棋盘见留不下他这个外甥，就说要跟着他们一同进城，他要去见李县长。因为他是李县长任命的，与李县长有一些交情。娄光峰没办法，只好带着侯棋盘在天黑前回到县城。

侯棋盘一到县城，就去找了李县长。李县长听侯棋盘说八路军拔掉了桃山口据点，他认为这不是个小事，便急忙带着侯棋盘去见宫本。宫本早已知道八路军打掉桃山口据点的消息，当他听侯棋盘说去增援的"治安军"中午才到桃山口时，气得眼珠子都红了。他说"皇军要重回桃山口"，让侯棋盘先回去。侯棋盘千恩万谢后走出宪兵队。

宫本要李相贵马上来见。李相贵和白五战战兢兢地来到宪兵队。白五本来不想来，他是被李相贵连拉带拽才来的。两人一进门，见宫本和宪兵队队长秋野都在，李相贵就明白什么谎言也不能说了，秋野手下的特务已经搞清楚了事情的经过。他只能如实报告。当他说到去增援黄家集的林桥士兵被八路军打了埋伏，死伤三十多个时，秋野说，明明是死了十二个、伤了五个。他连忙解释是电话里噪音大，没听清楚。

宫本很不耐烦地挥了挥手，说："李相贵，你的不要再胡说了，你的人都是猪，两个据点都没守住，增援的人中午才到桃山口，像猪一样慢！"

李相贵连声说："是、是，我的弟兄们不中用，给皇军脸上抹黑了。"他边说边看了一下白五，示意白五解释一下增援慢的原因。可白五在一边什么反应也没有，宫本也没训白五，只是冲着他发火，他只好任凭宫本训。宫本发了一会儿火，站起身来指着墙上的地图说："黄家集据点是皇军设在鲁南和鲁中两个根据地中间的一个卡子，而桃山口是鲁南根据地的北大门。丢了这两个据点，对皇军大大的不利，必须重建起来！"

李相贵和白五同时说："是！"

秋野在一旁提示："少佐，皇军很快就要开始秋季大扫荡，这两个据点应该在扫荡前重建起来！"

宫本说："秋野君说得对，必须在扫荡前建起来！李相贵，你的明白？给你一个月的时间，把这两个据点再修起来。如果人手不够，我就让皇协军的李师长给你派人。"

"不用、不用，我人手够了，就不麻烦李师长了，少佐放心吧！"李相贵摇着脑袋说。让"皇协军"掺和这件事，他心里一百个不愿意，他不想把地盘让给这些"东北胡子"。

宫本看了看李相贵说："吆西，那就你的大队干吧。为了保证时间，你要亲自去！"

"是！"李相贵敬了一个礼，退出宫本的办公室。

宫本见支走了李相贵，心中窃喜。最近，他勾搭上了李相贵的小老婆白青怡。这个女人是唱戏的，人长得漂亮又风情万种，常常让他魂不守舍。他还发现这个女人很有心计，如果调教得当，以后可以为"皇军"所用。这次借重建据点支走李相贵，他就可以与白青怡尽情鬼混了。

李相贵从宫本的办公室出来，抹了抹脖子上的汗水，他埋怨白五刚才不替他说几句。白五说，他哪见过这种场面，当时吓得什么也说不出来。李相贵明白白五这是搪塞他，对白五更加不能小看了。李相贵心想，宫本要他亲自去乡下修据点，那白五也不能留在城里，要防止白五趁机架空他这个大队长。回到办公室，李相贵往椅子上一坐，说："军情紧急，任务又重，咱俩只能共同来挑这副担子了。兄弟，你有什么想法？"

白五明白李相贵这是让他也去修据点，他心里不乐意，但是"官大一级压死人"，自己只能说去，还要显得高兴。"我听大哥的，兄弟我应该为大哥分担，要不我姐还不骂我？"白五笑嘻嘻地说。

李相贵看到白五这个态度，就说："兄弟是个聪明人，我给你说实话，这修据点可是个捞钱的好机会，哥哥我当然忘不了兄弟你。这样吧，我去桃山口，你去黄家集，咱两个谁先建好谁就先回来，省得你姐挂牵。"最后这一句说得很带感情，他想感动一下白五。

白五装出很高兴的样子，答应去黄家集，并且给李相贵出主意说要抓紧办三件事：一是找李县长要一千大洋；二是通知城东几个乡出夫出料；三是跟宫本要一百条枪，重新组建黄家集和桃山口两个中队。

李相贵点头同意，要钱、要枪的事由他去找李县长和宫本，摊派工料的事让白五负责。白五想到派工、派料油水也不少，便表示马上去办。很快，各乡就接到了出工、出料的份额，还有柴米油盐、肉蛋青菜和份子钱的数额，闹得各乡各村鸡犬不宁。

黄家集战斗结束后，一大队仍然在王家庄一带活动。冯支队长在回根据地时交代杜义杰和刘越，要借机扩大抗日影响，扩充抗日武装，发动群众抢收、抢种，坚壁清野，准备反"扫荡"。他强调，要巩固这次"拔钉子"的成果，防止敌人反扑重建据点，保证交通线的畅通。

杜义杰在获得敌人要重建黄家集和桃山口两个据点的消息后，马上派人继续侦察敌人的动向，同时召开会议分析敌情，研究制定反建措施。会上，大家认为李相贵重建据点是迫于宫本的压力，同时也是想补充自己的实力。这次"治安军"一下丢了两个中队，共八九十人，占"治安军"总兵力的四分之一，李相贵想借机招兵买马。而宫本则从军事防御上考虑，他不想丢掉这两个地盘。大家认为必须针锋相对地采取措施，粉碎敌人重建据点的图谋。会议决定派出得力干部，配合地方党组织一起做附近几个伪乡长的工作，让他们想办法应付伪军的摊派，对伪军要的物质、劳力，尽量拖着不办；再就是抽调精干力量，分头去黄家集和桃山口附近的村庄，组织民兵一起打破袭战，阻止敌人重建据点。

大队把打破袭战的任务交给了一中队。刘教导员提出让李鲁带四班去桃山口，给他一个单独指挥的机会。杜义杰表示赞成，说让这个"秀才"在战斗中快点成长。他亲自到一中队向孔令生和李鲁交代任务，要孔令生带领二班去黄家集附近的清河村驻扎，李鲁带四班去桃山口附近的小南塘村驻扎，伺机打击敌人，发动群众参加破袭，使敌人重建的图谋落空。

李鲁愉快地接受了任务，他提出给四班调换一支短枪，以便侦察和接近敌人。杜大队长痛快地答应了这个请求，并且掏出自己的怀表交给李鲁，方便他掌握时间。

当天晚上，李鲁就带领全班战士来到桃山口东面的小南塘。这里是根据地的地盘，村干部早就接到了乡政府的通知。民兵队长张二喜在村口接到李鲁后，直接将四班领到住处。

小南塘距离桃山口有四里地。第二天早上，李鲁和张言化装成农民，背上粪箕子、拿上镰刀，跟着张二喜悄悄来到桃山口北面的山上。经过仔细观察，他们没有发现敌人的踪迹。他们又靠近据点的旧址观察了一番，也没发现动工的迹象。李鲁说："看来敌人还没进驻桃山口，我们捷足先登了。趁着这个机会，我们仔细观察一下周围的地形吧，也算没白跑一趟。"三个人仔细观察了周围的地形后，返回了小南塘。

李鲁和副班长刘子文商量，利用敌人还没来到桃山口这个空当，组织民兵和一部分群众学习破袭战的知识，准备各种拆除工具，教他们如何配合八路军夜袭敌人据点。接下来的几天时间里，李鲁派张言每天去桃山口侦察，他和战士们带领民兵队一起进行黑夜行军、掩护、进攻、摸黑射击和摸黑拆除等各种演练，增强了大家参加夜袭战的信心。

李相贵和白五忙活了几天，选了个好日子，两人分头出发。白五带一个班去黄家集，李相贵带一个班去桃山口。他去桃山口有两个原因：一是桃山口离城里近，二三十里地的路程骑马很快就能回来；二是他要亲自整治一下桃山口的伪保长侯棋盘。李相贵觉得是他到宫本那里告黑状，才让宫本骂自己增援不力，害得自己跑到这个山沟里修据点。他这次定要治一治这个老狐狸。

李相贵带着十几个伪军来到桃山口，直接就住进大地主侯棋盘的家里。他将一个班分成三组，每组四个人，一个组轮流给他站岗，其余两个组轮流在工地上监督施工。当天下午，李相贵开出一张要粮、要款的单子，他让手下送给侯棋盘。

侯棋盘拿过单子一看，上面写着要五百大洋，五十石粮食。这两个数字让他差点晕过去，他半天才缓过神来。他明白这是李相贵在敲他的竹杠。修一个据点要五百大洋？不就是盖几间屋和一个炮楼，哪能花这么多钱？还要五十石粮食，那就是六千斤啊！桃山口总共六十多户人家，就是家家户户都出钱、出粮也拿不出。更别说还有一半的佃户，他们要钱没钱，要粮没粮，只有命。这不就是明抢吗？他在屋里来回踱步，思考着怎样应付这个李相贵。下午，他让大儿子侯顺去请李大队长过来喝酒，说是为他接风洗尘。

李相贵把要钱和粮食的单子送过去以后，就在等待侯棋盘的回音。他见侯棋盘的儿子来了，就知道侯棋盘要当面跟他砍价、论条件了。两人见面后，先是相对而坐说了一些客套话。等酒过三巡，菜过五味，侯棋盘开始诉苦了。他说，这个地方靠天吃饭，今年收成不好，村子里已经有人出门要饭了。大家盼着"治安军"来保护老百姓，可没想到李大队长要价太高了。

李相贵说："本来桃山口这个据点可以不再重建，可是我考虑侯保长有这个要求，就还是来了。现在天下不太平，当兵就是赌命。谁家的孩子不是娘养的？他们跟着我，我就要管他们吃喝，还要吃好、喝好。没钱哪能养兵啊？"

李相贵停了停，看侯棋盘瞪着一双小绿豆眼在等他说钱和粮食的事。他想言归正传，不在这里浪费时间，可刚要开口，只见一个二十岁左右的小媳妇端着盘子走了进来。灯光下，小媳妇的一张小白脸和一双大眼睛，乌黑发亮的头发再加上两只挽起袖口的白胳膊，让李相贵看得目瞪口呆。

他的眼睛不由自主地跟随这个小女人转，刚到嘴边的话一下子停住了。

侯棋盘看到李相贵那双色眯眯的眼睛紧盯自己的小儿媳妇，不再接自己的话茬，心中不免生气。他强压着心里的火气说了一句："老五家，你去婆婆那里看看，侍候你婆婆睡觉吧！"

李相贵正瞅着眼前的这个小媳妇，突然听到侯棋盘要撵走这个女人，并且说话的声调也有点不对劲，他意识到自己有点过分了。他想缓和一下气氛，就说："我喝多了，有点头晕。"

李相贵看了看侯棋盘，只见他的表情有些缓和，便接着说："侯保长，你我都是老弟兄啦，什么钱啊、粮啊，咱们都好商量，好说、好说！"

侯棋盘一听李相贵这么说，就消气了。他端起酒杯，说："李大队长，你能体谅我的难处，我真是感激不尽。来，我敬你一杯，干！"说着，一饮而尽。李相贵也喝了一口，说："你我之间好商量，但也要顾大面。侯保长，你能出多少？"

侯棋盘说："兄弟，既然你让老哥还个数，那我就不客气了。"

侯棋盘拱手示意，然后小声说："十石粮食，够兄弟们吃一阵的吧？钱嘛……"他没再往下说，想听听李相贵的意思。

李相贵见他不说给多少钱，知道他是一分钱也不想出，心想那就明码交易吧。李相贵说："粮食就这样了，先吃着，钱我不要了。只是有一件事，我得要老哥照顾一下。"侯棋盘一听不要钱了，顿时心中大喜。他知道粮食可以摊派给老百姓，而钱不管多少只能自己先垫上，以后再摊派给老百姓，但是能收回多少就难说了。侯棋盘急忙站起身举起酒杯，说："多谢大队长。你为老哥着想，我一定厚谢兄弟你，别说一件事，就是十件我也要办啊！有什么需要尽管说。"说着，一饮而尽。

李相贵也喝了一杯。他看了看侯棋盘，说："老哥哥，兄弟我一不缺钱，二不缺粮，就是出门在外，衣裳脏了没人洗，破了没人缝。"

侯棋盘心知肚明，李相贵这是跟他要女人，他看上自己的小儿媳妇小凤了。侯棋盘停了一会儿，心想，等把据点建起来，李相贵就得回城里了。他在这里也待不了几天，只要能省下钱和粮食，那就睁一只眼闭一只眼吧。侯棋盘说："好说、好说，兄弟说的这点小事，不足挂齿。赶明儿，我让小儿媳妇过来拿你的衣服去洗就是了。"

李相贵听罢，高兴地举起杯，说："大哥，我敬你。我这边的事你尽管放心，不出个半月，据点就能建成了，你就又能像以前一样高枕无忧啦！"两人各怀鬼胎，哈哈大笑着一饮而尽。

第二天，小凤吃过饭就来到东院，找李相贵拿衣服去洗。李相贵一见小凤来了，高兴得合不拢嘴。他把小凤让进屋里，拿出一个金戒指，说："来，小凤，我给你戴上。"

小凤红着脸低下头，站在桌子旁不动。她一大早就被公公叫过来，公公说："李大队长来到咱们这里，出门在外没人照顾，衣服也没人洗。从今天起，你就过去侍候李大队长吧。"小凤不明白公公的意思，说："不就是洗几件衣服吗？我去拿过来洗完、晒干，再送回去就是了。"

侯棋盘说："小凤，你过门两年了，也没给侯家生个一男半女。今儿个，爹有事求李大队长。你到了那里，大队长让你洗衣服或者干别的活，你能干的就别推辞，你也该给侯家出点力了。"

小凤听公公这么一说，脸一下子变得绯红，她明白公公是什么意思了。没有给侯家生个孩子，这一直是她的短处，不管谁说这个事，她总是不敢接话。但是她心里也憋屈，别人说什么也就算了，当公公的这么说就是没数了。难道公公不知道他那个整天不在家的儿子是个大烟鬼吗？小凤心想：也好，既然你今天把我送给李大队长，我就听你一回，说不定我还能怀孕生一个呢！到时候，看你怎么说。

李相贵拉起小凤的手，小凤也没往后缩。她心想：这个当官的还真喜欢上我了，能和这个当官的睡觉也是我小凤的福分。于是，她就把手伸在那里任凭李相贵攥着。

李相贵一看小凤很顺从，不免心中大喜。他急忙捧起小凤的一只手，把戒指戴到小凤的手指上。他贴近小凤的耳朵说："小凤，你喜欢吧？

这个戴在你手上，显得你更俊了。"

小凤只是"嗯嗯"地答话。

李相贵把嘴贴到小凤的脸颊上，轻轻地说："真香啊。从我第一次见到你，我就喜欢上你了。小凤，只要你听哥的，我保你荣华富贵一辈子。"

小凤没有说话，还是只"嗯嗯"，但是她的身子却歪向李相贵怀里。李相贵顺势抱起小凤，放到里间屋里的床上。

这天，张言回来报告，敌人已经进驻桃山口，约有一个班的兵力，还有一个骑马的军官，据点的工地上已经有人在忙活了。李鲁交代张言继续侦察，掌握敌人兵力的分布情况，弄清军官的去留情况。

李鲁把情况向副班长刘子文说了，刘子文是个老战士，有战斗经验。他听说敌人也是一个班的兵力，感到压力小多了。他说："敌人有十几个人，肯定要倒班，还有那个当官的，也要有人给他站岗，这样兵力就分散了。我们班再加上民兵，集中打一部分敌人，就占有优势。"

李鲁说："如果这个军官没走，他就会督促施工进度，这样据点也就建得快了。咱俩分工，你抓紧训练人员和准备工具，我和张言进一步摸清敌情。待敌人的炮楼垒到二层时，咱们就打他一次，给他扒掉。"

第二天，李鲁和张言化装后来到桃山口北面的山脚下，两人找了个隐蔽的地方，仔细观察敌人工地的情况。他们发现，敌人把新据点建在水沟东面的一片开阔地上，比原来的旧址向东挪了一百多米。炮楼和平房正在打地基，工地上有二十多个民夫在干活。工地边还搭建了一个席棚子，棚子下摆着一张桌子，有四个伪军坐在那里喝水聊天。

两人又换了个地方观察村中的情况，没发现伪军。李鲁直起身来，目测村口到新建炮楼的距离有二百多米，中间是一片棉花地，还有一条从山上延伸下来的水沟把村子和炮楼隔开。水沟上面新铺设了一座木板桥，有两米多长，一米多宽。他俩一直待到傍晚，看到村子里出来四名伪军来工地换岗后，两人才返回小南塘。

接连侦察了几天，李鲁弄清楚了敌人在工地上是两班倒，每班四名伪军，剩下的都在村子里。那个伪军军官也没离开桃山口，他时不时地到工地上看看，指手画脚一番后就回村子。根据侦察的情况，李鲁和刘子文商量，把班里十二个人分成两个战斗小组，由他带一个组解决工地上的敌人，由刘子文带另一个组阻击村里出来的敌人，再由张二喜组织二十个民兵，带好拆除工具跟随四班行动。今晚动手，天黑就出发。

大家正在准备晚上的行动，张二喜突然跑来找李鲁。他问李鲁："邻村马家庄的马木匠下午要带几个徒弟和木料去据点的工地干活，能不能借这个机会干掉工地上的伪军？"

李鲁听后，两手拍着大腿说："天助我也！"他马上召开战前会布置任务：他带两个战士扮成马木匠的徒弟，随马木匠进入工地突袭敌人；刘子文带其他人进入玉米地掩护；张二喜带民兵队在李鲁他们得手后拆除炮楼。

李鲁让张言和孙成一起装扮成马木匠的徒弟，三个人带一支短枪和两支长枪，由一位民兵领着来到马家庄。见到马木匠，李鲁说明来意，马木匠答应带他们三人进入工地。李鲁双手一抱拳，谢过马木匠，他对马木匠和他的徒弟交代："只管带我们进去，我们动手时大家就散开，八路军会保护你们的。"

马木匠招呼大家把木料装到一辆大木轮车上。这辆车前后各有一个车把式，车的中间是车龙骨，龙骨两边装上木料，那两支长枪就藏在木料中。装完车，在前面套上一头牛拉套，两个车把式喊了一声："走啦！"前面赶牛的应了声："驾！"大车"吱呦吱呦"地走起来。马木匠领着两个徒弟和李鲁他们三人，跟随在车后向桃山口走去。

李鲁扛着一个大锛，上面还挂了一个小工具箱。他对马木匠说："马大爷，我岳父就是个木匠，我跟他学了几天木匠活，也只是干点粗活，这大锛我还真使了一阵。"

马木匠听说李鲁学过木匠活，话一下子就多了起来。聊起木匠活，又聊起打鬼子，马木匠越聊越对李鲁有好感，他说："到时候你们打起来，要我们干什么就直管招呼。"

李鲁高兴地说："好，马大爷，有您这句话就行了，我们更有信心了。"

仲秋时节，秋高气爽。一片火烧云从西边烧上来，在天际铺开，大半个天都红彤彤的。装着满车木料的大车不紧不慢地来到桃山口据点的工地，工地上干活的民夫正在收工。坐在席棚子下的一个伪军站起来，朝大车看了看，招呼一声："是马木匠啊，怎么这么晚才来到？今儿个也干不了活了，先卸车吧。"

"是，路上大车出了点毛病，耽误了一会儿。"马木匠说。说话的伪军摆了摆手，又坐下了。

李鲁朝张言使了个眼色，张言会意地点了点头，就朝席棚子走去，边走边说："渴死我了，我得找点水喝。大哥，我喝口水行吗？"

"这么多熊事。那个罐子里有，喝吧！"另一个伪军不耐烦地说。

张言抱起罐子喝了一大口，对李鲁说："师父、师兄，这里有水，来喝口吧。"李鲁放下手里的工具，朝张言走来。

四个伪军仍坐在桌子旁说着什么。李鲁走到离席棚子七八米的地方，朝张言使了个眼色。张言转身将罐子朝伪军的桌子摔过去，李鲁拔出手枪，飞身跨到席棚子下，大喝一声："不许动，举起手来！"

这突如其来的摔打声加吼声，如晴天霹雳，把四个伪军吓蒙了。来不及反应，他们就瘫倒在地，接着乖乖地举起手来。孙成端着枪跑过来，张言迅速收拾了伪军的枪支，刘子文也带人赶到了。李鲁示意孙成把俘虏捆起来，然后带到一处石头堆旁，审问他们村子里的情况。一个伪军说李相贵大队长今天回县城了，带走了两个弟兄，现在家里还有六个弟兄。一会儿有四个人来换岗，班长和一个弟兄留在家里。

李鲁让四个伪军脱下衣服，他和三个战士换上伪军的衣服坐到席棚下。刘子文带着几个战士隐蔽掩护，两个战士押上俘虏走到远处。过了一会儿，天渐渐黑下来，只见村口出来四个伪军，跨过木桥来换岗。

李鲁四人迎面走过去，对面有个伪军边走边喊："李三，你们饿了吧？今天大队长走了，伙夫做饭也磨洋工，晚了。"

张言"哼"了一声，对面又有一个伪军说："怎么不说话，看来真是饿蒙了。"这边张言拉着长腔"嗯"了一声。

李鲁一挥手，四人飞快冲过去，大声喊道："缴枪不杀！我们是八路军！"对面的伪军一下愣住了，前面的三个伪军乖乖举起枪投降，走在后面的一个伪军掉头就跑，李鲁和张言急忙追上去。这时，埋伏在水沟里的战士爬上木桥，挡住了伪军的退路。这个伪军一看，吓得扔下枪跪在地上，嘴里不住地说："饶命，饶命，饶命啊！"

李鲁让战士们押上俘虏去工地集合，他带上张言和两个战士，朝伪军的住地迂回过去。他要把在家看门的那两个伪军也解决了。天已经黑下来，李鲁四人沿着大街往里走。街上一个人也没有，两边的院子大门紧闭，偶尔能听到一声狗叫。李鲁想，这也许是因为伪军进驻这个小山村，老百姓怕遭他们祸害，早早地关门闭户了。

"哼！今儿个就端了这个王八窝。"他自言自语，不由得加快了脚步。不一会儿，他们来到村子中间的一个胡同口，忽听得一声："谁呀？"

张言走在前面，他应了一声："奶奶的，饿死了。"

"啊，你是谁啊？"说着，一道手电光照过来，照得张言睁不开眼。李鲁一看，伪军就要端枪了，他马上喊了声："打！"啪啪两声枪响，对面的手电筒应声掉在地上，人也没了动静。张言冲上去，捡起手电筒一照，只见这个伪军已经中弹身亡。

李鲁推开大门，喊了一声："冲进去！"几个人冲进院子，朝着有亮光的西屋扑过去，同时高喊着："缴枪不杀，快投降！"屋里一点动静也没有。张言打开手电筒往里一照，只见一个人趴在桌子底下，浑身哆嗦，像筛糠一样。张言伸手拽着他的衣服，把他从桌子底下拖出来。这人两手抱着头，嘴里不住地说："我投降，我投降，行行好，别杀我。"

这时，负责掩护的几个战士带着一伙民兵来了，李鲁指挥战士们搜查伪军的驻地。战士们在几个屋里搜出了几箱弹药，在伙房发现了几袋面粉和粮食，在李相贵屋里还搜出了一部手摇电话机。他让战士们带上枪支弹药和其他物资，押上俘虏返回驻地。

李鲁看了看前面院子，小后门紧闭，一点动静也没有。他想，伪军已经全部解决，时间不早了，就不去找那个地主伪保长了。他来到屋里，找出一张纸写下几个字放到桌子上面，然后离开了。回到工地，他见马木匠等人都已经散去，估计他们是回家了，只剩刘子文和张二喜各自带着自己的人还留在那里。

张二喜正在带领民兵拆墙。李鲁见工地上有一些伪军搜刮来的木料、秫秸、草苫子，就与张二喜商量，让民兵把能带走的都带走，不能带走的就尽量破坏掉。

他们又忙了一会儿，把新垒砌的墙拆完，就和民兵一起返回小南塘了。路上，李鲁和刘子文、张二喜边走边聊，几人为没有抓到"治安军"的大队长李相贵而感到很遗憾。他们分析，连李相贵都被派来了，足见敌人对桃山口据点的重视程度，敌人应该还会再来。

自己成了漏网之鱼，李相贵深感庆幸，他的小老婆白青怡也有同感。黎明时分，他听到有人敲窗户喊他，就很不耐烦地问："谁呀？奶奶的，叫魂啊！"

"报告大队长，我是朱文。桃山口来人啦！"一个人在外面答道。

"啊，是桃山口来人啦，等会儿啊！"他急忙跳下床。桃山口来人必定有紧急情况，他顾不上穿衣服，趿拉着鞋，穿着大裤衩，披上褂子，拿着手电筒就跑到门口。

打开屋门，见院子里站着两个人，他打开手电筒一看，一个是朱文小队长，另一个是桃山口侯棋盘的大儿子侯顺。他看到侯顺身上全是汗水，褂子都湿透了，就关上手电筒，说："就在这里说吧。有什么事这么急？"

侯顺说："大队长，大事不好了。昨儿个傍晚，来了很多八路军的人，一阵枪响，看门的被打死了，剩下的人全都被带走了，家里的粮食全被扛走了，村头的炮楼也被扒掉了。"

李相贵一听，吓得脸都变黄了，半天说不出话。停了一会儿，他问："你看到八路军有多少人？"

侯顺说："百十人吧，他们打了一阵枪，我听到满街都是人，全村的狗都叫起来了。后来听不见动静了，我爹叫我去你们住的院子看看，屋里的东西全没了。我又去炮楼那里看了看，成一片平地了。我爹让我连夜赶过来给您报个信儿，这不我走了大半夜才到。"

李相贵听完侯顺那带有惊慌和疲倦的汇报，对朱文说："带他去大队部吃点饭再走。"朱文带着侯顺刚要走，李相贵又说："朱文，一定要封锁消息，我一会儿就赶过去。""是。"朱文带着侯顺走了。李相贵回到屋里叫醒还在熟睡的白青怡，两人穿好衣服坐在桌子旁。他把侯顺刚才说的话重复了一遍，让白青怡给他出个主意。

白青怡打了个哈欠，揉了揉眼睛，笑着说："你整天对我不放心，才去桃山口几天就跑回来，这倒是让你成了漏网之鱼，你怎么谢我呢？"

李相贵哭笑不得，他真想扇白青怡个耳光。他忍了忍，说："好，我的小宝贝，我是醋坛子。可我不吃醋，你又嫌我不疼你了，醋还是要吃的，是吧？"

白青怡用手拢了拢头发，又挺了挺上身，从桌子上的烟盒里抽出一支烟，刚放到嘴边，李相贵咔嚓一声就点着打火机，把火送了过去。白青怡吸了一口烟，吐出几个烟圈，然后慢慢说："你躲过一劫，值得庆幸，但是你躲不过宫本。要是让他知道你丢了人和枪又擅离职守，这罪过可就大了！"

"可不是嘛，我正为这事发愁呢，你快拿个主意吧！"李相贵心急火燎地说。

白青怡说："宫本要的是据点，所以关键是你能不能建起来，如果你能建起来，那就抓紧点。趁宫本还没回来，你先把这边的事撂下，今儿个就赶回桃山口，抓紧干活，用不了十天半月就能建起来。再就是多带些兵，防止再吃亏。”

“有道理，我回去抓紧干，争取十天内先把炮楼建起来，让弟兄们住进去，其他的工程后面再慢慢干。这边，如果宫本回来找我麻烦，你就想办法应付他吧！”李相贵边说边拿上枪，匆匆朝外走。白青怡点了点头也没再说话，站在屋门口目送李相贵出了大门。

李相贵来到治安大队，命令朱文立刻准备，带上直属小队跟着他马上出发。朱文的这个小队，主要是干些站岗放哨、跑腿送信之类的杂活，没什么战斗力，但如今手下没人，李相贵只好带着这帮甚至连枪都不敢放的人去桃山口了。他让朱文带上两挺轻机枪，给弟兄们壮胆。

李相贵骑在马上胡思乱想，他后悔走得急，忘拿给小凤买的东西了，还有李县长批给“治安军”的二百大洋也没顾得上去领。他想起昨天去托李县长在宫本面前替自己说好话，以求改善自己和宫本的关系，心里很不是滋味。当初是李县长把他从老家弄来当警察，后来又提拔他当了小队长。日本人来了升他任“治安军”大队长，跟县长平起平坐，很多时候李县长倒要看他的脸色。现在宫本对他左右都看不顺眼，李相贵只好再去求这个堂叔。他又想到白青怡，前一段时间他曾经动过杀死她的念头，因几个把兄弟力劝他才忍了，他们说：“她又不是大哥明媒正娶来的，何必为她丢了性命？你就睁一只眼闭一只眼吧！”现在自己反倒是用她帮忙保官了，真是窝囊啊！

中午时分，李相贵一行人马赶到了桃山口，他直接来到工地。他看到昨天已经垒起的炮楼现在成了平地，工地上连个人影都不见，建炮楼的材料也不见了踪影。他骑着马在工地上转圈子，气急败坏地乱骂一通，命令朱文立刻去村里抓人，要下午就开工。朱文带着他的人进村抓来二十多个农民，将他们赶到工地。

李相贵骑在马上给这些人训话，他说：“你们村里有人私通八路，本大队长前脚离开，后脚八路军就扒了我的炮楼。今儿个老子把话说明白，都给我好好干活，把炮楼建好了什么事没有，建不好你们谁也别想安生！"

李相贵让朱文将这些民夫分成两班，白天一班、夜里一班，加紧修筑炮楼，又从朱文小队的二十多个伪军中抽出三个人留下站岗放哨，其他人也分成两班，每一班又分成三个小组，轮流守在工地。村头设立两个哨所，派一个小组作流动哨，在工地周围巡逻。他让朱文把村头这个哨所建成一个隐蔽的暗堡。朱文按照李相贵的要求，搬来一些秫秸和杂草做伪装，让人从地面向下挖了一个半球的掩体，上面用木头搭起架子，再盖上秫秸，周围用秫秸和草伪装起来。这个暗堡从外面看像一堆草，走近能看到一个下到暗堡的洞口，伪军进出时非常注意隐蔽，以免被人看到。暗堡有三个射击孔，其中一个安放一挺轻机枪，射击范围覆盖整个工地。

李相贵回到他的住处，吃完午饭就来到侯棋盘家里。寒暄几句后，他问侯棋盘是否知道八路军来自哪里。侯棋盘说，他们是从根据地过来的，应该不会走远，很可能就住在附近的村子里。李相贵要他找人去附近根据地的几个村子打听打听，侯棋盘面露难色地说："兄弟，我不能再出头露面了，你们住在我的宅子里，八路军已经警告过我了。"说着，他拉开抽屉，拿出一张纸递给李相贵。李相贵看上面写着："侯棋盘，你若再跟伪军勾结，小心你的狗头。"落款是"八路军"。李相贵认得这张纸是自己屋里的，是八路军用他的笔墨写的。他不好再跟侯棋盘提什么要求，就起身出来了。他想：八路军就住在附近，我还是小心为妙。只要把炮楼修起来，我就回城。想到这里，他又来到工地上，跟朱文交代再抓十几个民夫来干活，争取七八天就把炮楼建起来。

第六章

吸取教训

李鲁回到小南塘后，审问了几个俘虏，然后把俘虏交给了大队处理。他从俘虏口中得知，李相贵是奉了宫本的命令来重建桃山口据点的，如今期限已经过半。李鲁判断，虽然李相贵躲过了当俘虏，但他不会、也不敢违抗宫本的命令就此放弃，他一定会重新纠集力量回来，并且会加快重建据点的速度，以便在宫本面前好交差。李鲁决定增加侦察力量，随时掌握敌人在工地上的情况，并做好再战桃山口的准备。

第二天晚上，张言回来报告："李班长，果不出你所料，桃山口工地又开工了。工地上有二十多个民夫干活，傍晚又来了一班民夫，看来是两班倒。"

李鲁问："敌人的兵力部署怎么样？"

张言说："我看到敌人在工地上仍然设了一个固定哨所，还增加了一个流动哨。"

李鲁分析，敌人是在抢施工进度，干活的两班倒，放哨的必然也要两班倒。按每班六个伪军算，两个班就是十二个，再加上村子里看门的哨兵和当官的，这次敌人至少来了十七八个。他让张言找张二喜过来，商量明天去桃山口摸清敌情。

第二天一早，张二喜派民兵张五子去桃山口的大姨家，以走亲戚的名义摸一下村子里的敌情。李鲁带着孙成、张二喜带着张言，几人化装成割草的农民，分头来到桃山口东面和北面的坡地上。李鲁还是钻入上次侦察时藏身的那块玉米地，在这里可以将工地上的情况一览无余。

他看到工地上有二十多个民夫在干活，工地的南面还是搭起了个席棚子，棚子一侧垒起了掩体，里面架起一挺轻机枪。这下可把李鲁乐坏了，他拍拍孙成的肩膀，说："你看啊，这次咱们一定要把这挺轻机枪弄到手。"孙成说："真馋人啊。咱们要是有了这个家伙，那就更厉害了。"

李鲁看到工地上的炮楼已经垒砌到一米多高了，其他房屋和院子没有动工。他分析，李相贵这是在集中力量抢建炮楼，将平房和院子作为第二期工程。他俩又换了个地方观察，看到工地东南面一块大石头旁也搭了一个小棚子，里面放了两条凳子，有三个伪军坐在里面。看来这就是流动哨。侦察完，李鲁和孙成、二喜他们一起回到小南塘。等到中午，张五子也回来了，他说自己从侯棋盘的东院门口路过，只看到有一个伪军站岗。他听大姨夫说，这回李相贵带来一个小队的人，从各村抓的干活的人也多了。

张二喜说："工地上的流动哨是三个人，他们转一圈就坐在工地东南角的一块大石头旁歇着。"

李鲁说："看来敌人增加了力量，有十七八个人吧。工地南边的哨所有三个人，配有一挺轻机枪，这对我们威胁大；流动哨也是三个人，他们半天转一圈，然后就坐在东南边的大石头旁。敌人集中力量建炮楼，看样子有七八天就能垒起来。"

李鲁叫来刘子文，一起研究行动方案。刘子文听了侦查情况，说："敌人增加了兵力，又有一挺轻机枪，我们要慎重出击。"

张言说："这个不怕。虽然是敌人有十几个人，但他们是两班倒，这样工地上每班也就是六七个人。再说'治安军'又不会打仗，我们一个班出击，打败他们没什么问题。"

张二喜也说："我们民兵经过上次的战斗也有胆子了，真要我们冲上去，我们也不含糊。"

李鲁认为，虽然敌人增加了兵力，还有一挺机枪，但他们刚来到桃山口，没有与我军打过交道，怯战的心理是有的。再说"治安军"的战斗力比较弱，只要我军行动迅速，解决工地上的敌人是有把握的。只要解决了工地上的敌人，就马上封锁村口，把敌人堵在村里。敌人出不来，民兵就可以拆除炮楼了。李鲁决定，将四班分成两个战斗小组，每个小组六个人。李鲁带领一个小组袭击敌人的哨所和流动哨，刘子文带领一个小组进行掩护。张二喜带领民兵跟在后面，待解决敌人的哨兵后拆除炮楼。行动时间定在第二天傍晚。

第二天傍晚，李鲁带领五个战士隐蔽在敌人工地东面的玉米地里；刘子文带领五个战士摸去村子北面的高地上，掩护李鲁行动；张二喜带领二十个民兵，跟随李鲁进入玉米地。

太阳已经落山，夜幕即将降临，工地上干活的民夫开始换班。上夜班的十几个民夫已经来到工地，下班的开始往回走。南边哨所的伪军走出掩体准备交班，大石头边上的流动哨也准备往回走，接班的伪军也过了木桥向这边走来。

李鲁见这正是敌人交班的空隙，他一挥手，"上！"六条人影从玉米地里鱼贯而出，向伪军冲过去。从玉米地到哨所有一百多米，除了一堆刚运来的石头，再没有其他遮挡。这时，一个负责点马灯的民夫刚点完一堆马灯，按照惯例，要先送到哨所。他提着马灯正往哨所走，忽然看到前面几个拿枪的人朝这边跑过来了，他吓得啊的一声把马灯扔在地上，扭头就跑。他这一叫引起了流动哨的注意，一个伪军喊道："什么人？站住！哎呀，是八路！"伪军发现了李鲁他们，接着就开枪了。"啪啪啪……"霎时，枪声大作。

李鲁见敌人发现了他们，立即喊："卧倒！"几名战士趴在地上还击，李鲁扔出一颗手榴弹，轰的一声，后面的伪军吓得扭头就跑。

李鲁正要追上去，突然西面响起机枪声，"嗒嗒嗒嗒嗒……"敌人暗堡里的机枪打过来了。哨所的伪军见西面暗堡的机枪打响，马上也趴在地上朝东面射击。这下两挺机枪打过来，一挺从西面，一挺从南面，形成火力交叉，又急又猛。子弹雨点般地落在李鲁他们周围，压得他们不能前进，他们只好爬向石料堆后面进行还击。

刘子文见李鲁被压在工地上不能前进，就一边开枪吸引敌人的火力，一边打信号通知张二喜，让他带领民兵掩护李鲁他们撤退。刘子文带领的掩护小组和张二喜带领的二十多名民兵，从北面和东面同时向工地上的敌人射击，一下就吸引了敌人的火力，敌人开始转移射击方向。李鲁见状，只好命令战士们撤退。他们边打边撤，向玉米地退去。在爬上玉米地的堰坝时，有两个战士中弹，一个被打在腿上，一个被打在后背上，李鲁和战士们背起伤员钻进玉米地。刘子文看到李鲁已经撤离，便带着战士和民兵依次撤退，返回小南塘。

李相贵在住处正准备吃晚饭，忽然听到工地上响起激烈的枪声，他马上命令朱文和家里的几个伪军跟着他出去看看。来到街上，听到枪声向东面远去，并且越来越稀疏，他不禁胆子大起来。他举起盒子枪喊道："弟兄们，八路军被我们打败了，他们逃跑了，快给我追上去！"

朱文跟着喊："弟兄们，上啊，抓活的！"他边喊边朝天打枪，几个人一起涌到村口。李相贵来到村口一看，工地上漆黑一片，只见暗堡和工地南面的十几个自己人还在向东面打枪。他跑到木桥上大声喊道："弟兄们，好样的，你们把八路打跑了，我要奖赏你们！"工地上的伪军听到大队长来了，又有了劲头，他们端着枪打得更欢了，"嗒嗒嗒嗒……""啪啪啪啪……"响个不停。

"好啦、好啦，停下吧！八路军早跑了，你们歇歇吧！"李相贵挥舞着手喊道。

李相贵问身边的一个伪军："刚才你看见来了多少八路军？"

"一开始跑到工地上的八路军并不多，有七八个吧。可打起来后，我发现北面、东面还有不少八路军。"这个伪军答道。

"有多少人？"李相贵又问。

"五六十人吧。他们是来接应的。"说话的人叫白六，他是白青怡的一个本家兄弟，在朱文手下当班长。

李相贵看工地上的民夫已经全跑了，心想，就算现在去抓也很难抓回来了，不如让弟兄们歇一晚上，明天再抓人来干。他招呼大家："好，今天弟兄们打胜仗了，我要奖赏弟兄们。晚上大家就歇一宿，回去喝酒吧！"说完，他就带着他的人往回走。

李相贵边走边琢磨，看来八路军就在附近的庄子里住着，今天又来偷袭，目的很明确，就是不让我再建炮楼。听白六说，这批八路军的人数并不多，也就是五六十人，并且没有机枪，战斗力不是很强。他想起自己的得意之作，那座暗堡这次可发挥了重要作用。还有，多亏带来两挺机枪，身边这些兵不会打仗，但是有了机枪，他们照样能打胜仗。他交代朱文，明天充实工地上机枪的弹药。弹药充足了，弟兄们胆子就更大了。

李鲁回到住地先检查了两个伤员的伤情，腿部负伤的战士留在小南塘治疗养伤，另一个背部受伤的战士包扎后被送往军区医院。安顿好伤员后，李鲁连夜召开班务会，请张二喜一起参加。他首先做了检讨，承认自己有轻敌的思想，侦察工作没有做好，没有发现敌人的暗堡；在战术上也简单化，采取简单的正面进攻，没有多制订几套战斗方案。战士们也七嘴八舌地发表了意见，大家对侦察不清批评最多，认为没发现敌人的暗堡，是造成战斗失利的主要原因。刘子文建议李鲁向大队汇报敌人增兵的情况，请大队长增加兵力。

李鲁说："明天我去大队汇报，大家先休整几天。张言和二喜你们继续侦察，弄清敌人暗堡的具体位置，不要打草惊蛇。"第二天，李鲁向杜大队长和刘教导员汇报了桃山口的情况，对造成战斗失利和战士负伤的情况再次检讨，并请求给予处分，对下一步行动也谈了想法。

听完李鲁的汇报，杜大队长和刘教导员交换了一下目光，然后点了点头。杜大队长说："胜败乃兵家常事，吃一堑长一智，吸取教训吧！作为一个指挥员，知己知彼，才能百战不殆。记住，侦察敌情一定要细，摸清敌情，才能谋划好作战方案。像桃山口这样的偷袭，属于进攻战，既然要进攻，就要多考虑一两个方案。"

李鲁答应："是。"

杜大队长又说："日军准备对根据地进行秋季大'扫荡'，上级要求我们大队做好反'扫荡'的准备，部队快要转移了。你们在桃山口的破袭战第一仗打胜了，第二仗受到挫折。下一步要吸取教训，坚持斗争，继续采取骚扰、破袭的方法阻止敌人重建，有机会就给他来个端窝。现在敌人增加了力量，我们也增加嘛，我们的目的就是扫清根据地的'大门口'。"

刘教导员接着说："大队决定，成立一个小分队，由你任队长，王正任副队长。人员由你们中队的三班和四班组成。你今天就带着三班一起去小南塘。再就是，大队转移时会通知你们。如果在我们大队转移前桃山口的敌人还不撤，小分队就留下来坚持斗争，逼迫敌人撤退。这样待敌人大'扫荡'时，你们就要在这附近打游击了。"说完，他把王正叫来跟李鲁见面。

刘教导员对李鲁和王正说："你们两个有事要多商量。王正是个老同志，李鲁你要多尊重他。李鲁有文化，打仗勇敢、肯动脑子，王正你也要多支持李鲁的工作。"

"是，保证完成任务。"两人共同答道。

李鲁问："大队转移后咱们怎样联系？"

"到时候我们会派人跟你们联络的。"刘教导员说。

杜大队长握住李鲁的手，说："小李，看来你要三战桃山口了。回去告诉同志们，绝不能让敌人在根据地门口再钉个钉子，桃山口一定要回到人民手中。"

李鲁清楚，桃山口是一场拉锯战，不是很快就能结束的，必须让同志们树立长期作战的思想。他和王正带着三班回到小南塘，随即召开了两个班的全体会议，传达上级精神，宣布成立小分队。战士们见上级这么重视桃山口的任务，增加了兵力，还成立了小分队，顿时增强了信心，昨天战斗失利造成的低落情绪开始好转。有的战士说："一定要出这口气，我们夜袭桃山口，打到村子里面，把伪军一窝端。"有的战士建议"擒贼先擒王"，利用夜色掩护，摸到敌人住地干掉李相贵。

李鲁对大家说："同志们的想法都很好，希望大家多动脑子、多出主意。我和王正一定认真吸取大家的合理意见，制订一套完善的战斗方案。"王正也表示要和大家一起努力，坚决完成阻止敌人重建桃山口据点的任务。

李鲁就眼前的情况对小分队做出任务安排：继续侦察，掌握敌情，准备随时出击。一是迫使敌人撤退，二是寻找战机，分步歼灭敌人。李鲁调整了小分队人员的分工：成立一个侦察小组，由张言任组长；成立一个突击队，人员以四班为主，再从三班调出五人充实到突击队，刘子文由副班长升为班长，担任突击队的队长；成立一个掩护队，人员以三班为主，挑十名民兵配合行动，王正担任队长。张二喜仍带领民兵配合行动。

李鲁向大家谈了自己的想法："敌人的大'扫荡'即将开始，我们要在敌人大'扫荡'前把桃山口据点清理掉。前两次的战斗一胜一负，有经验也有教训。上次因为没发现敌人的暗堡，我们才吃了亏。这次是我们三战桃山口，一定要吸取上次进攻失利的教训，把侦察的重点放在敌人火力的配备和分布上，看看有什么新变化。重点要把敌人暗堡周围的地形弄清楚，把进攻路线选好。这是小分队成立后的第一仗，我们一定要打好，争取旗开得胜。"大家都表示赞成，决心打好这一仗，让小分队有一个好的开局。

十多天过去了。这天上午，侦察组回来报告，敌人的炮楼已经垒到二层顶了。今儿个一早，工地上放了上梁的鞭炮，其他情况没有变化。

张言说："经过这几天蹲点侦察，我们弄清了敌人暗堡的位置。它在木桥东头，离木桥有两三米。暗堡就像一个地窨子，进出都要钻洞。我们可以在夜间从水沟上游下到沟底，悄悄接近木桥，在战斗打响时冲上去，拿下暗堡。"

李鲁点了点头，示意张言继续说。

张言接着说："工地上的敌人总共有九个，暗堡里三个，哨所三个，流动哨三个。他们实行两班倒，白班的时间是早上七点到晚上七点，夜班是晚上七点到第二天早上七点。干活的民夫也跟着伪军两班倒。流动哨巡逻白天分散、晚上集中。晚上接班的转一圈后，就在大石头旁坐着。"

李鲁和王正商量，决定在今夜行动，凌晨三点袭击敌人的工地，趁敌人凌晨困乏时占领敌人的暗堡和南面的哨所，然后封锁村口，再扒掉炮楼。下午，李鲁召开战前会议，布置战斗任务：孙成和小李两人傍晚进入水沟埋伏，凌晨三时爬上水沟占领暗堡，占领暗堡后用手电筒向东划一个圆圈作为信号。突击队傍晚时进入工地东面的玉米地埋伏，看到信号后向南哨所和流动哨发起攻击。孙成那边如果偷袭不成，就用手榴弹炸掉暗堡，突击队同时发起攻击。王正带领掩护队，傍晚时潜入工地北面的高地，在战斗打响后向前推进，占据有利地形封锁村口，掩护突击队行动。民兵队随突击队到玉米地附近隐蔽待命。

傍晚，天渐渐黑下来，突击队和掩护队按计划进入指定位置。深秋的夜晚，天空中的瓦块云遮住了月亮，云彩的缝隙中偶尔露出一束白色的光，照得大地朦朦胧胧的。山风吹来，寒气袭人，小分队的战士们蹲在地上，相互挤在一起取暖。

凌晨两点五十分，孙成和小李两人贴着水沟壁，悄悄摸到敌人临时搭建的木桥下，仔细观察周围的一切。黑夜中只听得水沟中哗啦啦的流水声，以及远处干活的人们不时发出的一些工具碰撞石头的声响。

孙成掏出怀表，借着微弱的月光看了看时间。怀表是出发前李鲁给他的，也是大队长送给小分队的礼物。看到时间已经快到三点了，他向小李做了一个手势，低声说："上！"接着，两人一前一后爬上水沟，躬腰来到暗堡洞口。

孙成正要进入暗堡，忽然脚下碰到一捆秫秸，发出刺啦一声响。原来，伪军在暗堡周围横七竖八地摆了一圈秫秸，当有人碰到时就会发出声响。孙成被这声音吓了一跳，急忙弯下腰想扶住秫秸。正在这时，忽听暗堡里面发出一声："谁？"这低沉的一声，在黑夜里具有很强的穿透力。

孙成不由得向后退了两步。突然，一道亮光从暗堡里射出，接着就是有人上来的声音。孙成一看敌人从暗堡里上来了，急忙往暗堡另一侧转去，没想到脚下又被秫秸绊了一下，"刺啦"的声音更响了。

"干什么的？！"暗堡口一个伪军大声喊道。

孙成一看，敌人快上来了，偷袭已经不可能了，那就强攻吧。他朝小李喊了一声："卧倒！"说完，他把早已捆好的三颗手榴弹扔进暗堡。只听得暗堡里"啊啊"乱叫，接着轰的一声，暗堡的棚盖一下飞上了天。爆炸声响起，吓得工地上干活的人四处乱跑，南面哨所的伪军也吓得不知所措，他们看到暗堡燃起火光，便抓起枪就跑。说时迟，那时快，早已埋伏在玉米地的突击队员听到爆炸声后就一跃而起，冲出玉米地，跳下堰坝，飞一样冲过开阔地。李鲁带领一组战士冲向哨所，刘子文带领另一组冲向大石头，"乒乒乓乓"一阵枪响，几人把哨所和流动哨的六个伪军全部打死了。爆炸声、枪声震醒了村子里的伪军，李相贵从睡梦中被惊醒，一边抓起手枪一边喊朱文，问外边发生什么事了。朱文披着上衣、提着裤子从东屋出来，边答应边跑到李相贵住的北屋门口。

李相贵问朱文："是不是八路军又来了，有多少人？"

朱文说："还不知道，我马上去看看。"朱文带着几个伪军来到村口一看，只见东面工地上有几处火光，却听不见自己人打机枪的声音。他有些疑惑：工地上有九个弟兄，还有两挺机枪，怎么一点动静都没有？他又仔细看了看工地上，火光处有几个人影在跑动，其他什么也看不到。

他回过头来命令："给我守住村口，有过来的八路就打。"说完，他就回去向李相贵汇报了。"啪啪啪……"村口的伪军向工地这边打枪了。黑暗中，伪军趴在地上朝有火光的地方胡乱射击。

李鲁带领的突击队在消灭了工地上的敌人后，准备向村子里推进，想把敌人压在里面。刚冲到村头附近，他们就看到敌人从村头向外打枪。他们急忙隐蔽到一个土堆旁，集中火力朝村头射击。王正带领的掩护队一边封锁村子通往工地的两个胡同口，一边集中火力压制村头的敌人。

李鲁在土堆后面看到掩护队用火力压制了敌人，便让孙成和小李分头去暗堡和哨所寻找敌人的机枪。不一会儿，孙成把暗堡里的轻机枪拿过来了，他说："机枪被埋在土里了，我用手电筒照了照，看到露出的一截枪筒，我就把它扒出来了，不知还能不能用？"

李鲁蹲在地上端起机枪看了看，又把枪筒倒过来用手拍了拍，然后拉动枪机推弹上膛，架在土堆上打了一个点射。

"好家伙，没问题，还能用。"说着，他把机枪递给孙成。这时，小李也弓着腰抱着一挺轻机枪过来了，他说："队长，这是在哨所掩体里找到的，还有一箱子弹，我拿不了，只拿过来这些。"说着，他把子弹放在地上，又把机枪递给李鲁。李鲁接过机枪，检查了一遍，说："很好，这挺也正常。小李，你先用着吧。"

李鲁用手指了指水沟，对孙成说："我已经派人通知王正，一会儿，我们两边集中火力把村口的敌人打跑。你们现在从这里下去摸到村口，待我们停止射击后，你们爬上水沟架起机枪来把敌人封锁在街里。记住，打一两个点射就停下，敌人出来再打，注意节省子弹。"

"是。"孙成带着一个战士下了水沟。

"打！集中火力，把村口的敌人赶进村子！"李鲁高声喊道。

"啪啪啪……""嗒嗒嗒……"步枪、机枪一起射向村口，火力猛烈，村口的伪军招架不住，爬起来掉头就跑。

李鲁见村口敌人停止了打枪，马上命令停止射击。孙成等到身后两处枪声都停了，便从水沟爬上来，对着村口架起机枪打了两个点射，"嗒嗒嗒，嗒嗒嗒"，机枪把伪军赶到街里去了。李鲁见敌人对工地不再构成威胁，便叫张二喜带着民兵拆除炮楼。

炮楼已经垒到二层封顶的高度，民兵带来的大锤和镢头使不上劲，拆得很慢。张二喜见炮楼又坚固又高大，民兵带的工具又不好使，急得直转圈子。黑暗中，他隐约看到不远处有几根木头躺在地上，跑过去一看，是新砍伐的树干，看上去有四五米长，用手一摸有碗口粗。他弯腰搬着试了试，觉得很有分量。

张二喜不禁兴奋起来，他决定用木头撞击炮楼墙壁，这样就拆得快了。他急忙招呼同伴们过来抬起木头，然后照着炮楼的射击口边沿撞过去，一会儿就撞出一个大缺口，再沿着缺口撞下去，炮楼很快就倒塌了半边。张二喜说："这个办法行。他垒得快，咱拆得更快。"不一会儿，民兵就拆完了炮楼。

之后，李鲁吩咐王正掩护大家依次撤退，他带着战士和民兵们撤出工地，返回小南塘。

朱文从村口跑回来向李相贵报告，他上气不接下气地说："八路军来了，工地上不见弟兄们的动静，全是火光，看来弟兄们全完了。"

"来了多少八路军？"李相贵问。

"多着呢，好几个地方朝村口这边打枪，有七八十人吧。"朱文答道。

李相贵一听，吓得不知说什么好。这时村口响起机枪声，"嗒嗒嗒，嗒嗒嗒……"

李相贵说："这是八路军打的，是点射，咱的人不会。"他对朱文挥了挥手，说："出去看看。"

"是。"朱文贴着墙边出了大门。一会儿，朱文回来报告："八路军用机枪封锁了村头，弟兄们都被迫退到街里了。""嗒嗒嗒……"又是一阵机枪声。李相贵想，八路军老是在村口打机枪，看来不是为端我的窝来的。他们不进村，我也没力量打出去，守到天亮再说吧。想到这里，李相贵渐渐地恢复了状态。他壮了壮胆子，提着手枪来到大门外，他对朱文说："让街上的弟兄全部撤到这个胡同口，留下三个人顶着。其他人回来爬到屋顶上，门口再放一个人，给我守住这个院子。"

"是。"朱文答应一声。李相贵布置妥当，就回到屋里待着，他盼着天快亮起来。好不容易熬到黎明，李相贵招呼屋顶上的人下来，让朱文带人出去看看。

朱文出了大门，带着白六和几个伪军来到村口，贴在墙边向外张望了一会儿，看周围没有人就壮着胆子出来了。朱文来到工地西边的暗堡，看到暗堡被炸得掀了盖，里面的三个伪军全都死了。他再往前走，看见三具伪军的尸体倒在南哨所外面，哨所的棚子已经被烧成灰烬，只剩下被火烧焦的四根木头还杵在地上。他来到大石头旁边，又看到三个伪军的尸体横在地上。旁边新建的炮楼已经变成一片废墟，木料几乎全部被扛走了，砌墙的石灰撒了一片，从村子里抢来的那垛秫秸也烧成了一堆灰。

朱文转过身子向东面的玉米地望去，他想看看八路军是不是从那里出来的。刚向前走了几步，忽见正在觅食的几只黑老鸹扑棱着翅膀飞上堰坝，发出"啊啊"的叫声，让人瘆得慌。眼前这一幕，加上黑老鸹这一阵瘆人的叫声，让朱文这一伙人不禁头皮发麻，浑身起鸡皮疙瘩，不由自主地打哆嗦。哇的一声，朱文吐了一口，然后扭头就跑，后面的人吓得也跟着他往回跑。

李相贵听完朱文的汇报，脸色由黄变白，好一阵说不出话。停了一会儿，他说："这下完了，这据点在宫本少佐给的期限内是建不成了。九个弟兄送了命，丢了十多支枪，其中还有两挺机枪。"

朱文说："我这个小队是'黄瓜打驴——去了一半'。大队长，咱撤吧。"

"胡说，这时候撤，宫本能干吗？"李相贵瞪起眼珠子说道。

"那咋办？现在就剩下咱这几个人，还不是等着人家来端窝。大队长，你可得想个办法啊！"朱文很无奈地说。

"哼，我还能不想办法？这样吧，你找人先把弟兄们的尸体埋了。注意警戒，让弟兄们歇两天。"李相贵说着对朱文摆了摆手。"是。"朱文去忙活了。

正在这时，一个伪军拿着一张纸过来，朝李相贵敬礼后说："报告大队长，我在村口一块石头下发现了这张纸。"李相贵急忙打开，上面写着："李大队长，我部奉命清除桃山口据点。你建我拆互有伤亡，这样下去何日是头？奉劝阁下为部属着想，不要再给日本鬼子当替死鬼，早点撤出桃山口。不然，我部坚决奉陪到底。"落款是"八路军"。

第七章
驱逐败寇

　　李相贵看完纸条上的内容，顿时像泄了气的皮球，一屁股坐在椅子上。他后悔自己太急躁，第二次回来不该立刻就动工，如果拖一段时间，多给宫本诉诉苦，宫本松一下口，自己也就撤回去了。唉，真是糊涂啊！李相贵想起李县长的一句话："世上难事多，最好的办法就是拖！""对，拖，拖得宫本松了口我就撤。"李相贵心里有了主意。吃过早饭后，他好好睡了一觉，他要补上夜里耽误的觉。下午，他喊朱文过来，交代他回城里向白青怡说说这边的情况，让白青怡放心。他还交给朱文一个信封，让他亲手交给白青怡。朱文回到县城，先去见了白青怡。他一五一十地把桃山口的情况说了一遍，又把信交给白青怡，接着就告辞了。

　　白青怡拆开信封，只见李相贵潦草地写了两句话："此地不宜久留，想办法让我回去。"白青怡明白这是李相贵让她去求宫本，但她没把握，宫本不一定会给她这个面子。她想到宫本，这个小鬼子三十多岁，中等个头却大腹便便。他戴着一副金丝眼镜，遮住了他那双贼眼，表面上文绉绉的，实际上却是个阴险毒辣的东西。今年夏天的一个上午，正好李相贵不在家，宫本派人来叫她去宪兵队唱戏。她诚惶诚恐，不知是福还是祸。来人不容迟疑，拉着她就上了车，到了宪兵队，直接把她带到后院的一处房子里。

　　她进门一看，这是一个带套间的大房子。三间客厅摆着桌椅，里间是个卧室。她正在打量这个屋里的摆设，只听门口一阵脚步声，接着就见一个日本军官从门口进来。他笑嘻嘻地说："白小姐，久仰，久仰大名。今天请你来喝茶，切磋一下戏曲，同乐一回。我叫宫本，我很喜欢你唱的梆子戏，请你赏脸。"说着，宫本还躬身施了一个礼。

宫本的客气和彬彬有礼，使白青怡紧缩着的一颗心慢慢松了下来。她说："太君客气。您想听哪一出戏？"

"我和你一起唱《桃花庵》的几个小段如何？你扮演陈妙善，我扮演张才。"宫本说着，露出淫笑。

她见宫本点这出戏，知道这个小鬼子居心不良。这出戏是讲，明朝年间，秀才张才在庙会遇见尼姑陈妙善，两人一见钟情，私订终身。张才和陈妙善相识的那一场戏中，有一段暧昧的唱词，而且张才与陈妙善在茶楼坐椅子时，还有拉扯的动作。

她知道今天宫本点这出戏是要占她的便宜，但也没办法。她听李相贵说过，这个宫本杀人不眨眼，他看上的女人如有不从，就都被关在牢里，受尽折磨，最后生死不明。想到这里，她的心又一阵紧缩。她明白，自己今天如果拒绝宫本，就会丢了小命。再一想，自己之所以跟了李相贵，也是因为李相贵仗势欺人。既然自己走上了这条路，那就顺其自然吧。若这个小鬼子真对自己好，自己也吃不了什么亏，那就走一步看一步吧。想到这里，她说："行，我听太君的。"宫本见白青怡答应了，显得很高兴，嘴里不住地说："哟西，哟西。白小姐请！"只见宫本转身从旁边的桌子抽屉里拿出一本刻印的《桃花庵》，一下就翻到"茶楼相遇"那场戏，然后伸到她眼前，笑着说："那就从这里开始吧。我唱不好，先念一段，白小姐请听好。"

宫本用他那半生不熟的中国话念起了戏词，大意是赞美陈妙善长得美。他一边念，一边用手比画，比画着、比画着，就把手放到了白青怡的肩膀上。

初夏的天气，本来她就穿得单薄，宫本的手像带了电似的，使她一下跳了起来。"别，别，别这样。"她红着脸用手推开宫本的手。宫本扔掉手中的戏本，两手张开，把她搂抱在怀里。她还想挣脱，宫本猛地一下把她抱起，走进卧室扔在床上，接着就像饿狼一样扑在她身上。

从那天起，宫本三天两头就叫她去宪兵队，名义是唱戏，实际是去陪他睡觉。有几次白天去了，晚上还要她住下。她劝宫本以后别让她留在宪兵队过夜，这样别人会告诉李相贵的。宫本不以为然，并且说以后要让她离开李相贵。

从那以后，宫本就看李相贵越来越不顺眼，而对白青怡却越来越喜欢，还许诺让她参加特工训练，到他的身边工作。白青怡对宫本的话将信将疑，她既憧憬当特工的未来，又担心宫本只是一时心血来潮说而已。这段时间，她一边在宫本这边讨他喜欢，借机捞些大洋和金银珠宝，一边尽力维系与李相贵之间的感情，让李相贵觉得她与宫本只是逢场作戏，不得已而为之。她小心地游走在宫本和李相贵这两个虎狼之间。

这次，她真想帮李相贵说说好话，让宫本放李相贵一马。但是，弟弟白五的到来却改变了白青怡的想法，也改变了李相贵的命运。

这天早上，白青怡刚要出门，忽见白五跟跟跄跄地来到门口。他一只胳膊吊在胸前，身上血迹斑斑，脸色苍白，上气不接下气地叫她。看到弟弟这个样子，她吓得不会说话了。白五见姐姐害怕，小声说："姐，不要紧，我受了点轻伤，不用害怕。"

"真是吓死姐了。你说说，这是怎么回事？"白青怡扶着白五进屋坐下。

白五说："姐，我快饿死了，快给我弄点吃的。"

"你看，你把我吓得不知道该干什么了。你先歇歇，姐这就给你做饭去。"白青怡边说边走向厨房。

白五狼吞虎咽地吃完他姐端上来的一大碗面条和两个荷包蛋，这才有了精神，慢慢地向姐姐讲起昨天晚上八路军扒炮楼的事。昨天夜里，八路军神不知鬼不觉地摸到他们住的两个院子，一下子就把他的十几个弟兄全俘虏了。八路军找不到白五，就审问他的人，后来有人带着八路军去孟寡妇家抓他。他在孟寡妇家听到有动静，急忙从后院翻墙出来，在逃跑的时候有人在背后开枪，子弹擦破了他的右胳膊。他连夜跑到龚庄据点包扎一下，早上才跑回城里。

白青怡听白五说完，长出一口气，说："苍天保佑。你能跑回来，没什么大碍，这就是万幸。那个孟寡妇是什么人啊？"

白青怡这么一问，白五脸红了一阵，说："不就是一个相好的吗？"听说是相好的，白青怡也没再说什么，她又问白五："你打算怎么办啊？"

白五说："本来黄家集的据点快建成了，谁料被八路军给盯上了。我琢磨了一下，黄家集是不能再回去了，回去说不定哪天就让八路军给毙了。我还是留在城里吧。再说，我是治安大队的参谋长，本就应该在大队部的，是李相贵拉我去黄家集的。"

白青怡说："李相贵在桃山口也让八路军打惨了。第一次是八路军把李相贵的人端窝了，那天他正好回城才躲过一劫。回去没几天他又被八路军扒了炮楼，带去的人丢了一半。昨天他派朱文来给我送信儿说，他也想撤回来。"

"这事我多少听说一点，没想到八路连着三次袭击了桃山口，再待在那里也是凶多吉少。"白五说完，看了看白青怡，又试探着说："姐，宫本那里有什么话说吗？"

白青怡知道白五是关心她这段时间和宫本见面了没有。她这个弟弟是乐意她多去宫本那里的，他这个参谋长就是两个月前宫本和她在床上定下的。她说："宫本没在家，去滋阳了。"

白五在屋里转了两圈，走到白青怡跟前小声说："姐，兄弟早就想跟你说个事，只是不好开口。今儿个就咱姐弟俩，我说出来，你如果不同意，就当弟弟放了个屁，如果觉得有道理，就拿个主意。"

"什么事？你说就是了。"白青怡用疑惑的眼神看着白五，问道。

白五盯着她姐的眼睛说："姐，现在是日本人的天下，咱是外乡人，能'借腿搓麻线'是咱的本事。"白青怡点点头，问："你有什么点子？"

"姐，宫本能听你的，这是咱白家的造化，是咱祖宗积德才得来的。他李相贵算什么东西，他当时也是乘人之危占了你的便宜。他不明媒正娶，只是糊弄你，这不是个长法，弟弟心里一直愤愤不平。如今他丢了两个据点，宫本肯定要找他的事了。你倒不如趁此机会跟宫本说说，让弟弟我当这个治安大队长，让李相贵住在桃山口算了。"听白五这么一说，她想起宫本对李相贵的态度，觉得李相贵官职难保，白五倒是有取而代之的机会。但是，她心里却不是个滋味。李相贵虽然没有明媒正娶，但对自己还是不错的。唉，"一个槽头栓不了两头叫驴"，谁让宫本偏偏看上了自己呢！李相贵怎么能是宫本的对手呢？还有，自己也不能老是脚踩两只船，时间长了再把自己掉水里。经过一番思想斗争，她拿定主意要帮弟弟，她问白五："这个治安大队是李相贵拉起来的，他的人能服你吗？"

白五说："姐，这些年弟弟跟着你走南闯北，什么样的人没见过？服不服，看的是靠山。论本事，弟弟不比他李相贵差，我还在皇协军当过排长呢！只要宫本让我干，弟弟我自有办法。"

白青怡听弟弟这么一说，心里豁然开朗。她让白五回家好好养伤，调理好身体等她的消息。她想等宫本回来，在两人见面时把白五的事办妥，后面的事酌情再办。想到这里，她找出笔写下两句话："相贵，我最近牙疼，不想动弹，让小六回来给我做饭吧。另外，宫本还没回来。"她让白五把这张纸条送到桃山口。这张字条既能让弟弟白六脱离险境，又能稳住李相贵。果然，李相贵看到这个字条后马上让白六回城。知道宫本还没回来，他也沉住气了。

这边着急上火的白青怡终于等到宫本派人来叫她。她想好了这一次要演一出"欲擒故纵"，让宫本着急一下。她对来人说，她正准备去桃山口，来人回去报告了宫本，又被宫本骂了回来。她这才梳洗打扮，坐上汽车来到宫本的住处。勤务兵见是她来了，很恭敬地让她进屋坐下，随后端上一杯清茶让她稍等，宫本少佐正在开会，一会儿就过来。

白青怡细细地品着端在手里的清茶，心想，这茶真是上好的龙井，清香可口，沁人心脾，提神又去火，正对她的上火之症。她一边喝茶，一边又捋了一遍自己早已想好的计划，特别是这次与宫本见面的戏怎么演，是她花了几个夜晚反复琢磨后设计的。她要装得矜持一些，急一急这个小鬼子，反正有的是时间。她打算今夜不回家了。

她正盘算着，忽听门口响起皮靴声，她急忙抬头看去，只见一身戎装的宫本跨进门来。他边摘下军刀和手枪，边和白青怡打招呼："让你久等了。没办法，有个会我要参加。嗯，你饿了吧？"说着，宫本在白青怡旁边的椅子坐下来。

白青怡看宫本一脸的疲倦，显得心事重重，心想，这个小鬼子外出确实是有事。她说："不饿。我正准备去桃山口，不知宫本先生有什么急事找我？"

"桃山口你不要去了。"宫本的语气很坚定，还带着不耐烦。他摘下白手套往桌子上一扔，说："我外出公干有二十几天吧，也没来得及跟你打招呼，你一定怨我吧？"

"怎么敢呢，我是谁啊，在太君眼里算个啥？"白青怡娇嗔地拉长了声音，说完，她偷偷看了宫本一眼。

宫本笑了笑，说："你是我看中的人嘛，以后还要委以重任，当然是重要的人了。怎么，你不想我吗？"说着，他拉起白青怡的手想抱住她。

白青怡急忙站起身，用一只手往外推宫本，嘴里说："不、不，宫本先生，你听我说，我有话要对你说。"宫本一听，放下手问："是什么事，比我们亲热还重要？"

白青怡突然两手捂脸"呜呜"地哭了起来。她这一哭，弄得宫本不知所措，他急忙安慰白青怡："有什么事？谁让你受委屈了？你说给我听，我一定为你做主。"

白青怡从手指缝向外看宫本的表情，知道是时候实施自己的计划了。

她用手帕擦了擦眼睛，抬头望着宫本说："你一走二十多天，我也不知出了什么事。这期间，李相贵好几次派人来接我去桃山口。我是真不想去那个破地方，心里又挂着你，所以就一拖再拖。这不，他今儿个又派人来催我过去，我实在为难啊！"

宫本一听，气得直骂："该死的李相贵不知好歹，我听说他又丢了二十多条枪，据点也没修起来。正好，我要跟他新账、旧账一起算！"

听了宫本的这些话，白青怡感到事情有门了，她说："不，宫本先生，你可不能杀李相贵啊，这样对我也不好。再说，我弟弟白五还要在'治安军'干差事呢。还有，这次为抵抗八路军夜袭黄家集，白五还负了伤，差点丢了性命。"

"噢，白五负伤了？"宫本略带惊讶地问。

"是啊，要不是白五机灵，会打仗，又勇敢，我想他也回不来了。"白青怡尽力抬高弟弟。

"嗯，白五是个聪明人。"宫本边说边手托下巴在屋里转圈。过了一会儿，他停下来问："白五是在皇协军当过排长吧？"

"是啊，是排长。"白青怡觉得火候到了。

果然，宫本看着她说："这样吧，让白五当治安大队长，李相贵就留在桃山口当中队长，你不要再和他来往了。"

"行啊，只要不杀李相贵，我在人前就有面子。以后我只侍候你就是了。"白青怡尽力掩饰内心的激动，望着宫本，用娇甜的声音说。

宫本听到白青怡这么说，笑眯眯地朝白青怡展开双臂。白青怡站起身扑向宫本，两人相拥着向卧室里走去。

李鲁在扒掉炮楼后，带领小分队回到了小南塘。这次战斗全面获胜，实现了作战目标，战士们一扫上次战斗失利的低落情绪，士气又高涨起来，围着缴获的机枪反复观看，一个个跃跃欲试。李鲁看在眼里，记在心上。他专门安排机枪操作要领训练，让孙成等几个会使用机枪的战士讲解、示范，让战士们熟悉和学习使用轻机枪。他对大家说："我们不仅要掌握轻机枪，还要学习、掌握其他武器，比如重机枪、迫击炮等。随着我们不断缴获敌人的各种武器，大家都要及时学习、掌握，当然，专门的机枪手、炮手是要有的，但是基本的操作知识大家都要懂。"战士们听后都很高兴，学习、训练的热情高涨。小分队一边抓紧军事训练，一边继续监视桃山口敌人的动静。

这天，张言侦察回来，说："我们扒掉敌人的新据点七八天了，桃山口工地仍然不见动静，可村口还有伪军的哨兵。敌人不干也不撤，这是闹的哪一出？"李鲁也觉得不正常，他让张言继续侦察，摸清敌情再报告给大队。

这天下午，李鲁正带着战士们训练，忽然见刘教导员来了。刘教导员召集小分队开会，他首先肯定了小分队的战绩，接着分析了当前的形势。他说："日军近期要开始大'扫荡'，目标主要是鲁南抗日根据地。大队要往西南转移，到敌人背后去，在转移中伺机打击敌人。"

讲到这里，他看到战士们的表情发生了变化，有的人在小声说着什么。他摆了摆手，说："鬼子的大'扫荡'不可怕，我们八路军已经有反'扫荡'的经验了，运动战、游击战、依靠群众和坚壁清野是我们与敌人斗争的法宝。这次反'扫荡'，我们就是要跳出敌人的包围圈，然后再打回来。"

他看到战士们平静下来后，继续说："现在，桃山口的敌人不干也不撤，小分队还要继续监视敌人，敌人再动工，你们就再打。这样的话，小分队还要在桃山口待几天。等敌人大'扫荡'时，小分队可根据情况向西南追赶大部队，如果追不上，就在这一带坚持打游击。"

李鲁表示坚决完成任务。他又向教导员请示小分队扩充人员的问题。这段时间，配合战斗的十几个民兵要求参加八路军，正好小分队之前缴获了一部分枪支弹药，武器也多了。他本想待完成任务归建时再报告，但正好今天教导员来了，就提前报告了。

听说有十几个民兵要求参加八路军，刘教导员很高兴，他称赞小分队的群众工作做得好，表扬了民兵的抗日热情。他同意这批民兵入伍，并指示小分队以后要根据情况扩兵，不仅要吸收抗日积极分子入伍，还要注意吸收投诚人员和俘虏入伍，在战斗中壮大我们的队伍。

刘教导员在离开小分队时单独向李鲁交代，大队将去往根据地西部边缘，在那里配合抗日政府组织群众反"扫荡"。待敌人"扫荡"开始时，大队将穿插到敌后，然后再打回来。

刘教导员看了看李鲁，又说："敌人'扫荡'开始后，情况会变得很复杂。无论是去追赶大部队，还是在附近打游击，小分队都将独立作战。你作为指挥员，一定要有艰苦斗争的思想准备，要机智、果断地采取灵活机动的战术，能打则打，不能打就走，尽量减少伤亡。"

李鲁一一记下，表示一定带好小分队。临分别时，刘教导员说："我等你们胜利归队。"

送走刘教导员，李鲁和王正商量，马上接受小南塘的十二个民兵入伍，把新战士分别编入两个班，王正任一班班长，刘子文任二班班长。他俩分头做好当前的工作，李鲁负责继续监视桃山口的敌情，如敌人再施工，就准备再破坏，若敌人不施工，就找机会打击敌人，消耗敌人的力量。王正负责协助小南塘和附近几个村子坚壁清野，做好反'扫荡'的准备。小分队做好随时转移的准备。

李相贵寄希望于白青怡施展她的本事摆平宫本，把大事化小，好让他回城。他在桃山口静候佳音，没想到当空一声霹雳，震碎了他的美梦。这天晚上，李相贵和朱文两人酒兴正浓。"哥俩好，五魁首啊，六六顺啊……"划拳声不断从李相贵的屋里传出。突然，一阵叫喊声打断了他们划拳。"大哥，大哥，大事不好了！"来人气喘吁吁，边喊边跨进李相贵的屋门。

"谁？什么事？"李相贵醉眼蒙眬地问。

"我，钱贵！大哥，我是钱贵啊！"来人急忙说道。

"是钱贵啊。兄弟，你不在城里，跑这里来干什么？"李相贵借着灯光认出来人是大队部的钱贵。

钱贵把今天白五当众宣布的宫本签发的命令说了一遍：白五当了大队长，李相贵被降为中队长。钱贵最后说："白天我不敢出来，下班后我才来的，听说明天他们派人来通知你。"

李相贵听完，愣着一句话也说不出。朱文见他这个样子，推了李相贵一下，李相贵这才反应过来。他觉得出了一身冷汗，浑身冰凉，酒也醒了，他问钱贵："是真的吗？"

钱贵说："真的。白五拿着宫本发的委任状给大伙看了，他已经在你的办公室坐下了。"

李相贵听后，一阵沉默。突然，他仰天大笑，嘴里骂着："都是因为白青怡，她出卖了老子。啊，我上当了！"他鼻涕一把泪一把地哭了。朱文和钱贵赶快上前相劝，让李相贵冷静，事已至此，要想开。李相贵止住了哭声，在屋里来回转圈。突然，他大喊一声："备马！"

朱文和钱贵急忙问他："都这时候了，备马干什么？"

李相贵扎好武装带，然后从枪套中抽出驳壳枪，掰开机头看了看，说："老子一定要收拾这个白青怡！"说完，他朝朱文、钱贵一拱手，说："兄弟们在这儿等着，我去去就回。"朱文和钱贵不敢再拦，只好让他出去。

李相贵骑上他的枣红马，出了桃山口，直奔县城。不到一个时辰，他便来到县城东门。他喊城头上的岗哨下来开门，哨兵一看是大队长回来了，单人单骑，以为是出事了，急忙从城门上跑下来打开城门。李相贵催马向前，直奔自己家。

李相贵在离家不远的地方下了马，把马拴在拐角处，一手提枪，贴着墙根摸到自己家门口。他朝门上看了看，好像门上有锁，又用手摸了摸，确认门是锁着的。看来白青怡不在家里，他顿时像泄了气的皮球。

李相贵不敢在这儿久留，他立刻回到墙角骑上马返回桃山口。他边走边思考下一步该怎么走。他知道，宫本不会就此放过他，白五也不会让他好过，和他走得近的一些弟兄也要遭殃。他想到了八路军，投降八路军一起打宫本？这样倒是能报此仇。但这几年自己与八路军作对，人家能接受自己吗？再说，自己也吃不了八路军的苦啊，弟兄们也不会跟自己一起去。想来想去，他打定主意，还是先在桃山口稳住，笼络各个据点的亲信，尽量多弄些枪支弹药，然后选个易守难攻的山头，建个寨子。

"老子要占山为王！"李相贵心想。

天快亮了，东方露出鱼肚白色。李相贵疲惫不堪地回到桃山口。他休息了一会儿后，叫钱贵来他屋里。他对钱贵说："大哥我落难了，弟兄们也要受连累。你拿上这张条子，去给弟兄们报信儿，让他们来桃山口。"说着，也交给钱贵一张纸条，上面写满了人的名字。钱贵看了看，有点犹豫，他小声问："他们要是不来呢？"李相贵说："不必担心，他们会来的。"

这天张言侦察回来，说桃山口工地上依然没有动静。李鲁纳闷，敌人葫芦里卖的什么药？不干也不撤，在这里耗起来了。他和王正商量，今晚带一班去桃山口骚扰一下敌人，看李相贵有什么反应。

傍晚，李鲁和刘子文等十几个人来到桃山口北面的山脚下，准备趁天黑摸到村口。正在这时，忽听得远处传来马蹄声，李鲁喊了一声："隐蔽！"战士们迅速在路两侧隐蔽起来。马蹄声由远而近，李鲁对刘子文做了一个对掐的手势，刘子文点头说："明白。"

这时，天还没完全黑下来，李鲁朝着马蹄声的方向望去，隐约看到一匹马沿着山路小跑过来，马上坐着一个穿军装的男人。李鲁小声说："是个军官！逮住他！"马越来越近，已经能看清这是一匹枣红马了，李鲁喊了一声："上！"

忽地一下，十几个人跳到路上，枣红马受到惊吓，嘶叫一声，前蹄腾空站立起来。刘子文冲上去，一手抓住缰绳一手拽住军官的衣服喊道："你下来吧！"军官扑通一声从马上摔了下来，接着，他"哎哟，哎哟"地叫喊起来。战士们上前捆住了这个军官。

李鲁看看眼前这个人，他二十七八岁的样子，高高的个子，黑黑的脸盘，两个大眼睛，多少带有几分憨厚。李鲁说："你不要怕，我们是八路军，你老实回答我的问话。"

"是、是，八路大哥，我说实话。"这个人连忙说道。这个人说出了李鲁要了解的情况。他是李家寨据点的中队长，叫张世祥，是李相贵的姑表弟。他是第一个接到李相贵通知跑来见李相贵的，他陪着李相贵发了半天牢骚，坚决表示要跟着表哥上山。两个人喝了半天闷酒，张世祥看到天色已晚，就骑了李相贵的马回李家寨，他准备回去多带些人和枪来桃山口。听到治安大队长换成了白五，李鲁问："是前几天从黄家集跑回去的那个白五吗？"李鲁前几天接到大队的敌情通报，黄家集的伪军被我军端窝了，只跑掉一个叫白五的。

张世祥说："是，就是那个白五。李相贵咽不下这口气，准备打出抗日自卫队的旗号占山为王。"

李鲁问："李相贵能带走多少人？上哪儿去？"

张世祥说："李相贵在'治安军'里有十几个把兄弟，还有十多个亲戚，这些人差不多都会跟着李相贵，再加上这些人还能再带些人，估计上山的人有四五十个。李相贵已经选好大西山作为落脚点了。"

李鲁又问张世祥："你们这些人准备哪天行动？"

张世祥说："还说不准，李相贵要在桃山口集中人马。"

李鲁听后，心想，李相贵这是走投无路才当山大王的。他打出抗日自卫队的旗号是掩人耳目，并不是真心抗日。但是，就目前来看，他带人上山倒是削弱了泗城中日军的力量，这对当前的抗日形势是有利的。想到这里，李鲁说："我们是八路军圣山支队的，我叫李鲁，是分队长。你回去告诉李相贵，只要你们不再当汉奸，加入抗日阵营，我们八路军就欢迎，希望你们说到做到。"

张世祥回答道："是、是，我一定转达长官的话。"

李鲁又说："你还要告诉李相贵，在你们的人离开桃山口时，不许抢劫、骚扰老百姓。如果不听劝阻，八路军会及时阻止并且消灭你们。这个话你一定要转达李相贵。"

张世祥说:"请李长官放心,我一定转达您的指示,让李相贵不再骚扰百姓。"

李鲁又问起日军大'扫荡'的事,张世祥说,也就是这几天的事,昨天大队部还传下命令,要抽李家寨据点的二十个人参加行动,要求他们做好准备。

李鲁听后说:"你转告李相贵,日军要大'扫荡'了,你们在桃山口不宜久留,可以先去大西山,到那里再集中人马。给你们两天时间收拾东西,第三天八路军进驻桃山口。"张世祥表示,一定让李相贵按照这个时间离开桃山口。

李鲁向张世祥宣传八路军的抗日主张。他说:"日本帝国主义妄想让我们亡国灭种,我们中国人绝不能屈服,大家要团结起来,坚持抗战打败日本侵略者。我们八路军是老百姓的队伍,坚持敌后游击战为的是守住我们的大好河山,为的是让老百姓过上好日子。就你我两个人来说,咱们都是泗城人,都是男子汉,我们总不能眼看着日本鬼子在泗城烧杀抢掠、肆意妄为而无动于衷吧!"这一番话,说得张世祥低下了头。过了一会儿,张世祥说:"李大哥,我是个农民,因为家里穷才出来跟着李相贵混饭吃,我走错路了。"

李鲁说:"知道错就好,希望你走好以后的路。"张世祥点了点头。李鲁希望他回去跟李相贵说说,李相贵想报夺"妻"之仇,单靠这点力量是很难实现的。日本鬼子是我们共同的敌人,我们要携起手来一起打鬼子,国恨家仇才能报。最后,李鲁把枪和马还给张世祥,让他走。张世祥感动得连连作揖,表示以后如有用得着的地方,他一定效劳。

李相贵送钱贵走后,马上派人到前面喊小凤过来。他知道小凤已经怀上他的孩子,他准备把小凤带走。小凤听李相贵说要拉队伍上山,让她去当压寨夫人,她二话没说就回去收拾东西了。

中午，大队部管伙食的李厨子到了，他奉命来向李相贵传达白五的话，还送来一坛酒。李厨子是李相贵的同乡，原来在食堂做饭，后来李相贵提拔他管伙食，掌握大队部的吃喝开销。李厨子感恩李相贵的提携，平时把李相贵侍候得很高兴，这次让他来送信儿，他就替李相贵抱不平。他明白这件事李相贵是吃了女人的亏，但胳膊拧不过大腿，谁让日本人看上了他的女人呢？他没什么能帮忙的，就买了一坛子李相贵最爱喝的海岱大曲，又买了两斤五香花生米和一块猪头肉，一大早就赶来了。

李相贵留李厨子吃过饭，对他说："你大哥我落难了，没办法，只能自认倒霉。你回去就说李相贵愿意接受宫本少佐和白大队长的安排，在桃山口抓紧修建据点将功补过，请白五大队长尽快给桃山口补给军需。"李厨子让李相贵放心，他回去一定把话带到。

临别时，李相贵又塞给他二十块大洋，李厨子推让。李相贵说："你我兄弟一场，在此一别不知什么时候再见面。这个钱你拿回去买酒喝，以后如果有机会，能帮哥就帮一把。"说着，他又拿出一支手枪和一颗手榴弹，说："拿上，防身。"李厨子接过钱和手枪揣进怀里，又把手榴弹别在腰上，对李相贵说："大哥，你多保重，兄弟我有机会一定帮你出这口气！"

张世祥从李家寨带回来六个人和六支枪，还有一挺轻机枪。他把遇到八路军的事对李相贵说了，又把李鲁的话一句不落地转告了李相贵。最后，他劝李相贵："这次一定要听李队长的。宫本是咱们的仇人，八路军对我们不计前嫌，还想和我们联手抗日，咱不能跟人家闹翻了。"李相贵听后沉思了一会儿，说："既然八路军不计前嫌，那我就给他们个面子。我们明天就上山。"

李相贵嘴上这么说，其实心里还有一个想法，他害怕鬼子大"扫荡"挡住他去大西山的道路，所以要提前走。晚上，他让伙夫做了四五桌子菜，招呼各路投奔他的弟兄拜了把子，宣布"抗日自卫大队"正式成立。

李相贵要带小凤上山，侯棋盘死活不干，拦在大门口不让出门。李相贵拔出手枪朝侯棋盘脚下啪啪打了两枪，家里人和邻居们听到枪声都赶过来想看个明白。侯家的几个媳妇跑出来围着小凤小声说着什么，有劝她留下的，有同情的，有抹眼泪的。

李相贵举着手枪破口大骂："你这个老混蛋，是你跑到宫本那里求着修据点，害得我在这里死了十几个弟兄，搭进去几十条枪，我的大队长也被白五顶了。我是既丢官又丢人，只能落草为寇。我本该杀了你以解心头之恨，但看在小凤的面子上，还是放你一马。"

他看了看小凤，说："小凤你自己说，愿意跟我走还是留下？"

小凤看了看家里人和邻居们，上前朝他们鞠了一躬，又回过身来对侯棋盘说："我在侯家受气受够了，就因为我不能怀孕生孩子，侯家人天天怨我，可没人说句公道话，这事怨我吗？今儿个，我也顾不了这么多了，我要把实话说出来，让大家评评理。"

她看了看大伙，说："前些天，是老公公把我送给李大哥的。我如今已怀上李大哥的孩子，我不跟他走还能去哪儿？"侯棋盘一听小凤说这些，又羞、又气、又恼、又舍不得，一下子昏了过去。

李相贵挥了一下手，让小凤上了大车，喊了一声："走！"

放走了张世祥，李鲁带领一班赶回小南塘。一到驻地，李鲁便召集王正、刘子文和张二喜开会，将俘获张世祥得到的情况通报给大家。李鲁说："我们在桃山口和敌人交手三次，迫使他们不敢再轻举妄动。现在已经确定，由于我们的军事压力，再加上敌人内部矛盾激化，李相贵在桃山口待不下去了，他要落草为寇。我已经给他明确两天的期限，两天后我们要进驻桃山口。"

大家听了都很高兴，王正说："李相贵走后，敌人的伪村公所还在，他们还有几支枪，我们还是要把他们收拾了。"

刘子文问："我们完成了上级交代的任务后，是不是去追赶大部队？"

李鲁说："收复桃山口后，我们就去追赶大部队。"张二喜听说小分队要走，很是不舍。

李鲁又说："我已经让张志祥给李相贵带话，不许在走时洗劫老百姓。但是我们不能寄希望于这些人听话，要多准备两手。后天拂晓前，咱们赶到桃山口，占据有利地形监视村子里的动静。如果李相贵实施抢劫，我们就打跑他；如果李相贵老老实实地离开桃山口，我们就放他走。"

开完会，李鲁给李乡长写了一封信，信中介绍了桃山口目前的情况，建议李乡长派人来桃山口建立抗日民主政权，小分队将在桃山口配合乡政府的工作。信写好后，李鲁派张言去王家庄当面交给李乡长。

到了第三天，天刚蒙蒙亮，李鲁就带领小分队和一部分民兵来到桃山口北面的山上。他和王正各带一个班，分别选了两个制高点，一个对着村子东口，一个对着村子西口，架起机枪等待李相贵的动静。

李鲁在东村口，王正在西村口，两人商定以东村口的机枪打两个点射为进攻信号，王正在西村口听到信号后准备伏击李相贵的人。大约在九点钟，突然从村子里面传出两声枪响，是手枪的声音。李鲁判断枪声是从李相贵的住处传出来的。他命令战士们做好出击的准备。等了一会儿，村子里并没有再响起枪声，李鲁觉得奇怪，便让刘子文带着战士们留在原地监视，他带着孙成和机枪手向村口靠近。三个人贴着墙根猫腰来到村口，伸头往街里一看，只见几辆大独轮车正沿街向西走，大车的后面跟着几十个穿军装的人。

李鲁观察了一下街里的几个胡同口，看到有人探出头来看街上的车和人，还有人走出来指手画脚地说着什么。他转身对孙成说："李相贵没有抢劫，通知王正放他走。"

李鲁和王正带领战士们分别从村子的两头进村，王正带人去抓侯棋盘和伪保丁，李鲁派人去清理敌人扔在工地上的建筑材料，将能用的东西全部分给村里的农民，最后拆除了敌人修建的木桥。这片被敌人占据三年的土地重新回到老百姓手中。

下午，张言陪同乡政府的几个同志赶来。李鲁将抓获的伪保长、伪保丁以及枪支，一起移交给乡政府。李乡长与李鲁商量，他带领工作队先发动群众，待群众被动员起来，再召开桃山口群众大会选举村民代表会。

李乡长听说小分队当晚就要转移，他急忙拉住李鲁的手，说："桃山口刚收复，群众工作还比较难做，我们工作队人手少，还请小分队再留两天，哪怕一天也行！"李鲁见李乡长这样说，就答应小分队再留一天，帮助乡工作队建立抗日政权。

桃山口地处根据地的边缘。日本鬼子占领县城以后，在这里修建了据点，这几年一直有伪军在这里驻扎。这里的群众吃够了伪军的苦头，家家户户有交不完的粮食、蔬菜和服不完的劳役。最倒霉的还是年轻女人，这里时常发生伪军欺负女人、骚扰村民的事件，导致村里出嫁的闺女不敢回门、外村的闺女不敢嫁进来。

现在八路军把伪军赶走了，老百姓盼望共产党在村里建立抗日政权，让他们像邻村那样过上好日子。第二天，乡政府在村里的大戏台前召开了桃山口的村民大会，批斗了伪保长侯棋盘，揭露了他勾结日本鬼子欺压老百姓的罪行。侯棋盘跪在地上求饶，表示愿意交出他藏的枪支和收敛的粮食，以此将功折罪。

李乡长和李鲁先后在会上讲话，讲明了当前的形势和共产党的抗日政策，提出建立桃山口村抗日民主政权的要求。然后，他们组织村民选出了村民代表会，选举村里的抗日积极分子侯如堂为代表会的主席兼村长。侯如堂又推荐侯二虎为民兵队长，李鲁从小分队里拨出五支枪交给民兵队。从此，桃山口有了抗日政权，这个根据地的"北大门"有了自己的抗日武装。

第八章

转移受阻

　　李鲁与王正商量向西南方向行军的路线。两人一致认为，鬼子的大"扫荡"还没开始，大队应该还在西南方向的根据地边缘活动，因此小分队应该朝西南方向走，穿过泗城南部的小明山，然后向津浦铁路靠近。

　　两人打开地图察看，从桃山口向西南不远就是敌占区，这个方向除了伪军把守的几个据点，还有两股土匪盘踞的山头或者地盘，一个是李相贵刚控制的西大山，另一个是大土匪张百隆控制的孙村及其周边地盘，伪军和土匪各自控制的范围交错，情况比较复杂。

　　王正说："既然是敌占区，我们就走山路，选一条近而敌人驻扎又少的路线，昼伏夜行，有两三天也就能到目的地了。"

　　李鲁同意这样做，最后选定了先经西大山向西、再经娄家峪到县城南面的小明山这条路线。他计划，在明天拂晓前赶到小明山，在那里休息一天；第二天夜里，再继续向根据地西部边缘行进。李鲁让刘子文给每个战士准备三天的干粮，待天黑时出发。傍晚，李鲁向李乡长和侯如堂告别，带着小分队开始向西南转移。

　　夜色朦胧，山间寂静。小分队避开村庄，沿着崎岖的山路向西行进。深秋的露水打在战士们的身上，伴着身上冒出的热汗，很快便把衣服浸透了，一阵风吹过，冷得人身上起了一层鸡皮疙瘩。

　　经过一个多小时的急行军，小分队已经接近西大山了。李鲁让王正带领战士们就地休息，他和张言去前面侦察。两人向前走了二三百米，朦胧中看到一座巍峨高耸的山崖挡在前面；再往前几十米，忽然看到路边有灯光闪烁，仔细一看，在山崖下的十字路口旁有一个席棚子，灯光就是从那里发出来的。

李鲁小声地说："看来这是李相贵的人在路口设的哨所，我们走过去看看。你先和他们对话，就说我们是借道路过，请他们行个方便。"

张言答应一声："是。"两人大步向前走去。

"谁？站住！干什么的？"前面的哨所喝问道。张言不慌不忙地答道："前面的兄弟是抗日自卫大队的吧？我们是八路军，想借道过去。"

"啊，是八路军？你给我站住！"哨所的人紧张起来，还有拉动枪栓的声音。

张言说："兄弟别紧张，我们是八路军，和你们抗日自卫大队有联系，前天还和张世祥见过面呢！"

"你认识张队长？"另一个哨兵问。

"是的，李家寨的张世祥中队长，我们很熟，不信你问问他本人！"张言大声说道。

只听两个哨兵嘀咕一下，一个人说："你们先等等啊，我去找张队长！"

李鲁对张言说："我一口的东北话，一张嘴就容易让人觉得生分，以后凡是这样的问话，都是你先来，啊！"

张言说："行，你给我出主意就是了！李队长，你说这伙人能让我们过去吗？"

李鲁说："问题不大，毕竟李相贵打出了抗日的大旗，他不会直接打八路军，这样他对部下、对外都好交代！"

张言说："其实我们偷袭这个哨所也有把握，省得跟他们费口舌。"

李鲁说："既然李相贵自称是抗日自卫队，我们就主动联络他，团结他一起打鬼子，至少不让他与我们为敌。再说，如果打起来，山上有一挺机枪就能封锁道路，我们可能会被山上的火力压制，所以我们还是明着对话好。"两人正说着，忽见山脚下有手电筒的亮光晃着过来。不一会儿，就听见张世祥的说话声："不知道来的大哥是八路军哪一部分的？你们也没问清楚。"

李鲁一听来人确实是张世祥，便大声说："世祥兄弟，是我，李鲁，来打扰你了！"

张世祥听见李鲁叫他兄弟，急忙跑过来，他边跑边喊道："啊，是李大哥！真巧啊，是李大哥来啦！快请到这边来坐。"

李鲁与张世祥握手问好，李鲁说："我们有任务，想从这里过去，也想来会会抗日自卫队的兄弟们，以后我们还要一起打鬼子呢！"

张世祥说："李大哥，你那天说的话深深地教育了我。我回来给相贵大哥说了，也给兄弟们说了。相贵大哥说，以前的事就过去了，以后如果见到八路军，我们要客气点。李大哥，你打这里路过，来往随便！"

李鲁见张世祥这么说，便让张言回去招呼王正带队通过。他和张世祥又聊起鬼子"扫荡"的事，希望李相贵搞好自卫免得遭受损失，还有就是要想法保护这一带的百姓，抓住机会打鬼子。

张世祥说："李相贵带我们刚上山，山上的房子还不够住，我和二十多个弟兄暂时住在山下，也多亏我住在山下，才能听到传话就赶过来与你们见面。大哥，你说的鬼子'扫荡'的事，我一定报告给李相贵，把山下这二十多个人集中到山上去搞好防御。再就是要侦察一下'扫荡'的队伍，弄清楚是哪一部分的——如果是'治安军'的人就给他们打招呼，让他们尽量不要祸害百姓。"说话间，王正已经带着小分队通过十字路口，李鲁就与张世祥握手告别。

小分队继续沿着山路行进，在凌晨时分来到娄家峪村。这个娄家峪处在狭窄的两山之间，一条小路从村北头穿过，是通往泗城西南的必经之路。为了避免引起村里狗叫，李鲁决定不走小路，准备从村北面的山脚下绕过村子。他派张言和小冯去前面侦察，其他人则停在村子东北角休息。

张言和小冯来到山脚下时，忽然发现前面的村口有人影在晃动，村外的路边还有几个人在围着一个小火堆烤火。张言急忙摆手让小冯留下监视村口的动静，他返身回来向李鲁报告。

正在这时，忽听得有人大声喊道："谁？干哈的？"接着，就听得啪啪的声音，敌人开枪了。

"有情况，准备战斗！"李鲁喊了一声。战士们忽地一下站起来，迅速散开准备战斗。这时，张言跑回来了。

"什么情况？"李鲁问。

"村口有敌人的岗哨！小冯还在前面。"张言急急忙忙地说。

"啪啪啪！"枪声响得密起来了。

"是小冯与敌人交火了。张言，带两个人回去，把小冯接回来！"李鲁朝张言大声说。

"是！"张言招呼两个战士返身回去。听到张言和李鲁的对话，王正和刘子文都围过来了。

李鲁说："前面有敌人，还不清楚有多少人。小冯还在前面，看来今晚这个娄家峪是过不去了。王正带一班随我接应小冯他们，刘子文带二班掩护，如果打散了，就回到桃山口会合。"

正说着，突然听到前面响起机枪声，"嗒嗒嗒嗒嗒……"顿时，枪声激烈起来。李鲁对王正喊道："我们走！"

李鲁和王正带着战士们跑到村口附近，见村口涌出了几十个敌人，其中一挺机枪在路边的土堆上"叫"个不停。张言和两个战士被敌人的火力压制得不能动弹。

"打！"李鲁喊了一声。机枪、步枪一起朝敌人打过去，很快就把村口的敌人赶进村子，敌人的机枪也停止了射击。张言见敌人退回去了，急忙冲到前面去找小冯。他喊了几声"小冯"，却不见回答。他又摸到刚才与小冯分开的地方，朦胧中看到小冯趴在地上。他拉起小冯，喊道：

"小冯，小冯！你怎么了？"

小冯没有回答，张言明白小冯这是中弹了。张言顾不得检查小冯的伤势，背起小冯便弓腰往回跑。李鲁见张言已经回来，就命令战士们边打边向东北方向撤退。正在这时，村子东头突然涌出一伙敌人，噼里啪啦地打着枪向村外跑来。村北口的敌人听到村东头响起枪声，他们也壮起胆子又冲到村外。

李鲁见敌人从北村口和东村口冲过来，看样子想形成钳形包围。他不恋战，命令战士们迅速撤退。好在有夜色掩护，战士们沿山脚下向东北方向撤退，不一会儿就摆脱了敌人。

李鲁在一个坝堰下收拢部队。刘子文和王正分别检查了自己班每个人的情况后，向李鲁报告，除了小冯负伤，其他人和枪都在。

李鲁问张言："小冯伤在哪个部位？伤得怎么样？"张言回答，伤在肩部，刚才简单包扎了一下。李鲁让大家围拢上来，又用手电筒照着检查了小冯的伤势，把在桃山口缴获的李相贵的药拿出来，给小冯敷上，重新包扎，然后轮流背着小冯沿原路返回。路上，李鲁与王正、刘子文边走边分析敌情。李鲁认为，今夜遭遇的敌人很可能是"皇协军"，这从他们喊叫的声音可以判断出来——多数是东北话。在泗城这一带能讲东北话的主要是驻扎在城北的"皇协军"。"皇协军"在娄家峪出现，说明日军的大"扫荡"开始了。王正和刘子文也同样认为敌人的大"扫荡"开始了。王正说："敌人的'扫荡'开始了，我们不明敌情，又与大队失去联系，不能再去追赶大队，只好在这一带打游击了。"

李鲁说："上次刘教导员交代，如果在敌人大'扫荡'开始时小分队不能归队，就留在这一带打游击。我们就在这里坚持斗争吧！你们二位有什么好办法吗？"

刘子文说："打游击也没什么可怕的，我们熟悉这一带的地形，小分队人少，也便于机动，就是补给是个问题。"

王正说："这一带是根据地，我们还是要依靠当地党组织、依靠群众。

枪支弹药的补给历来靠我们自己从敌人手里夺取,这也不是个问题。"

李鲁听后说:"你们二位说得都对,也坚定了我的信心。一会儿到了桃山口,我马上找李乡长,告诉他我们小分队要在这一带坚持斗争,配合大部队反'扫荡'。"说着,大家一齐加快了步子。

路过西大山时,李鲁让张言先去联系张世祥,请张世祥给准备一块门板用于抬伤员。张世祥听说八路军又回来了,也没多问,赶快准备好门板在十字路口等候。

李鲁见到张世祥,将鬼子开始大"扫荡"的消息告诉他,希望他们有所准备,避免遭受损失。张世祥说:"没想到鬼子来得这么快,我们一定赶快做好防御。"然后,他送李鲁走了一段路,握手分别。

黎明时分,小分队回到桃山口。李鲁让张言带人送小冯去小南塘,交代他去王家庄请医生给小冯治伤。为了不打扰群众,他把战士们带到戏台旁边休息,随后和王正一起来到乡政府工作队的住处。快到门口时,哨兵迎上来给李鲁打招呼:"李队长,你们回来了,李乡长在院子里呢!"

李鲁向李乡长通报了夜里在娄家峪遭遇敌人连夜返回的情况。李乡长说:"我刚接到县委的通知,日军的大'扫荡'开始了。敌人出动近一万的兵力,南起临城,北至滋阳,沿津浦铁路拉网,向东南方向的鲁南抗日根据地进行大'扫荡'。泗城的日军集中一千多兵力,分成两路,西起曲阜县界,东至平邑县界,沿滋临公路向南进犯我抗日根据地。昨天晚上,敌人已经在县城附近各交通要道布置兵力,以切断我联络通道。县委要求各乡政府人员一部分随县大队行动,其余人员撤往泗南和邹县交界的大山里。接到县委的通知,我估计敌人已经出动了,正担心你们在路上遇到敌人,为你们着急呢!"

李鲁说:"我们本来想去追赶大部队的,现在敌情发生了变化,我们也要改变计划,留在这一带打游击了!"

李乡长听说小分队不走了,显得很高兴,他拉着李鲁的手说:"八路军不走了,我们就有了底气。我一会儿就派人向县委汇报。"他看了看李鲁和王正，又说："李队长，眼下小分队有什么困难吗？"

李鲁说："困难是有的，我们正在想办法克服。就眼前来说，战士们的棉衣还是个问题。"

李乡长从李鲁说话的语气中听出李鲁的难处，他明白李鲁肩上的担子很重，也理解这个年轻人的复杂心情。他想了想，说："李鲁同志，我知道小分队面临许多困难，我会帮你们一起想办法的。这样吧，趁敌人还没赶过来，我抓紧给小分队筹集三四十斤棉花，再弄点粗布，让同志们先套上当棉袄穿着，过几天再筹集棉裤吧！"

李鲁听李乡长这么一说，心里很高兴，他握住李乡长的手说："谢谢李乡长，这真是帮了大忙，我们一定多杀鬼子来报答乡亲们。"

李鲁决定，小分队先回到小南塘，在那里组织附近几个村子的民兵备战，准备反"扫荡"。

宫本听说李相贵成立抗日自卫队并且上了西大山，并没在意。他明白，李相贵抗日是假，当土匪是真，对"皇军"构不成威胁，无非是偶尔捣乱一下而已。但是秋野向他报告了另一个坏消息，白五以"私通"八路的罪名把李相贵的外甥金钟打了个半死，金钟交了二百大洋，辞去了城西据点的中队长才被放出来。白五这杀鸡给猴看的把戏，吓走了五个中队长，这些人又带走了一帮亲信和武器、弹药。

宫本一听，马上给白五打电话骂他猪脑子，说他撵走了李相贵的亲信，也削弱了"皇军"的战斗力。他想起李相贵前一段时间曾经要一百条枪的事，问白五那批兵招得怎么样了。白五说，还没招起来。宫本感到"治安军"缺员太多了，他命令白五两天内招兵一百五十个，补充到位。

白五放下电话，也把宫本骂了一通："你奶奶的，真是个不食人间烟火的玩意儿，两天征兵一百五，我上哪儿弄这么多人啊？现在，八路军打得治安军屁滚尿流，再加上到处都有抗日政府的锄奸队在活动，谁愿意来当兵啊？"

正在发愁，白六推门进来了。白五忙让白六帮着出个主意，白六听完，说："哥，别着急，宫本是要一百五十个人，他又没说要什么人，我们就不管老少拉进来，凑够数不就完了。"

白五一听，急忙问："怎么个凑数法？"

白六不慌不忙地说："每个据点给他十几个人的名额，让中队长自己想办法，不管是老是少，只要是男的就行，也不管用什么办法，只要他们凑到数就算完成任务。让新来的这些人把军装一穿，不就是咱的兵啦？"

白五问："这些人来了不会打仗，皇军马上就要扫荡了，他们可上不了战场啊！"

"哥，谁生下来就会打仗啊？现在就是凑数嘛，真要扫荡就把这些人留在据点看家呗！"白五感觉白六说的是个办法，先过去眼前这一关再说，便让白六去办。白六向各个据点传达了白五的命令，要求他们不管用什么办法，只要完成名额就成。他布置完就去滋阳找几个熟人，叫他们过来给他哥俩当帮手，也凑个数。

白五新提拔的几个中队长接到命令，如领圣旨。为了讨好白五，他们不管老少，也顾不上是远亲还是近邻，见人就拉着走，有几个正在要饭的叫花子也被拉进据点。第二天，各个据点都报告完成了征兵任务。这让白五高兴万分，急忙向宫本报功。宫本听后，称赞白五很能干，下令拨给治安大队一百五十人的武器装备，让白五抓紧训练新兵，听候出发命令。

白五得到宫本的夸奖，又得到这么多武器装备，真是欣喜若狂。他把这个消息告诉白六，让白六想办法卖几十条枪弄点钱花。白五明白，他靠姐姐当上这个治安大队长，弟弟白六也跟着沾光当上中队长，真是应了那句老话"一人得道，举家升仙"。但是还有句老话也要记住，"人无千日好，花无百日红"。虽然姐姐跟宫本现在好得形影不离，但总归是露水夫妻，还是要早点弄些钱，以备日后急需。白六把领来的三十支新枪藏在他给白青怡买的新宅子里,然后想法卖给土匪,又把钱换成金条,与白五分了。

这天,宫本接到来自滋阳上司龟田大佐开始秋季大"扫荡"的电报,他立即召集宪兵队长秋野、新来的日军中队长小岛、"皇协军"师长李子营和白五开会,研究兵力部署和行军路线。

宫本命令秋野留下守城,李子营带"皇协军"的两个团为西路军,从泗城向南"扫荡";他带领小岛中队和白五的"治安军"为东路军,从城东的黄家集向南"扫荡"。东西两路大军成钳形向东南部的抗日根据地"扫荡",力争消灭根据地的一切抗日武装。

李子营是个东北人,原来是个团长,"九一八"事变后随他的旅长来到鲁南,他的旅长投靠日军后当上了军长,他就成了师长。说是师长,其实他的这个师只有一千多人,战斗人员不足八百。李子营深谙处世之道,只要青山在就有柴火烧。给日本人干活,一要有眼色,二要留后路。他见宫本让他的人马单独行动,马上提出他的人对进山的路不熟,请宫本抽调熟悉本地情况的"治安军"带路。宫本同意把城南、城西两个据点的六十人归他指挥。他就把这六十人分到两个团,并亲自交代两个团长让这些人进山时打头阵。李子营的两个团共八百多人,加上带路的"治安军"和十几辆大车的车夫、挑夫,有上千人。

宫本带领的东路军主力是小岛中队的一百八十人和白五带领的"治安军"二百七十人,再加上民夫,也有六百多人。宫本这边虽然人少,但是战斗力强。小岛中队配有迫击炮两门、92步兵炮一门、掷弹筒九具,还有轻重机枪十一挺。

宫本要求各部先封锁通往抗日根据地的各个交通要道。第二天一早,两路大军一起出动。宫本把他这一路人马分成两支,一支由日军中队长小岛带领,再配属一部分"治安军",从林桥向南一带"扫荡",然后出大青山向南,与他在泗城东南的张家峪会合;他带领的这一支有两个日军小队和白五的"治安军"大队,从黄家集向南"扫荡",然后出大青山与小岛会合。

在去往黄家集的路上，宫本交代白五："过一会儿你带人去桃山口，我去黄家集。这一次我们要把这两个地方以及他们周围的村庄好好扫荡一遍。再就是要把黄家集据点恢复，以便皇军存放扫荡物资。"白五连声答应，心里却很害怕，但表面上又不敢流露出来。他想了想，对宫本说："八路军不怕治安军，他们怕的是皇军，还是皇军厉害！我的人当个陪衬还行，请少佐派大环小队长指挥我们去桃山口吧！"白五知道这个大环爱逞能、好糊弄，所以他向宫本提出让大环和他一道去桃山口。宫本笑了笑，点头表示同意。白五这才松了一口气。当队伍来到桃山口北面的公路时，宫本命令大环和白五带领一百多人扑向桃山口。

桃山口新上任的村长侯如堂带领侯二虎和民兵们忙活了一夜，把村里一部分群众带进山里，又返回来挨家挨户地劝说，想再带走一些乡亲们，但是许多人以为鬼子不会随便杀人，就待在家里不走。当民兵看到敌人朝桃山口奔过来时，侯如堂只好带着民兵退出村子。结果，敌人进入桃山口后，不仅把各家的粮食全部抢走，还把老百姓赶到村子里的大戏台前，架上机枪，逼老百姓交出八路军和村干部。

大环和白五站在戏台上向老百姓训话，大环哼哈一阵，白五接着就说："皇军是来找八路的，只要把八路军和村干部交出来就放你们走！"人群中没有人吭声。白五又扯着嗓子喊了一遍，还是没有人吭声。大环急了，拔出手枪，朝天打了两枪。枪声一响，戏台下的人群中一阵骚动，有的孩子被吓得哇哇直哭。白五用手指着站在前面的几个老人，问他们八路在哪里、谁是村干部。一个老头儿说，不知道八路是谁，也不知道村干部是什么，只知道桃山口的官是侯棋盘。

大环问白五："八路在哪里？侯棋盘什么的干活？"

白五叫喊着："老家伙，太君问你八路在哪里？侯棋盘是谁？"

老头儿说："侯棋盘是保长啊！别的我不知道。"

"你奶奶的，皇军要找八路，你却给找个保长，给我打！"白五做了个手势。几个日本兵和伪军围上去，用枪托朝老头儿身上一阵乱砸，砸得老头儿嗷嗷直叫，蜷缩在地上。大环朝鬼子兵一撂手，一个鬼子兵拉动枪栓，朝老头儿打了一枪，老头儿抽搐一下就不动了。人们看到日本鬼子打死人了，一阵慌乱，向后退去。就在这时，村东头响起枪声。听到枪声，大环对白五喊道："八路的在东边，你的在这里，我去东面的干活！"说完，他挥手带着他的小队向村东头跑去。

白五一看日本小队全都走了，这里只剩下他的几十个人，不由得心里发慌。他害怕八路军打过来，也想快点离开这里。他想起曾经去给李相贵报信儿的侯顺，就转到人群后面来寻找侯顺。果然，他看到侯顺躲在最后面。他走过去，把侯顺拉到一边，问："你爹侯棋盘呢？"

侯顺说："我也不知道他在哪里，看来是藏起来了。他不想再出头露面了！"

白五又问道："八路军在哪里？"

侯顺说："十有八九是在东面的小南塘。"

白五听完，急忙跑到前面喊道："走，去增援皇军！"

村东头的枪声已经停止。原来侯如堂带领民兵骚扰敌人，看到敌人从村子里冲出来，他们便撤走了。白五带着他的人跑到村口，见大环正准备往回走，忙跑到大环面前，说："我带弟兄们来增援队长阁下呢！这是皇军打胜了？"

大环哈哈大笑，说："几个小小的土八路，被我打跑了！皇军战无不胜！哈哈！"他问白五找到村干部和八路军没有。白五说："桃山口一直是皇军的地盘，前几天还有治安军驻扎。侯棋盘保长说这里没有村干部，在东面不远的小南塘有八路，我们去小南塘吧！"

大环听后说："哟西，小南塘的干活！"他命令手下带上抢来的粮食，放火烧了村口的几家房子，奔向小南塘。大环在中午时到达小南塘，他在村外观察地形后，命令几个鬼子兵携带一挺机枪占领村子西南角的一个高地，在那里架起机枪封锁村子南头；然后交代白五配合他从村北向南夹击，白五在东，他在西，向南拉网。令大环失望的是，他费了半天工夫，从北头到南头搜查一遍却不见一个人影。大环气急败坏，命令手下在村子里放起火来，然后离开小南塘，向北面的郭家庄奔去。

宫本带领石原小队和"治安军"的大队人马扑向黄家集，这是他"扫荡"的第一站。他要仔细看一看这个令他耿耿于怀的地方，黄家集据点两次被八路军端窝，宫本恨得咬牙切齿。中午，宫本的人马到了黄家集，他命令黄家集的伪保长来见他。伪保长一溜小跑来到宫本面前。宫本问他，这一带还有八路军吗？伪保长回答，这一阵没看见，前几天有八路军来过。

宫本又问八路军从哪里来，伪保长指了指南边，说南边王家庄一带几个村子都住过八路军。宫本命令石原小队长吃过午饭后"扫荡"王家庄。"哈依，宫本少佐！"石原按照宫本的命令布置去了。

宫本带着几个鬼子来到被拆掉的据点旧址，他四下看了看，发现这个地方北面临公路，东面是小河，西面和南面紧靠村子，他摇了摇头。他认为，八路军之所以屡屡得手，是因为炮楼离小河太近，八路军很容易靠近炮楼，只要把炮楼往西挪个百十米就不好接近了。他亲自划定了新炮楼的位置，命令"治安军"的一个中队长带人拆除了十几户民房，留下一个班的"治安军"在这里重建据点。午饭后，宫本命令石原向王家庄发起进攻。王家庄离黄家集很近，两个村子相距不到三公里。石原的小队很快就到了王家庄。没一会儿，石原派人回来向宫本报告，王家庄没有八路军，老百姓也跑光了。

原来，在得知大"扫荡"消息后，王家庄的村干部组织群众转移到南山里，敌人什么也没得到。宫本见他的人马扑了个空，气急败坏，命令石原炸毁八路军用过的房子，在村子里放了一把火，然后奔向南边的康平村。

第九章
营救乡亲

康平村的民兵队长孟刚接受了李鲁在这里养伤时提出加固圩墙的建议。秋收还没完，孟刚就带领村子里的年轻人从山上运来石头砌圩墙加固寨门楼。依照李鲁的建议，他们重点加固了北门的门楼，又在门楼外十米的地方砌起一道防御墙。防御墙高两米，宽一米，正面垒起八个射击垛口，下面装上两扇大木门，形成第一道防线。防御墙比门楼矮了两米半，上下呼应，可进可退。门楼上面安放了一门大抬杆（土炮），正面射击垛口十个，形成扇形火力。其他东、西、南三个寨门也都加厚了寨门垛子，增加了射击垛口。

昨天，李乡长派人送来通知，说敌人大"扫荡"开始了，要康平村做好反"扫荡"的准备。村里党支部接到通知，马上组织群众转移。但是，由于许多人认为村子有圩子，敌人进不来，不愿意走。年纪大一点的，更不愿意离开村子，他们认为以前外人都进不来，现在又加固了圩墙，就更进不来了。党支部书记孟凡仁只好把一部分愿意跟着走的带到南山里，再返回来挨家挨户做工作，动员大家进山，同时安排孟刚带领民兵坚守在康平村，为群众转移多争取点时间。

正当大家忙着送第二批群众进山时，从王家庄的方向传来枪声。听到枪声，孟刚急忙赶到北寨门，门楼上站岗的柱子见孟刚过来，急忙喊："孟刚哥，王家庄有敌人，他们放火了。"

孟刚快速爬上门楼，看到北面的王家庄上空浓烟滚滚，遮天蔽日，村子边的路上也围了好多人马。他对柱子说："敌人上来了，民兵队赶快集合。"柱子跑过去，撞响了门楼上的那口大钟。"咚、咚、咚……"沉闷的钟声传遍整个康平村，民兵们急忙拿起武器，纷纷跑到大钟前的空地上。

孟刚在门楼上大声喊道："敌人烧了王家庄，又想来烧我们。现在圩子里还有不少群众，我们要掩护他们撤出。大家听我命令，马上按照平时训练的位置进入阵地。"民兵们分头进入东、西、南、北四个寨门的防御垛口，同时关闭四个寨门。

孟刚在北门楼上观察敌情。这时，孟支书也来到门楼上，孟刚用手指了指从王家庄来康平村的路，说："大叔，你看，前面这一队穿黄色衣服的人好像有二三百人，紧随其后的是骡马拉着的大车，看样子敌人是直奔我们康平村来的。"

孟支书说："你说得对，敌人是冲我们村子来的，并且来头不小。就这个架势，我们不能死守寨子，要尽快撤出去。这样吧，你带领民兵坚持半个时辰就撤，我们把没走出去的人从南门带出去。半个时辰后，你们民兵也撤出寨子。我们几个有武器的同志，一会儿回来接应你们。"

孟刚说："好，大叔，我坚持到天黑，你让桂兰和二刚子去小南塘那边找找李鲁，看他们小分队还在这一片活动吗？"两人说完便分头行动。

孟刚来到大抬杆前，问老炮手孟凡同："大爷，行吧？今儿个可要看你的啦！"孟刚用手指了指前面路上向这边蠕动的队伍，说："一会儿先朝他的腰部打，然后再打头部。"

"放心吧，大侄子！我的这个老伙计会给我露脸的，今儿非轰他个痛快不可。"孟大爷一边说着，一边挽起袖子。

孟刚回身来到射击垛口，向门楼下喊道："兄弟爷们们，敌人马上就到跟前了，今天是咱们杀敌的日子，敌人来得不少，大家别害怕，凭我们的防御工事，敌人占不了便宜。现在支书正在组织群众转移，我们要坚守到天黑，天黑以后，我们就撤出战斗。一会儿大家听我命令再打。"门楼上下一片寂静，空气仿佛凝固了。孟刚知道，大战在即，民兵们有些紧张。为了鼓舞士气，他大喊一声："有信心吗？"

"有！"齐刷刷一声吼，门楼上下回声震荡。吊在门楼上的那口大钟也发出"嗡嗡"的声音，仿佛在为这群男儿叫好。

敌人大队的前头已经到了寨门外二百米的地方。在门楼上已经看清伪军挑着的日军军旗，老炮手说："打吧？"

"再放近点。"孟刚朝门楼下喊了一声。

"百十米了，打吧？"孟刚身边的柱子说。

"打！"孟刚一声令下。

"轰！"老炮手打响第一炮。紧接着，"啪啪啪……"枪声大作。敌人大队中倒下一片，前头的敌人也倒下几个。

"轰！"又是一炮，敌人的队形乱了。

"嗒嗒嗒……嗒嗒嗒……"敌人的机枪朝门楼扫射过来，敌人呈战斗队形展开，向门楼发起进攻。"轰！轰！"敌人的掷弹筒也朝门楼轰击了。

"他奶奶的，小鬼子，来吧！"老炮手说着，又打出一炮。

"嗒嗒嗒……嗒嗒嗒……"敌人的机枪集中火力朝门楼打过来，子弹在孟刚的耳边飞过。"当！"一颗子弹击中吊在门楼上的大钟发出脆而洪亮的声音。

"轰隆！"一颗炮弹在大抬杆旁边爆炸，大抬杆被炸倒，老炮手也倒下了。孟刚跑过去，抱起老炮手喊道："大爷、大爷，你醒醒！"老炮手躺在孟刚怀里，再也没有醒过来。

"跟他们拼啦！"柱子喊着，跑过去把大抬杆扶起来，搬了几块石头垫在炮身下，装上药准备再打。孟刚把老炮手抱到门楼下，返身对柱子说："看看炮筒坏了吗？"

"没坏。"柱子说着，摆了摆手。

孟刚说："还是我来吧！"说着，他爬上门楼，用双手抓起炮把手，瞄准敌人的机枪，轰的一声打过去，敌人的机枪顿时成了哑巴。门楼上下民兵一排齐射，敌人丢下十几具尸体后退了。

"我们打退了敌人的进攻！"孟刚高声喊道，民兵们高兴地欢呼起来。孟刚让民兵们抓紧整修工事，检查武器，准备迎接敌人的第二次进攻。他检查了整个阵地，民兵牺牲了一个，伤了五个。后勤队已经把老炮手和几个伤员抬下去了。现在阵地上还有十七个人，孟刚把一层防御墙的人抽了三个放到门楼上，下面七个，上面十个。大抬杆交给柱子使用，又发给每人两颗手榴弹。孟刚看了看天色，太阳西下。"快到做晚饭的时候了。"他自言自语道。

孟刚回到门楼下，找来担架队长孟三，让他去南门看看群众转移的情况，再就是看看桂兰回来没。孟刚心里着急，他知道敌人后面进攻会更猛，战斗会更激烈。他多么想这时候能把李鲁找来啊！果然，孟刚打退敌人第一次进攻后，敌人调整了进攻力量，分别从北门和西门再次进攻。攻击北门的敌人使用了步兵炮，一阵炮轰后，北门门楼坍塌，防御墙被轰开一个缺口，门楼上的民兵死伤过半。孟刚也负伤了，炮弹皮崩进了他的左胳膊，他昏迷不醒，被担架队抬走。其他民兵抵抗了一会儿，眼睛守不住了便急忙撤入村子里。

另一股敌人迂回到西门，守门的民兵见敌人上来了，用步枪和土枪一阵乱射，打得敌人后退了一百多米。敌人架起迫击炮和掷弹筒连射一阵，炸倒了西门垛口，还把圩墙炸开一个大豁口。垛口上的民兵死伤四五个，其他人只好撤入村内。

敌人从北门、西门涌入康平村。守在东门的民兵，听到北门和西门的枪声、炮声响成一片，生怕敌人从东面上来。大家眼睛只顾盯着外面，没想到一股敌人从北门进村后直奔东门，被敌人从背后打了个措手不及。三个民兵牺牲，其他几个跳下寨门逃走了。

守在南门的民兵只有五个人。北门的战斗打响时，他们也把寨门关上了。后来，孟支书带领几十个群众从南门撤出时交代他们，一会儿民兵要从这里撤退，你们守在门外就行。

五个民兵跑到寨门外的一个堰坝上警戒，到了天黑时，见寨门里不断跑出民兵来，还有抬着、架着的伤员。再后来，一伙伪军鬼鬼祟祟地摸过来了。民兵们明白寨子失守了，照着伪军一阵乱打，把伪军打回寨子里。

傍晚时分，敌人占领了康平村。宫本冲进北寨门，指挥石原小队长血洗康平村。日伪军进村后，一边围堵民兵打起巷战，一边挨家挨户搜查，见年轻人就杀，见粮食就抢，见牲口就牵走。

康平村枪声不断，哭声连天。没有跑出去的老年人、妇女、孩子遭了殃，日伪军奸淫烧杀，无恶不作。孟刚的邻居李大爷老两口没有跑出去，听到鬼子进村了，急忙藏在自己家的牛栏里，身上用秫秸遮挡，结果被两个鬼子发现，他们跑到牛栏边向秫秸下打了几枪，又放火烧了牛栏。

敌人打了一阵巷战，最后把四个民兵围在一个院子里。恼羞成怒的石原命令日伪军向院子里扔了十几颗手榴弹，又把成捆的秫秸点燃后扔进院内。熊熊大火烧遍了院子的每个角落，又烧着了房子，四个民兵壮烈牺牲。

敌人把抓来的老百姓赶往村里寺庙前的一片空地上，石原在空地上点起了一堆木材，火光把周围照得通明。火堆北面是两棵大银杏树，石原两手拄着军刀站在树下，嘴里嘟囔着什么。"治安军"的一个中队长围着石原点头哈腰，不停地叫喊着在翻译石原的意思，然后让伪军从人群中挑出年轻人。几个伪军扒开人群，想到里面找年轻人。人群中一阵涌动，把伪军推了回来。

石原见伪军退回来，气得嗷嗷乱叫，他朝日本兵一挥手，几个日本兵跑过去对着前面的人一阵乱捅，七八个人顿时倒在血泊中。人群中发出一阵呼喊声，接着是一阵骚动，人们往后退去，紧紧围成一个人疙瘩。

鬼子兵和伪军上去一齐拖拽,像剥茧一样把老百姓拖出来,分成两队,然后把六个稍微年轻点的人拉到火堆前面。石原走上前,对他们说:"土八路的,出来!不出来,统统死了死了的!"

　　旁边的伪军中队长忙上前帮腔:"太君说了,谁是土八路就站出来,皇军不杀你。如果不出来,你们几个都活不成。"

　　只见一个身材不高、四十多岁的中年人向前跨出两步,对着石原说:"小鬼子,说话算话啊!这些人中没有土八路,就我一个人是民兵,要杀要剐冲我来,把他们都放了吧!"后面人群中一阵骚动,前排有两个人大声说道:"老五,别上鬼子的当了,要死咱一块死吧!"

　　叫老五的中年人回过头说:"别说了,他们找的是民兵,没你们的事!"说着,他朝伪军中队长招了招手,又说:"你告诉小鬼子,这里就我一个人是民兵,其他人都不是,叫鬼子放了他们,我知道民兵在哪里。"

　　伪军中队长走上前问:"民兵在哪里?"

　　叫老五的中年人说:"你让日本鬼子放了老百姓,我领你们去找。"

　　伪军中队长大声叫道:"你先说出来,免你一死,他们的事我管不了。"

　　中年人见这个伪军军官欺骗他,气得破口大骂:"狗汉奸,去你的!"说着,他飞起一脚踹向伪军中队长,只听得这个家伙"哎哟"一声倒在地上。

　　石原见中年人踢倒了伪军中队长,气得他唰地一下抽出半截军刀,骂道:"八格牙路,死了死了的!"他一边骂,一边朝中年人走过去。这时,人群中又一阵骚动,有人在骂:"小鬼子,你个王八蛋!"

　　石原向前走了几步,突然停下脚步,朝刚爬起来的伪军中队长说:"绑起来,让他说出粮食在哪里。"说着,又把军刀送入刀鞘。伪军中队长叫喊着把中年人绑在银杏树上,接着走过来朝中年人一阵暴打,逼问中年人村子里的粮食藏在哪里。中年人不回答,中队长对他又是一阵乱打,一直打得他昏死过去。

　　石原让日本兵把老百姓从人群中一个一个拉出来,逼着他们一个人带两个伪军回家取粮食。听话的带着伪军走了,不听的就挨打,有几个人被鬼子用刺刀捅死。寺庙前成了人间地狱。

李鲁带领小分队回到小南塘后，告诉张二喜鬼子开始"扫荡"了，建议村干部马上组织群众进山，并派本村的十几个战士回家动员家人和邻居们转移。村干部按照李鲁的意思，当晚就组织群众进山。帮助群众转移后，李鲁又带领小分队趁着夜色回到小南塘东面山上，他让战士们在半山腰的树林隐蔽休息。天亮后，他和王正来到一块大岩石下，趴在石头旁观察小南塘村子里的动静。

当看到敌人在小南塘扑空向北走后，李鲁带领战士们快速跑回村里扑灭大火，放出警戒。他们一直忙到下午，还没来得及吃上一口饭。炊事员老秦烧了一锅热水，拿出一包煎饼，让大家先吃一点。李鲁正准备吃煎饼，忽听一声："报告队长，康平村来人了！"

李鲁出门一看，是一个战士领着桂兰和二刚子来了。三人一见面，桂兰就突突地说个不停，说敌人"扫荡"了，群众不愿意离开家，急得村干部难受，让她来找八路军，真是上天有眼，这不，还真找到了。

李鲁端给她一碗水，让她先喝口水再慢慢说。桂兰喝了一口水，稳了稳神，说："李同志，听说有好几百鬼子来了，康平村那个圩墙撑不了多长时间，你得去救救孟刚他们啊！"

李鲁说："好，你别着急。你是什么时候离开康平村的？敌人是从北面来的吗？"

桂兰说："我和二刚子是过晌午出来的，孟支书说敌人是从王家庄那边过来的。"

李鲁说："桂兰同志，你和二刚子直接去山里找孟大娘吧，我们现在就去增援孟刚。"

桂兰说："李同志，我不放心孟刚，还得赶回村里，你们就先走吧！"

李鲁拍了一下二刚子，说："二刚子，你陪桂兰姐回去，等敌人走了你们再进村，记住啊！"

李鲁顾不得吃饭，拿起一张煎饼就出门来集合队伍。他简单作了战前动员，就带领小分队紧急赶往康平村。他心里明白，康平村圩墙对付一般土匪是可以的，但遇上刚开始大"扫荡"求胜心切的日伪军，这个寨子很容易被攻破，看来康平村是凶多吉少了。他边走边对王正和刘子文说出解围的想法："康平村西头有条从南向北流的小河，越往北河床越低，到了康平村的北头就是一人多深的沟了。为了不被敌人发现，我们直插王家庄和康平村的中间，从那里下到沟底，然后再折回向康平村走，在接近康平村时爬上沟来打敌人的尾部，引敌人回头救援。"王正和刘子文认为这是个好办法，他俩建议快打快撤，只要吸引了敌人回头，就给民兵撤出争取了时间。

战士们一路小跑，夜幕降临时赶到了康平村北面的河沟旁。大家跳到沟里，沿沟底逆流而上。沟底的水冰凉刺骨，一段深一段浅，越向前走河床越高。李鲁估计快到康平村北圩墙附近了。他探出头向前方观察了一会儿，看到左前方二百多米处就是康平村的北寨门，门外燃起一堆柴火，火光照得上空一片通红。几十个日伪军正在火堆周围休息，有的在吸烟，有的在吃东西，还有几个坐在木箱子上说着什么。寨门口还不时有人进出，十几辆大车歪七扭八地摆在寨门外的路边。

李鲁对身边的王正说："正前方这十几辆骡马大车看来是敌人抢来的，大车旁边有老百姓，一会儿打起来别伤着他们。北门外有四五十个敌人吧，好像没有警戒。"

王正说："大车上好像有敌人的辎重，打响后咱们夺点弹药吧？"

李鲁又把刘子文和孙成叫到身旁，用手指了指圩墙，说："我们要贴着圩墙接近北门，靠近了再打。王正带一班在左，如果能抢点弹药最好，来不及就算了。二班跟着我在右，孙成带机枪在中间掩护。记住，一定要快打快撤，打完撤向这个圩墙拐角，这边河水浅。"李鲁说完，挥了一下驳壳枪，"上！"

战士们一个接一个爬到岸上，弓着腰快速斜插向圩墙。李鲁和战士们贴着墙根向北门快速靠近，在距离北门七八十米的地方，他挥手示意大家成战斗队形展开。

"打！"李鲁振臂高喊。"啪啪啪……""嗒嗒嗒……"机枪、步枪一齐射向敌人。顷刻间，敌人倒下一片。待反应过来后，有的趴在地上还击，有的逃往寨门里面。跑在前面的战士扔出几颗手榴弹，炸得敌人又死伤了几个，火堆也给炸灭了。枪声和爆炸声吓坏了路边的车夫，受惊的骡子拉着大车乱蹿。

王正带领一班冲到路边，边向寨门口的敌人射击，边朝车夫高喊："乡亲们，赶上车快跑啊！"车夫听到有人让他们快跑，急忙拽着自己的牲口寻路逃跑。

王正见一辆大车陷进路边的地里，车夫正拽着马缰绳着急，他问："车上装的什么？"车夫说："是枪子。"王正明白这是弹药，心中大喜，他朝身边的战士喊道："一二组扛上弹药撤退，三四组跟我一起往前打。"几个战士跑过去，扛上弹药箱撤向小河边，王正带领其他战士继续向北寨门进攻。车夫见车上东西少了，拽起缰绳就拉车跑了。

王正在黑暗中被地上一个布袋样的东西绊倒，他感觉这个东西里面装有铁家伙，拉到身边用手一摸，感觉像是炮弹，便顺手背在肩上。

北寨门激烈的枪声引起了寨子里敌人的惊慌，他们害怕退路被切断，急忙返回来增援。宫本刚才在北寨门外休息，枪声一响，他就跑进寨门躲了起来。这会儿，他见自己人回来不少，便组织火力向寨门外射击。

敌人凭借门口的防御墙向外射击，轻重机枪乱叫，手榴弹也一连串地投出来，火力十分猛烈。宫本明白袭击他们的是康平村以外的人，这些人使用了机枪，不是八路军就是县大队。所以他不敢贸然出击，只是趴在寨门口胡乱射击。

李鲁见北寨门火力猛烈，知道这是敌人增加了兵力，便命令撤退。战士们沿着圩墙向西撤退到敌人机枪射击的死角，很快便摆脱了敌人。李鲁带领小分队撤过小河，绕过西寨门，又迂回到南寨门附近，正好遇到在这里接应民兵撤退的孟支书和孟刚的父亲孟大爷。

李鲁简单说了说刚才在北门袭击敌人的情况，问民兵撤出来了没。孟支书见八路军来了，十分激动，他握住李鲁的手说："刚才北门枪声紧，有十几个民兵趁机撤出来，但是还有一百多个群众和几个民兵没撤出来。"

孟大爷说孟刚负伤了，李鲁急忙问伤得怎么样。孟大爷说，伤的是胳膊，已经抬到南山里了。李鲁握住孟大爷的手，让他别难过。

李鲁与孟支书一起分析寨子里的情况。孟支书说，刚才跑出来的民兵见敌人已经把老百姓赶到庙前场子上了，在场子上架起了机枪，还点了一堆火，正在逼老百姓回家扛粮食。

李鲁听说还有这么多群众没出来，心里很着急。他明白，如果这时候再进寨子犹如赴汤蹈火，很可能进去就回不来了。但是八路军不能扔下群众不管，他想了想，决定亲自带二班进去，让王正带领一班在外配合。

李鲁把王正和刘子文叫到面前，说出自己的想法。王正一听，表示"要进寨子，也应该我去"。李鲁说："王正，你不要争了，我熟悉寨子里的道路，你在外面佯攻，我们进去后快打快撤，争取成功。万一我们都回不来，你千万不要蛮干，先带着战士们进山，然后再找大队去。"

刘子文说："那就不要争了，我随李队长进去，在营救群众的同时也选好撤退的路线，争取都活着回来。"

李鲁说："好，就这样！我去找个带路的民兵。"说着，他便朝孟支书走去。李鲁问孟支书这附近哪一段的圩墙最矮，孟支书说东南角孟老四家最矮。李鲁说出了他的想法，前一阵他在这里养伤时，听孟刚说有的地方圩墙比较矮，能爬上去。现在，他想从这个最矮的地方翻墙进去，给村子里的敌人来个"猛虎掏心"。孟支书一听李鲁要带人翻墙进村解救群众，连声说："你们也要小心啊！如果能摸到庙前打几枪，让群众跑散，你们就赶快出来。"他马上喊来柱子，让柱子带路从孟老四家翻墙进入寨子。

李鲁对王正说了声："我们走了！"

王正抓住李鲁的手说："你一定小心啊！快去快回！"

李鲁说："放心吧！我们是偷袭，我会灵活掌握的。"说着，他跟随柱子向东走去。借着夜幕掩护，他们很快就到了东南角一户人家的墙外。柱子说："这是最矮的一段圩墙了，本来打算过几天再帮他家加高一截的，今儿倒是给咱们用上了。"

李鲁看了看，圩墙有三四米高，他对柱子说："我们搭人梯上去？"

柱子说："不用。我先爬上去，等我扔下绳子，你们再上！"只见柱子来到墙下面，像壁虎一样手抓脚蹬，几下就爬到墙顶了。不一会儿他从墙上扔下一条绳子，招呼下面的战士们向上爬。

李鲁抓住绳子，第一个爬上来。他看了看，这是个小院子，院子的主人已经离开了，大门和屋门紧闭。他问柱子有没有梯子，柱子摆了摆手，小声说没有，只有一根井绳，是从井下提水用的，家家户户都有。李鲁发现院子里的地面比墙外高出不少，在院子里看这堵墙也就一人高。不一会儿，战士们接连爬上来，隐蔽在院子的大门两侧。李鲁对刘子文说："你带一个战士留下接应我们，一会儿把这堵墙拆个豁口，等我们回来时好从这里跳下去。"

"是，你们快去快回啊！"刘子文答应一声。

李鲁让柱子带路，直接向寺庙摸去。寺庙在寨子的东南角，离圩墙二百多米，中间隔着四五户人家。从孟老四家出来是一条东西向的小胡同，胡同口正对着寺庙的东墙。柱子带领李鲁他们很快来到了寺庙东墙外。

李鲁熟悉这一片的地形，他在康平村养伤时来过这里，还跟着刘教导员在庙前的大场子上开过群众大会。他向张言交代，寺庙是一个独立的院落，东墙外有一条南北小路，北墙后也有一条东西小路，西墙外是贯通村子的南北大街，南面庙门前是一片二三亩地的大空地，与西面大街连着，形成一个东西长、南北窄的大场子。

李鲁对张言说："你带五个人到寺庙后面隐蔽，我带几个人从寺庙的东南墙角打出。我这边打响后，尽量迫使敌人向西退，你看到敌人向

143

西退时再冲过去，我们两边一齐把敌人赶往西边的胡同，好让群众逃散。我们速战速决，只要群众能跑散就撤回来。"

"是，保证完成任务！"张言带几个战士走了。李鲁带领柱子和几个战士贴着墙根摸到东南墙角，他探出头向庙前观察。只见场子上火堆烧得很旺，火光照亮了半个场子，二三十个日伪军把一群老百姓围在场子南头的墙下，一挺机枪架在火堆旁，枪口正对着人群。在人群和火堆之间的地上，十几个被杀害的群众横七竖八地躺着。火堆西边有几个伪军正在往口袋里倒腾粮食，已经有十几袋粮食堆在一旁，街里还不时有扛着粮食的伪军过来，看样子敌人把抢来的粮食在这里集中。寺庙前东边大树上捆着一个人，看上去已经被折磨得奄奄一息。西边树下站着一个日本军官，旁边还有一个伪军军官在向他说着什么。

突然，南门响起激烈的枪声，李鲁知道这是王正开始佯攻了。枪声让庙前的敌人顿时紧张起来。日本军官向前走了几步，向南门方向看了看，又转回来，突然叫喊几声，接着就有十几个日伪军向南跑去。

李鲁明白这是日本军官要他的人去南门增援，便回过头交代战士们："敌人走了一半，我们把剩下的赶到西边去，注意别伤着群众。"说完一挥手，"上！"

战士们迅速从东墙拐出来，一排齐射后又扔出几颗手榴弹，打得庙前的敌人乱成一团。李鲁一枪打掉敌人的机枪手，使地上的机枪成了哑巴，日本军官和伪军军官也中弹倒地，火堆被炸灭，寺庙前漆黑一片。

张言听到前面战斗打响了，急忙从寺庙的西北墙角冲出来。他早已看到街西边有一个石头碾盘，碾盘正好斜对着庙前的场子，便跑过去把机枪架在碾盘上等待敌人过来。

敌人反应过来以后，边还击边向西撤。正在这时，几个跑去增援南门的敌人也返回来了，他们和正在后退的日伪军合成一股，准备向李鲁这边反扑，枪声一下子紧起来。

张言见敌人已经退到街上，便下令开火。架在碾盘上的机枪一阵狂叫，前面的敌人接连倒下几个，后面的纷纷逃窜。

枪声和爆炸声吓得南墙下的老百姓不知所措，蹲在地上不敢动。两个战士跑过去高喊："乡亲们，快向东面跑啊！"听到有人喊，老百姓急忙站起来向东面跑去。

李鲁从东向西打，张言由北向南打，两边火力交叉，很快把敌人打散了，看看群众已经跑散，李鲁命令撤退。战士们捡起敌人的武器，沿原路撤回到胡同口。刘子文正在胡同口等候，见李鲁他们回来，便一起回到小院子。刘子文一边关门，一边指着墙上的一个豁口对李鲁说："从这里顺着木头滑下去！"

李鲁见东墙已经扒开一个豁口，两根木头斜立在豁口处，便让战士们顺着木头滑下去。不一会儿，战士们就都下到了墙外。李鲁低声命令："快，去南门！"战士们快速向南门跑去。路上，李鲁对柱子说："敌人走后，请民兵队把这家的墙重新垒上，并代我向这家的主人道歉！"

柱子说："放心吧，李队长，我一定办好这件事！"

王正按计划在南寨门组织佯攻。战斗打响前，他靠近南门观察一番，发现敌人在占领南门后戒备并不严，只是关闭了寨门，在寨门上面的垛口放了岗哨。

王正把战士们分成两组，一组沿路边的小水沟匍匐前进，在离寨门不远的地方停下，等待战斗打响；另一组由他带领悄悄摸到寨门口右侧的堰坝上隐蔽起来。当他估计李鲁已经进入村子时，他喊了一声"打！"，步枪、机枪一齐射向垛口，垛口上一下子就没了动静。隐蔽在路边水沟的几个战士趁机冲到门口，隔着寨门向里面投了几颗手榴弹。枪声和爆炸声响成一片，显得十分激烈。

村子里的敌人听到南寨门枪声激烈，急忙前来增援。到了南门口见寨门仍然关着，他们便爬上垛口还击，想凭借圩墙守住寨门。

王正见已经达到吸引敌人的目的，便让路边的战士撤回，只留下堰坝上的战士不断向寨门打枪，以吸引敌人的注意力。过了一会儿，村子里的枪声稀落了，他估计李鲁已经撤出战斗，便派人去东南角接应。果然，不大一会儿李鲁就带人回来了。王正见李鲁已经回来，就指挥机枪向寨门垛口一阵扫射，打得敌人躲到墙后面。趁这个机会，李鲁他们带领战士们快速撤离。

李鲁带领战士们很快与等在山口的孟支书会合。两人见面后，李鲁简单介绍了解救群众的情况。孟支书听后，说："谢谢同志们，你们打跑了庙前的敌人，老百姓就能想法跑出来，就是跑不出来，也能找地方躲躲。"

李鲁决定，小分队与孟支书带领的民兵一起进山。路上，李鲁问王正和刘子文伤亡情况怎么样。王正回答，一班没有伤亡。刘子文说，二班轻伤两个，一个伤了胳膊，另一个头部擦伤，两个人包扎后将随队转移。李鲁说，只好等天明后再找个地方安排养伤了。随后，王正和刘子文一起把这次解围战斗中缴获的武器说了一遍，两个班共缴获弹药五箱、轻机枪一挺、掷弹筒一具、炮弹五发、步枪十七支、手枪两支、军刀一把。李鲁听后，说："很好。这次战斗是我们第一次与日本鬼子交手，打死了几个鬼子，还缴获了这些武器，这对于增强战士们的信心很重要。我们要好好总结经验，也包括康平村的教训，把经验教训宣传出去，既鼓舞抗日队伍的士气，也教育群众对敌人不要抱有任何幻想。"王正认为李鲁说得很深刻，建议小分队突围后找个地方好好总结这一段的战斗经验教训，为下一步打游击打好思想基础。

他们走了一段路后，来到南山的一个岔路口。民兵队准备向南去找转移出来的乡亲。李鲁准备在附近找个地方宿营，天亮后派人侦察敌情，以便确定突围方向。他和孟支书话别后，便让小分队在山脚下的树林里宿营。

第十章

夜袭毛庄

第二天一早，刘子文带领两个战士去附近村子里筹集了一点干粮，战士们围在一起吃了早饭。趁吃饭的时间，李鲁与王正、刘子文一起商量小分队的去向。王正认为，去康平村解围，打死了二十多个日伪军，其中还有一个日军小队长，敌人必定要寻求报复。敌强我弱，应避敌锋芒，寻找敌人结合部的缝隙，跳出敌人的包围。刘子文认为，昨天在小南塘和康平村接触到的是两股敌人，在小南塘扑空又北去的这股敌人看来是要"扫荡"滋临公路以南的几个村子，因为他们除了找八路军，还要抢粮食。李鲁同意他俩的分析，他把李乡长传达的县委的通知精神说了一遍：敌人分两路向泗城东南的根据地"扫荡"，我们接触的这两股敌人可能属于东边这一路，而西边的这一路的敌人，我们还不清楚他们的"扫荡"路线；我们要尽快侦察清楚，然后再选定突围方向。他提出，小分队返回小南塘，因为敌人刚"扫荡"了小南塘，短时间内不会再来的，小南塘群众基础好，地形也便于出入，小分队去那里休整，同时派人出去侦察，摸清敌情。王正和刘子文认为李鲁说得有道理，同意李鲁的意见。于是，夜里小分队又回到了小南塘。

第二天一早，李鲁抽出四个同志化装外出侦察，一路由张言带人向东，收集东路两股敌人的情况；另一路由王正带人向西，侦察西路敌人的情况。

晚上，两路侦察人员先后带回侦察的敌情。张言说："占领康平村的这股敌人，第二天出了寨子后向南搜索前进，看样子想寻找我军作战。在搜索了几个山沟后，没有发现我们和民兵的踪影，只好收兵回到康平村。这股敌人在离开康平村时放火烧了寨子，屠杀了没跑出寨子的群众。尽管我们解围救出一部分群众，但一些老人和妇女、孩子没能跳墙出来，结果，天亮以后被敌人搜出来，惨遭杀害。据寨子里的人说，有一百七十多人遇难。"

李鲁听了，气得直咬牙。他说："日本鬼子惨无人道，他们对根据地实行'三光政策'。记住，康平村这个仇我们一定要报！"

张言又说："从小南塘北去的这一股敌人，又'扫荡'了郭家庄和附近的两个村子，他们在昨天下午与康平村出来的敌人合为一股，继续向东'扫荡'。另外，据东面罗家庄出来的群众说，还有一股敌人在泗城与东面平邑县交界的地方向南'扫荡'。"

李鲁听后说："张言，你们这次收获不小，附近敌人的动向弄清楚了，还发现了东边的敌情。这两天我一直在琢磨，我们接触到的这两股敌人，兵力加起来也就三四百人，如果只是这点人马，那宫本的东路军也太少了。这次弄清楚了，原来在东边还有一股敌人。"

张言说："我再去一趟东边，把这股敌人的'扫荡'路线弄清楚。"

李鲁摆了摆手，说："不用了，那股敌人肯定从东边的山口向南，对我们威胁不大。倒是要搞清楚康平村出来的这股敌人的动向，他们下一步要从哪个山口向南，这关乎我们的行动。"说完，他让张言先去吃饭。

半夜时，王正赶回来了，李鲁从伙房拿来饭菜，让王正边吃边谈侦察情况。王正说："西路是'皇协军'，他们分三支人马向南和东南'扫荡'，第一支在西边与曲阜县的日军接头；第二支在中间，由李子营亲自带领，直奔泗城南部山区；第三支向偏东南，看来是想与东路的敌人形成拉网的态势。"

王正在灯下用筷子比画着说："向东南来的这一支有三百多人，据说是一个团，他们可能到前面与东路的敌人会合。如果是这样，他们这两天就要经过毛庄。我们可以在他们过了毛庄以后向西转移，这样就到了敌人的后面。当然往西走可能还会遇上敌人，不过那就是沿途据点出来的小股敌人了。"

李鲁说："好啊！西路'皇协军'的情况也摸了个大概，这样我们就掌握了敌人'扫荡'的大致路线，为我们确定下一步的行动方向提供了依据。天不早了，你先回去歇一会儿，明天早上我们再商量吧！"

送走王正，李鲁在屋里静静思考，虽然已经是下半夜，但他一点睡意都没有。他在灯下看着地图，上面标着周围大大小小的村庄，这些村庄有自己熟悉的，更多的是自己不熟悉的。他用铅笔在地图上标出五个箭头，左边的三个标明是"皇协军"，右边的两个标明是日伪军，然后又在小南塘上面画了一个圈。他停了片刻，站起身来，用手指着地图上的滋临公路自言自语："宫本啊宫本，你也太没数了，在这东西九十多里长的战线上，你拼凑了一千多人就叫喊着拉网，我看你充其量是个选择性进攻，并且你行进的速度也快不了。我还真不能让你给吓唬住，要找机会揍你个小鬼子。"说完，他继续在地图上寻找目标，最后，把目光停在了地图左下角，在一个叫邱家寨的地方做了一个记号。他又反复察看了一会儿，然后走出屋子，来到院子里活动一下。这时，房东家的公鸡又叫了两声，李鲁这才注意到天快亮了，他掏出怀表看了看，自言自语地说："噢，五点多了！"

李鲁不想耽搁时间，马上让哨兵去叫王正和刘子文。不一会儿，他俩来了，李鲁指着地图上的几个箭头说："你俩看看，这是敌人'扫荡'的大体路线。从这上面看，敌人向南拉网，看样子是想在泗城东南与邹县的结合部会合。这几天敌人刚开始行动，就已经暴露出战线过长、首尾不能相顾的问题，这给我们留下了打出去的机会。"

王正和刘子文一齐点了点头。刘子文指着地图上的邱家寨问："你是不是想去这个地方？"

李鲁说："对，邱家寨地处泗城的西南角，是泗城、邹县、曲阜三个县交界的地方，也是敌人力量最薄弱的地方。我们去那里就到了敌人的背后，可以在宫本的后院放几把火，使敌人有'后顾之忧'，最好能迫使宫本撤回一部分兵力，如果能实现这个目标，就给主力部队减轻了压力。"

王正说："往西走是对的，一是西边的敌人是'皇协军'，战斗力比较弱，即便是与他们遭遇上也好对付；二是往西也能靠近我们大队，说不定大队也开始往回打了。"

李鲁见三个人想到一起了，便说等西边这股敌人过了毛庄，小分队就向邱家寨转移。转移的事定下以后，三个人都松了一口气。李鲁又把康平村民兵要求参军的事说了一遍，说这也是孟支书的意见，这十几个康平村保卫战的幸存者坚决要求参加八路军，要打鬼子报仇。王正和刘子文表示欢迎。三人商议决定新成立三班和四班，王正还是副分队长兼任一班班长，刘子文任二班班长，张言任三班班长，孙成任机枪班（四班）班长。正在这时，哨兵报告，乡政府的孟干事来了。

李鲁一听是孟干事来了，急忙出门迎接，刚出门就见孟干事和一个细高个儿的年轻人一起进了院子。大家一见面，孟干事就向李鲁介绍身后的年轻人，他说："这是桃山口的财粮委员侯成保同志，他有情况要向八路军报告，所以李乡长让我连夜领他来了。"李鲁让刘子文去伙房拿饭来，大家边吃边谈。

侯成保说："我有个弟弟叫侯二保，在城里'治安军'当班长，昨天晚上回家看老娘，后来到我院子里跟我见了一面。我见他比上次见面时瘦多了，就问他是生病了吗。二保说，这次扫荡吃够了'皇协军'的窝囊气，第一天因为争灶做饭就让'皇协军'的排长打了一顿，他们班还被罚扛了一天的弹药箱，明明有大车，可偏让他们扛着弹药箱走了一天。这几天他又经常饿肚子，所以瘦了。他说不想干了，想找个机会离开'治安军'。"

"当时我一听，心里很不是滋味，就对他说你当兵是为了家里不再吃侯棋盘的气，如今侯棋盘老实了，那就别在外面受气了，你回来还可以在村子里干点事。"侯成保很自信地说。接着，他又说："二保说，他当过'治安军'，八路军能原谅他吗？我说，应该没什么事，刘家庄的刘再银自己带了一支枪投诚，八路军还开大会表扬他呢！"

侯成保看了看李鲁，接着说："李队长，二保说，要是这样，他倒是能多带几支枪。"李鲁点了点头，示意他继续说。

侯成保又说："我让他先回去，第二天晚上再回来听我的回信儿。这不，我接着去马家沟找李乡长，然后就跟着孟干事来这里了。"侯成保一口气说完，两眼望着李鲁的脸，等待答复。

李鲁说："成保同志，二保想投诚是件好事，我们欢迎啊！如何促成这件事，要好好谋划一下。这样吧，你俩跑了一夜，先吃饭，休息一会儿，我马上和同志们商量个办法。"

李鲁招呼王正和刘子文一起来到院子里，让刘子文去接康平村的民兵过来，然后又找来张言和孙成宣布任命，随后召开会议研究侯成保带来的情况，他想到的是怎样利用这股敌人现有的矛盾。王正认为，接应侯二保投诚不是难事，利用敌人内部的矛盾打击这股敌人有难度，因为敌人比我们多好几倍，要摸清敌情再说。张言认为，先争取侯二保投诚，再让他做内应，这样再打击敌人，能吃掉多少就吃掉多少，尽快撤出战斗。最后，三个人一致认为，争取侯二保多带人过来投诚是首要的，其次是利用矛盾打击"皇协军"。

李鲁决定，由王正在家负责各班人员调整，并做好战斗准备，他和张言明晚去见侯二保，摸清敌情再做决定。他回到屋里交代侯成保一会儿就回去，明天晚上八点带二保在桃山口村东口见面，以猫叫两声为联络暗号。送走侯成保后，李鲁又对孟干事说："我想请您给李乡长报告一下，让毛庄的民兵配合一下我们的行动。"

孟干事问需要多少人，李鲁说十个人就行，明天下午三点来小南塘找他。孟干事说，他马上回去报告李乡长，一定按时派人来。

第二天晚上，李鲁和张言早早地来到桃山口东面的空地上。这里曾经是小分队与"治安军"激战的战场，如今地面上已经堆起一堆堆粪肥，回到庄稼人手里的土地转过年就要耕种了。

随着一叫一答的两声猫叫，侯成保带着弟弟侯二保过来了。四个人一见面，李鲁紧紧握住二保的手说："怎么样，二保兄弟，你想好了吗？"

侯二保赶忙说："想好了，想好了。李大哥，我哥都给我说了，只要八路军不嫌弃我，我一定多带几个兄弟过来。"

李鲁让二保说说他们那边的情况。二保说，他所在的这一支"皇协军"有三百多人，加上二十个"治安军"和抓来的车夫、挑夫，有四百人。团长姓夏，今晚住丘山，明天可能到达毛庄。

李鲁问这伙人的武器配备怎样。二保说，有几挺轻机枪，步枪都是杂牌的，没有重武器。李鲁问有多少弟兄愿意反正。二保说："我们二十个'治安军'的头儿叫王玉五，他原来是中队长，前几天白五把他降为中队副，他也是苦出身，为了吃口饭才干的'治安军'。这次'皇协军'把我们二十个人放在前面开道，还打骂我们，王玉五也是一肚子气，我和弟兄们天天跟他诉苦发牢骚，弄得他两头受气。今天在行军路上，我给他说，前面就是八路军的地盘了，如果碰上八路军，我们在最前面只有送死的份，'皇协军'是不会救我们的。我给他摊牌说，不想干了，想回家。他说，你们村已经让八路军占领了，你回去不是送死吗？我说，我哥哥是村干部，八路军不会难为我，听我哥哥说有个叫刘再银的带一支枪投诚，八路军还开会欢迎他所以我不怕。他听了之后说，要这样，比在这里强多了。我下午向他请假回家。他让我回家再打听打听。我答应他明天早上回去给他说说。"

李鲁听完之后说："二保，你最好今晚就赶回去，向王玉五说明，今天回到家正好在村里遇见八路军的李鲁，经你哥哥介绍与李鲁拉了一会儿，李鲁欢迎'治安军'的弟兄们弃暗投明，如果有诚意，八路军可以前来协助。"

侯二保说："行，我一会儿就赶回去。"

李鲁说："先不忙，我还有事与你商量。"二保一听还有事，马上很认真地说："你说吧，李队长，我听着！"

李鲁交代二保："回去后，一是做好王玉五的策反，如果策反成功就和王玉五一起投诚；如果策反不成功，就让你的人做好准备，到时候八路军会前去接应你们。二是掌握敌人宿营分布情况，岗哨情况和口令。""明白吗？"李鲁在黑暗中看着二保的脸问。

"明白。"二保答道。

"好，二保，明天晚上九点在毛庄东头小河边见面，联络暗号是我学猫叫两声，你回答一声。"二保和他哥哥起身走了，李鲁和张言也返回小南塘。

李鲁回到驻地，马上召开战前会议。李鲁说："侯二保投诚已定，王玉五还在两可之间。明天晚上侯二保所在的'皇协军'要宿营毛庄，我们前去接应侯二保，到时随机应变。如果侯二保策反成功，那就让侯二保和王玉五一起做内应，我们偷袭敌人；如果策反不成功，我们就接应侯二保和他带的人回来。"听说侯二保能带人在战场投诚，大家很高兴，都希望侯二保把王玉五也策反成功，与小分队里应外合打个夜袭战。

会议确定一个接应方案和一个预备方案。接应方案是，由李鲁带领三班明天晚上九点前到达毛庄东头，接应侯二保；刘子文带领二班掩护，王正带领一班、四班和毛庄的民兵在村子东头山坡上待命。预备方案是，如果侯二保争取王玉五反正成功，李鲁与二人接头后，根据掌握的敌情决定小分队全体投入战斗，偷袭毛庄之敌。

第二天晚上，小分队和毛庄的十个民兵悄悄来到毛庄东面的山坡上。毛庄的民兵队长娄祥玉给李鲁介绍当地的情况，说："毛庄地处两山之间，庄东头有一条不大不小的河，河上没有桥，只有一溜大石头供来往的行人踩着过河，一会儿我们也要踩石头过去。"李鲁问庄里坚壁清野做得怎么样了。娄祥玉说，庄里早就做反"扫荡"的准备，该埋的埋，该藏的藏，昨天又把群众转移到山里，现在庄里是空的。

李鲁掏出怀表看了看时间，说："我们下去吧。"娄祥玉在前面带路，李鲁和张言带领三班在前，刘子文带领二班紧随其后，不一会儿就来到小河边。

张言弓着腰向河边走了几步，蹲下学了两声猫叫，对面马上也跟着一声猫叫。张言低声问："是二保吗？"

"是我，我来了！"二保说着，向河边走来。李鲁与侯二保见面，问情况怎么样。侯二保说："昨天晚上我回来就找王玉五谈了，开始他还犹豫，担心这二十个弟兄们有的不愿意过去，一旦走漏风声那就糟了。我对他说不用担心，八路军会来接应我们，只要你同意，我就去给李队长送信儿。至于其他人，你也放心，我手下的人听我的，谁敢不从，我的人会收拾他。后来他就同意了，让我今天晚上过来接头，听八路军的安排。"

李鲁听说王玉五愿意投诚，马上派人回山坡叫王正带人过来。接着，他让侯二保说说今晚"皇协军"的宿营和岗哨情况。侯二保说，大队人马分散在庄西头十几户农民家里，是两个营的架子，可加起来才有二百三十多人。团部住在庄里的学校，里面有两排房子，住了五六十人，后面住了一个警卫班。庄子东头和北头是"治安军"站岗，西头和南头是"皇协军"站岗，流动哨由王玉五安排，今晚的口令是"老鹰"，回答"山羊"。

李鲁说："二保，这些情况很重要，我准备让王玉五做内应，一会儿偷袭毛庄的'皇协军'。你回去告诉王玉五，零点整八路军悄悄进庄，干掉岗哨，解决学校里面的敌人。在此之前，让王玉五派两人在庄东头等候带路，到时候你们的人出庄到北山坡隐蔽，等战斗结束再集合。一会儿接头暗号还是两声猫叫。"

侯二保走后，李鲁向四个班长下达命令：一、三班为主攻，带两挺机枪从庄东头进去直奔学校，打掉敌人的团部，争取全歼学校里的敌人；二班到庄北头接应；四班进入街里，封锁西头通往学校的路口，掩护一、三班攻击。娄队长带领的十个民兵，分头跟随抬伤员、打扫战场。零点前各班按计划做好准备。李鲁要求各个班长要速战速决，如敌人向西或者向南逃跑，可追击一二百米，然后快速撤出。

看看已经快接近零点，李鲁带领一、三班摸到庄东头。张言模仿一声猫叫，村口也回应一声猫叫。李鲁上前与二保和王玉五见面。李鲁抓住王玉五的手说："玉五，听说你也是苦出身，咱八路军是穷苦人的队伍，你投诚过来，我们就是兄弟了，我欢迎你啊！"

李鲁这几句话感动了王玉五，他抓住李鲁的手激动地说："没想到李队长对我这么好，把我当兄弟，就凭这个，我王玉五一百个愿意跟着你干。"

李鲁说："好，以后我们就一起打鬼子，为穷苦人打天下。"

王玉五说："我听你的！"

李鲁说："玉五，你派两个向导吧！"

王玉五说："已经安排了，一个叫孟三的带路去北头，这边就由我来带路。"

李鲁说："再找个可靠的人把其他弟兄带到北山坡吧！"

"叫侯二保去行吗？"王玉五问道。

李鲁说："好，二保去合适。现在就请你带路，我们直接袭击学校！"

"是，跟我走！"王玉五转身进了村子。王玉五带着李鲁他们沿街向庄里走了二百多米来到学校附近。王玉五摆手示意大家停下，他只带张言和另两个战士走上前。忽然，学校门口传来一声："口令？"

"老鹰！"王玉五答道。对方回答："山羊！"

"干哈？"对面问。

"流动哨！"王玉五边回答边向前走，张言几个紧跟在他后面。

"是王队副啊，我当是谁呢！"哨兵认识王玉五。

"噢，是张班长啊，轮到你站岗啊！来，抽一支。"王玉五掏出纸烟来，递给哨兵一支。接着，王玉五把火柴送到哨兵脸前，刺啦一声，火苗燃起，照得哨兵眯上眼睛，低头点烟。张言趁机一刀捅过去，只听得"哎哟"一声，哨兵接着倒在地上。

"上！"李鲁在后面一挥驳壳枪，二十多个战士暴风一般冲进学校，一班在前院展开，三班冲向后排房子。一班的战士分头跑到各个屋门前，迅速踹开门板，大喝："都起来，快投降！"手电筒的光照得这些"皇协军"睁不开眼睛，他们被这突如其来的喊声吓得不知所措，乖乖地举起手来。三班冲到后排，也快速堵住几个门口。突然，子弹啪啪地从窗子里面射出来。

张言见已经被敌人发觉，便命令战士们强攻。只听得轰轰几声，手榴弹在屋子门口爆炸开来，接着是一阵喊叫声："别打啦！我投降！"随后，就有几个人举手出来。原来后排房子住的是几个军官，听到外面有声音，他们有的推开窗子跳窗逃跑，有的从窗子里向外打。战士们扔出的手榴弹炸死了几个敌人，没炸死的出来当了俘虏。张言把俘虏往前院集中，正在这时，庄西头又响起枪声。

"啪啪啪……啪啪啪……"住在庄西头的敌人向学校这边增援了。

"嗒嗒嗒……嗒嗒嗒……"孙成带领的队伍打响了机枪。

李鲁喊道："王正，把俘虏押往西屋，锁上门！机枪手，跟我来！"

李鲁带着两挺机枪来到孙成旁边，对两个机枪手说："你俩一边一个，压制敌人的火力。"

"是！"机枪手答道。两挺机枪一齐开火，一下子把敌人的火力压住了。孙成问："队长，能不能用掷弹筒打他一下？那边有挺机枪，我想把它弄过来！"

李鲁说："好，打他一炮，然后冲过去把敌人赶出去。"

轰的一声，炮弹在敌人阵地上爆炸了。顿时，敌人机枪停止了射击。"冲啊！"孙成带领战士们冲上去，三挺机枪一起狂叫，吓得对面的"皇协军"拔腿就跑。这时，庄北头负责掩护的二班也从庄外向西打过去。敌人一看庄里庄外都有八路军，急忙向后撤退。

李鲁带领战士们从庄里打出来，见敌人已经退出毛庄向西逃跑，就不再追击。战士们快速搜查了敌人的驻地，缴获了一批枪支弹药。李鲁对王正说："我们来不及带走俘虏，就关在屋里吧。"

王正对着屋门喊道："屋里的弟兄听着，八路军不杀你们，给你们留条活路，但是不许你们再当汉奸。如果当汉奸再被抓住，那就严惩不贷了。你们天明以后自己逃命去吧！"

王正命令战士们依次掩护撤出毛庄，来到北山坡上与侯二保他们会合。王正对侯二保带来的投诚人员做了政策说明，告诉他们有选择去留的自由。最后，有十六人愿意参加八路军，四人选择回家。

毛庄突袭战，战果颇丰：毙敌十几个，俘敌五十多人，缴获步枪五十多支、短枪九支、轻机枪一挺、战马两匹、弹药十几箱。战士们喜出望外，一边整理战利品，一边等待出发命令。

李鲁与王正分析，刚才打跑的这股敌人可能退往丘山，毛庄之战很快会被宫本知晓。这样的话，宫本很可能调整"扫荡"部署，如果小分队这时向西转移，路上可能会遭遇敌人的大队人马，不如先回到小南塘再说。李鲁把缴获的武器留给毛庄的民兵一部分，然后带领小分队回到了小南塘。

果然像李鲁分析的那样，毛庄之敌退向丘山。"皇协军"团长夏彪靠警卫兵拼死相救才逃出毛庄。他定了定神，听到枪声在向庄西头集中，知道这是八路军沿街向西打了。他担心八路军会包围在庄西头的一营和二营，于是马上命令身边的唐参谋去给熊营长和辛营长传达命令，让他们千万不要和八路军硬拼，抵抗一会儿就撤。他自己则带着十几个人仓皇逃往丘山。惊恐之余，他让副官吴庆派人收拢部队，到丘山集合。

第二天上午，残部在丘山集合，经过清点，还剩下一百多人。这令夏团长恐慌不已：怎么会丢掉这么多人？怎么给李师长交代啊？好在到了中午又陆续回来一些人，这些人多数没了武器，经询问，有一部分人当了俘虏被八路军遣散了，他们没地方去只好回来了。

夏团长亲自安慰跑回来的人说："回来就好，回来就好！咱们关外人没有家，跟着我就是家。不要怕丢了枪，咱再跟上边要就是了。"

副官吴庆说："剩余人中，轻重伤员十几人，枪支弹药损失近四成，征来的大车全部趁乱逃走。"

夏团长哀叹一声："我是过于相信这二十个治安军了，这帮'土老帽'出卖老子。"

他对副官说："你了解一下，八路军是哪一部分的，有多少人。"

"是。"吴副官答应一声，走了。过了一会儿，吴庆回来报告："问了问跑回来的俘虏，我们遇到的是八路军的正规部队，长官是个东北人，这一部有一百多人，一个连吧，火力配备比我们强。听一营熊营长说，八路军使用了迫击炮，还有好几挺机枪。"

夏团长叹了一口气，说："听说这一带有八路军，可没想到这倒霉事偏偏叫我碰上！"

"团座，我部减员这么多，又遇到强硬对手，您看咋办？"吴副官看着夏团长问。

"咋办？先在丘山休整几天，待报告师座后再定夺，你下午就去见师长。"夏团长对吴副官下了命令。吴庆顾不得吃饭，匆忙赶到城南，在师指挥部见到师长李子营，详细汇报了毛庄的情况。李子营听到丢了这么多枪支弹药，大骂夏团长无能："这个败家子，把老子的本钱都弄丢了，以后吃啥啊？"他让吴庆回去告诉夏团长，就在丘山待命，等宫本补充军需后再说。

李子营马上派参谋长叶子川去向宫本报告这边的情况。叶子川带人摸黑走了一夜，第二天上午才在大青山东北的一个村子里找到宫本。宫本听说"皇协军"在毛庄受到八路军的袭击，忙问："八路军有多少人？"叶子川回答，八路军有一个连。

宫本又问，毛庄遇袭已经过去三十多个小时，为什么才来报告？叶子川说："夏团长昨天早上才收拢队伍，又跑到城南向李师长报告，李师长听后马上命我前来向少佐报告，我赶了一夜的路才找到少佐。"

宫本边看地图边说："已经过去三十多个小时，八路军还在毛庄吗？"

叶子川赶紧指着地图说："少佐，八路军应该还在毛庄一带。你看，东西两个方向都是我们的人，北面的滋临公路有我们的据点，这三个方向他们都不可能去。唯一的去处就是向南跑，南边是八路军的根据地，他们只有向南跑。"

宫本连声说："吆西，吆西！八路向南正好钻进我们的网里。皇军正要寻找八路作战他们就来了。看来前几天在康平村打死石原小队长的就是他们了，我还以为是土八路，原来是八路正规部队，大大的好啊！"宫本又看了一会儿地图，随即命令：集中人马，向毛庄一带合围。东路小岛中队南出大青山由东向西出击，西路李子营部由西向东南迂回包围，中路由他带领大环小队和两个中队的"治安军"向南合围。

宫本对叶子川说："丘山的夏团长部战斗力太弱，让治安军白五大队长带两个中队去丘山增援皇协军。你告诉李师长，让夏团长好好听从白五大队长指挥。"

"是，少佐！我这就去传达您的命令。"叶子川心里一百个不痛快，但是，嘴上还是答应了。宫本叫来白五，让他再从附近据点抽调一部分"治安军"，凑够一百人，今天晚上去丘山，接替夏团长指挥，带领所部向毛庄进发。白五一听让他接替夏团长指挥，以为这是宫本对自己的重用，不再说什么，赶快组织人马出发。

宫本对大环说："准备今晚出发！"安排完这一切，宫本用手在地图上拍打着毛庄以南的地方，自言自语道："两天之内，八路的一个连，消灭在这里。"

李鲁想尽快弄清楚敌人的动向，回到小南塘后，紧接着就派王正和张言分头去侦察，王正去西边，主要搞清楚毛庄西逃之敌的动向。张言去东边，跟踪从康平村出来东去的这股敌人。

李鲁则利用等待侦察的间隙，抓紧调整人员，将毛庄投诚人员一部分编入四个班，新成立第五班，班长由一班副班长鲁刚担任。王玉五任一班副班长，侯二保任五班副班长。四班改为机炮班，两匹战马编入四班驮弹药，多余的枪支送给乡政府和张二喜的民兵队。张二喜见缴获的手枪不少，就向李鲁提出要一支手枪。李鲁让刘子文给他一支，这下可把二喜乐坏了。他爱不释手，枪套也不要，别在腰上，走起路来架势都和平时不一样了。

小分队抓紧对新入伍人员进行政治教育，提高战士们的思想觉悟。晚上，王正和张言一前一后回到驻地。王正说："我和小李上午十点到丘山南，见敌人在丘山收拢溃散的人员，看样子不会有行动。我们接着去了城南，在城南打听了一下，没有发现'皇协军'有大行动。我俩下午往回返，傍晚路过丘山又接近村子侦察，发现丘山之敌没有行动。"

张言接着说："从康平村东去的这股敌人，这几天一直在大青山北的罗家庄附近'扫荡'，看样子没有改变计划。"

李鲁听完情况，说："看来敌人暂时还没有调整部署，这可能与他们之间的通讯联络慢有关系。我们不能掉以轻心，明天还是要继续侦察，同时做好向西转移的准备。"第二天，侦察人员又早早出发。李鲁让各班在做好转移的同时，加紧军事训练。他把自己前一段编写的《步兵实战要领》抄写后发给各个班，班长按这个要领组织战士训练，让战士们掌握射击、枪刺、投弹、匍匐前进、掩护后退等要领。

中午吃饭时，张二喜来找李鲁，想请李鲁晚上给民兵讲讲游击战术，李鲁很痛快地答应了。二喜说："我下午要去一趟马家洼大舅家，看看老人家，鬼子大'扫荡'后，娘不放心大舅那边，老催着我去。今天我快去快回，晚上还要听你给我们讲课。"

李鲁说："快去快回吧！这两天敌情可能有变化，要准备组织群众转移。"

傍晚，去丘山方向侦察的王正回来了。他观察到丘山的"皇协军"没有行动，听老百姓说，丘山的"皇协军"又抓来几辆马车，还运来一些物资。王正认为他们是在等待行动命令。

李鲁说："看来丘山之敌是在等待补充，同时等友军一起行动。"

王正说："这股敌人比较弱，被我们打怕了。等他们离开丘山后，我们可以在其背后去城西南。"

李鲁点点头，说："只要这股敌人过了毛庄，我们就快速绕到敌人背后，但是现在还不清楚敌人是否有整体调动，等张言回来再说。"晚上张言也从罗家庄返回了。他说：那一股敌人今天没出罗家庄，这不正常，有可能是在为夜间的行动做准备。李鲁同意这个分析，随即命令各班做好出发准备。

再说二喜，他提上鸡蛋和花生到来舅舅家，看到大舅挺好，就想天黑前赶回家。没想到，表兄弟们听说二喜来了，都过来找他拉呱。他们听说二喜跟八路军一起三打桃山口，八路军首长表扬了他们还给他们发了枪，都把二喜当成英雄。舅舅听了也很高兴，夸奖外甥好样的，非留下他吃了饭再走。

二喜与表兄弟们拉得很投机，也想趁机向他们宣传抗日的道理，就决定留下吃完饭再走。二喜说到高兴处，从怀里掏出手枪让大家开开眼。兄弟们都争着看这个铁家伙。二喜把子弹退出，让他们轮着握了握枪柄，最后二喜装上子弹别在腰上，要告辞回家。舅舅和表哥都说住一宿明天再走，二喜拍了拍别在腰上的盒子枪说："没事，我走啦！"

二喜出了马家洼，往小南塘走去。这时已经是晚上七点多了，他想到晚上要请李鲁给民兵讲课的事，心里着急，不由得加快了脚步。

深秋的夜晚，冷风飕飕。二喜抬头看看天上，半拉残月挂在西山上，田野里一声猫头鹰叫，瘆得二喜头皮发麻。他自言自语道："他娘的，还真瘆人来！"他掏出手枪把子弹推上膛，提在手中，给自己壮壮胆子。来到三岔路口，往南再走三里就到家了，二喜不由得放慢了脚步。他想撒泡尿，刚停下来就听得东面路上有杂乱的脚步声。他急忙趴下，把头贴在地上，屏住呼吸听动静。他听得东面脚步声越来越近，杂乱的脚步声还夹杂着牲口蹄子声，嘟囔道："不好，是敌人来了。"

二喜急忙跳起身来，大步朝小南塘跑去。二喜气喘吁吁地跑到村子北口，喊道："二狗子，二狗子！快敲锣，敌人来啦！"二喜知道今晚在村子北口站岗的是二狗子。

"咣咣，咣咣！"锣声响彻在小南塘上空。老百姓听到这个报警信号，急忙走出家门。不一会儿，人们扶老携幼，匆匆忙忙来到街上，向南山跑去。

李鲁听到锣声，急忙喊了一声："紧急集合！"张言跑到李鲁面前说："东面的敌人不会这么快啊，看来是另一股敌人。"

李鲁说："有可能，你先赶到村子北头看看！"这时，街上的流动哨兵跑来报告："张二喜发现北面来了敌人。"

"有多少敌人？"李鲁问。

"不清楚，二班班长正在赶往庄北口。"哨兵答道。

李鲁带领小分队来到街上，正好见到张二喜。他气喘吁吁地说："敌人从北面来了，人不少，好像是大队伍，离这里还有一里地。"

李鲁听后，问二喜："群众转移需要多长时间？"

二喜说："怎么也要一个小时。"

李鲁对王正说："我带二、三、四、五班到村子北头阻击敌人，争取一个小时的时间。你带领一班协助二喜抓紧转移群众。待群众出庄后，你从村子东面吸引一下敌人，我这边快速撤退。我估计敌人在夜间不会攻击太猛，所以坚持一个小时问题不大。记住，千万不要恋战，争取我们一起撤出。"

王正说："我明白，你这边可以边打边撤向村子里，以院墙为依托，我一会儿就回来支援你。"说罢，他们分头行动。

李鲁带领四十多人跑到村子北头，看到刘子文已经带领流动哨兵摆开阻击架势。刘子文见李鲁来了，忙回过头来报告："李队长，敌人从正面过来，距离这里不到三百米了，听动静人不少。"

"我们要阻击一个小时，然后撤出战斗。"李鲁低声对刘子文说。这时，北面路上声音越来越近，敌人离这里已经不远了。

李鲁让刘子文带一个战士到前面设置拌雷，又让二、三、四班在前面，五班在村口，让孙成将三挺机枪摆在路上，另一挺机枪架在村口的墙上形成梯次火力。这边刚布置妥当，那边敌人的声音也越来越大了。

"轰隆，轰隆！"随着两声巨响，那边传来哭爹喊娘的声音。挨炸的正是白五的人，在前边开道的赵二中队长的部下。白五下午离开罗家庄，纠集了林桥和李家寨的四十多个"治安军"，加上身边的两个中队，好歹凑够了一百人，便急匆匆赶往丘山。

这次大"扫荡"，从一开始白五就憋着一肚子气。他对"皇协军"以道路不熟为借口跟他要人这件事耿耿于怀，因为这事弄得他在部下面前很没面子。部下发牢骚："皇协军本来就是'二鬼子'，现在我们成了'三孙子'。"这次宫本授予他指挥权，不管指挥得动还是指挥不动，反正是找回了面子，也让他杀杀"皇协军"的威风。白五害怕走夜路，但是没办法，因为宫本命令要夜间行动。他让赵二在前面带路，尽量走"扫荡"过的路线，这样安全些。

赵二带着他的中队在前面开路，刚才听到小南塘锣响，他急忙请示白五是否改道走。白五不同意改道，他说，敲锣是村子里老百姓在报信儿出逃，不会有八路军，下午出发时宫本还说八路军在毛庄以南。他让赵二不要怕，继续前进。

赵二带着他的中队小心翼翼地向前走去，结果碰上了拌雷。他顾不得手下死伤，撒腿就往回跑。白五见赵二跑回来，忙问炸死几个。赵二回答，炸死、炸伤五六个。

白五吓得不敢再前进，他问身边的几个中队长，像这样的爆炸，是不是"土八路干"的。有个中队长说，这是成捆的手榴弹爆炸，不像是"土八路"，八成是八路军干的。白五想了想，说："我本来是去上任，可偏偏在这里遇上八路军，看来这是上天给我立功的机会，该我露一手了。"说罢，他派传令兵飞奔去报告宫本，命令各中队成扇形向前包围过去。他交代下去，只许打枪，不许前进，守住阵地，等宫本大队人马到来。

第十一章
成功突围

　　李鲁见爆炸后敌人没有进攻反而退回去了，他估计是敌人害怕，退回去等援军或者等天亮后再进攻。他命令战士们就地待命，随后叫来张言，指着对面的敌人说："这股敌人好像是伪军，战斗力不强，现在好像在等待援军。这么办，你先派一个战士去找王正，让他们抓紧疏散群众，过一会儿到这里来集合。再就是我这边吸引一下敌人，你带人绕到他们侧面，抓个舌头带回来问问情况。"张言安排一个战士去通知王正，接着就带两个战士转身消失在黑夜中。

　　李鲁命令刘子文带领二、三班佯攻。霎时，步枪、机枪一阵射击，很快吸引了对面敌人的火力，枪声激烈起来。不一会儿，张言胳膊下夹着一个人回来了，他一边扯下这个人嘴里塞的毛巾，一边说："绕了个大圈子，在敌人阵地后面捉到的。"

　　李鲁用手电筒照了照这个人的脸，见是个年轻人，便问他叫什么名字，是哪一部分的。这个人跪在地上不住地磕头，一边磕头一边说："我叫张五子，是'治安军'李家寨据点的一个班长。您行行好，别杀我，叫我干什么都行！"

　　李鲁说："既然是李家寨据点的，那你认识张世祥吧？"

　　"认识，认识。他是中队长，前几天走了。"张五子哆哆嗦嗦地说。

　　李鲁说："张世祥也曾被我们抓住过，他对我们说了实话，表示不再当汉奸，我们就放了他。我说这个，你明白吗？"

"我明白，明白。八路大哥要问什么，我知道的都说出来。"张五子赶忙说。

李鲁说："你老实说，你们有多少人？头儿是谁？今晚的行动目的是什么？"

张五子定了定神，便把中队长传达给他的话重复了一遍。他说，宫本命令白五去丘山当"皇协军"的指挥官，今天下午白五匆匆忙忙从李家寨和林桥据点抽调人马，凑了一百多人，天明前要赶到丘山，带领那里的"皇协军"合围毛庄。没想到在这里遇到八路军，他在等待宫本的大队人马。

李鲁听完张五子的话，示意张言先把张五子带到一边看管起来，然后把几个班长叫到跟前，向他们通报敌情。正说着王正也赶来了，李鲁问："群众转移得怎么样了？"

王正说："走得差不多了，二喜他们正在收尾。"

李鲁分析了眼前的敌情："我们处在三面包围的境地，北面是一百多名'治安军'，东面是即将到来的宫本，西面十几里地是丘山的'皇协军'，只有南面暂时没有敌人。可是，如果往南走，就会钻进敌人的大网，并且西南方向还有李子营的两路人马，他们的具体位置还不清楚，所以，南面不能去。"几个班长听后也感到事态严重，有的说"我们和对面这股敌人拼了，然后打过公路"；有的说"往南走，遇到敌人再说"。

王正说："不能与对面的敌人硬拼，这样会甩不掉敌人，陷入敌人的包围。"

李鲁说："南面也不能去。"

"那怎么办？"几个班长着急地问。

李鲁说："现在我们只有向西突围，才能摆脱敌人的包围。"他停了停，说："我有一个大胆的想法，今晚我们直插丘山，如果能绕过去更好，绕不过去就利用刚才抓到的张五子，冒充'治安军'诈开敌人的路卡，如果被敌人发觉就打过去。"

王正说："这个办法行，就是不知道敌人把路卡设在哪个位置。如果是设在丘山东头的山口，那就只有闯路卡了。"

李鲁说："这个等摸到丘山跟前再说，但是不管路卡设在哪里，我们都要在零点前赶到丘山，趁敌人困乏时闯过去。就这样定了，二班掩护，其他各班撤退，向丘山进军。二班一会儿也撤出阵地。"

李鲁让张言带上张五子一起走。不一会儿，战士们来到村子南头，李鲁见张二喜带领民兵在村头等候，就走上前说："二喜，群众都转移出去吗？"

张二喜说："都进山了，我们正准备回村接应你呢！"

李鲁说："很好，二喜，我们边走边说吧！"他拍着张二喜的肩膀说："二喜，现在群众已经进山，北面这股敌人估计天亮之前不会进村子，他们在等待援军。这样，我们尽快撤离，摆脱敌人的包围。你们民兵也要到山里隐蔽起来，我们就此分别吧！""哥，盼你们早点回来啊！"张二喜拉着李鲁的手，依依不舍地说。

李鲁告别张二喜，带着小分队一路急行军，在半夜时分接近丘山东山口。只见不远处一个小火堆闪烁着亮光，两个背着步枪的人影在火堆旁来回晃动，李鲁让队伍停下来。他回头对战士们说："前面就是'皇协军'的路卡，我们不能绕道走了，只能想法干掉敌人的路卡，大家做好战斗准备，听从命令。"略一沉吟，他又小声说："如果一会儿打散了，大家就去孙村南面的刘家寨会合。"说完，李鲁叫来张言，对他说："让张五子在前面，你们班跟在后面，接近'皇协军'路卡时，就说是'治安军'白五大队长派来送信的，然后干掉路卡上的敌人。"

张言转身对张五子说："你小子老实点，到前边按我说的办，这也是你立功的机会。"

"是、是，我一定照办。"张五子满口答应。

张言带着张五子向前走去。

"谁？什么人？"前面响起东北口音。

"前面的兄弟，别开枪。是自己人，是我，我是'治安军'白五大队长派来送信的。"张五子大声回答。

"什么治安军，黑灯瞎火的，这时候来干哈？"路卡上另一个人嘟囔着问。

张言一挥手，后面的战士加快脚步。张言说："奉我们白大队长的命令，前来给夏团长送信。"

"啥，给谁送信？"一个好像刚睡醒的人问。

"报告排长，治安军白大队长派人给夏团长送信来了。"站在前边的一个人说。

"噢，是治安军的人啊！连长有交代，今夜可能有治安军的人来丘山。说曹操，曹操就到。听说白五要来指挥我们了，这是叶参谋长说的，气死团座了。"排长边说边走到前面来。

"喂！你们从哪旮瘩来？"排长朝张五子问。

张五子问："什么，什么是旮瘩？"

张言急忙说："就是从哪里来的！"

"噢噢，是从李家寨据点来的！你看看，这是我们白大队长写的信。"张五子说着，从怀里掏出一个黑乎乎的东西在手里晃了晃，快步向前走着。

"拿过来，我先看看。"排长等待张五子拿信过去。张五子继续向前走，身后一拉溜四五个人紧跟着过来。在离路卡五六米的地方，几个黑影从张五子背后杀出，只听得"哎哟、哎哟"两声，排长和前面的那个"皇协军"便被放倒在地。后面的那个"皇协军"一看这阵势，吓得丢下枪，撒腿就跑，战士小李冲上去，飞起一脚把他踹倒，让他来了一个"狗吃屎"。

这时，李鲁和战士们也跑步到了路卡，李鲁对刚抓到的俘虏说："你不要怕，我们不杀你，但是你要说实话。"

这个俘虏说：“是、是，我说，长官要我说啥我都说。”

李鲁问：“前面还有路卡或者岗哨吗？”

“路卡没有了，在村子西头有一个岗哨。”俘虏说。

李鲁说：“是在路上还是在村头上？几个人？”

俘虏回答：“在村头上，一个人，夜里两点换岗。”

李鲁边走边说：“你带我们过去，帮我们把他抓过来。你老实点啊，不然就要你的命！”

“是、是，长官。”俘虏赶忙说。顺着脚下的这条路向西走了三百多米，他们就到了村头岗哨的地方，只听得前面的人问：“谁？口令？”

“熊瞎子。”“沟帮子。”两人对上口令。

岗哨这边问：“干哈？”

“排长让我来看看有没有治安军过来。排长接到命令，今晚有治安军来丘山。”东头来的俘虏说道。

“没有，这边没有。来，抽一支！”岗哨拿出了香烟。

“好、好，我正好也想抽一支呢！”随着说话声，只听得“哎呀”一声，岗哨被张言打倒在地。

“走！”李鲁挥了一下手中的驳壳枪，带领战士们冲出村口，消失在夜色中。出了丘山，李鲁觉得稍微轻松了一点。他长出一口气，沿着脚下这条通往县城的大路向西走了一段，听听后面没有动静，便让战士们停下来休息一会儿。趁这个机会，李鲁和王正拿出地图，打开手电筒，仔细察看去往刘家寨的道路。王正指着地图上的刘家寨说：“距离这里还有十几里路，天亮之前赶到没问题。”

李鲁说：“好吧！先去刘家寨，到那里看看再说。路上要避开村庄，特别是要绕开孙村周围这几个村子，避免与那里的土匪遭遇。”

“行，那我们现在就出发？”王正问李鲁。

“好，你在前面带路，我让张言把俘虏处理一下。”李鲁说完，把张言叫到面前，交代他带两个战士晚走一会儿，把俘虏的事处理好。过了一会儿，张言和两个战士追上来。

张言对李鲁说："张五子表示不再当汉奸，想回家，就让他走了。在丘山抓的是个东北人，他说回去也没好事，说不定丢了性命，他打算另谋生路。我给他一块大洋做路费，也放他走了。"

李鲁说："我们这是在行军路上，来不及做细致工作，他们愿意走就走吧，去留自愿。以后还会有俘虏的事，我们要认真执行政策。"

拂晓时分，小分队来到刘家寨北面的山口，李鲁让战士们先进入山口旁边的树林休息，等待天亮后再进村。

刘家寨处在县城偏东南的大山里，北面山口外便是有名的孙村。之所以说孙村有名，是因为近几年村子里盘踞了一伙土匪，有二三百之众。土匪横行乡里，周围几个村子也都迫于淫威成为附属。就连县城的日本鬼子也让他们三分，对这一带不管不问。

刘家寨与孙村隔着一条河和一座大山，再加上刘家寨人口少、村子穷，所以土匪一直没有把刘家寨纳入自己的势力范围。

看看天已经大亮，王正带着两个战士准备进村。刚到村口，就被岗哨给喝住了。王正一看是民兵就赶忙说明身份，民兵见八路军来了，便让王正稍等，转身敲响一个挂在树上的破铜盆，"铛铛铛"的金属声响起，打破了这个小山村清晨的宁静。不一会儿，几个年轻人提着步枪跑步来到村口。跑在前头的一个年轻人看到村口站了三个带枪的人，他们身穿黑布棉袄、灰布裤子，头戴军帽，正在与岗哨拉呱，便喊了一声："王四，这是谁啊？"

王四用手指了指王正说："二哥，这是八路军的王同志，他们夜里就到咱这里了，怕打扰乡亲们就在北面山口等着。"

年轻人伸出手说："欢迎，欢迎八路军同志！我叫王丰，是刘家寨的民兵队长。"说着，两只手与王正的手紧紧握在一起。王正说："王丰同志，我们突破敌人的包围走了一夜，想在这里吃点饭、休息一会儿。"

王丰说："好啊，让同志们进村吧！"

王正让一个战士回去叫李鲁带战士们进村，他和王丰边聊边向村里走去。一路上，王正看到两边住户的大门被破坏，有的门板被扔在地上，街上随处可见乱扔的衣物，两边墙根下还躺着几只被砸死的家禽，街上、胡同里到处都有被洗劫过的痕迹。

王正问："这是敌人刚'扫荡'过吧？"

王丰说："是，是昨天下午的事。"

王丰接着说："多亏乡里提前通知我们转移，才避免了更大的损失。我是昨天晚上回来的，估计支书他们今天就回来了。"

王丰把小分队安排在村里小学堂休息。李鲁与王丰交谈一番，了解到刘家寨有四十多户人家，地处深山，通往县城的唯一道路是北面山口的这条路，而这条路却被孙村的土匪把持着。

李鲁认为，这里进出不便，不利于小分队与敌人斗争；再说，孙村这股土匪目前还不是斗争的主要对象，小分队要到敌后去，到那里打击敌人，配合大部队反"扫荡"。他决定傍晚出发去邱家寨。

经过一天的休息，战士们恢复了体力。吃过晚饭，告别了支书刘长玉和王丰，小分队继续西行。这一路都是在大山深处行走，有时还要钻入山涧中，行军速度很慢。到天明时，小分队终于转出大山，来到山脚下的一个小村子。李鲁让战士们就地休息，派张言带人去村子侦察。不大一会儿，张言回来了。他说，这个村子就是邱家寨，刚才进村找到了村长和民兵队长。他们听说是八路军来了，高兴得不得了，正在忙着给小分队准备吃的，让我们快进村。

李鲁带领战士们来到邱家寨小学，见到村长邱玉堂和民兵队长邱玉印——两人是叔伯兄弟。兄弟俩见八路军来了，显得很高兴。村长说："上级传达过通知，说敌人开始大'扫荡'了，要我们做好反'扫荡'准备。这不，民兵夜夜巡逻站岗，群众也演练了一次往山里跑，有的年纪大了，就送到山里亲戚家去了。没想到八路军来我们这里了，看看队伍上缺什么就说出来，咱尽力办。"

李鲁一听敌人并没有来这里"扫荡"，心想，李子营部已经去了东南方向，不会再回过头来这里，目前这里正是小分队休整的好地方。想到这里，他向村长和民兵队长说明当前的形势，要大家提高警惕，告诉他们部队要在这一带活动，配合大部队反"扫荡"。他问邱玉印，民兵有多少人和枪。邱玉印说，民兵有二十二人，只有五六支枪，因为从来没打过仗，民兵军事素质不高。

李鲁当即决定，从小分队拨出五支步枪和一百五十发子弹，支援民兵队，并且准备抽出三名老战士指导民兵训练。邱玉印听后高兴得不知说什么好，一个劲地说："太好了！太好了！"

李鲁与王正商量，小分队要依托邱家寨开展敌后游击战，伺机攻克一两个据点，迫使宫本从前线撤回一部分兵力，从全局上配合大部队反"扫荡"，并争取在这一带扩大根据地。当天晚上，李鲁召开了班长会议，他把和王正商量的意见说出来。大家听后很受鼓舞，一致认为，小分队可以立足邱家寨，向敌占区渗透，寻找机会打几个胜仗，配合大部队反"扫荡"。

李鲁见各个班长思想比较统一，接着就讲了小分队当前的任务。他说："小分队的当务之急有两件事：一是侦察敌情，制订行动计划；二是抓紧整训。我们在离开桃山口不到十天的时间里，连续打了四五次仗，没有时间进行战斗总结，又接受三十多人入伍，亟须提高战士们的政治觉悟和军事素质。"

大家认为这两件事应该马上办。他和王正分工：第一件事由他负责，王正负责政治教育和军事训练。李鲁看了看大家，说："眼下天气越来越冷，不少战士还穿着单裤。前几天李乡长给筹集了点棉花，只给老战士套了棉袄。新战士穿得各种各样，有的是从家里得来的，有的是从敌人那里带来的，但多数没有棉裤。现在，要尽快筹集棉花给战士们做棉裤，这个任务也要抓紧。"他看了看刘子文，又说，"我看这个任务就交给子文同志吧！怎么样？"

刘子文回答："我一定想办法完成任务。"

第二天，李鲁安排三个小组外出侦察。第一组去跟踪敌人"扫荡"，第二组去敌占区摸敌情，第三组去西边邻县侦察。

王正组织各班进行整训，针对新战士的特点开展政治教育，又结合游击战的特点进行了单兵作战、伏击战、阻击战等训练，使战士们快速提高政治和军事素质。

过了几天，侦察人员陆续回来。李鲁对侦察到的情况进行综合分析，对当前敌情做出判断：宫本指挥各路敌人向毛庄一带包围，企图消灭我部，扑空后三路合为一路，在毛庄南集结后向东南方向继续"扫荡"，可能是想与龟田的大部队在根据地腹地会师；西边邻县的敌人向南"扫荡"，暂时不会威胁邱家寨一带。

宫本带主要兵力去"扫荡"，必然留下一个空虚的后方。现在，县城几乎是一座空城，城外防御除了北门外有"皇协军"的留守兵力以外，其他三面是"治安军"守卫的几个据点。尤其是城南和城西，仅有城南和张家湾两个据点。根据掌握的情况，这两个据点留守的伪军多数是近期抓来的新兵，看来守敌战斗力不强。

李鲁想，如果小分队能拔掉城南和张家湾这两个据点，就会形成我军直逼县城的态势，这必然造成后方敌人的混乱，起到牵制前方敌人的作用，为根据地反"扫荡"减轻压力。

李鲁把这些想法告诉王正，王正同意李鲁对形势的判断和夺取两个据点的想法。他建议，首选张家湾这个较薄弱的据点下手，集中小分队的兵力打掉它，再寻找机会拿下城南据点。两人一致认为，如果这两个作战目标能实现，就会打乱敌人的计划，迫使宫本回撤。

第十二章

逼敌回撤

　　首选目标已定，李鲁抓紧摸清张家湾据点的情况。经过调查，李鲁发现敌人在"扫荡"前抓的壮丁基本都是据点附近村庄的人，邱玉印的姨夫就是其中之一。说起姨夫当"治安军"这事，邱玉印气愤难平，说已经没了这个亲戚。李鲁给邱玉印做工作，让他不要背包袱，八路军还想通过他这个姨夫弄清楚张家湾据点的情况，然后打掉据点。

　　邱玉印听说八路军要打张家湾据点，显得很高兴。他说，张家湾据点在城西滋临公路南面，正好卡住邱家寨北去的道路上，是敌人封堵抗日根据地的一颗钉子。这个据点不仅镇守城西一带，还经常派兵来往于李家洼，因为李家洼是伪县长李光庭的老家。八路军如果打掉这个据点，就可以一下子插到滋临公路，那就太方便了。邱玉印表示愿意带八路军去见他姨夫，他说："只要是咱队伍上的事，我一定去办好！"

　　第二天，邱玉印带着张言走了十多里路，来到王家洼他姨夫家。邱玉印的姨夫叫王庆贵，五十三岁。半个月前，张家湾据点来人把他抓去当兵，气得他几天吃不下睡不着，见人就说："人家穆桂英五十三岁又掌三军，王老汉我五十三岁也参军，当了一个把大门的老头儿军，你看我倒霉吧？"人们听后，都笑他还敢跟穆桂英比，说当你的看门狗吧！

　　王庆贵听说连襟家外甥来了，急忙请假回家。他见外甥玉印还带着个年轻人，不由得心里发慌。他知道外甥是民兵队长，现在自己是伪军，也就是汉奸。他们找上门来，不知道是福还是祸。他揉搓着那件才洗过一次的黄军装，试探着问："玉印外甥，找我有事啊？"

"是，姨夫，这是小张哥，他要和你聊聊。"玉印把张言介绍给王庆贵。

"噢，这位兄弟，有什么事啊？"王庆贵小心地问。

张言对王庆贵说："我们知道你是被抓去才当的伪军，并且才干了半个月，只是看大门，没有干欺负老百姓的事。今天，我们找到你，想给你个立功的机会。"

"是、是，我真是窝囊啊！我都五十三了还被抓去当兵，别人骂我汉奸，你们说我冤枉吧？"王庆贵说着，眼泪差点掉下来。停了一下，他问："什么立功机会？"

张言说："我们要打掉张家湾这个据点，想让你给我们做内应，行吗？"

"怎么内应？我能干什么？"王庆贵不解地问。

张言看了看他，说："你别怕，到时候你给我们打开大门就行。"

王庆贵一听让他干这个，马上说："这个好办，我就是看大门的。可我是看一天歇一天，你们最好是在我看门的时候过来。"

张言说："那好，我们会掌握时间的，一定在你值班的时候来。"

张言又问了据点内人员、枪支及其分布情况，王庆贵把知道的全都说出来了。最后他说："还有个笑话，张家湾据点有个'独眼龙'的中队副，他是个杀猪的，整天喝酒睡大觉。白六把他弄来管我们，弟兄们叫他杀猪官，问他什么时候带我们去卖肉。"

张言听后也笑了，他觉得这个据点混乱不堪，便交代王庆贵对今天的事要保密，等待八路军来跟他联系。

李鲁听完张言的汇报，决定明天一早去张家湾察看地形。第二天一早，李鲁和张言化装成出门干活的木匠，藏好武器，带上木匠工具来到张家湾。离张家湾老远就看到路东有一个孤零零的大院子，两人走到张家湾村子东头佯装歇歇脚，仔细观察不远处的据点。只见村子东面一百多米的地方，有一个南北长六七十米、东西宽四五十米的长方形大院子，院子的东面是院墙，西面和南面是平房，北面偏西北角是一个两层高的炮楼，炮楼顶上有岗哨，院子的大门在西南角。在村子和据点之间是一条通往滋临公路的南北路，据点离北面的公路也就是一二百米。李鲁观察一番后，对张言说："据点的北面是公路，西面是村庄，这两边都不能靠近，公路上可能有来往车辆，村庄里面有狗叫容易暴露。我们只有从东面绕到西南角的大门口，这样才能避免被哨兵发现。"

张言点点头，说："我一会儿再绕到东面看看。"

李鲁说："好吧！我们向北走，然后沿公路往东走一段再向南走，这样就能把据点一周看个遍。"说完，两人往北走，一会儿就来到公路边。公路是一条铺满沙子的土路，上面还有汽车轧过的轮胎印。公路两边的路肩上长着碗口粗的杨树，树下面是壕沟。两个人沿壕沟向东走了一段路，发现有一条南北向的水沟。张言向前急走几步，回过头来说："这是一个从南面下来的沟筒子，王好能够为我们所用。"

李鲁跑过来察看一番，见水沟有两米多深、五六十米宽，沟底下中间凹，有细水在流淌，两边是成块的土地，地里还有秋收后剩下的高粱秸，一捆一捆地搭在一起，像一个个三角塔。

李鲁站在水沟旁，向西边的据点望去，从水沟到据点的东墙有三四百米的距离；这中间还有一条东西向的堰埚，堰埚不到一米高，上面堆积着一些干地瓜秧。两人又仔细观察了一会儿后，返回邱家寨。

路上，李鲁问张言："王庆贵是不是明天值班？"

张言肯定地回答："是明天，一直到后天早上换班。"

李鲁说："明天晚上攻打张家湾据点，你明天提前来和王庆贵接头。"

张言说："明白！"

回到邱家寨，李鲁马上召开战前会议，他介绍了侦察的情况，接着下达作战命令。小分队明晚七点出发。在接近张家湾时，一班和五班携带两挺机枪，由王正带领，沿水沟摸到公路上设伏，准备阻击县城增援之敌。二、三、四班随李鲁，从水沟向据点东墙接近。二、三班待王庆贵开门后进入据点院子，占领炮楼和平房。如果被敌人发现，二、三班从里面强攻，四班在墙外用火力压制炮楼的敌人。邱玉印带领三十个民兵和一辆大车随后，待攻克据点后拆除据点，晚上十一点到达指定位置，零点开始进攻。

李鲁强调："这次张家湾之战是小分队转入敌后的第一次战斗，我们要利用内应迅速拿下据点。如果内应暴露，我们就强攻，猛打快冲，快速解决战斗。各个班长要做好动员，充分准备，白天睡足，晚上打个漂亮仗。"各班班长表示坚决拿下张家湾据点，打好来到敌后的第一仗。

第二天傍晚，小分队和民兵队悄悄离开邱家寨，赶往张家湾。在距离张家湾三里路的地方，见到正等在那里的张言。张言是傍晚赶到王庆贵家里的，他让王庆贵的小儿子王福去给他爹送信儿，说他娘病了要王庆贵回家看看。王庆贵请假回家见到张言，张言把晚上进攻据点的时间告诉他，王庆贵答应零点前打开据点大门。李鲁听后向各班班长传话，按计划进行。晚上十一点，各班分别到达指定位置。接近零点，李鲁带领二、三班沿着堰堨弓腰摸到据点的南墙外，王庆贵已经等在虚掩着的门后。李鲁见内应开门，便挥动驳壳枪低声说："上！"战士们听到命令后鱼贯而入。正在这时，忽听得炮楼顶上的岗哨问："王庆贵，什么动静？"王庆贵慌乱之中说："没什么！"岗哨边拉动枪栓边说："王老头，我听见大门响了。"

李鲁听到这里，命令战士们："快！"同时，他举起手中的枪，啪啪两声，向岗哨射击。战士们快速冲进据点，分别向平房和炮楼扑过去。"啪啪！"炮楼里向下开枪了。

三班分头堵住西屋和南屋平房的几个门口，战士们用枪托砸开屋门，冲进屋里俘虏了慌乱中的几个伪军。炮楼一层的几个伪军听到枪响，急忙向二楼上爬去。正在这时，冲在前面的战士打进炮楼一层，击毙了正在往上爬的两个伪军。二楼上的伪军急忙堵住楼梯口朝下打枪，战士们只好退出炮楼。

在墙外的孙成见炮楼上打枪，便指挥机枪手压制炮楼上的敌人。两挺机枪对着炮楼一阵猛打，炮楼里面的枪声稀落下来。

刘子文带领二班堵住炮楼门口，向里面投了两颗手榴弹。随着轰轰两声巨响，炮楼里停止了打枪。他向炮楼上面喊话，要伪军扔下武器下来投降。

听到喊声，炮楼里一阵平静，但是不大会儿又朝外打枪。刘子文让两个战士去伙房门口抱来柴火，点着后扔进炮楼。很快，火光便冲向炮楼二层，几个伪军急忙爬到炮楼顶上。火势越来越大，烧得炮楼顶上的人接连往下跳。战士们围过去抓了几个俘虏，发现其中一个伪军把腿摔坏了，躺在地上嗷嗷叫。

战斗结束了，战士们从平房里搜出几箱弹药和几麻袋粮食。大家七手八脚地把这些战利品装上大车，把能用的家具搬到院子外，便开始拆除据点。天亮时，拆除完据点，王正也带着战士们过来会合。李鲁把拆下来的木料和缴获的家具分给张家湾的群众，叫俘虏用一块门板抬上那个摔伤的伪军，押着俘虏返回邱家寨。

乡亲们听说八路军打了胜仗，纷纷跑到村口来凑热闹。人们看到八路军战士和民兵迈着整齐的步伐由远而近，胜利的喜悦挂在战士们的脸上，一看就是得胜回师。

人们高兴地跟队伍打招呼，笑着竖起大拇指。当看到队伍中间还有一群穿黄衣服、耷拉着脑袋的俘虏时，人群中一阵骚动，有人骂他们"汉奸""二鬼子""孬种"。刘子文见状，急忙招呼邱玉印维持秩序，才把俘虏顺利带到小学堂。

刘子文首先对俘虏进行政策教育，然后逐个登记画押。愿意留下参加八路军的站到一边，愿意回家的站到另一边。经过一番掂量，有七个人愿意留下，剩下的几个人表示要回家。刘子文让张言带着愿意留下的人去伙房吃饭，接着又对要回家的几个人讲了一遍八路军的政策，教育他们以后不要再当伪军，老老实实回家种地，好好当个庄稼人。

最后，刘子文问那个摔断腿的伪军叫什么名字，怎么想的。这个人一声不吭。他还想再问，俘虏中突然跑过来一个人，他用手指着门板上的伪军说："他就是张三，是中队副，他整天欺负我们、打我们，我真想揍他一顿解解气！"

刘子文摆了摆手说："八路军不许虐待俘虏，况且他还摔断了腿，不光不能打他，一会儿你们吃过饭还要把他抬到县城去！"吃过饭，刘子文给四个俘虏做工作，让他们把张三抬回县城交给"治安军"大队。俘虏们开始不干，经过刘子文耐心做工作，他们才抬上张三走了。

拔掉张家湾据点后，李鲁向县城和东南方向派出两批侦察人员，看看敌人有什么反应。到了第三天下午，侦察人员先后回来，他们带回来了敌人的新动向：鬼子在县城的四个城门增加了岗哨，对城内实行了戒严。在张家湾据点丢掉的第二天，人们看到一辆汽车拉着鬼子和伪军跑到张家湾转了一圈，后来在村里抓了几个老百姓带走。城东南方向没有动静，没有发现敌人撤回的迹象。

李鲁和王正一起分析，看来拔掉张家湾据点还没有打疼敌人，敌人并没有从前线回撤的意思，只是加强了县城内的防御。要想实现我们的战术目标，必须把动静闹得再大一点，打疼敌人，使守敌感到害怕，迫使他们向宫本报告。

两人一致认为，城南据点是敌人的南大门，又存放着一批军用物资，是敌人防守的重点，我们打掉它就可以形成兵临城下的态势，这样才能逼敌人回撤。但是，城南据点离县城很近，战斗一旦打响，县城守敌必然前来增援，再加上据点本身留守兵力比张家湾据点多，要想拿下来困难不少。

李鲁说："这是个硬仗，我们要想办法克服困难。"

王正说："最好像张家湾那样，找个内应，短时间内解决战斗。"

李鲁说："是啊！毛庄和张家湾两次战斗，我们都是利用内应打夜战取得了胜利，这次我们也要寻找内应目标。这样吧，我们把王玉五找来，听听他的意见。"不一会儿，王正叫来王玉五。王玉五听说要打城南据点，显得很激动，他表示一定要打头阵，活捉许祥福。

李鲁让他介绍一下城南据点的情况，王玉五说："城南据点离县城五六里地，建在县城通往南山的要道上，像张家湾一样也是一个独立大院，院子的西南角有一个两层高的炮楼，东面有五间平房，北面和南面各有三间平房，西面是大门。城南据点的中队长是从滋阳那边来的，叫许祥福，是个屠夫。据说白六以前曾跟着他杀猪，他仗着跟白六的关系，目中无人，对下属狠毒。他爱喝酒也爱玩枪，步枪、手枪他都爱鼓捣。他说用枪打猪比用刀杀猪省事，整天拿枪比画。他手里有一支步枪和一支手枪。'扫荡'前，他还向白五要了一挺重机枪摆在炮楼上，说是要保护军用物资。"

王玉五接着说："这次'扫荡'前，许祥福向白六摊了牌，说要是让他出来参加'扫荡'，他就立马走人。白六只好把他留在据点，让我带着人出发。为了掩人耳目，白六把城南据点设为'治安军'的供应站，从城里拉了几车物资存放在据点。这样，许祥福就名正言顺地成了留守军需物资的重要人物了。"

李鲁问："现在据点还有多少人？存放的是什么物资？"

王玉五说："据点留下二十七个人，物资是棉被、粮食什么的，可能有点武器，具体我也不清楚。"

李鲁问："你能从他们中间找个人做内应吗？"

王玉五说："可以试试。我们二十个人中，多数参加了八路军，也有几个回家的。不知道这个消息传到许祥福耳朵里了没。如果他有防范，那我们再露面就难了。"

李鲁说："你们明着去是不行的，要想个办法。"停了一会儿，王玉五说："李队长，我有个想法，你看行吗？"

"说出来听听。"李鲁用鼓励的口吻说道。

王玉五说："这个许祥福是个酒晕子，天天喝酒。我想找到刘继堂，让他把许祥福灌醉，然后我们进去拿下据点。"

"这个刘继堂是什么人？"李鲁问道。

王玉五说："刘继堂以前是我的队副，许祥福来了之后把他降为班长。许祥福害怕打仗，这次他派我出来了，据点里就要留一个能替他打仗的人，所以刘继堂就被留下了。"

李鲁听后脸上露出喜色，说："好，玉五，明天正好是城关大集，你和二保借赶集的机会，想法和刘继堂见个面，一方面弄清敌人据点的情况；另一方面尽力向他讲明八路军的政策，劝他弃暗投明。要想法说服他，让这个刘继堂为我所用！"

王玉五答道："是，我明天就去。"第二天一早，王玉五和侯二保化装成卖粮食的农民，二保牵一头毛驴走在前头，毛驴背上驮了两袋地瓜干，王玉五跟在后面，两人在吃早饭的时候来到城南据点附近。

王玉五和二保商量了一下，由二保牵着毛驴先去据点门口看看，王玉五则隐蔽在据点西面的石灰窑旁。王玉五交代二保，如果能见到刘继堂，就约到前面谈谈，到时候他会赶过去；如果见不到刘继堂，二保继续向前走，只能再想办法。

侯二保牵着毛驴来到据点大门口，见是个新兵站岗，二保一下子放松了许多。他走上前给新兵打招呼，说自己是刘继堂班长的表弟，今儿个赶集来了，想跟表哥见个面。

这个小新兵扭头朝院子里喊了一声："刘班长，你亲戚来找你啦！"不一会儿，刘继堂便出来问："赵三，是谁啊？"

侯二保过来招了招手说："在这边呢！"刘继堂一看是侯二保，吓得脸色刷一下就黄了。他知道侯二保已经投靠八路军，如果让据点的人认出来，那可就麻烦大了！他朝两边扫了一眼，看看据点门口没人，只有炮楼顶上的哨兵正看着他，他马上对哨兵做了一个手势，意思是让他盯着据点里面，然后小跑几步追上侯二保说："侯二保，你不要命啦？

180

跑回来干什么？"

侯二保说："你说话方便吗？要不我们去前面再说？"

刘继堂说："没事，炮楼顶上是刘庆站岗，他是我侄子。"

侯二保说："那好，咱去石灰窑那边说话吧！玉五大哥在那里等着你呢！"

刘继堂听说王玉五在石灰窑等他，便说："你先过去，我随后就到。"他回到院内，向自己的把兄弟张武交代几句，便出门来到石灰窑见王玉五。三人一见面，侯二保马上到一边去望风。王玉五给刘继堂打了声招呼："继堂兄弟，还好吧？"

刘继堂见王玉五一身农民打扮，肩上背着个搭子，手里拿了一杆秤，像买卖粮食的样子。他走过去，说："大哥，你真是大胆，回来有事啊？"

王玉五点了点头，问："继堂，你出来一会儿不碍事吧？别让许祥福起疑心啊！"

刘继堂说："没事，张武盯着呢！许祥福还没起床，昨天晚上又去城里喝多了，是酒馆派人送回来的。"

王玉五说："那好，继堂，我俩来找你，是有事给你说。"

刘继堂问："大哥，什么事啊？你就说吧，兄弟我听着呢！"刘继堂有点沉不住气了，他想知道王玉五要给他说什么。王玉五看了看刘继堂，说："兄弟，你瘦了，许祥福又欺负你了？"

刘继堂叹了一口气，说："大哥，这个我一会儿再跟你说，我想知道，你们到八路军那边行吗？"

王玉五说："兄弟，怎么不行！你看我俩有多精神，八路军不另眼看我们，吃的喝的都一样，并且和长官吃住在一起，我和侯二保现在都是副班长。还有，八路军打仗时都是长官在前头，后退是长官在后头。"

"啊，有这样的队伍？"刘继堂感到惊讶。

"是啊，我带着弟兄们是走对路啦！哎，说说你吧！"王玉五拍了拍刘继堂的肩膀说。

"唉，一说就来气。这个杀猪的许祥福，他平时欺负咱们，忍一忍也就算了，没想到他让弟兄们给他背黑锅。前几天，他找白五弄来一挺重机枪，然后就要卖五支步枪，说是用不着这么多枪了。他为了应付上峰，就让我帮他造假，说弟兄们把枪丢了，让我和几个弟兄画押。我说这样不合适，皇军追究下来会枪毙的。结果他举拳就打，要不是弟兄们拉住他，非得吃他的亏，你看，这是他踢的。"刘继堂说着，提起裤腿，让王玉五看，只见他的腿上一片瘀青。

"真是受够了！我正为如何躲过这一劫犯愁呢！说不定这几个画押的都会被鬼子杀头。"刘继堂嘴里嘟囔着。

王玉五说："继堂兄弟，丢枪可是要命的事，鬼子才不问青红皂白呢，只要让他们知道那就是一个死。我看你别在这里受气啦，跟哥去投奔八路军吧！"

刘继堂说："人家八路军要我吗？"

王玉五说："这个你放心，只要你按照哥说的办，哥保你当上八路军。"

刘继堂说："我听哥的！"

王玉五问："这两天鬼子有什么动静吗？"

刘继堂说："有。听说八路军打下张家湾据点，宪兵队的副队长太仓前天来了，他要求城南据点加强防守，夜间加了双岗。"

王玉五又问："许祥福有什么安排？"

"他能有什么安排！不过，看样子他害怕了。太仓走了以后，许祥福要我好好安排一下，还要拉着我和他一起吃晚饭。"刘继堂说着，脸上露出得意的笑容。

王玉五说："这倒是个机会！继堂，我俩今天来找你，就是告诉你八路军很快就打城南据点了，趁着还没打起来，哥要你赶快弃暗投明，省得当了俘虏，到那时就晚啦！"

刘继堂说："哥说吧，让我干点啥？"

"好兄弟，痛快！这样吧，明天晚上你想法把许祥福灌醉，把岗哨换成自己人，然后把大门打开，我们过来拿下据点。"王玉五低声说道。

刘继堂想了想，说："行，我想办法把许祥福灌醉，等你们过来。明天怎么联络？"

王玉五小声说："明天晚上吃饭后，我让侯二保过来接头，到时候他把进攻时间和联络暗号告诉你。还有，那挺重机枪安在哪里？"

刘继堂说："重机枪安在炮楼二层上，枪口朝南。我找两个弟兄把机枪控制住。"

王玉五说："就这样，你等二保的消息，在这之前先不要动，你要小心啊！"

刘继堂说："放心吧，大哥！我会小心的，你们也小心啊！"说完，三个人分手。

李鲁听完王玉五的汇报，觉得事不宜迟，决定明天晚上行动，利用刘继堂这个关系，拿下城南据点。王玉五坚决要求打头阵，表示要带领一班进入据点控制许祥福和炮楼。李鲁同意以一班为尖刀班，又从别的班抽调五个战士编入尖刀班，由王玉五和侯二保带领，进入据点后先解决炮楼。

李鲁考虑两个战斗方案：一个是由刘继堂做内应，尖刀班占领炮楼，二、三班随后解决平房的敌人；预备方案是如果刘继堂不能做内应，那就偷袭加强攻，由王玉五带领尖刀班翻墙进入据点，二、三班用掷弹筒轰击炮楼顶部，炸掉敌人的重机枪，用手榴弹炸开大门占领平房。

为了保证拿下据点，王正带领四、五班去城南路上设伏，准备阻击城里出来增援的敌人。他们还准备了三辆大车，去时装柴火，回来时装缴获的物资。

李鲁随即召开战前会议，将战斗方案交给各个班长，听取意见，大家又补充了行动的具体细节。最后，李鲁下达命令：明天晚上十点到达城南据点外围，零点发起攻击。

李鲁说："这次我们拿下据点后不搞拆除，直接放火烧掉，还要把动静闹得再大一点。这一仗打好了，不仅能为根据地反'扫荡'减轻压力，还能缴获一批物资，希望各班好好准备，坚决打胜这一仗。"各班长表示有信心打好这一仗。

第二天傍晚，部队离开邱家寨，向城南据点进发。李鲁带领一、二、三班向城南据点斜插过去，晚上九点多就到达了城南据点西边的石灰窑。侯二保早已在此等候。他已经与刘继堂见过面。二保说，敌情没什么变化，已经告诉刘继堂进攻时间和联络暗号。刘继堂说，许祥福今天又叫他一起吃晚饭，他借机给许祥福敬酒，许祥福喝得差不多了。刘继堂已经安排张武盯重机枪，刘庆在炮楼顶上站岗。零点前，刘继堂掐断电话线，亲自打开据点的大门。

李鲁听后，命令各班按第一方案行动，他交代王玉五带上一个机枪手，冲进炮楼后先把重机枪夺过来，然后朝县城方向架上机枪，配合王正打县城出来的增援之敌。接近零点，李鲁一挥手，低声说："上！"侯二保在前面带路，战士们向据点包围过去。

"咕咕哇""咕咕哇"，猫头鹰对叫两声，侯二保与刘继堂对上暗号。据点大门打开，刘继堂出来招了招手，王玉五带领尖刀班迅速冲进据点，二、三班随后扑向各个平房，只听得据点内响起一阵呵斥声："不许动！举起手来！"

战士们很快占领了炮楼和平房，二十多个伪军全部成了俘虏，许祥福还在鼾声中就被捆了个结实。战士们砸开仓库的门锁，把里面的弹药和成捆的棉被、军装搬到大车上，把带来的柴火分头塞进炮楼和平房。李鲁让刘子文押着俘虏和物资先走，然后他放火烧了据点。

王正在北面路上设伏，等了快半个小时，还听不到据点那边有动静，他明白李鲁已经得手，便派战士小李爬上路边的树向据点方向瞭望。等了一会儿，小李在树上喊道："起火了，据点那边起火了！"

王正和战士们从临时工事爬起来向南望去，只见二里路外的据点那边，一团火光冲天而起，映红了半边天。战士们看到远处的大火，不由得一阵欢呼："打赢了，我们打赢了！"

王正举起驳壳枪，喊了一声："开枪！"步枪、机枪声，加上鞭炮声，接连不断，在这寂静的夜空中响彻云霄。战士们又扔出几颗手榴弹，爆炸声响过，王正喊了一声："我们走！"

宪兵队长秋野在睡梦中被枪声惊醒，当他确定枪声是从南边传来时，急忙坐上摩托车来到南城门。他爬上城门楼，看到城南据点的大火还在燃烧，南边枪声、爆炸声响成一片，好像是朝这边打过来了。他命令身边的"治安军"加强防守，又调城北"皇协军"的一个连增援南门。忙活到天亮，他看没再有动静才回到宪兵队。他又派了两个特务出城，看看夜里到底发生了什么事。

两个特务回来报告，据点已经被大火焚毁，里面的"治安军"无影无踪，据点外的树上贴着八路军的宣传标语；离南城门不远的路上有一些弹壳和手榴弹炸出的弹坑，还有临时工事。秋野感到事态严重，这明显是八路军有计划的军事行动，他们趁"皇军"后方空虚，逐个攻克"皇军"的据点，说不定哪天夜里就会破城。他越想越害怕，急忙派人飞马去前线给宫本报信儿。

宫本这些日子在大山里转得头疼，他本想在毛庄以南合围八路军，但是，他刚从罗家庄出来就接到白五的报告，说在小南塘遇到八路军的阻击，他急忙率部赶来小南塘。可到达小南塘后，他并没有找到八路军，怀疑是白五弄错了，遇到的是地方武装不是八路军。白五说，对方有机枪，还使用了绊雷，如果是土八路不会这么厉害。宫本想，不管是不是八路军，有一点可以肯定，那就是他们都会向南逃窜。他在小南塘下令继续向南追击，命令李子营火速向毛庄以南合围。

但是，当他的几路人马在毛庄以南会合后，什么抗日武装都没找到，这令他大失所望。后来白五报告说，"皇协军"在丘山死了三个哨兵，夏团长压住了这件事没报告，是他派人查清楚的，白五认为是夏团长放走了八路军。

宫本正在为找不到八路军着急,听白五这么一说,也认为是八路军在逃跑时杀死了哨兵,而这个夏团长遭遇敌情却隐瞒不报,导致他扑空,贻误了战机,气得他大发雷霆,要亲手枪毙了夏团长。

但是,怎奈夏团长早早向李子营报告了这件事,把责任推给了"治安军",说是"治安军"夜闯丘山路卡,杀死了两个哨兵,还打伤一个,"治安军"的人还跑了。李子营让夏团长先躲起来,他对宫本说这件事正在调查,现在这个伤兵已经送回县城,等回去后要好好查查。

宫本听完也不再说什么,心想,这个李子营要借机埋怨我让白五来指挥夏团长,我不能在此耽搁,要抓紧时间向南与龟田大佐合围。他下令继续向南"扫荡",边向南走边寻找八路军。就在这时,他接到龟田发来的电报,说在柏山一带发现八路军主力,命令他带领部队火速向南,与东、西、南三个方向的"皇军"形成包围圈,在柏山与八路军主力决战。

宫本急忙派出小岛中队长为先头,他和李子营、白五跟随在后,连夜星驰柏山。第二天上午,他又接到龟田的命令,让他带领人马从北面围攻柏山。

宫本铺开地图一看,在他前面十几里的地方就是柏山。他立即命令小岛中队长率队跑步前进,他率"皇协军"和"治安军"紧随其后。一个小时后,小岛中队先赶到山下,参与对柏山的进攻。

战斗十分激烈,山上、山下形成了对峙局面。天黑以后,山上的八路军向南突围而去。当获悉八路军是从南面阵地上冲出去的,宫本暗自庆幸八路军没有向北突围,不然自己就吃不了兜着走了。果然,在战斗结束后,龟田大佐当着许多军官的面,接连扇了石太郎中佐三个耳光。与石太郎相反,宫本因行动迅速在短时间内就投入战斗,受到了龟田大佐的表扬。

这天,他坐在帐篷内正为受到龟田表扬而高兴,突然见到秋野派人赶来报告,说泗城张家湾和城南两个据点被八路军接连拔掉,八路军直逼泗城南门下。他听了后感到形势不妙，心想，八路军在小南塘逃走后，越过丘山去了我的后方，是想掏我的老窝了。几天时间里连拔掉两个据点，说明八路军兵力不只是一个连，他们可能还有大的行动，而我留在泗城的守军根本不是八路军的对手。他越想越害怕，要是八路军趁机进攻县城，我的老窝也难保啊！不行，我必须尽快回城，以防县城被八路占领。在征得龟田同意后，他让小岛和李子营留下，便急急忙忙率大环小队和白五的"治安军"连夜往回赶。

第二天下午，宫本来到孙村据点附近。他突然想起一件事，去年李相贵向他报告说，城东南有一伙土匪势力很大，有三四百人。匪首叫张百隆，为匪多年，跟"治安军"多次打交道，也交过火。后来李相贵打听到，这些人不光反对"治安军"靠近他们的地盘，也反对八路军进入这一带。李相贵经他同意，找人说和答应让出周围七八个村子归张百隆管辖，双方从此划地为界互不侵犯。约定好以后，李相贵把孙村据点交给张百隆把守，条件是不允许这一带有八路军活动。如果发现八路军在这一带发展根据地，张百隆就要赶走他们。

宫本骑在马上，指着前面的炮楼问白五："你当上大队长，与张百隆打过交道吗？"

白五急忙回答："报告太君，我还没与他见面，但是我派人给他下了通知，告诉他不要再跟李相贵联系。"

宫本听后说："吆西，今天皇军要从孙村据点经过，你到前面去跟张百隆见面，让他出来迎接皇军。"

"是。"白五答应一声，转身向前跑去。白五带着几个伪军快步来到据点前，他向炮楼上面喊了几句，说宫本太君路经此地，本大队长前来与张百隆大哥见个面，请张大哥出来说话。过了一会儿，从据点里出来一个像头目的人，说张百隆不在炮楼，他两天前出去走亲戚了。"请白大队长给宫本太君回个话，要是打这里路过，我们不拦不挡，因大当家不在家，兄弟也不便开门迎客。"说完，他两手一抱，转身进去了，随后将大门紧闭。

白五气得火冒三丈，骂道："真是不识抬举！老子见过的多了，你烧包什么？总有一天你会后悔的！"

白五跑回来向宫本报告，把刚才张百隆手下人说的话重复一遍，又添油加醋地想让宫本发火。没想到，宫本沉思了一会儿，说："既然张百隆不在，我们就直接回城。"说完，他催马向前，白五带人赶紧跟上，一直朝县城走去。

宫本回到宪兵司令部，先听了秋野和太仓的汇报。秋野把城西张家湾和城南两个据点被八路军偷袭并烧掉的情况说了一遍，特别提到城南据点有军需物资，还有一挺重机枪，一起被八路军弄走了。

宫本问怎么能接连丢失两个据点，城南还有一个中队长许祥福呢。秋野说："我怕牵扯少佐的精力，张家湾据点丢掉后，没有及时向你报告。我们加强了县城的防御，对城南等几个据点加强了检查，太仓君还专门去检查了城南据点。"

太仓说，据其掌握的情况，白五在"扫荡"前征兵只是糊弄"皇军"，他不分年龄大小，从各个村子抓来一些老百姓，有的五六十岁，有的十四五岁。这些人没受过训练，连枪都不会打。有几个据点的中队长也是白五刚从滋阳一带找来的，过去都是屠夫，不懂军事，来到据点后整天喝酒，这次许祥福就是酒醉误事。

宫本听完大怒，大骂白五糊弄"皇军"，要撤了他的大队长一职。秋野一边做检讨，一边劝宫本消消气。太仓也说要想办法整顿治安大队，提高战斗力。

宫本在屋里来回转圈子。过了一会儿，他对秋野说："秋野君，你也不必自责，这都是治安军太混乱造成的，我要好好整顿他们。"宫本看了看太仓，说："太仓君，白五能力差，但对皇军还是忠诚的。目前，我们扫荡任务还没完成，治安军大队长暂时还不能换人。你去找白五传达我的命令，让他尽快换掉那些整天喝酒的屠夫，换上懂军事的人，同时抓紧训练。这件事就由太仓君监督白五执行吧！"

"哈依！"太仓弯腰鞠了个躬。

"还有，要抓紧把城西、城南据点再建起来，新据点可以靠县城近一点。"宫本说着，摆了摆手。

"哈依！"太仓敬礼后转身走了。

宫本对秋野说："白五的人回来不少，你重新部署一下防御，在新据点建起来之前，可以派治安军的一个中队去南城门外刘庄驻守，再派一个中队去城西李庄驻守，等新据点建好就把他们留在那里。同时，还要加强城内的防御，由宪兵队督促治安军加强四个城门的警戒，让大环小队负责城内巡逻。"

布置完这些，宫本坐在办公桌后面，两手捂着头在那里沉思。他想到，在泗城地盘上，"皇军"兵力不足是个突出问题。这次向龟田大佐要来的"皇军"的一个中队，"扫荡"结束后要归还给龟田，因为龟田那边兵力也不足。这次在战场上好说歹说，龟田同意他留下大环小队。李子营的"皇协军"号称一个师，但能拉出来的也就是五六百人，在这次"扫荡"中还被八路军吃掉一成。"治安军"又是这么个烂摊子，抓人来补充队伍，看来也很难抓到年轻力壮的人。

宫本又想起今天路过孙村据点的事。这个张百隆竟然不把我放在眼里，当时真想用迫击炮轰他几炮，以灭心头之火。但是，转念一想，张百隆是一股可以争取的力量，再看自己身边带领的部下，一个个疲惫不堪，只能忍一下，饶过张百隆这一次。

争取张百隆或者教训一下这个土匪头子，看来都到时候了。把争取放在前面，如果成功，就解决了兵力不足的问题；如果不成功，再除掉他也不迟。宫本想到了白青怡，"扫荡"前他派人送白青怡去泰安进特高课受训，现在已经回来。这个女人极富有虚荣心，想出人头地，这次受训回来，一定会有强烈显示自己的欲望。让这个女人去张百隆的老巢引诱和劝说这个土匪头子，成功的可能性很大。可是，白青怡是自己的心上人，还真是有点舍不得。但他转念一想，我现在兵力不足，如果能把张百隆这股土匪招降了，让他们驻守城南和城西南一带，这样既解决了防御上的薄弱问题，也加强了皇军的兵力，还扩大了皇军的影响。这是一举三得的大事，我岂能因儿女情长耽误大事？唉，忍痛割爱吧！宫本下了决心，他要白青怡上任干的第一件事，就是用"美人计"去解决张百隆归降的问题。

白青怡陪宫本吃过早饭，又在镜子前照了两遍才来到前院。她以前都是从这个前院匆匆而过，每次都觉得有很多双眼睛盯着她，让她很不自在，只有到了后院才觉得轻松一点。而今天不同了，穿着一身新军装的她昂首挺胸，迈着自信的方步，慢悠悠地在院子里走着。她要向这个院子里的人显示：我白青怡从今天起不再是以前那个白青怡了，老娘现在叫陆边芳子，是大日本帝国的女间谍，以后还是女军官，老娘再也不怕你们躲在窗子后面偷看了。

她在院子里站了一会儿，见没人来搭理她，觉得再站下去也没意思，就转身来到秋野的办公室门口。这是宫本昨天晚上交代她的，上任后先在秋野的情报组工作，下一步再委以重任。

"报告，陆边芳子前来报到。"白青怡在门口边喊边打了一个军礼。

"请进！""啊，欢迎芳子小姐！"秋野起身表示欢迎，然后又坐回椅子上。

秋野说："芳子小姐来到我的情报组工作，我很高兴，希望以后多多关照！"

白青怡赶紧说："还请秋野队长多多关照！"秋野不再客气，他将收集土匪张百隆情报的任务布置一遍，要她尽快进入角色，想办法获得一些有价值的情报，为"皇军"解决当前的困难出把力。秋野表示，如果她需要钱和武器，就写个报告。

白青怡连声说："是，是！"最后，秋野走到门口喊了一声，接着就见一个年轻的日本兵从旁边屋里跑过来。秋野向白青怡介绍说："芳子小姐，这是稻田次郎，今后他就是你的助手兼翻译，有什么事交给他去干就可以。"

白青怡一看这是一个年轻士兵，有二十一二岁，瘦高个儿，还有点腼腆。只见稻田次郎以立正姿势向白青怡打了一个敬礼，说："芳子小姐，您的办公室我已经收拾好了，请您过去看看！"

芳子向秋野敬礼告退，随着稻田来到办公室。这是一间靠西头的北屋，屋里摆着两张桌子，稻田原来用一张，她来了之后，稻田就换了座位，背朝门口。白青怡看了看屋里的摆设，又看了看自己的桌子、椅子，一种失落的感觉突然涌上心头。她感到委屈，当间谍，受训练，还被轮奸，就换来这么个破椅子？她不由得叹了一口气。

她挪了挪椅子，勉强坐下，仔细观察着坐在对面的这个小青年。只见他脸庞瘦瘦的，长得倒也白净，眼睛是长的，看她时眯成一条线，话不多，有眼色，看来也是受过专门训练的。

稻田端上一杯热水，放在她面前。她看了看稻田，思路又回来了。她问稻田，年龄多大，家住哪里，结婚了吗，是什么学校毕业的。稻田一一回答，说他今年二十一岁，家在东京郊区，在家排行老二，还没结婚，东京无线电学校没毕业就参加宪兵部队，来到中国两年了，请芳子小姐多多关照。

稻田说完，递给她一个纸夹子，里面有十几张用钢笔写得密密麻麻的纸，有的字下面还划有一道红线。芳子看了看，她识字不多，还不能完全读下来。她告诉稻田："你简单说说就行，以后只需给我说重要的内容，或者给我读重要的东西就行了。"

稻田拿过纸夹子，端在手上，说："这里面整理的资料，全是土匪张百隆的情况。"

芳子说："拣重要的说说。"

稻田说："张百隆今年三十七岁，泗城东南孙村人，地主，家有一百多亩地。五六年前以看家护村为名，买枪武装本村子的人，后来势力范围发展到周围几个村子，现在有三百多人、二百多支枪。在孙村建炮楼四个，以走私盐为主要经济来源，再就是吃大户，摊派附近地主交粮和钱。这两年他又把各个村子的农民作为摊派对象，引起农民的反抗，但是都被他镇压下去了。"

"他家里有什么人？老婆、孩子在哪里？"白青怡问道。

"他父母都死了，老婆和孩子住在村子中的老宅子里。"稻田答道。

稻田还想往下读，白青怡摆了摆手说："别念了，你把资料放起来吧！"白青怡觉得这些资料没多大用处，她要好好琢磨一下，也让弟弟帮着拿个主意，然后再确定从哪里下手，真正干出点名堂，让宪兵队上下知道她不是一个吃闲饭的女人。中午吃饭时，她向宫本请假，说白五要给她接风洗尘，晚饭就在白五那里吃了。宫本听后说："吆西，你对白五说，我十分信任他，让他好好干！"

下午，白青怡来到白五家里，把宫本的态度说了一遍。白五听后如释重负，吊着的一颗心总算放下了。他明白都是姐在宫本面前说好话才有这个结果，表示以后一定小心从事，少给姐添麻烦。

白青怡叹了口气，说："日本人对跟着他们干的中国人并不放心，他们时时刻刻都在监视中国人，即便是你对他忠心耿耿他也要监视，你们俩一定要多长心眼，别让日本人抓住什么把柄。"

白五、白六连声说，一定记住姐的话。她接着把自己当间谍后承担的任务讲了一遍，要两个弟弟给出个主意。白五说："姐说的任务可不是一般人能胜任的，就说这个张百隆，他连宫本都不放在眼里，若是姐与他打交道，他能给你面子吗？还有这八路军，咱更惹不起，这些人打仗勇猛无比，说来就来，说走就走，我这几个月算是领教了。再说这八路军最恨咱这样的人，只要跟他们打照面，不是被活捉，就是被打死。我的意思是，姐如果真要下点功夫，那也只能对着张百隆使劲，他毕竟与皇军还有个划地为界的协议，不至于动刀动枪，咱也有个退路。八路军那边，就不要引火烧身了。"

白六也说："哥说得是，既然宫本和秋野都把土匪当重点，你就朝张百隆那边使劲吧！"听了两个弟弟的话，白青怡沉思了一会儿，说："你俩说得有道理，我刚上任，还是要稳中求胜。"她停了停，又说："既然要把劲使在张百隆那边，那就要考虑找几个跟土匪有联系的人，以便接近这些土匪，再就是要找几个给我跑腿的人，还要可靠的。"

白五、白六点头说，明白姐的意思了。白五说："我的副官孙志明是孙村附近的，好像他认识孙村土匪二当家的，我回头问问他，如果是这样，倒是可以派他了解一些情况或者联络一下孙村的人。"

白青怡说："就让这个孙志明牵线搭桥，你给他说事成之后我重赏他。"

白六把戏班里的灵芝和金童推荐给姐当跑腿的，白青怡知道灵芝是刀马旦、金童是武生，就答应了。她嘱咐白六，要断了灵芝和金童再回去的念想。白青怡又说："他们来了就住在小六的院里，再找个做饭的，我有事就去找他们。"

白六选了几个部下冒充土匪砸了戏班，绑架了灵芝和金童，逼戏班仓皇逃离泗城，然后又假装用二百大洋赎回灵芝和金童，演了一场"苦肉计"。白六告诉他俩："师父只顾自己逃走，扔下你俩不管不问。是姐听说后，东拼西凑筹集二百大洋赎回你俩。姐现在做西药的生意，你俩以后要帮姐做事还债。"两人听白六这么一说，不再说什么。他们知道欠债还钱的道理，既然师姐出手相救，怎能让师姐一人背债，只能留下帮师姐做事，挣钱还债，还有，白家兄弟都是吃官饭的，白六让留下就得留下，哪敢不听。

第十三章

除掉祸害

小分队回到邱家寨时已经日出老高了，乡亲们听说八路军火烧了城南据点，并已经打到城门口，把鬼子吓得不敢出来，高兴地带着吃的喝的来慰问战士们，就连邻村的群众也跑来看热闹，八路军又打胜仗的消息很快传遍了十里八村。

当天下午，李鲁派出侦察人员分别去东南方向和县城摸清敌人的新动向。当他得知宫本已经带着"治安军"回到县城的消息后，如释重负，他激动地连声说："成功了，成功了！"

几十个日日夜夜，一仗接着一仗打，小心周旋在强敌之间，他带领小分队终于实现了牵制敌人的战术目标，为主力部队减轻了压力。他感到很振奋，对今后充满了信心。兴奋过后，他静下心来分析面临的形势，认为宫本回撤标志着泗城地面上的大"扫荡"已经结束，宫本也不可能在近期寻找小分队作战，因为他没有足够兵力再进行拉网式的进攻，他可能要收缩兵力进行防御，把防御的重点调整到县城和滋临公路。如果是这样，小分队可以在邱家寨休整，并依托邱家寨打击周边几个村庄的敌伪政权，扩大抗日根据地，在这里等待大队回来。

李鲁把自己的想法告诉王正，两人认识一致，商定及时调整小分队的斗争任务，依托邱家寨，打击周边村庄的敌伪政权，扩大抗日根据地。王正提出，要拿出一定精力，抓好小分队的政治和军事素质工作，还要建立一套小分队的管理制度。李鲁想了想，说："随着不断吸收新战士入伍，小分队人员已经是成立之初的一倍多，队伍管理的事情也越来越多。我想让刘子文担任副分队长，分管后勤事务，打算写个报告上报大队批准，让他在批准之前先干着。"王正表示赞同。李鲁又说："我想让你和张言去寻找大队，把小分队的情况汇报给大队领导，把刘子文担任副分队长的事一并报告。"王正问几时动身，李鲁说准备一下明晚出发。

李鲁见缴获的物资中有不少棉衣和棉被，高兴地对刘子文说："这下可帮你完成任务了。"刘子文建议，新战士每人一套棉衣和棉被；老战士缺棉裤的发棉裤，缺棉袄的发棉袄；剩下的保存好，等大队回来时交给大队。李鲁同意，并要求他想办法染一染军装，再做一些八路军的臂章缝到军装上。

李鲁召开小分队的全体会议，他讲明当前的形势和小分队的任务，并宣布刘子文代理副分队长，负责训练和后勤工作。接下来的一段日子，李鲁带领几个战斗小组打垮了以马家庄为中心的伪政权，接连收复七个村庄，又抽出十几个有经验的战士配合乡党委在这些村庄建立抗日民主政权。刘子文带领各班进行整训，开展思想教育和军事技能训练。李鲁也专门做了准备，给战士们讲抗战形势和八路军的政策，结合战例讲战术运用，还介绍古人打仗时常用的兵法计谋，让战士们学习讨论，提高政治和军事素质。

这期间，他派出侦察人员收集敌情，掌握敌人的动向。经过汇总分析，他发现，宫本回城后没有再部署进攻性的军事行动，只是调整了防御，在城内加强了巡逻，在城外修建了城南和城西两个据点——这两个据点都比以前离城里近了。还有一个新情况，宫本在伪化区推行"治安模范县"活动，强化"保甲制"，特别是在根据地边缘，有"蚕食"根据地的迹象。

李鲁与刘子文商量，小分队要针对敌人的新动向，采取"露头就打"的方针，集中力量消灭在根据地边缘胡作非为的敌人。

这天早上，马家庄乡的王乡长来找李鲁，他说："昨天下午，马家庄对面的冯家庄突然在村口设立了路卡，对过路的人严加盘查，特别是对从根据地来的人查得更严。马家庄的财粮委员马振福就被他们扣下关起来了。马家庄派人前去要人，被告知是县督导队下的命令，坚决不放人。"

李鲁问："县督导队是个什么组织？这件事是不是与敌人推行'保甲制'有关系？"

王乡长说："是和'保甲制'有关系，这个督导队就是来干这个事的。听说冯家庄大地主冯士印的儿子冯申是领头的，这个冯申是伪县民政局局长，他的小舅子是伪县县长李光庭。"

王乡长又说："听说北边有几个村子更换了伪保长，他们在各村推行'连坐'，现在又设路卡专门对付根据地的人。这个督导队成了我根据地边上的一个新祸害。"

李鲁对王乡长说："既然是祸害，我们就除掉它！先不要打草惊蛇，我再摸一下这个督导队的情况，然后想办法消灭他们。经过侦察，这个督导队是伪县县长李光庭派来的。李光庭为了讨好宫本，想在他的老家李家洼一带搞一个'保甲制'的模范区，这样，既让宫本看看他的能耐，也解决了他的后顾之忧，可以借这个机会弄几条枪给他爹看家护院。"

李光庭他爹是个大地主，李光庭是家里唯一的男孩，上面还有五个姐姐，从小娇生惯养，全家视他为宝贝，稍大一点他爹就请来先生教他读书，长大后考上曲阜的一个学校。他在学校里加入了国民党，毕业后被国民党派到泗城党部工作。日本人占领泗城前，他就是县长；日本人来了，他不但没有逃跑，还组织一些国民党员和商人欢迎日本人，结果日本人让他继续当县长。

李光庭当县长后，他的亲属都进城当了官。四姐夫是教育局局长，五姐夫是民政局局长，就连本家的侄子李相贵也当上警察队长。坊间传闻，"一人得道，鸡犬升天"，泗城就是李家的天下，只不过日本人来了他才变成老二。这回要去家乡推行"保甲制"，李光庭第一个想到的是让五姐夫冯申去干这件事。冯申家里也是大地主，与李光庭邻村，李光庭的五姐嫁给冯申也是门当户对。冯申也念过私塾，比李光庭大两岁，与李光庭很投脾气，几年前就沾光当上了民政局局长。

李光庭向宫本要了三十支枪，拿出五支给家丁护院，剩下的交给冯申。冯申用这些枪武装了督导队，让叔伯兄弟冯三当队长。督导队就住在他家后院，白天跟着他到各个村子督导，晚上回来给冯家大院站岗。他以县督导队的名义向各个村子要钱，自己拿大头儿，然后拿出一部分给他的督导队员发饷，宣称这些人是吃官饭的。

冯申带着督导队逐村推行"保甲制"，把十几个村子的伪保长都换上他的人，将伪保长、伪甲长、伪户长一一登记在册，个个签字画押，实行"连坐"，妄图阻断村子里的人与八路军来往。冯申的人到处张牙舞爪，气焰嚣张。他们任意设置检查站，随时破门入户搜查。一时间，恐怖气氛笼罩在各个村子上空。

李鲁听完这些情况，意识到冯申搞的督导队已经向军事组织发展，这不仅对老百姓是个威胁，而且也成为一股以宗族为骨干的准军事力量。如果打击不及时，日后必然后患无穷，必须尽快除掉这伙汉奸。当天下午，他带上侯二保，化装后朝冯家庄走去，两人边走边观察前面的情况，见不远处的路边有一片树林，便加快脚步来到树林旁。他们站在这里向冯家庄张望，只见不到一里路远的村口，有一个插着一杆太阳旗的检查站。

李鲁掏出望远镜仔细观察冯家庄的情况，侯二保也踩着树林边的一块石头朝村子里张望。李鲁指着村子里一个高高的屋脊说："这是一个大户人家住的房子，估计是冯申家的。"

侯二保说："这个房子离村口有二三百米吧？"

李鲁说："差不多。"两人又观察了一会儿就往回走。路过马家庄时，李鲁去乡政府见了王乡长，将这几天掌握的情况通报给王乡长，希望王乡长帮助找个熟悉冯家大院的人当向导。王乡长表示坚决支持八路军打督导队。他想了想说，乡武工队的马福生以前是个瓦匠，在冯家大院干过活，可以找他来问问。不一会儿，马福生来见王乡长，当他听说八路军的李队长想了解冯家大院的情况后，很痛快地说："太清楚啦！三年前下大雨，冯家管家还叫我去给他家堂屋挂过瓦呢！"

李鲁听后很高兴，又问他是否愿意带路打督导队。马福生说："我们武工队早就想打这些王八蛋了，我愿意带路！"王乡长让马福生马上跟着李鲁走，嘱咐他一定服从命令。

李鲁带着马福生回到邱家寨，接着召集班长们研究行动方案。他先把马福生介绍给大家，然后让他介绍了冯家庄的地形和冯家大院的房屋布局。李鲁决定：今天晚上天黑以后行动，由王玉五带一班从冯家庄西村口进入，刘子文带二班从冯家庄南村口进入，两个班接近冯家大院先干掉敌人的岗哨，然后掩护三、四班进攻后院。李鲁带三、四班翻墙进入冯家后院消灭督导队，三、四班各准备两个梯子，其他人员在邱家寨待命。李鲁最后说："各班要做好战前动员，克服轻敌思想，不要以为督导队只是一支地主武装就麻痹大意。要认清这股敌人的本质，他们是以家族为骨干组成的武装，有拼死的思想。告诉战士们千万不要轻敌。"

他停了停，又说："有马福生同志给我们带路，我们更有信心啦！现在各班回去准备，九点出发！"

马福生在前面带路，小分队很快就来到冯家庄的南村口。李鲁挥了一下手，战士们马上分成两队，一队绕到西村口，一队由李鲁带着直奔村里，两队同时向冯家大院包抄过去。

李鲁这边有马福生带路，走得比较快，一会儿就到了冯家大院的后院外面。李鲁向两边看了看，没有发现哨兵，就对马福生示意开始行动。马福生把几个扛梯子的战士领到一处墙根前，说："从这里上吧！"战士们把梯子竖在墙上，李鲁第一个登上梯子翻过墙头，战士们接连翻墙进来。跳下墙头，李鲁看到这里正是前院通往后院的过道，过道狭窄，宽不足两米，长约三四米，不利于展开。他命令大家向前后院展开。孙成带几个人去前院，这边由李鲁带着扑向北院的三个门口。

突然，南面街上响起啪啪的枪声。李鲁知道这是一、二班与哨兵交上火了。他大喊一声："快，破门强攻！"战士们迅速冲到三个屋门口举枪托砸门，东屋的门很快砸开了，几个战士们冲进去收拾了屋里的督导队员。几乎同时，西屋的门也破开，屋里的人也当了俘虏。只有北屋的门没有砸开，两个战士还在用枪托砸门。就在这时，只听啪啪两声枪响，北屋的两个窗子向外射出子弹。两个窗子射出的子弹形成交叉，覆盖了本来就不大的院子，一时阻止了战士们的进攻。北屋门口的两个战士只好从窗子下躬身撤到东墙根。两个窗子不停地朝外打枪，而西面的窗子正好斜对着过道，射出的子弹堵住了过道出口，恰恰在这时，正好有两个战士从墙上跳下来，接连被击中，倒在地上。

李鲁看到这个情形，急忙喊道："注意隐蔽！"战士们快速隐蔽起来，躲在门口和墙角对着两个窗口还击。

李鲁在西屋门口伸手朝北屋东窗子打了两枪，高声喊道："屋里的人听着，我们是八路军，今天晚上是来捉冯申的。你们已经被包围，不要再抵抗了，赶快把枪扔出来，八路军不杀你们！"听到喊声，枪声停了下来。接着，屋里就传出大声的叫骂声："谁敢投降，我先打死谁！"

趁这个机会，战士们想冲上去。突然，一颗冒着火花的手榴弹从东面窗子扔出来，手榴弹嘶嘶地响着滚向东屋门口。在这千钧一发之际，只见东屋门口跳出一个人，一脚踢向地上的手榴弹，轰的一声，手榴弹在北屋前面爆炸了，炸起的泥土飞到院子里。霎时，东窗子停止了打枪，踢手榴弹的人也被气浪冲出两三米，倒在地上。

李鲁一看，气得大声喊道："把机枪给我！"说着，他伸手从战士手上接过机枪，向门外跨出一步，手端机枪对着两个窗口来回一阵扫射，打得窗子里停止了射击。

李鲁的机枪刚停止扫射，退到东墙角的战士就冲到东面窗子下，接连向窗子里塞进两颗手榴弹。只见屋里闪起火光，轰轰两声，手榴弹在屋里爆炸了。

"上！"李鲁大声喊道。战士们冲向北屋，有的砸开窗子跳进屋里；

有的用刚才找到的长条凳子撞开屋门，冲进去收拾了残敌。

李鲁打着手电筒找到刚才踢手榴弹的战士，一看是三班的刘继堂，只见刘继堂满脸是泥土，右腿棉裤被炸开了花，露出的棉花被鲜血染红了。

李鲁喊道："继堂、继堂，你醒醒！"

刘继堂没有吭声。李鲁把手放在他的鼻子下试了试，转身喊道："快来人！"

侯二保急忙跑过来给刘继堂包扎，李鲁交代他把刘继堂和另两个伤员抬到东屋里。

李鲁吩咐四班副班长杨玉青，留下几个人打扫战场，其他人跟着他来到前院。这时，大门口的战斗已经停止，一班、二班押着几个俘虏来到院子里。

李鲁问刘子文看到孙成了没有。刘子文说，刚听四班的战士说，孙成带人去追击冯申了。

原来，冯申在前院东屋听到枪声，急忙穿上衣服跑进茅房，听了听动静，知道大事不好，跑出来爬上墙头想跑。孙成来到前院时，正好看到西墙上有人，便跑上去想抓住他。冯申一看来人了，便一咬牙跳下去了。只听得"哎哟"一声，冯申实实在在摔了个狗吃屎，他顾不上疼痛，一瘸一拐地跑了。孙成见墙上的人跳出去了，便和几个战士翻墙去追。

冯申的家人被枪声吓得缩在前院北屋里。听到枪声停止了，冯申的爹开门出来，对着院子里的八路军一个劲地作揖、磕头，请求饶了他们全家。

李鲁向他说明八路军是来消灭汉奸的，让他和他的家人老老实实在屋里待着不要乱跑。

刘子文忙着清点俘虏，前后院的督导队员除了冯申逃跑，死了四个，伤了五个，其他全部当了俘虏，刘子文把他们关到后院的西屋里。

李鲁查看了三个战士的伤情，刘继堂伤了腿还在昏迷之中，另两个战士分别被击中了腿部和肩部，已经包扎完。李鲁吩咐侯二保抓紧把伤员送回邱家寨治疗。正在这时，孙成派战士王铁柱先回来报告，已经抓住冯申，正在押着他往回走。

战斗结束了，小分队暂时在冯家庄住下来。王乡长也带着武工队的人进驻冯家庄，他和李鲁商量着要趁热打铁收复周围几个村庄。李鲁派王玉五带领一班先收拾了伪县县长李光庭的家丁，缴获五支步枪；接着挨个村子清理伪政权的人员，对冯申推行的"保甲制"给予毁灭性打击。乡政府在新区开展了政权建设，小分队则帮助各村建立民兵组织。李鲁从缴获的枪支中拿出一部分送给各村的民兵队，指导各村之间建立民兵联防制度。

乌云散去，阳光重回大地。各村的老百姓选出了自己信得过的人当村干部，他们盼望像南面根据地的老百姓一样过上好日子。穷人翻了身，地主和他们的爪牙变得老实了，这是从来没有过的大变化。

新区各村的抗日民主政权成立后，小分队回到邱家寨。因为邱家寨的地形有利于进出，村子里还存放了小分队从城南据点缴获的物资，所以李鲁还是选择在这里驻扎。

一年之计在于春，邱家寨的群众趁着好天气开始春耕、春种了。为了帮助群众早早种上庄稼，李鲁带领战士们到困难户家里帮耕、帮种。他让村长邱玉堂提供困难户的名单，由小分队帮助耕地、播种。一些困难户家里没有耕牛，战士们就抢起镢头刨地，刨完再耙，直到把种子撒上。

邱家寨是个山村，土地大多在山坡上，浇水成了大问题。村南头的一条水沟里有水坑，冬天存下的水这时候派上了用场。战士们肩挑人抬，从山沟里把水运上来，浇灌到地里，保证了春种。战士们除了帮助群众种地，还要轮流去地里挖野菜。

去年秋天，邱家寨一带遭了冰雹，造成当地歉收。一过春节，这一带就闹粮荒了。小分队为了减轻群众的负担，每天派出几个人到地里挖野菜，把野菜弄回来，掺上粮食煮熟了充饥。战士们由每天吃三顿改为吃两顿，即使这样粮食仍然不够吃。

王乡长帮助筹集了十几袋杂粮交给小分队，不到一个月就吃没了。面对小分队八九十张嘴，李鲁想了很多办法。他派人买来几十斤黄豆，碾碎了掺进干地瓜秧里，煮了吃，没几天黄豆也吃没了，就只好煮干地瓜秧吃。一天，炊事员老秦找李鲁汇报，已经四天没见粮食了，战士们有的出现水肿，得尽快想办法。

李鲁心里着急，照这样下去，战士们的身体很快就垮了。但是，他也不想再给乡政府添麻烦，他知道去年受灾的地方不少，各个村子都缺粮食，都在千方百计度饥荒。

李鲁想起泗城的一句俗语，"旱收川，涝收山"，意思是泗城的地形南北是山，中间是川（也就是泗河），旱天泗河两岸收成好，涝天山上收成好。他清楚自己的家乡是旱涝保收的地方，决定回家取粮。这是个最快的办法。他找来刘子文，把小分队的事向他交代一下，让他临时代理分队长。

当天晚上，李鲁挑选了三个战士，每人带上短枪和手榴弹，向邱玉印借来两头毛驴，再加上小分队的两匹战马，准备了几条装粮食的布袋，早早吃了点野菜便出发了。

从邱家寨去北河村，要穿过滋临公路，然后过泗河，才能到李鲁的家。李鲁知道，自从八路军拔掉张家湾据点后，敌人派出"治安军"在滋临公路上加强巡逻，巡逻队骑着洋车，速度快，动静小，还不定时，对过路的人是个威胁。

一路上，大家加快脚步，不到九点便来到公路附近。上前侦察一下，没有发现敌人的巡逻队，四个人便迅速翻过公路朝泗河走去。来到河边，他们脱掉鞋子，牵着牲口下了水。三月的河水，乍凉刺骨，牲口都不听使唤，扭头就往岸边跑。战士们紧紧抓住缰绳，才把它们拉回河里。

李鲁熟悉这一带河面的情况，他牵着战马走在前头带路。不一会儿，四个人一起上了北岸，拧一下裤子，用手搓搓腿和脚，穿上鞋，然后悄悄朝李鲁家走去。来到家门口，李鲁让战士们在外面稍等，他一跃翻过墙头，然后从里面打开大门。战士们牵着牲口来到院子里。一个战士在大门口警戒，李鲁悄悄来到西间窗子的外面，低声叫道："林英、林英，我是李鲁，我回来啦！"

"谁？"屋里问道。

"林英，我是李鲁。我回家啦，你开门啊！"李鲁小声说道。

"啊，是李鲁！你等等！"屋里传出林英喜悦的声音，屋里点上了煤油灯。只听得"吱呀"一声，门打开了，林英手端煤油灯站在门口，一脸喜出望外的表情。

李鲁迅速跨进屋门，上去接过煤油灯放在桌子上。他急切地在屋里环视一圈，问："爹娘都好吧？孩子呢？"

"她三嫂，是老三回来啦？"东间屋里娘听见动静，起来问。

"娘，是我，我回来啦！"李鲁赶忙答应道。爹娘都起来了，李鲁见过爹娘。爹娘抓住他的手，半天说不出话来。林英急忙拉着李鲁的手说："快看看你儿子吧！"

两人来到西间屋里，李鲁借着外屋照进来的微弱灯光，看到一个胖乎乎的小孩躺在被窝里睡得正香。他伸手去摸他的小脸蛋，小孩嘴巴吧嗒了几下，李鲁笑了。

"几个月啦？"李鲁高兴地问。

"三个月啦，腊月出生的。就叫记东，既是东北的东，也是冬天的冬。"林英掩饰不住心中的高兴，给李鲁说着。

"林英，你辛苦了。"李鲁看着林英，深情地说。

"没什么，娘很疼我和孩子，你就放心吧！这次回来能住几天不？"林英望着李鲁的脸说。

李鲁拉住林英的手说："林英，看到你和孩子都平安，爹娘也都强健，我就放心了！这次回来不能住下，天亮之前我还要赶过公路去。"

"噢，这么急啊！我给你收拾点吃的吧？"林英无奈地说。

"好！"李鲁答应一声。爹娘见院子里还有人站着，急忙招呼进来。两个战士进门先打敬礼，两个老人一看不知道说什么好。

　　李鲁说："娘，有什么吃的，拿出来让我们先垫垫。"

　　林英忙着去生火做饭，李鲁说："不要生火了，让人家看见不好。有什么现成的，吃点就行啦！"

　　林英说："有煎饼，还有咸菜，别的没有熟的了！"林英说着，就拿出煎饼和咸菜。李鲁先拿起一张煎饼，让战士王铁柱送给大门口站岗的小刘，又招呼两个战士坐下吃饭，最后自己才拿起一张煎饼吃起来。林英和爹娘看着他们狼吞虎咽的样子，心里有说不出的滋味。

　　李鲁边吃边说："爹、娘，部队有好几天没吃上粮食了，在南山一带也不好买粮食，我想从咱们家里带点粮食回去。"

　　"行，你们先吃着，我这就去装粮食。"林英说着就去找口袋。爹娘也忙着去装粮食。李东山回过身来说："叫你两个哥哥也起来，多带点吧？"

　　李鲁说："爹，不用了，那样动静太大，别再给哥哥添麻烦了。再说，这样也不是个办法。我有个想法，爹，你看行吗？"说着，李鲁走过去，小声对爹说了他的想法：让爹找个收粮食的农民，部队派人化装成商人来购买，这样公平交易，也减少敌人发现的风险。李东山觉得这样行得通，答应找个人收粮食。他对儿子说："这个活让张之民干，行吗？"李鲁觉得可以，张之民做买卖会办事。

　　李鲁说："爹，你给我之民哥说一声，我没空去看他，让他操办好，我过几天派人来取。"

　　林英装了几袋子地瓜干、黄豆、麦子和高粱，把家里的粮食几乎都装上了。林英又把家里的煎饼全部包起来，让李鲁背上。

　　李鲁看看怀表，已经快三点了。他给爹娘和林英说，他们必须在天明前越过公路，说着就告别爹娘和妻子。到了大门口，他突然想起儿子，便从上衣口袋里掏出一把小木手枪。这是他去年在康平村养伤时让孟刚帮忙刻的，他自己又仔细雕刻、打磨一番，在上面刻上"记东"。他对林英说："这个就送给孩子吧！你要照顾好孩子和爹娘，一定多保重啊！等稍微安宁了，我就回来看你们。"

林英接过小木枪说："这么快就走了，我真想跟你一起走，队伍上要女兵吧？"

李鲁说："孩子太小，你先在家带好孩子吧！等孩子大一点，我会回来带你参加八路军。"

"你说话算数啊？"林英追问一句。

"算数。部队上有医院，那里有女兵，到时候你去医院当个护士吧！"李鲁看着林英说，他想尽量安慰她。

林英还想说点啥，王铁柱走过来，掏出钱说："李队长，刘副队长交代我一定把钱要留下。"

李鲁说："不用留了。我们赶快出发，天亮前赶回去。"说完，李鲁摆摆手，转身消失在夜幕中。

林英站在黑夜里，一直到听不见李鲁他们的声音，才转身回到家里。她见爹娘都站在院子里听着外面的声音，就走过去把两个老人搀扶到屋里。

"老三不是去济南上学，是去当了八路军啊！"李东山坐在椅子上自言自语。

林英说："爹、娘，李鲁是个大学生，是个吃官饭的人，他要做的事就让他去做吧。"

林英看到两个老人脸上似乎添了不少忧愁，又说："爹、娘，您二老不要担心，他会照顾自己的，您看出来了没？李鲁现在老成多了，人家还称呼他队长呢，您二老应该高兴才是！"

婆婆说："这个孩子在外面吃了不少苦，你看他瘦得那个样子。孩子他爹，你给他多弄点粮食，让他再回来拿。"

李东山找到张之民，告诉他山里的朋友做粮食买卖，找人收杂粮，问他这个活能不能干。李东山没有说是李鲁要的粮食，也不能说李鲁是八路军，他想，还是少让人知道为妙。张之民答应做做看，他问收了粮食放哪儿。李东山说，放到他家里，一手交粮一手付钱。

张之民第二天就干起来了。下午，他就把粮食送到李东山家。李东山看了看粮食的成色，过了秤，接着就给了钱。两人说好两天后再送一次。到了第三天傍黑时，一个农民打扮的年轻人牵着一头毛驴来了，他在李东山大门外转了一圈，看看没人才敲开李家的大门。

来人是王铁柱，他上次跟李鲁一起来过。李东山认出是王铁柱，马上叫林英端出饭来，让王铁柱先吃饭。王铁柱也不客气，端着饭碗边吃边说："李大爷，我来的时候刘副队长有交代，八路军买卖公平是纪律，这次一定要收下钱，要不粮食我就不拿了。"

李东山说："行，留下钱再给你多收点。"林英拿出两双新鞋交给王铁柱，说："一双给李鲁，一双你留下穿。"王铁柱连声说"谢谢嫂子"。

一连半个月，王铁柱来往于邱家寨和北河村之间。这天傍晚，王铁柱来到泗河南岸，等待李东山过河送粮食。他现在不能再直接去李东山家里取粮了，因为张之民不敢再给他收粮食了。有一天，张之民在李家碰到来取粮食的王铁柱，他一看王铁柱不像是做买卖的人，打量了一阵，问王铁柱把粮食卖到哪里。王铁柱说，卖到南山的大集上。王铁柱的回答让他起了疑心。他知道南山是八路军的地盘，他不干了。李东山没办法，只好自己来收粮食。

没几天，李金士就找到李东山，说："别再倒腾粮食了，村里传言你卖粮食给八路军，这件事就到此为止吧！"李东山说是亲戚的事，还要帮忙一阵子。他让李金士睁一只眼闭一只眼，李金士摆摆手走了。从那以后，李东山就在夜里把粮食运到泗河南岸，等候王铁柱到来。

这天晚上，王铁柱在泗河南岸牵着毛驴沿河向东走了一段，来到他和李东山约好的接头地点。他看了看周围没有人影，知道李东山还没来到，就牵着毛驴来到水边。他解开毛驴嘴上的笼嘴让它饮水。因为怕毛驴张嘴乱叫，所以每次出来时他都要给毛驴带上笼嘴，这样它就不叫了。给毛驴饮完水返回岸上，他把毛驴拴在一棵柳树上，自己就贴在树旁观察河对岸的动静，他估计李东山快到了。

突然，东边不远处发出一阵"噗噗拉拉"的声音。王铁柱急忙闪到树后，拔出手枪。他顺着声音看去，只见东边飞来几只野鸭子，发出"噗拉噗拉"的声音。

"有人？"王铁柱自言自语。他瞪大眼睛朝东边望去，看到有几个人影在晃动，正朝自己这边走来。

"是敌人？"王铁柱马上想到，李东山说过，最近村子里有传言说八路军来这里收粮食，要他小心。

看来是被敌人发现了，他们想在这里抓住我和李大爷。王铁柱心想。他看了看对面岸上，隐隐约约有个大黑影朝河边晃悠过来，他知道这是李东山牵着毛驴来了。怎么办？一边是敌人，一边是亲人。怎样才能让对面的亲人知道这边有情况，不能再过河了？他急得嗓子直冒火。他想了想，看来只有暴露自己，让李东山知道这边出事了赶快往回跑。想到这里，王铁柱大喝一声："站住！什么人？"

黑夜中，在这空旷的河岸上，这一声呵斥如同一声惊雷，吓得东面几个人趴倒在地，接着便传来一句反问："你是干什么的？"

王铁柱没有回答，他看了看河对面的黑影停住了，知道李东山也听到了自己的声音，他放心了。

"你是什么人？"东面又喊了。

王铁柱还是不回答，他解开毛驴的缰绳，在毛驴身上拍了一下，毛驴便沿着河岸往回走了。他躬身来到一棵大柳树下，隐蔽在树干后面，一手拿枪，一手拿着一颗手榴弹，等待敌人过来。

"你是什么人？再不回答老子就开枪了！"东面的人急了。

王铁柱看到东面有两个人躬身下到河里，他明白这是去河对面抓李东山。"决不能让敌人抓住李大爷！"王铁柱心想。他急忙卧倒，匍匐向前爬了几米，在一棵树旁停下来，伸出左胳膊垫起右手的驳壳枪，瞄准走到水中的敌人，啪的一声，只见前面的那个人应声栽倒。后面的那个人见前面的同伴倒下，吓得急忙转身往回跑。

岸上的敌人一看柳树后面的人是个神枪手，不敢贸然进攻，他们躲在树后一个劲地打枪，想以火力来压制对方。

东面朝王铁柱打枪的是城西据点的"治安军"，为首的是班长金武，他今晚专门来抓运粮的八路军。前天夜里，他们在巡逻时抓住了一个牵毛驴驮着包袱的人。经盘问得知，这个人是北河村的，叫张之民。他当时牵着毛驴过公路，被巡逻队逮住了。

巡逻队见张之民牵着的毛驴驮了几个包袱，又一身的酒气，知道这是个做买卖的人，就想让他拿出钱来再放他走。不知道这个张之民是"酒壮尿人胆"，还是吝啬到不要命了，死活不拿钱。结果巡逻队以他"有私通八路军嫌疑"为由，把张之民带到城西据点，一阵乱揍，打得他求爷爷告奶奶，最后把他给关起来了。

第二天一早，张之民清醒了，对看管他的一个兵说想回家。当兵的叫李二狗，他见张之民醒酒了，就对他说，想回家不难，得拿出钱来疏通一下。张之民嘟囔着说自己就是个做小生意的，没钱，然后蹲到墙根底下不吱声了。李二狗见张之民是个爱财不要命的人，气得他上前踢了张之民一脚，转身跑到班长金武那里汇报。金武一听，这个人醒酒了还不识时务，马上解下腰上的皮带拿在手里，说："走，收拾一下这个要钱不要命的家伙！"

金武把张之民捆起来放倒在地，举起手里的皮带一阵乱抽，抽得张之民嗷嗷乱叫，一会儿就求饶了。金武让张之民老实交代"私通"八路军的情况，张之民说没有。金武又是一阵乱抽，直打得张之民语无伦次，把最近干的事都说出来了。

金武一听，大为震惊，忙问，李东山是不是把粮食卖给八路军？张之民说，李东山卖给了南山的一个年轻人。

金武停下手里的皮带，心想，原来收拾这个人只是想弄两个钱花花，没想到现在歪打正着，还真抓了个给八路军买粮食的。我顺着这条线摸下去，说不定能逮住几个"私通"八路军的人，到时候可就立大功了。金武赶快将情况报告给中队长聂山。

聂山是本地人，家住城里街上，他爹是个开饭铺的，从小跟他爹学做生意，心眼多，会看人下菜。他原来在城东据点当副中队长，这次白五在日本人的压力下整顿队伍，看他机灵会来事，让他来城西据点当了中队长。聂山心里明白，白五这是没办法了才用自己，再说这个新建的城西据点虽然离城里近了点，但是南边不远就是八路军的根据地，到这里当中队长并不是什么好差事。聂山提醒自己可不能在这里翻船。

聂山听了金武的报告，心中不免一惊。巡逻队居然抓住了一个给八路军买粮食的可疑人物，这可是个立功的机会，但他转念一想，有功也是白五的，可这得罪八路军的事就全落在我头上了。这件事又不能不管，城西中队有好几个白五的耳目，他们会告我知情不报、不处置，还会说我私通八路军。他琢磨了一阵，有了主意，先不上报，看情况再说。他板着脸对金武说："金武，这个人的话可信吗？"

金武急忙说："我亲自审问出来的，张之民把粮食卖给李东山，李东山再把粮食卖给一个年轻人。"

聂山说："张之民把粮食卖给李东山，但是，怎么肯定买李东山粮食的年轻人是八路军呢？"

"要不，我再问问？"金武试探着问聂山。

"是要仔细问问，弄清楚了再汇报。在这之前什么也不要对别人说，这是军事秘密，懂吗？"聂山很严肃地说。

金武对张之民威逼利诱一番，张之民说出李东山在河边把粮食交给年轻人的事。金武问在河边的哪个位置，张之民说不清楚，又说应该是河滩宽的那个地方。金武问那个年轻人几天来一趟，张之民说两三天一趟。

聂山听到这个新情况，只好让金武晚上去河边看看。金武当晚带人去河边埋伏，结果空等了一夜。他回去后扇了张之民两个耳光，张之民两手捂着脸说："我说是两三天一趟，你再去看看吧！"

第二天晚上，金武又带着他的几个弟兄来到河边，正沿着河边向西走，突然听见有人大声呵斥，金武听出对方是军人的口气，急忙命令弟兄们散开、趴下。当他发现河北岸有人影时，他命令两个当兵的下河去北岸抓人。没想到对面的人一枪就撂倒了走在前边的弟兄，他害怕了就胡乱打了一阵枪。

金武眼看着河北岸的人影跑远了，而这边对面的人又没了动静，他着急了。他命令身边的人散开成扇形包围上去。但是，他的人害怕对面的神枪手，而且不知道对面有几个人，所以只敢趴在地上乱打枪，就是不挪窝。金武火了，大骂一通，说谁再不听就枪毙谁。他命令身边的几个人冲上去。

随着啪啪两声枪响，金武身边又倒下两个人。这下，金武的人都趴下不动了。就连金武也老实了，他真是害怕了。

王铁柱接连放倒三个伪军，看到对面的敌人趴在地上不动了，他计算着时间，估计河北岸的李东山已经跑回村子里，便准备撤退。他看了看周围，南面是刚犁过的黑土地，北面是河水，自己的身后是几棵柳树，别的再没有可用来掩护的东西了。他打算利用这几棵柳树作掩护，逐步往西撤。

王铁柱站起身来，快步跑到一棵柳树后面。他躲在树后看了看对面的敌人，看到他们并没有向他这边移动，还是趴在地上乱打枪。他又转移到另一棵树后面，敌人还是没有起来追他，他又转身向西跑去。就在这时，他听到后面有人喊道："八路跑了！八路跑了！快追！"

第十四章
深夜报信

　　王铁柱听到敌人喊着追他，就回身打了两枪，之后急忙向前跑去。金武看到对面的人打枪也没有伤着自己的人，不由得胆子大了起来，他高喊着："追，别让八路跑了！"几个伪军一边打枪，一边追了上来。

　　王铁柱听到后面的敌人追上来了，又回身打了两枪。突然，他觉得背上一热，就一头栽倒在地上。金武看到前面的人倒下了，便大声喊："打着了，八路中弹了，抓活的！"金武带着他的人扑上去。当金武打着手电筒找到前面的人时，他看到的是一个农民打扮的年轻人趴在地上，鲜血已经浸透了他的后背，流出的血染红了他身边的土地。年轻人右手握着一支驳壳枪，左手握着一颗手榴弹。金武急忙上前收起年轻人的驳壳枪和手榴弹。当他从年轻人手里抽出驳壳枪时，年轻人胳膊微微一动，接着就松开了手。

　　金武把手放在年轻人的鼻子下试了试，然后猛地站起来，大声喊道："啊，这个人快要死了！"金武定了定神，看了看河对面，说："弟兄们，这个死了，北河村还有一个能说话的，我们去抓李东山。"说完，他带着其他几个伪军蹚水过河，直扑北河村。过河来到北岸，金武觉得浑身发冷，这是因为河水凉，更是因为来到了共产党县大队经常出没的地方，他打心里朝外冷。金武硬着头皮，小心翼翼地来到李金士家里，叫他，说明来意，让李金士带路直奔李东山家。

李东山也预料到河对面的人要来抓他，他牵着毛驴跑进家门，喊老伴出来帮忙，他说："小王遇到麻烦了，我先把粮食藏起来。"

老伴说："藏到屋里地窖吧。"

"行，你把毛驴拴好，听着点动静啊！"说着，李东山进屋挪开靠在里间北墙上的一个橱柜，然后掀开一块木板，露出一个方口的地窖。这时，林英也起来了，她帮着公公把两袋粮食藏到地窖里，然后再盖上木板，挪回橱柜。刚藏好粮食，就听到外面传来一阵狗叫声，接着就听见有人在砸门。

"李东山，起来开门！"门外有人在喊。李东山听出这是李金士的声音，赶忙站起来去开门。他假装刚起来的样子走到门口，问："是谁呀，深更半夜的来砸门。"说着，他拉动门闩。

李东山刚开了一道门缝，一道亮光就直照在他的脸上，几个黑洞洞的枪口对准了他。只听一个人大声喊道："把他捆起来，给我搜！"李东山强装镇定，大声说："你们这是干什么？凭什么一进门就捆我？"几个人不容分说，就把李东山捆住，又直奔北屋搜查。

李东山的话直接传进屋里，本来就是和衣躺在床上的婆媳俩，听到喊声接着下了床。林英一手抱着孩子，一手扶着婆婆走出门来。王氏借着灯光看到李金士站在一边，就大声说："大叔，这是干什么啊？你得给我们做主啊！"

李金士摆摆手，说："别说话，老总要查查你们家做粮食买卖的事。这里有东山呢，你们回屋里去吧。"

正在这时，一个伪军过来报告："班长，没发现有外人，也没找到粮食。"金武摆了摆手，让那个伪军退到一边。他转身朝李东山走过去，说："李东山，我们打死了一个八路，他就是来和你接头的，你还嘴硬，快说粮食在哪里！"

李东山一听他们打死了一个八路，就知道王铁柱牺牲了，心里一阵难过。他强忍住泪水，转身对李金士说："我是跟邹县的王掌柜做粮食买卖。王掌柜的侄子爱舞枪弄棒，我见他带一把盒子枪，问他带枪干什么，他说路上防身。今儿个，老总把他打死了，我可怎么向王掌柜交代啊！"

"什么王掌柜，什么交代？你分明就是给八路军送粮食。给我带走！"金武听得不耐烦了，命令手下押着李东山快走。

李金士见金武这就要带人走，急忙说："金班长，黑天半夜的，路上不好走，先到村公所吃点饭，等天明再走也不迟啊！"金武听李金士这么一说，心想，平时都说这个李金士滑头，今儿个倒是给我面子。他看了看天上的星星，心想，还不晚，也就是半夜吧。反正现在人已经逮着了，回去早一会儿晚一会儿都行。折腾了一晚上，弟兄们也累了，倒不如吃点饭喝点酒再走。他想到这里，便说："弟兄们也饿了，既然李保长看得起我，那就恭敬不如从命了。"

金武对李金士说："麻烦老兄安排几个人守住四个村口，防止共产党的县大队来捣乱。"

李金士说："这个你放心，我一会儿就派人去站岗，再说，人家县大队也没来过啊！"

金武拍了拍李金士的肩膀，说："我放心，有老兄你在，兄弟们都放心。"他又转身对几个士兵说："走，把李东山先带到村公所去。"

李金士把金武一行领到村公所，让他们先在屋里喝茶，等一会儿就开饭。金武命令手下把李东山绑在村公所院子里的一棵大树上，派了一个兵站岗，便带着手下进屋喝茶了。

李金士叫来两个做公饭的，让他们回家炒几个菜，又派人去小铺子里打了二斤酒，端来给金武几个人吃喝。趁劝酒的机会，李金士悄悄在金武耳朵旁小声说："李东山做生意这事我知道，他有个儿子在济南念书，手里缺钱，倒腾点粮食也就为赚两个小钱，他哪有私通八路的胆子？"

金武眯缝着眼说："老子在河边打死的那个八路，就是跟李东山接

213

头的，这一点也不假。我要带他回去交给上峰审问。"

李金士又说："金班长，都是乡里乡亲的，有事多帮忙，何必交给外人去审问，还是你亲自问问吧！要不，我让李东山家里凑点钱给你买酒喝？"

金武摆了摆手，说："今天晚上在河边死了我的三个弟兄，不把李东山带回去，我无法向中队长交差啊！李保长，不是我不给你面子，这个李东山我一定要带回去。"

李金士看金武一定要带走李东山，也不好再说什么，只盼着金武快点走。金武吃饱喝足，抹了抹嘴，对李金士说："李保长，兄弟公务在身，就不再打扰了，告辞。"说完，带着李东山走了。

李金士眼睁睁看着金武把李东山带走，气得直跺脚："唉，这个金武吃也吃了，喝也喝了，到底还是把人带走了。"他交代了一下帮工的，就带上院子的大门回家睡觉去了。

再说这边李东山家里，王氏见伪军带走了李东山，急火攻心，一下栽倒在地上。林英又是掐人中又是喊"娘"，忙活了一阵子，见婆婆醒过来了，忙扶婆婆进屋躺下。

林英抱着孩子在屋里转圈，边转边思考刚才发生的事情。她心里着急，王铁柱牺牲了，粮食运不回去，部队吃什么？公公被伪军抓走也是凶多吉少。这一切来得这么快，李鲁还不知道，怎么办？光在家等是不行的，必须要尽快让李鲁知道这一切。想到这里，林英去看了看婆婆，见老人家躺在床上昏昏欲睡，便不想打扰她，一手抱着孩子一手轻轻带上门，悄悄退出来，直奔大哥家去。刚走到街上，见对面过来几个人影，她急忙回身，想退回家里，正在这时，听得对面有人问："是谁啊？"

林英听出是大哥的声音，急忙喊道："大哥，你们来啦！"来的正是大哥大嫂和二哥二嫂。几个人急忙回家。母亲躺在东间的床上只是哭泣，大家也没办法，只能安慰几句便退出来。大哥让林英说了一遍刚才发生的事，二哥听说爹被带走了，急得火冒三丈，出门找了个铁锹就要去追。

大哥忙出门拉住，呵斥他："你这是去送死！你也不好好想想，那些人有枪，你能靠近吗？"

"那怎么办，不能让爹死在汉奸手里吧？"二哥嘟囔着说。

"再想想办法。"大哥拉着二哥回到屋里。

"都是老三惹的祸，他不好好教书，偏去当八路军，不但自己舍家撇业，还把爹给坑进去了。"二嫂嘟囔开了。二哥一听他老婆这么说，急得朝她瞪眼："别胡说了，你要是没办法就别吭声。"接着，二哥看了看林英，说："别生气啊，你二嫂也是说气话。"

林英说："我不生气。二嫂说得在理，要是李鲁不当八路而是在家里教书，哪有这些麻烦。可是在这个节骨眼上，我们光着急没用，要想办法救爹出来。"大家点了点头，二嫂小声说："我也是急得，林英你别在意啊！"停了一会儿，林英说："我有个想法，说出来大家给拿个主意。"

"说吧，说出来听听。"一直没说话的大嫂鼓励林英。

林英说："我一会儿去邱家寨找李鲁，让他想办法救爹出来。"

"怎么去？你孩子这么小，总不能把孩子舍在家里吧？"大哥不放心地问。

"我抱着孩子去。这样，真在路上碰上二鬼子，也好糊弄他们。"林英用坚定的语气说。

大哥问："去邱家寨的路你知道吗？"

林英说："我听铁柱说过，过了公路一直往南。再说，天亮了我再打听也行。"大家你看我我看你，都不再说什么了。

"这可苦了孩子。林英，把孩子包暖和了，勤看着点啊！"大嫂忍不住说。

"好吧，没什么好办法了，去就去吧。见到老三，让他想办法快点把爹救出来。"大哥无奈地说。

"我和大哥送你过河，林英你收拾收拾吧。"二哥看了看大哥，说。

王氏在里间屋里听说林英要带孩子去找李鲁，心疼地说："造孽啊，孩子这么小，怎么能受得了啊？"

林英说："娘，我会带好孩子的，过几天就回来，您就放心吧！"林英收拾了一个小包袱挎在肩上，又用小被子把孩子包好。她抱起孩子，说："娘，我走了，您多保重啊！"

三个人很快来到河边，大哥提着包袱在前边探路，二哥抱着小记东在中间，林英在后面跟着，三个人蹚水过了泗河。到了南岸，大哥在前面领路，三人沿河向西走了一段路，然后向南朝公路方向走去。三人怕遇到二鬼子，不敢走大路，就沿着一条曲曲弯弯的小路向南走。好在大哥对这一带熟悉，他们很快便来到公路旁边。大哥躬身上了公路，蹲在路边听了听没什么动静，这才招手让林英上去。

林英抱着孩子快步跑过公路，转身朝大哥、二哥摆了摆手，示意他们回去，接着就直奔邱家寨了。林英抱着孩子快步向前，几乎是一溜小跑。她顾不上害怕，也顾不上满脸汗水，只想快点赶到邱家寨，早一点见到李鲁。

突然，前面传来一阵马蹄声。林英停下脚步听了听，她断定自己没听错，就是马朝这边跑来的声音，好像还不止一匹马。林英急忙跑向旁边的地里，刚趴下就听得一声："什么人，地里是什么人？"随着喊声，两匹马一前一后跑到林英附近。

"吁——"两匹马停住了。

"什么人？举起手来，不然我就开枪了。"前面马上的男人喊道。

"哇——"林英怀里的孩子被这个男人的声音吓醒了。林英也被吓愣了，她紧紧抱住怀里的孩子，嘴里念叨着："乖乖，别哭啊，别哭啊……"林英拍打着孩子，慢慢站起身来。

"怎么还有小孩子哭？哎，你是什么人？干什么的？"马上的两个人又问了。

"我是回娘家的。"林英尽量用本地方言回答。

"回娘家的，这深更半夜的回什么娘家？"前面马上的男人说着跳下马来。

"老乡，别害怕，你娘家在哪里？如果是走娘家的，那就走吧。"
跳下马的人接着说。

林英说："俺娘家是林家庄的。你们是干什么的？"

"老乡，我们是好人，不要怕，你走过来吧。"跳下马的人说。林
英向前走了几步，她明白，躲是躲不过去了，只好坦然面对。她忽然想起，
上次李鲁夜里回家也是牵了两匹马，她不由得胆子大了起来，朝路边走去。

林英怀抱孩子来到路边，夜色中，她隐约看到前面那匹马的脑门上
有一块白印，她在心里说："好像是那匹枣红马！"

"你怎么一个人抱着孩子夜里走娘家？"站在马下的人声音缓和
多了。

"你们是不是从邱家寨来的，是八路军吧？"林英问道。

"我们是八路军，你怎么知道的？"站在马下的人说。

"我见过这两匹马，八路军牵着它们来过我们村里。"林英的声音
有点颤抖。

"噢，那你见过王铁柱吗？"站在马下的人问。

"呜——王铁柱牺牲了，我是去报信儿的。"林英控制不住自己，
放声哭起来。

"啊，铁柱牺牲了，在哪里？你快说给我们听，我们是铁柱的战友。"
后面马上的人也跳下马，走过来问道。

林英问："你们认识李鲁吗？"

"李鲁是我们队长，你是不是林英大嫂？"前面的人说。

林英说："是，我是林英，你俩是……"

"我叫刘子文，他叫孙成，都是李队长手下的人。来，大嫂，把孩
子给我，你歇一会儿。"说着，刘子文接过孩子。

林英把今天晚上发生的事叙述了一遍，又说："快去找找铁柱兄弟吧，
看看能不能把我公公救出来。"

刘子文听完，看了看孙成，说："果真出事了，我们按计划行动。"

孙成点了点头说："是。"

刘子文问林英，有几个伪军到李家抓人，是什么时间。

林英说："有七八个二鬼子，大约是晚饭后一个时辰去我家的。"林英又说："听我大哥说，李金士带二鬼子去村公所吃饭了，不知道现在走了没。"

刘子文说："噢，大嫂，这个信息太重要了。这样吧，大嫂，由孙成先送你去见李队长，我现在就去救李大爷，找二鬼子报仇。"

孙成说："你一个人太危险，还是咱俩一起去吧！"

林英也不让孙成送她。刘子文说："不要争了。我估计伪军在北河村吃完饭会回城西据点，现在也就是刚吃完。孙成，你先送大嫂，回来再支援我也不耽误事，就这样定了。"

他又对孙成说："你见到李队长，给他说说情况，告诉他，我直接去城西据点往北的路上堵伪军了。"说完，刘子文把孩子交给林英，飞身上马，向北疾驰而去。

孙成执意要送林英，为了走得快，只能两人骑一匹马。林英见状急忙用带子把孩子捆到自己后背上，扶着孙成先上了马。孙成一只手提着轻机枪，一只手抓住马鞍上马坐稳，然后让林英抓住他后腰上的皮带。他嘴里喊了一声"驾"，战马就颠着小碎步向南跑去。不一会儿，孙成在马上看到南面过来一队人影，他低声喊道："是李队长吗？我是孙成。"

"孙成，你怎么回来了，情况怎么样？"这是李鲁的声音。

孙成急忙下马，接着把林英扶下马来，转身说："报告队长，有新情况，林英大嫂来啦！"

李鲁看到是林英从马上下来，急忙跑过来，问："林英，你怎么来了？孩子呢？"

林英简要地说了今天晚上发生的事，让李鲁快去接应刘子文。她边说边把孩子解下来抱在怀里，打开小被子的一角，说："看看你儿子，睡得还很香呢！"

李鲁看了一眼儿子，随后说："孙成，你马上返回支援子文，我带一个班去支援你们，另一个班去城西据点附近准备打援。"

"是。"孙村上马飞驰而去。

"全体跑步前进！小李出列！"李鲁下达命令。战士们迅速向北跑去，小李跑过来问："队长，有任务？"

李鲁指了指林英，说："麻烦你送林英和孩子去邱家寨。"

"是。"小李接过林英的包袱，领着林英就要走。

林英对李鲁说："你小心点啊！"李鲁拍了拍林英的肩头，说："放心吧，我们一会儿就回来。"说完，他向小李摆了摆手，转身向北跑去。林英也跟着小李走向邱家寨。

刘子文边骑马边分析眼前的情况。他认为王铁柱牺牲的地点应该是北河村附近的泗河南岸，之前他听铁柱说过，那一带水浅，便于涉水过河，那么伪军也应该是从那个地方过河。刚才林英说，伪军去村公所吃喝，现在也应该吃完了吧？我必须抢在他们回到据点之前，在途中打散他们，这样才有可能救出李大爷。对，先去城西据点通往北河村的路上，由南向北搜索前进，看看能否迎头撞上敌人。刘子文想好后，策马扬鞭，不一会儿就上了公路。他沿公路向东跑了一段路，然后斜插到据点通往北河村的路上。

这是一条南北小路，路面坑坑洼洼，天黑路又难走，他只好让马放慢速度。他想，自己单枪匹马，见到伪军后不能硬拼，只能智取。他要凭借夜幕的掩护，利用胯下这匹战马，假装敌人的长官唬住敌人，然后接近他们，再打他们个措手不及。想到这里，他把驳壳枪的保险打开，从右手换到左手，右手抽出日本军刀，拿在手里晃了晃。这是李鲁在康平村缴获的军刀，今天晚上拿出来试一试。他心想，尽量不打枪，能用刀解决最好。他向前看了看，什么也看不到，只好不紧不慢地朝前走。

他想起了王铁柱，中午还在一起吃饭，两个人约好这次带回粮食来，明天让战士们吃顿高粱面掺地瓜面的窝窝头解解馋，没想到这竟是和铁柱的最后一次谈话，想到这里一阵心酸，泪水夺眶而出。

他想起铁柱和自己都是东南乡的人，两个人的家离得不远，一个在刘家庄，一个在王家庄，是邻村。两年前，八路军到了东南乡，他和铁柱一起参加了八路军。两个人年龄差不多，都是十八岁。铁柱比自己小五个月，一直叫他大哥。铁柱参军时从家里扛来一支土枪，他说自己经常打猎，枪法好。参军后第一次打伏击，他一个人击毙了两个伪军，大队给他记功一次。上次在康平村解围的战斗中，他在北寨门从大车上抢来两箱弹药，别的战士一个人扛一箱，他一只胳膊夹一箱。

来到邱家寨以后，李鲁决定从北河村购买军粮，让他选个胆大心细的战士，他首先想到了铁柱。他和铁柱约定，每次运粮食回来都要向他报告，如果晚上十一点还不回来，他就报告李队长，带人去路上接应。

今天晚上，他几次盯着摆在窗台上的马蹄表，眼看时针已经过了十一点，还不见铁柱的动静。他跑到村口，向北面的路上看了看，不见人影，又趴在地上仔细听了听，也没有牲口的蹄子声。他急忙跑到李鲁住的院子报告了情况，李鲁当即决定，由他和孙成骑马去找铁柱，李鲁随后带两个班赶去接应。

刘子文骑在马上边走边想，不知不觉来到一个三岔路口，他勒住马缰绳，向周围看了看，并没有什么人影。正想继续往北走，突然，他听到西边路上有牲口的声音："突——"

刘子文不由得打了一个寒战，他一提马缰绳，战马在地上兜了一圈又停下来。"吁——"他轻轻拍了一下马脖子，两脚一磕马肚子，战马向西边路上跑去。

刚跑出去三四十米，刘子文看到路中间有一个大黑影，像是一头牲口趴在地上。他举起驳壳枪，紧握军刀，将身子伏在马背上，慢慢接近这个大黑影。他走到近前一看，是一头毛驴趴在地上。他看了看周围，没发现有什么情况，便跳下马来走到毛驴身边。

"啊，这不是铁柱的毛驴吗？"刘子文一惊。再仔细一看，毛驴侧躺在地上，一条后腿不住地流血，鲜血淌了一地。毛驴见刘子文过来，挣扎着仰起头，它似乎认识面前的这个人，嘴里发出"突突"的声音。

刘子文把驳壳枪插进枪套，伸手抱起毛驴的头来。他看到毛驴嘴笼头上塞着缰绳，缰绳还挽了一个死扣。他明白，这是铁柱怕毛驴的缰绳耷拉到地上而系的扣子，是想让毛驴自己回到邱家寨。看样子是毛驴后腿中弹走到这里倒下了，刚才它一声长叫是听到了战马的声音，把他引到这里。

刘子文拍了拍毛驴，用军刀割破棉衣，撕下一条布，又掏出一团棉花，然后将棉花塞进毛驴的伤口，再用布条缠起来。然后，他站起身说："老伙计，你在这里躺一会儿，我去给你报仇！"说完，刘子文上马回到三岔路口，向北继续搜索前进。

眼前这条路似乎平坦了许多，马的速度也快了起来。刘子文两脚一磕，战马呼呼地跑了起来。

忽然，前面路上出现了几个黑影，刘子文知道这是敌人到了。他勒了一下马缰绳，战马立即放慢速度，停在距离这伙人十几米的地方。他大声喊道："前面是什么人？"

"我们是城西据点的，你是什么人？"对面有人答话了。

"噢，是城西据点去北河村执行任务的？"刘子文拉着长音说。

"是，是去北河村执行任务的，请问您是谁？"对面又问。

"我是城里皇军督察队的刘参谋，刚才到你们据点听说今晚有任务，我来看看。你们的头儿是谁？到前面来，老子要问话！"刘子文大声说。

"哎哟哟，是督察队的长官啊！失敬，失敬！"一个人说着向前小跑了几步，又说："长官，我是金武，是城西中队的班长。今天晚上是我带全班去执行任务的。"

刘子文在马上看到一个矮胖子跑到前面来，便说："金武，你把情况报告一下，快点！"

金武正盘算着如何报功请赏，一听这个骑马的长官是督察队的参谋，还让他报告一下情况，心里很高兴。他明白，在这一带能骑马的人，都是当官的。所以他从一开始就没害怕，不但没害怕，还庆幸自己今天遇到了贵人，心想，我把今晚的战果直接报告给这个贵人，也就不担心功劳会被中队长抢走，就连白五大队长也抢不去了。想到这里，金武把如何抓住张之民，又如何顺藤摸瓜弄清楚了八路军和李东山的关系，今晚采取行动，经过激战在河边打死了一个来取粮食的八路军，又进村逮住了李东山的过程，很得意地说了一遍。最后，他指了指后面说："刘长官，抓的人就在后面，不信您看看！"

刘子文听金武这一番啰唆，早已气得火冒三丈。他强压怒火，大声呵斥金武："混蛋！什么信不信，老子早就知道你干的这点事了，你显摆什么？"他停了停，又说："你说打死了一个八路，人呢？"

金武被训得晕了头，忙说："是，长官！我说多了，那个八路就在河边上，我准备天亮再去抬回来。"

"老子要你现在就去抬过来，你懂不懂？活要见人，死要见尸！"刘子文继续呵斥金武。

"是、是，我这就派人去抬回来。"说着，金武转身对后面的伪军说："李二狗，你带两个弟兄去把那个八路抬回来。"

李二狗说："人少了抬不动，去四个人吧。"

"好、好，就去四个人，你们快去快回啊！"金武答应着。金武安排完又转身说："长官，你放心吧，一会儿就抬回来。"

刘子文见走了四个伪军，面前还有四个人，他知道这四个人中有一个是李大爷，还剩三个伪军就好对付了。刘子文说："你抓的人呢，带过来我看看！"

金武一听这个长官的语气缓和了，忙说："是！"他转身朝后面的两个伪军说："带过来！"两个伪军手里端着枪，一边一个，把李东山押到前面。

刘子文一看，对面三个黑影走过来，中间那个双手被绑在身后，个子高高的，还有点驼背，他知道这就是李东山了。

"再往前走几步，老子要问话！"刘子文大声说道。三个黑影又往前走了五六步，两个伪军仍是一边一个押着李东山。

"中间站着的那个人，是你给八路送的粮食吗？"刘子文问。

"我是做粮食买卖的。"李东山沙哑的声音传过来。

"什么？说的什么？我听不清，你再过来几步！"刘子文故意这样说。三个黑影一起往前走。

"你们两个混蛋上一边去，我要问这个老头儿！"刘子文大声喊道。两个伪军不敢再往前走，中间的李东山往前走了几步。

刘子文一看机会来了，他两腿一夹马肚皮，左手一提马缰绳，大喊一声"驾"，战马腾空一跃，躲开了李东山，也躲开了两个伪军，朝前面跑去，"嗒嗒嗒"的声音格外响亮。

战马照着金武直冲过去，刘子文手起刀落，只听"啊"的一声，金武被劈倒在地。战马继续向前冲，"吁——"刘子文一勒马缰绳，战马兜了一个圈又跑回来，眼看冲到右边一个伪军就身边，刘子文挥刀劈下去，只听"哎呀"一声，伪军滚到一边去了。

战马又向南冲了几十米，刘子文又兜了一个圈子返回来。刘子文看到另一个伪军撒腿跑到东面地里，他一提缰绳，战马转向东北方向斜插过去。突然，战马前腿一软，扑通一声翻倒在地，把刘子文摔出去七八米。原来，这片地刚犁过，地面松软。战马冲到地里，一下马失前蹄，把刘子文摔下马来。好在地面松软，刘子文在地上翻了个跟头，又打了几个滚才停下。

这一摔，直摔得刘子文晕头转向，军刀和驳壳枪都出从手里甩出去了。他本能地挺了挺身子，又迷迷糊糊地趴在地上。就在这时，只听得李东山用他那沙哑的声音喊道："小心，二鬼子朝你走过来了！"

刘子文被这沙哑的声音唤醒，他抬头看了看前面，在十几米的地方有一个黑影端着枪朝他走来。"噢，是那个伪军要来收拾我了。"他在心里暗暗说。

刘子文急忙摸军刀，没有摸到；又去摸枪，也没摸到。他抬起头朝两边看了看，军刀和枪都不在眼前，怎么办？眼看伪军向这边靠近，自己手里却什么武器也没有，刘子文心想，看来只有装死把伪军骗到身边来再说。他用右手抓了一把泥土，慢慢地把头放在泥下面，眼睛死死地盯着过来的伪军。

七米、六米、五米、四米……刘子文心里暗暗数着伪军到自己跟前的距离。突然，伪军大声叫了一声："起来，别装死！"刘子文屏住呼吸，趴在地上一动不动，他要等伪军再靠近一点。

"奶奶的，真给摔死了？一动也不动！"伪军说着，又向前靠近了一米多，枪头上的刺刀离刘子文的头只有一米多了。

"哎，这是什么？是刀，是这家伙的刀。"伪军踩到军刀上了。

刘子文看到伪军一手拿枪一手去捡地上的军刀。就在伪军弯腰的那一刹那，他腾起身子，一下扑到伪军身上，只听扑通一声，两个人一起倒在地上。刘子文从侧面压倒伪军，左手一下抱住伪军的左胳膊，右手在伪军的身体背后，顺手把手里的泥土捂到伪军的脸上，捂得伪军嗷嗷直叫，急忙用两只手去掰开脸上那只手。两个人僵持了一会儿。刘子文将右手抽出，顺势支起上身，左手摁住伪军的胳膊，举起右拳照着伪军的头挥拳便打。伪军被刘子文压在身子下面，又吃了一嘴泥土，刚推开捂在脸上的手，正想翻身却被雨点般的拳头砸在头上，不一会儿就晕了过去。

刘子文使足了力气，拳拳打在伪军的头上，直到身下的伪军没了动静才停下。他摸了摸伪军的鼻子，把手放在其鼻孔下试了试，只觉得这个伪军正在向外倒气，又晃了晃伪军的身子，感到像软面条似的，便说了一句："你小子真不经打！"

刘子文松开左手，向后一仰，瘫倒在地上。这时，李东山深一脚浅一脚地来到刘子文跟前，说："吓死我了！好汉，你真行啊，一个人打死了三个二鬼子！"

刘子文听李东山这么一说，马上坐起来，说："李大爷，吓你一跳吧？别害怕，我是八路军，和李鲁是一起的。"说着，他急忙站起来给李东山解开绑在胳膊上的绳子。

李东山听说眼前的这个小伙子是八路军，喜极而泣。他说："我不是做梦吧？你是八路军？跟俺家老三是一起的？"

刘子文双手扶住李东山说："是啊，李大爷！我叫刘子文，是副分队长。"

李东山激动地拉住刘子文的手说："孩子，怎么这么巧，这个时候来救我！我还想这次要坐二鬼子的大牢了！"

刘子文就把铁柱没有按时回去，他和李鲁前来接应，路上遇到林英就直接跑到这里的事说了一遍。李东山听说林英去找李鲁被八路军送往邱家寨了，便放心了。他长叹一声："唉，王铁柱被这些二鬼子打死了，多好的孩子啊！"

刘子文说："我马上去找铁柱，顺便把那四个伪军消灭掉！"正说着，忽听得南面路上响起马蹄声，刘子文说："是孙成来啦！"孙成来到跟前，翻身下马。他见过李东山，告诉他林英已经前往邱家寨，李鲁正在来这边的路上，让李东山放心。

孙成见刘子文衣服破了，还满身是泥土，便问是不是负伤了。刘子文说，只是摔了一下，没负伤。说着，走到路边牵起早已站在那里的战马，整了整马鞍子，拍了拍马脖子，说："老伙计，你没事吧？"战马随着刘子文走了几步，扬了扬头，好像表明自己没事。

刘子文和孙成一起打扫战场，找回自己的驳壳枪和军刀，然后对李东山说："李大爷，你是跟着我们走，还是等李鲁过来？"

李东山说："我现在就回家，省得家里人挂牵。你们去找铁柱吧，你俩小心啊！"

刘子文把缴获的武器藏到一个堰坝下，告别了李东山，便和孙成骑马向河边跑去。他们刚跑出去一里地，就看到前面路上有几个黑影正在向河边慢慢走着，刘子文大声喊道："李二狗，你们几个慢慢腾腾，才走到这里？"他是刚才听金武说有一个人叫李二狗的。话音刚落，两匹马已经跑到黑影跟前。

"是、是我，长官，我们正紧走着呢！"李二狗回话。

刘子文举起驳壳枪说："把枪放下，举起手来！"四个黑影慌忙放下枪，疑惑地看着两个"长官"。李二狗壮了壮胆子，问："长官，这是干什么？"

刘子文说："少啰唆，我们是八路军，你们被俘了。""啊！"随着一声叫喊，一个伪军撒腿就跑。

"都给我老实点！"刘子文举枪呵斥道。孙成见跑了一个伪军，纵马上去，右手拽着枪托照伪军甩了过去，一下把伪军打倒在地。

刘子文和孙成押着四个俘虏来到河边，找到王铁柱的遗体。刘子文摸了摸铁柱的胸口，发现身子已经变凉。两人强忍着悲痛，将铁柱抱到马上。刘子文又上马，从身后抱着铁柱离开了河边。

路上，他们遇到迎面而来的李鲁和二班的战士们。刘子文简要汇报了刚才的情况，说李大爷已经回家。李鲁让战士们到路边砍了树枝，做了个临时担架抬上铁柱，一起返回邱家寨。

林英来到邱家寨后，孩子由于受了风寒一直发烧、咳嗽，这可把林英急坏了。好在村里有个姓邱的老中医，给孩子开了几服药喂下去，孩子很快就好起来了。

在请邱老先生给孩子治病的过程中，林英萌发了学医的念头。她决心留下来参加八路军，跟邱老先生学点医术，也好为战士们治个头疼脑热什么的。她把想法给李鲁说了，李鲁思考了一会儿，说："那就留下吧！北河村看来是回不去了，还不知道敌人怎么折腾咱家呢！只是孩子太小，你如何带他？"

林英说："孩子小不怕，我先带着他，等他长大一些就送回老家去。

如果打仗，我就先把他寄放在邻居邱大嫂家里。"

李鲁点了点头说："好吧，你跟邱老先生好好学，以后当个卫生员也很好啊！明天我找邱玉堂介绍你去拜师。"就这样，林英开始跟着邱老先生学中医，当了徒弟。

邱老先生见林英聪明好学，又认识不少字，再加上他对八路军有好感，知道八路军需要医务人才，便尽力传授一些医术给林英。他特意为林英制订了一个学习计划，把治疗、护理外伤和一些常见病的方法、用药一一教给林英，又帮助林英辨认草药，教给她熬制方法。一天，邱老先生拿着一个手抄的本子，对林英说："这是我多年积累的经验，我把它写下来了，现在给你，以后会用得着的。"接着，他又说："我本事不大，在这山里山外给人看病三十多年，救了不少人的命。这些都是实用的东西，只是你要多学、多琢磨。"林英郑重地从老先生手中接过本子，表示一定好好领会。

邱老先生膝下无子，只有一个闺女叫邱玉兰，今年二十六岁，嫁在本村，已经是两个孩子的母亲。邱玉兰从小跟着父亲学了些中医知识，虽然已出嫁，但仍时常来药铺帮忙。她见林英虚心好学，人又勤快，心中喜欢这个妹子。她主动把自己的针灸技术教给林英，还跟林英拜了干姊妹。林英白天去药铺学习，一早一晚就帮炊事员老秦、老张做饭。

王铁柱的牺牲和李东山的暴露，让刘子文坚决放弃了去北河村筹粮的想法。他不想再给李鲁家里添麻烦。这样，小分队的粮食又断供了，在新的筹粮渠道还没建立的情况下，小分队的战士们只有勒紧裤带度日。

林英见战士们天天吃干地瓜秧，有时候拌点豆糁，有时候连豆糁也没有。她心疼战士们，对李鲁说："光吃这个怎么能行呢？还是回家再弄点粮食吧。"

李鲁安慰她说，已经和王乡长商量过，派人去游击区买粮食了，再有几天粮食就运回来了，再坚持一下吧。"巧妇难为无米之炊"，没有粮食，做饭就成了大问题，林英每天都为小分队九十多号人的吃饭问题伤脑筋。她白天在药铺忙一天，晚上还要帮两个炊事员切泡好的地瓜秧，然后再拌上一点粮食，蒸熟了当第二天的早饭。蒸菜团子、蒸窝窝头、贴饼子，她天天忙到深夜，变着样地给战士们准备第二天的饭食。除了帮着做饭，就是给战士们缝补衣服，她放下这个又拿起那个，把战士们的破衣服补了一个遍。

　　林英赢得了战士们的敬重，大家亲切地称她"英嫂"。就连房东邱大嫂也和她亲如姐妹，一口一个大妹子地叫着，一有空就过来帮她干活。

第十五章
匪巢谈判

这天早上，王玉五领着王丰和另一个年轻人来到李鲁的住处，他是带着流动哨在村口看到王丰的。李鲁听说王丰带着伙伴走了一宿来找他，忙端来早饭，与他俩一边吃一边谈。

王丰说，昨天下午孙村的张百祥带着儿子张得成和侄子张得印一起来到刘家寨，先去看望了堂姐——也就是王丰的娘，又让王丰领着去见了刘少堂。刘少堂知道张百祥的来意后，表示一定帮忙联系八路军的首长，他让张百祥回家等着，后天中午在小河村南头听回信儿。

送走张百祥后，刘少堂让王丰带上一个民兵火速去西边邱家寨找李鲁，将孙村的情况告诉李鲁，并把张百祥请八路军来孙村谈判的话转达给李鲁，让李鲁拿主意。李鲁问："孙村发生了什么事？为什么要八路军去谈判？"

王丰接着说，昨天上午，一个日本女特务到了孙村，陪她来的还有"治安军"大队的副官孙志明。这个孙志明与孙村二当家张百仁是同学，他们两个牵线搭桥，领来了这个女特务。这个女特务施了"美人计"，半天的工夫就把张百隆这个土匪头子拿下了。

李鲁听到这里，笑了笑说："这个女特务本事不小，她是不是要招降这股土匪？"王丰说，是来招降的，让张百隆当第二"治安军"大队长，给枪、给钱还发军装。张百隆的大哥听说后，把张百隆叫到家里，劝说了半天也没用，说张百隆已鬼迷心窍，上当受骗。他跑到李家寨来，想让八路军去跟张百隆谈谈，阻止张百隆当汉奸。

李鲁听后，说："你俩慢慢吃，我先找刘副队长商量商量。"李鲁对刘子文说："宫本派特务去孙村劝降，目前已经说服了张百隆，而他大哥张百祥却表示反对，他希望在张百隆还没签投降协议之前，八路军能与张百隆谈一次，劝张百隆回心转意。我看这倒是争取张百隆参加抗日的一个机会，我准备带孙成去一趟，你在家带领小分队继续帮助乡政府工作。"

刘子文想了想，说："这是个机会，但是难度很大，鬼子已经收买了孙村的土匪头子，我们这时候去谈判，张百隆能听进去吗？"

李鲁说："尽量争取吧！就算张百隆不与我们合作，我们也宣传了八路军的抗日主张，还能借机团结张百祥这些人。"

刘子文说："你和孙成深入匪巢，我很担心。要不我带领小分队随后赶到孙村附近，给土匪形成军事上的压力吧？"

李鲁说："这倒不必，我是去谈判，安全上还有张百祥呢。如果我真回不来，你就带领小分队在此坚守，等待王正回来。好，就这样定了！叫几个班长、副班长过来吧，我交代一下。"几个正副班长到齐，李鲁向大家说明，自己和孙成要出去执行任务，小分队暂时由刘子文负责，各班长要服从命令听指挥。大家听说这次任务是去与土匪谈判，都表示要跟着去做护卫。最后，刘子文提出，让鲁刚带领五班去刘家寨接应，有什么事也好联络。

李鲁吩咐鲁刚和王丰一起走，他和孙成骑上在毛庄缴获的战马直奔刘家寨。第二天早上，李鲁和孙成赶到刘家寨，与刘少堂见面后又了解一下孙村的情况。刘少堂说："孙村的张百东是我的表弟，他在村里小学堂当老师，是个地下党员。这两年他一直做张百祥和他儿子、侄子的工作，张百祥很信任百东，他儿子张得成和侄子张得印都让百东拉过来了，他俩都倾向抗日救国，百东曾经告诉我有机会向八路军介绍介绍他俩，这次让张百祥找八路军，就是百东给张百祥出的主意。"李鲁听后很高兴，表示心中有数了。眼看快到中午时分，他便和刘少堂一起赶往小河村。三个人一出北山口，老远就看到有几个人站在小河村的村口上。刘少堂说："这几个人可能是张百祥带人在等待我们。"

走近一看，正是张百祥带领儿子和侄子在此等候。刘少堂上前给几个人做了介绍，张百祥拉住李鲁的手表示感谢。他向李鲁介绍了孙村的情况，恳切希望八路军能挽救张百隆。

李鲁首先谢过张百祥对八路军的信任，并趁机向张家爷们介绍了当前的抗战形势。八路军取得了反"扫荡"的胜利，收复了桃山口又接连打掉张家湾和城南据点，在泗城的西南扩大了抗日根据地。泗城的鬼子已经是兵力不足、顾此失彼，他们在这个时候收编孙村这支武装，正是为了弥补其兵力不足的劣势。但是，即便鬼子收编成功，也改变不了他们失败的命运，而大当家的却成了千古罪人。张家爷们听着李鲁的话，频频点头。张百祥说："山里人不知道外面的世界，老二百隆只听一面之词就上当受骗，我仅以张家丢不起人这些话劝他，他不以为然。如果他知道外面是这么个局面，他会回心转意的。"

李鲁点了点头，表示一定对张百隆晓以利害，劝他放弃投降日寇的念头。他又跟张得成、张得印聊起学业。张得成说，兄弟俩前几年一起读私塾，这两年又一起在学堂念书。李鲁鼓励他们读书明理，在国家危亡之际要挺身而出，为国效力。两人听后连连点头。几个人说着拉着，一会儿便来到孙村，张百祥领着李鲁直接来到张百隆的议事堂。

张百隆这两天好像丢了魂似的，觉得心里空落落的。芳子一走，把他的心也带走了。昨天与芳子见面的情景令他回味无穷。前几天他听二当家张百仁说，宫本手下的一个日本女人要来孙村踏春赏花，想借机拜访大当家的。他听后很高兴，能在孙村这个山沟里见到日本女人，那真是三生有幸。但他转念一想，这个女人是宫本手下的人，来我这里绝不仅是赏花拜访，她定有图谋，自己要小心为妙。

那天，当他从后院来到议事堂时，老远就看到一个身穿蓝色旗袍、肩上披着白色围巾、脚蹬一双乌黑发亮皮鞋、戴着白手套的年轻女人站在院子里，他心中立刻咯噔一下，心想，世上竟然有身材这么好的女人？

待这个女人转身向他打招呼时，他看到一张似粉红桃花的脸在向他微笑，一双乌溜溜的大眼睛盯得他心里发慌。"大当家好！给您添麻烦啦！"戏腔般的声音传来，使他顿时感到脸上火辣辣的。他结结巴巴地说："好、好，芳子小姐大驾光临，有失远迎，失敬、失敬！"芳子点一下头说："岂敢，岂敢惊动大当家的！"他看着芳子的脸说："好像在哪里见过？"但是芳子却说是第一次与大当家见面。

他猛然想起，这不就是那个戏子白青怡吗！好，既然你装洋蒜，那我就先不说破，找机会我再给你个大难看！

进屋坐下寒暄一阵，他把张百仁支开，走到芳子面前说："白小姐，你戏演得好啊！一见面我就认出你来了，只是当着老二的面没有揭穿你。什么芳子小姐，我看你是猪鼻子插大葱——装象。想当年我找你师父要娶你，你大哭大闹不同意，后来让李相贵先得手，去年你又被宫本这个鬼子夺走，今儿个你居然自己送到老子门上啦，哈哈，真是天意啊！"

他这一番讽刺加挖苦，说得芳子脸上一阵红一阵白。她慢慢站起身来，压低声音说："大当家的说的是，本姑娘就是这么过来的，但是我不后悔。如今我是宪兵队的少尉军官，握有生杀大权。就说你吧，宫本早就想对你下手，他不容你在这里称王称霸，是本姑娘要求来与你谈谈，说服你投靠皇军。如果没有两年前你看中本姑娘这档子事，我才不管你的死活呢！"说完，她身子一扭，又坐回椅子上。

这几句话好似一阵冷风，吹得他清醒了许多。是啊！刚才自己揭露白青怡的真面目，无非是想占上风。现在人家这几句话可正戳中要害，日本人不会老是这样放纵我张百隆的，李相贵当年答应划地为界，也说这不是个长法，如今已经两年多了，日本人看来要动真格的了。这个女人说是她要求来这里管这件事的，还说起原来的一段缘分，嗯，看来她还有点意思。我何不就坡下驴呢？先答应投靠宫本，给这个女人面子，然后把她弄到手。

想到这里，他问芳子："如果答应，你能给什么优惠条件？"芳子说："宫本答应，如果你投靠皇军，要枪给枪，要钱给钱，把你的人改编为第二治安大队，你任大队长，下面可以组建七八个中队，把你现在的地盘加上西南一带交给你防守。你想想多么好的条件啊，我还能坑你吗？"

他听完芳子这些话，觉得宫本是下了决心要他归降，但是我张百隆不仅要宫本给的，我还要你芳子啊！他问："你呢？你得留下陪我啊！"

芳子红着脸说："如果你能答应，我陪陪你就是了。"他听到这里，马上说："好，英雄难过美人关，今天老子为了你白青怡，改弦更张，另打锣鼓另开张了！怎么样，我思念已久的白小姐？"说着，他走过来拉起芳子的手，一把抱住她的腰就往里间走，又伸手解芳子旗袍的扣子。芳子一边用手捂住旗袍的扣子，一边扭头向外叫了一声："灵芝！"站在门外的灵芝答应一声："小姐有何吩咐？"芳子又说："我饿了，能开饭了吗？"

他有点扫兴，看着芳子说："真有你的，正要与你诉说思念之苦，你却叫丫鬟进来。"

芳子小声说："你不要急，日子长着呢！你收拾个小院，我过两天回来住，到那时你我不就方便了吗？"就是这一句勾魂的话，让他兴奋不已。他先安排手下拾掇议事堂西边的小院，再找一套谁家闺女出嫁的嫁妆弄来摆上。想到这里，他站起身，想去看看小院收拾得怎样了。

刚要出门，忽然见大哥领着两个身穿便衣、手里各牵一匹枣红马的年轻人来到院子里，他忙出来问大哥是怎么回事。张百祥拉着李鲁的手，对张百隆说："这是我请来的客人，他要跟你谈谈。"说着，张百祥让张得成关上大门，交代他任何人都不许进来。

张百祥领着李鲁进入议事堂，张百隆跟着进来。张百祥说："百隆，这是八路军的李队长，我专门跑到刘家寨请来的。"

张百隆听说这个年轻人是八路军，下意识地摸了摸盒子枪，然后又放下手来。他一脸的不高兴，看着李鲁问："你要跟我谈什么？"

李鲁对着张百隆一抱拳说："大当家的，幸会！我姓李，叫李鲁，是八路军圣山支队的一个分队长。刚才百祥大哥说是他请我来的，就算大哥不请，我知道日本人要招降你，我也要通过合适的方式奉劝你几句。今天我来了，就代表八路军跟你谈谈，请你耐心听我把话说完。"

张百隆斜歪在对面的椅子上，看着李鲁，说："我与八路军井水不犯河水，从不来往。我大哥把你叫来，我看你也是'狗拿耗子——多管闲事'。既然是我大哥叫你来的，你就捡要紧的说吧！"

李鲁说："大当家的，你可能知道，我们八路军已经连克日伪军的两个据点，把日伪军压缩在县城和滋临公路一线。现在，宫本的兵力严重不足，他已经没有力量出来搞大规模军事行动。这次宫本派特务来劝降，就是为了弥补兵力不足。在这样一种形势面前，很多当伪军的人都想离开日本人，大当家的怎么能轻易上特务的当呢？"

张百隆红着脸说："什么上当！我又不是小孩子，我是为我的几百人着想。你说八路军厉害，怎么不把县城打下来，让宫本跑得远远的？"

李鲁说："八路军打下县城是早晚的事，我们正在一步一步地收复失地。咱今天就说日本人招降的事，我奉劝大当家的要以民族大义为重，也为你手下几百个弟兄的前程着想，赶快悬崖勒马，免得成为千古罪人。"

张百隆涨红了脖子，他想说什么，张了张口又停下了。李鲁接着说："如果大当家的停止与日本人接触，八路军愿意与你联手抗日，你可以维持现状，这一带还是由你管理，但是不能欺压老百姓。如果日本鬼子进攻孙村，八路军会帮你打击敌人。"

张百隆听到这里，眨巴眨巴眼说："这就是你开的条件？"

李鲁点了点头说："拉你进入抗日阵营，避免你成为民族罪人，这是千金难买的条件！"

张百隆突然哈哈大笑，笑完后说："日本人能给我钱，还能给我枪，你却只能帮我打鬼子，我答应了日本人也就没人打我了，我干吗还麻烦你来帮我呢？"

李鲁听到这里，不由得怒火中烧。他强压怒火说："如果你投降日本鬼子当汉奸，那打汉奸的人就多了！八路军是不允许汉奸横行霸道的。"

张百隆听李鲁这么说，马上收敛了他的得意，他看了看张百祥说："大哥，我还有事，就麻烦你送客吧！"

张百祥气得脸红脖子粗，对李鲁说："孺子不可教也！李队长，该说的你都说了，让他好好想想吧！咱们走！"

李鲁说："张大哥，不忙走。我既然来了，大当家的也应该送我出孙村吧！"说着，他扯开身上的棉袄，露出腰间一排手榴弹。

张百隆一看，马上伸手去拔枪。李鲁大喝一声："张百隆，我看你是不想活了！你敢动一动，我就拉响手榴弹。"

张百祥一看这阵势，急忙喊道："老二，你找死啊！快过来，咱一起送李队长出村！"

张百隆被吓蒙了，他从来没见过胆子这么大的人，只好说："好、好，咱一起送客！"

李鲁上前一把挎住张百隆的胳膊，一起向门外走去。来到院子里，他朝孙成使了个眼色，孙成牵上两匹马跟在后面。来到大街上，李鲁假装与张百隆聊天，一边走一边说着什么，张百祥带领儿子、侄子跟在后面，一行人很快来到东寨门。

李鲁挎着张百隆正要出寨门，突然有一伙人从寨门楼上下来，为首的正是张百仁，他手握盒子枪大声喊道："大哥，不能放走八路！咱要把他交给芳子小姐，要不然什么也说不清了！"说着，几个人就向李鲁围拢过来。

张百祥在后面看到张百仁拦路，便走到前面大声呵斥："张百仁，看把你能的，什么时候轮到你来指手画脚了？让开！"

正在这时，前面路边树林里忽然冲出二三十个八路军，他们迅速成战斗队形抢占有利地形，将枪口对准寨门口。站在前面的一个人高声喊道："李队长，我们接你来了！"

张百隆和他身边的土匪惊呆了，一眨眼的工夫跑出来这么多八路军，几十个枪口正对准这边。他们从来也没有见过这个阵势，就连张百仁也吓得倒吸了一口冷气。

张百隆稳了稳神，说："百仁，这是大哥请来的客人，我理当送送，你们让开吧！"

出了寨门，李鲁转身上马，回过头对张百祥说："张大哥，咱们后会有期！"他又对张百隆说，"大当家的，你好自为之吧！"说完，两腿一夹，战马飞奔而去。

李鲁来孙村谈判的消息当晚就被芳子知道了，这是张百仁派他弟弟进城报告给她的。她听后很震惊，立刻报告给宫本，宫本说无论如何也不能让张百隆这条已经咬钩的大鱼跑了。他一方面给龟田大佐发电报，催要武器装备；一方面让秋野给芳子准备收编协议和一部电台。在得到龟田大佐同意拨给二百人及武器装备的回电后，第二天他就让芳子带上收编协议和电台赶往孙村。

有了枪和钱，芳子踌躇满志，带着金童、稻田和三个特务来到孙村。

进入张百隆为她收拾的小院，她让金童和稻田携带电台住在西屋，三个便衣特务住在南屋——他们是来收集情报并负责警卫的。她住三间北屋，东间是卧室，外面两间会客和吃饭用。

她一进门，就看到屋子布置得像婆媳妇的新房一样。外面明间摆了一个条几，条几前摆了一张八仙桌，两边各放一把椅子。西间与明间之间摆了一个折叠屏风，里面安放了一张饭桌，饭桌下摆了一圈圆凳。

东间摆着一张双人木雕大床，粉红的幔帐用金钩斜拉在床的两边，一对绣着鸳鸯的大红枕头端端正正摆在床头，两床红缎子被叠放在床上，梳妆台、穿衣镜摆在窗前。

再看屋里地面，全都是红砖铺地，并且一直铺到大门口。看完这些，她心想，这个张百隆倒是个情种，还不忘娶我当小的那件事。

她把收编协议交给张百隆，一双眼睛盯着张百隆，慢声细语地说："你看看没什么大碍就签字吧！反正我在这里，有什么不完善的我再帮你就是了！别让我老等着！"最后这一句双关语弄得张百隆神魂颠倒，他哪还有心思研究协议条款，连看也没看就交给张百仁，让张百仁把关后交给他签字。

张百仁上次在村外迎接芳子时就被她收买，芳子许下事成之后给他"加官晋爵"，二人还互相倾诉对彼此的爱慕之心。他恨不得马上被收编成功，他既能飞黄腾达，又能抱得芳子这个美人了。他看了一遍协议的内容，给的东西基本是芳子前几天答应过的，但是增加了改编后入城接受检阅和武器陆续拨付的内容。他明白这是宫本留的后手，以进城检阅为收编期限，以武器拨付督促收编进度，也就是完全收编后，才把最后的枪支弹药给完。他想，如果让张百隆知道了这个附加条件，他一定不干，不知道要费多少工夫才能把他说通，说不定还会把这件事弄黄。他决定不告诉张百隆这些内容，让他尽快签字。

张百隆来到芳子的屋里，把签字的协议交给芳子。当芳子看到上面没有什么改动时，高兴地对张百隆说："识时务者为俊杰，大当家的真英雄也！"

张百隆得意扬扬，小声对芳子说："该签的我签了，现在轮到你答应我了！"说着，他拉着芳子走向东间的卧室。芳子不再推脱，她心想第二治安大队就要诞生了，那就陪陪这个大队长吧！

张百仁把隐瞒附加条款的事偷偷告诉了芳子。其实芳子早已心知肚明，她明白这个二当家才是真心投靠"皇军"的人，而大当家却是个脚踩两只船的家伙，即便他踩上了"皇军"这条船，也难以驾驭。以后这个二当家才是自己的帮手。想到这里，她约张百仁晚上来她屋里谈谈。

张百仁按时赴约，他和芳子在桌子旁按主客分别坐下。借着灯光，他看到芳子俊俏的脸庞有点消瘦，不由得有点心疼。芳子见张百仁一直盯着她的脸，便嗔怪他："有什么好看的？我来这里好几天了，你也不来看我，害得我苦苦相等，是不是把我给忘啦？"张百仁支支吾吾地说："哪能呢！我怎么能忘了你，又怎么不想来看你呢？那天桃园一别，我就朝思暮想，盼着再一次跟你相见啊！只是我看你和大哥一直在忙，便不敢过来打扰。"

　　芳子明白张百仁在吃醋，心想，我再用激将法激他一下，看他有什么反应。她说："看来你就是怕张百隆，明明知道我喜欢的是你，可你却躲在一旁任他欺负我，他那个熊样让我恶心，我这几天叫他欺负得连死的心都有了。"说着，她用手抹了抹眼睛。张百仁听芳子这么说，又见她落泪，一时间悔恨、恼怒的心情无以言表。他猛地站起身，走到芳子跟前，把她抱在怀里。他说："芳子妹妹，是哥误会了。你放心，从此以后，哥绝不让别人欺负你！"芳子依偎在张百仁的胸前，小声说："就是嘛！这才是个男子汉，虽然你是二当家，可还有我呢，只要你我同心，就什么人都不怕！"张百仁"嗯嗯"地答应着，边说边将嘴唇凑到芳子的嘴边。芳子也不躲避，张百仁边吻边把芳子放到床上。

　　听到外面有动静，张百仁马上从床上坐起来，芳子说这是外面在换岗。两人穿好衣服来到外间坐下。芳子边用手拢头发边说："张百隆贪心不足，这次的奖赏我让他分给你二百大洋，他却只给你十块。这二百大洋是我给你准备的。"说着，她从桌子底下拿出一个布袋子，放在张百仁面前。张百仁心想，张百隆抢了我的女人还黑了我的钱，居然如此欺负我，是可忍孰不可忍。仇恨的种子发芽了。

　　这天下午，进城运武器装备的张百营气呼呼地来找张百隆，说日本人只给了一半的枪和钱，军装倒是全给了，剩下的枪和钱要按收编进度发。张百隆一听，忽地从椅子上跳起来，大声问："什么，只给一半？这是怎么回事？日本人要要我吗？你把张百仁给我叫来！"

张百仁一听张百隆找他，急忙跑到议事堂。他见张百隆脸色铁青，便知道事情不妙。他小心地问："大哥，有事啊？"

张百隆说："老二，我让你仔细研究协议的条款，你是怎么干的？现在枪和钱只给咱们一半，还说剩下的按进度才给。"

张百仁小声说："大哥，这个协议我只顾重点内容了，没在意根据进度拨付的事，后来你签完字就拿走了，我也没能再看一遍。"

张百隆听后，气得拍了一下桌子，大声吼道："胡闹！我放手交给你把关，你却这样轻率，还怨我拿走时没再让你看。真是气死我了！"

张百仁一听张百隆这么说，忙上前说："不，不是我怨大哥，是我光顾着高兴，没仔细看下面的拨付方式。是我不对，大哥罚我吧！"张百营在一旁也劝张百隆，事已至此，也别生气了，想法再跟日本人要吧。

张百仁晚上把这件事告诉了芳子，他说自己倒是不怕张百隆治他的罪，怕的是这个家伙拖着不干了，耽误皇军的大事，也对芳子不好。芳子听后说："如果张百隆拖着不干，我就让你取代张百隆，咱俩一起来完成这次收编！你挺起腰杆，带着你的人继续干活，我会帮你的。"张百仁听后有了底气，再也不把张百隆放在眼里。芳子也着手设计一个取而代之又让人觉得很自然的行动方案，她要用哑药丸让张百隆变成哑巴。这是她在特高课学到的，当时日本教官把一个小药丸塞进一个中国战俘嘴里，接着这个战俘就满嘴流血，不能再说话。这次她不仅要给张百隆吃哑药丸，还要把他的脊椎弄断，让他瘫痪，到时候就说张百隆得了脑出血。

这天，哨兵报告，刘家寨的王丰又来了。李鲁忙出门迎接，一见面，王丰就说："孙村的张百隆死了，昨天发的丧，我陪爹娘前去吊孝。后来见了张百祥，他让我一定把孙村的情况告诉李队长，我觉得这是个打孙村土匪的机会就又回来了。"

李鲁听说张百隆死了，感到很惊讶，急忙问："张百隆是怎么死的？"

王丰说："外面说是得了脑出血死的，但是听张百祥和他的儿子说，是日本特务和张百仁勾结在一起把他害死的。现在，张百仁成了第二治安大队的大队长，他上任后彻底投靠了日本鬼子，清除了张百隆的亲信，还准备在小河村和东崖庄修建据点。"

李鲁听后沉思了一会儿，然后问："张百祥有什么想法？"

王丰说："张百祥想和你见个面，别的没说，我看他是想让八路军帮助他报仇。"

李鲁说："这是敌人内部矛盾激化的结果。看来是张百隆投靠日本鬼子后，没有完全按日本特务的要求办事而惹恼了特务，而张百仁则顺从日本特务，于是，大队长的角色就让张百仁取而代之了。"王丰点了点头，问八路军什么时候去刘家寨。

李鲁表示最近就去，他让王丰回去给张百祥捎个信儿，就说八路军很重视孙村的情况，近期就赶到孙村附近，请张百祥提前联络好张家的老少爷们和亲戚们悄悄做好准备，等待与八路军联手消灭这个第二治安大队。

送走了王丰，李鲁陷入了沉思。他明白，孙村东头的张家受到了张百仁的排挤，却没人领头与张百仁对抗，只能忍气吞声。他们把希望寄托在张百祥身上，但张百祥是个老实人，他对弟弟张百隆及其手下的事知之甚少，想替弟弟报仇，可又没这个能力。他想与我见面，一定是想借八路军的力量替他报仇。但是，敌我力量悬殊，敌人有三百多人，而小分队不足百人，如果以小分队目前的兵力去打张百仁部，胜算不大。

他想到了杜大队长，如果杜大队长这时带领大队回来，与小分队合兵一处，那打掉张百仁部是完全可能的。大队长现在哪儿呢？还有王正和张言，他俩去寻找大队怎么还不回来？可是，机不可失啊！虽然敌我双方力量悬殊，但敌人内部矛盾分化，而且张百祥及其本家人想要报仇和出口气，我何不趁机回师刘家寨，带领小分队和当地民兵寻找战机打击张百仁部？就算不能全歼，也要打得他有所收敛。想到这里，他马上召集几个班长开会，讲明回师刘家寨的意义，取得各个班长的支持。大家一听有新的战斗任务，要去打土匪，都情绪高涨，表示应该好好教训教训这帮汉奸了。

李鲁安排出发前的事情，一是小分队的去向需要保密，只给王乡长和邱玉堂、邱玉印三人说了一下，如果王正和张言回来，就让他俩直接去刘家寨；二是拨出十支步枪和一部分子弹送给乡武工队，委托乡政府保管缴获的军需物资；三是妥善安排伤员，重伤员留下继续养伤，轻伤员随队行动，明天晚上出发。

第二天，小分队按照计划做好转移的准备。王乡长赶来给小分队送行，答应一定看好留下的物资，待秋后天气转凉时，一起给小分队送过去。大家正在忙着，忽听哨兵报告王正和张言回来了。李鲁急忙跑到大门口迎接，三个人一见面，激动地拥抱在一起。李鲁见他两人虽然风尘仆仆，但脸上却掩饰不住内心的高兴，心中便明白这是带来好消息了。

三个人来到屋里坐下，王正一边喝水，一边把出去寻找大队的情况简要做了汇报。王正说，他们两人化装成做小生意的，边打听边向西南走，从根据地出去后，一直找到津浦铁路边上，后来又从敌占区返回根据地。半个月之前，他们到达抱犊崮一带，在当地村干部的帮助下，终于在一个小山村见到了杜大队长。

杜大队长听了他俩的汇报，悲喜交加，半天说不出话来。他握住两个人的手说，这次鬼子大"扫荡"，大队转战数百里，大小战斗经历七八次，配合军区粉碎了敌人的进攻。但是，大队在反"扫荡"中也减员近四分之一，刘教导员和孔令生牺牲。现在大队还有三百多人，正在附近几个村子休整。杜大队长肯定了小分队在游击战中取得的成绩，由原来的二十多人发展到现在的九十多人，还缴获了不少敌人的武器，牵制了鬼子的兵力，配合大部队完成了反"扫荡"。他称赞李鲁是个好指挥员。

王正说："我和张言凭记忆写下小分队人员名册、武器配备，还有需要上交的一部分缴获的军需物资。"杜大队长看后很高兴，他说大队准备整训结束后开到泗城一带活动。

李鲁问："杜大队长对小分队下一步有什么要求？"

王正说："杜大队长给我们传达了支队首长的指示，当前我们的主要任务是反蚕食。敌人在大'扫荡'后，一方面推行保甲制，一方面对根据地进行蚕食。他们在我根据地边缘地带修建据点，企图蚕食我根据地，大队长要求我们抓住战机打击敌人。"

李鲁又问起刘教导员和孔队长牺牲的事，王正说："听同志们说，大队西进时，一天夜里在越过津浦铁路时遭遇一股敌人，教导员和孔队长走在最前面，他们在掩护部队过铁路时不幸中弹牺牲，还有十几个战士也是在这次战斗中牺牲的。"

李鲁眼含热泪说："多么好的教导员啊！还有我们的孔队长，他们就这么牺牲了，我们一定要替他们报仇！"王正说，我们返回时，杜大队长告诉我，大队批准刘子文任副分队长。

李鲁向王正介绍了孙村的情况，并把小分队回师刘家寨的决定告诉他们。王正说："城东南一带的土匪大多是当地人，过去主要是看家护院，骚扰附近老百姓，基本没有战斗力。现在，日军收买了张百仁这股土匪，我们要趁土匪改编还没到位这一时机，抓紧采取行动。"

李鲁点了点头说："我们回到刘家寨摸清敌情，再做决定。"第二天拂晓，小分队悄悄来到刘家寨。

第十六章
斩断黑手

　　刘少堂和王丰热情接待了小分队。一见面，刘少堂就说："可把你们给盼来啦！自从张百仁投降日本鬼子后，土匪就时不时来骚扰，过去土匪来主要是抢东西，现在来了不光抢东西，还见人就开枪。村北头的刘义贵就是前几天被他们打死的。"

　　刘少堂接着说："最近几天，土匪开始抓人给他们修据点，不管是走亲戚的，还是赶集的，只要看到，就抓住送到工地上干活。这不，光刘家寨就有十一二个人被抓去修建据点。"

　　李鲁听完这些话气愤不已。他感觉到孙村这股土匪不仅欺压老百姓，还仇视我抗日根据地，已经成为日寇的帮凶，必须坚决打击。

　　李鲁说："乡亲们受苦了！我们小分队这次回师刘家寨，就是要打击这股土匪，斩断他们伸向根据地的黑手。这次来了，小分队要在刘家寨住一些日子，还请乡亲们多支持啊！"

　　刘少堂和王丰听说八路军要打孙村的土匪，高兴地说："太好了，终于盼到这一天了。"

　　李鲁问："敌人的据点修到什么程度了？"

　　王丰说："东崖庄那边不清楚，小河村这个已经打完基础，正在砌墙。"

　　送走刘少堂和王丰，李鲁摊开地图，察看孙村及其周围几个村子的地形。看了一会儿，他对王正说："在这一带，北面、南面都是山，相距十多里地，孙村和周围几个村子坐落在两山之间。东西两头又是山和丘陵。这一带像个小盆地，中间还有一条连着东南山区和县城的道路。"

王正用手指了指地图上的小河村，又指了指东崖庄说："这两个村子都在孙村南面，一个在正南，一个在偏东南，相距七八里地。土匪在这两个村子修据点，好像是伸向我根据地的两只黑手。"

"那我们就先斩断土匪的这两只黑手！"李鲁斩钉截铁地说。第二天一早，李鲁安排三路人马出去侦察。他和王正每人负责一路，主要侦察敌人修建据点的情况。王正和小李去东崖庄，他和张言去小河村，然后再去孙村外围侦察。第三路由王丰单独去孙村找张百祥，约定跟李鲁见面的时间，顺便了解一下敌人的动向。

李鲁和张言化装成商人，跟着王丰一起出了北山口，他们准备到十字路口再分手。十字路口离北山口不远，也就二三百米的距离。三个人来到十字路口，李鲁指了指东面的小路说："上次我们从丘山过来，就是走的这条小路。"

王丰说："这条东西向的小路，是一条沿着山脚的羊肠小道，弯弯曲曲的很不好走，往北就是通往孙村的路了。"

李鲁用手指着北面的一个小村子说："上次我和孙成去孙村谈判，张百祥带领他的儿子和侄子在这个村头接的我们。过去小河村，再走七八里地就是孙村了。"

王丰说："从咱们脚下到小河村不到三里地，从小河村到孙村是八里地，孙村北头就是大山了。"

三个人放眼望去，北面十几里外是蜿蜒起伏的大山，像一条巨龙横卧在孙村北面，东西不见首尾，与他们背后这座元宝形大山遥相呼应，恰是巨龙守望着元宝，气势磅礴。两山之间是一个东西狭长的走廊，大大小小的村庄分布其间。

时下正值暮春，山花烂漫，田野里绿油油的麦苗一眼望不到头。远处一片片墨绿的大树下就是一个个村庄了。

"真是个好地方啊！是个米粮川。"李鲁脱口而出。

王丰点了点头说："这一片年年都是好收成，比山前我们那一片强多了。"

李鲁问："小河村据点建在哪里？"

王丰用手指了指小河村说："你看，在村子西南角上，那里有人在干活。"

李鲁朝小河村西头看过去，隐约可见村头上有一些人在那里干活，好像还有几个身穿黄色衣服的人站在旁边。

李鲁说："我记得小河村南头有一个拐弯的河滩，看来敌人新建的据点就在河滩北面。那条拐弯的河道上游离这里有多远？"

王丰说："那条河的上游就在东边。"说着，他用手指了指东边。

李鲁说："去那边看看！"三个人向东走了三四百米，来到河边，看到这是一条从山上下来的山水河，弯弯曲曲地向北流去，越往北河面越宽，流向也变成了东南—西北。此时是春季，河里一点水也没有，只有横七竖八的石头躺在河床上。王丰在前面带路，一行人沿着高低不平的河底向北走去，大约走了二里地，就发现河床越来越浅，人走到这里，已经能露出肩膀了。三个人弓着腰又往前走了二三百米，就看到河的拐弯处了。

李鲁让王丰停下，他们趴在东边河沿上向北观察，只见拐弯处的河面很宽，不下五六十米，河道在这里拐向西北。在拐弯处的上面，向北大约一百米的地方，有十几个人正在干活，有的搬石头，有的砌墙。一个长方形的院子已经垒起一米多高的新墙，西南角上一个圆筒子似的炮楼也有两米多高了。

"垒得好快啊！"王丰小声说。

"小心，有人朝这边来了！"李鲁小声说。三个人急忙缩下身子，紧贴在河沿边，不约而同地抽出手枪。

李鲁看到朝河边走的人身穿黄色衣服，边走边解裤腰带，走到河边拐弯处，一手扶着河沿一跃跳到河底，看样子是下来解手的。趁这个机会，三个人慢慢退到河底，在石头后面隐蔽起来。

"真晦气，碰到这么个拉屎的土匪！"张言在石头后面说。

李鲁笑了笑说："亏他急着拉屎，要不他可能就发现我们了。"等了一会儿，这个土匪站起身朝西边走了。只见他顺着河道走了几十米，转身走向河边的路上，回据点工地去了。李鲁见土匪走了，示意原路返回，三个人向后走了五六百米，爬上岸来，向孙村方向斜插过去。快到孙村时，三个人分手。李鲁对王丰说："你见到张百祥后，告诉他，我随时都可以与他见面，但是他要注意安全，防止张百仁派人跟踪，见面的时间和地点由他定。"

王丰答应一声："我知道了。"然后，他一个人进村，李鲁和张言则绕过孙村，直奔北面山上。

两人来到山上，找了个小树林隐蔽起来，居高临下，整个孙村尽收眼底。眼下的孙村是一个南北长、东西短的长方块，它的外围设一圈圩墙，在村子的四个角上分别建有炮楼，东北角的那个炮楼最大。圩墙上有东、西、南、北四个寨门，上面分别设有守卫门楼。北门外是一条通往县城的东西路，南门外是一条干涸的河床。

在村子北门外还有一个据点，据点里面有一个炮楼和七八间平房。这个炮楼与孙村东北角上的大炮楼相呼应。张言说："这伙土匪还真下了功夫，把整个村子围得铁桶一般。"

李鲁点了点头，拿出纸和铅笔，边记边说："是啊，易守难攻啊！我们要多想想办法。"他用手指了指村子里的两棵大树，说："你看，那两棵大树北面的大高屋，就是土匪的议事堂，我上次就是在那里与张百隆谈判的。那大屋的西边应该是日本特务住的院子，议事堂两边各有一条南北路，西边的路通往北门，东面的路通往东北角的大炮楼。"

张言说："看样子土匪活动的重心都在孙村的北头，东北角的大炮楼是重点，一旦打起来，这个大炮楼可能就是土匪头子的藏身之地了。"

"你分析得对，这是我们要掌握的重点。"说着，李鲁用笔在纸上画了一个重重的圆圈。

　　两人又观察了一会儿，李鲁说，今天就到这里吧，下一步还要弄清楚孙村兵力的分布和火力配备。现在我们去小河村看看土匪住在哪里。说着，两人从树林里爬上山顶，沿着山脊梁向东走去，绕过孙村来到山下，然后向东南方向走去。一个多小时后，两人来到小河村的东北角。两人正准备到村口观察一下，忽然见一个穿黄色衣服的人挑着两个罐子来村头的水井打水。两人急忙躲到树后探出头张望，看到这个人从井里打上水来，又挑着罐子回村子去了。

　　李鲁示意张言留下观察周围情况，他则快步跑到村口，贴着墙角往街里看。他的目光跟随挑水人来到这条街北面的一个大门口，又看到门口有穿黄衣服的人进出，他断定这个大门里面就是土匪住的地方。李鲁目测从村口到那个大门的距离约有二百多米，又看了看大门口附近邻居的情况，然后返身回到树旁，和张言绕过小河村往刘家寨走去。

　　两人回到刘家寨，见王正已经回来，李鲁说："我们边吃饭边谈侦察到的情况吧！"王正说："好，我先说说东崖庄的情况吧？"他接着说，东崖庄离刘家寨八里地，出了北山口，沿山脚向东走不到一个小时就到了。东崖庄离南山一里多，有五六十户人家。修建的据点就在村子南头，正好对着南面的山口。现在这个据点先盖起了四间平房，好像是当仓库和守卫用的，旁边的炮楼才打地基。我们过去时，看到有十几个农民在砌墙，并没看见穿黄色衣服的土匪。

　　王正接着说："我和小李进村打听了一下，东崖庄的土匪也改成了'治安军'的一个中队，他们白天轮流去据点工地监工，晚上集中住在村公所。"

　　李鲁说："看来，东崖庄的土匪劲头也不小啊！"

　　王正说："我在东崖庄听说土匪这一阵可神气了，他们自以为成了正规军，不光发军饷以后还有军衔，都能升官发财。看来这是张百仁给他们许的愿。"

李鲁说："一般来说，土匪的骨干都是附近的地主或者流氓。他们之间有亲戚关系的，有拜把子结盟的，有卖身投靠的，也有投机取巧的，形形色色，五花八门。张百仁这一伙土匪也不例外，他现在投降了，日本鬼子封官许愿也就成了拉拢人的手段了。"

随后李鲁把去小河村侦察的情况说了一遍，他说："小河村据点建在村子的西南头河边上，正好对着刘家寨。土匪住在离村东头不远的一个院子里，白天黑夜轮流到据点工地监工。"他停了停，又说："出去北山口，往东四百米，有一条河通往小河村据点，这条河对我们有用。"王正听后点了点头，说去东崖庄时路过这条河。

李鲁又介绍了孙村的炮楼布局和外围地形情况。他说："土匪经营孙村多年。孙村的防御工事修得多，也坚固，易守难攻。孙村先放一放，等我与张百祥见面以后再说吧！眼下，我们要集中力量解决小河村的问题，然后再打掉东崖庄据点。小河村敌人的情况还要再摸一摸，搞清楚他们的人数和轮班情况。"王正表示同意，他准备找一个从工地上跑回来的人再了解些敌人的情况。

到了傍晚，王丰也从孙村大舅家回来了。他听大舅说，张百仁已经去县城见了宫本，还在城里的第二大队部待了一天。村里的人说，张百仁过几天就带人进城接受鬼子检阅。

大舅还说，前几天，几十个日本鬼子来孙村住了三天，说是演习，后来走了。张百仁借这个机会，把本村三个中队长全都换成了他的本家兄弟。东头张家连一个中队长也没弄上，气得直骂娘，他们想找机会跟张百仁闹一场。

王丰接着说，他在傍黑时去见了张百祥，张百祥这一阵气得生了病，正在家里喝中药。张百祥听说李队长回来了，高兴得不得了。他已经跟张家的几个兄弟说好，等李队长来了，一切都听李队长的。张百祥把见面的时间定在孙村大集那天，到时候在西南角卖树苗的地方见面。李鲁问，孙村大集是哪天？王丰说，离下一个大集还有四天。

李鲁沉思了一会儿，**心想**：改编后的土匪正蠢蠢欲动，我们先拿下小河村据点，挫一挫土匪的锐气，再去赶一次孙村大集，寻找新的战机。

送走王丰，李鲁叫上王正，一起去北山口走走，他想看一看小河村据点晚上还有没有干活的。两人边走边聊孙村的情况，一致认为，争取张百祥及其弟兄做内应是上策，到时候里应外合拿下孙村，这是个大胆的想法，关键是怎样运作。两人商议，还要进一步摸清敌情，缜密谋划。两人正往前走，迎面碰上村支书刘少堂。刘少堂问："你们二位这是上哪儿去？"

李鲁说："出来走走，到北面山口看看小河村据点还有没有人干活。"

刘少堂说："那就不要去了，这个事我知道。据点晚上照样干。这不，东头刘少新兄弟俩就是晚上干活时偷跑回来的。"

"噢，他们是哪天回来的？"李鲁问道。

"昨天晚上回来的。他俩是趁土匪喝酒时跑回来的。"刘少堂说。

王正说："是这样啊！我想找他们聊聊，了解点情况。"

刘少堂说："这好办，明天我陪你去找他们。"三个人边说边往前走，刘少堂说："李队长，有件事我想跟你说说。"

李鲁问："什么事？需要帮忙吗？"

刘少堂说："是这么回事，我堂妹后天出嫁，婆家是小河村的，因为最近小河村的伪军中队长孙四抓人修炮楼，吓得年轻人都不敢去送亲了。"

"噢，还有这么回事。刘大哥，你有什么想法？"李鲁忙问。

刘少堂说："我也没什么具体想法，只是想起了你们要打小河村，你们看这是不是个机会？"

李鲁心想，后天不是大集，不耽误与张百祥见面，便说："这是个机会，借送亲打土匪，当然是个好机会。但是，不知你堂妹家愿意让我们去吗？"

刘少堂说："我去给二叔说说，我觉得只要你们不在亲家家里打起来，我叔差不多能答应。"

李鲁说："娶媳妇是件大喜事，我们不能给人家添乱，这个请你家二叔放心。"

李鲁接着问道："不知新郎家在小河村哪头住？"

刘少堂说："亲家住东头靠村口。"

李鲁听后，心想这是我上午刚去过的地方，看来新郎家离村公所不远。他看了看刘少堂，以坚定的口气说"请告诉你家二叔，我们送亲到新郎家，在他们拜天地时就离开，不会给亲家添乱。"

"我去给二叔说说，一会儿给你回个信儿。"说完，刘少堂走了。

李鲁对王正说："我们也回去等刘支书的消息吧！"两个人在住处边等边商量这次的行动方案。李鲁说："如果刘家答应让我们送亲，我就带七八个人去抬嫁妆，你带两个班在天亮之前从河道摸到据点前的拐弯处，趁天黑冲上据点工地，用刺刀解决工地上的土匪，然后换上土匪的军装，从村西头向村公所迂回，到时候我派人去联络你们。由刘子文带两个班到孙村附近埋伏准备打援。"

王正说："这个方案行，不知道刘家是否同意我们送亲。还有，到时候土匪是不是一定在村公所？如果不在村公所，就要在外面动手，这样我们答应刘家的事就失信了。"

李鲁说："我想过，如果刘家答应我们送亲就这样办，到时候随机应变吧，尽量等土匪回到村公所再动手；如果不答应，我们也要借这个时机解决小河村的土匪。"

李鲁又说："按农村的习惯，喝喜酒的人多，宴席在自己家摆不开，都要借邻居家的院子摆喜宴。这家在村东头离村公所不远，如果他家想给土匪送人情，很可能会在村公所摆几桌。"

正说着，刘少堂进来了，他说："可费事了！我二叔开始答应了，但是我妹妹听说后哭哭啼啼，说借喜事打人不吉利，她会窝囊一辈子。我二婶也跟着哭起来，说叫带枪的人送亲凶气压了喜气，不能这么干。后来我二叔也变卦了，可把我急坏了！最后，我说这件事我不管了，反正村子里没人敢去送亲，你们自己走着去吧！"

刘少堂看了看李鲁说："我二叔一看我要走，急忙站起来拉住我，让我再想想办法。我说八路军送亲到门上，放下嫁妆就离开，人家又不在亲家家里打土匪。再说，就那几个土匪，可能八路军连枪都不用就把他们逮住了。最后我二叔终于答应了。"

李鲁说："二叔一家人的担心是正常的，谁也不希望自己的喜事节外生枝。既然答应了，那就各自准备，还麻烦刘大哥回去给老人家说一声，一定要保密，这件事关乎好多人的性命，对谁也不要说。剩下的事我们来安排，保证不给亲家添乱。"

刘少堂走后，李鲁问："我们总共有多少短枪和匕首？"

王正说："有七支短枪，加上你手里这一支总共是八支。匕首不少，有十几把呢！"

李鲁说："把短枪和匕首全部集中到张言的三班，还要再换几身便衣。"

"好，我去准备。"王正转身出去了。

第二天，李鲁召开战前会议，布置任务。小分队分成三路。第一路，由李鲁和张言等八人化装成送亲的，到新郎家放下嫁妆后，伺机找土匪下手。第二路，由王正带一班、五班在拂晓前顺河道摸到拐弯处，冲上去用刺刀解决工地上的土匪，然后守住据点工地。得手后，在南墙上搭一件棉袄作为信号。在送亲队伍来之前，工地上只许进不许出。送亲队伍经过时，王正带几个人换上土匪的衣服，跟随送亲队伍进入村子，后迂回到村公所附近，配合李鲁行动。第三路，由刘子文带领二班、四班去孙村方向设伏，准备打增援。王丰带领民兵队在山口等待通知，准备拆除据点。会后，各班按照布置分头准备。

王正没有再等刘少堂，他自己打听到刘少新的家，进门与他兄弟俩聊了一会儿，得知土匪在工地上有八个人轮班，每班四个人，早八点到晚八点轮一次，在工地边上一个临时搭建的棚子内值班。王正听完，谢过二位，然后告辞回到住处。

下午，李鲁带领张言几个人跟着刘少堂来到他二叔家。一进门，李鲁上前给刘二叔打招呼，说了一些宽心话，表示决不在亲家家里动手，不给亲家添乱。到时候还要喝杯喜酒呢！刘二叔也不再说什么，只是让李鲁小心，给亲家和他留点面子。李鲁一口答应，接着把嫁妆整理好，用红绳子一一系上，再穿过木杠子，抬上肩试了试，然后又放回原处。李鲁问刘少堂明天几时发嫁。

刘少堂说，按这里风俗，天蒙蒙亮时发嫁，要抢早，也就是抢财，大约早晨五点左右吧！李鲁让刘二叔放心，明天一早按时发嫁。回到驻地，李鲁检查了每个人的短枪、子弹，让战士们换上便衣，把枪藏在身上。然后，他又逐个打量一番，看看有没有破绽。好在时下天气还凉，一早一晚还要穿棉衣。所以战士们把武器藏在身上，外人并看不出有什么突兀。

李鲁给战士们讲明这次任务的难度，既要真送亲，又要打土匪；既不能吓着、伤着群众，给新郎家里添乱，又要把土匪制服。所以大家要见机行事，准备格斗，准备肉搏战。李鲁把八个人分成两个小组，张言和他各带三个人。

第二天早上四点，李鲁八个人来到刘二叔家抬上嫁妆，等待出发。随着三声炮响，吹打班子一阵欢快的乐曲奏起，只听一个男人高声喊道："起轿！"四个轿夫抬起花轿，踩着秧歌步慢慢悠悠地走了起来。尽管天还没亮，观众看不清他们轻巧灵便的步子，只是看到花轿在晃，但轿夫们还是认真地表演了一番。他们出了北山口，来到十字路口。跟着看热闹的人便停下脚步，刘少堂也在路边停下，他来到李鲁跟前，小声说："李队长，你们也小心啊！我就不送了。"

李鲁说："刘大哥，回去吧，放心！"这时，天已蒙蒙亮。李鲁侧身前后打量一下，只见刚才呼呼隆隆的一大群人，现在只剩下单薄的一小队人。他心想，闺女出嫁本是一件大喜事，如果天下太平，今天该有多少人要跟着送亲啊！可眼下叫土匪闹得连自己的亲人都望而却步，这土匪真是可恶啊！

李鲁边走边想，忽然感觉到迎面吹来一阵裹着农家炊烟的凉风，他意识到小河村快要到了。他朝前看了看，小河村就在眼前，便大声说："快到啦，大家赶紧点！"听到李鲁这一喊，战士们都抖擞起了精神。张言说："早点到，好喝喜酒啊！"此时，天已大亮，小河村村头上的据点已经看得很清楚了。李鲁看到，据点工地上静悄悄的，不见一个人影。但是，他看到迎面墙上搭了一件黑色棉袄，他明白这是王正已经占领了据点，马上小声传话，告诉战士们。"小心啊，过河啦！"前面传来轿夫的声音。

李鲁一看，送亲队伍已经来到河边，只见干涸的河床上布满了大大小小的鹅卵石，鹅卵石里又夹杂着一些大一点的石头，走在上面趔趔趄趄。李鲁怕摔坏嫁妆，便招呼大家扶好嫁妆，慢慢来到河岸上。送亲队伍上岸向北走了几步，王正带着三个身穿黄色衣服的战士过来与李鲁会合。王正说："抓了四个俘虏，全捆起来了。王玉五在这里守住据点，鲁刚一会儿带人绕到村子东头来接应我们。"

李鲁说："你们四个跟在后面，进村后避开看热闹的。群众想法接近村公所，等待我这边行动。最好在村公所解决土匪。"

"是，我注意你那边的动静，到时候一起动手。"王正说完，放慢脚步，与抬嫁妆的战士拉开一段距离，跟在后面来到村口。送亲队伍从村西头进入一条不算宽的东西大街上。人们见花轿来了，便走出家门，争相观看新媳妇的送亲队伍和娘家陪送的嫁妆。四个轿夫又开始他们的"颠轿"表演，把花轿晃得来回歪斜，引得两边看热闹的人连声叫好。

花轿走得很慢，在后面抬嫁妆的人只好压住步子向前挪。借这个机会，李鲁快速观察两边有没有土匪出现。又向前走了一二百米，走在前头的张言传过话来："前面还有几个老总出来看热闹哩！"

李鲁向前面望去，只见路北有四五个身穿黄色衣服的人站在一个大院子门口，他们正朝着送亲队伍指手画脚地说着什么。走到大院子门口，李鲁朝大门里面看了看，这个院子有四间北屋和两间东屋。院子的大门是敞开的，一边一个石头垛子，半截木栅栏倚在石头垛子后面。

就在这时，前面响起"噼里啪啦"的鞭炮声和乐队的吹打声，抬花轿的步子也随着这声音快起来。李鲁看到前面一百多米处就是新郎家了，那里聚集了一大群人，争相朝这边张望着，吹鼓手正在使劲地吹着迎亲的曲子。李鲁数了数，从刚才走过的大院到新郎家，中间隔了三户人家。这时候，花轿已经落在新郎家的大门口，吹鼓手吹得更欢了。看热闹的人们也争先恐后地往前挤，他们要看看新媳妇怎样下轿。虽然新媳妇蒙着红盖头，但是这高矮胖瘦、穿着打扮，还有脚的大小，是能看到的。就在人们张望等待的时候，从门里走出来两个中年女人，她俩每人手里拿着一个火把，来到花轿前"燎轿"，然后掀起轿帘，扶新媳妇下轿。随后，她俩又架着新媳妇"跨火盆"，才进入门里。新媳妇一进门，两边看热闹的人也跟着一拥而入。

　　李鲁他们抬着嫁妆也准备进门，突然从后面传来一个男人的喊声："拦住，给我拦住！别让他们进去！"话音刚落，只见四五个身穿黄色衣服的人跑过来，挡在门口。接着，一个身穿黄衣服、梳着大分头的人走到门口，只见他一手扶在门框上，一手按住腰间的盒子枪，撇撇他那长满大黄牙的嘴巴，朝抬嫁妆的人"哼"了一声，说："我就知道，敢从刘家寨来送亲的一定是些二愣子，果不其然，还真是让我说中了。"

　　李鲁明白这是土匪来了，这个挎盒子枪的人一定是孙四了。他向两边看了看，见周围除了这六个土匪还有十几个乡亲看热闹。他马上咳嗽一声，只听前面的张言大声喊道："好，兄弟们咱先放下嫁妆，听老总的！"战士们向后退了几步，把嫁妆放在一旁。

　　"行，还算识相，把他们都带到工地上去！"挎盒子枪的人得意地说。

　　"老总，总得让我们吃点饭再去干活吧？哥几个一大早起来忙到这时候，连一滴水都没沾牙呢！"这是张言的声音。

　　"少啰唆，到了工地上再给你们吃！"挎盒子枪的人不耐烦地摆了摆手说。

　　"打！"一声吼叫从李鲁嘴中发出。霎时，战士们跳起来扑向门口的土匪。张言抬起腿，一脚踢到挎盒子枪的人的肚子上，只听"哎哟"一声，这个人便倒在地上。张言又跟着跳过去，一只脚踩在这个人的胸膛上，弯腰掏出这个人的盒子枪，接着用绳子捆住这个人的双手。其他几个土匪，有的被撂倒在地上，有的被战士紧紧抱住动弹不得，还有一个被战士小李一刀捅到胳膊上疼得嗷嗷叫唤。

大家很快收拾了土匪，将他们一一绑上，又往他们嘴里塞进早已准备好的破布，押着他们向村公所走来。这时，早已隐蔽在村公所门外的王正看到李鲁带着人向这边跑来，立即带领三个战士冲向院子。

等在村公所吃酒席的还有十二个土匪。几天前，他们就得知东边老王家娶媳妇，便闹着要上门喝喜酒，孙四说，让老王家把酒菜送到村公所摆上三桌。所以，今天一大早，他们就齐聚在这，等着老王家一会儿送酒菜来。在这十二个人当中，有四个人应该八点去据点工地换岗。但是，马上要送过来的酒菜像吸铁石一样，使他们迟迟迈不开脚。"等一会儿吃了再去换岗，反正也少不了他们的，大不了让他们晚吃一会儿啊！"这四个人为自己找理由。突然，有一个土匪喊道："这不，说让他们晚一会儿回来再喝酒，你看他们等不及了，自己先回来了！"大门口进来几个穿黄色衣服的人。"哎，这是谁呀？"土匪发现来人不认识，乱叫起来。

"不许动！举起手来！"王正跑到屋门口喊道。

土匪吓得乱成一团，门口的几个乖乖举起手来。

"都给我老实点，不许动！动，就炸死你们！"王正举起手榴弹，喊道。屋里的土匪见王正他们只有四个人，不由得大起胆子来。突然，一个土匪猛地一下掀翻桌子，然后跑到墙边去拿枪。王正见土匪拿枪，急忙拨开前面的土匪，照着里面的土匪就是一枪。"啪！"土匪应声倒下。

枪声响起，吓得土匪们站在原地不敢再动。就在这时，李鲁带着几个战士跑过来冲进屋里，把土匪一个一个扭出门外，然后又一个一个捆起来。

王正进屋看了看刚才中枪的土匪，只见这个人被子弹击中肩膀，正躺在地上呻吟。王正叫人给他包扎一下，扶了出去。

"孙四叫南山的人逮起来了！"这个消息很快在村里传开，刚才在新郎家看热闹的人们纷纷跑到村公所看个究竟。这时，鲁刚带领五班从村东头赶过来，在村公所大门外放出警戒。王正将俘虏关进院子里的东屋。

　　李鲁见大门口聚集了几十个人，便来到大门口向人们打招呼。李鲁说："乡亲们，我们是八路军，今天专门来打土匪的。因为孙四一伙土匪投靠了日本鬼子，当了汉奸，他们欺压百姓，又帮日本鬼子修据点，妄图封锁我抗日根据地，我们必须清除这股土匪。"他看了看面前的人们，见大家喊喊喳喳，脸上露出许多疑惑，便接着说："我们不仅要清除小河村的土匪，下一步还要清除东崖庄的土匪，拔掉土匪修建的据点。"人们又是一阵议论，有的小声问："八路军逮住的这些人怎么办啊？不会都枪毙吧？"

　　李鲁听完做了个手势，让人们安静下来。他接着说："八路军优待俘虏，今天逮住的这些土匪，他们中有罪大恶极的，也有跟着跑腿混饭吃的，还有被迫跟着土匪干的。请大家放心，八路军会依据他们的罪行大小，一一做出处理。"他看到人们不再议论，便接着说："大家还有什么疑问吗？如果没有的话，就回家吧！我们就住在这里，大家可以随时到这个院子来找我们。"看到人们散去，李鲁回到北屋，对王正说："马上派人去通知刘子文和王丰来小河村。"

　　王正说："我已经派人通知了王丰，估计他们快到据点工地了。"

　　"好，让刘子文回来处理俘虏。看来俘虏都是本村的，他们家里人都在观望，我们一定要处理好这些俘虏，争取他们的亲属。如果这件事做好了，还能起到瓦解其他村子土匪的作用。还有，要派人与根据地的乡政府联系，请他们来人开展工作。再就是，我们今天就驻扎在小河村吧！"

　　"好，我这就去安排。"王正转身出去了。

　　王正刚出去，就听见门口哨兵报告说有人来拜访。李鲁忙招呼来人进门，只见一个五十多岁的老汉来到院子里，老汉上身穿一件崭新的深蓝布夹袄，胸前还别了一个红布条，脸上带着掩饰不住的高兴。

李鲁把老汉请到屋里坐下，问："大爷来这里有事吗？"老汉说，他叫王家顺，今天娶儿媳妇。你们来送亲，连口水都没喝，孙四就要抓你们去干活。我这是赶来赔不是的，也是请你们回去喝喜酒的。李鲁说："八路军是借送亲来打土匪的，还怕给您添乱呢！"王家顺说："家里的喜事办得圆满，你们收拾了孙四，乡亲们都很高兴，想请八路军去喝喜酒。"

李鲁婉言谢绝了老人的好意，说明八路军有纪律，不拿群众一针一线，不能去喝喜酒。他顺便向王大爷询问了群众对孙四等人的看法，掌握了几个土匪骨干的罪行。王大爷说，前几天去刘家寨抢牲口打死人的就是孙四。正在这时，去孙村路上打援的刘子文回来报告，他见孙村的敌人没有出动就带着战士们回来了，问还有什么新任务。李鲁把抓获俘虏和王大爷提供的情况说了一遍，指出："现在大多数俘虏的亲属正看着我们，要抓紧按政策处理俘虏，该严惩的严惩，该宽大的宽大，处理好了，有利于土匪的亲属转向我们。"刘子文建议，对一般的土匪，先让他们的亲属写个保证领回家，后面再跟上做工作，促其改过自新；对首恶，继续关起来严加审问，交给抗日政府处理。李鲁表示同意，要求他把握好政策，多争取些俘虏重新做人。李鲁还让他给俘虏讲八路军快要打东崖庄了，让他们出去给周围的土匪通个气。

下午，王丰拆完据点后，来跟李鲁告辞。李鲁说："你来得正好，我想请你画一个孙村的地图。"

王丰一听画地图，忙说："这个活我可干不了，这拿笔的事我不会。"

李鲁鼓励他说："不要紧，把你知道的四个寨门、四个炮楼和村子里通往四个寨门的大街画出来就行了。"

王丰说："画这个我能行。我从小在我姥姥家长大，孙村的大街小巷我都熟悉，我把它画出来。"

李鲁说："你先画。我把进孙村谈判时看到的和在山上看到的，再跟你核实一下。我们今天就住在小河村了，你也留下吧！明天我们一起去赶孙村大集。"王丰答应留下。

第十七章
争取内应

　　第二天，李鲁和王丰出了小河村，直奔孙村大集。孙村大集设在孙村南头的河滩上，此时正是少雨季节，这条东西向的大河几乎断流。一大早，卖菜的、卖粮食的、卖土特产的人们便挤满了河滩。八九点钟的时候，这条干涸的河道里已经是人头攒动，熙熙攘攘。在西头河滩上有卖树苗的摊子，各种树苗一堆一垛的，摆了一大片，有核桃、山楂、柿子、花椒、香椿树苗，等等。人们在这里挑挑拣拣，讨价还价，显得十分热闹。在这个树苗摊子的西南角上，李鲁蹲在一堆山楂树苗旁边，正在和张百祥交谈，旁边站着王丰的大舅张百恩。李鲁问："张大哥身体好些了吧？"

　　张百祥说："好了，我听说你回来病就好了。"他看了看李鲁，又说："我家老二不听李队长的忠告，执意投靠日本人，结果被日本特务和张百仁害死了，想起老二那个惨相，我心里就像刀割一样。那天我看到老二时，他躺在议事堂的一块木板上，上面盖了一床被子。他见到我光是'唉唉'的，可说不出话来。我看到他喉咙肿得发亮，嘴角还有血痕。我想把他扶起来，掀开被子一看，四肢都被捆住，解开绳子后他也动不了，一看就是瘫痪了。我只好按照张百仁的意思，把老二送到县城医院，七八天后他就死了。"说着，他抽泣起来。

　　李鲁说："张大哥节哀顺变吧！令弟投降日本鬼子就是走上了一条不归路。事已至此，我们还是考虑怎样面对眼前的这个局面吧！"

张百祥说："我让王丰送信儿给你，就是想请八路军来救孙村的父老乡亲于水火，也是为我们张家报仇。我已经给几个兄弟爷们说好，只要八路军打孙村，我们这些人都听李队长的。"说着，他从怀里掏出一张叠得方方正正的纸递给李鲁。他说："这是我儿子得成写下的八个中队长的名字和各个中队的人数，还有驻扎地点。"

李鲁接过这张方块纸，迅速装进口袋，对张百祥说："太好了！我回去再看，先谢谢得成了。"

李鲁接着问："张大哥，张百仁在孙村里面有多少兵力？你能带多少人过来？"

张百祥说："村里有三个中队，一百三十多人。其中有五十多人是跟着我叔兄弟张百营和侄子得印干的，是他俩当中队长时的部下。"

李鲁问："你的这些人能控制哪些地方？"

张百祥说："我们兄弟爷们能控制南门和西门，再就是能控制东南角和西南角两个炮楼。"

李鲁问："东北角和西北角炮楼里有什么武器？"

张百祥说："这个我问过百营，东北角有两挺轻机枪、三十多支步枪；西北角有二十多支步枪，没有机枪。"

李鲁又问："北门据点里有什么武器？"

张百祥说："北门据点里有一挺轻机枪、二十多支步枪。"

李鲁说："张大哥，你回去给张家的人讲，八路军要收复孙村一带的各个村子。昨天我们已经打下了小河村，收复孙村也是指日可待。希望张家的兄弟爷们与我八路军里应外合，打掉张百仁这帮汉奸，国恨家仇一起报！凡是参加内应的人员，八路军可视为投诚。"

张百祥说："我一定给他们讲，让张家兄弟爷们投靠八路军。"

李鲁说："张大哥，今天我们就谈到这里，回去后我们各自做好准备。我想最近几天攻打孙村，具体时间和行动计划再通知你。请你再收集一下张百仁的新情况，看看敌人有什么新变化，明天下午我派王丰来取。

如果敌情没什么变化，我和你明天晚上八点还在这里见面。方便的话，到时候约张百营和张得印一起来行吗？"

张百祥听后很激动，他说："行！请李队长放心，我一定按照你说的去做。这回打张百仁，我亲自上阵，就听你一声令下。"

李鲁最后说，这件事要保密，除了几个身边的人可以知道任务内容，其他人在八路军进村后再告诉他们。说完，两人就此分手。在回小河村的路上，李鲁掏出张百祥给的那张纸，只见上面写着八个中队的分布和人数，还有各个中队长的名字。其中，孙村有三个中队，周围的大陈庄、东崖庄、西崖庄、小河村、徐家庄各有一个中队。小河村中队已经被我军打掉，孙村外还剩四个中队。而孙村的三个中队，有两个驻守在东北和西北角两个炮楼里，还有一部分守卫村北头的据点。这两个中队把守东门和北门，同时负责议事堂的守卫。剩下的一个中队，把守西南角和东南角两个炮楼，还负责西门和南门的守卫。在兵力分布上，北头是大头儿，有八九十人；南头有四五十人。南头的人张百祥可以控制，但是这个中队的中队长是张百仁新换的，纸上有标注。

李鲁边走边思考这一仗如何打。就目前来看，张百祥作为内应，孙村南半部的兵力可以为我军所用。我军进入孙村后可以快速展开，采取偷袭的打法，先解决东北角和西北角两个炮楼，同时从背后上去解决东门和北门两个门楼；对村外的据点，也要事先派人摸到据点的北墙外埋伏，到时候翻墙进入据点。但是，同时对五个地方偷袭，很难保证哪个地方不被敌人发现。还有，日本特务的住处还有电台，一旦打响他们会发电报求援。这次战斗必须是偷袭加强攻，还要打援。战斗的重点是东北角的炮楼和村外的据点，要把兵力向这两个地方集中。

李鲁对有利方面和不利方面做了一个分析。我军的有利方面有三条：一是有内应，这样既减少了攻打任务又能迅速接近敌人的防御工事；二是我军习惯于夜战，战士们有打仗经验，特别是经过整训，小分队全体人员的政治军事素质有了很大提高；三是我军面对的是一股土匪，虽然这些人凶狠，但是毕竟军事素质差，又没有打过仗，战斗力不强。

不利的方面也有三条：一是敌众我寡，孙村及周围的土匪三倍于我；二是敌人有坚固的防御工事；三是敌守我攻，又居高临下。

经过分析，李鲁认为这是一场敌众我寡、攻坚打援的硬仗，必须里应外合先拿下孙村，继而扩大战果，再分头消灭周围四个中队。

第二天傍晚，王丰从孙村回来说：“我在大舅家的菜地里待了一下午，一边干活一边等送信儿的人，一直等到做晚饭的时候，才看到我表弟小安来了。他扛了一捆草苫子，装作来菜地盖菜苗的样子。我俩一见面，小安说：‘我爹说了家里都没事，你愿意来就来。’随后，他从鞋里掏出一个鞋垫递给我，我就跑回来了。”说着，王丰从怀里拿出一个新鞋垫递给李鲁。

李鲁拿着鞋垫看了看，这是一只新缝上的鞋垫，用手一捏软软的，感觉里面好像塞进了东西。李鲁掏出匕首，顺着鞋垫的边缝挑开，伸手掏出一个布条来，只见布条上用毛笔写着一个“见”字，其他就没什么了。

李鲁一看马上明白。他对王丰说：“这是张百祥观察敌情没有变化，让小安传话，‘家里都没事，你愿意来就来’。意思是孙村没什么变化，这一个‘见’字，就是今晚可以去见面。”

王丰说：“太好了，算我没白等这一下午。”正说着，张言也从孙村北山回来了。他说，在山上监视一天，没发现孙村及周边村子有兵力调动，就连进城的路上也没发现穿黄军装的人来往。

当晚七点半左右，李鲁带着张言和王丰早早来到昨天赶集卖树苗的地方，等待张百祥前来见面。过了一会儿，只见对面过来几个黑影，王丰上前几步拍了一下手，对面接着拍了两下。

“是小丰吧？”对面传来大舅张百恩的声音。

“是我，大舅。”王丰答应一声，便和张言到一边警戒去了。

李鲁与张百祥、张百恩打过招呼，张百祥把一同来的张百营和张得印介绍给李鲁。李鲁在上次来孙村谈判时见过张得印，他用手在张得印的肩膀上拍了拍，算是打招呼，又和张百营握了握手。

张百祥说："今天没什么变化。张百仁在女特务那里待了一天，晚饭是从议事堂送过去的。听送饭的人说，张百仁正在忙进城检阅的事。"

李鲁问："张百仁对八路军打掉小河村据点有什么反应？"

张百营接过话说："这件事对张百仁是个打击，但是他顾不过来，只是放出风说，孙村固若金汤，叫大家放心。不过，张百仁加强了各个寨门的防守。为了今天晚上出来见面，我找人调换了南门的两个人，又把得成留在南门楼上，这才出来的。"

李鲁说："我准备明天晚上攻打孙村，到时候你们把南门和西门打开，把西南角和东南角炮楼上的人全部撤下来，分别在门外等待八路军。你们看有什么困难吗？"

张百祥说："行！照李队长说的办！"

张百营问："明天晚上几点进攻？怎样联络？"

李鲁说："进攻时间和联络暗号明天晚上九点我派人送过来，到时候还是在这里见面。"张百营点头说好。

李鲁问："张百仁夜里都住在哪里？"

张百营说："这个说不准。他有时候从那个女特务那里出来，会去东北角大炮楼里过夜；有时候会在家里过夜。"

李鲁问："从女特务住的小院到东北角大炮楼有多远？"

张百营说："不远，有二百多米。"

李鲁说："明天晚上要盯紧张百仁，看他去哪里。这件事一定弄清楚。"

张百营说："这个好说，我派一个人盯住他。"

李鲁问："东北角炮楼对村子里面防守紧不紧？"

张百营说："平时不算紧。炮楼在东北角的一个院子里，院子朝向村里有一个大门，平时看门的就一个人。"

李鲁说："把明天晚上在东北炮楼看门的人弄清楚，先不要惊动他，看到时候能不能争取过来，如果能让他开门就省我们的事了。还有，你们回去后在村子里散布一下八路军要攻打东崖庄的消息，迷惑敌人。"张百营答应一声。

李鲁对张百祥小声说："明天下午我派人再来取一次情报，看看敌情有没有变化。"

张百祥说："我还是交给百恩去办，行吗？"

李鲁说："行！"说完各自散去。

张百祥几个人分头进了寨门，然后回到张百祥家里。张百祥让儿子关上大门，把几个人领进东屋，关上门，点上灯，仔细商量明天晚上的行动计划。

张百祥说："这一阵子咱吃了不少窝囊气，也是老天有眼，让八路军来帮咱们出这口气，你们都说说明天怎么干。"他用手擦了擦脸上淌下的眼泪，接着说："你们不要怕。我们这边的人也不少，又是在暗处，外面有八路军，只要咱稳当点就能成功。再说，还有百隆在天上保佑咱呢！"

张百营拳头攥得嘎巴嘎巴直响。他说："有什么好怕的？人家八路军是主力，咱们就是给人家打开门，引引路，攻打炮楼也用不着咱们。再说，咱这一阵子老想着报仇，机会终于来了，咱还能当孬种？"

张百祥说："新上任的那个中队长，叫什么来？"

张百营说："叫张得进，是张百仁一家子的侄子，他什么也不懂，只会给张百仁通风报信，也就是个摆设。我明天晚上早早把他捆起来。"

张百祥说："还有那几个日本特务，尤其是那个女妖精，他们才是祸根，千万不能让他们跑了！"

张得印说："大爷，这几个人包在我身上，我带几个人专门收拾他们。"

张百营说："特务使的都是冲锋枪，你可要小心！"

张得印说："我知道，我有自制的炸药包，原来就想找个机会干他们一下子，这次用上了。"

张百祥想了想，说："还有一件重要的事，就是要盯住张百仁，这个事就叫得成干吧！"

张得成答应道："行，我盯住他。反正我和得印在一起，盯住特务的院子，就盯住了张百仁。"

张百营说："咱们都要小心，明天给咱们的人交代，就说咱要找张百仁算账，要大家听指挥。这一阵咱的人都窝了一肚子火，要利用好这种情绪，也要控制好他们。"

张百祥见商量得差不多了，就说："这次咱们结交了八路军，人家不嫌弃咱们，给咱们面子，咱一定要争口气把事办好。我想这次应该能成功，八路军天时地利人和都占了，还能打不下来？退一万步讲，就算打不下大炮楼，逮不住张百仁，咱们也要投奔八路军。只有跟着八路军，咱们才能不再受欺负。"几个人都点了点头。

张百祥又说，明天一早就传出话去，说八路军要打东崖庄了，让张百仁早点知道这个消息。

这边李鲁和张言王丰一起往回走。张言说："李队长，你说的'声东击西'，是不是还要演一场戏进一步迷惑敌人。"

李鲁说："是啊，应该演一出！你有什么点子？"

张言说："我们可以派一部分兵力在明天傍晚向东崖庄方向出动一下，然后绕个圈子，直接去孙村外隐蔽起来，等待进攻命令。这样能造成打东崖庄的架势，来迷惑敌人。如果有人去向张百仁报告，张百仁必定放松警惕。"

李鲁听完，说："这个办法好。那就由你们三班和五班去演一场，然后我们在孙村外会合。"

"是！"张言答道。回到驻地，李鲁连夜召开军事会议。他先通报了几天来联络张百祥的情况，又摆开王丰画的孙村地图，仔细介绍了孙村的防御工事和兵力分布，提出声东击西的想法，让大家发表意见。

几个班长一听要打大仗，都很激动，觉得小分队开到这一带，应该打下眼前的这个米粮川。但是，他们听到这一仗要同时解决三个炮楼和两个门楼，还是有点吃惊。

孙成看了看李鲁，说："一下子打这么多炮楼，咱还是'大闺女坐轿——头一回'，咱能吃得下吗？"

大家把目光集中在李鲁脸上。李鲁说："孙村有五个炮楼，这次投诚人员能献出两个，还剩下三个，这三个都集中在孙村北头，我们可以从孙村内偷袭嘛！"

孙成不再作声，旁边的鲁刚问："攻打孙村这样的大据点，就要准备打援。主攻必须有足够兵力，打援至少有两路，一个是县城方向，再是孙村东面也要设伏，这还不包括北面，我们的兵力能够吗？"鲁刚说完，大家再一次把目光投向李鲁。李鲁心里明白，孙成和鲁刚提出的问题是大家共同担心的问题。是啊！孙村防御工事多，即便投诚人员献出两个炮楼和两个门楼，可最难攻的东北角大炮楼和北门外据点的炮楼仍是难啃的骨头。在兵力上，孙村内除了投诚的，还有八九十个土匪，周围村子还有四个中队；而小分队满打满算才九十多个人。兵力对比悬殊，攻坚难度是前所未有的。

李鲁沉思了一会儿，说："鲁刚提的问题很实际。打这样的大仗，我们是兵力不足，但是也有很多有利条件，可以弥补我们的不足。在这个问题上，我想多说两句，借古人的话来启发我们的思考。大家知道《孙子兵法》这本书吧，是专门讲怎么打仗的。孙子说，'故经之以五事，校之以计，而索其情：一曰道，二曰天，三曰地，四曰将，五曰法'。也就是说，要对敌我五个方面的情况进行综合比较，来探讨战争胜负的情形：一是道，也就是政治；二是天时，这个好理解；三是地势，也就是地形；四是将领，也就是指挥者；五是法，也就是制度，说的是军队的组织体制及管理。以上这五个方面，将领要充分了解，才能取胜；反之，就会失败。"

他停了停，继续说："这五个方面，我们除了地形方面处于劣势，其他方面都优于土匪。就说这第一个，政治，也就是人心向背。我们八路军是老百姓的队伍，有群众的支持；而张百仁等土匪、汉奸，他们已经失去了人心，老百姓巴不得早点让他们灭亡。再说天时，这次是夜间行动，我军惯于夜战，这也是优势。三是地形，这个敌人占优势，他们有坚固的堡垒，我们要攻坚又没有重武器，但是，我们有张百祥作为内应，这便于我们迅速接近敌人的堡垒而炸掉它。第四个方面，就指挥而言，我和王正、子文以及各个班长还是自信的。第五个方面，我们的优势就更大了，我们八路军组织严密，纪律严明，作战英勇，以一当十，这是敌人无法比拟的。还有，'兵无常势，水无常形'，我们可以在战斗中随机应变嘛，比如我们可以让投诚人员直接投入战斗。"

李鲁的一席话，让大家消除了疑虑，开阔了思路。王正见大家的思想有了变化，为了增强大家的信心，他说："大家要多想想敌我双方的优势和劣势，第一，我军善于夜战，又有内应，不等敌人发觉，我们可能就到炮楼跟前了，这便于使用爆破技术。第二，我们的军事素质高，而土匪没打过仗，尽管他们有炮楼作为依托，但是土匪射击精确度差，又是在夜间，更打不准。第三，投诚人员熟悉情况，这样进攻速度就快，得手的机会就多。先偷袭，偷袭不成，再强攻。即便是强攻，也能找到土匪薄弱的地方。因此，我对打好这一仗有信心。我说完了，你们继续说。"他说完，坐到一旁。

刘子文接着说："乍一听，土匪的数量是不少，但是，咱仔细分析一下，孙村内也就是八九十个，如果他们再有回家住的，那么真正在炮楼里的也就没有那么多了。可以说，住在家里的土匪听到枪响躲都来不及，谁还会去炮楼打仗？再说，一旦打响，我们就尽快炸掉炮楼，不等外村的土匪来增援，我们就基本控制了孙村。只要枪声稀落下来，就没人想增援了。即便有增援的，我们也能打。兵力不足可以使用投诚人员，再说我们还可以用政治攻势瓦解他们。"

李鲁说："攻打孙村是一场硬仗。敌我兵力对比，从数量上看，我们确实太少。一般情况下，打攻坚战需要优势兵力，这是兵家常识。而这一次，我们为什么不按常理出牌，就是因为敌人内部有矛盾，我们争取了张百祥带人做内应，我才下了打的决心。在这个基础上，我想打一次声东击西的战斗，现在声势已经造出去了，敌人可能有所耳闻，也可能对孙村的防御有所放松。但是，打与不打，要等到明天晚上见分晓。如果不出意外，张百祥按时带人出门投诚，我们就打。反之，如果张百祥出了意外，不能做内应，我们就暂停这次行动，待时机成熟再打，大家要有这个思想准备。"

李鲁看了看大家，又说："明天晚上还有来自孙村的情报，打与不打到时候再定。在这之前，我们按照打来做准备。"

李鲁用手指着地图说："现在，我把攻打孙村的战斗计划讲一下，进攻任务安排如下：一、我带领五班从南门进入孙村，躲开东门，直接偷袭东北角炮楼；二、王正带领一班从西门进入，偷袭西北角炮楼，得手后拿下北门；三、刘子文带领二班迂回到据点北面，先偷袭据点，如果偷袭不成，集中火力攻击据点的炮楼；四、张言带领三班携一挺重机枪，从村子外向东北角炮楼佯攻，吸引敌人火力。打增援安排如下：一、孙成带领四班和王丰的二十个民兵，携带两挺机枪去县城方向设伏，准备阻击来增援的敌人；二、侯二保带五名战士与张百祥的投诚人员，在孙村以东的三岔路口设伏，如果发现有前来增援的土匪，先劝阻，劝阻不成就开火阻击，同时派人回来报告。林英带领担架队，随部队救治伤员。"

李鲁讲完，问大家还有不明白的吗。各班长都表示明白。

李鲁说："明天傍晚再召开一次会议，通报敌情，下达命令。"

第二天，李鲁派张言带两个战士化装后去北山上监视孙村及周围村子的敌人，看有没有兵力调动；又安排王丰去孙村取情报。白天，各班按照作战计划，悄悄做战斗准备，擦拭武器，捆绑炸药包。

李鲁专门找到鲁刚，查看了准备用于东北角炮楼的两个炸药包。李鲁问："爆破组准备得怎么样？"

鲁刚说："爆破组由四个人组成，包括两个老战士和两个新战士。两个老战士都是'爆破大王'马班长教出来的，有爆破经验。"

李鲁又检查了伙房，交代老秦提前开饭，把东头王家顺大爷送来的两块猪肉炖了，让战士们饱餐一顿。

老秦说："人家王大爷是看你们送亲的不去喝喜酒，才送来两块猪肉答谢你们，我舍不得用，已经腌成咸肉了。我准备今天炖一块，留一块等咱们打了胜仗再吃。"

李鲁笑了笑，说："你想得周到，那就等打了胜仗再吃那一块！"

傍黑时，张言和王丰先后回来，报告敌情没有变化。李鲁听完，对张言和王丰说："马上开会，你们边吃饭边开会吧！"

各班长迅速到齐，李鲁看了看大家，说："刚才，王丰取回孙村的情报，张百祥已经按照约定准备就绪；张言也侦察回来了，敌情没有变化。现在我们按照作战计划行动。一、张言、鲁刚带领三班和五班向东出动，然后迂回到孙村东三岔路口，与我会合。二、王正带领一班到孙村西门，等待接受投诚人员；刘子文带领二班迂回到孙村北面，准备偷袭据点。三、孙成带领四班和王丰的民兵队穿插到孙村以西的道路上，准备打来自县城的增援之敌。四、侯二保和其他民兵跟随我行动。大家记住，八点出发，十一点在孙村南门、西门接受投诚人员，然后向村里出发；外面的佯攻等里面打响再动手。大家听明白了吗？"大家齐声答道："听明白了！"

最后，李鲁强调："这次攻坚战难度比较大，好在有内应，又是偷袭，我们就有了打胜的把握。大家要树立打赢的信心，发扬我军夜战的优势，坚决打胜这一仗。好，散会，分头行动！"

第十八章
攻打匪巢

当晚八点，部队悄悄出了小河村，一路向北走。到了三岔路口，李鲁站在路边，分别与孙成和刘子文握手告别。他对孙成说："如果县城之敌来增援，你一定要坚持到天亮。战斗中要照顾好民兵同志们，减少伤亡。"

孙成打个敬礼，说："我明白，保证完成任务！"说完，转身走了。

李鲁又拉住刘子文的手说："你在村外，我和王正在村里，咱们都争取偷袭成功。一旦有一处打响，那就分头强攻吧！"

刘子文说："你放心，我保证完成任务，到时候去支援村里。"说完，也匆匆走了。

望着孙成和刘子文离去的背影，李鲁突然有一种说不出的感觉袭上心头，是不安，还是于心不忍？"唉！兵力太少了，以一当十吧！"他自言自语。正在这时，张言和鲁刚赶回来了。傍晚，他俩带领四十多个战士向东崖庄方向出动，出了小河村，向东南方向走了三里路后，转向西南，绕到这里。

张言说："回来时绕了大半个圈子，没发现后面有人跟踪。"

李鲁说："你们这一圈没白跑，周围几个中队的土匪真的以为我们去打东崖庄了。一旦孙村的战斗打响，他们也来不及向孙村增援，现在我们就赶到孙村去！"接着，他又对张言说，"你从村外悄悄接近东北角大炮楼，等我们在里面偷袭。如果我们被敌人发现，你就在外面集中火力打大炮楼，吸引敌人。待我们炸掉大炮楼后，你再去拿下东门，然后到北门与我们会合。"

张言说："是，我明白了！"

李鲁挥了挥手说："出发！"看到打外围的三个班都走了，王正说："我们也走吧！"

李鲁说："走！我去南门河滩，你直接去西门，等我通知再动手！"

"是！我把掷弹筒留下，你那边可能用得上。"王正说完，带人走了。最后只剩下要打增援的侯二保了。李鲁对鲁刚说："给二保留下五个战士。"然后，他又交代侯二保"如果附近村子有来增援的土匪，你们就喊话劝阻，劝阻不听就开枪。等一会儿我会派人来支援你们的！"侯二保回答："是！"

李鲁又看了看身旁的林英，问："你带了几个民兵？"

林英答道："民兵两个，还有王家顺大爷给找的担架队员十个。"

李鲁说："好、好，你把王大爷也动员起来了！"

林英说："王大爷不光帮忙找了担架队，还让他的小儿媳妇给我带着孩子呢！"

李鲁说："很好，有群众的帮助我们一定能打胜仗！林英，你随我行动吧！"他挥了一下手，便带领五班和十几个民兵向西北方向斜插过去，不一会儿，便来到孙村南门外的河滩上。

九点，张百营来到河滩上，李鲁招呼一声，上前见面。张百营说："我已经把这边的中队长张得进捆起来了，其他的事都按照你的要求安排好了。"

李鲁问："村子里的敌情有新变化吗？"

张百营说："没有。张百仁以为八路军在打东崖庄，他还在女特务那里鬼混呢！"

李鲁听后说："好，兵不厌诈，张百仁上当了。我们十一点行动。你把西南角、东南角两个炮楼和西门、南门上的人撤下来后，集中在两个门外，到时候用手电筒的光朝外画一个圈。我们的人看到后进入寨门，然后咱们一起向北进攻。""是！"张百营答应一声，转身走了。李鲁立即派人去西门通知王正。

晚上十一点，南门打开，一个人在寨门上用手电筒的光画了一个圈，李鲁也对着他画了一个圈。接着，南门里走出二十几个人，他们出门后站成一排。其中一个人向前走了几步，小声喊道："我是张百营！"

李鲁见张百营已经带领投诚人员出门，便低声说："上！"接着带领战士们一跃冲向南门。他对张百营说："分出十个人去三岔路口找侯班长，准备打增援之敌，其他人跟我去东北角炮楼。"

"是。"张百营接着派出十个人去三岔路口，然后招呼身后十多个人一起朝东北角炮楼跑去。张百营告诉李鲁，刚才得知张百仁去了东北角炮楼，没见他出来。

李鲁问："今晚是谁看门？能给我们开门吗？"

张百营说："是张二牛。到门口我试试，看能叫开门吧。"张百营在前，李鲁等人随后，大家贴着胡同一侧一溜小跑，不大一会儿就看到东北角上的大炮楼了。

李鲁见前面就是炮楼，便让战士们放慢速度，贴着墙根走，在离大门口二十多米的地方停下来。张百营走到门口，向里面小声喊道："二牛子，我是你百营叔，你开门。"

"是百营叔啊！什么事啊？"张二牛在里面答应了。

"我找百仁有急事，你把门打开。"张百营说。"噢，你稍等啊！"张二牛说着，打开大门。张百营一闪身进去，李鲁也带领战士们迅速进入大门。张二牛见这么多人进来，吓得不知道说什么好："百营叔，这是——"

"别说话，把枪给我！"张百营下了张二牛的枪，一把将他推到门后，告诉他不要吭声。张二牛乖乖地蹲在地上。

"是谁啊，二牛子？"炮楼顶上的哨兵问道。张二牛没有回答，哨兵趴在炮楼的垛口往下一看，接着就喊起来了："不好，这么多人进来了！"

"啪啪！"哨兵开枪了。这时，李鲁已经带领战士冲到炮楼门口，前面的战士推门没有推开，用枪托砸门也没有砸开，看来门是从里面顶上了。

"嗒嗒嗒……啪啪啪……"炮楼里的人向外射击了，枪声响成一片。

"轰！轰！"炮楼里向外扔了几颗手榴弹，手榴弹在院子门口爆炸。"嗒嗒嗒……嗒嗒嗒……"村外张言的重机枪也叫起来了。炮楼上的机枪停了一下，接着又朝外打去。

"用手榴弹炸开门。"李鲁喊道。

"轰！轰！"随着爆炸声，炮楼的门被炸开。几个战士刚要冲进炮楼，突然，一颗手榴弹从天而降，冒着火花在地上翻滚。

李鲁喊了一声："卧倒！"手榴弹在炮楼门口爆炸。接着，炮楼上面又接连扔下几颗手榴弹，炮楼门口火光连成一片，手榴弹炸起的泥土满天飞。这时，一个人在炮楼顶上声嘶力竭地喊道："往下扔手榴弹，往院子里扔手榴弹，炸死他们！"

"这个喊话的就是张百仁！"张百营对身旁的李鲁说。

"把机枪给我！"李鲁朝身边的战士喊道。鲁刚从战士手里接过机枪，来到李鲁面前说："我举着，你打！"说着，鲁刚把机枪的两条腿举过头顶。

李鲁抓起枪把，对准炮楼的射击孔就打。"嗒嗒嗒……嗒嗒嗒……"一阵扫射，打得几个射击孔没了动静。

"爆破手，上！"李鲁边打边喊。

"嗒嗒嗒……啪啪啪……"机枪、步枪压制了炮楼上的火力。借这个机会，爆破手夹着炸药包冲到炮楼下，点着了引信，又返身趴倒在地翻滚回来。

"轰！"随着一声巨响，炮楼倒塌了一半。接着，另半边炮楼顶也稀里哗啦地掉下了来。

随着这声爆炸，附近的枪声戛然而止，整个村子也一下寂静了，好像刚才什么事情也没有发生，只有爆炸后的硝烟呛得人喘不过气来。

李鲁习惯性地用两手捂了捂耳朵，吐了吐嘴里的尘土，喊了一声：

"上！"他带领战士们冲到炮楼前。他打开手电筒，对着炮楼照了照。透过弥漫的烟尘，他看到炮楼只剩下两面残墙断壁，炮楼里面的土匪全部被压在废墟下。

李鲁招呼张百营，让他留下几个人在这里等着，待攻下对面据点后再打扫战场。也许是土匪反应过来了，村外对面炮楼上刚才骤停的枪声再一次响起，炮楼下的院子里也不时地传出手榴弹的爆炸声。

原来，这是刘子文在据点院子里向炮楼发起强攻。本来，刘子文带领二班已经翻墙进入据点院子，正想趁土匪还没发觉，对平房和炮楼里的土匪同时下手。谁知，这时炮楼的门突然从里面打开了，接着出来一个土匪，看样子是出来尿尿的，只见他朝墙根走去。突然，他惊叫一声："啊，有人！"接着就返身跑回炮楼。这一声惊叫，不仅惊动了炮楼里的哨兵，也惊动了平房里的土匪。

"什么人？快走到院子中间来，要不我就开枪了！"炮楼上的哨兵喊道。

刘子文一看，偷袭已经不成，那就先强攻平房吧！他命令身边的战士："砸开屋门！"

咔嚓一声，一个屋门被砸开了，刘子文带领战士们冲进屋里。几乎与此同时，对面大炮楼那边传来枪声，炮楼顶上的哨兵也开枪了。

刘子文进屋后先收拾了屋里的几个土匪。他倚在门口向外观察一下，他所在的门口在院子的西北角，而炮楼在院子的东南角，两处相隔四十多米，中间什么隐蔽物也没有。

这时，对面大炮楼那边枪声也十分激烈。刘子文明白，李鲁偷袭也没有成功，正在对六炮楼进行强攻。他看了看面前炮楼上的机枪，一个劲儿地朝平房这边扫射，尽管机枪打得不准，但对院子里这片空地还是构成了很大威胁。他又看了看对面的南墙，发现南墙与炮楼正好在一条线上，越靠近炮楼越容易进入机枪射击的死角。刘子文暗想，一会儿趁机枪扫射的空当，我带几个人冲到南墙下，然后贴着南墙靠近炮楼，就好办了。

刘子文向身边的战士们交代一下，留下几个战士掩护，让他们凭借两个窗子与炮楼上的土匪对射。他带领四个战士，准备等机枪换弹夹时冲向南墙根。就在这时，对面传来一声巨响，震得门框"咔嚓咔嚓"直响。炮楼上也停止了射击。刘子文一看机会来了，他带领四个战士冲出平房，向对面墙下跑去。刚跑到南墙下，炮楼上的机枪又响了，子弹打在地上发出"噗噗"的声音，还有两颗手榴弹落在院子里炸得泥土四溅。

刘子文顾不上这一切，他带着爆破手贴着墙根向炮楼靠近。"二十米，十五米……爆破手上！我们掩护你！"

刘子文说完，身子往外一蹲，让爆破手从自己身边过去，他举枪朝炮楼的射击口打去。"啪啪啪……"随着几声枪响，这个射击口没了动静。就在这时，爆破手也将炸药包放在了炮楼墙根下。接着，火光一闪，轰隆一声，炮楼随之倒下。

看到炮楼已经成为一堆废墟，刘子文和战士们冲上去，留下两个战士看管平房里的俘虏，其余战士去围攻北门。与此同时，李鲁带着五班和张百营已经从村子里面围住北门。张百营在前面带路，他看到北门是敞开的，以为门楼上的人已经跑了，正要走过去看看，却被门楼上一阵乱枪给打了回来。

李鲁见土匪在门楼上居高临下地朝这边打枪，封住了北去的道路，便问张百营："门楼上有多少人？"

张百营说："平时就五六个人，好像今天多了几个。"话音还没落，北门外也响起枪声，子弹密集地打在门楼上。李鲁明白，这是刘子文从外面向门楼进攻了。

"机枪准备，朝门楼狠狠地打！"李鲁高声喊道。"嗒嗒嗒……"机枪朝门楼一阵扫射，打得土匪都躲到射击垛口下，不敢再打枪。趁这个机会，鲁刚让机枪停止射击，他对着门楼喊道："上面的人听着，你们被包围了，快把枪扔下来！我们八路军优待俘虏！"话音刚落，门楼上又朝下打枪，还扔下几颗手榴弹，其中一颗正好滚到鲁刚附近，呲呲地冒着烟，鲁刚飞起一脚把手榴弹踢出去，手榴弹在门楼下爆炸。这一下，气得鲁刚直骂："他奶奶的，大炮楼都炸了，这么几个小毛贼还在这里逞能！"

正在这时，王正从村子里赶了过来。他对李鲁说，西北角炮楼偷袭成功，已经交给张百祥打扫战场，他带领一班来北门会合。

李鲁见村子里的战斗已经进入尾声，现在只剩下面前的这个门楼。李鲁说："本来想省点炮弹，没想到这个门楼还不让我们省，那就打他一炮吧！"说完，他向炮手做了个手势。炮手立即把掷弹筒对准门楼，调整好射击角度，只听轰隆一声，门楼倒塌了。战士们一跃冲上圩墙，把残敌抓了。张百营走到俘虏面前，拉起一个人说："二柱子，你们几个发的什么昏？大炮楼都给炸了，你们怎么还不投降？"

二柱子说："正好张百义来查岗，他死活不叫我们投降！"

"噢，那张百义呢？"张百营问。

"炸死了！"二柱子说。

"活该！"张百营恨恨地说。

二柱子说："百营叔，刚才有两匹马从北门跑出去了，后来又有一匹马追出去。我看后面的人可能是张得印，张百义问是谁，我没敢吱声。"

李鲁问："张百义是谁？"

张百营说："是张百仁的弟弟，给炸死了。"正说着，张言和刘子文也赶到了。张言说："东门已经被我军拿下。东北角炮楼一倒，东门的人就跑了一多半，剩下几个土匪，我们一喊话，就投降了。"

刘子文笑了笑，说："据点也拿下了，只抓了八个俘虏。"

李鲁一听，战斗进展顺利，孙村已经被我军拿下。他对王正和刘子文说："王正，你抓紧带人去侯二保那里看看，如果没有增援的伪军，天亮前就撤回来吧！刘子文你负责打扫战场和处理俘虏。"王正和刘子文分头去忙。

李鲁对张百营说："刚才跑出去两匹马，可能有特务跑了。我们去

275

特务住的地方看看？"

张百营说："我让得印和得成兄弟俩带人去收拾特务了，这会儿应该把他们解决了。"

李鲁说："走，我们去看看！"说着，几个人朝议事堂走去。

张得印头一天晚上在大伯家里接受任务后，急忙回到家里，跪在父亲张百隆的牌位前，念叨一番，磕了几个响头，发誓要给爹报仇。他琢磨一会儿，拿起毛笔，在一张纸上画上一个院子，标上记号，然后端详着这个地图，反反复复在上面画箭头。他苦苦思索怎样才能把特务干掉。他仇恨这个小院子，他爹就是在这里惨遭毒手的。害他爹的日本特务、张百仁，都聚集在这个小院里。干掉这些人，也就给爹报了仇。他考虑要办好这件事，人要少而精，挑选几个身手利索的人就够了。再就是，武器要应手，要准备炸药、手榴弹。每个人要配备短枪匕首，还有手电筒。

第二天一早，他找到张得成，两个人又仔细商量一番，最后定下张得成带上两个小炸药包，再准备二十颗手榴弹和手电筒、麻绳。张得印负责挑选七八个年轻人和武器。两人商量妥当，张得成回家给他爹张百祥做了汇报。张百祥听后，点头同意，让他们早早埋伏在特务住的西院周围，待八路军攻打炮楼时，冲进小院活捉女特务，一定弄清楚张百隆是怎么死的；又嘱咐他们千万别打草惊蛇，一定等八路军开火后再行动。

张得印约好六个好哥们儿，把晚上的任务向他们一一交代清楚，然后回到家里。张得印长得随他娘，白净脸，细高个儿。由于他爹是大当家，所以他从小就爱舞枪弄棒。在他十一二岁时，他爹专门请了师父来教他武功。他与叔伯哥张得成一起跟着师父学了五年，练就了一身功夫，还打得一手好枪法，能左右开弓打飞鸟，是附近十里八村有名的"双枪少爷"。他今年十七岁，正是风华正茂的好时候，可没想到爹突然暴病，昏睡几天后就死了。他这个没经过风雨的少爷一下子蔫了，不知所措，天天照大人们的话去忙活，守医院、跪灵棚、发丧、过头七，好歹把他爹送走了，他才松了一口气。

回过头来，他按照母亲的话，盘算了一下，接手家里的财产，学着如何管家，担起长子的责任，协助娘抚养两个妹妹和一个弟弟。家里外头的事千头万绪，一下子压得这个年轻人喘不过气来，却也让他从纷繁复杂的人情世故中感悟出许多道理来，变得成熟了。

他记得，一个月前爹说过，老二张百仁念了几天书，老想着出人头地。他挂上了县城"治安军"大队的一个副官，劝他们投靠日本人，说县城里这两天要来个谈判的。接着，就是大爷要他一起去小河村接来谈判的八路军。他平时在学堂跟着张百东老师学了不少做人的道理，知道八路军是专门打鬼子、救国救民的队伍，心里很佩服八路军。当他看到那个英俊威武的李队长骑着马从南面过来时，顿时觉得眼前一亮。他心中暗想，八路军并不是爹说的那样，什么穷叫花子，见人就杀、见东西就抢的恶人，而是讲礼貌、和蔼可亲的人。他希望谈判成功，以后就跟着李队长出去打鬼子，省得整天窝在这个山沟里憋得难受。可没想到爹和李队长没谈成，这令他大失所望。昨天晚上，李队长在他肩膀上轻轻一拍，他感觉这既是向他打招呼，也是对他丧父的安慰，他觉得很亲切。想到再过几个小时李队长就带着八路军来打张百仁，他心中不免有些紧张，他没有打过仗，虽然会打枪，但那只是打打靶子，打个鸟或者野兔子，从来没打过人。

他想，今天是他人生第一次打仗，并且打的还是日本特务，可不能失手，一定要干掉这几个狗特务，给爹报仇，也让李队长对他有个好印象，以后好向李队长开口，参加八路军。想到这里，他把两支盒子枪和弹夹仔细检查一遍，把手榴弹和炸药包也检查一遍，然后放进一个柳条篮子里面，上面再盖上一块黑布。准备妥当，他出门看了看天上的太阳，已经是吃午饭的时候了。

他知道特务们这时候都会去议事堂东面的院子吃饭，他想趁这个机会接近小院子侦察一番。打定主意后，他给娘打了个招呼，拿起一张煎饼，边吃边出了门。来到小院对面，他看到小院门上已经挂上一把铁锁，他明白这是特务吃饭去了。他大胆地围着小院子转了半圈，发现这个平时自己不在意的小院子竟是一个易守难攻的地方。院子的东面是议事堂，这是张百仁办公的地方；小院的北屋后墙正对着邻居家的院子，南面是两间南屋和大门，这是进出小院子的唯一大门；西面屋子的后墙外是通往北门的一条大街。

张得印看了一阵，心中暗暗盘算，今晚动手时从哪里进入院子才能省点事。西面是屋的背面，没有梯子上不去，不可能再扛个梯子过来搭在屋脊上，这样也容易暴露啊！东面也不能去，那里还隔着议事堂的大院。北面是邻居家，即便是进入邻居家，还要再爬上小院北屋的屋脊，也太费事，并且容易被北屋里面的人发觉。那就剩下南面大门了，而大门是关着的，听说里面还有岗哨，从这里偷袭很难。但是没有别的地方可选，只有从这里强攻进去。他决定，等八路军动手后，立即用炸药炸开大门，冲进去解决这些狗特务。

夜幕降临，月亮慢慢升起。张得印和张得成带领六个弟兄来到议事堂西面的小院附近，按照事先的分工，大伙在周围散开隐蔽，观察小院的动静。张得印在小院的对面胡同口隐蔽，借助月光，对小院门口的动静能大致看个明白。

大约十点，小院大门开了，出来一个人，门接着又关上了。只听院子里的哨兵说："再见，张大队长！"

张得印知道这是张百仁出来了。他朝张得成招了招手，张得成紧走几步，绕到后面转向东胡同，在后面紧盯着张百仁的后影。他看到张百仁直接去了东北角炮楼，到了炮楼下的院子门口，他叫人开门，然后进去了。随后大门又关上。张得成从胡同里退回来，直接去南门给张百营送信儿。张百营听得成说亲眼看到张百仁进了大炮楼，便说："回去再盯住大炮楼，如果张百仁出来，你马上再来报告！"张得成转身要走，张百营一把拉住他，小声说："告诉得印，八路军十一点进攻，你们等八路军行动了再动手，听到枪声你们也可以开枪。记住啦？"

"记住啦！"张得成说完，返回小院这边，看到小院里灯光全部熄灭了，便悄悄告诉张得印进攻时间。张得印听后掏出怀表看了看，还差二十分十一点，便招呼弟兄们向小院子靠拢，等待今晚的战斗打响。

"啪啪啪……"东北角炮楼响起枪声。张得印一挥手："上，先把大门炸开！"张得成快速把炸药包放在大门口，点着引信后便急忙返回来。轰隆一声，大门一下子飞上天。

"上！"张得印带头冲到门口。

"嗒嗒嗒……嗒嗒嗒……"院子里向门口打起了冲锋枪，密集的射击挡住了张得印。原来住在南屋和西屋的特务听到东北角响起的枪声，急忙冲出屋外，躲在大树下和磨盘后抵抗。火力压得张得印几个人躲在门口的断墙下动弹不得。

"扔手榴弹！"张得印喊了一声。几个人一起朝院子里扔了几颗手榴弹，只听得一阵轰隆轰隆的爆炸声。手榴弹在院子里接连爆炸，火光照亮了半个院子。射击短暂停止，张得印想借机冲进去。"嗒嗒嗒……"冲锋枪又响起来。突然，一声爆炸在门口响起，接着一阵烟雾升起。张得印几个人什么也看不见了，他们没见过这东西，只好赶快退回到街上。

在西墙外准备堵截特务的三个弟兄，听到这边爆炸声接连不断，也跑过来增援。烟雾散去，院子里的枪声也停止了。张得印他们又冲向大门，跨过废墟，猫着腰摸到院里。张得印用手电筒照了照地上，看到一个被炸死的特务趴在大树后，还有一个趴在磨盘旁边一动不动。张得成用手电筒照了照这个人，说："这是跟着女特务来的那个小孩，死了。"

张得印带着弟兄们拿着手电筒去各个屋里搜查，刚进北屋，就发现屋里的后窗是打开的。张得印用手电筒一照，窗子外就是后面的院子。他马上明白了，特务从窗子跳到后院逃跑了。

原来，张百仁为了迎接来演习的日伪军，把邻近几个院子都腾空了。演习的日伪军住了几天后走了，后面的院子就留下给特务们作了马厩。三匹战马拴在里面，一名特务住在里面照料马匹。平时院子大门紧闭，外面的人不知道里面是干什么的。张得印白天在附近侦察，也没有发现里面已经被特务占用了。为了安全，特务们把这个院子当作逃生之地，还在芳子住的北屋后面新安装了一个大窗子。刚才，外面枪声一响，特务一面在院子里抵抗，一面让稻田带上芳子从窗子逃到后院。由于芳子不会骑马，稻田就和她骑一匹马，让她趴在自己的后背上。藏在后院的那个特务骑一匹马在后面掩护。两匹马出了大门，直奔北门。这时，北门还在土匪手里，看大门的土匪一看是日本人骑着大洋马过来，赶紧打开大门放他们出去了。

张得印从窗子跳到后院，见还有一匹马拴在槽头上。他急忙上前解开缰绳，翻身上马，朝兄弟们说了声："我去追他们，你们看看还有活的吗。"

张得印骑马来到北门，看大门的认出是他，不敢阻拦，打开大门让他出去了。张得印喊道："他们朝哪边跑了？"

"往西跑了！"大门口的人说。

张得印催马往西疾驰，一会儿就来到三岔路口。他勒住战马，听不到周围有动静。他跳下马，趴在地上听了听，北面好像有马蹄的声音。他判断特务很可能向北跑了，因为北面十几里处就是"治安军"的一个据点。他们可能走扇子崖那条路了。他来不及多想，急忙翻身上马，朝通往扇子崖的路上疾驰。不一会儿，就隐约看到前面有一匹马在奔跑，他夹紧两腿，用马镫使劲一磕马肚子，胯下的战马便飞速向前。

"啪！啪！"前面马上的人回头开枪了。张得印顾不得躲闪，趴在马背上飞奔。二百米、一百五十米、一百米……张得印在马上目测着距离。看看差不多了，他掏出两把驳壳枪，身子稍向前倾，两腿稍稍放松，战马的颠簸在减弱。他屏住呼吸，举起左手一枪打出去。"啪！"随着一声枪响，前面的战马扑通倒地，摔了个人仰马翻。

这时，他的马跑到了倒下的战马跟前。张得印见一个黑影趴在地上，便举起右手，啪的一枪打在地上的黑影身上。他顾不上看地上这个人的死活，继续催马向前。又跑出三四百米，他隐隐约约看到前面有一匹战马，这匹马已经快跑不动了。

前面就是扇子崖，顺着这条道走，不远处就是一个大下坡，张得印熟悉这里的地形。在他们进入下坡的时候再开枪，他心里想着。

张得印两脚一磕马镫，战马又向前疾驰。在相距一百多米的时候，他看到前面马上有两个人，举起枪刚要打，忽然看到前面战马向西一拐，进入一片麦田。就在拐弯时，前面一阵冲锋枪扫射过来，"嗒嗒嗒……"子弹从张得印耳边飞过。

张得印不由得倒吸了一口冷气。他调整战马的速度，进入麦地，向西追去。战马在麦地里奔跑，脚下是黑油油的麦苗，马的速度一下子慢下来。这时，他看到前面的战马已经快跑出麦地了。他知道麦地前面就是一道小山梁，山梁的脚下就是扇子崖，转过山梁就是一片树林。绝不能让他们钻进树林，那样就不好找了。他心里想着。

"嗒嗒嗒……"又是一阵冲锋枪打过来。张得印趴在马背上，用驳壳枪拍了一下马屁股，战马向前冲去。他抬起右手，瞄准前面已经跑到山梁上的战马连打两枪，只见前面战马忽地一下栽倒，接着连人带马翻滚着掉下扇子崖。

张得印急忙勒一下缰绳，让战马放慢脚步来到山梁上。他翻身下马，跑到扇子崖边上仔细向下察看。他清楚这个崖头有三十几米深，没法下去一探究竟。张得印站在崖头上来回走动，不时停下脚步向下张望，崖下一点动静也没有。

突然，山梁上树林里传来"扑棱棱"的声音，他知道这是刚才开枪惊起的鸟儿又回到树上了。他觉得身上有点冷，头皮发麻。他握紧驳壳枪，朝战马走去，想先回村子里，等天亮再来仔细看看。

张得印回身上马，下了山梁，穿过麦地，来到刚才来的路上。突然，他看到前面有几个人影，便大喊一声："谁？"

"得印，是我们几个来接你啦！"对面张得成说道。

"是大哥啊，你们来得正好！咱们一起去看看掉下扇子崖的那两个人吧。"张得印高声喊道。

张得印向张得成几个人说了刚才的经过。张得成说："得印，你真行，两匹马上的人都让你打死了！前边是第一个，我们过来时看到那个人已经死了。走，咱们再去看看前面这两个！"几个人一溜小跑来到大下坡，顺着坡底再转向扇子崖下，打着手电筒找到了从崖上掉下的马和人。

灯光下，只见一匹枣红马摔死在石头上，马背上的两个人一个被甩出好几米。上前一看，一个是女的，只见她血肉模糊，趴在石头上，看上去已经死了；另一个是男的，他的一条腿被马镫拽着，身子吊在石头下面，也死了。

张得印用手电筒照了照趴在石头上的女人，伸手在她鼻子上试了试，确定已经死了。他朝兄弟们说："本来想留个活口，没想到会摔死，便宜了这个娘们儿。"他们收拾了特务的武器，张得成说："咱们先回家，天亮后再派人来给他们收尸。"一行人返回村子。

李鲁和张百营来到特务们住的西院门口，见已经坍塌的院子里没什么动静，便跨过门口的废墟朝里面走去。刚走进院子，迎面飘过来一股血腥味，大家拿着手电筒四处搜查，见满院子都是手榴弹爆炸留下的土坑，两具尸体分别摆在磨盘后和院子的大树下。接下来，他们搜索了几个屋子，没发现留下什么武器，西屋的电台也已经被破坏。他们又搜查北屋，在东间桌子的抽屉里发现了几份文件，还有一个硬纸片。

李鲁用手电筒照着仔细一看，发现文件是第二治安大队的人员花名册和一份阅兵方案，硬纸片是宪兵队的出入证。李鲁将这些东西装进挎包，让张百营通知张家几个兄弟来议事堂开会。

不一会儿，刘子文、孙成、张百祥、张百恩、张百营都来到议事堂。

大家一见面，便说起这次战斗的伤亡情况。土匪死伤四十多人，特务死了两个，张百仁在东北角炮楼里被炸死，俘虏土匪四十多人，接受投诚人员五十多人。八路军伤三人，其中两人是进攻东北角炮楼时，被手榴弹炸成重伤的；还有一人被子弹击中肩膀。

正在说着，张得印带领兄弟们来到议事堂，他们汇报了刚才追击特务的经过。张百营说："你们在小院子打死了两个特务，追击中又打死三个，总共打死五个，还有一个呢？来咱们村子的是六个人啊！"

李鲁听后说："那一个看来是跑了。他破坏了电台，带走了密码，才离开的。"

"我们光顾着追击了，没仔细搜查，让这个特务溜了。"张得成不无遗憾地说。

李鲁说："跑就跑了吧。看来特务没来得及往城里发电报，让他回去给宫本送个信儿也好。"

这时，王正也回来了。他说，邻村的"治安军"没有来增援的，有两个村子来了一两个人打探情况，在得知是八路军进攻孙村后就跑回去了。现在侯二保还守在三岔路口。

李鲁召集大伙开会，他肯定了张家兄弟爷们的义举，对他们在战斗中的表现给予表扬，特别表扬了张得印只身追击并打死三个特务。他接着说："今晚的战斗只是解决了孙村的土匪，他们在外围村子里还有四个中队。我们要乘胜扩大战果，迅速解决那四个中队的问题，请大家发表意见。"

张家兄弟一看八路军开会这么认真，不由得心生敬意。他们不再像刚才那样七嘴八舌，你看看我，我看看你，最后都把目光集中在张百祥身上。

李鲁看了看张百祥，鼓励他先说。张百祥说："说外村五个中队，其实都是前几天才宣布的。以前也就是每个村子有一个挑头的，这次改编后才叫中队。现在，小河村中队已经被八路军打掉，那就还剩下四个。"

大家都点头。他看了看李鲁，继续说："大陈庄、东崖庄、西崖庄，我可以去劝降，另外一个徐家庄我没有把握。"

李鲁又对张百营说："你看有什么办法吗？"

张百营说："徐家庄中队也是张百仁新成立的，过去有十几个人，挑头的是徐桂山，百隆大哥对他们也不错，我和他们也有来往。张百仁当上大队长后，把他的一个姨兄弟于有才拉上来当了中队长。这个于有才仗着他表哥张百仁撑腰，把先前的人不放在眼里，听说徐桂山赌气不干了。要不我去找徐桂山，叫他带领那些老人投降？"

李鲁说："这样好。你们先去跟他们谈，晓以利害，告诉他们，日本鬼子快要完蛋了，八路军在这一带要建立抗日根据地。各个村子的土匪只要不再当汉奸，放下武器，八路军是欢迎的。"他接着说："具体一点说，如果放下武器，交出枪支，只要不是罪大恶极的，八路军可以既往不咎。愿意参加八路军的，我们欢迎，也可以参加村子里的民兵队。什么都不参加的，就在村子里当个庄稼人。"

李鲁抽出二十个战士，分成两拨，跟随张百祥和张百营去劝降。他让张家兄弟不要害怕，八路军会做好战斗准备，随时出动去打击拒绝投降的敌人。此时，天已经大亮，李鲁让大家稍事休息，吃点饭再行动。

旭日东升，霞光万道，新的一天开始了。孙村的老百姓一大早就跑出来看看夜里到底发生了什么事。他们跑到村子东北角，看到炮楼倒了，北面的据点门口站岗的换成了八路军，村子的寨门也都是八路军站岗。他们相互转告："八路军来了，咱们村子也快像南山里一样了！"不一会儿，老百姓抱着煎饼，提着稀饭，端着咸菜，成群结队地来到议事堂前面，他们要让八路军吃上自己家里的饭菜。张家兄弟也忙着张罗饭菜，他们通知专做官饭的几户人家，为八路军和参加战斗的人们做早饭。村子一下子热闹起来。

太阳已经老高了，孙成带着刘家寨的民兵也回来了。他们在县城方向设伏，等到天亮也没见着县城方向有敌人来增援，便在接到命令后撤了回来。

刘家寨的支书刘少堂受李鲁的委托，一大早就去乡里汇报八路军攻打孙村的情况，乡里又急忙向县委做了汇报。上午，县委派民运部的许坤同志和张乡长一同来到孙村。他们感谢八路军收复了孙村，除掉了日军的第二治安大队；表示抓紧恢复各个村子的党组织，待八路军全部解决周围村子的土匪后，马上在各个村子建立抗日民主政权。

李鲁答应抽出二十多名同志，配合县里和乡里到各个村子开展工作，帮助建立抗日民主政权和民兵组织。

中午，张百祥和张百营前后脚回到议事堂，两人汇报了去各个村子劝降的情况。张百祥找到大陈庄、东崖庄、西崖庄的三个中队长，说明形势和八路军的政策。三个村子的土匪都愿意交出枪支，接受八路军的处置。他们表示，原来跟着张百隆拉队伍，一开始也只是看家护院；后来加入了孙村张百隆的队伍，也是为了解决武器和互相有个照应。前一阵子张百隆投靠日本人，让他们穿军装，他们只能跟随孙村这边走，叫干什么就干什么。现在，八路军打掉了第二治安大队，他们听八路军的。

张百营去了徐家庄，找到徐桂山说明来意。徐桂山答应帮助招呼十几个老人，其他人管不了。结果，徐桂山这十几个人愿意投降。张百营又找到于有才，说明情况。于有才见徐桂山又挑头了，他的人只有四五个，想闹也闹不起来，只好答应和几个弟兄商量商量。张百营说，这个于有才，前几天张百仁让他当中队长时，给他许了愿，下一步让他去县城当副大队长，他现在听说张百仁死了，也就泄气了。

李鲁见张家兄弟一夜没合眼，又跑了几十里路去劝降，并且劝降效果不错，心里终于踏实了。他招呼人把饭菜拿到议事堂，喊来王正与张家兄弟一起来吃午饭。大家边吃边聊。李鲁说："我们要趁热打铁，下午就开始接收投降人员，先从最近的村子开始，然后逐个村子接收。"王正表示同意，他要带领一班逐个村子接收。

李鲁又安排张言准备几辆大车，分头跟随王正和张百营接收枪支弹药。张百祥仍然负责联络各个村子的中队长。吃过午饭，大家分头行动。整个接收工作进展顺利，不到傍晚就全部完成接收事宜。经过统计，他们又接收各村投降人员一百五十多人，拉回五大车枪支弹药。徐家庄的于有才拒绝投降，带着自己的叔兄弟潜逃，带走了一支盒子枪和一支步枪。至此，日军精心策划招降的第二治安大队，没来得及参加宫本的阅兵式，更没来得及开赴防区，便被八路军除掉了。他们在小河村和东崖庄建的半拉子的据点也被夷为平地。

第十九章
雨夜伏击

八路军拿下了孙村，这个消息还不到中午就传到了宫本那里。这天上午，宫本正在办公室翻看芳子派人送来的阅兵方案。他心里乐滋滋的，不错，自己慧眼识才选中了白青怡这个女人，既抱得一个美人，又为"大日本帝国"培养了一个能干的女特工。

这个女人不一般，正如她唱戏的功夫一样，能很快进入角色。就从她把名字改成陆边芳子这件事来看，她是一个说干就干的性格，并且想干出点名堂来让别人看看。这不，才一个多月的工夫，她竟然能把孙村这帮土匪变成"皇军"的人，使"皇军"在泗城又增加了一个第二治安大队，解决了"皇军"兵力不足的问题。下一步，县城以南的防线就有兵力驻守了。这个女人真是帮了我的大忙，回来我一定要好好犒劳犒劳她。

宫本看着阅兵方案，想起有几件事要抓紧办。便叫来秋野，要他抓紧筹备阅兵的各项事宜。秋野答应马上去办。他对秋野强调，这次阅兵意义重大，不仅是"皇军"新收编了第二治安大队，更重要的是体现了"皇军"在这里深得民心，连土匪都归顺了"皇军"，其他人更是拥护"皇军"了。秋野点头称是，表示一定尽力办好。

宫本很得意，嘴里哼起中国京剧《空城计》中诸葛亮的唱词："我正在城楼观山景，耳听得城外乱纷纷——"

"报告少佐，八路军攻打了孙村。"一个声音打断了宫本的哼唱。

"你，小原君，你怎么回来了？"宫本看着眼前这个农民装束的人问道。

"报告少佐，八路军在昨天晚上攻打了孙村，孙村失守了。"小原惊恐未定，两眼盯着宫本说。

小原的话犹如一声惊雷，让宫本大惊失色，半天说不出话来。小原见宫本这个样子，急忙走过去，扶他坐到椅子上，然后叙述了一遍昨天晚上他们的遭遇。他说："我掩护芳子和稻田上马逃出后，爬到房顶上，待敌人都走后，我下去砸坏电台，找到密码本后翻墙出来，趁着混乱溜出村子，沿着山路回到县城。"

"芳子呢？你掩护她出来，怎么到现在还没回来？"宫本急切地问道。

"他们三人骑两匹马出来，应该早早回到县城了。如果没回来，可能是去了孙村北面的龚庄据点，那是离孙村比较近的一个据点，是我们紧急撤离方案的一个落脚点。"小原答道。

宫本急忙摇起电话机，电话接通了。

"是白五吗？你姐姐在龚庄据点吗？"宫本没头没脑地问。

"是我，太君，我姐姐怎么在龚庄？"白五在电话那头问道。

"你的，马上派人问一问，问清楚了向我报告！"宫本说完放下电话，在屋里来回踱步，突然又问小原："你听见八路打炮了？"

"是。昨天晚上八路使用了炸药包、手榴弹，我还听到村子北门有炮弹的爆炸声，那是迫击炮或者掷弹筒打的。"小原说。

"嗯，是掷弹筒，上次扫荡康平村时小岛的部下丢了一具掷弹筒和几发炮弹，后来发现被八路弄走了。看来这次进攻孙村的还是那伙八路，他们的头儿就是去孙村谈判的那个李鲁！"宫本挥了一下手，最后拍在桌子上说："李鲁，我要跟你算总账！"

宫本看了看小原，说："你去吃饭吧，好好休息一下。"

"是。"小原退出去了。

宫本看了看手表，已经是上午十点半，他感到事情不妙，如果芳子去了龚庄据点，这个时候也应该回到城里了。这个时间还不回来，十有八九是遭遇了不测。他心里慌乱起来，又抓起电话联系白五。白五在电话那边说，他已经派出两路人马去查找芳子等人，一路骑快马去了龚庄据点，一路去了孙村附近，只是到现在还没有得到回话，他让宫本再等一会儿，一有情况立刻向他面报告。

　　宫本像热锅上的蚂蚁，急得在屋里不停地转圈子。他后悔龚庄据点的电话线被八路军破坏后没有及时修复，唉，现在说什么都晚了！

　　"丁零零……"桌子上的电话响了。宫本一把抓起话筒，对着话筒说："我是宫本，快说！"

　　"太君，我是白五，我姐姐没去龚庄据点。"电话里白五哭咧咧地说。

　　"马上派人去孙村一带找！"宫本声嘶力竭地喊道。

　　"来人！"宫本喊道。

　　"到，少佐！"勤务兵答道。

　　"叫秋野过来！"宫本又喊道。"是！"勤务兵答应后去了。秋野跑步来到宫本面前。宫本给他讲了孙村失守的情况，要秋野速派人去侦察。秋野听说孙村失守，感到问题严重，他向宫本建议，停止一切准备阅兵的事情，派出人员分头去侦察，尽快弄清楚事情真相。

　　宫本一挥手说："抓紧去办吧！"

　　一直到中午，宫本才得到关于芳子的确切消息。八路军派人收尸后，又找人给龚庄据点送信儿，要据点派人来扇子崖运走尸体。龚庄据点的伪军不敢怠慢，一方面来人向白五报告情况，一方面赶车去扇子崖收尸。得到芳子死了的消息，宫本倒是冷静了许多。这个结局是他两个小时前就已经预料到的。他呆呆地坐在椅子上，两眼直勾勾的，一声不吭，他的脑子乱极了。他想到第一次见到白青怡是在戏院里，那天上午李县长来到他的办公室，说最近从滋阳来了一个戏班子，有一个唱青衣的女人长得很漂亮，唱得也好，请他有空赏光。他一听有漂亮女人，当时就答应晚上去看看。当天晚上演的是《老羊山》，白青怡饰演樊梨花，形象生动，唱腔优美，一下子就把他吸引住了。他派人了解了一下这个女人，说她以前是"皇协军"一个营长的夫人，后来这个营长死了，她现在跟着治安大队长李相贵。李相贵是自己的部下，碍于这个面子他没有直接下手。又过了一段时间，他弄清楚李相贵并没有娶白青怡，两人只是同居而已。既然她能跟李相贵同居，那来陪陪自己又有什么不可？后来，他把白青怡叫来办公室唱了一出《桃花庵》。至此，白青怡倒是越来越投靠他了。再后来，白青怡成了"大日本帝国"的一名女军官，两人的感情也发生了微妙的变化。白青怡更在乎建立功勋，想在宪兵队得到晋升。眼看这次劝降就要大功告成，没想到她魂断扇子崖。唉！白青怡呀白青怡，你真是红颜薄命啊！想到这里，宫本禁不住一阵心酸。

宫本站起来，又在屋里转圈子。他想到这次孙村失守，自己是赔了夫人又折兵，他非常懊悔、气恼。他将了将思路，仔细分析孙村这次失守的原因。本来芳子在孙村招降的工作进展顺利，前几天张百仁已经来县城上任，他来宪兵队拜见我时显得很高兴，大有相见恨晚的意思。眼看张百仁就要带领他的第二治安大队进城接受检阅了，却突然发生这样的变故，在此之前连一点迹象也没有啊！会不会是张百仁假投降？不会！如果是这样，张百仁就不会在八路军进攻时被炸死。会不会是八路军集中兵力强攻拿下孙村的？也不像是这样，秋野并没有发现八路军大部队在这一带活动！会不会是孙村内部的问题？张百隆死后，他的家人与张百仁产生了矛盾，他们想整这个张百仁，借了八路军的手来达到他们的目的？看来这个可能性比较大。孙村有五个炮楼，八路军没有重武器，要一下攻克五个炮楼，没有内应是办不到的。有了内应八路军才会这么快拿下孙村，以至于芳子都没来得及发救援电报。

经过仔细推敲，他认为这次孙村失守与张百隆的死有关，一定是张百隆家族勾结八路军干的，而领头的就是那个姓李的八路军队长。他听芳子说过，这个姓李的队长与张百隆的大哥有联系。分析到这里，宫本恨得咬牙切齿。正在这时，白五来了，他一进门就跪倒在地，哭着要宫本给他姐报仇。宫本让他起来，白五哽咽着说："我去龚庄据点看了，我姐和稻田先生连人带马掉下悬崖摔死的，死得好惨啊！宫本先生要为我姐报仇啊！"

宫本说："这个仇一定要报。白五，你还知道什么？"

白五说："听去收尸的弟兄们说，八路军攻下了孙村，把周围几个村子的治安军都缴械解散了。张百仁和他的弟弟都被炸死了。"

"这件事与张百隆的死有关系吗？张家的人是不是与八路军勾结？"宫本想证实自己的推断是正确的。

"张家的人肯定是帮了八路军，先前张百隆的大哥张百祥还把八路军叫来谈判，这次有人看到是张百祥到各个村子劝降的。"白五也想证明张家是凶手，想鼓动宫本去孙村报仇，他知道八路军不好找，张家可是走不了的。

"白五，你不要过于悲伤，这个仇一定要报！现在，你要把白小姐和稻田君等人的尸体装殓后，暂时安放在小学礼堂里，派人守灵，布置好灵棚，我要去吊唁，县城的政府人员都要去吊唁，然后再隆重安葬。还有，你要通知各个据点，并且在县城和乡镇张贴布告，通缉张百祥及其亲属，一经发现，就地处决。再就是，准备二百治安军，等待命令，随皇军进攻孙村。"

"是，太君！我想跟随您一起去打孙村。"白五咬着牙说。

攻克孙村后，李鲁一方面组织清理土匪留下的各个防御工事，拆除了据点和炮楼，使村子恢复了往日的模样；另一方面，帮助县乡的同志在各个村子建立抗日民主政权。

孙村的村长由小学堂的老师张百东担任，副村长由张百营担任。各个村子相继成立了民兵队，乡政府也成立了二十多人的武装工作队。小分队把缴获的枪支弹药拨出一部分，分别给了乡武工队和各个村子的民兵队。

李鲁派出十多个老战士组织民兵培训，使乡武工队和各个村子的民兵队很快提高了军事素质。刘子文带领几个战士处理完俘虏的事后，对投诚人员重新登记，召开了针对投诚人员的大会，宣传了抗战形势和八路军的政策，把愿意参加八路军的六十多个人，又重新进行审查，将独子和年龄偏大的留下，最后确定四十六人入伍。

李鲁和王正、刘子文商量确定当前两个工作重点：一是做好反报复的准备，防止敌人前来偷袭或者破坏；二是抓紧部队整编，新成立六、七、八、九四个班，重新调整了人员，将新老战士调整、搭配到各个班，确定了各班的班长。这样，小分队共有九个班，一百四十三人。

李鲁认为，孙村是日军在县城东南面最近的一个防御据点，虽然过去张百隆划地为界，实行自治，但也是日军的势力范围。这次我军成功夺取孙村，使敌人占据的县城失去一道安全屏障。宫本有可能集结兵力，试图夺回，即便夺不去，来偷袭或者骚扰、破坏都有可能，小分队必须做好防范。

李鲁召开了小分队各个班长的会议，确定几个重点工作的分工：一是加强侦察，利用好各种关系获得敌情，这件事由李鲁负责；二是王正负责加强部队的训练，提高战士们的作战能力；三是刘子文负责协调乡政府，做好坚壁清野的工作，特别是孙村群众的转移动员，一旦有敌人进犯，能组织群众尽快撤离。

这天，侦察人员报告，从县城张百喜开的饭馆得到消息，这几天他的饭馆突然多了一些当兵的来吃饭，从言谈话语中得知，最近他们要开赴东南乡一带打仗。这些人一肚子牢骚，骂白五为了给他姐姐报仇，买通了日本人，拿他们这些人去当炮灰。这些人有不少东北口音的，也有不少穿着军装的本地人。

李鲁决定利用好饭馆老板张百喜这个情报渠道，他问张百营谁与张百喜关系近。张百营推荐张得印，因为张百喜是张百隆五服边上的兄弟，又是张百隆帮他开的饭馆。

李鲁派张得印去城里饭馆收集情报，张得印化装成学徒在张百喜饭馆当小二。一天晚上，张得印见孙志明带着两个人来喝酒，他马上告诉张百喜想办法多套一些孙志明的话。张百喜以前就认识孙志明，他按照张得印的话去办，让厨子炒了两个拿手菜，又盛上二斤好酒，待孙志明三人喝得差不多时，亲自送到孙志明桌子上，坐下来一起喝两盅。

孙志明这几天心情很不好，本来芳子许诺他阅兵时就可以当上白五的副大队长，没想到芳子魂断扇子崖，他的副大队长也化为泡影。他天天借酒消愁，今儿个见老板给面子，就倒上酒又喝起来。他眯缝着眼，指着身旁两个人说："百喜哥，这两个人都是我的把兄弟，都在治安大队干事，以后你如果有事需要帮忙，就来找我们。"

张百喜说："那是、那是，既然是志明的兄弟，也就是我的兄弟，如果不嫌弃，以后你们就经常过来吃点可口的，我一定亲自动手做。"说着，又站起身给他们满酒。

张百喜见孙志明他们已经有几分醉意，便说："志明兄弟，不是我说你，你来大哥这里喝酒也不早说一声，就说今天，你要是早打个招呼，我那一坛子酒头就不会让几个'皇协军'给喝了。"听了张百喜这几句话，孙志明醉眼蒙眬地说："皇协军？哈哈，他们在你这里喝好酒？真是'屎壳郎拴在鞭梢上——只知道腾云驾雾，不知道死在眼前'，哈哈哈！"

张百喜继续说："他们说要打仗了，说不定就上西天了，活着就要吃好喝好，省得到那边还是个饿死鬼。兄弟，他们真是要打仗了？"孙志明没有回答，只是看了看张百喜。张百喜见孙志明不说话，忙站起身给大家碗里添酒，嘴里不住地说："来、来，再喝一碗、再喝一碗！"

孙志明端起酒，刚送到嘴边，突然又停下，看了看张百喜，说："大哥，老家里还有什么人？"

张百喜说："一家老小都在老家啊！"

"大哥，你明天回家，把家里人都接到城里或者送到外村去，过几天再接回来。"孙志明摇头晃脑地说。

"是、是，兄弟，咱老家那边要有什么事吗？"张百喜问道。

"哼，还不是小事呢！前几天皇军的人在孙村被杀了好几个，连第二治安大队都给打没了，皇军能善罢甘休吗？也就是明后天的事，你还是让家里人先出去躲躲吧。"孙志明说着，端碗和张百喜碰了一下。

"是、是，还是兄弟关心大哥啊，我再敬各位兄弟一碗。"张百喜说着，干了一口。他让三人慢慢喝，自己回来把刚才孙志明的话说给张得印，张得印听后立即准备返回孙村。张百喜说："沉住气，明天一早再走，现在已经关城门了。"第二天一早，张得印出城回到孙村，向李鲁报告了孙志明说的消息。

李鲁根据侦察情况判断，宫本这次集结的兵力主要是泗城地面上的"皇协军"和"治安军"，而日军人数不会多，因为日军在大"扫荡"以后仅留下一个小队住在泗城。既然是以"皇协军"和"治安军"为主，人数可能不少，但是战斗力并不强，使用的也多是轻武器。在此之前，小分队与这些"皇协军"和"治安军"都交过手，他们的战斗力比较弱。而小分队现在有一百四十多人，有一挺重机枪、一具掷弹筒、七挺轻机枪，战士们军事素质比较高，刚打了胜仗，有战斗激情。下一步，就看敌人是白天来还是夜间来，来多少人。如果是白天来，肯定兵力不少。再加上其作战计划周密、进攻目标明确，在这种情况下小分队应该避其锋芒，尽快组织群众转移或者适当打阻击，掩护群众撤退。如果敌人夜里来，那就是来偷袭，小分队可以在敌人不知情的情况下，打个伏击，挫其锋芒或者消灭一部分敌人。

李鲁连续考虑了几个方案：转移、阻击、伏击。一个个方案在脑海里反复过滤，他明白毕竟是敌强我弱，必须灵活应对。他站在地图前察看，发现从孙村西去县城的路上有一处适合打伏击的地形。

这个地方叫三里沟，是个有三十多户人家的小村子。它北面是山，南面是一条沟。这条沟是孙村南头那条河的下游，河水从孙村流到这里，由于北面山梁突出河面变窄，形成了一条三里多长的深沟，三里沟因此而得名。这条沟的北面是通往县城的一条东西路，路的东西两头都有一个小山梁，三里沟这个村子就处在两个山梁之间。

李鲁想，如果把小分队隐蔽在三里沟，待敌人进入这一段山路时发起攻击，使敌人不好展开，就能很快把敌人赶到沟里，到时候就好收拾他们了。但是由于我军人少，一百多人在五六百米的战线摆开很容易被敌人攻破阵地。再就是，如果敌人多，走路拉得距离大的话，必然要放出一大部分，这样前面过去的敌人回头反扑也会给小分队造成很大压力。还有，如果是在白天，小分队也不容易伪装，因为时下田野里庄稼还没有长起来，不好隐蔽。

李鲁把想法给王正说了，王正也认为三里沟是个打伏击的好地方。对于李鲁的担心，他认为，只要安排妥当，猛打快冲，把伏击圈的敌人赶下沟里，就打胜了一半，再截住反扑的敌人，实现歼敌一部的目标是可能的。两人商量，先去现场看看地形。

他俩换上便衣，出了西门，朝三里沟走去。三里沟村子不大，依山而建，坐北朝南。东面一个山梁叫东山梁，西面一个山梁叫西山梁，村子就坐落在这两个山梁之间。以前村子里有人找风水先生看过，说这是个风水宝地，左青龙右白虎，前朱雀后玄武，四方神灵都占全了。三里沟后面是大山，两边也是山，守护着南面这片川地，其中就包括这条自东向西的大水沟。水象征财运，三里沟的财运当然就好了。不过，村子前面这条河是条山洪河，下大雨时山洪暴发，夹杂着泥沙的洪水奔腾而下向西涌去。可洪水过后，没几天沟里就几乎断流了。老百姓说，三里沟财运时来时走，谁赶上谁发财。可自打有这个村子以来，村里也没出过一个有钱人。

李鲁和王正来到三里沟，见村子南头到沟边有四五百米，并且有几层梯田，村子周围树木成林，枝繁叶茂。再看看南面的河道，宽二三十米，深两三米，长五六百米。

"太好了！我们把部队隐蔽在梯田上，在东西两个山梁架上机枪，敌人进入三里沟后，先放过前队人马，待后队人马全部进入伏击地点后，一起开火，把敌人赶到沟里去。"李鲁站在三里沟村前说。

王正说："好，我们把兵力集中在靠西山梁这边，东山梁放一个班和两挺机枪，主要以火力压制敌人，在两个山梁中间摆上我们的重机枪。"

"好，走吧！我们回去抓紧制订作战方案。"李鲁叫上王正往回走。两人回到孙村，已经是傍晚时分。几乎是前后脚，张百东跟着李鲁和王正进了议事堂，他把县城地下党组织送来的情报交给了李鲁。张百东说："李队长，我刚刚收到情报，说大约有四五百日伪军今晚要袭击孙村一带。"

李鲁接过情报仔细看了看，对张百东说："百东大哥，这个情报太及时了！请告诉村干部，大家不用慌，兵来将挡，水来土掩，你们马上组织群众撤出孙村，我们小分队一会儿就去收拾这伙敌人。"张百东听后急急忙忙地走了。

刚送走张百东，张得印也从县城跑回来报告，他下午又去县城的"治安军"大队部附近转了转，看到有几队"治安军"从城外开进大队部的院子，到下午四点左右，好像有一二百人集中到这个大院子里。

李鲁和王正一致认为，敌人这是在集结兵力，天黑以后就要出动。李鲁派张得印立即骑马去县城东门附近侦察，到了之后先找个地方把马藏好，待敌人出城后马上回来报告。事不宜迟，李鲁命令部队马上出发，天黑时赶到三里沟，同时派人通知乡政府和武工队做好转移群众的工作。战士们顾不得吃饭，只好拿点干粮在路上边走边吃。

李鲁和王正边走边商量战斗方案，王正带领一班携两挺机枪在东山梁构筑工事，战斗打响后，封锁山下，阻击已经走过去的敌人返回增援；刘子文带领一个班在西山梁构筑工事，待敌人后队全部进入伏击地点后打响，封住敌人的退路；李鲁带领七个班在两个山梁中间的梯田上构筑工事，待刘子文打响后，集中火力将敌人赶下沟。

天黑后，部队到达三里沟。李鲁在阵地上召开各个班长参加的作战会议，详细部署了伏击任务，并且领他们察看了地形。李鲁强调，战斗打响后，各班动作要快，先把敌人赶到沟里，再冲到沟边打，这样居高临下好收拾敌人。东山梁的一班要顶住反扑的敌人，这边将敌人赶下沟后马上派人去支援一班。

各班按照部署快速构筑简单的工事，埋伏下来等待敌人到来。大约晚上九点，一阵急促的马蹄声传来，李鲁知道这是张得印回来了。张得印报告，他看到敌人已经出城，朝孙村方向来了。

李鲁命令继续侦察，各班做好战斗准备。张得印把马藏好，跑着去西山梁那边了。又过了一个多小时，张得印跑回来报告，敌人离三里沟还有二里地。李鲁下达命令，各班等西山梁打响再开火。

夜，黑得伸手不见五指。一阵东北风吹过，天上开始下起小雨。微风带着细雨拂过脸上，让人感觉有点冷。李鲁趴在刚修的工事里，摸了一下脸上的雨水，想起了杜甫的《春夜喜雨》："好雨知时节，当春乃发生。随风潜入夜，润物细无声。"

真是一场好雨啊，庄稼人可喜欢了！而敌人雨夜行军，天冷路滑，够他们受的！他眼睛盯着西山梁下的路上，想看看敌人的动静。但是，漆黑的夜色加上蒙蒙细雨，遮挡了一切，什么也看不到。李鲁正在着急，突然，西面传来轻轻的马蹄声，李鲁小声对守在重机枪旁的孙成说："敌人过来了，让大家沉住气。"

"是！传下去，大家要沉住气，等西山梁上打响再打。"孙成让战士们一个一个往下传递命令。

马蹄声越来越近，杂乱的脚步声也越来越近，路上的人低声说话的声音也隐约能听见了。李鲁瞪着眼睛，紧紧盯住七八十米开外的路上，朦朦胧胧中似有一队黑影在向东移动。他屏住气等待西山梁的枪声。时间一分一秒地过去了，前面路上的黑影还在移动。突然，啪的一声，枪响了。接着，啪啪的枪声连续响起来。

"打！"李鲁高喊一声。

"嗒嗒嗒……嗒嗒嗒……啪啪啪……"霎时间，枪声大作。轻重机枪和步枪一起射向路上的敌人，五挺机枪喷出的火舌映红了夜空。只听得路上叫喊声一片，如同鬼哭狼嚎一般，慌乱之中有人胡乱射击。

"吹冲锋号！"李鲁喊道。嘹亮的冲锋号声响起，战士们高喊着"冲啊！""杀啊！"跃出工事向路边冲去，喊声响彻三里沟的山谷。

路上的敌人一下子被赶到沟里，在沟里乱跑。战士们冲到路边，将手榴弹扔进沟里，爆炸声此起彼伏。只见沟里火光冲天，敌人被炸得成片倒下，没有炸死的抱头乱窜。

"缴枪不杀！放下武器，到西头集合！"李鲁喊道。战士们也高喊着："放下武器，到西头集合！"东山梁下面的敌人被赶到沟里后，一部分沿着沟底向东逃跑；其余的乖乖地扔下武器，向西头跑去。刘子文带领战士们早已经堵住沟西头，把俘虏围在沟里。几个战士点起火把，招呼着把俘虏圈在一起。李鲁命令孙成带领机炮班去东山梁增援王正，其他战士打扫战场。

枪声震惊了骑在马上的宫本，此时他刚从东山梁下走出去不远。天气变化，突然下起雨来，这是他没有料到的。雨水顺着他的脸往下淌，气得他心里直骂：真是个鬼天气！让我给赶上了！他命令部队冒雨前进。他心里盘算着，他的人马到了孙村后，从孙村的四个门发起攻击，一定要在天亮之前占领孙村。

白五跟在他的马后面，一会儿跑过来与宫本并排前行，回答宫本的一些问话；一会儿跟在后面小跑。

宫本问他："你的情报准吗？八路军都住在孙村吗？"

"准，太君！八路军都住在孙村，那个李队长住在孙村的议事堂。这是张百仁的姨兄弟于有才上午给我说的。"白五一边小跑一边回答。

"议事堂离哪个门最近？"宫本又问。

"议事堂离北门最近。太君，我们可以先用迫击炮轰他。"白五献媚地说。

宫本说:"吆西,你的人要带好路,皇军进去先活捉李队长。"

"是,我的人熟悉地形,有四个专门带路的。"白五答道。突然,后面响起枪声,接着枪声大作。宫本急忙跳下战马,蹲到路边。他听到枪声激烈并且有机枪的射击声后,大喊:"不好,我们中了八路的埋伏!"

大环小队长急忙来到宫本的身边,朝后面指了指说:"少佐,八路的,在山梁上。这边的,是一条深沟。"

"八路截下了我们的后队,有多少人被八路包围?"宫本问大环小队长。

"白五的人过来了一部分,大约有一百多人跑出了八路的包围圈。"大环说。

"八格牙路,我们大部分人中了埋伏。"宫本气急败坏地说。

"我们冲回去吧?"大环说。

"不行,现在冲回去也救不了他们。我们要占领制高点,先拿下这个小山梁。"宫本对着大环和白五下了命令。

"是!"大环和白五同时答应道。日军成战斗队形展开,支上迫击炮向山梁轰击。

"轰!轰!"两门迫击炮同时向山梁上打去。看山梁上机枪停止了射击,宫本抽出军刀一挥,大喊:"冲上去!"大环和白五指挥着一百多名日伪军向山梁上的阵地发起冲锋。

"嗒嗒嗒……嗒嗒嗒……"山梁上机枪又扫射了。爬到半山腰的伪军一下子溃退下来,借着夜幕沿山脚往北逃命去了。白五想拦也拦不住,只好带着几个亲信回到宫本这里。白五的"治安军"溃退下来,大环的小队就成了最前面的了。没办法,大环只好命令他的十几个人向山上进攻,他挥着指挥刀用日本话下达命令。十多个鬼子开始向山上爬去,后面的机枪和迫击炮在给他们壮胆,子弹、炮弹一股脑地射向山梁。

王正带领一班封住了敌人的退路,又打退了敌人第一轮进攻,正想

299

让战士们修补一下工事，突然听到炮弹飞来的声音。他明白敌人这是要发起第二轮冲锋，遂命令战士们把敌人放近了再打。迫击炮弹接连落在阵地上，炸得山上的石头和泥土乱飞。战士们趴在地上等待敌人上来。正在这时，孙成带领四班从右侧上来支援。孙成避开敌人的炮火，架上重机枪，朝半山腰的敌人一阵扫射，子弹像雨点似的打向鬼子。十多个鬼子死伤过半，一下子就退到山脚下。

宫本见进攻受阻，气得嗷嗷乱叫，下令用迫击炮再轰击山上。两门迫击炮接连发射了七八枚炮弹后，大环又组织第三次冲锋。

王正见敌人的迫击炮威胁太大，便命令孙成用掷弹筒打掉敌人的迫击炮。枪炮声越来越激烈，山上的火力压制了山下，宫本有点泄气了。正在这时，一发炮弹在宫本的身后爆炸，宫本被炮弹掀起的气浪甩出两三米远，战马也被炸倒。接着，又有一颗炮弹在迫击炮旁边爆炸，迫击炮被炸翻。这一下，大环慌了手脚，急忙跑过来查看宫本的伤情，他见鲜血顺着宫本的右边裤腿往下流，急忙掏出急救包给宫本包扎。

大环见状，顾不上许多，命令一个鬼子兵背上宫本往东跑去。他回过头来朝进攻的鬼子喊了几句日本话，鬼子们一起退到大环身边。他又命令白五带人掩护，然后带着鬼子们向东撤去。来到三岔路口，大环见宫本已经清醒，急忙向他报告战况。宫本听说迫击炮被炸翻，炮手死了两个，他有气无力地说："撤吧！"大环指挥着剩下的几十个日伪军，向北面的龚庄据点走去。

王正见山下敌人没有再组织进攻，便派两个战士从山后下去，绕过山脚去路上察看敌情。不一会儿，一个战士跑回来报告，山下敌人的阵地上没了动静；另一个战士继续向东面搜索。王正判断敌人已经撤退，他命令两个班下山向东放出警戒，然后打扫战场。

黎明时分，雨过天晴。一场小雨过后，树叶如洗，更显青绿。山下梯田里新栽的地瓜秧，在雨水的滋润下伸出了嫩绿的小叶子，仿佛在向人们展示它的青春活力。

李鲁带着战士们又搜索了一遍战场，把日伪军的尸体集中，让俘虏将负伤的伪军抬回县城，把我军负伤的战士抬往孙村救治。战士们忙着清点缴获的枪支弹药。

刘子文把俘虏登记完，本来想放他们各奔前程，但看到战斗已经结束，我军已经打败了敌人，他就把俘虏集中在沟里，给他们讲当前的抗战形势，宣传共产党八路军的政策。他见李鲁向这边走来，忙打招呼请李鲁给俘虏讲话。李鲁问俘虏的情况，刘子文说，这次共俘虏二百八十多人，除去伤兵和抬伤兵离开的，还有二百三十多人。

李鲁让俘虏们就地坐下，他大声说："弟兄们，这次战斗中，我们打死四十二个人，可日本鬼子只有八个，其他都是中国人。弟兄们想一想，为什么会这样？"他顿了一下，接着说："因为日本人收买了你们的上司，他们充当了日本鬼子的走狗，拿你们来卖命，给日本鬼子当炮灰。"俘虏中发出一阵议论声。

李鲁又说："大家都是中国人，你们中很多是东北人，我也是东北人，我爸爸妈妈现在还在奉天。"俘虏们又是一阵议论。李鲁接着说："是日本鬼子把我们赶出了家乡，使我们有家不能回，有亲人不能见面，我们只有打跑日本鬼子，才能回到我们的东北啊，大家想一想，是不是这个道理？"俘虏中又是一阵议论。突然，有一个中等个头的人站起来说："长官，我们老想打回东北老家，可怎样才能打回去呢？"

李鲁说："这位兄弟问得好，怎样才能打回老家去？叫我说，只有跟着共产党八路军才能办到，因为共产党八路军是真抗日，是为老百姓打天下的。你们想一想，'皇协军'的上层长官，嘴里喊着自己是曲线救国，实际是日本鬼子的走狗。他们帮日本鬼子打中国人，这是救国吗？跟着他们只能是当亡国奴,怎么能收复东北老家？"俘虏中又是一阵议论。有人说，不能再给他们卖命了，我们也要当八路军。

李鲁指着刘子文说："刚才这位刘副队长已经讲了八路军的政策，大家可以考虑。当八路军是自愿的，不当也不要紧，但是不能再当汉奸。"

这时，从东面路上来了一队人，他们挑着担子，端着筐子，提着篮子，急匆匆地往这边走来。

李鲁一看，领头的是县委民运部的许坤同志，他带着张乡长和武工队来了，后面还跟着孙村的张百东村长和几十个青年男女，他们给八路军送饭来了。李鲁急忙迎上去，向许坤敬了一个军礼，说："谢谢地方的领导和乡亲们，一大早就赶来送饭。"

许坤说："昨天晚上，你们出发后，我们就组织群众转移，乡武工队带领几个村子的民兵在孙村外准备阻击敌人。后来知道你们在这里打了胜仗，敌人撤到龚庄据点了，我们就进村抓紧准备早饭了，不能让咱八路军打了胜仗还饿肚子。这不，先把孙村做的饭送来了，后面还有两个村子的，正在赶往这里。"

李鲁往西指了指，说："许坤同志，还是老规矩，先让俘虏们吃饭，战士们等一下再吃。"

"好、好，那就让我们的战士再等一会儿，让俘虏吃吧。"许坤指挥着武工队把饭送去西头沟里。俘虏们见许多老百姓拿饭给他们吃，而八路军却饿着肚子站在一旁，他们默默地站起来，自觉排好队去领饭。吃过饭，俘虏中不少人走到刘子文这边，要求参加八路军。

刘子文见三里沟的老乡一大早跑过来看热闹，就找到一个青年人，让他给借一张桌子和一条凳子。这个青年和他村子的人看到八路军抓了这么多俘虏，高兴得回家扛来两张桌子、十七八条凳子给八路军用。

刘子文让报名参加八路军的站成一队，逐个进行登记，年龄偏大的和在家中是独子的，劝其回家；可以入伍的，由战士们领到路边休息。经过挑选，小分队这次共接收三十多人入伍；其他人也逐一登记，告诫他们八路军已经将他们每个人记录在案，如果再当汉奸，被俘虏后一定严惩。本地人各自回家；路远的人领了路费，各奔前程。

这一仗，八路军牺牲两人，负伤五人，他们都是被敌人的迫击炮击中的。经过清点，这次共缴获敌人各种枪支三百多支，迫击炮一门，各种子弹和手榴弹一大堆。李鲁将这些武器运回孙村，除武装小分队外，分出一部分给乡政府；其他的留下存在孙村，待归队时再上交大队。

　　李鲁决定，小分队继续在孙村一带休整，并抓紧对新战士进行教育训练，提高他们的思想觉悟和军事素质。同时，他将孙村歼匪和三里沟伏击战的战况写了报告，派刘子文和张言去根据地找大队汇报。他和战士们留下，等待与大队会合。

第二十章
巧炸仓库

　　宫本受伤住进了医院，尽管宪兵队封锁消息，但这件事还是很快被县城的地下党组织获悉。地下党组织认为这是一个打击敌人的好机会，他们决定尽快把消息送到八路军小分队手里。

　　城里的前街上有一个杂货店，它坐北朝南，前面是两间铺面，摆满了扫帚、笤帚、锅碗瓢勺等各种货物；后面是个四合院，店掌柜张福安一家就住在后院。张福安是一名地下共产党员，他的杂货铺就成了地下党的交通站。张福安把情报写好，装进一支钢笔的笔身里，然后拧上笔帽，交给弟弟张福祥。他小声交代了弟弟张福祥几句话，张福祥挑起两个筐子就要出门。就在这时，张福安的妻子刘氏叫住二弟张福祥，说："二弟，你稍等，我跟你大哥说件事你再走。"张福安问："有什么事？"

　　刘氏小声对张福安说："我想让二弟给八路军捎个信儿，让八路军把灵芝收下，也算了我一件心事。"

　　张福安点了点头，对二弟说："灵芝这孩子无依无靠，她自从知道了白六假绑架逼走戏班子后，一直想着报仇。你见到张百东后，跟他说说，请八路军收下这个孩子。"

　　张福祥说："我试试吧。"说完，他出门走了。张福安转身对刘氏说："你让灵芝在屋里待着别露面，省得惹是非。"刘氏答应一声，回北屋去了。

　　原来，前两天白六要送灵芝去侍候宫本，灵芝一听，拿出匕首要自杀，白六怕惹出人命，赶紧走了。白六走了以后，灵芝越想越生气，趴在桌子上大哭了一场。白六让她和金童跟着白青怡跑腿做买卖，她和金童为了报答师姐，只好留下。谁知没几天的工夫，白青怡却让她和金童跟着一个"治安军"去学打枪和骑马，白青怡说这是为了防身，她也没多想，就跟着这个"治安军"学了一个多月。后来，白青怡给她和金童每人发了一支手枪和一把匕首，还有五十发子弹。再后来，白青怡带她去了一趟孙村，她在孙村的议事堂门口听到屋里白青怡和张百隆两个人的交易，便彻底明白了，白青怡根本不是在做生意，她是日本宪兵队的军官。她若跟着这个师姐，早晚会出事的。

她庆幸白青怡回孙村时没让她跟着，而是换了金童当保镖，结果金童随白青怡命丧黄泉。白青怡死后，做饭的哑巴就走了，又过了两天，看门的老头儿也要走。老头儿临走时对她说："孩子，你也逃命去吧！你和金童是被骗来的，这是白六演的假绑票，他让我去接你俩。我办了一件丧良心的事，今天我要告诉你真相，免得我日后良心不安。"

老头儿的话如晴天霹雳，灵芝听后呆坐在院子里，也不知道老头儿是什么时候走的。她的心几乎碎了，她想到师父和戏班的师兄、师妹，他们被迫逃往他乡，而自己和金童还很感恩，觉得欠白青怡的。在师父派人来寻她俩时，她还拒绝了再回戏班。金童刚长大成人，就被白青怡带上了不归路。她越想越难过，越想越恨白六，恨不得亲手杀了白六。

正在她悲愤之际，白六却跑来让她去侍候宫本，她听了后恨不得和白六拼命。但转念一想，凭自己的功夫还杀不了白六，只能暂且糊弄一下他，所以她拔出匕首要自杀。白六见劝不成，就急急忙忙走了。白六走后，她知道这里不能再待下去了。去哪儿？她想起前街有一个远房大姨，她曾经在姥姥家见过这个大姨，随戏班来到泗城后也去过大姨家里，自己现在走投无路，只好去大姨家暂避一时。

灵芝到屋里收拾了一下，便来到张福安家里，对大姨和姨夫说了自己的遭遇，求大姨帮她报仇。大姨听后，抱住她安慰了一番，让大姨夫帮她想办法。

张福安问灵芝："孩子，咱们身处乱世，你一个女孩子怎么报仇？"

灵芝说："我虽然是个小女子，但在台上演过不少女中豪杰，这做人的道理我明白。如今我孤掌难鸣，凭我一己之力是杀不了白六的，我想去孙村参加八路军，报仇之事徐徐图之。"

张福安问："孩子，你怎么知道孙村有八路军呢？"

灵芝说："我在白六那里听说的。白六还说，八路军在孙村建立了根据地，我想去那儿参加八路军，这条路我也熟悉。只是我不认识八路军，怕人家不要我。"张福安见灵芝人虽年轻，但却懂得不少人世间的道理，是个有主意的人，便想帮助灵芝找到八路军，但这件事只能秘密进行。想到这里，张福安说："孩子，你安心在这里住下，我慢慢帮你打听，看有没有朋友能帮上忙。"

第二天下午，张福祥挑着一担收来的笤帚回来了，他悄悄跟哥哥说了送情报的事。他将情报很顺利地交给了张百东，也把灵芝的事跟张百东说了。张百东听说是福安大哥相托，便让张福祥边吃饭边等着。不一会儿，张百东就回来了。他说，他已经跟八路军的李队长说了灵芝的事，李队长答应让灵芝去一趟。

张福安听后很高兴，他把妻子刘氏叫到一边，悄悄说了让灵芝去孙村的事，然后又告诉灵芝，让她女扮男装，明天一早趁赶大集的机会混出城，直接去孙村。灵芝听后激动得热泪盈眶，她问到了孙村找谁，张福安交代她去找小学堂的张先生，就说请张先生帮忙收山货。

第二天一早，灵芝帮大姨一起做完饭，简单吃了点饭后，就拿着大姨准备的一身男人的衣服进屋穿戴，大姨在一旁帮她打扮，她要把自己装扮成一个小伙子。她把一件蓝布夹袄套在粗布褂子外，又把一条黑布裤子套上，脚上蹬了一双圆口黑布鞋，头上戴了一顶黑色瓜皮帽。看她穿戴整齐，大姨围着灵芝看了一圈，不由得笑出声来。大姨说："你真像一个英俊小伙！"

灵芝也笑了，她说："我以前唱戏时也曾经女扮男装，这个不难。"说着，她伸手拿起一个布搭子披在肩膀上，然后把匕首掖在怀里。白青怡给她的那把手枪，前两天被白六要去卖了，她只好带上这把匕首防身。灵芝告别了大姨和姨夫，悄悄来到大街上，往四下看了看，见大街上人不多，便直奔南城门。

从县城去孙村走东城门最近，灵芝却有意往南走。昨天晚上，张福安告诉她可以去孙村投奔八路军了，她在高兴之余，觉得自己不能就这样去投奔八路军，而要像戏中的英雄人物投奔明主一样，给八路军献上一份见面礼。这份见面礼送什么呢？她思来想去，想到了南城门里面的仓库，那是白六手下的人看管的，里面的情况她也熟悉。前一阵，白青怡带着金童去了孙村，留下她一人在家没事，白六就让她去仓库整理账目。白六对原来的人不放心，他要把仓库里的东西查点一遍，然后贴上封条。这件事她忙活了一个月，仓库的犄角旮旯她都看了一个遍。哪个屋里面有什么东西，有几个岗哨，她都记得清清楚楚。她打定主意，要再去仓库看看有什么变化，然后汇总这些情况向八路军报告，让八路军进城烧掉这个仓库，也算是送上一份见面礼了。

灵芝边走边想，不一会儿就来到仓库附近。她躲在一个墙角朝仓库那边看了看，见仓库大门口有一个人抱着枪斜靠在墙上，像三天没吃饭似的，院子中间瞭望塔上那个站岗的也是蔫头耷脑的样子。她心里明白，这些看仓库的人以前经常从仓库往外倒腾点小东西换吃喝，现在白六管得严了，断了他们的财路，所以他们都没了精神。再看院子里面，新停了一辆黄色汽车，车旁边还有几个汽油桶。

灵芝觉得仓库没什么变化，只是多了一辆汽车，记好细节后，她就转身朝城门口走去。来到南城门，看到今天进城赶集的人不少，进出的人已经排成两行，她便随着人群出了城门。她往南走了一段，然后转向东南方向，过了济河便来到通往孙村的路上。她回头看了看，城墙已经变得模糊。她长出了一口气，自言自语道："总算是出了牢笼啦！"

人逢喜事精神爽，灵芝想到自己马上就要当八路军了，顿时浑身是劲，健步如飞地朝前奔去。她对道路熟悉，走得也快，不到半晌便来到孙村的北寨。她见前面有两个八路军哨兵，便上前向哨兵说明，自己是来找学堂张先生的。一个哨兵检查了她肩上的搭子后，两个哨兵交换了一下眼色，其中一个哨兵便领她去小学堂了。来到学堂，哨兵把灵芝交给张百东便转身走了。张百东问灵芝来做什么，灵芝照张福安交代的话说，自己是找张先生帮忙收山货的。张百东听后笑了笑，说："你就是灵芝吧？"

　　灵芝答应一声："是！"张百东说："没想到你来得这么快。走吧，我带你去见八路军的李队长。"说完，他带着灵芝来到议事堂。

　　张百东向议事堂大门口的哨兵打了个招呼，问："李队长在里面吗？"哨兵认识张百东，知道他是孙村的新任村长，便朝张百东敬了礼，说："李队长在里面。"说着，他用手做了个请进的手势。张百东一进院子就喊道："李队长，人我给你领来啦！"

　　李鲁一听来人是张百东，赶忙出门来迎接。他对张百东很敬重，两个人相差不了几岁，又都是知识分子，很谈得来。李鲁说："百东兄，快进来坐！"说着，他拉住张百东的手一起来到屋里。

　　李鲁看了看张百东身后的灵芝，说："这就是你说的那个灵芝吗？"

　　张百东说："是，她刚到。"说完，他转向灵芝，说："灵芝，这就是八路军的李队长，你有什么话就说说吧！"

　　灵芝朝李鲁躬身施礼，说："李队长，我想参加八路军，我要给我的师父和师兄、师妹报仇！"说完，她哇的一声大哭起来。

　　李鲁知道眼前这个年轻人是城里的地下党推荐来的，一见面他就感到亲切。他见灵芝哭得这么伤心，忙说："别哭，小姑娘，有什么想法，你慢慢说啊！"

　　灵芝擦了擦脸上的泪水，就把白六假绑票，打跑师父和戏班，骗她和金童跟着白青怡做生意，又要把她送给宫本的事说了一遍。说完，她站起身来朝李鲁鞠躬，说："李队长，我已无颜见师父和师兄、师妹，今日走投无路，来投奔八路军，望你不要嫌弃灵芝，灵芝还有一份情报作为见面礼献上。"

李鲁听完，与张百东交换了一下眼色，说："小姑娘，当八路是要吃苦的，还要不怕牺牲，你能行吗？"

灵芝看了看李鲁，说："李队长，我是穷人家的孩子，为了让我活命，爹娘在我八岁时将我送到戏班。我在戏班吃不饱饭、担惊受怕、风餐露宿是常事，吃苦受罪对我来说已成习惯，就是死，我也不怕！"

李鲁说："那好，你就留下吧！跟着林英学学护理伤员。"

灵芝见李鲁答应她留下，忙又躬身施礼。李鲁摆了摆手，说："不要客气，你把情报说说吧！"

张百东见李鲁已经同意灵芝参军，便起身告辞。灵芝讲了"治安军"仓库的情况，又拿起毛笔画了一张军火库的草图。

李鲁详细问了仓库的守卫情况，又问仓库距离南城门有多远、中间隔几条胡同。灵芝一一回答。李鲁又问："宫本住院以后，城门看守紧不紧？"灵芝说，没什么变化，也没见城门加岗。

李鲁听完，让哨兵把林英叫来。不一会儿，林英来到议事堂。李鲁将灵芝介绍给林英，让林英安排好灵芝的工作和生活，带好这个新兵。林英看到灵芝女扮男装的样子，想起自己从东北来山东时也曾经这样装扮，又见灵芝是个机灵的女孩子，就很高兴地拉着灵芝走了。

李鲁拿灵芝画的仓库草图，对照着军用地图，仔细查找仓库的位置。正在这时，王正检查完各村民兵的训练情况回来了。

李鲁说："回来啦？情况怎么样？我正想找人叫你回来呢！"

王正说："各村的民兵队都成立了，我们派去帮助他们训练的战士很认真，民兵的军事素质提高很快。我检查了一遍后，让战士们三天后归队。这边有什么新情况吗？"

李鲁把城里地下党送来的情报和灵芝提供的仓库情况说了一遍，他用手指着地图上的县城说："地下党组织认为，宫本住院必然导致敌人放松防御，这是打击敌人的好机会。我也想过趁机打掉北边的龚庄据点或者城南据点，正巧灵芝又带来了敌人仓库的情况，我正想与你商量商量呢！"王正听后，说："宫本住院有可能导致敌人内部的混乱，我们趁这个机会打他，敌人也只有挨揍的份。不过，打据点倒不如打敌人的仓库影响大。"

李鲁说："是啊！城南、城西的据点离县城很近，战斗一旦打响，敌人必然要增援，打起来费劲，即便打下来，也不能在周围建立根据地。龚庄据点离根据地更远，打完了也只能放弃，我们的根据地目前还不能扩大到那里。"

王正说："那就看看敌人的仓库吧，如果能打掉它，对敌人也是一个不小的打击。"两个人商量了一下，明天由李鲁带人去县城侦察，然后再做打算。第二天，李鲁和孙成装扮成做杂货生意的商贩赶往县城。孙成肩挑两个箩筐，里面装了一些炊帚和笤帚；李鲁背了一个搭子，跟在孙成后面。两人先蹚水过了济河，再转去县城的南门。

来到南门附近，李鲁看到城门楼上有一个哨兵背着枪来回走动，他的身后还有两个人影在晃动。李鲁心想，这个门楼可是个威胁。再看城门口，一边一个哨兵身背步枪斜靠在城墙上，右边的哨兵用大盖帽遮住眼睛，好像在打瞌睡。

李鲁和孙成一前一后进了城门，沿着南北大街往前走，过了两个胡同口，来到一个丁字路口，只见一条马路拐向西北方向。李鲁小声说："这就是通往仓库的马路，我们过去看看。"孙成答应一声，便挑着筐子拐向这条马路。两人向前走了二百多米，一个砖墙垒砌的大院出现在眼前。大院坐北朝南，门口一边一个砖砌的方柱子，中间放着一个缠绕着铁蒺藜的拒马。门口东边有一个倚在墙上、怀抱步枪的伪军站岗，他见过来两个人，马上直起身子，说："快走，别在这里转悠！"

孙成在前边答应："哎、哎！"两人没有停留，一直朝前走去。李鲁在后面边走边向门口的岗哨点头行礼，借着这个机会，他向大门里面看了一眼，正好看到院子中间的瞭望塔上有个人正在招呼下面的人换岗，李鲁赶紧加快了脚步。过了这个仓库大院，西边就是一片荒草地，地里长着几棵小杨树，嫩绿的叶子已经挂满了枝头。树下还有一条小水沟，里面散发出难闻的味道。

李鲁回头看了看仓库大院。这是一个南北长、东西短的长方形院子，南北大约有二百米，东西有一百多米。围墙上露出的两排屋顶，就是仓库了。再往前走就是几户人家，马路到这里也变窄了。李鲁对孙成说："我们两个分头行动，你绕到仓库后面看看，我从这里往南绕到城门口，咱俩一会儿在前街的杂货铺碰头。"说完，两个人一南一北走了。

李鲁往南走了几十米，就看到一条东西向的胡同，再往前走，很快来到第二个胡同口。他站在胡同口往东看了看，见胡同那头人来人往，他明白这条胡同的东头就是南城门。他又朝南面看了看，几户人家的院子已经接近南城墙，再往前就没有路了。李鲁只好顺着胡同向东走，不一会儿就回到进城时走的南北大街上。

李鲁仔细观察了一下城门楼，只见城门内东侧有一条台阶路贴着城墙直通门楼，看样子是上下门楼的唯一通道。他顺着南北大街往北走，很快就来到前街。李鲁老远就看到孙成站在杂货铺门外，看样子他已经把挑来的货卖完，正在那里等他到来。孙成见他过来，两人对视了一下，李鲁便转身向东门走去，孙成紧跟着也走向东门。从东城门出来，李鲁掏出怀表看了看，已经接近十二点，他对孙成说："怪不得仓库的岗哨咋呼着要换岗，原来是该吃饭了。"

孙成说："李队长，你饿了吗？"说着，他从前面的筐子里拿出一个纸包。

李鲁问："这是什么宝贝？"

孙成说："我买了两个馒头，来，一人一个。"两人边走边吃馒头。

李鲁问孙成："仓库北面好像是居民的院墙吧？我刚才往北走时没看到有东西向的胡同。"

孙成说："是，它的北墙外就是住家。"

李鲁说："通过侦察，仓库的情况与灵芝说的差不多，下一步就看我们怎么打了。"

孙成说："打这个仓库必须在白天，最好是在城关大集那天，到时候我们混进赶集的人群，进城门容易些。"

李鲁接着说："还要一个不少地撤出来。"

回到孙村，李鲁把侦察的情况跟王正说了，两人商定在下一次城关大集那天，进城打掉敌人的仓库。李鲁把想好的方案说给王正听，他计划让灵芝和张得印以师姐和师弟的名义骗过仓库的门岗，他和孙成带一个战士化装成"治安军"冲进仓库，用手榴弹引爆汽油桶，炸掉仓库。由王玉五带领五个战士化装成"治安军"，解决南城门的敌人，掩护他们撤退。由王正带一个班化装成"治安军"，携带一挺轻机枪在城外接应。

王正问："是不是再增加几个进城的战士？以便掩护撤退。"

李鲁说："这次行动是智取，不宜人多，人多了撤退时也麻烦。"

王正说："那就城外接应的再增加一个班吧！让鲁刚的五班也跟着我在南门外隐蔽起来。一旦敌人出动，我可以带人进城门接应你们撤退，保证完成这次任务。"李鲁同意，各自准备起来。

王正将缴获的"治安军"军装拿出一部分，给参加行动的人员每人准备了一套，再把短枪和手榴弹给每个进城的人员准备妥当，又买了两瓶白酒和花生交给李鲁。一切都准备齐全，只等城关大集那天到来。

转眼就到了城关大集那天。这天一大早，李鲁把两瓶酒和二斤炒花生交给灵芝，交代她和张得印到时候见机行事，想法骗过门岗。李鲁说："这是今天我们行动的关键，一定要沉着冷静。"

灵芝看了看李鲁，说："放心吧，队长，我有办法拿下那个门岗，争取把里面的几个人也拿下。"说着，她看了看张得印，说："你可要听我的，别毛手毛脚的！"

张得印的脸一下红了，他不情愿地说："不就是装扮成你的师弟吗？

我有数！"

李鲁看着人已经到齐，便简单地做了战前动员。他说，我们是去老虎口里拔牙，既要进去把仓库炸了，又要一个不少地撤出来。这就要求同志们大胆、冷静，按计划行事，不恋战，不贪图敌人的物资，撤退时交替掩护撤退。

大家检查了武器和服装，然后分头出发。路上，李鲁问王玉五："南门有人认识你吗？"王玉五摇了摇头，说："没有，这个城门归直属小队防守。"大约九点，李鲁和孙成、灵芝一行五人进入南城门，往前走过一个胡同，李鲁示意灵芝和张得印先走。他和孙成三人找了个墙角换上"治安军"的军装，然后顺着胡同向西走，不一会儿就来到西胡同口。这里距离仓库大门很近，他们能看清楚门口的情况。

灵芝和张得印都身着便装，灵芝胳膊上挎一个竹篮子，里面放了花生，张得印跟在灵芝身后，手里提着两瓶酒，两人走到仓库门口。

"王小兄弟，今儿是你的岗啊！你就是有口福，这不，我要回戏班了，今儿个来跟大伙说一声，也谢谢大伙前一阵给我帮忙！"灵芝跟门口的岗哨打招呼，说着，掀起竹篮子上面的盖布，抓了一把花生交给王小，又指着身后的张得印说："这是我师弟，他还带来两瓶酒，一会儿大伙一起喝啊！"叫王小的岗哨见来人是灵芝，忙笑着接过花生，说："谢谢姐，想得真周到，你什么时候走啊？"

灵芝说："就今天。怎么就你一个人呢？吴班长他们呢？"说着，灵芝往门里看了看。

王小说："吴班长他们在仓库里，还有三个人赶集去了。"

灵芝朝院子里的瞭望塔看了看，喊道："二蛋，你没看见姐来吗？快过来，姐带好吃的来了。"

叫二蛋的哨兵答道："我才认出来，原来是樊梨花啊！带来什么好吃的？等一下啊！"说着，二蛋看了看周围，就要从瞭望塔上下来。就在这时，忽听得一声呵斥："二蛋，你想干什么？难道还想脱岗不成？

快给我爬上去！"话音未落，从屋子后面走出来一个瘦高个儿，他边走边往大门口张望。二蛋只好再爬上瞭望塔，他对着瘦高个儿说："班长，是灵芝来啦！她说要谢谢咱们。"瘦高个儿摆了摆手，说："站你的岗去！我去看看！"

灵芝一看瘦高个儿走过来了，急忙朝西边看了看，她见李鲁已经到了胡同口，便高声说道："吴班长，你真是一个大忙人，要见你一面这么难！"

瘦高个儿边走边说："是灵芝大美人啊！你不是查完仓库了吗？怎么今天又来了？"

灵芝知道，她前一阵来查仓库断了吴班长的财路。她笑了笑，说："仓库查完了，你照样当你的班长，你还不感谢我啊？今儿个我来辞别，也顺便说一声，如果有得罪，也请你原谅啊！"

吴班长听灵芝这么说，马上换上笑脸，说："好说、好说！大美人什么时候走啊？"

灵芝笑了笑，说："我今天就走，这不，我师弟来接我了。"她朝张得印使了个眼色，说："把酒给吴班长吧！"张得印答应一声："哎！"他一边答应着，一边举着两瓶酒走近这个吴班长。吴班长刚要伸手接张得印手上的酒瓶，忽见这酒瓶朝自己的脸砸过来，他顿时觉得头晕眼花，"哎哟"一声倒在地上。这边，灵芝也拔出手枪，对着王小喝道："把手举起来！到墙角那边去！"王小乖乖地举起双手，灵芝一把夺下王小的步枪。

这时，李鲁他们三人也跑到大门口。李鲁让战士小徐把俘虏捆起来，他和孙成进入大门。站在瞭望塔上的二蛋见班长倒在地上，急忙拉动枪栓，朝张得印这边打了一枪，子弹从张得印的耳边飞过。

张得印见敌人开枪，拔出两支驳壳枪举起就打，只听得啪啪两声，瞭望塔上的二蛋一头栽了下来。枪声惊动了仓库里面的三个"治安军"，他们慌忙出来，贴着墙根朝张得印这边打枪。张得印躲在屋角还击，在大门口的灵芝和小徐也趴在地上朝敌人射击。

李鲁直奔院子里摆在汽车旁的汽油桶，他边走边掏出两颗手榴弹。走到汽油桶旁边，他用手推了推汽油桶，发现是空桶。李鲁接连晃动了四五个桶，发现都是空的。孙成这时也跑过来，用匕首朝里面的油桶刺去，只听油桶发出清脆的金属声，这也是一个空桶。枪声越来越急，李鲁急得直冒汗，他向西墙根扫了一眼，发现在墙根下有一个帆布篷遮盖的垛子。他急忙跑过去，用手拽起帆布篷的一角，看到篷布下面有几个汽油桶。

李鲁招呼了一下孙成，用手指了指汽油桶，孙成马上掏出两颗手榴弹跑过来。李鲁接过手榴弹，用早就准备好的麻绳一捆，把手榴弹的引信拉出，轻轻放在汽油桶上，然后对孙成说：“你带他们先撤！”孙成跑到张得印身边，伸手向敌人扔出一颗手榴弹，然后拉着张得印跑到大门口。李鲁见孙成已经跑到大门口，便拉断了手榴弹引信，也快步跑向大门口。

李鲁边跑边喊：“快，卧倒！”随着这一声喊，轰的一声，手榴弹爆炸了，接着又引发了连环爆炸。第一次爆炸声响起时，孙成拉着张得印已经跑出大门，他俩一头扑倒在地。孙成回头看了看李鲁，见李鲁也扑倒在大门口，便顾不得接二连三的爆炸声，回身冲向李鲁。孙成到了李鲁跟前，拽起他的胳膊就跑。在门口的小徐和灵芝也爬起来搀扶着李鲁和张得印往东边跑。五个人踉踉跄跄跑出去一百多米才停下来。几个人回头看了看仓库那边，只见黑烟滚滚、火光冲天，仓库里还不时地发出爆炸声。

李鲁用手捂了捂两只耳朵，又咳嗽了几声，然后说：“去南门，我和孙成在后面掩护。小徐，你们三个在前面，快走！”正在这时，忽听得北面警笛声响起，南城门那边也响起枪声。

李鲁明白，这是城中的敌人开始行动了。南城门那边响起枪声是因为王玉五争夺城门楼时遇到了抵抗。他喊道：“敌人出动了，准备冲出南门！”说完，他举着驳壳枪向前跑去。跑到丁字路口时，大家看到南北大街上一片混乱，慌慌张张的人们争相朝城门口涌去。看到城门还开着，李鲁知道这是王玉五已经占领了城门楼。他松了一口气，招呼着孙成几人跟着人群往前走。快到城门口时，李鲁看到王玉五在城墙上朝他们挥手，便伸手在头顶上画了一个圆圈，这是完成任务可以撤退的信号。王玉五也画了一个圆圈，然后转身上门楼了，他要等李鲁他们全部出城后再下来。

王玉五在城门楼上看到李鲁一行人出了城门，急忙招呼战士们下了门楼。他们五个人正要撤出城门，忽见北面路上驶来一辆摩托车，后面还跟着一群"治安军"。摩托车到丁字路口停下了，车上的日本军官朝仓库的方向看了看，然后向后面的"治安军"喊了一阵。接着，一伙"治安军"就去了仓库，剩下的一伙跟着摩托车朝城门口跑来。

摩托车上的日本军官正是宪兵队队长秋野，他在听到南门仓库爆炸的声音后，急忙打电话给白五，询问是怎么回事，白五说自己不知道。秋野骂白五："这个爆炸声就在南门仓库附近，而南门仓库是你率领的治安军看管的。现在爆炸声接连不断，你却说什么也不知道，你真是个饭桶！"

白五说："我马上带人去查看。"秋野命令白五立即关闭各个城门，全城戒严。秋野放下电话，带上两个宪兵坐摩托车出了宪兵队，在大街上与白五带来的"治安军"会合后直奔仓库。秋野来到丁字路口，见仓库火光冲天，便命令白五带人去仓库救火，他带着十几个"治安军"奔向南城门。

王玉五见敌人朝城门这边跑过来，便命令四个战士反关城门，以阻止摩托车出城。但是，此时的城门洞里挤了不少人，两扇城门很难拉动。王玉五一边大声喊着疏散人群，一边去拉动一扇城门。就在这时，鬼子的摩托车已经接近城门口，王玉五顾不得再拉城门，急忙随人群跑到门外。秋野从摩托车上跳下来，高喊着："戒严！戒严！快关闭城门！"跟随秋野而来的"治安军"迅速分成两伙，一伙爬上城门楼，一伙关闭城门。当秋野看到城门外几个身穿"治安军"衣服的人在向前奔跑时，他断定这几个人不是自己人，便下令朝这些人开枪。刚爬上门楼的几个"治安军"，见自己的三个同伙被困在门楼里面，便大呼小叫地喊着"有八路"。他们的喊声还没落，就听到门楼下响起枪声，几个人急忙趴在城墙上朝下看，见秋野正指挥着大家追击几个身穿黄军装的人，他们便一起朝这些人开枪。

一时间，城头上和地面的射击形成交叉火力，密集的子弹在王玉五他们脚下和耳边乱飞。王玉五顾不得这些，疾步朝前跑去。突然，身边的战士庞文"哎哟"一声就趴倒在地。王玉五一看，急忙喊了一声："卧倒！"另外三个战士听到喊声迅速趴在地上，然后转过身对着敌人还击。王玉五爬到庞文跟前查看伤情，庞文摆了摆手，说自己不要紧。王玉五只好让庞文再坚持一会儿，自己举枪朝城头上还击。

就在这时，刚才跑出来的李鲁五个人也回过头来向敌人还击。一阵密集的射击把秋野一伙人打回城门口，但是，城头上的火力还是压得战士们不能动弹。突然，嗒嗒的机枪声响起，子弹从左右两边的堰坝射向城头和城门口，一下子压制了敌人的火力。

这是隐蔽在城外的王正和鲁刚带领的战士们赶过来了。王正在路左边，鲁刚在路右边，他们迅速展开，以路边的堰坝和树木作掩护，朝敌人射击。

"嗒嗒嗒……""啪啪啪……"两挺轻机枪和三十多支步枪对着城头和城门口射击，把城头的敌人打得缩在垛口后面不敢露头，也把城门口的敌人赶进了门洞。王玉五和李鲁见状，急忙背起伤员朝前跑去。王正见李鲁和王玉五已经撤离，便指挥鲁刚按计划交替掩护撤退。鲁刚答应一声，让战士们分开朝目标射击，步枪封锁城门口，轻机枪扫射城头，一时间打得敌人不能还手。趁这个机会，王正带人后撤五六十米，再回过头来用火力掩护鲁刚撤退。就这样，两拨人边撤边打，不一会儿就撤出了敌人的火力范围。

李鲁和王玉五撤到一个堰坝下，赶快把庞文放在地上。李鲁仔细检查了庞文的伤口，看到子弹从庞文的左大腿外侧穿过，鲜血已经染红了裤腿。李鲁说："快，赶快包扎！"说着，他抽出匕首就要割衣服。灵芝忙说："李队长，我这里有急救包，来时林英姐给我准备的。"

李鲁伸手接过急救包，给庞文包扎起来，灵芝也伸手帮忙。李鲁见灵芝看到伤口害怕，便鼓励她勇敢些，经历一次就不怕了。灵芝红着脸点了点头，说："我一见血就晕，林英姐也鼓励我别害怕，但是，我一见血手还是打哆嗦。"李鲁说："我们的战友负伤，疼在战友身上，也疼在我们的心上。你只想着快点减轻战友的疼痛，就不怕了。"灵芝说："我记住了，我会这样想的。"说着，两人一起给庞文包扎了伤口。

张得印在附近砍了几根树枝，绑了一个临时担架，战士们小心地把庞文抬上担架。正在这时，王正和鲁刚带着战士们过来了。看看没有其他伤亡后，李鲁让鲁刚带几个战士断后，一行人抬着庞文返回孙村。

八路军炸掉城里敌人仓库的消息很快传开了，这令城里、城外的敌人都感到震惊。宫本顾不得伤痛，就在医院召集宪兵队队长秋野、"皇协军"师长李子营和"治安军"大队长白五开会，重新部署县城和各个据点的防御，防止八路军再次进城。

老百姓则大受鼓舞，有人说八路军队伍里有神人，能像孙悟空钻进铁扇公主的肚子里一样，进城大闹一番；也有人说八路军太厉害了，不光能在山沟里打鬼子，还能进城炸鬼子的老窝，这小鬼子的日子快要完蛋了。

八路军进城打了胜仗，也激发了新区群众建设根据地的热情。人们不再害怕土匪残余势力的威胁，纷纷向八路军和乡政府提供线索，协助小分队和乡政府彻底清除土匪、恶霸的残渣余孽，使各村的减租减息工作顺利开展起来。

这天，张百东带人挑了两担青菜和一扇猪肉来慰问小分队。张百东对李鲁说："八路军住在孙村，战士们不光帮老乡干家里的活，还修桥铺路，打扫卫生。乡亲们都说，咱村变得干净又好看，这都是八路军的功劳啊！"

李鲁说："百东兄，你过奖了。八路军是咱老百姓的队伍，这都是我们应该做的，大家以后不要客气！"

张百东说："是啊，只有我们共产党领导的队伍才能和老百姓有鱼水之情！八路军爱老百姓，老百姓爱咱子弟兵。我真希望你们在这里长住下去！"

李鲁说："小分队根据上级的指示，在这一带对敌进行反蚕食斗争，现在已经完成了任务。我已经派刘子文去大队请示，如果他们带回新任务，小分队可能就要开拔了，我估计子文也快回来了！"

张百东说："真舍不得你们走啊！可一想，你们接受新任务就会打更多的胜仗，也就舍得啦！"

李鲁对张百东说："这次炸仓库灵芝立了功，等上报大队后再表彰她。"

张百东说："灵芝这么能干，我就放心了。"

张百东又说："根据城里传来的消息，你们把仓库炸掉后，鬼子加强了县城的防守，每天提前一个小时关闭城门，还实行了宵禁。听说秋野要枪毙白六，白五好歹把白六的命保下来了，鬼子后来把白六关进了监狱。"

李鲁听完，说："这次行动给了敌人一次打击，也激化了敌人的内部矛盾，白家这对汉奸兄弟不会有好下场的。这次白六被鬼子关起来，灵芝也算是报仇了。"

张百东又谈起张得印和张得成两兄弟："他们和孙村的其他年轻人不同，他们虽然出身地主、土匪家庭，但为人正直，又有文化，这两年在我的影响下都积极参与抗日救国的行动。我觉得这两个孩子可塑性强，希望他们在八路军的队伍里锻炼成才。"

李鲁说："胡坤同志让我给他找个会计，我见过张得成两手同时打算盘，想把张得成推荐给他；张得印就跟着小分队吧。"张百东听后很高兴，这就了了他的一个心愿。李鲁又说："请百东兄放心，革命队伍是个大熔炉，最能锻炼人，他们在这个队伍里面会成才的。"

第二十一章

胜利归队

送走了张百东，李鲁站在议事堂的院子里遥望南山，他顺着远处这个大元宝似的山梁往东看，很快就找到了那个通往刘家寨的山口，刘家寨的人叫它北山口，孙村的人则叫它南山口。十几天前，刘子文和张言就是从这个山口向南去找大队的，他们现在到哪儿了？他想到刚才张百东说的话，有新任务才能多打胜仗。是啊！小分队在孙村一带已经完成了反蚕食的任务，下一步必须向泗河南岸靠近，直逼敌人的运输线——滋临公路，去那里寻找战机打击敌人，消灭敌人的有生力量。

"我必须早做准备，等刘子文回来就迅速向大队靠拢。"想到这里，李鲁找来王正，梳理了一下小分队开拔的准备工作：一是把缴获的武器、弹药打包装箱，准备带走；二是派人去邱家寨运回存放的物资，待归队时一并上交给大队。小分队在孙村一边做归队的准备，一边进行军事训练，等待与大队会合的命令。

这天中午，刘子文和张言回来了。他俩带回了杜大队长让小分队向王家庄集中的命令。刘子文说："这段时间，大队在根据地西北部进行反蚕食斗争，接连拔掉敌人五六个据点，收复了十几个村庄，巩固了根据地。我们回来时，杜大队长交代，大队近期要开到王家庄一带活动，让我们也赶过去。"

刘子文又说："还有一个新消息，李民生副大队长现在是我们大队的教导员啦！"

李鲁说："好啊，李教导员是个老红军，他和杜大队长一定能带领我们打更多的胜仗！"

刘子文接着说："李教导员和杜大队长一起听了我和张言的汇报。我把你写的孙村战报交给了两位领导，他俩非常高兴，认为小分队连续打了两个大胜仗，还是以少胜多，又扩大了根据地，令人振奋。他俩说，要将战果上报支队，为小分队请功。"

李鲁听说大队要回来了，小分队即将归队，心里非常高兴。他让刘子文和张言去吃饭、休息。

刘子文走后，李鲁掏出笔记本翻看。想到马上就要归队，他就像快要回家的孩子一样，心情难以平静。他屈指一算，从去年秋天带一个班出来单独执行任务到今天，已经十个月了。

这期间，他在领导的指导下成立了小分队，三战桃山口，完成了阻止敌人重建桃山口据点的任务。他想起在敌人大"扫荡"开始后，小分队在娄家峪受阻，自己几天几夜不能眠，因失去与大队的联系而感到孤独，像没了娘的孩子。后来，是战友们的团结和地方党组织的支持使自己坚强起来，自己带领小分队在泗水河畔开展游击战，大大小小的战斗经历了八九次：夜袭毛庄、康平村解围、小南塘脱险，小分队成功突圈，拔掉张家湾和城南两个据点，接着消灭督导队、攻占孙村、三里沟伏击，还炸掉了敌人的仓库。这些战斗都取得了胜利，扩大了抗日影响，也壮大了队伍，小分队由二十多人发展到一百七十多人。在打仗的同时，小分队收复了十几个村庄，将孙村与县城西南一带的抗日根据地连成了一片。

回想这大半年，小分队是在地方党组织和政府的支持下克服困难开展游击战的。事实证明，有了共产党的领导，老百姓就能团结起来，支持八路军打胜仗。日本鬼子并不可怕，八路军在老百姓的支持下打败日本鬼子已经成为必然，只要中国人团结起来，就一定能赶走日本鬼子。

李鲁想起了参军时与表哥张恒的谈话，当时他问表哥："我能不能加入共产党？"表哥说："只要你表现好，有入党的要求，党组织会考虑你的。"李鲁认为，现在是向党组织提出入党申请的时候了。他找到王正，把大队长的命令说给他听，王正高兴得合不拢嘴。李鲁又把自己想加入共产党的想法说给王正听，问王正是否合适。王正很认真地回答："合适！只要你提出申请，党组织会考虑的。"他还表示愿意做李鲁的入党介绍人。听王正这么说，李鲁增强了信心，马上奋笔疾书写下了入党申请书。他要在见到杜大队长时，亲手把申请书交给他。

　　李鲁想，归队后要经常行军打仗，林英带着孩子可不是个办法。他与林英商量，明天把孩子送回老家，顺便把铁柱没取回的粮食带回来。林英也有思想准备，她把几个伤员的情况仔细交代给灵芝，准备第二天一早就动身。

　　王正听说林英要回老家送孩子，马上找来张得印，让他借一头毛驴，并护送林英。李鲁说，这样就给部队添麻烦了，还是让林英自己走吧，反正这一带是根据地。王正说，林英出了根据地还要越过滋临公路，那里是敌占区，还是让张得印护送大家才放心。

　　王正找来张得印，交代他先去邱家寨找邱玉印，让邱玉印掩护几人过公路。他叮嘱张得印："不到万不得已，不要与敌人交火。记住，你的任务是保护林英的安全。"

　　"是，保证完成任务！"张得印打了个敬礼。

　　张得印回家换上一身便装，牵了自己家的一头毛驴来到议事堂的东院。东院住着几个伤员，林英和灵芝在这里看护伤员。灵芝见张得印牵来的毛驴背上是个硬鞍子，马上回屋拿出自己的棉褥子铺在鞍子上。她一边收拾鞍子，一边对张得印说："一点也不细心，这么个硬鞍子怎么让林英姐坐啊，她还要抱着小记东！"张得印被灵芝说得脸通红，他说："我这是找了个软牛皮的，也是我家最好的大鞍子。"灵芝没再说什么。张得印从怀里掏出一支小手枪，说："这是我收藏的德国'撸子'，送给你防身吧！"

灵芝接过手枪看了看，她心里很喜欢，脸上却装作无所谓的样子说："这个又打不远，只能当玩意儿！"张得印说："那你就当玩意儿吧！"正说着，林英抱着孩子出来了，灵芝急忙把枪装进裤兜里。

从孙村到邱家寨都是根据地的地盘，张得印一路打听着走近道，中午就到了邱家寨。林英找到了邱玉印，邱玉印听说林英要回北河村，他沉思了一会儿说："自从八路军小分队离开这一带，'治安军'的巡逻队就很活跃，巡逻的次数也多了。这样吧，今天吃晚饭的时候咱们过公路，明天上午返回。正好明天是金村的大集，巡逻队都集中在大集上收钱、吃喝，路上人也多，我们就算带点粮食也不显眼。"

邱玉印要和张得印一起护送林英过公路，到了下午，三个人各自检查了自己的武器，藏在身上。一切准备妥当，张得印牵出毛驴，让林英骑上，一行人直奔公路。傍晚时分，正是家家户户吃晚饭的时候，田野里已经看不到人们干活的身影，公路上也静悄悄的。在离公路不远的地方，邱玉印让林英和张得印停下，他要先去公路附近观察一下。

邱玉印来到公路旁，见没有巡逻队也没有汽车，便用胳膊向张得印这边画了一个圈。张得印看见邱玉印发出的是平安信号，便和林英一起跑向公路。跨过公路，三个人都长出一口气，然后约好明天见面的时间。林英让张得印和邱玉印回去，自己抱着孩子朝北河村走去。

林英回到家已经是晚上八点多了。公公婆婆听到林英的叫门声，一起跑出来打开了大门。婆婆接过林英怀里的孩子，说："我看看，我看看俺孙子长胖了吧？"

李东山接过毛驴的缰绳，把毛驴牵到牲口棚喂上，又忙着帮老伴做饭。林英说："爹、娘，别忙活了。有什么剩饭，我吃点就行了。"

婆婆说："那哪儿成？看你累得这样，得吃点好的。再说，还有俺孙子呢，你吃好了俺孙子才能吃好。"说着，她一手抱着孙子，一手拿出几个鸡蛋让老伴炒菜。林英见婆婆拿鸡蛋给自己做菜，忙上前接过鸡蛋，说："娘，不用炒菜了，只冲一个鸡蛋就行了。小记东现在能喝鸡蛋水了，咱省着点吧！"

婆婆听林英这么说，忙问："林英，你的奶水不够孩子吃啊？这才几个月的孩子啊，怎么就喝鸡蛋水了？怪不得我看他没长胖。"

林英说："没什么，我有意让他早点喝鸡蛋水还有糊糊什么的，我想给他断奶。"婆婆听后，瞪大眼睛看着林英，问："你要给小记东断奶？莫非你也当上八路军了？"林英说："是的，我也参加八路军了。娘，部队上经常有伤员，我学会了护理伤员，就留在部队照顾伤员了。我这次回家就是想把小记东留下，再就是把上次铁柱没运走的粮食带走。"

林英说，小分队将要和大队会合，以后会经常行军打仗，带着孩子不方便，李鲁也是这个意思。婆婆听后长叹一声："唉，你俩就是在外跑的命！我也盼着你们多打胜仗，早早把日本鬼子赶走，好回来过安稳日子。"

正在这时，李东山端着一碗鸡蛋水进来了。林英忙接过来放在桌子上，又拿来一个空碗和一个小汤勺，把鸡蛋水倒进空碗里晃了晃。等了一会儿，她用汤勺舀上一点，在嘴边吹了吹又尝了尝，觉得不烫了，才递到小记东的嘴边，说："来，让奶奶看看，小记东吃饭了！"也许是小记东饿了，也许是爷爷冲的鸡蛋水真香，小记东一闻到鸡蛋水的味道就精神起来，张开小嘴一口一口地喝了起来。看小孙子喝得起劲，奶奶也一扫脸上的阴云，她明白这孩子不吃奶也行了。看来，林英早有准备啊！年轻人有他们的事要干，老人只能帮忙带带孩子，这也算是支持他们了。

第二天一早，李东山把两袋粮食捆在毛驴的鞍子上，说："为了这两袋粮食，铁柱被'治安军'打死了，我心里一直像压着一块大石头，今儿个你把它带走，我心里也轻松了。"

他看了看林英，问："谁走漏了风声，老三查出来没有？"

林英说："查出来了，是张之民，他被'治安军'打招了。"

"这个熊包，打他小时候我就看出他是个没出息的玩意儿。"李东山气得直骂。

林英说："这件事我们已经向抗日政府汇报，以后会找他算账的。"吃过早饭，李东山牵着毛驴先走了。他要送林英过河，再送过公路，这样他才放心。他在前面走，是因为不想看到林英离别时的场景。

　　林英抱着孩子又喂了一阵奶，才依依不舍地把孩子交给婆婆，然后头也不回地跑出家门。林英和公公来到河边，见邱玉印已经在河对岸等候，林英朝对岸招了招手，告诉公公，这是来接她的邱队长。她让公公停下，不要再过河往前送了。李东山坚持要送过公路，这样才放心。过了河，三个人打过招呼，邱玉印便从李东山手里接过毛驴的缰绳，他看了看毛驴背上的粮食，说："这有点显眼。"

　　李东山说："孩子，这是铁柱拿命换来的，林英跟我说能换成钱，但我舍不得这两袋粮食，我就想碰碰运气，再等等八路军。"邱玉印看到李大爷对这两袋粮食的感情，不由得心生敬意。是啊，老人家费了多少心血啊！我一定不能让老人失望。想到这里，邱玉印说："行！李大爷，你放心，我一定把粮食送到八路军手里。"三个人说着话往前走。李东山在前面领路，他们沿着一条小路走向公路，远远地避开了赶集的人们。大约十点钟，他们便来到公路北面的三岔路口。眼看公路就在前面，邱玉印向公路那边张望了一会儿，看到张得印站在公路边上正在向这边摆手。邱玉印一看是"有情况"的信号，就急忙告诉林英："注意，有情况！"

　　话音刚落，身后传来一阵铃铛声。邱玉印回头看了看，说："不好，是巡逻队来了！大爷，你一定要沉住气，就说咱们是走亲戚，我是你的儿子。我和大嫂扮成夫妻，想法骗过他们。"

　　"行，孩子。公路那边五里地远的林家庄是我大姑家，你们就说是去看大姑奶奶的。"李东山对邱玉印和林英说。

　　邱玉印三人站在路边，等待骑洋车的伪军过去。不一会儿，从他们身后西边的路上拥出来几辆洋车，骑车的人都穿着黄军装，斜背着步枪。领头的是个四十多岁的男人，他叫白老三，有一脸麻子，外号"白麻子"，是"治安军"大队长白五的堂叔。去年，白六把他从老家弄来当"治安军"。

白麻子因为家里穷,再加上好吃懒做,又长了一脸麻子,一直娶不上媳妇,是个老光棍,靠二哥接济过日子。

白五本来想让他这个堂叔当个中队长,但是白麻子不是那块料,来到泗城穿上军装就不知道自己姓什么了。他打着白五的旗号,到处骗吃骗喝,借钱借物。说是借,实际就是要,白麻子净找熟人下手。没过多久,他还勾搭上了北上的一个姓高的寡妇,他一开始只是偷偷摸摸地去寡妇家,后来干脆明目张胆地把寡妇当成自己老婆了。

好事不出门,坏事传千里。白麻子和高寡妇相好的事一传十、十传百,城里的人很快就把他俩的事当成谈资了。高家在北街也是个不小的门户,这种伤风败俗的事惹恼了高家的族人,他们商量了一下,决定惩治一下这一对男女。

一天晚上,高家七八个男人手里拿着棍棒、绳子,提着从茅坑里挖出来的屎和尿,埋伏在高寡妇的院子外面。待白麻子进去睡下,几个人一拥而上,包围了高寡妇的院子。一个人翻墙进去打开大门,几个人破开屋门冲到床边,把白麻子和高寡妇摁在被窝里一阵乱打,直打得两个人鬼哭狼嚎,求爷爷告奶奶地喊个不停。高家的人还不解恨,又把两个人脱光捆在一起,抬到大门外,往他们身上浇上屎和尿,这才离开。

正是初冬时节,北风呼号,两人一会儿就冻得喊不出声了。街上的邻居听到高寡妇家闹腾,又听到"救命"的呼喊声这才出来。看闹事的人已经走远,邻居顾不得臭气扑鼻,也顾不得弄一手屎和尿,急忙过来给两个人解开绳子,又从高寡妇家拿来被子,给两个人分别裹上,然后抬进高寡妇屋里。

这一闹,高寡妇一病不起,没几天就死了。白麻子好歹有"治安军"的中队长惦记,中队长一看他当天没来点卯,就派人去高寡妇家找他,中队长也是看在白五的面子上才这样做的。结果,去探信儿的人一会儿就回来报告,白麻子遭人打了。中队长急忙带人上门看个究竟,一看白麻子那个熊样,赶忙将他送到医院。白麻子还挂念着高寡妇,中队长摆了摆手，说："别再瞎操心了，先顾你自己吧！"中队长又跑去向白五汇报，白五一听，气得涨红了脸，他拍着桌子说："活该！过几天他出院后，把他弄到城西据点去，别再让他丢人现眼了。"

白麻子出院后就被调到了城西据点，他自觉没趣，也不好去找白五，无奈之下就在城西据点当了个班长。城西据点负责城西一带的防御，昼夜都要外出巡逻。白麻子不愿意整天窝在据点里，他学会了骑洋车后就向中队长提出，自己白天出来巡逻。

白麻子觉得光巡逻不行，他要想法弄钱。几经考察，他发现了一个生财之道，就是在金村大集那天，在公路的桥头收过路费。金村大集的东头有一条河，修滋临公路时，河上修了一座漫水桥。当河里水流小时，河水从桥下的几个桥洞中穿过；水流大时，河水就从桥面上漫过。每逢大集，赶集的人们都要从桥上来往。以前过桥不需要交钱，自从白麻子派人在桥头收费，人们敢怒不敢言，只能忍气吞声交点钱过桥。尤其是在冬季，河水冰冷刺骨，人们宁愿花点钱，也不愿意蹚水过河。这样，白麻子每逢大集都能收不少钱。有了钱，白麻子吃喝就好办了，有时他还能送给中队长一点。自从中队长收下钱后，白麻子的胆子就越来越大了。

白麻子跟高寡妇相好了一阵子，尝到了女人的滋味。他虽然被高家的人揍了一顿，但毕竟没有伤到筋骨，只是受了皮肉之苦，所以他还是时常想起和高寡妇床笫之欢的滋味。如今有了钱，他又按捺不住了。他经常买些女人喜欢的小东西放在洋车的挎兜里面，把"洋袜子"、"洋胰子"、小手绢、小镜子、花布头带在身边，打听到哪个村里有男人不在家的或者是寡妇的，就趁傍晚时分潜入这户人家，花言巧语、威胁恐吓，有上当受骗，让他占了便宜的，也有被强迫后不敢声张，让他屡屡得手的。他吸取了在高寡妇家的教训，不敢在女人家久待，睡完就走。

今天，他连早饭都没顾得上吃就赶到了大集上，派两个兵在桥头支上桌子开张收钱。他带着三个兵在集上转了一圈，觉得没什么捞头，就在集上的饭铺里点了几个炒菜、打了二斤烧酒坐下吃喝。他没忘了在桥头收费的两个兵，他让手下包了几个包子送过去，并传达他的命令：一个人也不许漏，尽量多收点钱。

四个人二斤烧酒下肚，吃饱喝足了，准备回据点休息。刚拐出东西路，他们就看到前面有几个人牵着一头毛驴朝公路那边走。白麻子借着酒劲，想在人面前显摆显摆，便一个劲儿地晃铃铛。他快蹬了几下，来到邱玉印面前把车停下，两腿叉开夹着洋车，歪着头看路边的这几个人。当他看到毛驴背上驮着两袋粮食，还有一个年轻女人站在旁边时，白麻子立马就打起了坏主意。他盯着女人问："干什么的？这驮的是什么？"

邱玉印赶忙回答："走亲戚的，带点粮食，去前面林家庄看我大姑奶奶。"

"走亲戚？怎么带这么多粮食？"白麻子质问道。

邱玉印笑着说："我去年办喜事，借了我大姑奶奶家百十斤粮食。这不，给她家还回去！"

"那这是谁呀？长得这么俊俏！"白麻子不怀好意地问。

"她是我媳妇，一起去看我大姑奶奶。"邱玉印上前两步，挡住了林英。后面的三个伪军也都下了洋车，停下来看热闹。白麻子又问："你媳妇？有良民证吗？"

"有。快拿给老总看看。"邱玉印让林英拿出良民证给白麻子。

"嗯，叫什么名字啊？"白麻子拿着林英的良民证，歪着头问林英。

"上面写着呢，叫林英。"邱玉印答道。

"老子没问你，让她自己说！"白麻子瞪了邱玉印一眼。

林英不慌不忙地说："我叫林英。"她尽量用本地方言回答。

"啊，是个东北口音的。"白麻子朝他的同伴嚷嚷起来。

"我小时候在东北待过，十几岁才回到老家的。"林英解释道。

"今儿个巧啦，碰到个东北娘们儿，有重大嫌疑，给我带回去仔细问问。"白麻子向他的三个兵挥了挥手，说道。三个伪军很快就领会了白麻子的意思，他们发出一阵淫笑，放下洋车就来拉林英。

李东山见这几个当兵的要胡来，急忙上前对白麻子说："大兄弟，她是我儿媳妇，是去走亲戚，你就放俺们走吧！"

"滚！老子这是执行公务。带走！"白麻子呵斥道。

邱玉印上前一步，把林英拉到自己身后，对白麻子说："老总，都是乡里乡亲的，你积德行善、高抬贵手，放我们过去吧！"

白麻子见这个年轻人上前阻拦，就扔掉洋车，走到邱玉印跟前说："你小子胆子不小，敢拦老子！那好，不去据点也行，让你媳妇在这里跟我睡一觉，我就放你们走。"

邱玉印真想把眼前这个长得像猪一样的东西一脚踢开。他瞅了一眼张得印那边，见张得印离这里还有一百多米。为了拖延时间，他强压怒火，对白麻子说："老总，我媳妇有病，今天我们就是顺便去找先生看病的。你行行好，让我们走，我给你点钱行吧？"

白麻子大声说："什么有病，给我带走！"说完，他让两个伪军去抓林英。

林英向后一闪，躲到毛驴后面。她见邱玉印还没有发动手的暗号，只好围着毛驴躲闪。白麻子见两个伪军还没有抓住林英，便大声骂道："真是笨蛋，两个人都抓不住个娘们儿，看我的！"说着，他就要冲向林英。

就在这时，邱玉印咳嗽一声，飞起一脚踢到白麻子的肚子上，把白麻子踢出去三四米，白麻子扑通一声摔了个四脚朝天。邱玉印大喝一声："都别动！缴枪不杀！"几乎同时，林英也拔出手枪顶在一个伪军后背上，她喊道："别动，动就打死你！"林英随手摘下这个伪军肩膀上的步枪，递给公公。另两个伪军见状，吓得直往后退。

白麻子被踢倒在地，他强忍着疼痛从地上爬起来，换了个笑脸，对邱玉印皮笑肉不笑地说："误会、误会！请问你们是哪一部分的？"说着，他向旁边的伪军使了个眼色。两个伪军见班长给他们使眼色，便偷偷从肩上摘枪。

林英看到伪军正在摘枪，跳过去一脚蹬在一个伪军身上，伪军扑通一声倒在地上，林英大喝一声："你不想活了！"

邱玉印见白麻子不老实，便举枪朝白麻子头上砸过去，只听"哎哟"一声，白麻子应声倒地。站在一旁的伪军看到班长头破血流，吓得撒腿就跑。正在这时，张得印也跑到了近前。他看到那个伪军想逃跑，便从麦地里斜插过去，跑到伪军跟前，一个扫堂腿就将伪军绊倒在地。

张得印押着伪军过来，三个人收拾了伪军的枪支弹药，李东山也解下毛驴背上的绳子，几人一起把四个伪军捆了起来。

林英跑过去，照着躺在地上的白麻子胸前使劲踹了一脚，以解心头之恨，踹得白麻子在地上直喊"姑奶奶饶命"。

邱玉印用手枪指着白麻子说："你们是哪个据点的？来这里干什么？"

白麻子坐在地上，结结巴巴地说："八路军老爷，我们是城西据点的，来这里巡逻，没想到得罪了您老人家。"

"你们一共有几个人？"邱玉印问。

"八路军老爷，我们一共有六个人，另外两个在桥上收钱。"白麻子紧张地说道。

邱玉印见白麻子惊魂未定，一个劲儿地打哆嗦，他不想耽搁时间，对伪军们说："我们八路军从这里路过，要不是我们有事，今天非把你们交给抗日政府不可。"

白麻子连声说："是、是，八路军老爷。"

林英看了看地上的洋车，对邱玉印说："我们可以带走三辆洋车，剩下的一辆，就把车胎放气吧。"

邱玉印说："行，我把气门芯拨了。"说着，他转过身示意张得印把伪军的嘴堵上。张得印用缴获的刺刀挑开白麻子的衣服，撕下几块，然后逐个塞进伪军的嘴里。

张得印又将四个伪军用绳子串在一起，让他们背靠背坐成一圈，然后找了一块大石头压在中间。

收拾完这一切，邱玉印用手枪朝坐在地上的伪军点了点，说："你们老实在这里待着，一个小时内不许动弹。"白麻子看着邱玉印，连连点头。

"我们走，一人推着一辆洋车。"邱玉印说。三个人带上缴获的四支步枪，一人推着一辆洋车在前面走，李东山牵着毛驴跟在后面，四个人一起越过公路。过了公路，大家都松了一口气。林英停下对李东山说："爹，你留步吧！前面就是根据地啦，敌人不敢来这里。"

李东山说："孩子，什么也别说了，你们快走吧，前面路上要小心啊！"

林英扑通一声跪倒在地，给公公磕了一个头，然后站起来说："爹，小记东就交给爹和娘了，您二老多费心！我走啦！"说完，林英头也不回，转身就走。李东山老泪纵横，向林英摆了摆手，转身往回走。

这边，李鲁召集各班长开会，布置小分队转移的事项。会议决定，伤员全部留在孙村，由林英和灵芝继续照顾。缴获的物资留下一部分供伤员用，其余的物资和枪支弹药全部带走。部队明天早上八点出发。

第二天一早，部队在孙村议事堂前集合。许坤和张乡长率领乡亲们来给八路军小分队送行。张百营带着三辆大车跟随小分队，车上装满了缴获的物资和武器、弹药，他要把这些宝贝一直送到小分队的目的地。

长长的队伍、整齐的步伐，小分队从夹道欢送的人群中穿过。战士们肩上扛着的"三八大盖"，有不少还是新的。锃亮的刺刀在阳光下闪闪发光。轻机枪、重机枪，还有三匹战马驮着的迫击炮和弹药箱，使这支队伍显得威武雄壮。

下午，小分队到达王家庄与大队会合。杜大队长和李教导员一起来看望小分队的全体战士，对小分队胜利归队表示热烈欢迎。晚饭后，两位领导与李鲁彻夜长谈，了解小分队开展敌后斗争和人员、武器装备的情况。听说林英、灵芝和五个伤员还留在孙村，杜大队长说，等他们归队后，派林英和灵芝到军区医院学习，学好本事再回来为伤员服务。李教导员希望李鲁好好总结这段时间打游击战的经验，以便推广应用。

两位领导向李鲁介绍了大队开进王家庄一带的情况和下一步的任务。杜大队长说，宫本在大"扫荡"时恢复了黄家集据点，大队来到王家庄的第二天晚上，就拔掉了这颗钉子，恢复了鲁南和鲁中两个根据地的交通线。这几天，"治安军"妄图重建黄家集据点，都被我军打跑了。李教导员说："日军已经调整军事战略，由面上控制改为线上和点上控制。上级要求我们，要根据敌情的变化调整斗争策略，在军事上采取灵活的打法，迫使敌人收缩战线；再就是多收复失地，扩大根据地，把那些游击区建成根据地；我们还要到敌占区清除恶霸、地主势力，建立新的游击区，发展抗日堡垒户和抗日武装。"

杜大队长说："李鲁回来得正是时候，下一步我们要在滋临公路两侧开辟新区，正好能用上你们的方法和经验。"不知不觉天已经亮了，三个人起身来到院子里。望着东方正在冉冉升起的一轮红日，李鲁心想，新的战斗生活开始了！

随后，部队进行整编，小分队被列为第六中队，人员保留八十人，其他人员分别充实到其他中队。李鲁任六中队队长，王正、刘子文分别任副中队长。六中队下设五个班，王玉五、张言、孙成、鲁刚、侯二保、刘继堂都留在六中队，分别担任班长和副班长。小分队带来的枪支弹药，除留下一部分外，其余都拨给了其他中队。

大队在这一带活动，对敌人在附近游击区推行的"保甲制"进行清理，打击敌伪势力，配合地方党组织建立抗日民主政权，扩大抗日根据地。这期间，李鲁光荣地加入了共产党，他的人生与共产党联系得更加紧密了。

转眼到了第二年的春天。这天，李民生传达支队的命令，让李鲁去根据地抗大分校学习。李鲁交代了一下工作，就动身去根据地的抗大报到了。

鲁南抗大分校设在抱犊崮附近的一个小山村里，这里山清水秀，是个静下心来学习的好地方。抗大虽然条件简陋，但是教授的新思想、新理论深深吸引了李鲁。他在这里第一次接触到《共产党宣言》，马克思主义在他的头脑中开始扎根，他的世界观发生了根本转变，革命理想更加远大。他决心跟着共产党干革命，打败日本侵略者，建立一个新中国。他学习了《中国革命战争的战略问题》，明白了中国革命战争的四个特点和由此产生的战略、战术，我们要在战略上藐视敌人，在战术上重视敌人。

抗大把《论持久战》作为培训重点，由教师分章节讲解，学员课后讨论，使学员加深理解。《论持久战》认为，中日战争是持久的，最后的胜利要在持久战中解决，并科学地预见抗日战争要经历三个阶段：第一个阶段是敌人战略进攻，我们战略防御；第二个阶段是敌人战略保守，我们准备反攻；第三个阶段是我们战略反攻，敌人战略退却。李鲁和同学们认为，中国的抗战即将进入第三个阶段，也就是大反攻阶段。培训不光有理论学习，有军事案例的分析，还有战斗经验交流，这使李鲁在革命理论和军事知识方面都有很大收获。

第二十二章
"引蛇出洞"

　　紧张的学习生活令李鲁觉得日子过得很快，三个月的时间转眼就过去了。李鲁从抗大回到王家庄的第一件事，就是向李教导员和杜大队长汇报学习的收获。李教导员让李鲁好好准备一下，结合抗战形势向干部和战士们做个报告，以统一思想鼓舞斗志。李鲁利用训练间隙，分别到各个中队宣讲抗战形势和上级精神，把典型战例和自己的学习体会介绍给大家，鼓舞干部和战士们抗战的信心，提高他们的思想觉悟。

　　这天，杜大队长和李教导员在村头的打谷场观看六中队的战士们训练。趁着休息的空档，李教导员对李鲁说："支队对你有新任命，让你担任一大队的副大队长兼一中队长。"接着，当众宣布了支队对李鲁的任命和大队将六中队改为一中队的决定。

　　杜大队长对李鲁说："你身上的担子越来越重了，要大胆工作。我想让你侧重抓军事训练，从整体上提高我们这支队伍的素质。还有就是，我们即将进行一次护秋行动，打算借这个机会跨过滋临公路，收复泗河南岸的这片村庄，扩大我们的根据地。到时候，你带领一中队去林桥附近的源泉村，我带一个中队去林桥西北的刘家庄，李教导员在王家庄指挥战士们收复公路对面的几个村庄。具体行动方案等摸清敌情后再定。"

　　李教导员说："今年这一带风调雨顺，庄稼长势不错，为了让老百姓多收些粮食，泗城县委已经动员各个乡村的武工队和民兵准备护秋。

他们也派人与我们联络，希望我们大队抽出一部分兵力参加护秋。我们准备与县委同步行动。"李鲁表示坚决完成任务。

几天后的一个晚上，李鲁带领一中队悄悄跨过滋临公路，沿泗河南岸向东面的源泉村进发。与此同时，在公路南侧，杜大队长带领二中队向东面的刘家庄进发。两个中队占领源泉村和刘家庄后成掎角之势，对林桥据点造成了不小的压力。其他四个中队留在王家庄，由李教导员指挥，收复公路以北的几个村子，还要准备随时支援杜义杰和李鲁。为了配合一大队的这次行动，县委从各乡抽调了二十多名干部组成工作队，由李乡长率队跟随部队行动。

李鲁把源泉村作为这次行动的第一站，准备拿这里的伪保长贺秃子开刀。据乡里公安员提供的情况，贺秃子是个危害一方的恶霸、流氓，他还是林桥据点伪军中队长简三的姑表兄弟。贺秃子仰仗简三当上了源泉村的伪保长，两人狼狈为奸，横行乡里，欺男霸女，搜刮民财。贺秃子身上有两条人命：一条是为霸占本村张老汉的二亩土地，逼死了张老汉；另一条是为长期霸占许家媳妇，诬陷其丈夫"私通"八路，在将其送往林桥据点的途中开枪打死了他。这几年，贺秃子为简三提供钱财，简三为贺秃子提供武装和伪保丁，使贺秃子更有胆子祸害百姓。

李鲁准备突袭源泉村，活捉贺秃子，诱使简三出兵，趁机将其歼灭。然后，召开群众大会公审贺秃子，以此打开工作局面。杜义杰和李民生认为李鲁的这个想法可行，便建议李乡长跟随李鲁一起去源泉村，待工作展开后再去别的村子。李乡长当即答应，并将工作队分成三个小组，他带着第一组来源泉村。

源泉村处于滋临公路北侧，距离东面的林桥有四里路。在这一片，有大小十几个村庄分布在泗河两岸。这里土地肥沃，物产丰富，是有名的米粮川。日本鬼子占领泗城后，在黄家集和林桥分别设了两个据点，把这一带控制了起来。现在，黄家集据点被我军拔掉，只剩下林桥据点。前一阵，宫本见白五无力再建黄家集据点，只好往林桥据点增派了一个小队的"治安军"，使林桥据点达到八十多个人，成为泗城以东最大的一个据点。

凌晨两点，一中队到达源泉村西头。李鲁命令王玉五带一班从右侧向东、张言带二班从左侧向东将各个村口堵住，王正带领三班跟随乡政府的公安员王为武进村。他们先把村公所围住，然后翻墙进入屋内，活捉了六个伪保丁，缴获步枪六支。经审问伪保丁，确定了贺秃子今夜住在家里，身上带一支盒子枪。

王正让一个伪保丁带路，找到贺秃子的家，并将其院子围住，让伪保丁上前叫门，就说林桥据点派人来见贺保长，有急事告知，正在村公所等候。贺秃子骂骂咧咧地打开门，三班的战士立刻扑上去将其控制住，用绳子捆上，带回村公所。

李鲁见王正悄无声息地拿下了村公所，马上与李乡长商量，接着实施一个"引蛇出洞"打伏击的计划。

李乡长派王为武提审一个叫贺小六的伪保丁。王为武对贺小六说："乡武工队今夜专门来找贺秃子算账，现在活捉了贺秃子，准备在白天开个公审大会枪毙贺秃子，你们这些伪保丁也要跟着受审。现在，给你一个立功的机会，你如果聪明点，就揭发贺秃子的罪行。"

贺小六一听是武工队，心里立刻有了底。他知道乡武工队人数不多，他们又是黑夜来的，小打小闹，自己用不着害怕。再说，武工队是冲着贺秃子来的，自己也没犯死罪，武工队不会把自己怎么样。想到这里，贺小六心里平静了许多。他嘴里连声说："是、是，我说，我都说出来。"

王为武看了看贺小六，说："你要说实话，别糊弄我。说吧！"这时门被推开，进来一个身穿便衣的年轻人，他说："报告队长，贺秃子说要上茅房，怎么办？"只见王为武马上站起来，说："你也死心眼，把他押到门外，看着他拉就是了，难道他还能跑过枪子？"年轻人轻轻地说："我一个人顾不过来，我跟贺秃子出来的话，屋里的人谁看着啊？"

王为武摆了摆手，说："我知道了！你去看着贺秃子拉尿，我去看着那几个人。"说着，王为武看了一眼贺小六，说："你小子老实点，在这里待着别动，我一会儿就回来，如果你不老实，我的子弹可比你跑得快！"说完，他随手带上门就出去了。

贺小六一看，审问他的这个武工队长被叫走了，屋里就剩下他一个人，他便蹑手蹑脚来到门口。他先听了听门外，又轻轻拉开一页门扇，伸出头向外看了看，见外面没人，他便悄悄跨出门来。来到门外，他定了定神，没听到周围有动静，便贴着墙根走了几步，见确实没人看见他，他便翻过墙头七拐八拐出了村子，撒腿跑向林桥。

贺小六逃跑的行踪被在暗处监视的王为武看了个明白，确定贺小六是朝林桥方向跑了，他马上回来向李鲁报告。

李鲁听完，对李乡长和王正、刘子文说："我们按计划进行：李乡长和工作队留下，看好俘虏；我和王正带领三、四、五、六班去通往林桥的路上设伏；刘子文带领一、二班在村东口埋伏，准备阻击跑过来的敌人。"说着，李鲁掏出怀表看了看，然后让大家都看了看时间，他说："刚好四点，我们来得及做准备。出发！"

拂晓时分，在林桥通往源泉村的路上传出轻轻的铃铛声。李鲁明白，这是洋车上的铃铛颠簸时发出的声音。他拨开面前的豆棵，举起望远镜向东面望去。透过晨雾，他模模糊糊看到在一百多米外的路上，有几个人骑着洋车朝这边驶来，他们后面跟着稀稀拉拉的一队伪军。

"敌人来了！"李鲁低声说。

"有多少人？"王正问道。

"还看不清楚，好像有三四十人。把骑洋车的放过去再打，准备战斗！"李鲁低声命令。

"传下去，把骑洋车的放过去再打！"王正低声传达命令。不一会儿，四个骑洋车的伪军晃晃悠悠地从东边驶过来。前面两个伪军斜背着步枪，后面两个伪军好像是军官，各挎着一把盒子枪，一边骑着洋车一边聊着什么，不紧不慢地从伏击阵地前经过。

豆子地在路南边，路北是一片地瓜地，再往北就是泗河。李鲁让四个班一字排在距离路边五十米的地方，就是准备在战斗打响后，把敌人赶到河里去。

"敌人过来了，放过他的前队，打他的后队。听我命令！"李鲁压低声音说。命令被一个人接一个人地传下去，战士们趴在豆子地里，眼睛紧盯着路上一溜小跑的伪军。

"打！"李鲁高喊一声。霎时，步枪、机枪一齐射向路上的伪军，手榴弹也接连在敌群中爆炸。伪军接连中弹倒下，没被打着的也蒙了。伪军乱作一团，无心抵抗，四下乱跑。

"同志们，冲啊！"李鲁振臂高呼。

"冲啊！杀啊！"战士们从地上跳起来冲向敌人。

"缴枪不杀！举起手来！"战士们高喊着，抓了十几个俘虏。跑得快的几个伪军跳进河里，有两个游向对岸，有几个被河水冲向下游。战斗不到十分钟就结束了，战士们开始打扫战场。经过清点，我军打死、打伤伪军二十三人，俘虏十五人，缴获步枪四十多支。

李鲁把一个俘虏带到一边，问他叫什么名字。俘虏说自己叫张五。李鲁接着跟他讲了八路军对待俘虏的政策，鼓励他说实话，争取宽大处理。张五听说八路军不杀他，便一个劲儿地作揖，答应一定说实话，争取八路军的宽大处理。

李鲁见他很紧张，便让他别害怕，捡要紧的说。张五说，今天早上他还在睡觉，忽然听到紧急集合的命令。大家集合完，中队副吴邪子说："源泉村来了个武工队，他们竟敢在太岁头上动土，逮了贺秃子，还要开大会公审他。这真是欺负到咱头上来了。咱简队长要教训教训这几个不知天高地厚的土八路，命令我带领一个小队的弟兄们去收拾他们。咱逮住土八路，救出贺秃子，让贺秃子好好犒劳犒劳咱们。"张五看了看蹲在不远处那一伙的俘虏，说："没想到，在这里遇着真八路军了。"

李鲁问："前面骑洋车挎盒子枪的有两个人，一个是吴邪子，另一个是谁?"张五说,那是小队长许二狗。正在这时,王正跑过来说:"刘子文带领二班出来接应我们,正好抓住了四个骑洋车的伪军,他在前面等我们呢!"

李鲁听后,高兴地说:"好!把吴邪子和许二狗也俘虏了,伪军的小队就差不多齐了。这一下'黄瓜打驴',林桥据点的兵力减了一半,后面他们就不敢轻举妄动了。"

激烈的枪声和爆炸声打破了黎明的宁静,源泉村的人们有些惊慌,因为这声音就从离村子东头不远的地方传来,很多人以为是鬼子和汉奸又来祸害老百姓了。人们怀揣着各种猜测,猫在自己家的院子里等待天亮,等待胆大的人出去看看,然后给大家报个信儿。

突然,街上传来男人说话的声音,有人趴在墙头上认出,那是村东头贺老三家的大祥子。他陪着一队身穿灰布军装的人走来,这些人个个精神抖擞,迈着轻盈的步子。在队伍的中间,还有一群身穿黄军装的人,这些人耷拉着脑袋跟在后面,穿灰色军装的人端着枪押着他们。人们知道,大祥子从小就胆子大,这回他又跑出去跟人家混熟了。看来,这个队伍不是祸害老百姓的,不然大祥子也不会一点都不怕他们。人们放下心来,不少人打开门,出来跟着队伍看热闹。

八路军打了胜仗,还逮了一大群汉奸。这个消息很快传遍了源泉村。一大早,村公所门前就来了一大群看热闹的人。

李乡长见来了这么多群众,就出门和群众打招呼。他说:"咱们八路军打过来了,今天一早就消灭了林桥据点的一个小队,活捉了伪军中队副吴邪子,还有小队长许二狗,源泉村的贺秃子也被逮住了。这两天,八路军和工作队就要召开全村的群众大会,公审贺秃子和吴邪子这些恶霸、汉奸,还要选出咱老百姓信得过的人当村干部。"他鼓励乡亲们到村公所反映情况,有什么冤仇或者要求,就跟工作队和八路军说,"我们一定会给咱老百姓报仇、申冤的"。乡亲们听说要公审贺秃子,还要选村干部,就七嘴八舌地议论起来。李乡长回答了群众提出的几个问题,劝大家先回家吃饭，抽空再来反映情况。

　　刘子文处理完俘虏，找来村里几个老乡，把受伤的伪军抬回林桥据点。林桥据点的伪军中队长简三送走吴邪子后，看天色尚早，便回到屋里又睡下了。他迷迷糊糊刚要入睡，就被西面激烈的枪声和爆炸声惊醒了。他慌忙下床，光着脚丫子跑到门外，竖起耳朵听了一会儿，但是，枪声和爆炸声很快就停下了。简三觉得奇怪，怎么只响了几分钟的枪声就没动静了？他大声问炮楼顶上的哨兵看到什么没有。哨兵回答："没有，西边的路上没有人！"简三点上香烟，一边吸烟一边转圈。突然，他大声喊道："紧急集合！上炮楼！"伪军们呼呼啦啦跑进炮楼。简三也爬到炮楼顶上朝西张望。正在着急，忽听得有人喊道："看，是咱的人！"

　　简三顺着身边人指的方向看去，只见西北方向的地瓜地里有两个穿黄色衣服的人正跌跌撞撞地向这边跑来。简三急忙从炮楼上下来，命人打开据点的大门，让这两个人进来。不一会儿，两个浑身湿漉漉的"治安军"来到门口，他俩一进门就瘫倒在地。简三急忙过来询问，当他得知派出去的一个小队被八路军打了埋伏，顿时像泄了气的皮球。他明白，自己完了，今后日子更不好过了。

　　几天后，源泉村的男女老少聚集在村里大戏台前，亲眼见证了村里抗日民兵队的成立和对贺秃子的审判。大祥子当上了民兵队长，还有十几个年轻人跟着他上台接受八路军发给他们的步枪。李乡长先讲话，他说，工作队要帮助源泉村建立抗日政权，推行减租减息。过几天还要开会，到时候要选举村民代表会，选出老百姓信得过的村干部。

　　李鲁在大会上介绍了抗日形势：林桥据点的伪军被八路军打掉一半，泗城的鬼子也无力再来闹腾。他让乡亲们放心过日子。他还说，八路军来这里就是要收复被鬼子和汉奸糟蹋的这片土地，让老百姓过上好日子。希望乡亲们跟着共产党走，开好村民代表会，选出一个好的带头人。最后，工作队的王为武代表抗日政府宣布，对罪恶累累的恶霸、汉奸贺秃子判处死刑，对汉奸吴邪子、许二狗等人判处有期徒刑，押到根据地交给抗日政府监督和改造。

八路军消灭伪军的一个小队和枪毙贺秃子的消息在各村传开，老百姓感到天要变了。他们盼望着八路军早点到自己村里来，盼望着他们早点把村里的地主和汉奸收拾了。

根据掌握的情况，李鲁决定由王正、刘子文和他本人各带两个班，分别进入各个村子打掉伪政权。仅两天的工夫，他们就将这一片的十几个村庄收复，清理了各村的敌伪人员，抓获恶霸、汉奸二十多人，缴获各种枪支四十多支。接着，一中队又抽出二十多个战士配合工作队到各村开展工作，主力则监视林桥据点敌人的动静，准备他们露头就打。

八路军清除了各村的伪政权，为工作队开展工作扫除了障碍。李乡长带领工作队队员和配合的战士到各村开展政权建设，一边做宣传、动员工作，组织群众参加选举村民代表会，一边帮助群众进行秋收、秋种。

经过几个月的努力工作，各村的抗日政权和民兵组织先后建立起来。忙完秋收、秋种，工作队又在各村推行了减租、减息，把地主多收的粮食退给佃户。

秋收保住了，林桥据点的汉奸也没敢出来抢粮，再加上减租、减息，老百姓比往年收的多了。特别是穷人，得到了减租、减息带来的实惠，他们家里有了粮食，想着过年能吃上一顿饺子，便打心里高兴。

很快就到了腊月，各村的人们忙着走亲戚、办年货。人们都想着好好庆贺一下翻身后的第一个新年。

这期间，李鲁经常去杜大队长和李教导员那里汇报工作或者开会。根据两位领导的意见，部队要帮助地方党组织巩固新区建设，一、二中队依然驻扎在新区，保护老百姓安心过年。

八路军住在村子里，这个年自然与往年不一样。战士们把街上坑坑洼洼的地面整平坦，把村口的小桥重新加固，人们走在上面感觉十分踏实。他们把街上打扫得干干净净，还在墙上写了许多抗日标语，就连邻居过年的对联也是李鲁写好送去的。村民们脸上挂着笑容，心里乐滋滋的，共同庆贺今年这些新气象。

这天，李鲁和王正、刘子文正在商量过年期间的保卫工作和开展军民联欢的事情，忽听门外传来一群孩子吵吵闹闹的声音。三个人正在疑惑，突然听到哨兵的大嗓门响起来："报告李副大队长，林英姐她们来啦！"

听到喊声，王正起身走到门外，他见林英、灵芝和一位细高个儿的姑娘站在院子里，大门口还有几个男孩子正扒着门框向院子里张望。王正忙跟她们打招呼："林英嫂子、小灵芝还有这位同志，你们来啦？"

林英笑了笑，说："来啦！这位你不认识吧？告诉你，这可是你的小老乡，她叫龚雯。"

王正连忙说："老乡好！老乡好！"

李鲁和刘子文也来到院子里，一边打招呼一边接过三个人的背包往屋里走。进屋还没坐下，林英就说："快过年了，我和灵芝学习的时间也结束了，刘院长让我们归队。他说，过完年，医院还要向前线部队派出医疗队，以后打大仗多了，要在前线设立救护所。正好龚雯也要求上前线，我就找刘院长商量，让龚雯过来，刘院长想了想就同意了。"

李鲁高兴地鼓起掌来，他看了看王正，说："给你争取了一个老乡！"王正点了点头，连声说："好、好！"

林英看着李鲁说："临来时，表哥说，他已经向刘院长申请，下一步也要来前线。"

李鲁说："好啊，如果能到我们大队就好了！还有，你们见杜大队长和李教导员了吗？"

林英说："我们先到王家庄向李教导员报到，李教导员说，目前大队没有伤员，让我们直接来源泉村，过几天再去杜大队长那里报到，也顺便搞个巡诊。"

李鲁说："这样也好，你们先歇两天，然后去刘家庄报到。正好，刚才我们还愁着军民联欢没有节目呢，你们一来可就好办了！"

林英听后，看着灵芝说："那当然，我们灵芝可是个'角'，到时候准能给大家露一手！"

灵芝有点不好意思，她说："那都是过去的事了，我都忘了。"

李鲁说："忘了也不要紧，你找一段能鼓劲的，提前准备准备吧！"灵芝点了点头。

今年过年可热闹了。按当地的习俗，除夕要请自己家的祖先回家过年，这叫"请老的"，还要祭祖。初一早上，全家先给祖先拜年，然后给家中的长辈拜年，吃过饭还要出门，给本家的长辈和邻居拜年。初二下午要早早吃晚饭，然后，同一个家族的人一起到村口祭拜，这叫"送老的"。

从除夕到初二下午，各家各户一直忙个不停。穷人家也都喜气洋洋，喝酒、吃饺子，鞭炮声接连不断。人们把压抑多年的情绪释放出来，把心底的话说了出来。他们感谢共产党、八路军让穷人翻了身，过上了舒心的好日子。大家在告慰自己祖先的同时，也在憧憬今后的幸福生活。

一中队也在庆贺新年。李鲁安排好战备人员值班，又向林桥方向派出了侦察员监视据点的动向。从腊月二十三开始，刘子文就带领炊事班忙着给战士们准备过年的吃喝，做豆腐、吊粉皮，还买了两头猪。当地盛产大白菜，猪肉白菜馅儿的饺子是少不了的。

除夕这天，林英带着灵芝、龚雯还有妇救会的几个青年妇女，早早来到伙房调馅儿、包饺子，先包了猪肉白菜馅儿的，又包了白菜粉条馅儿的，打算除夕吃猪肉白菜馅儿的，大年初一早上吃素馅儿的。林英一边包，一边给大家讲起小分队在邱家寨吃干地瓜秧的事，炊事员老秦接上话："那段日子过多久我也忘不了。打那以后，我就常年备下一袋黄豆，准备没粮食时度饥荒。"

初一早上，李鲁和刘子文到邻居家拜年，又和前来拜年的村干部互相拜了年。然后，他们邀请村干部来到村外的练兵场上，观看王正组织的拔河比赛。只见场上围了一圈人，有八路军的战士，还有村子里的年轻人和孩子们。场子中间站着参加比赛的四个代表队，一边是八路军的两个队，一边是民兵的两个队。比赛开始，场子上的喊声此起彼伏。在这大冷天里，参加比赛的队员却脱掉了棉衣，有的还光着膀子。比赛的结果是互有输赢。

过完年，人们开始走亲戚。各个村忙着搭台唱戏，年轻人不时地走到街上敲锣打鼓，扭秧歌、踩高跷。青年男女排练了节目，民兵队、妇救会与各村的同行联络，组成戏班，在各村巡回演出，各个村子里显得更热闹了。村里小学堂的操场上搭起戏台，邀请各村的戏班来唱戏，天天晚上热闹非凡。正月初十这天晚上，李乡长带着各村的文艺骨干来到源泉村，要与八路军同台演出。

李鲁很重视这次军民联欢，他认为，这是一次展示八路军精神风貌、鼓舞军民士气的好机会，也是宣传抗日、扩大抗日影响的好机会。他对每个节目的内容都认真把关，强调突出抗日主题，突出军民团结。

到了傍晚，部队列队进入操场，村子里和邻村的男女老少也早早来到操场。当战士们扛着枪、迈着整齐的步伐来到操场时，在场的乡亲们发出一阵欢呼，掌声雷动。他们第一次看到这么威武雄壮的队伍。走在前头的是一个挎着盒子枪的细高个儿青年，他嘴里喊着"一、二、一"的口令。他身后紧跟着四路纵队，走在第一排的是四个扛着轻机枪的战士，后面是十几排扛着长枪的年轻人，队伍一直延伸到操场外。八路军战士个个精神抖擞，他们迈着整齐的步伐，喊着响亮的口号，昂首挺胸列队绕场半圈，然后在操场的左侧坐下。

这是人们第一次近距离看到机关枪、步枪，在场的人们大开眼界，争相跑到队伍前面打量这些枪。大家纷纷议论：八路军真厉害，林桥的那些二鬼子根本不是对手。

夜幕降临，戏台上挂着的两个气灯点被亮了。联欢会开始，李乡长在台上讲话，他说："今天晚上军民联欢，工作队带着各村的演员来慰问八路军，用我们的心里话来感谢八路军，感谢共产党。"他又请李鲁讲话。李鲁站起身，说："我不讲话了，过一会儿我和林英一起唱首歌，就算是给大家说说心里话吧！"

工作队的李干事负责报幕，他宣布，第一个节目是由工作队的刘小兰演唱当地的民歌《盼着有盏灯》。

二月里麦苗青又青，汉奸、土匪、大狗熊，杀人、放火、抢东西、打骂老百姓。

鸡、狗、鹅、鸭抢个净，拿去俺家的大锡灯，黑灯瞎火看不见，盼着有盏灯。

三月里麦苗青又青，共产党是大救星，八路军来了晴了天，是盏常明的灯……

刘小兰唱出了一个农家妇女对汉奸、土匪的痛恨，以及在黑暗中盼望光明的心情，唱出了老百姓对共产党、八路军的热爱之情。她唱完，台下响起一阵热烈的掌声。

第二个节目是由邻村崔家庄的妇救会长崔长英和她嫂子对唱《大辫子甩三甩》，崔长英扮演小妮，她嫂子扮演娘。

大辫子甩三甩，甩到了翠花崖。
娘啊，娘啊，队伍要往哪儿开？
小妮子，你别哭，哭也挡不住。
队伍行军不兴带媳妇。
同志们把号喊，
喊了个向右转、
走了，走了，别忘了小妹俺！
小妮子，你放心，他不是那样的人，
忘不了爹娘，忘不了心上人。
西北大炮响，队伍走得忙。
妮啊，妮啊，你看他回头望。
翠花崖上送亲人，眼望队伍过山村，盼着那胜利早日回家门……

两个人用带着泥土味的家乡调，唱出了一对母女站在村头的翠花崖上，送闺女当八路军的未婚夫转移的场景，表达了母女两人离别时对亲人的担心，以及盼望他们凯旋的心情。

第三个节目是由王正领头，林英、龚雯和十几个战士组成合唱队，共同演唱《黄河大合唱》中的《保卫黄河》乐章。

风在吼，马在叫，黄河在咆哮，黄河在咆哮！
河西山岗万丈高，河东河北高粱熟了。
万山丛中抗日英雄真不少，青纱帐里游击健儿逞英豪……

战士们慷慨激昂的歌声回响在村子上空，震撼了全场。人们被歌声所感染，一起挥舞着胳膊，拍打着双手，久久不能平静。

接着是灵芝演唱的山东梆子《木兰从军》。她扮演花木兰，在台上提刀跨马，以激情高昂的腔调塑造了一个男扮女装上战场杀敌立功的巾帼英雄形象。她唱道：

奉将令催坐骑提枪出战，飒英姿披金甲战马撒欢。它知俺武艺强忠心赤胆，怎知我是女扮男装、替父从军的花木兰……

灵芝的演唱获得了台下人们连声叫好。人们熟悉这个千古流传的故事，为能看到这么好的演唱而高兴。他们称赞八路军里有人才。

后面的节目还有二胡、笛子独奏，喇叭、笙合奏等，又一次把演出推向高潮。

最后，李干事走到台前大声说："八路军的李副大队长是个大学生，能文能武，他的爱人是个军医，两人从东北来到咱这里参加抗战。下面，大家欢迎他俩给我们表演节目！"

李鲁和林英来到台上，先向全场的人们敬礼。李鲁说："乡亲们，今天晚上的节目都很好。我俩虽然不会唱歌，但是也要给大家献上一首《松花江上》，跟父老乡亲说说心里话。"

他俩唱道：

> 我的家在东北松花江上，那里有森林、煤矿，还有那满山遍野的大豆、高粱。
>
> 我的家在东北松花江上，那里有我的同胞，还有那衰老的爹娘。
>
> "九一八""九一八"，从那个悲惨的时候，脱离了我的家乡，抛弃那无尽的宝藏，
>
> 流浪，流浪，整日在关内流浪，
>
> 哪年，哪月，才能回到我那可爱的故乡……

李鲁和林英眼含热泪，用哭泣似的唱调，唱出了悲愤交加的情绪。全场一片肃静，人们为这对年轻人的声音所感动。

唱罢，李鲁说："各位父老乡亲、同志们，几年前，我和媳妇林英被日本人逼迫，从东北逃回咱们泗城，我们俩先后加入了八路军。现在，我的爸爸妈妈、岳父岳母和小弟还都在东北，一想到他们还生活在日本人的铁蹄下，我就难过。乡亲们，日本鬼子杀我同胞、占我国土，想让我们当亡国奴，我们绝不答应！我们要团结抗战，把日本鬼子赶出中国！"

"打倒日本帝国主义，把日本鬼子打回老家去！"战士们群情激昂地呼喊着口号，声音穿破夜空，直冲云霄。

第二十三章

血溅桥头

　　过完年，春天的脚步悄然而至。源泉村的春天似乎来得更早，因为这里距离泗河的发源地——泉林只有五六里地，泉林里面偌大的泉流不停地涌进泗河，在这个季节，由于泉水的温度高于气温而形成气雾，每天早上，润蒸云雾河两岸，虚无缥缈十里地。这个大自然的奇观，让这一带受益颇多。

　　李鲁对泗河情有独钟，他的老家在泗河边上。但是，这润蒸云雾的景象在河的下游是很难看到的。这天早上，刚出完操，他约王正一起去河边走走。两个人一边走一边聊，李鲁说："马上就要春耕了，我们要抽出一部分战士给老乡帮工，早早把庄稼种上，还要抓好民兵队伍的建设，提高民兵的军事素质，使民兵真正成为一支有战斗力的队伍。这些事都要抓紧做。"

　　王正说："还有接收抗日积极青年入伍的事，也要抓紧办！"

　　李鲁说："这样吧，我和子文去帮工，你负责民兵训练的事。接收青年入伍的事，我去给杜大队长汇报一下，这件事要办也是由大队统一安排。"不知不觉，两人来到河边，看着雾气腾腾的河面，李鲁问王正：

"你看，这景象很美吧？在你老家有这样的美景吗？"

王正说："这个景色是我来到源泉村才见到的，确实很美．在我的家乡枣庄没有这个，但是我家乡有煤矿，煤炭那玩意儿可是好东西，我喜欢我的家乡。"

李鲁说："是的，我们都热爱家乡，等打跑鬼子，我们要好好建设家乡。"说到这里，李鲁若有所思，他示意王正往回走。两个人走了一会儿，他问王正："你的小老乡来了一阵了，你们接触也不少，又是排练节目，又是去村子里搞活动，也应该熟悉了吧？怎么样？你和龚雯拉得怎么样？"听李鲁这么一问，王正还有点不好意思。他笑了笑说："其实，我俩虽然一起参加过几次活动，但是并没怎么样。我只知道她家是临城的，父亲是铁路工人。"

李鲁笑了笑说："还没打冲锋啊？"

王正摇了摇头，说："林英嫂子也催过我，我不知道怎么开口！"

李鲁说："这事不能靠别人，得自己主动进攻才能拿下。我告诉你要抓紧，说不定哪天龚雯就得走。你忘啦？林英说医院要派战场救护队的，到那时命令一来，你想说还没人听呢！"

王正听后有点愕然。他问李鲁："还能这么快吗？"李鲁说："这样的事是上边说了算，说快就快，说慢就慢，你还是抓紧吧！"王正说："要是这样，还真是要找个机会向龚雯表白一下。"李鲁说："就是嘛！林英早就给龚雯介绍过你，龚雯也没说不同意，就看你的了。"

李鲁和刘子文带领战士们给乡亲们帮忙春耕春种，让一些人手少的人家放心地种上庄稼。王正则利用农闲时间，带着十几个老战士深入各村民兵队，指导民兵进行射击、投弹、刺杀和匍匐前进等基本功训练，向民兵介绍游击战的基本战术和八路军打游击的成功战例，帮助民兵队树立信心，提高他们应对敌人的能力。

八路军和工作队带领群众加强了抗日政权建设，群众看到自己村里有了抗日队伍，还有八路军给老百姓撑腰，就不再害怕林桥据点的二鬼子，人们相信抗战一定能胜利，鬼子也闹腾不了几天了。在源泉村和周围的十几个村庄里，群众的抗日爱国热情不断高涨，青壮年中要求参加八路军的人越来越多。经过大队研究决定，在保证各村民兵组织战斗力不受影响的情况下，从各村吸收少数骨干入伍。大队把新入伍的战士编入各中队，又新成立了七中队，任命刘子文为七中队队长。李鲁不再兼任一中队队长，由王正担任一中队队长。李鲁作为副大队长，协助杜大队长集中精力抓军事。

为了巩固新区的局面，县委在新区成立了乡政府，并且调整了县城东部几个乡的管辖。工作队的王为武被任命为源泉乡政府的乡长，李乡长仍然担任王家庄乡政府的乡长。公路以南刘家庄和周围的几个村子划归王家庄乡管辖。随着抗日形势的发展，八路军一大队也调整了斗争任务。

杜义杰把二中队留在刘家庄驻防，把一中队从源泉村调整到公路以南的侯家岭驻扎；大队部和三、四、五、六、七中队驻扎在王家庄，形成一个倒"品"字形直对滋临公路。此番排兵布阵，往东可防林桥之敌，往西可防县城之敌。大部队北面正对着的这一段公路是敌人防守最薄弱的地方，杜义杰打算在这一带寻找战机。

李鲁随一中队驻扎在侯家岭。这天，他和王正出村察看地形，两人来到村子北头，站在岭上向北面张望。侯家岭，说是岭，其实是一座山顶比较平坦的山丘。李鲁用手指着岭下的公路说："从岭上到岭下有四百多米，这一段公路处在敌人龚庄和林桥两个据点的中间，是敌人防御的薄弱地段，两边又都是青纱帐，部队容易接近公路。"

王正说："这里是打埋伏的理想之地，但是宫本无力再出来'扫荡'了，给我们打伏击的机会不多了！"

李鲁听后摇了摇头，说："机会还是有的，这条滋临公路是日军的运输线。你想想，在这条公路的东面还有好几个县城，特别是还有临沂这个重镇。驻扎在东面的日伪军和西面的日伪军总得来往吧？"

王正说："是的。我只想到打步行的敌人，没想到打坐汽车的敌人。看来，我们要研究怎样打汽车了。"

李鲁说："对！以后打坐汽车的敌人和打攻坚战是主要的打法了，我们要好好研究这些打法。"两个人又观察了一会儿，转身往回走。李鲁问："这次转移，龚雯去了王家庄，在走之前你给人家表明态度吗？"

王正说："我没敢明说，只是从关心的角度说了几句，让她注意安全，还给她五颗手枪子弹。"

"那她怎么说？"李鲁问道。

王正笑了笑说："她更关心我，要我打仗时小心点，还送给我一支钢笔，要我好好学习。"

李鲁听后哈哈大笑，停了一会儿，说："好，有门儿！我等着喝你俩的喜酒啦！"

王正也笑了，说："喜酒当然少不了媒人的，不过我想等到抗战胜利后再请你喝！"

李鲁听后，连声说："好、好，有志气，那就等抗战胜利后再喝！"

这天，杜大队长接到支队命令，说据内线情报明天敌人有一个汽车运输队从滋阳开往临沂，命令一大队在泗城以东设伏，夺取车上的物资。

正好一中队在侯家岭，杜大队长马上从王家庄赶到侯家岭，他和李鲁商量，把伏击地点设在侯家岭下面。

李鲁立即对明天的伏击做出部署，并向村民兵队长要了三十多个民兵准备做搬运工作。一中队有八十多人，再加上附近村子的民兵三十多人，下半夜一起进入岭下的庄稼地。战士们在公路南侧一字排开。李鲁带一挺轻机枪在最东头，准备把敌人的第一辆汽车打趴下。杜大队长在中间，他选了个比较高的堰坝，在那里观察敌情。他知道汽车速度快，车与车的间隔距离可能也很大，打早了后面的汽车可能就调头往回跑，打晚了可能会让前面的汽车跑出去。他要在敌人的汽车进入伏击地点后发起攻击，既不能让前面的汽车开出去跑掉，又要让后面的汽车多一辆进入伏击地点，这样才能多打掉几辆汽车。

上午十点刚过，杜大队长从望远镜里看到西面公路上一道黄尘飞起，接着就看到三四辆汽车由西向东开过来。最前头的汽车开得飞快，车轮卷起的尘土在公路上形成一道沙尘屏障，挡住了人们的视线。汽车裹挟着尘土呼啸而过，尘土和汽油味呛得战士们喘不过气来。

杜大队长看了看后面的几辆汽车，它们之间相隔二三百米。他跳下堰坝，对张言说："这家伙开得够快的，让李鲁打它吧！我们打后面的。"正说着，第二辆和第三辆紧接着开过来了。与此同时，东面枪声响起。听到东面已经打响，杜大队长急忙喊了一声："打！"

顿时，枪声和手榴弹的爆炸声盖过了汽车的轰鸣声。公路上的汽车不动了，后面的也停下了。

"吹冲锋号！"杜大队长喊道。

"滴滴答滴——"冲锋号声响起，战士们一跃而起，冲向公路。

押车的几个日本兵和司机，有的被打死，有的藏在汽车底下抵抗。战士们冲过去，三下五除二就全部收拾了这些鬼子。后面的汽车一看前边中了埋伏，急忙调头往回开。战士们发现后跑着去追，无奈汽车跑得太快，一会儿就不见了踪影。

这次伏击，破坏敌人汽车三辆，打死日军六人。杜大队长指挥战士们卸下汽车上的军装、毛毯和弹药，留下一部分弹药运往王家庄，其他的物资由民兵送往山里支队驻地，将带不走的汽车放火烧掉。

东面的枪声和爆炸声吓坏了来保护车队的"皇协军"营长辛月亮。昨天，辛月亮接到命令，要他带领属下去龚庄以东设防，保护"皇军"的汽车队。辛月亮心里没底，害怕被八路军打了埋伏，但又不敢违抗命令。正在犹豫之时，传令兵让他去师部面见李师长。

辛月亮赶紧跑到师长的办公室，一进门，就听师长李子营骂骂咧咧地在发牢骚。他见辛月亮来了，就说："宫本这个王八犊子，给我打电话，说明天有一个皇军的汽车队从滋阳过来，路过泗城去临沂，宫本要我们去城东的龚庄至林桥之间的路段保护车队。你说，这不是瞎指挥，是什么？这么长的距离，我们怎么保护？"

辛月亮看着李子营的脸说："那咋整？"站在旁边的参谋长叶子川说："叫你来，就是给你说明白，出兵是必须的，关键是去了还能回得来，别让八路给吃了。"

辛月亮本来就胆怯，经叶子川这么一说，更害怕了。他吞吞吐吐地说："八路军这么厉害，我们去多少也是白送，那还去干啥？"

李子营说："你这个猪脑子，不去咋向宫本交差？"辛月亮不敢再言语，他等待着上司拿主意。

叶子川指着地图说："县城以东至邻县县界，有城东、李家寨、龚庄、林桥四个据点，而龚庄至林桥这一段是防守最薄弱的一段。如果要出事的话，这一段可能性比较大。"

辛月亮挠了挠头说："这一段也太长了，我一个营够干啥的？"

叶子川说："别说是你一个营，就是两个营也顾不过来。这样，为了不让宫本抓住我们的把柄，又能避开八路，你营明天早上七点半赶到龚庄据点，然后向东面行进，等车队过去就算完成任务了。"辛月亮听后马上来了精神，他摇晃着脑袋，盘算着怎么完成这个任务。

李子营看着辛月亮说："你们明天一早就赶到龚庄据点，先跟据点的治安军打招呼，让他们明白，你们是来帮龚庄据点保护皇军车队的，龚庄据点要配合皇协军行动，一旦遇到八路军要拼死相救。叶参谋交代你们往东走一段，也就是给治安军看的，只要车队过了，你们就往回走。如果真的遇到八路军，可不能傻乎乎地等着挨打，要避免损失。"辛月亮听后表示明白了，说一定完成任务。

第二天一早，辛月亮带着他的一百多号人，一大早来到龚庄据点，与据点的"治安军"马中队长接上头，说明白是来帮助"治安军"保护车队的，要马中队长及时给予援助。马中队长心里明白，"皇协军"的任务在东边，这个辛营长这么说，无非是想拉上我，反正我也接到保护车队的命令，那就给他个面子。想到这里，马中队长说，如果有情况，我一定赶过去支援。辛月亮这才带着他的人向东面走去。

辛月亮正带着他的人沿公路向东走，忽然听到身后响起汽车的轰鸣声。他立刻停下来，让手下的人站在公路两边等候汽车过来。看见汽车一辆一辆地开过去，辛营长冒着滚滚黄尘朝车上的鬼子摆摆手，骂了一声："王八犊子，开这么快，抢死啊！"骂完这一声，算是完成任务了。

过了一会儿，辛月亮正准备带领他的人返回，突然听到东面枪声大作，手榴弹的爆炸声也接连传来。辛月亮知道是鬼子的车队中了埋伏，他立刻招呼部下快快隐蔽，手下人急忙跑到公路下的高粱地里藏起来。突然，一阵由远而近的汽车轰鸣声传来，辛月亮觉得奇怪，怎么还有汽车的声音？难道八路军没全部打死这伙鬼子？他急忙带着一个连长来到地头上向东面张望，当看到一辆汽车开过来时，他瞪大眼睛，想仔细看看汽车上是什么人。

"还是日本人开车！"当汽车从面前开过时，他身边的连长喊道。他明白了，这是后面的汽车调头跑回来了。

辛月亮赶忙招呼部下出来，跑到公路上端着枪面朝东，做出向东面增援的架势。待后面的一辆汽车开过来时，辛月亮还是摆摆手，只听得车上一个鬼子兵叽里呱啦喊了一阵就开走了。他不知道这个鬼子说了什么，看看汽车跑远了，就带着他的人返回县城。回到城里，辛月亮向李子营报告：我部在龚庄以东，成功掩护皇军车队撤退，击退八路军一部；五辆军车救出两辆，我部未损失一兵一卒，八路军被我打死、打伤二十多人。

李子营听后哈哈大笑，然后说："掩护两辆军车撤退可以说，打死、打伤八路军就不要提了。"

"为啥？反正没有人看见，说打死、打伤多少也没人知道啊！"辛月亮不解地问。

李子营说："你个虎犊子，龚庄据点派人去了伏击地点，已经打电话向白五报告了情况，你还敢说打死八路？"

"嘻！治安军这些'土老帽'动作够快的，让老子邀功请赏都没戏了。"辛营长悻悻地离开师长的办公室。

李子营赶忙打通宫本的电话，将辛营长掩护车队撤退的事做了汇报。本来以为宫本会说两句鼓励的话，没想到宫本在电话里不仅撇开这个事不谈，还让李子营明天派四百人跟随大环小队长出发，去搜查八路军劫走的物资。原来，在李子营打电话之前，宫本刚在电话里挨了龟田一顿训斥，说他太大意，安排保护车队的力量太少，以至于让八路军劫走了物资。龟田命令他迅速出兵把物资找回来。

宫本放下龟田的电话，找来秋野和大环分析八路军的去向。他们认为，八路军不会走远，这批物资还没来得及运往山里，很可能就在侯家岭附近的几个村子里。宫本提出，明天就去侯家岭和附近的几个村子搜查。大环小队长自告奋勇，要带领他的小队去夺回丢失的物资。宫本也认为"皇协军"不顶用，这样的军事行动只有"皇军"才能胜任。他决定从"皇协军"中抽四百人配合行动，完全由大环指挥，同时命令龚庄和林桥据点给予接应。

宫本布置完，正准备给李子营打电话，恰巧这时候李子营打电话报功，宫本就下达了抽调四百人的命令。李子营一听要他出四百人，这可把他吓蒙了。他能打仗的兵也就四五百人，这不是要他的老本吗？琢磨了一会儿，他给隆军长发了加急电报。隆军长接到电报后也无计可施，他在复电中交代李子营要见机行事，避免大的损失。李子营没办法，只好派出一个团加辛营长的一个营，凑够四百人，准备明天的行动。他向团长邱虎和辛月亮交代说："这次行动是日本人自找麻烦，他们连八路军在哪里都不清楚，就要去夺回物资，这就是瞎折腾。宫本还要我们听那个大环小队长的指挥，大环就是一个武夫，他怎么会指挥这么多人打仗？你们要多长个心眼，能打就打，不能打就跑，要把人给我带回来。"邱虎和辛月亮都表示明白了。

又要打仗了，"皇协军"兵营里议论纷纷。这些从东北来的"皇协军"早就厌倦了打仗。这些年"皇协军"被八路军一口一口吃掉不少人，他们知道与八路军打仗，"皇协军"是逢战必败。他们埋怨日本人，每逢打仗总是让他们冲在最前面，日本人却躲在后面督战，所以每次打仗死伤的大多是"皇协军"，日本鬼子却死伤寥寥。这次为了一点物资，宫本又要"皇协军"去送死，兵营里弥漫着一股哀怨的气氛。但是，军令如山，该去还是得去。于是，晚上城里几家酒馆里全是"皇协军"，他们喝酒解愁，有的喝告别酒，有的喝托孤酒，把后事都安排了。

"皇协军"明天出动去搜查物资的消息，当天下午就让城里的地下党知道了。这个消息是从邱虎团的食堂传出来的。原来，下午团部通知食堂按三百人的量准备明天的两顿干粮。食堂里七八个伙夫忙得不亦乐乎，又是蒸馒头又是烙饼，还要准备当天的晚饭，实在是忙不过来，就找来几个当兵的帮忙。几个当兵的边干边发牢骚。说者无意听者有心，当兵的说出明天一早去城东侯家岭一带打仗的事，让伙夫中的一个中年人听得明明白白。这个中年人叫杨义，是个地下党员。他在年前被党组织委派到"皇协军"内部工作，当时正好"皇协军"招伙夫，杨义就被招进邱虎团部的食堂来了。

杨义听到这个消息，就想快点将情报送到前街的杂货铺，那里是他的接头地点。但是食堂忙得一点空闲都没有，一直忙到做好晚饭才停下来喘口气。他趁这个机会向大厨请了假，说自己肚子疼要去街上买药，晚了就关门了。大厨让他快去快回，他答应一声便从军营出来直奔前街。

杨义来到前街，已经是傍晚时分。他先去药铺买了一包治拉肚子的药，然后转到杂货铺，看看周边没人，这才进入屋内见了杂货铺的掌柜张福安。张福安与杨义两人单线联系，他在听完杨义的情报后，急忙送杨义出门，然后关门回到里屋点上煤油灯，用铅笔写了张字条装进一支钢笔杆中。张福安拿着钢笔走到后院，招呼正在吃饭的弟弟张福祥过来，与之耳语几句。张福祥急忙藏好钢笔，拿上扁担和绳子，出了杂货铺直奔城东门。他来到城门口，见还没有关城门，便混进人群中出了城门。张福祥借着月光疾步快走，沿着小路直奔县城东南方向的杜家庄。

杜家庄坐落在泗河以南的大峪山下，庄子南面是大峪山。这里过去是游击区，去年才成为根据地。在大峪山北面的山脚下，有一条小路蜿蜒向西直通县城。小路远离公路，避开了龚庄据点，也避开了南面山上的土匪，是地下党来往于县城和东南根据地的交通小道。杜家庄北头有个小学，在当地还是游击区时，这个小学就成了地下党的一个交通站。张福祥在路上走了两三个小时，晚上十点多才到杜家庄小学。他与校长杜墨翰接上头后，掏出钢笔，说这个情报十万火急，今夜一定要送到离侯家岭最近的八路军手里。杜墨翰接过钢笔说："你放心吧，今夜一定交到八路军手里！"送走张福祥，杜墨翰回到屋里叫起已经睡下的三儿子，把钢笔交给他，告诉他这个情报十万火急，要马上送到八路军手里，让他叫上同伴杜尚言一同去王家庄找李乡长。

杜墨翰的三儿子叫杜尚楷，正在上抗日中学，是本村的儿童团长。他接过父亲手里的钢笔，十分小心地把它装进贴身口袋里，转身从墙上取下一口大刀背在身上，又找出藏在墙角的一颗手榴弹别在腰里，然后去找本家的二哥，也就是儿童团副团长杜尚言。他刚来到街上，忽然觉得胡同里凉风飕飕，抬头一看，月光时隐时现，天上已经乌云翻滚。他急忙回到屋里，拿出蓑衣和草帽穿戴妥当，然后向二哥家走去。

杜尚言已经睡下，听到杜尚楷在门外叫他，急忙起床出来。杜尚楷告诉他有急事要去王家庄，让他回去拿上蓑衣草帽抓紧走。杜尚言二话没说，回身拿上雨具和一只红缨枪，便和杜尚楷一起直奔王家庄。

杜家庄离王家庄十二三里地，中间没有一条直路，都是村子连村子的小路。为了抄近路，两个年轻人一会儿走小路，一会儿穿庄稼地。时下正是秋天，地里的庄稼已经成熟，走在高粱地和谷子地里，腿和胳膊被带刺的叶子刺得生疼。突然，一道闪电划过夜空，接着就响起呜隆隆

357

的闷雷声。不一会儿，铜钱大的雨点落下，雷电交加，风裹着雨，雨挟着风，铺天盖地而来。两人顶着风雨，顺着地垄在谷子地里奔跑。雨水打湿了衣裳，脚上的泥巴也越来越重。杜尚楷喊道："二哥，地里全是泥，走不动了，咱们还是走小路吧！"

杜尚言听到喊声，借着闪电看了看前面，大声说："前面就是小寨子了，咱们往那里走吧！"说完，他拉起杜尚楷的胳膊，一起向小路走去。眼看就到小寨子村头了，村头突然传来嘭的一声响，紧接着又是嘭的一声。

"不好！这不是打雷，是洋炮（土枪）的声音！"杜尚楷说着，拽了一下杜尚言。两人急忙钻进路边的高粱地，然后伸出头往小寨子那边张望。

风刮得似乎比刚才小了，雨点也不那么急了，雷声好像在远去，闪电间隔的时间也长了。忽然，前边路上传来说话声，好像还有吆喝着赶牲口的声音。借着远处的闪电，杜尚楷看到不远处有几头牛朝这边走来，后面还跟着几个人影。他俩悄悄地往后退了几步，等待这些牛和人过来。

"狗子，你也不长眼，早不放枪晚不放枪，偏偏在老子刚进屋的时候放了两枪，坏了老子的好事！要不是你打枪，我就把那个小娘们儿干了！"一个人边走边大声埋怨着那个叫狗子的人。

"你上一边吧！你光知道玩娘们儿，我和大哥让人家堵在牛栏里了，我要是不开枪，不光是牛弄不出来，大哥和我的命也会丢了。"叫狗子的人也抱怨开了。

"行了，别再说了。反正今夜雷声大，枪声和雷声也分不出来。要不是打雷，动静弄大了，能不能跑出来还真难说。今儿个不赖，弄了小寨子三头牛，回去吃一头，再卖他两头！"另一个人说话了，看来是他们的大哥。

这几个人的对话，蹲在高粱地里的杜尚楷和杜尚言听得一清二楚，两人眼看着路上的三个人赶着牛从面前过去。来到跟前时，他俩甚至连牛身上被雨淋湿后发出的那股杀猪水似的味道都闻到了。看到他们走过去了，两人钻出高粱地。杜尚楷轻轻对身边的杜尚言说："这是土匪抢的牛，小寨子的这几户可倒霉了，这几个土匪真可恨！"

杜尚言也说："过一阵就要秋种了，没了牛怎么耕地啊！"两人正准备沿小路往王家庄走，突然，一道闪电亮起，接着就是一声炸雷，吓得他们又退回到高粱地里。这时，只听土匪那边也吓得喊叫起来，他们边喊边吆喝着赶牛。杜尚楷见土匪被雷声吓得惊叫，马上想起腰上别着的那颗手榴弹。他对杜尚言说："二哥，我把手榴弹扔出去炸死他们，就算炸不死也吓他们一跳，至少让牛跑了！"

杜尚言说："行，你小心点！"这是杜尚楷第一次使用手榴弹，他多少有些紧张。他想了想大哥教过的投掷手榴弹的要领，拉开引线就扔出去了。

杜尚言见他投出手榴弹后仍然站在原地不动，就急忙上前推了他一把，喊道："趴下！"随即，只听轰的一声，榴手弹在土匪身后爆炸了。

"啊——""哎哟——"土匪乱叫起来。两人顾不得去查看手榴弹爆炸的效果，反身钻进高粱地里跑了。

零点时分，杜尚楷两人来到王家庄。这时雨已经停了，天空又露出了月光。来到离村口岗哨不远的地方，他俩自报姓名，说要见李乡长。哨兵盘问了杜尚楷两人的情况后，让他们去李乡长的住处。李乡长听到喊声立刻起来，见是杜家庄的两个儿童团长，忙问发生了什么事。杜尚楷气喘吁吁地说："城里人说这是个十万火急的情报，今夜一定要交给离侯家岭最近的八路军。"说着，他便把钢笔交给李乡长。李乡长拧开笔杆，掏出一个字条，见上面写道："'皇协军'三百人明天一早去侯家岭一带。"李乡长看完，立刻带着杜尚楷他们去见杜大队长。

杜大队长见是两个本家的侄子来了，很亲切地与他们打招呼。李乡长把情报交给他，他看了几遍情报内容后说："没想到敌人来得这么快！多亏情报送来得及时。"他看了看两个小伙子，只见他们浑身是水，蓑衣都让庄稼给刮烂了，脚上全是泥巴，腿上和胳膊上是一道道血印子。

他心疼地说："李乡长，你带着他们两个找地方去睡一会儿吧，我立刻安排迎敌。"

正好，李鲁昨天也到了王家庄，他是听说张恒带领救护队来到王家庄的事专门回来的。杜大队长把李教导员和李鲁叫起来，一起分析敌情，研究作战方案。三个人一致认为：敌人这次行动是报复性的，他们的目的不仅是要抢回物资，而且还要进入根据地烧杀抢掠。

情报上说来的"皇协军"有三百人，应该还有日军和"治安军"，可以断定，敌人出动的兵力至少在三百人以上。经过分析，三人一致认为：首先，侯家岭应该是敌人的首选目标，因为物资是在侯家岭下丢的；其次，离侯家岭最近的两个村子也有可能是目标，一个是侯家岭西南二里地的西文庄，另一个是侯家岭东南三里地的东文庄；最后，敌人进攻的路线应该是从侯家岭北面的滋临公路向南。

杜大队长说："这次战斗，敌人的行进路线、目的地都不甚明确，我们只有分头隐蔽，伺机出击。要保护群众，减少损失。天明前就组织三个村子的群众撤离，能撤多少算多少。我们发现敌人后，根据敌人数量，采取分割包围、阻击打援的方法，争取歼敌一部。"

李教导员说："'皇协军'没有什么战斗力，对他们要抓住机会采取政治攻势，瓦解他们的战斗意志。"

最后，具体战斗方案是：李教导员带二中队在侯家岭以东阻击林桥增援之敌；李鲁带三中队赶到侯家岭与一中队会合，在侯家岭西面的青纱帐里隐蔽，伺机打击敌人；杜大队长带四、五、六、七中队在西文庄和东文庄之间隐蔽，等待敌人。侦察人员马上出发，随时回来报告。拂晓前，部队到达指定位置。

杜大队长强调，不管敌人进入哪个村子，都要集中力量把敌人赶出去。战斗打响后，以枪声激烈的地方为重点部位，部队及时向重点部位靠拢。

李教导员在出发前通知李乡长组织群众转移，所以李乡长让杜尚楷和杜尚言两人回家，但他们想看看八路军是怎样打鬼子的。李乡长同意两人留下，跟着他一起去疏散群众，然后参加担架队。

李鲁带领一、三中队在侯家岭西头的高粱地里隐蔽，等待敌人过来。早上，雨后太阳照在高粱地里，让战士们感觉闷热难耐。李鲁和王正站在高粱地的一个堰坝上观察敌情，两个人轮流拿着一架望远镜察看公路上的情况，却一直不见敌人的踪影。到了九点，还是没有敌人的动静。李鲁对王正说："是不是情报有误？难道敌人没有出动？"

王正刚要说话，忽然听张得印跑过来报告："报告李副大队长，西文庄里一股浓烟升起，像是失火了。"

李鲁听后，急忙跑到小路上察看，只见西文庄上空浓烟滚滚。李鲁大喊一声："不好！敌人进入西文庄了，大家跟我走！"说着，他带着各中队顺着小路向西文庄跑去。刚跑出不远，就听到西文庄里枪声大作，李鲁知道这是杜大队长带领几个中队与敌人交上火了，他命令部队加速前进。西文庄的枪声在往北移动，李鲁决定向西文庄的北头包抄过去。

西文庄北头有一条山水沟，沟深八九尺，宽三丈多。沟里常年有水，自东向西流下。天旱时水流不大；下大雨时山洪自上倾泻而来，冲刷着沟内拐弯处的大石头，激起五六尺高的浪花。这长年累月的冲刷，在沟底形成了一个个洞穴。每当大水退后，洞穴便露出来，像一张张大嘴交错着排在那里，有的洞深两三尺，有的深五六尺，能钻进一两个人。沟底下怪石嶙峋，人下到沟底涉水到对岸很费力。

一百多年前，西文庄的先人号召庄里人有钱的出钱，有力的出力，捐钱捐物，雇来能工巧匠，就地取材开采石头，砌起桥墩，铺上石条，在西文庄北头建成了十里八乡有名的大石桥，因此当地人称这座桥为"北大桥"。

大石桥桥面宽九尺，桥面用石条铺就，两个石条之间留有石缝。桥面下有两个相隔六尺的桥墩，加上两头的挡墙，支起了这座三孔桥。

当初建大桥用了整整两年时间。建成开通的那天，西文庄举行了盛大的庆贺仪式。庄里的男女老少，加上附近村子来看热闹的，足足有五六百人聚集在大桥两头。人们望着这座崭新的大石桥，不禁感慨万千：再也不用绕路走了！一桥通百事兴！这是西文庄祖祖辈辈盼望的事，今天终于变成现实。

人们欣喜若狂，争相从桥上走过，看一看这座新建的大桥。许多人来到桥北头高高伫立的双石碑前，争相观看石碑上镌刻的碑文。这上面刻有何年何月因何原因建桥、何年何月大桥竣工的铭文。还有为建桥捐钱捐物的人的名字。由于捐赠人太多，一个石碑刻不下，就又立了一个，成了双石碑。

大桥的名字叫"北大桥"，之所以叫这个名字，是因为大桥建在西文庄的北头，"大"是指这座两丈多长、九尺宽的三孔桥，再加上两头一丈多长的引桥，在当时也算得上是大桥了。为了纪念大桥的建成，当时的乡绅名士在桥北头栽上一棵槐树，并且在树下摆了几个石条，让来往的行人在树下歇歇脚。后来，槐树长成参天大树，树冠巨大，遮阴半亩，既能遮风挡雨又是歇脚聊天的好地方。有人曾引来赞美大槐树的诗句，请石匠刻在石碑上：

繁柯密叶耸村前，荫庇儿孙不记年。

历尽沧桑神宜壮，久经风雨干犹坚。

人们觉得大槐树有灵气，认为北大桥风水好。有人又在双碑一旁建起一个半人高、饭桌大的四方台子，在台子上面安放了一个石头雕刻的神龛。神龛里供奉了手持大刀、目视前方的关老爷，人们希望大槐树和关老爷一起来护佑大桥、护佑过桥的人。每逢过年过节，一些善男信女就带来供品，摆在关老爷像和大槐树前，烧香磕头，祈求平安。

李鲁带领两个中队跑到大桥北头的高粱地时，见大桥上下黄澄澄一片全是穿黄军装的伪军，看样子有三四百人。接着，他的目光快速扫了一下桥头前这块两亩大的平地：东面是一堵一人高的堰坝，西面是拐向西北的大路。路南侧有一条水沟。

这时，伪军的前队已经跑过了北大桥，桥南头的伪军争相过桥，拥挤不堪。一些伪军看到桥上走得太慢，便跳到沟里涉水到北岸。伪军的后面是几十个日本兵，这些日本兵跑不快，在后面边打边退。

李鲁见是这么个情况，便想放过伪军，集中火力打后面的日本兵。他让战士们在高粱地里停下，放伪军过去。他对王正说："你带一中队去西面，听到我这边打响后将后面的伪军赶到沟里，把伪军与鬼子隔开，同时向伪军喊话，要他们快快逃命去吧！"王正答应一声，便带领一中队向西边靠过去。

李鲁朝战士们摆了摆手，让大家成战斗队形展开，向高粱地外移动。这时桥上已经不再拥挤，落在后面的伪军和几个日本兵也已经过桥，桥上和桥南头全是日本兵了。

"打！"李鲁高喊一声。

"嗒嗒嗒！""啪啪啪！"机枪、步枪一齐射向敌人，桥头上的伪军和日本兵顿时倒下一片。

王正听到东边打响也接着开枪，战士们一阵射击，把面前的伪军赶到了沟里，前面的伪军跑得更快了。

王正命令王玉五和张言带领战士们向桥头包围过去，他拿起喊话筒，向沟里大声喊道："'皇协军'的弟兄们，你们赶快跑吧！八路军放你们一条生路，快跑吧！跑得远远的！"听到喊话，伪军们顺着沟底往西北跑了。日本兵见高粱地头上有八路军，马上散开，趴在地上还击。桥上和桥南面的日本兵也迅速向桥北头跑来。

李鲁见王正那边已经反过头来包围日本兵，他明白这是西边的伪军已经逃跑，便下达命令缩小包围圈，歼灭这些鬼子。战士们依托地头堰垄交替掩护，抢占了前面的石碑、神台，把日本兵赶到大槐树和石头凳子后面。然而，日本兵利用手里的一挺轻机枪来回扫射，战士们进攻受阻。李鲁用日语朝日本兵喊话，要他们放下武器，八路军优待俘虏。但是，日本兵不回答，只是不停地射击。

这时，杜大队长带着战士们从西文庄追过来。李鲁一看，不能再朝南射击，这样容易打伤自己人。他高喊一声："扔手榴弹！"一排手榴弹扔过去，敌人的射击暂时停止。趁着这个机会，李鲁喊道："同志们，上刺刀！"说着，他把驳壳枪递给身边的一个战士，从战士手里拿过一支步枪，大喊一声："上！"一跃冲出高粱地。日本兵一看八路军要拼刺刀，叽里呱啦叫喊一阵也都上了刺刀，端着枪迎上来，肉搏战开始了。

李鲁与最前面的一个日本兵接上了，两个人的刺刀磕碰一下，双方都后退一步。李鲁迅速出枪，用枪筒使劲将日本兵的刺刀向外一拨，顺势压下去往前一捅，正刺中日本兵的胸膛，扑哧一声，日本兵的鲜血喷出一米多远，喷到李鲁的枪上、脸上，日本兵扑通一声倒在地上。

李鲁刚从日本兵身上拔出刺刀，只见两个日本兵一左一右朝他逼近。他急忙端起枪，弓步往后倒退。突然，他的枪托碰着了身后的石头。李鲁知道，他已经退到双石碑上，而两个日本兵的刺刀已经离自己不到一米了。

李鲁大喊一声："杀！"这雄狮一般的吼声，带着怒气，也带着以死相拼的决心，震得敌人禁不住打了个寒战。两个日本兵动作放缓，本能地想护住自身。

说时迟那时快，李鲁举起枪，使劲朝两边来回磕碰一下，拨开敌人的刺刀，照着左边的敌人一枪刺下去。就在抽回刺刀的那一瞬间，他的右半边身体暴露在右边这个敌人的刺刀下，他猛地一举枪托，敌人的刺刀从他的右胳膊划过，咔嚓一声，刺刀正好刺进两个石碑中间的缝里，日本兵哇哇大叫。

李鲁顾不上右胳膊流血，回身一扫，刺刀刺在日本兵的右胳膊上。他双臂一拧，照着敌人的身上斜捅过去，一下刺中日本兵的胸部。李鲁拔出刺刀看了看身边，见战士们正在与敌人混战。他们有用刺刀刺的，有用枪托砸的，还有抱住敌人摔倒在地的。刺刀的碰撞声和战士们的吼叫声震天动地。地上横七竖八地躺了十几个日本兵，我军战士也有伤亡，有七八个战士倒在血泊里。

李鲁杀红了眼，高喊着："同志们，杀啊——"战士们听到喊声，士气更加振奋，齐声吼叫，气势压倒了敌人，逼得日本兵步步后退，一直退到桥头，跳进沟里。他们迅速寻找藏身之地，有的躲到大石头后面，有的藏身于河床上的洞穴里，有几个躲进桥下的桥洞中。

日军小队长大环就退到了北头第一个桥洞里，他看看身边的士兵，一个个惊恐万状，把目光都投向了自己。大环环视一下四周，发现这个地方绝不是久留之地，桥面不宽，万一从桥上投下个手榴弹，在这里只能是被动挨打。他想顺着沟底向西跑，逃出八路军的包围。他让机枪手端起机枪向西一阵扫射，准备顺着沟底向西跑，却为时已晚。大环看到八路军正在缩小包围圈，有几个八路军已经从沟底爬上南岸，占领了桥西面的一个石灰窑，那个石灰窑的门正好对着大桥。大环一看突围无望，只好又退回到桥洞里。他让士兵们贴在桥墩上、趴在地上进行还击，等待"皇协军"回来救援。

李鲁让一个战士给他简单包扎了一下胳膊上的伤口，就继续指挥战士们在石灰窑门口架上机枪，朝桥下扫射。但是，由于敌人贴在桥墩上或者藏在石头后面，子弹很难打中敌人。而我军战士刚要往前挪动，敌人的机枪就是一阵扫射。战斗一下进入对峙状态。

就在这时，杜大队长带领战士们从桥南攻上桥头。他指挥战士们先消灭大桥东面的敌人，一阵射击后又投下几颗手榴弹，大桥东面沟里的敌人没了动静。

大环见东面大石头后面没有人再向外打枪，知道自己的人就剩下身边这五六个人了，他感觉末日来临，就对身边的人叽里呱啦狂叫一阵，举着军刀向西面冲。刚出桥洞，一阵机枪子弹打过来，又有两个日本士兵倒下，大环只好又退回桥洞内。

大环急了，他大骂"皇协军"："只顾自己逃跑，把老子扔下不管了！刚才还是老子在垫后，边退边打，才没有让八路军在村子里包了饺子。现在，老子让八路军包围在这里，你们却不回来救援，逃得不见人影了。"

他朝几个士兵看了看，无奈地说："朝家乡鞠躬吧，跟亲人告别，我们只好上路了！"几个士兵绝望地喊了一声："哈伊！"有的跪在地上磕头，有的面向东北方向鞠躬，几个鬼子哀声不停。

也就在这时，杜大队长带人冲上桥面，他想尽快解决桥下的敌人。当他快要走过桥中间时，突然，一颗子弹从桥面石板缝里射出，正好击中他的腹部。杜大队长一下倒在桥上，战士小李急忙过来扶他。小李从桥缝中看到，桥底下一个日本兵正举着枪顺着石板缝寻找目标。小李把枪口伸向石板缝，一枪打倒了这个日本兵。小李拉住杜大队长的手说："大队长，你挂花了，我背你下去。"

杜大队长挣扎着坐起来，挥挥手说："别管我，先解决下面的敌人，扔手榴弹。"说完，他倒在小李的怀里。

小李哭着喊道："朝下扔手榴弹，炸死这些王八蛋！"后面的战士们跑过来，从桥面两侧扔下几颗手榴弹，只见桥洞里翻出一团团气浪，炸得敌人血肉横飞。趁着硝烟，战士们跳进沟里，钻进桥洞收拾残敌，发现敌人全部被炸死。

李鲁带领几个战士从石灰窑下来，沿着沟底蹚水向前搜索，过了桥洞发现还有一个日本兵藏在石头洞里。李鲁用日本语劝他投降，却听到洞里打出一枪，气得战士们直骂："小鬼子成了瓮中之鳖还抵抗，叫他去见阎王吧！"一个战士把手榴弹扔进洞里，炸死了这个日本兵。

战斗结束了。李鲁从水沟爬上桥头，听说杜大队长负伤，急忙跑到担架旁看望。他见杜大队长已经昏迷，忙问小李："大队长伤在哪里？"

小李哭着说："杜大队长肚子上挂花了。"

李鲁检查了大队长伤口的包扎情况，吩咐担架队员路上小心。

杜大队长听到李鲁的声音，勉强睁开眼睛，他看到李鲁胳膊上也受伤了，用微弱的声音问："伤得怎么样？"

李鲁说："伤得不重，你放心吧！"

杜大队长说："你伤得不要紧就好，大队就交给你和李教导员了，打扫完战场就和教导员会合去吧。"他让李鲁去指挥部队。

　　李鲁问抬担架的两个小伙子叫什么名字，他们一个回答叫杜尚楷，一个回答叫杜尚言。杜大队长说："他俩都是我本家的侄子，放心吧！"

　　李鲁再一次叮嘱他俩要小心，千万别摔着碰着大队长。两个小伙子说保证完成任务。杜尚楷和杜尚言抬着杜大队长直奔王家庄救护所，他们想尽快救治这个杜家门的大英雄。

第二十四章
捕捉战机

　　大桥北头枪声响起，吓坏了跑在前头的邱虎。他回头看到带来的弟兄们被八路军赶进沟里，又听到八路军喊话让"皇协军"快跑，他顾不得后面的大环小队和死伤的弟兄，命令身边的几个军官招呼部下快速撤离。"皇协军"如惊枪的兔子，撒腿就跑，一下就跑出七八里地。

　　邱虎见前面已经是滋临公路了，才放慢脚步，回头看了看后面，见没有八路军追击，就停下来想抽支烟。他从兜里掏出一支香烟，刚放到嘴边上，辛月亮就急忙划了一根火柴给他点上。邱虎看了看辛月亮说："八路军够仗义的，喊话说不打我们，让我们快跑，结果真的不打，还真是说话算话。"

　　辛月亮赶忙说："是、是，我以前也不信，这次知道人家说到做到。"

　　邱虎说："八路军不打我们，就该大环这个王八犊子倒霉了。谁让大环不听我的，如果照我说的采取步步为营的打法，把我们的人分成两路，先包围侯家岭，再往前推进，即使发现八路军了，两边也好相互支援、交替掩护退到公路上。但是大环不听，他坚持长驱直入，想到西文庄杀个痛快。没想到刚进去，就让八路军赶出来了。"

　　"大环就是个武夫，不懂战术还刚愎自用，不听你的活该他倒霉。"辛月亮附和着团长说。

　　邱虎说："大环的小队断后，可能要跟八路军打一会儿。这样吧，你带人去附近村里弄些吃的，我们在这里等大环过来。"到了中午，还不见大环的动静，邱虎感觉不好，他命令辛月亮带人化装后去西文庄的路上看看。过了一个多小时，辛月亮慌慌张张地跑回来。他上气不接下气地说："大事不好了，大环小队全部被八路军打死了！"

邱虎听后为之一震，禁不住哎呀一声，说："八路军这么厉害？大环一个小队二十六个人都给打死了？"

"是，都打死了！我们赶到大桥时，看到附近的老乡都在那里看热闹呢！"辛月亮说。

邱虎顿时像泄了气的皮球，一下蹲到地上。过了一会儿，他小声说："我们回城吧！记住，一定要说我们是突围出来的。"

辛月亮连声说："是，是突围出来的。"邱虎回到兵营先去见李师长。李师长听完汇报说："能把我们的人带回来就好。日本人，哼！我们管不了这么多。"

邱虎说："师座，要是宫本怪罪下来怎么办？"

李师长说："没什么，宫本也不是以前的宫本了！日本人接连吃败仗，他已经骄横不起来了，对我们的态度比以前好多了。再说泗城就剩下几个日本特务了，我们师这么多人，难道还怕他宫本不成？"邱虎一听，茅塞顿开。他高兴地向师长敬了个礼，转身走出师长的办公室。他本来以为师长会大骂一场，然后让他听候处理，没想到师长是这么个态度，心想这世道真是要变了。

李子营刚送走邱虎，桌子上的电话突然响了，他拿起话筒问："是哪位？"电话里传来宫本的声音："李师长，大环小队长和他的小队全都战死了。你们的人见了八路军就跑，让大环和他的小队蒙难。李师长，你要追究邱虎的责任。"

李子营说："宫本少佐，我刚听完报告，邱虎带领所部在遭遇八路军分割包围后英勇奋战，掩护皇军撤退。但是，大环小队长不把八路军放在眼里，没有及时撤退。邱虎部为了救援死伤三十多人，我正准备写报告为邱虎请功，怎么还要处理邱虎？这样做不合适吧？"

宫本听完，没好气地说："你看着办吧！"说完，扣上了电话。

李子营长出一口气，他心想，要是在以前，宫本非得把我臭骂一顿，"撤职""抓几个"是挂在宫本嘴边的话。今天，宫本没了往日的嚣张，口气也变软了。哼，宫本，你这个瘪犊子！你也知道日本鬼子大势已去，变老实了。

李子营正在窃喜，桌子上的电话又响了，他赶快拿起听筒，只听电话里传来一个女人的声音："稍等，有一个长途电话要找你。"李子营听出这是接线员的声音，他立即紧张起来。他明白长途电话一定是自己的上司打来的，并且是有非常紧急的事才打电话。他只好挺直了身板等着。没一会儿，只听电话里传来隆子远的声音："子营啊，刚才龟田大佐给我打电话，说了大环小队全部遇难的事，要求我追究你和邱虎的责任，嫌你们战场救援不力，以至于出现皇军重大伤亡的事件。"

李子营听后慢慢放松下来。他从军长对他的称呼上就知道这个电话是做给日本人看的，他清楚一定有日本特务在监听电话。他想，这也好，我倒要借机洗白一下自己，把宫本污蔑我的不实之词抖搂一下。他想了想，说："军座，我就知道宫本会向龟田大佐告我的状，我本来想一会儿给您发电报汇报此事，正好您打来电话，我就在电话里汇报一下真实情况吧！"

"好吧，你说说看！"隆子远说。

"军座，我听邱虎说大环是个瘪犊子，老想着去村子里报复，杀个痛快，根本不把八路军放在眼里。邱虎提醒他不能孤军深入，他一点也不听，所以才让八路军包围了。不是邱虎不救援，而是八路军上来就分割包围了大环小队，对邱虎部也实行了分割包围，隔断了邱虎与大环小队的联系。邱虎带人一直在接应大环小队，几次冲锋都没成功，直到下午才撤出战斗。"李子营一口气说了这么多。

电话那头一直没吱声。等他说完，隆军长说："子营，你说的话我相信，看来这个大环小队长就是骄横，不把中国军队放在眼里，这才导致他的小队覆没。这样吧，我给龟田大佐回个电话，就说我这边要调查处理此事，你先安排调查吧！"

李子营连声说："是，军座！我明白！"

隆子远接着又给龟田打了电话，将八路军采取分割包围战术致使邱虎部付出很大代价也救援无果的事说了一遍，表示已经责成李子营调查此事。龟田听后，没再坚持追究邱虎的责任，他要求隆子远整顿军纪，以后凡是有临阵脱逃或者见死不救者，一定严惩不贷。

龟田接着说："隆军长，此次皇军在泗城遭受损失，说明八路军在泗城一带的势力在增长，这对皇军是个威胁。为了加强对泗城的防御，我准备调你部到泗城驻防，你尽快制订行动计划吧！具体事宜再联系。"

隆子远听后，心想泗城正是他想去的地方。他立即说："我马上安排，制订行动计划后立即报给大佐。"

这边王正带领战士们打扫战场，他见李鲁右臂负伤，急忙找来担架要把李鲁抬走。李鲁说："只是轻伤用不着担架，我歇一会儿就和你一起走。"王正问："一中队是否还驻扎在侯家岭？"李鲁说："杜大队长负伤了，我必须回王家庄，一中队也回王家庄吧，这样便于接受任务，也便于做战斗总结。"王正答应一声，便去安排。

中午，部队回到王家庄。李鲁见李教导员也回来了，立刻将北大桥战斗和杜大队长负伤的情况报告给教导员。李教导员见李鲁负伤，又听说杜大队长也负伤，神情一下凝重起来。他先问李鲁的伤情，李鲁说是轻伤不碍事。李教导员说："那咱俩就一起去救护所，一是给你疗伤，二是去看看老杜。"

路上李教导员说：林桥据点的伪军接到围攻侯家岭的命令，出动三十多人抄小路来偷袭，结果被二中队在侯家岭以东给打回去了。

两人很快来到村东头的寺庙，一进门正好看到林英端着一盆水从东屋里出来，她边走边跟李教导员和李鲁打招呼。她见李鲁右臂负伤，急忙放下盆子，拉李鲁到西屋坐下。她仔细查看李鲁的伤情后，端来一盆草药水给他清洗伤口，又很麻利地进行缝合，然后抹上中药膏包扎起来。李鲁尽管疼得满头大汗，但还是忍不住表扬林英技术熟练。林英长出一口气说："这都是跟师父学的，药是我自己配的。好在你没伤着骨头，但是穿刺的伤口长且深，还是要养个十天半个月的才行，我会按时给你换药的。你要好好休息，一定记住啊！"

李鲁答应好好养伤。他惦记着杜大队长的伤情，问林英："杜大队长的伤不要紧吧？"

林英说："张军医刚给杜大队长做完手术，杜大队长正在东屋躺着呢！"

正说着，张恒和李教导员一起来到西屋，见林英已经给李鲁包扎完，张恒就问林英："没伤着骨头吧？"林英说没有，他便放心了。接着，他对李鲁说："杜大队长伤在肚子，肠子被子弹打穿了。刚才我给他取出子弹，进行了清洗，然后接上肠子，又进行了缝合。"

李鲁问："哥，杜大队长的伤没有大碍吧？"

张恒沉默了一会儿，说："像杜大队长这样的腹部枪伤就怕感染，一旦感染就会发高烧，如果没有盘尼西林那就很难治了。"他看了看李教导员，又说："这里只是个战地救护所，没有盘尼西林。"

李教导员说："那就把杜大队长转到军区医院吧！"

"也好，那里条件好一些。"张恒点了点头说。

李鲁说："我这就去安排！"

李教导员摆了摆手说："你也是个伤员，好好歇着。我去安排。"不大会儿，李教导员带着王正和三个战士，拿着担架来到救护所。张恒领几个人进屋，把杜大队长抬到担架上，又派林英一同护送。林英小声对张恒说，想着派人给李鲁按时换药。张恒点了点头。

这时，杜大队长已经清醒过来。李教导员走过去，抓住杜大队长的手说："老伙计，你要坚持住，现在就送你去军区医院治疗。你安心养伤，我们等你回来！"

杜大队长看着李教导员和李鲁，用微弱的声音说："我能坚持，部队就交给你俩了，我放心。"

王正看到这个令人心酸的场景，忙说："天不早了，我们出发吧！"

李教导员说："走吧，路上小心！"过了两天，王正他们回来了。王正直接来大队部汇报。他说："我们已经把杜大队长送到军区医院，刘院长又给杜大队长做了检查，他把林英留下负责杜大队长的护理，我们就回来了。"听了王正的话，李教导员和李鲁都感到心情好多了。他们两个都认为军区医院技术好，能治好杜大队长的伤。

时间过得很快，北大桥战斗已经过去二十多天了。这期间，李鲁一边养伤，一边忙着和李教导员做战斗总结。他们也盼望着杜大队长早日伤愈归来。

这天，林英急匆匆地回来了。她带回一个不幸的消息，杜大队长枪伤感染，最终没有抢救过来，已经牺牲。听到这个噩耗，在场的同志们都禁不住掉下泪来。大队派几个战士到医院抬回杜大队长的遗体，装殓后停放在村头的寺庙里。第二天，冯支队长和王政委赶来，为杜义杰举行追悼会。冯支队长在会上致悼词，他高度评价了杜义杰革命的一生，深切缅怀这位一大队的创始人，号召大家化悲痛为力量，多打胜仗，为杜大队长和牺牲的战友们报仇。大家失声痛哭，发誓要为杜大队长报仇。

安葬完杜义杰，冯支队长和王政委又召开了一大队的干部会议。王政委宣布了支队党委的任命决定：李鲁担任一大队队长，王正和刘子文分别担任副大队长。

冯支队长对当前形势任务做了分析，要求一大队继续盯住日军的运输线，寻找战机打击敌人。他告诉大家，东面的隆子远部近期要调防泗城，一大队要加强侦察，捕捉战机，争取在隆部西移途中将其重创或者歼灭。会后，冯支队长又单独交代李鲁，把费县地下交通站的地点和接头暗号告诉他。李鲁表示马上安排侦察员去费县侦察，弄清敌人的动向，抓住机会打一场伏击战。

第二天，张言和张得印两人悄悄出了王家庄。张言化装成贩牛的商人，张得印扮成伙计。两个人到了公路上，见有马车就上去打招呼，问有没有去平邑费县的，边走边问，终于遇到一辆去平邑的马车，说好价钱后两人坐上了这辆马车。不到中午，马车就到了平邑县城。付过车钱，二人接着打听去费县的马车，好在从平邑县城去费县的马车不难找，很快就谈好车钱上车。

傍黑时，两人到了费县县城，找到悦来客栈。他们见到王掌柜，对上接头暗号。王掌柜把两人领到后院的一个房间，关上门，转过身来握住张言的手说："欢迎二位！不知道怎么称呼二位？"

张言做了自我介绍，又介绍了张得印。王掌柜说："张同志，你们一定饿了吧？这样，你俩先吃饭，边吃边听我说说这里的情况。"

王掌柜拿来饭菜让张言和张得印吃着，他坐在一旁，说："费县县城里驻扎的'皇协军'，有一个军部，还有一个直属队，加起来有一千多人。军长姓隆，叫隆子远，是个大汉奸。"

王掌柜接着说："隆子远的两个师已经被八路军消灭，听说在泗城那里还有他的一个师。这几天街上有传言说隆子远要调防去泗城，也有一些军官家里在变卖家具。"

张言问："我们的同志能搞到敌人开拔的时间吗？"

王掌柜说："我们通过给兵营送菜的人可以得到大概的时间。"

"也行，从兵营吃菜就能推断敌人的行动时间。再想想，还有别的办法吗？比如找军官的邻居、用人，也能获得一些情况。"张言一边吃饭，一边跟王掌柜交谈。

"行，一会儿我就去安排。"王掌柜说。

第二天，张言和张得印一起去兵营附近转了转，没有发现异常；又到大街上的几个杂货店看了看，见有少量的旧家具摆在门口。到了中午，两人只好返回悦来客栈。

王掌柜见张言回来了，跟着他俩到了后院。进屋后关上门，王掌柜说："兵营那边没什么动静，照常送菜。这边找了个在军需处长家当佣人的李大嫂打听了一下，东家流露出要搬家的意思，但是他家目前的生活都照常。"敌人开拔时间还没定下来，张言决定和张得印先返回，过几天再来。他要王掌柜注意收集情况，王掌柜让张言放心。

张言回到王家庄，将这次侦察的情况做了汇报。李鲁和李民生听后，认为隆子远这次调防还在准备阶段，他的军部军官大都有家眷，不可能说走就走。再就是他的军部非战斗员多，有可能还需要当地的"治安军"护送，这些都需要时间去协调安排。但是日本人也不会让隆子远慢慢腾腾，有可能说走就走。我们必须盯住费县之敌，捕捉战机，打一场伏击战。

李鲁决定，张言和张得印两人轮流去侦察，盯住费县之敌，发现有异常马上回来报告。又过去了二十多天，两人逐渐发现了敌人开拔的迹象。张言决定，他和张得印不再轮流，而是一起在费县县城内收集情况。这天，终于听到了"皇协军"开拔的动静。一大早，王掌柜告诉张言，今天是城关大集，听说"皇协军"在各个路口拦截马车，把拦下的马车都集中在南门里的大车店。

张言认为这是一个很重要的信号。他和张得印匆匆赶到南门里的大车店，走到门口，见有伪军站岗。他俩假装过路人，在经过门口时向院子里看了看，看到里面停放了十几辆马车。两人又来到"皇协军"直属队的兵营附近，往大门里看，发现院子里新停了四五辆卡车，十几个当兵的正忙着往车上装箱子，还有面粉、粮食之类的东西。看到这些情况，张言断定"皇协军"即将开拔，他和张得印急忙回到悦来客栈。

正在这时，王掌柜也回来了，把打听到的情况说了一遍。他说，两个给兵营送菜的人都说明天让少送菜；在军需处长家当佣人的李大嫂说东家已经给她结清了工钱，让她明天再去干一天。

王掌柜又说："南门里马车店的刘掌柜听车夫说，'皇协军'要他们明天下午去装车。"

张言根据这些情况判断，后天是"皇协军"开拔的日子。他和张得印告别了王掌柜，急忙往回走。到了下半夜，张言两人才回到驻地，两人马上向李鲁和李教导员报告侦察情况。李鲁和李民生听后一致认为敌人出发时间是后天早上，马上通知王正和刘子文一起来研究战斗方案。

李鲁提出在泗城与平邑交界的栗子山设伏。这个栗子山其实是一座小山丘，有七八十米高，山脚向两边延伸了二百多米，滋临公路就在山脚下。山上长了一些栗子树和灌木，山下往北不远是一条小河，距离公路二三百米，河面有三十多米宽，河水自东南穿过滋临公路流向西北，水深不过膝盖。在它的上游一公里处，是滋临公路上一座长三十多米的漫水桥，叫苇子桥。

李鲁指着地图说："在这里设伏，地形对我们有利。这次伏击战，毕竟是敌多我寡，他们有一千多人，我们只有五百多人。要以少胜多，必须选择有利地形，还要'网开一面'，给敌人留出逃跑之路。我们把四个中队放在栗子山担任主攻，其中三个中队放在苇子桥阻击敌人的后队，一个中队去西面打增援。待敌人前队进入伏击地点后，炸断苇子桥断其后路。山下这一段，争取快速消灭一部分，再活捉一部分，还要让他逃走一部分，这个仗就算打胜了。"

李教导员和王正、刘子文都点头同意。李教导员说："敌人的前队很可能是军直属队，他们有一定的战斗力，有可能在前面开路，后面应该是他们的军部人员和家属。只要我们把前队吃掉，后面的就好收拾了。"

李鲁说："是的，前头应该是战斗力强的敌人，我们就把前头作为重点来打！"接着，他明确战斗方案：李鲁和王正带领一、二、三、四中队和机枪班，在栗子山上担任主攻；刘子文带五中队去栗子山以西三里处，阻击林桥方向前来接应之敌；李民生带六、七、八中队在苇子桥西南边埋伏，待李鲁这边打响后炸掉苇子桥，在桥西南策应李鲁，同时阻击后面赶来增援的敌人。部队明天晚上十点到达指定位置。

吃过早饭，李鲁和李民生带着王正和几个中队长，化装后去设伏地点侦察地形，又派出张言和张得印赶往平邑县城侦察敌情，待敌人到达平邑时回来报告。

李鲁向乡政府通报情况，请乡政府组织附近三个村子的民兵共一百多人一起随大队行动。当天晚上，部队按时进入指定地点，构筑工事，做好伪装。李鲁让四个中队在半山腰一字排开，将六挺机枪分布在东西两头和中间三个点上，同时在中间这个点上又放了一个掷弹筒和一门迫击炮，居高临下对公路形成火力覆盖。

黎明时分，李鲁和王正从东到西仔细检查了各中队的工事。到了一中队的阵地上，见工事上堆起了一堆滚石和圆木，李鲁问："这里山体坡度小，滚石向下滚的冲击力也小，这些石头能滚到路上吗？"

王玉五答道："就算石头滚不到路中间，我在公路上还埋下了两捆手榴弹，到时候配合滚石一起使用，一定能挡住敌人的汽车。"

李鲁交代一定要截住敌人的第一辆汽车，除了这些办法，还要集中火力打敌人的司机和汽车轮子。王玉五表示一定能截住。

李鲁叮嘱各中队要沉住气，没有命令不准开枪。如果敌人的车队开过来时向山上打枪，我们也不要暴露目标，这可能是敌人的火力侦察。待敌人的前队进入伏击地点后，我们再打。战斗打响后，第一轮射击要猛，要多扔手榴弹，快速消灭敌人，还要争取把剩下的敌人赶下公路。

天亮时，李鲁见各中队已经修好工事，也做好伪装，便让各中队退到树林和庄稼地里休息待命。好在是秋季，山上的树林和山脚下的青纱帐都便于部队隐蔽，战士们藏在树林和庄稼地里吃了早饭。

李鲁正在山上的一棵栗子树下吃煎饼，忽听有战士小声说："李大队长的媳妇也来了！"李鲁抬起头一看，只见林英和龚雯、灵芝，还有一个男卫生员从山后上来了。李鲁忙站起身说："你们也来了！吃过饭了吗？"

林英说："我们已经吃过了，趁这会儿还没有打起来，过来看看我们的位置，也顺便看看你。"

她见李鲁在吃干煎饼，心疼地说："你伤刚好，身子还很虚弱，光吃干煎饼了，连口水都没有！"说着，她从挎包里拿出一个盛水的葫芦，拔开盖递给李鲁。

李鲁接过葫芦喝了两口水，说："你们的位置在山下西头的树林里，那里也是战场的最西头，便于往后面抬伤员。王玉五在那边，一会儿过去跟他见个面吧。"

李鲁见龚雯也上来了，便招呼王正过来。王正看到林英和龚雯忙打招呼，对龚雯说："战斗一会儿就打响，你跟着林英，她有经验，照顾好林英也照顾好自己。"

龚雯点了点头说："你也要小心啊！"

林英说："我们带来一个担架队，有二十多个民兵，都带着枪，如果需要就通知我！"

李鲁说："我知道了，但愿用不上你们！好，打完仗再见！"说着，他向林英他们摆了摆手。

随着太阳升起，气温也不断上升。不一会儿，太阳晒得大地热气蒸腾，空中连一丝风也没有。闷热的天气使人透不过气来，战士们即便是在树林和庄稼地里，也热得汗流浃背。

李鲁头戴一个用树枝编成的伪装帽，站在山顶的灌木丛中，拿着望远镜，不停地搜索观察山下公路的情况。只见山脚下那条黄土公路上一点动静也没有，路两边稀稀拉拉的杨柳树静静地立在那里，树上的叶子纹丝不动。时间一分一秒地过去，他们一直等到中午，公路上还不见敌人的踪影。王正靠近李鲁，小声说："按说敌人应该来到了，难道是判断有误？还是敌人走得太慢？"

李鲁说："再等等吧！"

李鲁拿起望远镜，朝李教导员隐蔽的地方观察了一会儿，也不见有人过来。他自言自语说："昨天派张言和张得印去平邑县城，让他俩见着敌人就回来报告，到现在也没有他俩的身影。"

王正说："我爬到树上再看看！"说着，他伸手拿过望远镜，爬上一棵栗子树。半个多小时又过去了，公路上还是没有动静，李鲁也有些着急。就在这时，王正在树上说："有人过来了！看样子是张得印。"说着，他跳下树，把望远镜递给李鲁。

"是张得印，看那个连蹿带跳的样子，就是这小子。"李鲁举着望远镜边看边说。

李鲁和王正急忙从山顶下来。两人在工事里等到了张得印，只见他一身汗水，张着大口喘粗气。李鲁将水葫芦递给他，让他先喝口水。张得印喝了一口水，说："报告李大队长，敌人已经到了平邑县城。我从平邑返回时他们正在吃午饭，我先回来报告。张言副中队长还留在平邑继续侦察，他说待敌人动身后就回来。"

李鲁问："有多少敌人？他们怎么来的？"

张得印说："我们在平邑公路附近看见敌人坐汽车、马车过来的，前面有五六辆汽车和二十多辆马车，坐的全是战斗人员，看样子有四五百人。后面有十多辆马车和几辆汽车，拉的全是军官和他们的家属。"

李鲁问："你见到李教导员了？"

张得印回答："见到了。我已经向李教导员报告过，他让我快点向你报告，还要你派一个人去给刘子文副大队长送信儿。"

李鲁随后安排好去给刘子文送信儿的人，命令战士们进入阵地做好伪装，等待敌人进入伏击地点。下午三点左右，李鲁从望远镜里看到，东面公路上尘土飞扬，一溜绿色的汽车开过来了。

李鲁对王正说："敌人过来了，看样子前面有几辆汽车，但是跑得并不快。你去一中队盯一盯，待敌人第一辆汽车开到时就打响，我这边跟着打响。"

王正回答一声"是"，就急忙向一中队阵地跑去。这时，公路上的汽车已经接近四中队的埋伏地点。李鲁在望远镜里数了数，前面有五辆卡车，车上全部是持枪的"皇协军"。第一辆汽车的驾驶室顶上还有一挺轻机枪，后面是马车队，马车上也坐满了战斗人员。汽车开得很慢，与后面的马车拉开的距离不大。

敌人已经进入伏击地点，距离近到汽车上人的脸都能看清楚了。战士们都屏住呼吸，等待射击命令。等到最前头的汽车开到一中队阵地时，西边响起枪声。李鲁紧接着喊了一声："打！"霎时间，枪声和手榴弹的爆炸声响成一片。一中队阵地上的滚石也掀下山来，但是并没有滚到公路中间。敌人的第一辆汽车停了一下，绕开石头又往前开了。车上的机枪对着一中队阵地扫射起来。

李鲁正想用迫击炮轰击第一辆汽车，只听得西头公路上"轰！轰！"两声巨响，敌人的第一辆汽车被炸得歪斜在路边，一动也不动了。

"是地雷响了！"趴在李鲁身边的孙成说。前面的汽车不动了，后面的汽车、马车也都停了下来。汽车上的敌人还没反应过来就已死伤过半。没有被打死的敌人急忙跳下车来，有的躲在汽车后面，有的跳进公路北面的壕沟里，乱成一团。

枪声和爆炸声响起后，后面的马车队中有不少马匹受惊，拉着马车乱跑，有的撞在前面的车上，有的摔倒在路旁，人仰马翻。战士们见赶车的是老百姓，怕伤着老乡就没有使用手榴弹。这倒是让车上的"皇协军"捡了便宜，他们跳下马车，连滚带爬跑到公路下，有的甚至跑到了谷子地里。

坐在第五辆汽车驾驶室的直属队队长隆万三，被这猛烈的枪声、爆炸声吓蒙了，缩在驾驶室里不敢出来。还是他的副官在外面拽开车门，把他拉下了车。隆万三是军长隆子远的本家侄子，平时耀武扬威，但是打起仗来就"拉稀"了。他哆嗦着问副官有多少八路军。副官说："八路人不少。他们在山上有三处机枪点在向公路扫射，火力十分猛烈。直属队的人还没来得及下车就死伤过半，我们已经没有还手的能力了。"

隆万三听完，又向后面的公路上看了看，只见近处人仰马翻，远处拥挤不堪，军部的汽车也被挡在了苇子桥东面。他知道这是八路军切断了退路。他感到绝望，顾不了自己的部下，让副官掩护自己跑向北面的谷子地。

李鲁看到"皇协军"跑向谷子地，大喊一声："吹冲锋号！"随着冲锋号声响起，战士们高喊着："冲啊！杀啊！"一起跃出战壕。"皇协军"一看山上的八路军冲下来了，跑得更快了。战士们冲到公路上，又冲进谷子地，一直把敌人赶到河里。跑在前面的"皇协军"爬上河对岸，钻进了高粱地；落在后面的被抓住当了俘虏。

李鲁带领战士们追到河边，见敌人已经钻进高粱地，便命令停止追击，押着俘虏返回到公路上。这时，东面的枪声突然激烈起来，密集的枪声中还夹杂着炮弹的爆炸声。原来，李教导员带领三个中队炸断了苇子桥后，遭到敌人的两面进攻。一面是桥东的敌人企图越过苇子桥，一面是过了桥的敌人想后退，两面的敌人同时向李教导员阵地上发起进攻。桥东的敌人火力很猛，使用了迫击炮。这股敌人是护送隆子远的日军中队。他们在后面乘坐汽车，护卫着隆子远的军部人员，前面战斗打响后，便跑过来投入战斗，使用轻重机枪和迫击炮朝八路军阵地上一阵乱打。战斗一下子激烈起来。

李鲁爬上一辆汽车，站在车顶用望远镜向东观望。他发现东面敌人正在组织进攻，敌人阵地上有日军的太阳旗在晃动，他们以汽车作为掩护，向李教导员的阵地射击。

"不好！桥东有日军，还有炮声，看来李教导员那边吃紧了。"李鲁自言自语。

"通讯员，叫各中队长过来！"说着，李鲁跳下汽车。四个中队长很快来到公路上，李鲁指着东边说："看来敌人的后队有日军护送，鬼子的火力很猛，李教导员那边吃紧了。这样，王玉五留下，带两个班打扫战场，组织民兵搬运物资，押送俘虏转移。其他人跟我过河，从苇子桥的西北角压过去，打敌人的侧翼，把敌人击退。"说完，他带领战士们蹚水过河，钻进高粱地。

李鲁交代身边的王正，让他带领一中队穿过高粱地接近河边，从后面打击河边上的敌人，给李教导员阵地上减轻压力。他带领二、三、四中队向东再走一二百米，从公路的北侧杀出去，袭击桥头北面的敌人。

王正带领一中队四十多人，携带一挺轻机枪接近河边，见河边上趴着几十个"皇协军"，他们只顾朝河对岸射击，没有发现身后来人。王正大声喊道："打！"

一阵猛烈射击，把河边上的敌人基本消灭。剩下的几个敌人跑到河里，也被战士们开枪打死。

几乎同时，李鲁带领战士们从公路北侧突然杀出，一排手榴弹扔过去，炸得敌人倒下一片。正在进攻桥西边的日军，此时只好慌忙丢弃阵地，撤向公路南侧。

李鲁见敌人已经退到公路南边，便让司号员与李教导员那边联系。李教导员见对面的敌人撤向公路南边，又听到号声，知道是李鲁过来支援，便带领战士们蹚水越过苇子桥，与李鲁一起追击撤退的敌人。看到敌人已经跑远，他们便返回到桥头上。

李鲁让王正带领战士们迅速打扫战场，然后回到苇子桥西边。

李教导员对李鲁说："今天有一个中队的日军来护送'皇协军'，张言带回了这个消息，但是张言回来时你那边已经打响，我也没派人去通知你。多亏战斗一开始就炸掉了苇子桥，挡住了后面的敌人。"

李鲁说："我听枪炮声就知道你这边吃紧了。正好那边也打完了，我就带着战士们包抄过来了。"

李民生说："日军投入战斗后，火力明显增强，我只想在这边多坚持一会儿，顶住敌人的进攻，给你那边争取半个小时的时间。只要你们能利用这半个小时把敌人的前队收拾掉，我这边再边打边撤也不迟。没想到，你们那边这么快就收拾完赶过来了。"

李鲁见李教导员这样沉着，不由得心生敬意。他问："这边战士们的伤亡情况怎么样？"

李教导员说："敌人的迫击炮轰击了阵地，一名重机枪手牺牲，还有五个战士负伤。"

李鲁听后说："西边也有几个战士负伤，具体的数字还没统计出来。"正说着，王正过来说："粗略统计了一下，这边打死、打伤敌人七十多人，缴获步枪七十多支，还有五发迫击炮弹。"

李鲁说："收获不小！正好，西边的王玉五也差不多打扫完战场了，我们去那边看看吧！"

"好，过去看看！"李教导员对取得的战果很满意，高兴地答应着。王玉五见李鲁和李教导员一起过来，急忙跑过来报告。他说，经过清点，栗子山下一共炸毁敌人军车五辆，打死、打伤"皇协军"二百一十多人，俘虏七十多人。缴获轻机枪一挺、步枪三百多支、二十多箱弹药，还有一些"皇协军"的背包以及白面七八十袋。这些物资已经安排民兵全部搬走。

王玉五最后请示汽车和马车怎么办。

李鲁说："马车是敌人抢来的，一律放走。歪倒在壕沟里的马车，帮助赶车的老乡抬上公路，让他们回去。敌人的汽车全部烧掉。"

隆子远在后面的汽车里听到前面响起了激烈的枪声和爆炸声，他判断是遇到了八路军的主力。他急忙下车，跳进路边的壕沟里，伸手向副官要过望远镜，朝前面山上望去。刚要调整好观察点，忽听到不远处一声巨响，接着漫天的泥水挡住了他的视线，爆炸声吓得他差点丢掉手里的望远镜。他稳了稳神，说："怎么回事？"

副军长李一显从公路上跳下来，说："军座，不好了！八路军炸毁了前面的小桥，公路被炸断了。"

隆子远听后目瞪口呆，沉默了一会儿，说："叫小野中队长过来，掩护前面的直属队撤退！"

"是！"李一显转身爬上公路。

不一会儿，李一显带着小野中队长来到壕沟里。只见这个带着近视眼镜的小野一副惊魂未定的样子，他看见隆子远便急忙说："隆军长，八路的，是正规部队，人大大的多！"

隆子远觉得又好气又好笑，心想，仗还没打，就吓成这个熊样！

隆子远故作镇定，他指了指前面的公路说："小野中队长，我的直属队被拦腰切断，他们被八路军包围了。你组织火力掩护，李副军长组织兵力冲过河去，接前面的人退回来。"

小野听了隆子远的话，摇了摇头说："隆军长，我的任务是护送你。现在前面被八路包围，我们是救不了他们的。我要掩护你退回平邑县城！"

隆子远见小野不听他的，便说："小野中队长，我现在不能撤，不能丢下自己的弟兄们不管。这样吧，你组织火力掩护，李副军长组织冲锋，能救出多少算多少！"说完，他朝李一显使了个眼色，李一显便拉着小野到爬公路上去了。

李一显指挥小野摆开阵势，让鬼子使劲朝前面打炮，然后和"皇协军"一起发起冲锋。枪声、炮声响了一阵，隆子远趴在壕沟边上，拿着望远镜扫来扫去。当他看到李一显组织的进攻被河对面打回来后，他明白今天是遇到对手了。又过了一会儿，副官说："军座，从西北方向杀出来一伙八路，正好打了小野阵地的侧面，小野朝南面跑了，我们赶快撤吧！"

隆子远气得摆了摆手说："小鬼子这些王八犊子这么不顶用！撤吧！"

隆子远带着残兵败将退到平邑县城。和几个下属商量后，隆子远决定把那些军官家眷留在平邑暂住，他带着残部趁黑夜从泗河北岸跑到泗城。

第二十五章
活捉宫本

时间很快到了这年腊月，一大队接到向孙村集中的命令，部队马上集合出发。走在路上，李教导员对李鲁说："上级发出了'夺取十座县城'的指示，我们向县城边上集结，看来要打一个大的了。"

李鲁说："泗城的日伪军已经被我们压缩至县城周围，他们基本没什么战斗力了，到解放县城的时候了。"部队路过西大山时，李鲁用手指着山顶说："教导员，这个山顶上有一股土匪，匪首是过去'治安军'大队的大队长李相贵。他是被宫本逼出来的，一开始还打着抗日的旗号，这两年收罗了一小股土匪，当起了山大王。前两年我们小分队在这一带活动时曾跟他的人接触过，警告他们不要祸害老百姓，当时他们倒是听了。后来李相贵向敌占区伸手，夺取了四五个村子的征税征粮权，日本人也拿他没办法。"

李教导员说："匪患不除，民无宁日。但是，现在我们还顾不上他们。只要他们不投降日军，我们就先放一放，等时机到了再对他们采取措施。"

一大队进驻孙村，大队部住进孙村的议事堂。乡亲们见八路军回来了，都跑来看望。孙乡长、张百东、张百营都来了，他们围着李鲁问这问那，彼此亲切交谈一番。张百祥也跑来见李鲁，他先去看了张得印，看到这个孩子成长得魁武，又当了班长，心里很高兴。

李鲁问："张得成干得不错吧？"

张百祥说："让你操心挂记着，得成在县民运部当会计，干得好着哩！"他拉着李鲁的手说："多亏八路军打下孙村，这两个孩子才跟着你们走上了正道，我代表张家门的老少爷们儿谢谢李同志！"

李鲁说："别客气。八路军是老百姓的子弟兵，是为老百姓打天下的队伍。得成和得印参加革命能受到很好的教育和锻炼，进步快也是应该的。你就放心吧！"正说着，通讯员进来报告，许坤同志来看李大队长了！

李鲁和李教导员一起来到院子里，只见许坤和邱玉印各自推着一辆洋车，一前一后进了院子。李鲁跑上去，抓住许坤的手说："许部长，你好！这么冷的天你还赶来！"

许坤说："两年多没见面了，听说你来到这里，我一定要来见个面。"他用手指着洋车又说："这是你们缴获的洋车，现在放到区里用了。这车子真好用，从马家庄到这里二十多里路，我和邱队长骑上它一会儿就到了。"

李鲁又转过身跟邱玉印握手，说："玉印当队长啦？祝贺你！"

李鲁回过身，把李教导员介绍给许坤。李教导员握住许坤的手说："早就听李鲁说小分队在这一带打游击时，许坤同志给予了很大支持，真的要谢谢你！"

许坤忙说："不用这么客气，我们是一家人。当时县委派我来这一带开展工作，也是在咱们队伍的配合下建立起各村的抗日政权。要说谢，也得我先谢咱们八路军！"说着，几个人进屋坐下。许坤说："我们的抗日根据地越来越大，县委根据收复区域划分了几个区。这一带和马家庄都属于泗南区，我现在担任这个区的区委书记兼区长，孙乡长现在兼任副区长，邱玉印是区小队长，都是老熟人。咱们部队有什么需要我们办的，直管说出来，我们一定努力解决。"

李鲁说："好，我们刚到这里，目前主要是做些攀爬、登高训练，需要一些梯子，下一步还要组织一部分民兵跟随部队行动。"

许坤说:"梯子的事明天就办,组织民兵支前的事我们也会尽早安排。"大家又聊了一会儿,才各自离开。

送走许坤和邱玉印,李鲁和李教导员商量,让本地的战士们回家看看,明天一早归队。

张得印回到家里,见过娘和弟弟妹妹,全家人一起吃了晚饭。张得印见娘的身体比前两年好多了,就问娘现在生活怎么样。张得印的娘说:"比以前好多了,娘不再提心吊胆过日子了。村干部把咱家按军属对待,逢年过节还给送礼,你就安心在队伍上干吧!"张得印听了很高兴,他趁弟弟妹妹不在身边时,悄悄跟娘说:"娘,你还记得那个灵芝吧?"

张得印的娘说:"记得,就是跟着你林英姐当护士的那个闺女吧?长得多俊啊!娘可喜欢她了,怎么能不记得呢!"

张得印听娘这么一说,顿时心宽了许多。他原来还担心娘看不上灵芝呢,这下放心了。

娘见张得印不说话,就问:"你怎么不吱声啦?你看上灵芝啦?"

"娘,不是看上看不上的事。我和灵芝是战友,一起打仗,出生入死。她对我很关心,我很喜欢她!"张得印说出了心里话。

"是这样啊!儿子,这可是咱张家修来的福分,娘盼着你找个好媳妇,这下娘盼着了。你去把灵芝领回家来,让娘看看吧!我也给她个见面礼。"张得印的娘高兴地说着,她要张得印马上去接灵芝过来。

张得印见娘这么激动,忙说:"娘,我只是先跟你说说,还不知道灵芝是什么态度呢。再说,现在天都这么晚了,也不合适。"

张得印的娘想了想,说:"那就明天领来,娘给你俩包饺子吃!"

张得印说:"娘,部队要打仗了,哪能随便请假?再说,我也得征得灵芝同意才行啊!等打完县城吧,到时候我约灵芝和林英姐一起来家里吃饭。"

"行!娘等着你们回家来!"张得印的娘有些迫不及待。张得印琢磨,怎么给灵芝说呢?

支队在这一带集结，各大队按命令进行训练。这天，一大队接到命令，要求做攻城准备。李鲁立刻安排侦察班化装进城摸敌情。李鲁和李教导员商量，把八个中队分成突击队和掩护队两部分，一、二、三、四中队为突击队，五、六、七、八中队和机枪班为掩护队。李鲁负责突击队，李教导员负责掩护队。在突击队中，一中队作为尖刀队，由副大队长王正率领。四中队有一个爆破班，由中队长马立福率领，掩护突击队，同时作为攻城的第二梯队。李鲁把区里送来的二十副梯子带到三里沟，选了一段比较深的沟底，让各中队在里面模拟登城。战士们携着梯子，躬身冲到沟壁竖起梯子，从沟底爬到沟上举枪射击。他们白天练了夜里练，这样的反复练习使战士们提高了爬高的速度，掌握了登高的一些技巧。爆破班则根据城墙厚的特点，制订了接连爆破的方案。第一组炸开缺口后，第二组接着上去爆破，扩大炸开的缺口。马立福带领几个战士捆绑炸药包，大的用于第一次爆破，小一点的用于第二次爆破。

　　趁这个间隙，李鲁与李教导员商量，又报请支队同意，对几个中队长进行了调整配备。张言担任第一中队队长，王玉五担任第二中队队长，孙成担任第三中队队长兼机枪班班长，鲁刚担任第八中队队长。

　　过了几天，支队通知李鲁和李民生参加军事会议。会上，冯支队长分析敌情后说："军区集中两个团，再加上我们支队，还有地方武装，共三千多人，明天晚上向泗城发起攻击。主力团负责扫清城外据点，并且从南、西、北三个城门攻城。我们支队的任务是：二、三大队在城西和城西南设伏打援，阻击曲阜、邹县增援之敌；一、四大队配合主力团从东门发起攻击，拿下东门后向纵深推进。一大队主攻，四大队作为预备队。"

　　他接着说："我和政委分别带二、三大队打援，一、四大队的战场指挥由一大队长李鲁和教导员李民生担任。明天晚上九点进入指定位置，十点打响。"作战命令下达后，冯支队长问还有没有问题，大家回答没有。冯支队长又问："一大队准备了几副云梯？"

李鲁答道:"二十副云梯,三十套绳梯,两个爆破组,八发迫击炮弹。"

冯支队长说:"今天下午一点,大家化装后分头去察看地形,二、三大队跟我和政委去城西和城西南,一、四大队跟李鲁和李民生去城东。"

腊月的天气,滴水成冰。吃过午饭,李鲁和李民生,还有四大队的张大队长,化装成拾柴火的农民出发了。下午三点,三个人到达城东的济河边上。李鲁看着对面不远的城门楼说:"这里距离东城门还有三四百米。我们三个人要拉开距离,分散开接近城门,一个小时后在东面的三岔路口碰头。"然后,三个人散开,分头朝城东门靠过去。

城东有一条南北流向的济河横在东门外,这条河发源于南部山区,向北流入泗河。前几天下过一场大雪,河面被冰雪覆盖,中间露出一条两米多宽的水流,水流中有石头隆起,激起一串串浪花。河岸上有一些弯弯曲曲的柳树,有的歪斜在河水中像是独木桥,从岸边爬上这座"独木桥"就可以跳到河对面。河边还有一些干枯的芦苇,在风吹过时发出"刷刷啦啦"的声音。

李鲁沿河走在最前面,肩上背一个盛柴火的篓子,手里拿着一个搂柴火的筢子,一边走一边搂柴火。来到城东门外,他在一棵柳树下停住脚步,透过河边的树林,仔细观察对面的城门楼。这是个砖木结构的门楼,正好压在城门的上面。门楼外侧有一排射击垛口,垛口有六七米高。垛口以门楼为中心,向两边延伸。门楼上有一个哨兵抱着枪来回走动;下面城门口还有两个哨兵,一边一个,端着枪,不停地跺着脚——看来天冷冻得站不住脚。

李鲁又换了个位置,正好可以穿过城门洞看到街上的情况。他顺着门洞往里看,只见这附近行人稀少,就是有行人也是穿军装的。他还看到,离城门不远的路南边有两个新砌起的方形门柱,门柱上装了两扇白茬木门,门口站着一个哨兵。李鲁知道,这是"皇协军"直属队住的大院,前几天侦察员回来报告过。这个大院连着城墙,从院子里面可以直接上到城门楼。他又观察了一会儿城墙,想找一段架梯子的地方。他看了看,城门外南侧是一个大坑，不便于接近城墙；北侧是一条水沟，沟外地势比较平坦，他把这里作为架设云梯的首选地点。

李鲁又看了看周围的地形和树林，见对岸的两棵大柳树交叉在一起，他一一记下。这时，李民生已经向这边靠过来，李鲁赶快往前去。过了一会儿，三个人在三岔路口会合，一起返回孙村。路上，三个人把侦察的情况进行了交流，各自提出了进攻的想法。李鲁边走边琢磨，然后说出了战斗方案，听他们两人的意见。

李鲁说："攻城的同时，兄弟部队还要攻打城东据点。这样，一大队作为主攻，四大队就要抽出一个中队向城东防御，防止城东据点的伪军跑到这边来。"

张大队长说："我把三个中队摆在河这边，等待出击命令。另外一个中队去东面路上设伏，一旦有伪军跑过来就消灭他们。"

李鲁又说："教导员，我们要带一些门板、秫秸过来，准备铺在河里过河用。"

李民生说："好。我看可以在小树林那个地方铺下门板，那里水浅，对面树木也多，我们过河后也便于展开。"

李鲁说："行，这件事你就负责吧！"

李鲁又说："我把突破口选在城门北侧，那一段有一条水沟，我估计沟里的水已经结冰，而且水沟这边地势平坦一些，便于接近城墙。总攻开始时，我们集中火力压制门楼上的敌人，同时开始爬云梯。如果云梯登城受阻，就炸城墙。"

李民生表示同意，说："突击队攻进城后，你们直接去攻打宪兵队，这边的'皇协军'直属队大院就交给我吧！"

李鲁说："行，就这么定了！"眼看快回到孙村，三个人也把战斗方案定下了。

李鲁说："在战前动员时，一定要强调按照平时训练的打法有序登城，发扬我军善于夜战、近战的长处，一鼓作气攻上城头。"

回到驻地，两个大队集中做了战前动员，向战士们讲明战斗任务和攻城方法以及配合事项，消除了战士们对攻城的一些恐惧。战士们对解放自己的家乡、消灭宫本和伪军情绪高涨，纷纷表示要争取立功。

李鲁再一次检查了四中队的爆破班。中队长马立福说，这回炸城墙还是第一次，因为城墙厚，使用炸药也拿捏不准量，为了保证爆炸效果，把原来准备的小炸药包都换成了大的，这样能保证炸塌城墙。李鲁同意这样做。他要求马立福采取偷袭的方法，在敌人发现之前就让爆破手悄悄爬进沟里，一旦看到云梯登城失利，就立即开始爆破。李鲁把几个神枪手集中起来编成小组，由张得印当组长，作为机动。

当晚九点，部队跨过济河，到达东门外的树林里。夜黑风高，寒冷异常。李鲁透过望远镜看到，城门楼上一盏马灯在黑暗中发出昏暗的亮光，一个穿着大衣背着步枪的哨兵在灯下来回走动。他还隐隐约约看到门楼下城门紧闭，白天看到的两个哨兵也不见了。

此时，从傍晚开始刮起来的西北风越来越大，大风吹得门楼上的哨兵晃晃悠悠，站都站不稳，挂在门楼上的马灯一下也被刮灭了。门楼上下漆黑一片，却不见哨兵再点亮马灯，连哨兵的人影也看不到了，估计是躲到墙角避风去了。

李鲁命令战士们趁着大风快速展开。漆黑的夜晚和呼啸的西北风，给战士们帮了大忙。王正带领一中队趁机摆开云梯，猫着腰把梯子抬到城墙下，爆破组也进入水沟。战士们等待着进攻命令。

突然，西城门方向传来爆炸声，王正小声喊了一声："上！"战士们跳起来，竖起云梯，忙着爬梯子。西门的爆炸声响过不大会儿，门楼上的敌人反应过来了，接着就有几个人拿着手电筒朝下面乱照一通。当他们看到城墙下有人时，惊慌地喊道："有人！下面有人！"伴随着叫喊声，门楼上的机枪打响了。"嗒嗒嗒……嗒嗒嗒……"两挺轻机枪在狂叫。

"机枪掩护，压制敌人的火力！"李鲁喊道。

"嗒嗒嗒……嗒嗒嗒……"我军的机枪喷射出火舌,直打敌人的门楼。这时,县城周围响起了枪声和爆炸声。四个城门处,枪声、激烈爆炸声不断。正在这时,门楼上的机枪向城墙扫射,几个爬到城墙半腰的战士一下子跌下来。

"机枪加强火力!"李鲁高喊一声。

"嗒嗒嗒……嗒嗒嗒……"机枪连声吼叫,把敌人的机枪压下去了。一中队又竖起梯子往上爬。突然,城墙上的敌人向下扔了几颗手榴弹。"轰!轰!"几声爆炸声响过,有几个梯子被炸断,战士们从梯子上掉下来,其他梯子也暴露在敌人的火力下,战士们只好退下来。

"爆破组,上!机枪掩护!"李鲁大声喊道。

只见一个战士从水沟跃起,夹着炸药包爬向城墙。就在爆破手快要接近城墙时,门楼上的手电筒突然照过去,爆破手随即中弹,趴在地上不动了。

"爆破组,再上!"李鲁急了。"张得印,你带两个人爬到树上,打掉城门楼的机枪和手电筒!"李鲁喊道。

"是!"张得印答应着,马上和两个战士分头爬到大树上,瞄准城门楼的垛口射击。第二组爆破手又爬到了城墙下。就在这时,城门楼的机枪被打哑了,张得印他们击中了门楼上的机枪手。爆破手趁机抱起炸药包冲到城墙下,拽开导火索,翻身打了几个滚,跳进沟里往北跑去。

轰隆一声,城墙被炸开了一个豁口,城墙上的敌人被震得昏了过去,停止了打枪。这时,又一个爆破手从北面跑过来,躬身跑上豁口,拉响了第二个炸药包。只听轰的一声巨响,在火光的映照下,城墙倒下一片。

"冲啊!"李鲁振臂高呼。突击队的战士们一跃而起,顺着炸开的豁口,越过城墙,向城里冲去。李教导员则带领掩护队从豁口爬上城墙,向两边展开。

李鲁带领战士们冲到宪兵队大院门口,只见院子里一片漆黑,冲进去一看,发现敌人已经逃跑。这条街上,前面就是伪县政府大院。李鲁估计宫本已经逃往伪县政府大院，那里有一座二层楼。他命令部队包围伪县政府大院。

当城西门的爆炸声响起时，宫本正在办公室和秋野研究下一步侦察城内反日宣传的事。最近，城内出现了一些反日标语。在"皇协军"和"治安军"内，也发现有人传播日军接连吃败仗的消息，有的公开说日本人快完蛋了。这些消息传得很快，"皇协军"内接连发现几起开小差的，厌战情绪在蔓延。宫本要秋野严查消息的来源，抓住那些反对"皇军"的人，统统杀掉。

两人正说着，一声巨响传来，打断了宫本和秋野的谈话。宫本腾地一下从椅子上跳起来，急切地问秋野："哪里的爆炸声？"

秋野刚要回答，只听得四面枪声大作，爆炸声不断。秋野说："不好，少佐，这是有大部队攻城。看来八路包围了县城，我们赶快应战吧！"

宫本站在原地没动，仔细听了听外面的枪声，表情从震惊到木讷，再到狰狞，然后从牙缝中蹦出几个字："八格牙路！"他犹如一头困兽，猛地举起双手在空中上下抽动，嘴里叫喊道："快，集合宪兵队！去县政府！"

"哈依！"秋野转身跑出去了。宫本也快步走到门口，突然又回过头蹿到电话机旁，拿起话筒吼叫道："给我接隆子远！"电话很快接通了，他迫不及待地问："是不是八路攻城了？有多少人？"

隆子远说："我也是刚听到。直属队报告，八路正在进攻东门，火力很猛！"

电话里传来一阵嘈杂声，有人说东门请求支援，接着又听隆子远在电话里喊道："宫本少佐，我部正在抵抗，一会儿再给你打电话吧！"

宫本放下电话，出门来听听动静，只听得县城四个方向枪声越来越紧，爆炸声接连不断。他感到大事不好，明白这是八路军的大部队进攻，看来形势不妙。他想起了白五，对，让白五带人来保卫县政府大院。宫本接通白五的电话："白五，你的，听见没有？八路进攻啦！你带领治安军到县政府来防守，你的明白？"

电话那头，白五说："宫本太君，我听见八路军来了！我也想去县政府，但是我出不了门了！八路军已经进城，把我这里包围了，你听听吧！"说着，他把电话筒高高举起，宫本在这头听到电话里枪声不断，只好放下电话。其实，"治安军"大院并没有被包围，只是附近有了枪声，白五是在糊弄宫本。

白五放下举着的电话筒，听到宫本已经挂上电话了，急忙扔掉电话筒，找出早已准备好的便衣换上，拉开门向后院走去。他知道这时候走大院的前门可能会碰上八路军，走后面的小门要安全一些。后门外是个小胡同，不会碰上人。

他贴着墙根走到后院，转过伙房就到了小门，刚要伸手开门，忽听得一声："谁？"

白五吓了一跳，他听出是李厨子的声音，便答应一声："老李，是我！"原来，李厨子今晚没回家，就睡在厨房旁的屋里。当外面枪声响起时，他急忙抓起手枪，从床上爬起来跑到门口。他听了听外面的动静，知道这是打大仗了。他想起前几天赶集时，李相贵派人在集上找到他，说他们在西大山上看到八路军从山下路过，队伍特别长，这可能是八路军要打县城了。李相贵请他找机会干掉白五替他报仇。说着，来人塞给他一个布兜，说让他收下这五十块大洋。李厨子向来人承诺一定办好这件事，让他回去转告李相贵，放心吧！

"吃人嘴软，拿人手短。"李厨子拿了李相贵的钱，就想着帮李相贵报仇。他家也不回，说老婆走娘家去了，一个人就住在厨房旁边的屋里。当他看到一个黑影从前面过来并认出这个人就是白五后，禁不住激动起来，心想这就是老天让白五死。本来他还想去前院找白五，没想到白五自己来找死了。他把盒子枪的保险打开，对着那个黑影喊了一声。白五让李厨子打开门，说要出去看看。李厨子听到白五要他开门，他觉得机会来了，连声说："是、是，白大队长！我这就去开门。"

李厨子跑过去把门闩拽开，站在门后等白五出门。可是白五并不急着出门，他让李厨子先出门看看。李厨子心想，都这时候了，你白五还给我端着架子，不由得一股怒火涌上脑门。不过，这下子他倒是不觉得紧张了。

李厨子出门看了看，胡同里黑咕隆咚，什么也看不清。他回过身来告诉白五："没人！"白五一听没人就急切地出门，就在他的后背从李厨子身前擦过去的那一瞬间，李厨子抬起盒子枪扣动了扳机。噗的一声，子弹打到白五的腰部。白五"哎哟"一声，本能地回过头来。

李厨子见白五摇摇欲倒，便低声说："白五，你想知道这是为什么吗？告诉你吧，这是李相贵叫我替他报仇！我让你死个明白！"说着，他朝着白五又连开两枪，白五扑通一声倒在地上。

宫本慌慌张张跑到伪县政府，在楼道的一盏马灯下看到了李光庭，只见李光庭衣冠不整地靠在墙根打哆嗦。宫本顾不得他，直奔二楼。李光庭见宫本来了，好像抓住了救命稻草，急忙上前问怎么办。宫本让他躲到自己的办公室。

宫本见身边只有宪兵队和伪军的一个班，加起来也就三十多个人，他觉得就这点兵力守卫大院实在太少。他想起李子营，急忙跑到县长办公室要与李子营通电话。"李师长吗？我现在到了县政府，这里兵力太少，你派一个营过来保卫县政府，听见没有？"宫本急咧咧地说道。

李子营在电话里说："宫本少佐，我的人都在拼死守城，这时候上哪去弄一个营？"说完，咔嚓一声扣上电话。

宫本一听李子营扣上电话，气得破口大骂："八格牙路！李子营的反了，让他死了死了的！"

他知道李子营不会再听他指挥，在这个紧要关头，李子营与他如同林中之鸟，大难临头各自飞了。他只好重新部署防守大院的力量，在短暂的思考后，他命令秋野带十个人在大门口设置临时工事。

伪县政府大院坐北朝南，大门外是一个丁字路口，正南是一条大街，门前还有一条东西大道。秋野很快弄来一些桌子、门板和沙袋，将这些东西堆在门口的拒马前面，设置了一个半圆形掩体。他在掩体上架起一挺轻机枪，准备以火力封锁面前的丁字路口。宫本又命令太仓带十几个人在院子里设置第二道工事。太仓以一楼门口为中心，向两侧延伸到东西两个楼角，形成一个扇形工事，正面也放一挺轻机枪与大院门口的工事形成梯次火力配备，这样既可以对正面打击，又可以对小楼东西两头防御，还可以利用这两头撤向后院。

宫本用手电筒照着检查了两个工事，觉得还凑合，就分别向秋野和太仓做了具体交代，要他们死守两道防线。宫本对秋野说，如果外面的工事实在扛不住，就退到院内的工事。他又给秋野和太仓壮胆，说："我在二楼用火力支援你们，咱们上下形成一个大火力网，八路是没办法突破的。"他给秋野和太仓交代完，便带着剩下的人到二楼防守，指挥他们在窗口架起两挺轻机枪，准备用火力封锁对面的丁字路口。

布置完这一切，宫本站在窗前观察外面的情况。他看到一道道弹痕交叉着划破夜空，远处爆炸的火光在不停地闪烁。最吸引他目光的是南面正在燃烧的一把火，火借风势，风助火威，烧得越来越旺，冲天的火光映红了半个天空。他知道这是城门楼在燃烧，看样子南城门战斗非常激烈或者已经失守。此时，他彻底明白了。今夜非同寻常，这是他来中国后第一次遇到这么大的战斗场面。八路军投入的兵力不少，泗城岌岌可危，能不能支撑到天亮都难说。想到这里，他大叫一声："发电报，向龟田大佐请求支援！""是，少佐！"电报员在他身后答道。

突然，楼下大门外枪声响起，手榴弹接连在大门口爆炸。借着爆炸的火光，他看到东面街上冲过来一伙人，这些人贴着墙根边打边跑，已经冲到伪县政府大门口附近，秋野趴在掩体里指挥还击。

宫本没想到八路军来得这么快，这说明城防已经被攻破，县政府危在旦夕，他禁不住打了一个冷战。"八路的厉害！"宫本自言自语道。他回过身来，命令机枪手封锁大街。"嗒嗒嗒……嗒嗒嗒……"子弹从二楼射向伪县政府前的大街上，石板路上溅起密密麻麻的火星，进攻的八路军似乎被机枪子弹挡住。看到这里，宫本冷笑一声，自言自语道："就算你八路厉害，可你也攻不破我的火力网啊！"他心想，照这样坚持到天亮，龟田大佐的援兵就到了。到那时我和援兵内外夹击，定能消灭这些八路。就在宫本心里打起小算盘的时候，外面猛地响起机枪的狂叫声，步枪射击声、手榴弹的爆炸声响成一片。

宫本刚想伸头看个究竟，突然一串子弹飞进窗口，发出噗噗的声音。他本能地闪到墙后面，定了定神后用手扒着窗框朝楼下看去。只见街上有两个人各端着一挺机枪在来回扫射，一挺对着大门口的工事，一挺斜对着楼上的窗口。机枪吐出的火舌在不停地摆动，大门口的工事已经没有人还击了。机枪也压制了楼上的火力，子弹落在墙上，蹦起的砖头渣飞溅到屋里，窗口边的几个伪军吓得趴在地上。

"八格牙路！统统的起来，给我打！"宫本用手电筒照着窗口边的伪军吼叫。伪军们只好爬起来，躲到窗口一侧朝外打枪。就在这时，忽听得大门口外一阵激烈的手榴弹爆炸声，接着就听到八路军的喊杀声传来。宫本顾不得被击中的危险，露出半个脑袋朝大门口看去。硝烟弥漫中，他看到工事被炸翻，工事里的人都不动了。

"秋野君！秋野！"宫本声嘶力竭地喊，但是秋野没有再动。宫本好像疯了，他叫喊着："射击！射击！"他命令机枪手趴在窗口向外扫射。"嗒嗒嗒……嗒嗒嗒……"机枪不停地叫着，枪口喷出的火焰映红了窗口。楼下工事里的机枪也狂叫起来。扔出去的几颗手榴弹在大门口接连爆炸，进攻的八路军向大门口两侧退去。枪声慢慢稀落下来，宫本长出了一口气，擦了擦额头上的汗水，自言自语地说："八路的进攻被打退了！"

就在这时，太仓从一楼跑上来报告："八路已经被打退，我们是不是冲出去重新占领大门口的工事？"宫本从他的声音中感觉到面前的太仓似乎在颤抖，他用手电筒照了照太仓，看到太仓脸色苍白，右肩膀上的衣服已经被子弹穿破，鲜血正顺着他的胳膊往下滴。

"太仓君，你负伤了！快包扎一下！"宫本说着，打了个手势，身边的一个宪兵急忙打开急救包给太仓包扎。

"少佐，我不要紧，这点伤不会影响我指挥！"太仓似乎是咬着牙说完。

宫本问："你的工事里死伤几个？"太仓回答，没有死的，有两个受伤的。

宫本停了停，说："大门口的工事不要再去争夺了，你守住楼下就行。八路没有重武器，他们很难攻进来。只要我们坚持到天亮，龟田大佐的援兵就到了，到时候我们再内外夹击消灭八路！""哈依！"太仓答应一声就下楼去了。

宫本定了定神，回过头问电报员："龟田大佐回电报了吗？""没有回电，少佐！"电报员答道。

"再发一个！"宫本听说还没有回电，感到有些失望，声嘶力竭地喊。宫本对着电报员说："再发一个，电文如下：龟田大佐，十万火急！今晚十点，八路军以众多兵力围攻泗城。现城防已被攻破，我被围在县政府，望速速增援！急！急！急！宫本。""哈依！"电报员去发电报了。

宫本又检查了各个窗口的防守，要士兵们盯住对面的丁字路口射击，并且多准备手榴弹，如果八路进了院子就扔手榴弹。然后他来到电报员处，问有没有收到回电。正巧这时候电报员收到了龟田的回电，说已经派出援兵，要他们坚守待援。

宫本终于松了一口气，他好像落井之人在绝望中忽然抓住一根绳子，感觉有了希望。他命令电报员把这个消息传达给楼上楼下的所有人，让大家固守待援。

李鲁和王正带领突击队沿大街冲到伪县政府附近，突然被伪县政府大门口的火力给拦住。李鲁明白这是宫本撤到伪县政府大院后设置了防御工事，门外和楼上构成了一个火力网，封锁了门前的丁字路口，要想接近大门很难。他看了看丁字路口前地面上被子弹溅起的火星，对身旁的王正说："这里易守难攻，是个难啃的硬骨头！我们不能硬拼。"

王正接着说："多亏是夜间，敌人看不清楚，要是白天我们就要吃大亏了。"

"咱俩去前面拐角看看！"李鲁边说边贴着墙根往前走，王正紧跟在他的身后。两人很快来到大门口的拐角处，黑暗中能隐约看到敌人躲在大门口工事里朝外胡乱射击，楼上窗口也不断地朝面前的丁字路口打枪。两个人观察一会儿后，往后退了几步。李鲁说："敌人在门口和楼上设置了交叉火力，但是这个拐角是个射击死角，大门口和楼上都打不到这里。我们可以利用这个拐角组织一个冲锋，先打掉大门口的工事，再进入院子。"

王正说："是，敌人在慌乱中只想着守大门，把工事缩到里面了，给我们留下了这个拐角。我们可以同时冲出去，用两挺机枪分层扫射，压制敌人的火力，先消灭门口的敌人，接着冲进大院。"

"好！你到后面挑两个机枪手，再组织一个冲锋队。"李鲁说道。王正转身到后面选了两个机枪手，跟他们交代具体打法；又挑选了十几个人作为冲锋队，把他们带到前面来。

李鲁见王正来到身边，便问："准备好了吗？"

王正说："准备好了！两个机枪手分层扫射，一个打门口，一个打楼上。机枪一响，我就带冲锋队上去！"

李鲁听后说："好！我带人跟上！"

王正挥了一下手，冲锋队的战士们贴着墙根来到拐角处。"上！"王正低声喊道。话音刚落，两个机枪手端着机枪冲出拐角，对着门口和楼上扫射起来。刹那间，两条火舌来回摆动，子弹像刮风一样扫到大门口，打得工事里的敌人不敢露头。另一挺机枪扫射到二楼，打得敌人缩到窗子后面。就在这时，王正带领冲锋队向敌人工事投出一排手榴弹，炸得大门口一片火海，守敌来不及抵抗就死的死、伤的伤。

王正带领战士们快速冲到大门口，突然，迎面投来几颗手榴弹，紧跟着就是机枪的扫射，冲在前面的几个战士被击倒在地。这猛地冒出来的火力又封锁了大门口，王正只好喊战士们退回来。李鲁在后面看到这个情况，急忙命令战士们退回。王正回到拐角处，对李鲁说："没想到敌人在小楼门口还有一道工事，并且火力很猛。"

李鲁说："敌人很狡猾，设置了两道工事，我们只发现了一道。还好，第一道已经被我们打掉，剩下的这一道就好办了。"他接着说："敌人封锁了大门口，强攻会造成很大伤亡。这样吧，你带人绕到院子的后面，翻墙进入院子。二十分钟后，我在这边进攻，你从里面打，咱们来个里应外合！"

"好！我带上炸药包，从里面炸掉小楼，给他来个一锅端。"王正答应一声，带领冲锋队消失在夜幕中。

就在这时，西面街上响起联络的号声，李鲁急忙让司号员回应。他明白这是兄弟部队从西城门过来，在这里遭到楼上机枪的压制，不能再前进了。李鲁让司号员吹号告诉对方，这里正在组织进攻，请他们绕道走。对面的兄弟部队听到号声后立刻回应。听到兄弟部队走了，李鲁感觉轻松了一些。他心里明白，此时，我军已经攻破了东、西城门，南、北城门估计也快拿下了。这从枪声和爆炸声可以判断出来，因为南北方向的枪声已经渐渐稀疏。这样的话，城内就没有兵力来增援宫本了，因为城内敌人最集中的是"皇协军"直属队，而这个直属队已经被李教导员围在了东城墙下的院子里。

敌人的机枪还在不停地射击，时间一分一秒地过去。李鲁掏出怀表看了看，见和王正约定的时间已到，便命令张言带一中队进攻。

"嗒嗒嗒……嗒嗒嗒……""轰！轰！"枪声、爆炸声一下子激烈起来。院子里的敌人听到八路军又开始进攻，慌慌张张地忙着打枪，把火力集中在了大门口。就在这时，楼上的机枪突然停止，接着在北面响起来。

李鲁见二楼的火力转向北面，知道这是王正进入院子后被敌人发觉了。他立即指挥加强火力，带领战士们向大门口冲去。这时，一道火光闪过，接着轰隆一声巨响，小楼轰然倒塌。

"冲啊！"李鲁高喊一声，带着战士们冲进大院。倒塌的废墟埋住了楼里的敌人，楼外的残敌也当了俘虏。枪声停了，李鲁命令张言带人打扫战场，交代战士们注意搜寻宫本，活要见人，死要见尸。突然，马立福跑过来报告，说王正副大队长负伤了。

李鲁听后忙问："人在哪里？伤得重不重？"

马立福说："在北面的平房门口，伤得不轻。"

"走，快带我过去看看！"李鲁挥了一下手。

马立福边走边说："王副大队长带领我们进入院子后，一开始敌人并没有发觉我们，就在快接近小楼时，我们被楼东头的敌人发现了。他在掩护我和小刘爆破时，被楼上的机枪打中肩部，现在还在昏迷中。"两人很快来到平房门口，只见几个战士围在一起，地上点起一堆柴火，一个战士在里面借着火光给王正包扎伤口。

李鲁伸手拨开一条缝隙，举着手电筒照在王正身上，只见王正躺在地上，脸色苍白，双眼紧闭，还在昏迷中。他上半身棉衣的右边已被血染红，右肩上捂了一块白布，战士小秦正在给他包扎。

李鲁问小秦："子弹打在肩上了？"

小秦见是李鲁，忙说："李大队长，子弹正巧打在肩膀头上。"小秦是四中队的卫生兵，是经过林英培训的。林英在调到救护所之前，为每个中队都培训了两名卫生兵。

这时，两个战士已经找来一块门板，大家一起把王正抬到门板上。李鲁对马立福说："老马，你带人去东城门的豁口，从那里悄悄出去，把王正送到救护所，告诉医生，一定要救活王正。"

马立福答应一声："是！你放心吧！"李鲁交代小秦把王正的胳膊

固定好，然后把手电筒交给马立福说："路上小心点！出发吧！"

李鲁目送马立福几个人的身影消失在黑夜中，禁不住鼻子一酸，热泪盈眶。他自言自语道："王正，你一定要活着啊！"

李鲁转身往前院走，忽听得有人高喊："这个家伙说他是县长，我们抓住敌人的县长了！"顺着喊声的方向，李鲁看到前面的空地上点起一堆火，火光把院子的一角照得通亮。他紧走几步，看到一个穿毛领大衣的中年人被两个战士押到火堆旁。一个战士见李鲁走过来，马上立正敬礼："报告大队长，这个人说他是县长！"

李鲁对战士还了一个军礼，看了一眼旁边那个自称县长的人。只见这个人灰头土脸，脸上还带着几道血痕，身子不住地打哆嗦。当他听到八路军战士"报告李大队长"这句话时，急忙把脸转向面前的李鲁。他看到面前这个年轻人英气威武，不由得浑身发软，心虚气短。他把目光收回来，深深地低下头。

李鲁大声问道："你就是李光庭？"

李光庭头也不敢抬，小声回答："鄙人就是李光庭。"

李光庭虽然身子在不住地打颤，但头脑很清醒。李鲁问："宫本是不是和你在一起？"

李光庭回答："是、是，在一起！我在一楼，他在二楼，看来他是被埋里头了！"李光庭说着，朝废墟看了看。"报告大队长，这个人是我们从一个桌子底下拉出来的。"刚才那个战士指着李光庭说。

李鲁挥挥手说："把他押到俘虏那边去！"

就在这时，张言过来报告："大队长，找到一个穿黄呢子军大衣的日本军官，看来是宫本！"

"他还活着吗？"李鲁问。

张言说："活着。他是被砸昏的，这会儿清醒过来了。"正说着，两个战士架着一个日本军官来到李鲁面前。

李鲁看到眼前的这个日本军官浑身是土，头上半边军帽被血浸湿，脸上的血和土黏在一起。虽然他落到这个地步,但脸上仍然露出一股傲慢。当他看到前面站着一个八路军军官模样的人时,马上挺了挺身子,眼里露出凶光。

"宫本,我们是老相识了。"李鲁用日语对他说道。宫本听到这个八路军军官居然用日语跟他说话,不免有些惊讶,他问道:"你是什么人?"

李鲁说:"我是八路军,是跟你打了几年交道的李鲁。"宫本听后,一下子没了刚才的精神头儿,身子也松垮下来,目光转向一旁。

李鲁说:"宫本,泗城被我们夺回来了,你们完蛋了。我要你记住,中国人不好惹,侵略者没有好下场!"

宫本听后,扭动了一下身子,突然喊道:"李鲁,你不要高兴得太早,我们的援兵很快就到了。"

李鲁冷笑一声说:"去做你的梦吧!宫本,你们的援兵已经被我军打跑了,没有人来救你。你就等着接受中国人民的审判吧!"说着,他挥了挥手,"押下去!"

看着宫本耷拉着脑袋几乎是被拖着走的样子,李鲁心中一阵激动。他自言自语道:"宫本,你这个小鬼子,真是一条癞皮狗!"张言来到李鲁身边,说:"李大队长,我听不懂你给宫本说了什么,但是我看到宫本那个熊样,我打心里高兴,觉得痛快!"

李鲁笑了笑说:"他在我们面前认输了!"

张言说:"那也得枪毙他!"

李鲁说:"人民政府会跟他算账的!"

张言又说:"王副大队长伤得不轻吧?我刚听说。"

李鲁说:"是。他伤了肩膀,一直昏迷,我让老马送他去救护所了。你这边怎么样了?打扫完战场了吗?"

"打扫完了,俘虏七个,其他都死了。在大门口和小楼门前各发现一个死了的日本军官,他们都佩戴日本军刀。你看这个!"说着,张言递给李鲁一把军刀,手里提着另一把。

李鲁借着火光看了看军刀，说："这个是宪兵队长秋野的，刀把上有刻字。"张言又拿另一把给他看，李鲁说是宪兵队副队长太仓的。正说着，王玉五过来报告，说："我在大门外碰见主力团的同志，他们说我军已经拿下西、南、北三个城门，就剩下东门大院还在敌人手里。"

李鲁听后说："好，我们胜利在望！现在，一中队留下一个班继续打扫战场，其他人都跟着我返回东门。""是！"张言答道。

黎明时分，李鲁带领战士们回到东门附近。在"皇协军"大院东墙外，李鲁见到李教导员。

李教导员简要说了一下这边的情况。他说："我们分手后，掩护队爬上城墙向两边发展，但向南这边遭到门楼上敌人机枪的阻拦。由于城头上没有遮挡物，我们伤亡了十几个战士，我只好命令退下来。接着，孙成用迫击炮轰击城门楼，只炸掉半个门楼，并没有炸塌城墙，敌人仍固守在上面。我们本想和四大队内外夹攻，拿下这个大院，可突然接到支队的命令，张大队长带四大队赶往城西打增援了。我只好留下八中队守住豁口，带领三个中队从东、西、北三面包围这个大院，现在已经夺取了后面的两排平房，正在向院内发展。"李教导员又说："零点左右，八中队打退了一股企图从豁口突围的敌人。这股敌人是从北门逃过来的，突围失败后躲进了直属队大院。"

李鲁问："这股敌人有多少？"

"上百人吧！"李教导员说。

李鲁听完，贴着墙根来到东墙的一个豁口旁，借着这个豁口看到城墙上有机枪朝北面来回扫射，还有一些人趴在城墙上向下射击，火力覆盖了大院。

正在这时，刘子文跑过来说："我刚才试着从平房这边接近大门，结果被城墙上的机枪打回来了。我想从平房这边发起一次冲锋，把炸药包送到城门楼下的台阶上，炸掉城墙。现在需要出去几个人从城墙外打一阵，分散一下敌人的火力。"

李鲁说："我去城外佯攻，你和教导员从后面攻击。"说完，李鲁带领一中队和机枪班从城墙豁口出来，贴着城墙向北走了一段，然后悄悄来到城外的树林里，架起机枪准备佯攻。

　　这时，天已放亮，东边露出鱼肚白。李鲁对身边的张言说："敌人被包围好几个小时了还在抵抗，看来里面有不少军官，他们要顽抗到底。"正说着，枪声突然稀落下来，城墙上有人站起身来，好像在给人腾地方。

　　李鲁用望远镜一看，只见门楼西边人头攒动，射击垛口后面站满了人。

　　李鲁说："敌人要突围，把他们放出来再打！"张言向战士们传达命令，等敌人从城墙上下来再打。这时，城墙上扔下几条绳子，接着就有人顺着绳子滑下来。

　　张言低声说："一共下来十七个伪军，我们打吧？"

　　李鲁说："再等一等，看看后面还有多少人下来。"只见下来的伪军向两边散开，趴在地上做掩护的架势。

　　李鲁说："这是下来探路并且做掩护的，后面还有敌人的军官。"话音刚落，看到城墙上又有人往下滑。他从望远镜里看到，在这一波下来的人当中有一个身穿黄呢子军装的人，只见他双脚刚落地就上来几个人把他围起来，一起簇拥着他向河边跑。

　　"敌人想跑，我们打！"李鲁高喊道。

　　"啪啪啪……嗒嗒嗒……"一阵射击，打得敌人连滚带爬，死的死，伤的伤。城墙外的枪声吸引了敌人的注意力，城头上的枪声也稀落下来。突然，城墙后面响起激烈的枪声。李鲁知道这是刘子文从里面发起进攻，他命令集中火力打城头上的敌人。子弹打在城墙的垛口上，压得敌人抬不起头来。

　　李民生见城墙上火力减弱，他对爆破手说："贴墙根上去！"爆破手贴着墙根冲向城墙的台阶。

　　"机枪掩护！"李民生高喊着。两挺轻机枪朝城墙上来回扫射，刘子文也带领战士们依托墙角和平房的窗口向城头上射击。爆破手顺着台阶爬到城墙的半腰，把炸药包安放在台阶的拐弯处，点着引线，翻滚着退回到东墙根。随着轰隆一声巨响，城墙被炸出一个大豁口，上面的敌人被炸得血肉横飞。

刘子文喊了一声："上！"战士们迅速爬上城墙，收拾了上面的残敌。

第二十六章
欢庆胜利（尾声）

战斗结束了，整个县城恢复了平静。

李鲁来到被打死的军官跟前，让俘虏来辨认尸体。俘虏见军官已经死了，就大胆地说："这是军长，隆子远。"

李鲁又来到城门后面的大院子，让俘虏指认几个军官俘虏，从中找出了敌人的副军长李一显和师长李子营。他让战士们把这些俘虏押下去，听候处理。

天亮了，泗城解放了。迎着东方冉冉升起的太阳，人们走出家门，来到大街上。当人们看见城头上迎风招展的红旗和威武的八路军战士时，都禁不住高声呼喊："八路军，八路军好样的！"

这些饱受侵略者蹂躏、在黑暗中苦苦煎熬的人们终于盼来自己的队伍。他们打心底里高兴，纷纷奔走相告：八路军打败了鬼子、汉奸！这里又是咱们中国人的天下了！

人们跑到伪县政府大门口，看到鬼子都死了，汉奸也死了不少。活着的汉奸也耷拉着脑袋，没了往日的神气。一些人跑回家去，找出准备过年贴的大红纸，扎成大红花，剪成小红旗，挂在门口，举在手里，庆祝这个比过年都重要的日子。

林英带着救护队随部队抢救伤员，从昨天晚上一直忙到清晨。这会儿，战斗结束了，林英和灵芝随着担架队赶往城外的救护所。在路过杂货铺时，灵芝向林英请了一会儿假，进院见过张福安一家。

张福安不在家，他去县委忙召开欢庆大会的事了。他老伴见灵芝穿着一身八路军军装进来，一副英姿飒爽的样子，高兴得合不拢嘴。她拉着灵芝的手一个劲地夸她，又拿出花生让灵芝吃。灵芝感谢张福安送她走上革命道路，表示张家就是自己的娘家，一辈子都忘不了。张福安老伴交代灵芝："有空就回来看看，姨给你包饺子吃。"

灵芝离开张家，往东走了一段路，正想拐弯去北城门，忽然看到前面不远的地方正是她以前住过的那个小院。她下意识地扭头往回走，不想再看到那个曾经让她伤心的地方。刚转过身，她突然想起这个小院是白六的老窝，这个汉奸是不是藏在里边？

绝不能让白六成为漏网之鱼！强烈的责任心和埋藏在心底的仇恨驱使灵芝回过头来。她摸了摸腰间的驳壳枪，又把张得印送给她的那支撸子上膛，装进裤兜里，大步向小院门口走去。她想看看大门是不是上了锁，如果没上锁就说明里面有人，到时候看情况再说。

说来也巧，灵芝刚走出不远，迎面碰上几辆马车过来，车上坐着背枪的民兵。灵芝向路边靠了靠，让马车过去。就在最后一辆马车即将过去时，她忽然听到车上有人喊停车。她听出是张得印的声音，接着就看到张得印和几个战士从马车上跳下来。

灵芝见是张得印，掩饰不住内心的喜悦，忙问："你没事吧？"

张得印挺了挺胸脯，说："没事！"

灵芝说："我看到你们突击队的人都回到东门了，就是没看到你，心里还犯嘀咕呢！你去哪里啦？"张得印听灵芝这么关心他，心里一阵激动。他忙说："战斗一结束，我就去城外接孙村的马车队了，你放心吧！"

灵芝脸上一阵绯红。她向一旁转过脸说："我当然放心啦！"张得印见灵芝一个人，问她这是去哪儿。灵芝小声说，自己正要去小院抓白六。张得印听后说："我和你一起去。"

灵芝问："你这会儿有空吗？"张得印说："我把马车队接过来了，

让他们跟着去军火库就行了。"说着，他用手指了指马车旁边的几个战士。灵芝向战士们打过招呼，说："再叫上两个人一起去吧！"张得印说："不用去这么多，我一个人就行了。"灵芝红着脸小声说："你傻啊，光咱俩去别人会说闲话的！"

张得印听后忙说："是、是，那就再去一个！"张得印回身招呼一下，让几个战士赶着马车先走，他和战士小王跟着灵芝直奔小院。来到小院附近，灵芝让张得印他俩先停下，自己来到门口。她见门没上锁，知道里面有人，便轻轻推了一下门扇，发现门是从里面插上门闩的。

灵芝向张得印招手，张得印和小王迅速来到门口。灵芝小声说："门是从里面插上的，里面有人！"说着，她就要用手拍门。张得印一下抓住灵芝的手说："不要惊动里面的人！"说着，张得印掏出匕首插进门缝，轻轻拨动门闩把门打开。

灵芝一步跨到门里，贴着影壁墙转进院子。张得印让小王掩护，自己也跟着灵芝进了院子。灵芝来到北屋门口，见门扇是虚掩着的。她把耳朵贴在门上听了听，觉得屋里没有动静，便伸手推开东边的一页门扇。这扇门一打开，屋里顿时亮堂了许多。灵芝听了听还是没有动静，便一手举着手枪，一手推开西边的门扇，跨进屋里。就在灵芝跨进门里的一瞬间，一只手突然从门后伸出，抓住了灵芝拿枪的手腕，接着顺手一拧让驳壳枪掉在了地上。

这一下连吓带疼，灵芝禁不住"啊"了一声。接着，门后的人伸手把灵芝斜肩抱住，一支盒子枪顶在灵芝的腰上。只听后面的人恶狠狠地说："不讲良心的死妮子，还敢带人来抓我！"

灵芝听出是白六的声音，倒是镇静了下来。她大声喊道："白六，你跑不了了！"

张得印见灵芝被门后的人抓住，腾地一下就跳进屋里，他用驳壳枪指着白六，大声呵斥道："放开灵芝，留你一条小命！"

白六见进来的是一个小伙子，也大声说："只要你放我走，我就放了她！"

张得印说："整个县城都解放了，你还想跑？你把灵芝放开，我留你一条活命。"此时，小王也跑过来，准备冲进屋里解救灵芝。

白六听到外面还有人，便声嘶力竭地叫喊："你们都退回去！要不然我开枪打死灵芝！"

灵芝趁白六注意力转向门口这一会儿，迅速从裤兜里掏出小手枪，反手朝白六的身上打去。只听噗的一声，白六的身子晃了一下。就在这一刹那，张得印也扣动了扳机，啪的一枪打在白六拿枪的手腕上。白六手里的盒子枪落在了地上。

灵芝用胳膊肘使劲向后一捣，白六扑通一声倒在地上。张得印一把把灵芝拽到身边，照着地上的白六又打了一枪。小王也一步跳进屋里，搜查了屋内的各个角落，对张得印说没发现其他人。张得印走到白六身边，把手伸到白六的鼻子下试了试，说这家伙完蛋了。

大家收拾了白六的武器，一起出了小院。张得印小声对灵芝说："刚才差点把我吓死了。你还真行，临危不惧，自己救了自己！"

灵芝说："还不得谢谢你啊！是你送我的那支手枪给我壮了胆子！"她看了看张得印，又说："你怕什么？是怕我被打死吗？"

张得印说："当然了，你要是有个三长两短，我可怎么办？我娘还等着你去我家吃饭呢！"

灵芝听后，脸一下红到脖子，心扑通扑通跳得厉害。停了一会儿，灵芝小声说："就是去你家，也要请林英姐一起去！"

张得印听后高兴地说道：那是！我早就想请林英姐当咱俩的媒人了。这次回到孙村后，我就给林英姐说让她带着你去我家。"

小王在后面接着说："班长，到时候我也去喝你俩的喜酒！"张得印听后哈哈大笑，连声说："好，好！"灵芝听后脸更红了。她让张得印和小王前面先走，自己要平静一下心情。

第二天上午，县委和八路军参战部队一起在仲庙前举行了庆祝大会。

会场上红旗招展，锣鼓喧天，歌声、口号声响彻云霄，人们尽情欢庆这来之不易的胜利。喜庆的气氛蔓延到周围乡村，泗河两岸鞭炮声不断，各村都在庆祝解放。

李鲁开完会就直奔城北门，他心里记挂着王正的伤势，急急忙忙来到刘家庄的救护所。战前，军区医院把原来设在王家庄的救护所扩大了规模，从各部队抽调了十几名医务人员充实到救护所，派张恒担任救护所所长，林英担任救护队队长。救护所设在庄里的小学堂，李鲁来到学堂门口，向哨兵打了招呼，便进院子见林英。两人一见面，林英就把王正被锯掉一条胳膊的事说了。李鲁听后，半晌说不出话来。停了一会儿，李鲁问："人醒过来了吗？"

"嗯，醒过来了。"林英答道。

"走，带我去看看他。"李鲁边说边往院子里面走。

林英把李鲁领到一个像是教室的大屋子。一进门，他们就看到龚雯在忙着给一位伤员换药。林英说："这个屋里都是重伤员，现在是龚雯值班。"李鲁向龚雯打过招呼，跟着林英走到最里面一个布帘子前。

林英轻轻掀开帘子，小声说："王正，感觉好点了吗？李鲁来看你了！"

林英的话还没说完，李鲁一步跨到床前，俯下身子说："老伙计，你觉得好点了吗？"

王正动了动身子，想抬起头来。李鲁忙拍了拍王正的左肩膀，示意他别动。

王正小声说："我能挺得住，你放心吧！"接着又问："逮住宫本了吗？"

李鲁忙说："逮住了。不光逮住了宫本，还活捉了李光庭、李一显和李子营，打死了隆子远。我们的老对头都收拾了。"李鲁接着说："这次战斗你可是立了大功的！"

王正脸上露出微笑。他说："立功是小事，关键是打败了宫本和那些汉奸，我心里觉得真痛快！"

林英在一旁说："好啦，别说啦！王正不能说话太多！"

李鲁听后说："是、是，我忘了这事了。那好吧，你安心养伤，我等着你伤愈归队！到那时我们再好好聊一聊。"正在这时，龚雯走过来。她小声说："李大哥，你先回去吧，这里有我呢，你就放心吧！"

　　李鲁见龚雯眼圈红红的，明白她这是因为王正负伤哭的。李鲁想了想，说："平时你们两个没时间说心里话，这次王正在这里养伤，你俩有时间聊一聊了！"说着，他看了看王正和龚雯。王正摇了摇头，说："我都这样了，不想连累龚雯了，以后——"王正还没说完，龚雯就打断他的话说："什么连累不连累的，你因为打鬼子而负伤，只要还有一口气，我就一直陪着你，别胡思乱想了啊！"

　　林英接过话头说："就是嘛！龚雯说得对，你为打鬼子挂花，是战斗英雄，我龚雯妹妹更爱你了。再说，哪有一挂花就悔婚的，我妹妹不是那样的人，你王正也不能做负心汉！"林英一连串说了这么多，龚雯连连点头。王正似乎还想说什么，但看了看龚雯，又把话咽下去了。

　　李鲁见状，忙说："刚才说王正不能多说话的，那就说到这里吧！我们等着王正伤愈归队，到时候再喝你俩的喜酒！"说着，他向王正敬了个礼，转身离开。

　　李鲁对林英说，要借这个机会见一见表哥张恒。林英答应一声，就领着李鲁拐到屋子的东头。林英边走边说，表哥在后排的屋里，他从昨天夜里到今天中午接连做了二十多台手术，现在刚有时间在屋里迷糊会儿。两人一起来到后排一个屋子的门口，刚要进屋，忽听得身后传来一个声音："我说嘛，李鲁来了不能不见面就走吧！"

　　李鲁听出是表哥的声音，急忙转过身，只见张恒从院子的西头走过来。他伸出双手迎面走过去，握住张恒的手说："哥，你还好吧？"

　　张恒说："好、好，我刚才在西屋里给刘军医交代一个伤员的事，听说你来了，就赶忙过来了。"

　　两个人抑制不住胜利带来的喜悦心情，手紧紧地握在一起。张恒说："前段时间我听说你被军区授予'战斗英雄'称号，我真为你高兴。还有林英，也担任了救护队队长，你俩都进步很快。”

李鲁说：“我俩都是在哥的关心下才有今天的进步，我早想找机会谢谢你呢！”

张恒摆了摆手说：“自家人还客气，再说我也没帮上什么忙！”张恒知道李鲁是来看王正的，便说王正的伤问题不大，手术及时，现在咱们也有消炎药，后面就是个恢复的过程。他让李鲁放心。

李鲁听后，心里踏实多了。两个人又聊了一会儿，张恒说：“你和林英也好久没见面了，我就不留你啦，你们小两口拉一拉吧！”

李鲁带着林英出了村口。“‘五九六九沿河看柳’，我们去泗河岸边看杨柳吧！”李鲁笑着对林英说。

“好啊，到河边还能遥望咱们的家乡。”林英高兴地说。当下正是“六九”时节。岸边的杨柳开始吐绿，枝条上嫩芽正在萌出。随风摆动的柳枝仿佛在告诉人们，春天已经来临。

两人站在河边，望着河下游的家乡。李鲁说：“想孩子吧？”

林英说：“嗯！你也想吧？”“嗯！”李鲁回答她。一阵沉默，两人都知道虽然家近在咫尺，但此时谁也不能回去，因为任务还没有完成。两个人并肩站着，遥望着家乡，思绪万千。李鲁说：“还记得吗？三年前的春天，正是柳绿花红的时节，我们两个人千里奔波回到家乡。”

“怎么能不记得？你是回来的当年夏天参军的，我是第二年春天参军的。参军后你我都回家一次，你是回家筹粮，我是回家送孩子也捎带着取粮，这些都历历在目。说到这里，我倒是想起那年在路上要欺负我的那个白麻子了，这两天我们去抓他吧！我要亲手打死他！”林英说着，拍了拍身上的手枪。

“你是说城西据点的伪军吧？那个据点已经被主力团收拾了。我听邱玉印说，那个白麻子早就让区小队打死了。白麻子是去村子里欺负老百姓时正好被区小队的人发现了，在他逃跑时被击毙的，就不用浪费你的子弹了。”李鲁笑着说。

"太好了，恶人总要有恶报！"林英愤愤地说。两人沿着河边向西走了一段，李鲁说："这次攻克县城，我们活捉了宫本和一些汉奸，还打死了伪军长隆子远。这一仗打得真痛快！我想，这也是给东北死去的老师和同学报了仇，心里很高兴！"

林英说："我也有件高兴的事要告诉你，你想知道吗？"林英歪着头问李鲁。

"什么事？说出来听听！"李鲁有点好奇。

"我入党了，医院党支部在攻打县城的前一天通知我的。"林英激动地说。

"太好了！祝贺你，林英！不，林英同志！"李鲁高兴地抓住林英的手说。

"我也很高兴，我们两人都是共产党员了，让我们一起为党工作吧！以后你要多帮助我啊！"林英看着李鲁的眼睛说。

"对，我们要一起打鬼子，一起把日本鬼子赶回老家去，还要一起建设我们的新中国！"李鲁紧握着林英的手说。

"什么时候能打到东北去啊？我也想东北的亲人了。"林英说着，抬手抹了抹眼角的泪花。李鲁看到林英眼泪汪汪，忙安慰她说："快啦！前几天传达战情通报还说，日本鬼子在太平洋战场接连吃败仗，他们快撑不住了。在山东战场上我军连克十座县城，日本鬼子快完蛋了，抗战胜利的曙光就在前头！"

"我相信抗战快胜利了。我想东北的亲人，更想我们的孩子。"林英看着河对岸说。

这时，河面上游来一群鸭子，它们顺水而下，游向河北岸，像是吃饱了要回家的样子。林英看着它们说："你看，它们要回家啦！我也想回家看看！有两年多没见到孩子了，也不知道长多高了，还认识我们吗。"

"一定长高了，他当然认识我们啊！我们是爸爸妈妈啊！过几天我们抽空回家看看老人和孩子。"李鲁说着，拉起林英的手往回走。

远处传来一阵锣鼓声。他们知道这是乡亲们在欢庆解放。两人猜想自己的家乡也一定这样热闹，两位老人一定会带着小记东出来看热闹，爹娘和小记东可能正在盼望他俩回家呢。林英边走边说："看你又瘦了，是不是胃疼的老毛病又犯了？你一定要吃热饭，别老凑合。"

　　"我没事，你放心吧！我看你的工作也很累，也要多保重！"李鲁说。

　　林英问："你们大队要在这驻扎一段时间吧？"

　　李鲁说："虽然县城解放了，但是周边的几个县城还在敌人手里，泗城境内还有盘踞在山上的几股土匪，还有很多仗要打，我们大队做好了随时战斗的准备，正等待上级的命令。"他看了看林英，又说："周边县城的敌人已经是心惊胆战、惶惶不可终日，我们八路军士气正旺，以后会一个胜利接着一个胜利，直到把日本鬼子彻底打败。"

　　"太好了，我们战地救护所会跟随你们一起打胜仗的。你们打到哪儿，我们就跟到哪儿！"林英自豪地说。

　　李鲁掏出怀表看了看，说："时间不早了，我送你回去吧！"

　　"好，我们走！"林英说着，挽起李鲁的胳膊。

　　在这古老的泗水河畔，这对经历了血与火、生与死考验的年轻人，怀着共同的理想，迎着春天的阳光，满怀信心地向前走去。

二〇二〇年九月第一稿
二〇二三年五月第二稿